HEYNE

Die Bücher

Monsterjagd

Auf der jährlichen Messe für Computerspiele in Los Angeles warten alle Fans gespannt auf die Premiere eines neuen Spiels. Doch einige Figuren entkommen aus der virtuellen Welt und attackieren Matt und Maj.

Doppelidentität

Die Net Force Abenteurer schweben in großer Gefahr: Wenn sie nicht aufpassen, bleiben sie in ihrer Identität gefangen, die vor dem 1. Weltkrieg liegt.

Schattenwelt

Charlie Davis aus dem Net Force Team muss sich in eine tödliche Schattenwelt begeben, um einen Freund zu retten.

Die Autoren

Tom Clancy, geboren 1947 in Baltimore, begann noch während seiner Tätigkeit als Versicherungskaufmann zu schreiben und legte schon mit seinem ersten Roman *Jagd auf Roter Oktober* einen Bestseller vor. Mit seinen realitätsnahen und detailgenau recherchierten Thrillern hat er Weltruhm erlangt. Tom Clancy lebt in Maryland.

Steve Pieczenik ist von Beruf Psychiater. Er arbeitete während der Amtszeiten von Henry Kissinger, Cyrus Vance und James Baker als Vermittler bei Geiselnahmen und als Krisenmanager.

Von Tom Clancys Jack-Ryan-Romanen liegen bei Heyne als Taschenbücher vor: *Ehrenschuld* (01/10337), *Befehl von oben* (01/10591), *Der Kardinal im Kreml* (01/13081), *Jagd auf Roter Oktober* (01/13296), *Der Schattenkrieg* (01/13422), *Operation Rainbow* (01/13155), *Im Zeichen des Drachen* (01/13423), *Red Rabbit* (01/13957).

Von Tom Clancy und Steve Pieczenik sind als Heyne Taschenbücher die Serien *OP-Center* und *Net Force* lieferbar. Von Tom Clancy und Martin Greenberg stammt die Serie *Power Plays*, die ebenfalls im Heyne Taschenbuch lieferbar ist.

Tom Clancy / Steve Pieczenik

TOM CLANCY'S

Special Net Force

Schattenwelt

Drei neue Romane in einem Band

WILHELM HEYNE VERLAG
MÜNCHEN

HEYNE ALLGEMEINE REIHE
Band-Nr. 01/13767

Umwelthinweis:
Dieses Buch wurde auf
chlor- und säurefreiem Papier gedruckt.

Redaktion: Verlagsbüro Oliver Neumann, München

2. Auflage
Deutsche Erstausgabe 03/2004

Printed in Germany 2004
Quellennachweis: s. Anhang
Umschlagillustration und Umschlaggestaltung:
Nele Schütz Design, München
Gesetzt aus der Minion
Satz: Pinkuin Satz und Datentechnik, Berlin
Druck und Bindung: GGP Media, Pößneck
http://www.heyne.de

ISBN: 3-453-86955-9

Inhalt

Special Net Force – Monsterjagd

Wir möchten den folgenden Personen danken, ohne deren Mitarbeit dieses Buch nicht möglich gewesen wäre: Mel Odom für seine Hilfe bei der Bearbeitung des Manuskripts; Martin H. Greenberg, Larry Segriff, Denise Little und John Helfers von Tekno Books; Mitchell Rubenstein und Laurie Silvers von Hollywood.com; Tom Colgan von Penguin Putnam Inc.; Robert Youdelman, Rechtsanwalt; Tom Mallon, Rechtsanwalt, sowie Robert Gottlieb von der William Morris Agency, unserem Agenten und Freund. Wir wissen ihre Hilfe sehr zu schätzen.

1. Kapitel

Madeline Green saß angeschnallt im Cockpit des Versuchsflugzeugs und konnte ein Lächeln nicht unterdrücken, als sie spürte, wie der schnittige Jet durch die Luft schoss. »Na, was denkst du, Matt?«

Matt Hunter hockte auf dem hinteren Sitz des für zwei Personen ausgelegten Cockpits und fungierte bei diesem Flug als Funktechniker. Auch er trug einen Fliegeranzug in Tarnfarben und einen Integralhelm. »Das Teil ist klasse, Maj.«

Auf dem Gesicht von Maj erschien ein Grinsen, das immer breiter wurde, bis sie dachte, sie würde sich gleich den Kiefer ausrenken. »Ich musste fast drei Monate programmieren, bis alles funktioniert hat.«

»Und das willst du jetzt in Los Angeles vorführen?«

»Genau.« Tatsächlich *war* Maj bereits in L. A. Sie saß in einem Implantatstuhl und war über den Computer in ihrem Hotelzimmer ins Netz gegangen. Das Hotel lag direkt über dem Kongresszentrum, wo sie morgen, Donnerstag, ihre Simulation vorführen wollte. Matt war in Columbia, Maryland, und hatte sich zu Hause über seinen Computer in das Netz eingeloggt. Zurzeit befanden sich beide in ihrer privaten VR in dem Flugsimulaturprogramm, das ihr ganzer Stolz war.

»Kann ich sie auch mal steuern?«, fragte Matt.

Maj war sicher gewesen, dass die Frage kommen würde. In dieser Beziehung waren alle Flieger gleich, selbst wenn sie sonst nichts gemein hatten. »Na klar. Sag, wann du übernehmen willst.«

»Jetzt.«

»Sie gehört dir.« Maj ließ den Steuerknüppel los.

»Mann, die hat ganz schön was unter den Flügeln.«

Matt lenkte die Striper von einer Seite zur anderen und versuchte, ein Gefühl für das Flugverhalten und die Leistungsfähigkeit des großen Jets zu bekommen. Die V-förmigen Flügel schossen zitternd über die Wüstenlandschaft unter ihm. Maj flog am liebsten über Wüsten, obwohl sie noch Dutzende andere Geländesims in die Datenbank der Striper geschrieben hatte.

»Bist du so weit?«, fragte Matt.

»Ja.« Maj atmete aus und entspannte sich in ihrem Schalensitz, während sie zusah, wie sich die Nase der Striper in den Himmel schob und die Wüste unter ihnen immer kleiner wurde. Nahezu in Sekundenbruchteilen war aus der durchsichtigen Cockpithaube nur noch das Blau des Himmels zu sehen, das sich gleich darauf in das tiefe Violett der oberen Atmosphäre verfärbte. Die zunehmende G-Kraft drückte sie in ihren Sitz. »Sag mir Bescheid, wenn du ohnmächtig wirst«, stichelte sie.

»Ja, klar«, schnaubte Matt verächtlich. »Als wenn mir das schon mal passiert wäre.«

»Oder wenn du dich in deine Maske übergeben musst.«

»Ich doch nicht. Ich wurde zum Fliegen geboren.« Matt bewies ihr das auch gleich, indem er einen Looping hinlegte und unmittelbar daran mehrere rechte Kehrtkurven anschloss, die sie dem Wüstenboden im Sturzflug näher brachten.

Maj behielt den Höhenmesser im Auge und sah zu, wie aus einigen tausend Metern ein paar hundert wurden. »Wir nähern uns dem Bodenniveau.«

»Dem Vogel geht's gut.«

»Um die Striper mache ich mir keine Sorgen«, antwortete Maj. »Nur um den Verrückten am Steuerknüppel.«

Matt zog den Jet nach links und flog durch eine Felsenschlucht. Keine dreißig Meter unter ihm glitzerte das Sonnenlicht auf einem Fluss. »Die Landschaften sind hervorragend geworden.«

»Danke. Aber pass bitte auf, dass wir nicht ein Teil davon werden.«

»Dann also nach oben.« Matt schaltete die Nachbrenner der Striper aus und schraubte sich mit einer eleganten Drehung aus der Schlucht heraus über das Bodenniveau. »Das muss ich dir lassen, Maj, dieses Programm ist einfach toll. Vermutlich das Beste, was du je geschrieben hast.«

Maj blinzelte durch die polarisierten Scheiben der Cockpithaube und des Helmvisiers in die Sonne und überlegte, wie sie ihn möglichst höflich darum bitten konnte, die Kontrolle des Jets wieder ihr zu überlassen. Trotzdem tat es gut, dass Matt die Sim so gut gefiel. Vielleicht waren andere ja der gleichen Meinung.

Flugsimulationen zu bauen war ein Hobby von ihr, in das sie eine Menge Zeit investierte. Sie wollte die Striper-Flugsim einigen Spieleproduzenten zeigen und hoffte, dass sie für das Programm entweder genug Geld fürs College oder ein Stipendium einer Softwarefirma bekam. Außerdem interessierte sie sich für einige der online angebotenen Computerspiele, was für sie noch ein Grund gewesen war, zu der Spielemesse nach L. A. zu kommen.

Als sie den schwarzen Punkt vor der gleißend hellen Sonne entdeckte, glaubte Maj zunächst, sie würde Flecken sehen, weil die Polarisierung der Cockpithaube und des Helms nicht stark genug war. Aber sie hatte nur einen und nicht mehrere Flecken ausgemacht, und dieser Fleck wurde schnell größer. Matt behielt den Kurs bei und flog direkt auf den Punkt zu. »Unidentifiziertes Flugobjekt auf zwölf Uhr«, sagte Maj.

Matt stutzte. »Die Instrumente zeigen nichts an. Ich gehe in den Geradeflug über.« Der Jet folgte den Bewegungen des Steuerknüppels und kippte zur Seite. »Weißt du, was es ist?«

»Nein.« Und das war gar nicht gut. Maj hatte dieses Flugzeug und die Umgebung konstruiert, sie *sollte* eigentlich alles darin kennen.

Die Striper ging in die Horizontale und drehte sich langsam, als die gewaltige Schubkraft weggenommen wurde. Einen Augenblick lang sah es so aus, als würde Matt das Objekt verfehlen.

Dann tauchte es plötzlich nach unten ab und schoss mit seinen fledermausähnlichen Flügeln abwärts; dann schlug es einen neuen Gleitweg ein. In diesem Moment hatte Maj freie Sicht auf das, was vor ihr am Himmel flog.

Vor der Cockpithaube der Striper schwebte ein riesiger, majestätischer Drache. Der Rücken des Tieres war mit gesprenkelten, pflaumenblauen Schuppen bedeckt, die auf den riesigen Fledermausflügeln etwas heller waren. Die Flügel waren breiter, als die ganze Kreatur lang war, selbst wenn man den langen, mit spitzen Stacheln besetzten Schwanz dazunahm, der unruhig hin- und herzuckte. Auf der Unterseite nahmen die Schuppen die Farbe alten Elfenbeins an, ein dunkles, butterartiges Alabaster mit vereinzelten braunen Flecken.

Der kantige Kopf des Drachens war mindestens sechs Meter lang und saß auf einem schlangenartig gewundenen Hals. Aus der Stirn ragten Hörner empor; die riesigen Augen und die faltige Schnauze waren von dornartigen Fortsätzen umgeben, die wie Raureif wirkten. Auf beiden Seiten des

Kopfes wölbten sich intelligent und empfindsam aussehende smaragdgrüne Augen, die fast einen Meter im Durchmesser maßen.

Maj starrte den Drachen an und wusste aus irgendeinem Grund, dass die dicke Haut der Kreatur nur Trümmer von der Striper übrig lassen würde, wenn sie mit ihr zusammenprallten. »Gib mir den Steuerknüppel.« Sie griff nach dem Stick.

»Okay. Sie gehört dir.«

Maj brachte den Jet in Schräglage und schaltete die Nachbrenner ein.

»Wahnsinn!«, rief Matt begeistert über den Helmfunk. »Hast du den programmiert? Der ist ja fantastisch!«

Maj stimmte ihm insgeheim zu, dass der Drache fantastisch war – eine der elegantesten Kreaturen, die sie je gesehen hatte. Aber die Sache hatte einen Haken. »So was habe ich noch nie entworfen.«

Der Drache wand seinen Hals schlangenförmig um sich selbst und riss den Kopf herum, sodass etwas auf seinem Rücken sichtbar wurde. Gleich darauf breitete er die großen Flügel aus und bewegte sie auf und ab, während sich der Blick des rechten Auges auf den Jet richtete. Die langen Kiefer teilten sich und enthüllten ein Maul voller Reißzähne.

Maj drückte mit ihrem behandschuhten Finger einige Tasten auf der Steuerung der Videokamera und erhöhte die Vergrößerung. Die menschliche Gestalt auf dem Rücken des Drachens konnte sie nur für den Bruchteil einer Sekunde erkennen.

Plötzlich schoss ein rauchender Feuerball aus dem Schlund des Drachens und kam als Flammenbogen auf den Jet zu. Als der Feuerball das Flugzeug traf, erzitterte es unter der Wucht des Aufpralls und war sofort von Flammen umgeben.

Majs Helm wurde gegen den Sitz gepresst, als die Striper durch den Feuerball raste. Unmittelbar darauf bestand der Horizont wieder aus blauem Himmel, aber die Striper war immer noch in Flammen gehüllt. Maj löste die Feuerlöschsysteme aus.

Unter Druck stehende Düsen gaben Löschschaum frei und ließen für kurze Zeit einen Schneesturm auf den Flügeln entstehen. Die Flammen wurden durch eine Schicht aus gefrorenen, schmutzig grauen Chemikalien ersetzt. Leider brachte der Schaum auch das linke Triebwerk zum Erliegen.

»Ausfall der Triebwerke«, warnte Maj und schaltete das zweite Triebwerk ab, während die Maschine in ein flaches Trudeln überging, als hätte jemand die rechte Tragfläche nach unten gedrückt. »Ich habe keine Kontrolle mehr.«

»Wir können bleiben oder gehen.«

»Es wäre wohl das Klügste, wenn wir von hier verschwinden würden.« Maj registrierte, wie sich der Blick aus dem Cockpit änderte, während sich die außer Kontrolle geratene Maschine um sich selbst drehte. Am Boden, wo eigentlich eine Wüstenlandschaft sein sollte, sah sie jetzt eine riesige Waldfläche, die sich in alle vier Himmelsrichtungen erstreckte.

»Alles in Ordnung?«

»Nein.« Maj legte den Zeigefinger unter die Schalter für die Triebwerke. »Ich bin sauer. Wenn sich jemand hier hereingehackt hat, möchte ich den Grund dafür wissen. Und wenn wir uns nach der Abmeldung wieder einloggen, gibt es keine Garantie dafür, dass der Drache und der Typ, der auf ihm reitet, noch da sein werden.«

»Ein Typ auf dem Drachen?«

»Ja. Ich habe ihn gesehen, als wir in die Schräglage gegangen sind.«

»Ich hab niemanden bemerkt.«

»Wenn ich es endlich schaffe, die Triebwerke zu zünden, zeige ich dir den Kerl in Großaufnahme«, versprach Maj. Sie starrte auf den Wald unter sich, dem sie jetzt schon so nah waren, das sie die drei großen Flüsse zwischen den Bäumen erkennen konnte.

»Wenn da wirklich jemand auf dem Drachen sitzt …«

»Da sitzt einer, glaub's mir.« Maj wartete, bis die Striper wieder eine Drehung vollendet hatte. »Und er bricht in die Programme anderer Leute ein. Als ich das letzte Mal nachgesehen habe, war so was noch illegal. Vor allem, wenn er gerade in meiner VR ist. Allerdings bin ich mir gar nicht mehr so sicher, dass es noch meine VR ist.«

»Wie bitte?«

»Das da unten ist keine Wüste, sondern Wald. Wir sind nicht mehr in Kansas, du Dussel.«

»Ich war so damit beschäftigt, nach dem Drachen zu suchen, dass mir das gar nicht aufgefallen ist.«

»Moment mal.« Maj legte die Zündschalter um. Hinter den Triebwerken erschienen weiße Kondensstreifen, dann wurde sie in ihren Schalensitz gedrückt, und der Steuerknüppel in ihrer Hand reagierte wieder. »Ja!«

»Ich habe den Drachen«, sagte Matt. »Er fliegt Kurs zwei-vier-drei.«

Maj zog die Striper nach rechts. Sie suchte den Himmel ab, wobei ihr auffiel, dass verschiedene Farbtöne zu sehen waren. Und zwei Sonnen – eine große rote und eine blaue, die erheblich kleiner war als die andere und knapp über ihr schwebte. Beide Sonnen waren gerade dabei, im Süden auf- oder unterzugehen.

Sie untersuchte den Schaden, den der Feuerball des Drachen bei der Striper angerichtet hatte. Der silberne Anstrich hatte Blasen geworfen und blätterte ab, an einigen Stellen war er sogar tiefschwarz gefärbt. In den Plexiglasfenstern, denen selbst eine Kugel vom Kaliber 7.62 nichts anhaben konnte, sah Maj winzige Risse. Sie wusste nicht, ob der Jet einen weiteren Feuerball aushalten würde.

Maj klemmte sich mit der Striper hinter die Kreatur und überholte sie, während sich die riesigen Flügel von der Thermik tragen ließen. Mit einer leichten Bewegung des Steuerknüppels drehte sie die Striper um und flog mit dem Cockpit nach unten über den breiten Rücken des Drachens.

»Ich sehe ihn«, sagte Matt.

Obwohl sie genau wusste, dass sie den Mann auf dem Rücken des Drachens wirklich gesehen hatte, war Maj erleichtert. Und sie war nah genug, um den überraschten Ausdruck auf seinem Gesicht erkennen zu können. *Warum*, fragte sie sich, *sieht er denn so überrascht aus? Schließlich ist er doch in mein Programm eingebrochen.*

»Es hat nicht geklappt. Sie sind immer noch da.« Gaspar Latke starrte in die glänzende Kristallkugel in seiner riesigen, dreifingrigen Hand. Die Kristallkugel zeigte ihm Bilder von dem großen Drachen mit seinem Passagier und dem Kampfflugzeug.

»Versuch es noch mal«, befahl Andrea Heavener.

Latkes spürte die Angst und die Frustration in seinem Brustkorb. Obwohl er mitten in seiner VR steckte, fühlte er ganz deutlich, wie sein Herz in dem Implantatstuhl des Büros raste, das Heavener für sie gemietet hatte. Er konnte sich nur schlecht konzentrieren, wenn er daran dachte, wie verletzlich sein Fleisch-und-Blut-Körper war, der kaum einen Meter von der Frau entfernt lag.

Heavener war Sonderagentin von D'Arnot Industries. Sie arbeitete allerdings in der realen Welt und ging nur ins Netz, wenn es unbedingt sein musste.

»Ich gehe raus.« Latke stand auf. In seiner VR war er jetzt fast zehn Meter groß. Er hatte zwar eine menschenähnliche Form, aber die Unterschiede zwischen ihm und einem Menschen waren erheblich.

Über einem Körper, der fast so breit wie hoch war, spannte sich dunkelrote Haut. Die Beine zeigten in die falsche Richtung und waren wie die eines vierbeinigen Tiers geformt, sodass die Knie nach hinten abknickten. Die Füße hatten nur drei Zehen, die an einen Greifvogel erinnerten, mit glänzenden, schwarzen Krallen anstelle von Nägeln. Um die Hüften trug Gaspar einen Lendenschurz, an dem eine große, zweischneidige Kampfaxt befestigt war. Sein Kopf war dreieckig, mit zwei geschwungenen Hörnern und einem Maul, das mit spitz zulaufenden Zähnen gespickt war. Auf dem Rücken waren zwei Flügel mit weißen Federn zusammengefaltet, die so gar nicht zu dem grobschlächtigen Körper passen wollten.

Der Proxy, den Gaspar sich ausgesucht hatte, war ein Einheimischer der VR-Umgebung, in der er sich gerade befand – ein Tera'lanth, eine der bösartigen Kreaturen, die den großen Drachen und seinen Reiter bekämpften.

»Warum gehst du jetzt raus?«, fragte Heavener.

»Ich will versuchen, die beiden in Peters VR zurückzuverfolgen.« Gaspar ging mit großen Schritten in eine Höhle und starrte auf die Wände, an denen fast hundert andere Tera'lanth wie Fledermäuse an Stalaktiten hingen. Sie beobachteten ihn aus ihren raubtierhaften gelben Schlitzaugen.

Wenn sie wüssten, dass er ein Schwindler war, würden sie ihn in Stücke reißen.

»Das kannst du doch auch in der VR machen«, sagte Heavener.

»Nein«, widersprach Gaspar mit ruhiger Stimme. *Sie ist eine Killerin,* erinnerte er sich selbst. *Sie weiß nicht sehr viel über das Netz oder Computersysteme.* »Alles, was ich hier mache, kann von Peter zurückverfolgt werden, wenn er es später überprüft. Und da plötzlich ein Jet aus dem Nichts aufgetaucht ist, können Sie darauf wetten, dass er alles überprüfen wird. Das ist seine VR, nicht meine.«

»Ich möchte, dass du das möglichst schnell erledigst.« Der Ton der kühlen, scharfen Stimme änderte sich nicht, aber Gaspar wusste, dass es als Drohung gemeint war.

Gaspar hatte sie in einer Kneipe in Hamburg kennen gelernt, wo er mit zwei Freunden gesessen hatte. Heavener war hereinspaziert und hatte gesagt: »Gaspar Latke.« Er hatte sich mit einem kleinen Lächeln zu ihr gedreht, denn sie war eine attraktive Frau, und seine beiden Hackerfreunde waren eifersüchtig gewesen, weil sie sich für ihn interessierte. Dann hatte sie eine kleine Pistole aus der Tasche geholt und beide erschossen. Ihre Stimme hatte genauso geklungen wie vorher, als sie über die Leichen gestiegen war und ihn am Kragen vom Boden hochgezerrt hatte. »Du kommst mit«, hatte sie gesagt. Das war erst vor acht Monaten gewesen, als er noch siebzehn gewesen war, aber ihm kam es wie eine Ewigkeit vor.

In der VR schloss Gaspar die Augen und konzentrierte sich, bis die Symbole seiner eigenen VR vor ihm auftauchten. Die Trennung vom Netz empfand jeder anders. Gaspar spürte, wie ein leichtes Frösteln durch seinen Körper lief, dann öffnete er die Augen und saß wieder im Implantatstuhl.

Er bewegte seinen mageren Körper aus dem Stuhl und stand auf. Als er die Schwerkraft spürte, verlor er kurz die Orientierung in dem abgedunkelten Raum. Er war so lange online gewesen, dass sein Körper sich fremd anfühlte, trotz der isometrischen Stimulierung, die im Implantatstuhl eingebaut war. Das Gefühl war nichts Neues für ihn, daher brauchte er nur einen Moment, um sich wieder zu fangen, und ging dann auf den zweiten Implantatstuhl im Raum zu. Der erste Implantatstuhl war ausschließlich für die Systeme von Peter Griffen reserviert und so gut versteckt, dass Peter noch gar nicht bemerkt hatte, dass es ihn überhaupt gab.

»Beeil dich«, befahl Heavener.

»Tue ich ja.«

Heavener, die in einer Ecke stand, wurde fast völlig vom Schatten verschluckt. Sie war sehr zierlich und nur knapp über einen Meter fünfzig groß. Das platinblonde Haar war kurz geschnitten und wie die Stacheln eines Igels hochtoupiert; von der linken Schläfe bis zum Haaransatz im Nacken zogen sich zwei auffällige rote und blaue Strähnen. Silberne Ohrringe in Form von langen Schnüren fingen den grünen Lichtschein der Computerkonsolen ein und glitzerten. Ihre Haut war sehr blass, fast so weiß wie bei einem Albino. Kontaktlinsen verliehen ihr die sichelförmigen, bernsteingelben Augen einer hungrigen Katze. Sie trug eine enge, schwarze Lederhose und ein schwarzes, ärmelloses Oberteil. Ihre schwarze Motorradjacke aus Leder hatte sie über die Lehne eines Stuhls gehängt.

Gaspar zwang sich zu atmen. Wenn er in Heaveners Gegenwart nervös wurde, vergaß er es manchmal. Er setzte sich in den Implantatstuhl, dessen Polsterung sich um seine schmale Gestalt schmiegte. Mit seinen ein Meter sechzig war Gaspar zwar einige Zentimeter größer als Heavener, aber immer noch weit davon entfernt, ein Riese zu sein. Seine an und für sich schon bleiche Gesichtsfarbe war in den letzten Monaten zu einer wächsernen Blässe geworden. Normalerweise ließ er sein dunkles Haar immer raspelkurz schneiden, aber jetzt hatte er sich schon seit Wochen nicht mehr um seine Frisur gekümmert. Auf den Wangen lagen dunkle Bartschatten, die die tiefen Aknenarben nur noch mehr betonten.

Er startete die Implantate des Stuhls. Die Programmierung bemächtigte sich seiner Sinne und zog ihn wieder in die VR. Als er die Augen öffnete, befand er sich in seiner eigenen VR. Er hatte sie nach Ray Bradburys Arbeitszimmer modelliert und einige Requisiten geborgt, von denen sich der Sciencefiction-Autor hatte inspirieren lassen. Das kreative Chaos hatte Gaspar gefallen, da er dadurch das Gefühl bekam, immer mitten im Geschehen zu sein, anstatt abseits zu stehen.

Gaspar setzte sich an den antiken Schreibtisch und starrte auf die Underwood-Schreibmaschine vor sich. Anstelle des Alphabets waren die Tasten der Schreibmaschine mit Symbolen bedruckt, die die verschiedenen Softwareprogramme in seiner VR darstellten.

Er berührte eine Taste, auf der ein blaues Dreieck abgebildet war. Wieder spürte er das vertraute Frösteln, das eine Gänsehaut bei ihm hervorrief. Er blinzelte – und war im Netz.

Unter ihm flossen bunte Datenströme dahin, mit blinkenden Lichtern, die Informationen und verschlüsselte Daten in die ganze Welt transportierten. Verschiedene Symbole und Formen standen für Online-Unternehmen, die durch Datenströme miteinander verbunden waren und in beiden Richtungen Informationen austauschten.

Während Gaspar über dem Netz schwebte, startete er das Tracer-Programm, das er für Peter Griffens VR geschrieben hatte. Da das Programm außerhalb der VR lief und nur die Verbindungen protokollierte, hatte Griffen bis jetzt noch nicht bemerkt, dass er ausspioniert wurde. Außerdem war es Gaspar gelungen, einige blinde Flecken in Peters Betriebssystem zu programmieren, als er einmal Zugang dazu gehabt hatte.

Gaspar nahm das Hotel ins Visier, in dem Peter übernachtete. Im Netz sah es fast so aus wie in Wirklichkeit.

Das Bessel Mid-Town hatte dreißig Stockwerke und einen Helikopterlandeplatz auf dem Dach – für Manager, die es eilig hatten. Die fünfte Etage war auf drei Seiten offen und bildete einen Pavillon mit einem Pool in olympischen Ausmaßen, einem Bankettbereich und einer offenen Bühne, die durch zahllose Pflanzen und Ausstellungsvitrinen voneinander abgeteilt waren.

Gaspar ließ sich durch das Netz fallen und wählte automatisch einen unauffälligen Proxy. Als er auf dem Teppich landete und auf den mit einem Baldachin überdachten Eingang zuging, sah er aus wie ein Geschäftsmann.

An der breiten Doppeltür wurde er von einem Portier in Uniform aufgehalten. Der Proxy sah jung, höflich und ernst aus. »Sir, kann ich Ihnen helfen?«, fragte der Portier.

»Ich möchte auf mein Zimmer«, erwiderte Gaspar. Er hielte dem Portier die gefälschte PIN-Karte vor die Nase, die er auf die Schnelle angefertigt hatte.

Der Portier sah sich die Karte an. In seinen Augen blitzten elektronische Impulse auf, dann ging sein Blick wieder zu Gaspar. »In Ordnung. Danke, Sir.« Er drehte sich um und öffnete die Tür, wobei er einige der Sicherheitsvorkehrungen abschaltete, die verhindern sollten, dass sich ungebetene

Gäste Zugang zu den Online-Einrichtungen des Hotels verschafften.

Gaspar wusste, dass damit nicht alle Sicherheitsmaßnahmen außer Kraft gesetzt waren, da die Hotelzimmer jeweils eigene Schutzvorrichtungen besaßen. Es hatte ziemlich lange gedauert, bis der Kode zum Überschreiben der Sicherheitsprogramme gestimmt hatte, denn das Bessel Mid-Town hatte die Sicherheit für die Zeit der Spielemesse verstärkt.

Gaspar rief mit seinem Programm ein Pulldown-Menü in der VR des Hotels auf. Neben ihm öffnete sich ein Fenster, das in Sichtweite blieb, während er zur Rezeption ging. Er berührte ein Symbol, das eine Liste der Angestellten, die gerade arbeiteten, anzeigte.

Der Dienst habende Abteilungsleiter hieß Ted Sheppard.

Nachdem er das Fenster geschlossen hatte, verschaffte sich Gaspar Zugang zu der Sicherheitsprogrammierung für das Gebäude, loggte sich über den von ihm entwickelten Crack ein und zeigte die Datensätze für die Mitarbeiter an. Als das Menü erschien, wählte er SHEPPARD, TED aus und lud dann die Daten herunter. Die Datei enthielt auch ein Bild und Sheppards Passkodes.

Gaspar, der nicht einmal stehen geblieben war, übertrug die Daten in seinen Proxy. Der Proxy leuchtete kurz auf, und er wusste, dass die Sicherheitssysteme des Hotels ihn ab jetzt nicht mehr von SHEPPARD, TED unterscheiden konnten. Gaspar ging auf die Rezeption zu.

In der Mitte der riesigen Hotellobby lag ein Atrium, das bis hinauf zum fünften Stock reichte. Der Fahrstuhl lenkte den Blick auf die vielen Pflanzen und Vögel im Atrium. Rechts und links vom Eingang standen zwei drei Meter hohe Statuen, die chinesische Hunde darstellten.

Gaspar trat hinter die Rezeption und fühlte sich dabei so

wohl wie schon seit Stunden nicht mehr. Sich Zugang zu Orten zu verschaffen, an denen er eigentlich nichts zu suchen hatte, war genau das, was er am besten konnte, das, wofür er lebte.

Er loggte sich über den in den Empfangstresen der Rezeption eingebauten und mit Symbolen überladenen Kontaktbildschirm in die internen Sicherheitssysteme ein.

Die Symbole verschwanden, dann erschien die Aufforderung: BITTE ID EINGEBEN.

Gaspar legte die Hand auf den Kontaktbildschirm, wobei ihm vor Aufregung ein wenig schwindlig wurde. Er verließ sich voll und ganz auf den Proxy und die Programme, die er geschrieben hatte, aber der letzte Rest an Ungewissheit sorgte trotzdem für einen Nervenkitzel.

Auf dem Kontaktbildschirm erschien ein Balken, der sich vom oberen zum unteren Bildschirmrand zog und violett aufleuchtete. WILLKOMMEN, SHEPPARD, TED. WAS KANN ICH FÜR SIE TUN? Dann wurden neue Symbole angezeigt.

Gaspar berührte das gelbe Telekommunikationssymbol, woraufhin ein Menü angezeigt wurde. Er ignorierte die Verbindung zum Lokalsender HoloNet und die Videofonkommunikation, wählte stattdessen das Symbol aus, das für die Eingaben zum Netzzugang stand, und gab die Nummer von Peter Griffens Hotelzimmer ein.

GRIFFEN, PETER. STATUS: ZURZEIT EINGELOGGT. KOMMUNIZIEREN?

Gaspar gab NEIN ein.

NACHRICHT HINTERLASSEN?

NEIN.

AUSGEHENDE DATEN VERFOLGEN?

NEIN.

EINGEHENDE DATEN VERFOLGEN?

JA.

Der Bildschirm blinkte, dann wurden am oberen Bildschirmrand ein Name und eine Computerzugangsnummer angezeigt: HUNTER, MARISSA & GORDON.

Gaspar lud die Information herunter und schloss den Sicherheitszugang auf dem Bildschirm. Dann loggte er sich aus.

»Ich habe einen Namen.« Er gab ihn Heavener, nachdem er sich mühsam aus dem Implantatstuhl gehievt hatte.

»Geh wieder in Griffens VR«, befahl Heavener, dann zog sie ein Folienpack aus der Hüfttasche ihrer Hose. Sie öffnete das ultradünne Gerät aus silbern glänzendem Metall, schaltete es ein und gab die Konfiguration für das Videofon ein. Das Folienpack rekonfigurierte sich sofort zu einem Mobiltelefon. »Stell fest, ob Griffen mit diesen Leuten kommuniziert hat. Und wenn er es noch nicht getan hat, wirst du es verhindern.«

2. Kapitel

Der Mann auf dem Rücken des Drachens trug einen silbergrauen Kettenpanzer, der Oberkörper, Arme und Beine schützte. Ein Helm bedeckte die obere Hälfte seines Gesichts, ließ Kiefer und Hals jedoch frei. Unter der Kopfbedeckung quoll langes schwarzes Haar hervor. Die Edelsteine, mit denen der Helm besetzt war, und die Rüstung funkelten im Licht der Sonne. Auf der Brust des Drachenreiters prangte ein leuchtend blaues Wappen mit dem Symbol eines roten Drachens in vollem Flug.

Der Drachen riss seine Kiefer auf, und Maj konnte die Flammen sehen, die aus dem Innern seiner langen Kehle hervorschießen wollten. Aber der Reiter hob die behandschuhte Hand und beruhigte das Tier. Unmittelbar darauf machte der Drache eine Kehrtwendung um hundertachtzig Grad.

»Hast du das gesehen?«, rief Matt aufgeregt. »Er hat einfach in der Luft umgedreht! Lass ihn nicht entkommen.«

»Das hatte ich auch nicht vor.« Maj wendete die Striper in einer engen Kurve.

Der Drachenreiter beugte sich tief über seinen Sattel und warf einen Blick über die Schulter. Über die Vergrößerungsfunktion der nach vorn weisenden Videokamera konnte Maj ganz deutlich den verwirrten Gesichtsausdruck des Mannes erkennen. Auf seinem Mund lag die Andeutung eines Lächelns, und die Augen hinter dem Helmvisier blitzten.

Maj schaltete das Lautsprechersystem auf Außenbetrieb und sprach laut und deutlich hinein: »Wer bist du?«

Der Drachenreiter hob die Hand und nahm seinen Helm ab. Sein schwarzes Haar wurde vom Wind gepeitscht. Er versuchte zu lächeln.

»Er kann dich hören«, sagte Matt. »Aber anscheinend versteht er dich nicht.«

»Das kann nicht sein.« In der Netz-Community war ein Universalübersetzungsprogramm online, das so gut wie alle menschlichen Sprachen kannte. Bei einigen exotischen Dialekten gab es zwar noch Schwierigkeiten, aber die Grundverständigung klappte einwandfrei. Verschlüsselter Kode ließ sich manchmal nicht dechiffrieren, aber das war dann Absicht. »Ich heiße Maj Green. Wer bist du?«

Das Lächeln auf dem Gesicht des gut aussehenden Mannes erlosch. Er sagte noch etwas, aber wieder waren seine Worte unverständlich.

»Das hat uns gerade noch gefehlt«, sagte Matt plötzlich leise.

Maj riss den Kopf herum und sah geflügelte Kreaturen, die sich mit hoher Geschwindigkeit näherten. Die Tiere flogen in einer Formation, die jener von Gänsen ähnelte, aber ihr Instinkt sagte ihr, dass sie beileibe nicht so harmlos waren wie Gänse auf der Wanderschaft.

Im nächsten Moment war ihr klar, dass es sich bei den Tieren um geflügelte Dämonoiden handelte. Bevor sie auch nur Luft holen konnte, griffen die Kreaturen an.

»Matt Hunter ist ein Net Force Explorer.«

Andrea Heaveners Mitteilung überschwemmte Gaspar Latke mit einer Welle der Angst und ließ ihm Adrenalin ins Blut schießen. Seine Furcht vor der Net Force war eine automatische Reaktion, die sich in den Jahren entwickelt hatte, in denen er ein vom Gesetz verfolgter Hacker gewesen war.

»Die Net Force hat uns gerade noch gefehlt«, fügte Heavener an.

»Stimmt«, pflichtete Gaspar ihr bei, während er in der VR sein Ziel ins Visier nahm. Einen Augenblick lang spielte er jedoch mit dem Gedanken, der Net Force absichtlich Informationen über ihre Aktivitäten zukommen zu lassen. Wenn die Net Force ihn erwischte, würde man ihn festnehmen und vielleicht für eine Weile ins Gefängnis stecken, aber dann könnte er sich wenigstens von den Schreckgespenstern der letzten Monate befreien.

»Warum hat Hunter mit Peter Kontakt aufgenommen?« Gleich darauf öffnete Gaspar die Augen und war wieder im Körper des Tera'lanth. Er spürte, wie seine Flügel schlugen und die gewaltigen Muskeln auf seinem Rücken vor Anstrengung zitterten, während er durch die Luft flog. Gaspar suchte den Horizont vor sich ab, bis er den Drachen und den Jet entdeckte.

»Das hat er eben nicht«, sagte Heavener bestimmt. »Die Verbindung, die du im Hotel gefunden hast, entstand bei einer Überlagerung.«

»Unmöglich«, erwiderte Gaspar. »Bei der Version des Spiels, die Peter gerade testet, dürfte so was gar nicht vorkommen. Überlagerungen können nur sehr vereinzelt und begrenzt auftreten.«

»Ich lasse gerade die ausgehende Datenverbindung des Computers überprüfen. Peter hatte nicht die Absicht, mit Hunters VR in Kontakt zu treten.«

In Gestalt des Tera'lanth änderte Gaspar seine Flugbahn und schoss nach unten, auf den Drachen und das Flugzeug zu. Um ihn herum waren etwa einhundert weitere Tera'lanth, die mit ihm in Angriffsformation flogen. Die Kreaturen in der VR hatten eine vernichtende Wirkung. Und zurzeit waren sie alle unter seiner Kontrolle, da er die Programmierung der künstlichen Intelligenz im Spiel geändert hatte. Er teilte seine Truppen auf. Einige sollten geopfert werden, um Peter Griffen abzulenken. Aber mit den anderen würde er die Net Force Explorer vernichten.

Maj versuchte, dem Angriff der Dämonoiden auszuweichen, indem sie den Steuerknüppel nach oben drückte und dann nach rechts riss. Die Triebwerke des Jets heulten auf, als die Schubleistung erhöht wurde und Maj und Matt in die Sitze gedrückt wurden.

Die Dämonoiden waren schneller, als sie aussahen. Sie schossen durch die Luft und griffen von links an. Drei der am nächsten fliegenden Tera'lanth legten die Schwingen an und schossen auf den Jet zu. Sechs Meter vor dem Flugzeug bremsten sie ab und schnitten Maj auf diese Weise den Weg ab. Als sie die Flügel auseinander breiteten, wurden lange, gelblich-weiße Stacheln sichtbar. Bevor Maj ihren Kurs korrigieren konnte, feuerten die Dämonoiden eine Stachelsalve aus ihren Flügeln.

Die Stacheln trafen die Striper in einer langen Reihe an der Außenwand. Zwei von ihnen bohrten sich durch die Cockpithaube aus Plexiglas – etwa fünfzehn Zentimeter ragten ins Cockpit hinein.

»Die meinen es ernst«, krächzte Matt.

»Halt dich fest«, warnte Maj verärgert, während sie den Steuerknüppel bewegte. Die Striper beschleunigte und schoss durch die Luft. Maj wendete und führte mehrere schnelle Rollen durch, bis sich die Nase der Striper wieder vor der Gruppe von Dämonoiden befand. Sie klappte die Schutzabdeckung des Schalters hoch, mit dem die Waffensysteme aktiviert wurden, und legte ihn um. An der Instrumententafel leuchtete ein grünes Licht auf.

Maj drückte auf den Knopf für den Raketenwerfer. Unter den beiden Flügeln wurden zwei Luft-Luft-Flugkörper abgefeuert. Die automatische Zielverfolgung der Geschosse richtete sich sofort auf die Masse der Kreaturen aus, und nach Bruchteilen von Sekunden explodierten die Sprengköpfe mitten in den Dämonoiden.

Der orangeschwarze Feuerball holte die Kreaturen vom Himmel und ließ ein halbes Dutzend von ihnen explodieren.

Kaum hatte Maj das Manöver beendet, meldete die automatische Zielverfolgung der Luft-Luft-Flugkörper auch schon einen zweiten Treffer. Sie drückte auf den Kopf und feuerte noch zwei Missiles ab.

Dieses Mal ereignete sich die Explosion erheblich näher. Da Maj keine Zeit zum Ausweichen mehr hatte, flog sie mitten durch die brennenden Überreste der Explosion. Einige in Stücke gerissene Dämonoiden schlugen mit einem dumpfen Knall auf der Cockpithaube auf, der durch den Helm jedoch kaum zu hören war. Im nächsten Moment hatte der Jet die Angreifer auch schon hinter sich gelassen.

Maj drehte den Kopf und sah hinter sich. Mehrere Dämonoiden hatten bereits die Verfolgung aufgenommen, und nach einem kurzen Blick auf die Kreaturen war ihr sofort klar, dass sie ihnen nicht entkommen konnte. Eine zweite Gruppe von Tera'lanth hatte den Drachen mit seinem Reiter eingekreist.

Maj wendete den Jet, der sich unter dem Steuerknüppel aufbäumte, als sie ihn in die entgegengesetzte Richtung zwang. Wieder ertönte der Piepston der automatischen Zielverfolgung, und sie feuerte das letzte Missilepaar ab, sodass ihr nur noch die zweitausend Schuss im Maschinengewehr der Striper blieben.

»Waren das die letzten Missiles?«, fragte Matt besorgt.

»Ja, aber das lässt sich ändern.« Maj tippte auf einige Symbole im CHEAT-MENÜ. »Jetzt sind wir besser bewaffnet und haben Munition und Treibstoff in unbegrenzter Menge.« Sie riss den Steuerknüppel herum und raste auf die Dämonoiden zu. Ihr Daumen drückte unablässig auf den Feuerknopf und schoss einen Flugkörper nach dem anderen ab, mit denen sie die geflügelten Kreaturen vom Himmel holte.

»Schau dir den Drachenreiter an«, sagte Matt plötzlich. Er zeigte vor sich.

Maj sah in die Richtung, in die seine Hand wies. Der Drachenreiter hatte ein Bein auf den Sattel gezogen und spannte einen Bogen, mit dem er auf seine Angreifer zielte. Als er den Pfeil abschoss, traf dieser einen der Dämonoiden in die Brust, der daraufhin explodierte.

»Einmal Monster, bitte, aber gut durchgebraten«, sagte Matt.

Maj warf einen Blick durch die Cockpithaube und sah hinter sich die Phalanx der geflügelten Dämonoiden, die rasch näher kam. »Wer ist eigentlich das Ziel? Er oder wir?«, fragte sie sich laut.

Der Drachen riss sein Maul auf und spuckte einen riesigen Feuerball mitten in die angreifenden Dämonoiden. Die Flammen breiteten sich blitzschnell unter den Tera'lanth aus und fraßen ihnen die Flügel von den Körpern. Die Kreaturen verwandelten sich in glühende Kometen, die durch die Luft schossen und zwischen die Baumwipfel des Waldes stürzten.

Einige Dämonoiden feuerten Stacheln auf den Drachen und seinen Reiter. An der Schuppenhaut des Drachens prallten die Stacheln ab, aber Maj machte sich Sorgen um den Mann. Doch kurz bevor die Stacheln ihn erreichten, war er plötzlich von einem blauen Leuchten umgeben. So unglaublich es auch schien, aber das blaue Leuchten hielt die tödlichen Geschosse ab. Der Drachenreiter machte eine Handbewegung, dann sausten die Stacheln zu den Dämonoiden zurück.

»Er hat eine Art Kraftfeld errichtet«, bemerkte Matt.

Der Drachenreiter legte gerade einen zweiten Pfeil in seinen Bogen ein, als Maj ihn erreichte.

Sie setzte ihr gesamtes Waffenarsenal ein und feuerte einen Flugkörper nach dem anderen ab, sobald das Piepssignal der automatischen Zielverfolgung ertönte, wobei sie darauf achtete, den Drachen nicht in ihr Schussfeld zu bekommen. Innerhalb weniger Sekunden war die Horde Dämonoiden stark dezimiert. Die wenigen Überlebenden flogen davon.

»Sie greifen von hinten an«, warnte Matt plötzlich.

Maj wurde von der Stimme des Drachenreiters abgelenkt. Sie flog einen Kreis um ihn und schaltete ein Audio-Aufzeichnungsgerät, das sie bei der Programmierung in die Sim integriert hatte, um sich damit Notizen zu machen.

Der Drachenreiter redete immer noch. Auf seinem Gesicht lag ein besorgter Ausdruck, und seine Stimme klang nicht weniger beunruhigt. Er hob die Hand und winkte den Jet zu sich.

Maj bewegte den Steuerknüppel und flog auf den Drachen zu. Trotz ihres hohen Tempos kamen die Dämonoiden hinter ihr rasch näher.

Auf Veranlassung seines Reiters flog der Drachen auf den sich nähernden Jet zu. Der Drachenreiter zeigte mit der Hand nach unten.

Sie drückte den Steuerknüppel leicht nach vorn und flog mit der Striper unter den Drachen. Einen Augenblick lang bestand der Himmel aus den alabasterfarbenen Schuppen auf dem Bauch des Drachens.

»Ich dachte, *wir* wären die Kavallerie«, sagte Matt.

Als Maj die ihr angewiesene Position erreicht hatte und sich umdrehte, sah sie gerade noch, wie die angreifenden Dämonoiden von einem riesigen Feuerball eingehüllt wurden. Es gab nur wenige Überlebende, die sofort das Weite suchten.

Maj ging in einen leichten Steigflug über und verringerte die Geschwindigkeit, da die Gefahr anscheinend vorüber war. Der Drachen schlug ein paar Mal mit seinen Fledermausflügeln und begann einen Sinkflug in die Richtung, in die sich der Jet bewegte. Nach wenigen Sekunden flog der Drachenreiter direkt neben der Striper.

Maj sah durch die Cockpithaube, wie der Mann mit den

Händen gestikulierte. An seinem Hals erschien plötzlich eine Kette aus violettroten Gliedern. Er starrte das Mädchen an und fragte laut und deutlich: »Wer bist du?«

Maj wurde ganz aufgeregt. *Kommunikation! Es geht doch nichts über Kommunikation!*

»Griffen hat den Virus entschlüsselt, der die Sprachverständigung verhindern soll«, sagte Heavener.

»Ich weiß.« Gaspar griff in seine eigene VR und lud die Power-Ups herunter, die er aus dem Spiel kopiert hatte. Die Power-Ups aktivierten zusätzliche Spielfunktionen und waren als Bonus oder Preis für die Spieler gedacht, wenn sich diese durch die verschiedenen Ebenen des Spiels gearbeitet hatten, aber er hatte zusätzlichen Kode geschrieben, mit dem er jederzeit auf sie zugreifen konnte.

Er griff in das Menü des Spiels und zeigte die Feindprogrammierung an. Zurzeit war das Spiel auf NORMAL gesetzt, sodass die Zerstörung der Tera'lanth-Truppen möglich war. Gaspar aktivierte die Funktion AUTOMATISCHE WIEDERBELEBUNG und ließ seine Armee wieder auferstehen. Sofort war der Himmel wieder mit geflügelten Kriegern gefüllt. Ohne Erbarmen stürzten sie sich auf den Drachen und den Jet.

Es regnete Stacheln auf das Flugzeug. Schwarzer Rauch zog sich in dichten Wolken hinter dem Flugzeug her, das jetzt in einen steilen Sturzflug überging und nicht gegen die Schwerkraft kämpfte, sondern sie sich zu Nutze machte, indem es sich wie ein Raubvogel auf der Jagd nach Beute fallen ließ.

Gaspar, der seine Power-Ups nutzte, schlug mit den Flügeln und nahm die Verfolgung auf. Er hatte unzählige Stunden in Gestalt eines Tera'lanth zugebracht, entweder, um Peter Griffens Aktivitäten zu beobachten und manchmal auch mitzuspielen, oder in der Version des Spiels, an der er gerade gearbeitet hatte.

Gaspar folgte der glänzenden, stromlinienförmigen Silhouette, die über den grünen Teppich am Boden schoss. Er legte die Flügel an und ging auf einen Abfangkurs, der ihn bis auf einige hundert Meter vor den Jet brachte.

Er breitete die Flügel aus und fing die Abwärtsbewegung auf. Aufgrund seiner verschärften Sinne konnte er die beiden vom Jet abgeschossenen Missiles und den Feuerball, der aus der Kehle des Drachens schoss, rechtzeitig erkennen.

Er feuerte sämtliche Stacheln aus seinen ausgebreiteten Flügeln ab, nur den Bruchteil einer Sekunde, bevor die beiden Flugkörper ihn erreichten. Die doppelte Erschütterung traf ihn mit voller Wucht, sodass er sich zusammenkrümmte. Aber die von ihm aktivierten Power-Ups ließen ihn am Leben.

Dann schlugen die Stacheln in den Jet ein. Weniger als hundert Meter von Gaspar entfernt flogen silbern glänzende Metall- und Plexiglasstücke in alle Richtungen, gefolgt von der Explosion des mit hochoktanigem Treibstoff gefüllten Tanks.

»Game over.« Gaspar grinste, aber er konnte seinen Triumph nicht lange auskosten.

Der Feuerball des Drachens erreichte ihn und ließ ihn zu Asche verbrennen.

Matt Hunter machte die Augen auf und nahm instinktiv den Kopf von den Kontaktpunkten des Implantatstuhls. Er konnte noch die Explosion spüren, die den Jet zerstört und die als Sicherheitsmaßnahme vorgesehene automatische Abmeldung aktiviert hatte.

Er sah sich die Wände an und stellte fest, dass er wieder zu Hause war, in seinem Schlafzimmer in Columbia, Maryland. Viele Fragen schossen ihm durch den Kopf, aber vor allem machte er sich Sorgen um Maj.

Er lehnte den Kopf wieder an die Lehne des Implantatstuhls und spürte, wie der Kontakt hergestellt wurde. Als er jetzt die Augen öffnete, war er in seinem virtuellen Arbeitsraum.

Er schwebte im Schneidersitz unter einem mit Sternen übersäten Himmel. Von seinem Standort aus hatte er eine bessere Sicht auf das Weltall als in den meisten Observatorien. Über das Firmament bewegte sich ein Komet, der einen purpurroten Schweif hinter sich herzog. Im nächsten Moment hatte der Komet die Atmosphäre erreicht, wo er Feuer fing und in einem Feuerwerk aus Farben verbrannte.

Matt ignorierte den Kometen und streckte die Hand nach der schwarzen Marmorplatte vor sich aus. Er drückte auf das wenige Zentimeter große blaue Symbol, das die Videofon-Funktion des Computers aktiviert. Vor ihm erschien ein rechteckiger Bildschirm.

»Sie haben Post«, verkündete die Computerstimme.

»Für später speichern«, befahl Matt. »Telefondatenbank öffnen.« Er hatte sich die Nummer des Bessel Mid-Town Hotels, wo Maj gerade wohnte, nicht gemerkt. *Sie ist bestimmt in Ordnung*, sagte er sich verzweifelt.

Mit einem leichten Zittern wurde das Rechteck aktiviert. »Geben Sie bitte den gewünschten Teilnehmer an.«

»Los Angeles, Kalifornien. Bessel Mid-Town Hotel. Zimmer 518.« Während Matt wartete, hörte er, wie das Videofon am anderen Ende klingelte. Mit jedem Läuten wuchs seine Besorgnis, aber Maj nahm nicht ab.

Mühsam nach Atem ringend öffnete Gaspar Latke die Augen und sah nur Schwärze vor sich. Sein Herz raste. *Zu viele Stunden online*, dachte er, *und eindeutig zu wenig Schlaf.* Schweißtropfen standen ihm auf der Stirn und ließen ihn frösteln, da Heavener darauf bestanden hatte, die Klimaanlage des Raums knapp über dem Gefrierpunkt einzustellen.

»Hast du die VR verlassen?«, wollte sie wissen.

Gaspar hob eine Hand und beobachtete interessiert das Zittern seiner Finger. Der Feuerball war ungeheuer groß und real gewesen, und Gaspar konnte nicht umhin, Peter ein Kompliment zu machen. Er war in dem Spiel seit Monaten nicht mehr von einem Feuerball getroffen worden. Verlieren war eine Erfahrung, die er nicht noch einmal machen wollte.

»Ja.«

»Die VR-Überlagerung ist im Hotel passiert«, sagte Heavener.

»Anders wäre es ja gar nicht möglich«, erwiderte Gaspar gereizt. Jeder wusste doch, dass die Programmierung des Spiels nur lokale Computersysteme beeinflussen konnte.

»Geh sofort wieder online. Wir möchten, dass ihr Computer geputzt wird.«

»Sie können ihren Rechner so lange putzen, wie Sie wollen, reden wird sie trotzdem«, wandte Gaspar ein.

»Das wird sie nicht. Wir haben unsere Leute dort«, erwiderte Heavener ungerührt.

An dem Frösteln, das Gaspar erschauern ließ, war dieses Mal nicht die Klimaanlage schuld. Er wusste, dass D'Arnot Industries keine Skrupel hatte, einen Mord zu begehen, aber er selbst hatte nie etwas damit zu tun gehabt.

»Such das Mädchen«, befahl Heavener, »und lösch alle archivierten Computerdateien, die sie online gespeichert haben könnte.«

Gaspar drückte sich zögernd aus dem Implantatstuhl hoch. Sobald er versuchte aufzustehen, gaben seine Knie nach und weigerten sich, sein Gewicht zu tragen. Wieder standen ihm Schweißtropfen auf der Stirn, als er sich schnell mit den Händen auf den Armlehnen abstützte und gerade noch verhindern konnte, dass er mit dem Gesicht nach unten auf dem Fußboden aufschlug.

Heavener fluchte und kam durch den Raum auf ihn zu. Sie packte Gaspar am Arm und riss ihn aus dem Stuhl. »Mach jetzt bloß nicht schlapp, du Niete.«

Gaspar spürte, wie ihm Tränen in die Augen schossen. Er konnte sich nicht daran erinnern, jemals so erschöpft gewesen zu sein. Während der letzten Tage hatte er so gut wie gar nicht geschlafen. D'Arnot Industries hatte gewollt, dass er Peter rund um die Uhr im Netz beobachtete, und Peter arbeitete unglaublich lange. Aber Griffen war gesund und hatte nicht zusätzlich andere Dinge zu erledigen, wie es D'Arnot Industries von ihm verlangte.

Heavener schleppte Gaspar zu dem anderen Implantatstuhl und ließ ihn unsanft hineinfallen. »Geh online. Such das Mädchen und putz ihren Computer.«

Gaspars Magen krampfte sich zusammen. Er musste würgen, aber über die Bartstoppeln an seinem Kinn lief nur dünner, sauer schmeckender Speichel.

»Latke«, schrie Heavener ihn an. »Jetzt! Sofort! Wir dürfen keine Zeit verlieren!«

Gaspar wischte sich mit dem Handrücken das Kinn sauber und lehnte sich zurück. Seine Implantate berührten die Laserstrahlanschlüsse. Er spürte das vertraute Brummen und wollte seine VR betreten, aber bevor er sich an seinen Schreibtisch setzen konnte, wurde der voll gestopfte Arbeitsraum vor seinen Augen unscharf und verschwand dann ganz. Gaspar versuchte es noch zweimal, doch jedes Mal verschwand die VR wieder.

Heavener trat an den Stuhl. »Stimmt was nicht?«

Mit zitternder Hand wies Gaspar auf die medizinischen Werte, die der Stuhl gemessen hatte. »Die Messergebnisse für Angst, Stress und Gesundheitszustand sind viel zu hoch. Der Stuhl lässt mich erst wieder ins Netz, wenn sie innerhalb der Toleranzgrenzen liegen.«

»Dann werden wir die Messung eben manipulieren müssen.« Heavener zog ein langes, schmales Etui aus der Tasche, das Gaspar noch nie bei ihr gesehen hatte. Als sie es öffnete, sah er, dass es drei dünne Spritzen enthielt. Sie nahm eine heraus, entfernte die Plastikkappe auf der Kanüle und schob dann den Kolben ein Stück hinein, um sicher zu stellen, dass keine Luft in der Flüssigkeit war.

»Nein!«, krächzte Gaspar entsetzt.

Heavener drückte ihm den Ellbogen auf die Kehle, sodass er keine Luft mehr bekam. »Hinlegen.«

Gaspar, der wie gebannt auf die Spritze starrte, packte ihren Arm und wollte ihn wegschieben, aber er war zu schwach dazu. Sie zwang ihn, sich in den Implantatstuhl zurückzulehnen, und löste dadurch die automatische Anpassung der Polster an seinen Körper aus, die sich an ihn schmiegten. Das laute Piepsen der als zu hoch eingestuften Messwerte hallte in dem großen Raum.

»Nein«, keuchte er. »Bitte nicht.«

Heaveners kalte, bernsteinfarbene Katzenaugen funkelten, als sie ihn ansah. »Du bleibst nur so lange am Leben, wie du uns nützlich bist. Vergiss das nicht.« Ihre Hand schoss auf ihn zu, und Gaspar spürte seitlich am Hals einen Stich.

Eine warme Trägheit breitete sich in seinem Körper aus.

Innerhalb weniger Sekunden fühlte er sich wie losgelöst von seinem Körper, noch distanzierter als sonst, wenn er online im Netz war.

Aber in seinem Innern schrie er immer noch.

Das hektische Piepsen des Implantatstuhls wurde langsamer und verstummte dann völlig.

»Such das Mädchen«, befahl die barsche Stimme Heaveners über die Audioverbindung. »Such das Mädchen und finde sie, sonst wird man *dich* nicht mehr finden.«

»Ja, okay«, antwortete Gaspar. Es war ihm egal. Er hatte keine Angst vor ihr. Er hatte vor nichts Angst. Er war im Netz und so frei, wie er es unter den gegebenen Umständen sein konnte. Gaspar Latke, der im voll gestopften Zimmer seiner VR am Schreibtisch saß, ging ins Netz und steuerte auf das Bessel Mid-Town Hotel zu.

3. Kapitel

Matt Hunter wurde immer verzweifelter, als die Videofonverbindung nicht zu Stande kam.

»Versuch fehlgeschlagen«, meldete der Computer. »Erneuten Versuch starten oder Störung bei BellNet melden?«

»Diagnostikprogramm starten«, sagte Matt.

»Diagnostikprogramm gestartet. Programm läuft.« Auf dem Bildschirm von Matts Videofon wurde ein Menü angezeigt. »Systemparameter stimmen mit den festgelegten Kriterien überein. Erneuten Versuch starten oder Störung bei BellNet melden?«

Matt glaubte nicht, dass er Zeit genug hatte, um sich durch die automatisierte Störungsannahme der Netzfongesellschaft zu kämpfen. Das Unternehmen war zwar schnell, aber er wusste, dass er schneller arbeiten konnte. Matt gab Mark Gridleys Nummer ein. Der ›Zwerg‹, wie sie ihn nannten, würde mit Sicherheit noch wach und irgendwo online sein, obwohl es in Maryland gerade ein Uhr morgens war.

»Versuch fehlgeschlagen«, meldete der Computer. »Erneuten Versuch starten oder Störung bei BellNet melden?«

Matts Gedanken überschlugen sich. Wenn keine Störung im Videosystem selbst vorlag, er aber trotzdem kein ausgehendes Gespräch zu Stande brachte, konnte das nur eines bedeuten: Jemand hatte dafür gesorgt, dass er keine Verbindung bekam. »Systeme auf Virus untersuchen.«

»Diagnostikprogramm hat festgestellt, dass vor kurzem Programmkode installiert wurde«, berichtete der Computer. »Kode scheint für dieses System aber nicht gefährlich zu sein.«

Ein gut gemachter Virus würde bei keinem Betriebssystem als gefährlich erkannt werden, dachte Matt. »Zugang öffnen.«

»Zugang geöffnet.« Der Bildschirm mit dem Videofonmenü vergrößerte sich, dann fing die Oberfläche an, sich wie Wasser zu kräuseln.

Matt stand auf und legte eine Hand auf den Bildschirm. Der sensorische Input des Bildschirms sorgte dafür, dass er sich kühl und feucht anfühlte. Als er die Hand zurückzog, blieb die Oberflächenspannung an ihr hängen. Er holte tief Luft und ließ sich fallen.

Als er auf der anderen Seite des Zugangsfelds war, sah er die Konfiguration für den Videofon-Uplink. An einer Wand rechts von ihm zogen sich dicke Kabel entlang, aber der Rest des großen, aschgrauen Raums war leer.

Wie lange war es her, seit er aus dem Netz geworfen worden war? Maj war auf sich allein gestellt, bis er einen Weg fand, um ihr zu helfen. Catie Murray, eine Freundin von ihm, die an der Bradford Academy studierte, wohnte im selben Hotel wie sie. Catie war ebenfalls Mitglied der Net Force Explorers.

Aber bevor Matt sie verständigen konnte, musste erst einmal das Videofon funktionieren.

Er streckte die Hand aus und startete die Werkzeuge für sein Betriebssystem. Sofort erschien eine Taschenlampe an seinem Unterarm, die einen breiten Lichtstrahl aussandte. Er richtete den Strahl auf die Wand mit den Kabeln. Die Schatten glitten zur Seite.

Er trat einen Schritt vor. Die Programmierung für das Videofon sah im Grunde genommen nicht wie das Kabelknäuel aus, das aus der Wand herausragte, aber so stellte es das Betriebssystem seines Computer in der VR dar.

Auf den Kabeln krabbelten unzählige grüne Käfer herum, die die Schnittstellen umleiteten, sodass sie zu sich selbst zurückgeführt wurden. Ein Signal von BellNet zu bekommen war kein Problem, aber eines nach draußen zu schicken, war völlig unmöglich.

»Analysieren«, befahl Matt. Sofort verwandelte sich die Taschenlampe in ein dreieckiges Gerät, das bequem in seine Hände passte.

Einen Virus in die Leitungen von BellNet zu schleusen war so gut wie unmöglich. Wer auch immer es geschafft hatte, wusste eine Menge über die Systeme, die im Netz verwendet wurden. Aber wer würde versuchen, ihn von der Außenwelt abzuschneiden? Und warum?

Das dreieckige Analysegerät hatte innerhalb weniger Sekunden Kodes zum Löschen des Virus gefunden. Wenn es um das Kode-Schreiben ging, konnten Mark Gridley nur wenige das Wasser reichen. »Löschen.« Das Analysegerät rekonfigurierte sich und war nun ein Pumpsprüher. Matt drückte auf den Knopf und sprühte ein weißes Pulver auf den Virus.

Kaum hatte das Pulver die grünen Käfer berührt, gerieten diese in Panik und krabbelten hektisch auf den Kabeln herum. Als immer mehr von ihnen verschwanden, lösten sich plötzlich zwei der Kabel aus ihrer Halterung und schossen auf Matt zu.

Er drehte sich weg und wich dem plötzlichen Angriff aus. Aus den Augenwinkeln konnte er einen mechanischen Schlangenkopf erkennen. Kurz darauf musste er schon wieder ausweichen und einen Rückwärtssalto ausführen, der ihn mit Müh' und Not außer Reichweite der zweiten mechanischen Schlange brachte, die durch das gelbe Achteck schoss, mit der die Zeit angegeben wurde.

Plötzlich wurde Matt klar, dass der Virus mit einem eigenen Schutzmechanismus versehen worden war. *Etwas, das genauso gut programmiert ist wie der Virus selbst. Ich hätte damit rechnen sollen*, tadelte er sich.

Matt rannte auf die Tür zu, die ihm jedoch vor der Nase zugeschlagen wurde. Dunkle Schatten an der Wand krochen zuckend auf ihn zu und drohten ihn zu umzingeln. Er sprang in die Luft, um dem nächsten Angriff auszuweichen. Hartes, kaltes Metall traf sein Bein. In der Realität hätte es ihm das Bein gebrochen, aber in der VR wurde er nur zu Boden gerissen.

Er hob die rechte Hand und richtete Marks Werkzeugset auf die mechanische Schlange, die ihm am nächsten war. »Analysieren.«

Die Kabelschlange schwankte von einer Seite zur anderen, während sie sich zu ihrer ganzen Größe aufrichtete. Aus den weit aufgerissenen Kiefern drang ein Zischen, und Speichel tropfte heraus, der mit elektrischen Teilchen aufgeladen war und wild umhertanzende Funken sprühte.

Auf dem Bildschirm des dreieckigen Geräts liefen Kodezeilen, die plötzlich stehen blieben, genau in dem Moment, in dem die Kabelschlange erneut angriff. Das offene Maul schoss auf Matt zu.

»Löschen!« Das Analysegerät verwandelte sich in einen Handschuh aus Quecksilber, der sich über Matts rechten Arm stülpte. Aus seiner Faust ragte der Lauf einer Pistole. Er drückte ab, und die Kabelschlange wurde von einem meergrünen Laserstrahl getroffen.

Der Strahl ließ den Kopf der Kabelschlange in einer weiß glühenden Explosion verschwinden. Aus den Schatten schoss jetzt der zweite Angreifer auf Mark zu, so schnell, dass dieser nicht mehr richtig zielen konnte. Er hechtete in einer Rolle über den Boden, richtete sich wieder auf und feuerte. Die Kabelschlange explodierte in einer Wolke aus sprühenden Funken und war einen Augenblick später verschwunden.

Schwer atmend sah sich Matt im Raum um. Bis auf ein paar winzige grüne Käfer bewegte sich nichts mehr. Er schaltete wieder auf das erste Antivirusprogramm und besprühte die Käfer mit Pulver. Mit einem metallischen Klicken fielen die winzigen Krabbeltiere auf den aschgrauen Boden.

Matt ging durch das Zugangsfeld in seine VR zurück, gerade in dem Augenblick, in dem der Komet auf die Oberfläche stürzte und einen riesigen Krater entstehen ließ, der fast zweihundert Meter breit war. Als er wieder vor dem schwarzen Marmorblock stand, berührte er das Videofon und gab erneut die Nummer des Bessel Mid-Town-Hotels und die Zimmernummer von Maj ein.

Das Telefon klingelte. Matt wartete gespannt.

Gaspar Latke ging durch die virtuellen Türen des Bessel Mid-Town, getarnt mit seinem Proxy – SHEPPARD, TED. Sein Kopf fühlte sich sonderbar schwer an, aber er machte sich keine Gedanken darüber.

Er durchquerte die Lobby und rief die Computerschnittstelle am Empfang auf. Nachdem er die Sicherheitsvorkehrungen umgangen hatte, zeigte er die Datensätze für den Netzzugang an und suchte nach dem Zugangsport, der sich mit Peters VR überlagert hatte.

Sein Finger berührte das Glas des Monitors und ließ die Gästeliste, die sämtliche Daten über einen Netzzugang enthielt, über den Bildschirm rollen. Hotels waren sehr gewissenhaft bei der Aufzeichnung solcher Daten. Es war auch notwendig, denn sonst würde man ihnen sämtliche Vergehen anhängen, die unter ihrem Dach begangen wurden. Außerdem hatten sie das Recht, den Zugang zu solchen Datensätzen zu verweigern, bis ihnen jemand eine richterliche Verfügung vor die Nase hielt.

Die Datensätze mit den Gästeinformationen blieben stehen, als die von ihm festgelegten Suchkriterien erfüllt waren.

Gaspar las den Namen laut vor. »Green, Madeline. Fünfter Stock, Zimmer 518.« Er schloss die Gästeliste, dann berührte er das Symbol für die Videofonverbindung und gab die Zimmernummer ein.

Das Telefon am anderen Ende klingelte. Als der Hörer abgenommen wurde, löste Gaspar seinen virtuellen Körper auf und schlüpfte in die Videofonverbindung.

Während Maj im Implantatstuhl die Augen öffnete, fiel ihr als Erstes das Klingeln des Videofons auf. Sie setzte sich aufrecht hin und überprüfte kurz ihre Umgebung. Das Hotelzimmer, das mit einem Schreibtisch und passendem Stuhl, Doppelbett, Kommode und Computer ausgestattet war, wirkte erheblich einladender als am Nachmittag, als sie es zum ersten Mal betreten hatte.

Sie tippte mit dem Finger auf das Symbol für das Videofon und nahm das Gespräch an. Die Infozeile am oberen Ende des Bildschirms verriet ihr, dass der Anruf von innerhalb des Hotels kam. *Es würde mich nicht wundern, wenn die Überlagerung die Aufmerksamkeit der Hausdetektive erregt hätte*, dachte sie. Maj holte ihr Folienpack vom Bett, damit sie ihre Net Force Explorer ID zur Hand hatte, und drehte sich zum Videofon hin.

Auf dem Monitor blitzte ein Bild auf – ein kurzes Flackern, das die Wand hinter dem Empfang unten zeigte. Dann war der Bildschirm wieder schwarz.

»Merkwürdig«, sagte Maj zu sich selbst, als sie die Verbindung beendete. »Aber sicher nicht die erste merkwürdige Sache, die ich heute Abend erlebt habe.« Sie musste an Matt denken und fragte sich, ob er es unbeschadet aus der VR geschafft hatte.

Das Videofon klingelte schon wieder.

»Ja?«

»Bist du in Ordnung?« Matts Stimme hätten die meisten Leute als ruhig und gelassen interpretiert, aber Maj kannte ihn gut genug, um die Anspannung hinter seinen Worten zu hören.

»Mir geht's gut. Und was ist mit dir?«

»Ich hab's überlebt. Hast du schon herausgefunden, was da gerade passiert ist?«

»Jemand hat meine VR gehackt und ist in mein System eingedrungen«, erwiderte Maj. »Oder hast du eine bessere Erklärung?«

»Nein. Allerdings glaube ich, dass der Typ auf dem Drachen nicht der Einzige war, der mit uns online gewesen ist.«

»Du meinst den Dämonoiden.« Maj hatte bereits die gleiche Schlussfolgerung gezogen. »Aber was hatte der Dämonoid in meinem System oder in dem des Drachenreiters zu suchen?«

»Ich tippe auf den Drachenreiter. Es fällt auf, dass er nicht den Drachenreiter, sondern uns angegriffen hat. Vielleicht wollte der Dämonoid ihn beschützen.«

Maj überlegte und verließ sich dabei auf ihre Intuition, mit der sie Problemen für gewöhnlich auf den Grund kam. Man hatte ihr oft gesagt, dass es schon fast unheimlich war, wie sie in Situationen, bei denen es um bestimmte Ereignisse und Personen ging, die zu Grunde liegenden Konflikte erkennen konnte. »Das Gefühl hatte ich nicht.« Sie warf einen Blick auf den Computer und sah zu, wie die Dateien verarbeitet wurden. »Ich gehe noch einmal rein.«

»Ich komme mit.«

»Nein.« Maj setzte sich wieder in den Implantatstuhl. Sie war nervös und wollte so schnell wie möglich das Gespräch mit Matt beenden, um herauszufinden, was es mit der ganzen Sache auf sich hatte. Immer wieder musste sie an den verwirrten und besorgten Gesichtsausdruck des Drachenreiters denken. *Er hat es nicht gewusst. Er hatte keine Ahnung, dass ich da sein würde. So blaue Augen können nicht lügen.* Sie schüttelte den Kopf über sich selbst. *Und du wirst langsam sentimental.* »Ich schicke dir zwei Dateien. Eine davon ist die Audiodatei von unserer Kommunikation mit dem Drachenreiter. Vielleicht kannst du ja was damit anfangen.«

»Leif«, erwiderte Matt ohne zu zögern.

»Mit ihm würde ich auch beginnen«, stimmte Maj zu. Leif Anderson beherrschte mehrere Sprachen. Er würde mit Sicherheit in der Lage sein, ihnen eine Reihe möglicher Dialekte zu nennen, wenn er die Übertragung nicht selbst übersetzen konnte. »Außerdem schicke ich dir eine Kopie der Net-Adresse. Vielleicht kann Mark sie zurückverfolgen.«

»Ich sorge dafür, dass er sie bekommt.«

»Ich muss los«, sagte Maj.

»Lass mich bloß nicht warten«, bat Matt. »Geh rein und gleich wieder raus. Und wenn Mark dich findet, helfen wir dir.«

»In Ordnung.« Maj lehnte sich zurück und spürte das durchdringende Dröhnen, mit dem die Verbindung angekündigt wurde. Sie atmete aus und sprang ins Netz.

Einen Moment lang schien sie wie im freien Fall zu schweben, dann war sie plötzlich von tiefblauem Himmel umgeben und fiel weiter. Um sie herum baute sich die Striper auf, aus unzähligen glitzernden Funken, die sich zu einer Hülle aus Stahl und Keramik verfestigten. Der heftig wehende Wind verschwand, als sie das vertraute Vibrieren im Innern des Jets spürte. Sie griff nach dem Steuerknüppel und startete die Triebwerke.

Da die Instrumente keine Spur des Drachenreiters anzeigten, drehte sie den Kopf nach links und rechts und versuchte, das Tier oder seinen Reiter zu erspähen. Ihr Optimismus war wie weggeblasen, als sie einen Blick nach unten warf und statt grüner Bäume nur eine schroffe Wüstenlandschaft sah.

Wohin war der Drachenreiter verschwunden? Maj suchte noch eine Weile weiter, denn sie wusste, dass er in Schwierigkeiten steckte, egal, wo er gerade war. Sie fragte sich, ob ihm das bewusst war.

Nervöse Energie erfüllte Gaspar, als er auf das Mädchen im Implantatstuhl heruntersah. Er stand in Maj Greens Hotelzimmer, in einem glänzenden blauen Lederoverall, der das Maskierungsprogramm darstellte, mit dem er die Sensoren im Zimmer austrickste. Es war mit einer Holoprojektionsanlage ausgestattet, die es einem Gast aus dem Netz möglich machte, Maj einen virtuellen Besuch abzustatten und sich auf die Möbel zu setzen, ganz so, als wäre er tatsächlich anwesend.

Das Maskierungsprogramm hatte Gaspar selbst geschrieben. Es erlaubte ihm, ungesehen das Zimmer zu betreten und sich dort aufzuhalten, ohne gesehen zu werden. Außerdem konnte er sich damit in die Programmierung der Holoprojektion einklinken, um sich Zugang zu der gerade im Zimmer aktiven VR zu verschaffen. Die VR selbst konnte er zwar nicht manipulieren, aber er sah alles, was darin vorging.

Er blickte auf das Mädchen hinunter, das er sehr hübsch fand. Ihr braunes Haar war zu einem dicken Zopf geflochten, bekleidet war sie mit Jeansshorts und einem roten Strickpullover. Sie war barfuß und hatte es sich in ihrem Zimmer gemütlich gemacht.

»Abfragestatus: Beendet«, flüsterte ihm eine Computerstimme ins Ohr. Obwohl er im Zimmer des Mädchens stand, wusste Gaspar, dass sie aufgrund des Maskierungsprogramms weder ihn noch die Stimme des Computers hören konnte.

»Bericht«, befahl Gaspar.

»Green, Madeline, Alter siebzehn«, antwortete die monotone Stimme. »Braune Haare, braune Augen.« Es folgten

Daten von der Führerscheinstelle von Virginia mitsamt ihrer Adresse in Alexandria, Virginia.

Sie ist jünger als ich, stellte Gaspar verblüfft fest.

»Ihr Vater, Martin Green, ist Professor für Politikwissenschaft an der Georgetown University«, fuhr der Computer fort. »Ihre Mutter, Rosilyn Green, besitzt ein Computerunternehmen. Sie hat einen älteren Bruder, Rick, und eine jüngere Schwester, Adrienne. Madeline studiert an der Bradford Academy und hat dort die Fächer …«

»Das reicht«, sagte Gaspar. Er brauchte nicht alles über sie zu wissen, und vermutlich wusste er sowieso schon zu viel. Und Heavener auch.

Er legte die Hand auf den Implantatstuhl und spürte die Daten, die durch die Anschlüsse flossen. Zurzeit war Madeline Green in ihrer eigenen VR und im Netz, aber da sie den Telekommunikations-Uplink des Bessel Mid-Town benutzte, hatte Gaspar über die Programmierung des Hotels Zugang zu ihren Daten, denn aufgrund des Maskierungsprogramms und der von ihm festgelegten Parameter war er Teil der Programmierung geworden.

»Wo bist du?«, wollte Heavener über die Audioverbindung wissen.

»In ihrem Zimmer.«

»Was macht sie gerade?«

»Sie ist wieder in ihrer VR.«

»Warum?«

»Ich nehme an, sie sucht Peter.«

»Sie wird ihn nicht finden.« Heaveners Stimme klang skeptisch.

»Der Meinung bin ich nicht.« Gaspar wünschte, er könnte verschwinden und das Mädchen in Ruhe lassen.

»Sorg dafür, dass sie ihn nicht findet«, befahl Heavener.

»Lösch so viele Dateien in ihrem System, wie du kannst. Ein Team von uns ist bereits auf dem Weg.« Sie unterbrach die Verbindung, bevor Gaspar antworten konnte.

Das Mädchen tat ihm Leid. Gaspar wusste, was Heaveners Team vorhatte. Ihm war klar, dass sie genauso wenig eine Chance hatte wie er. Aber er schloss die Augen und drang in ihre VR ein.

4. Kapitel

»Hallo. Sie sind mit dem Anschluss von Mark Gridley verbunden. Ich bin zurzeit leider nicht da. Hinterlassen Sie mir bitte einen Ping mit Ihrer Adresse, damit ich zurückrufen kann.«

Nachdem er eine Nachricht hinterlassen hatte, tippte Matt in seinem Instant Messenger auf das Symbol für Leif Anderson.

»Ja?« Leifs Stimme klang müde.

»Matt. Störe ich?«

»Ich habe geschlafen. Das ist was, das viele Säugetiere, die nicht fest mit dem Netz verdrahtet sind, in der Nacht normalerweise tun. Was ist los?«

»Wir haben hier ein kleines Problem.« Matt kopierte die Audiodatei, die Maj in sein System geladen hatte, dann streckte er die Hand aus, und ein winziges, silbrig glänzendes Ohr fiel in seine Hand. »Bist du vorzeigbar?«

»Bis du hier bist, hab ich mir mit den Fingern die Haare gekämmt und den Schlaf aus den Augen gewischt.«

Matt folgte der Telekommunikationsverbindung von Maryland bis zu dem Apartment in New York City, wo Leif mit seinen Eltern wohnte. Das Apartmenthaus gehörte zu den höchsten Gebäuden in Manhattan. Im East River spiegelte sich das Licht des Mondes. Die Sicherheitsprogrammierung wurde als eng anliegende silberblaue Hülle um das Gebäude dargestellt.

Matt streckte die Hand aus und berührte die Sicherheitsprogrammierung. Ein eiskaltes Frösteln lief ihm über den Arm. Im nächsten Augenblick wurde er in das Gebäude gerissen, so schnell, dass er kurz stolperte, als ihm die Programmierung des Holoprojektors in Leifs Zimmer das Gefühl von Schwerkraft vorgaukelte.

Leifs Zimmer war riesig. Sein Vater, Magnus Anderson, besaß und leitete eine der bekanntesten Finanzberatungsfirmen der Wall Street. Seine Mutter Natalya war früher Tänzerin beim New York City Ballet gewesen und hatte inzwischen ein eigenes Studio eröffnet.

Leif saß auf dem Bettrand und sah alles andere als elegant aus. Das rote Haar stand ihm in allen Richtungen vom Kopf ab, die Augen waren blutunterlaufen. Er hatte eine helle Haut mit vielen Sommersprossen und trug einen abgenutzten grünen Bademantel zu pelzgefütterten Hausschuhen. Das Gähnen, zu dem sich sein Mund verzog, verdeckte er eine Mikrosekunde zu spät mit der Hand, sodass es nicht sehr dezent wirkte.

»Setz dich.« Leif deutet auf ein Sofa, das dem Bett gegenüber stand.

»Keine Zeit«, erwiderte Matt. »Ich habe Mark schon eine IM geschickt.«

Leif zog eine Augenbraue hoch. Sein Interesse war geweckt. »Um was geht es bei eurem kleinen Problem?«

Matt schüttelte den Kopf. »Ich habe keine Ahnung. Ich weiß nur, dass jemand einen Virus in mein System geschleust hat, der die Kommunikation zwischen Maj und mir lahm gelegt hat.«

»Da der Zwerg eine ganze Wagenladung von Anti-Virus-Software auf deinem System installiert hat, finde ich das schon sehr beeindruckend. Ich frage mich allerdings, was ich dann für dich tun kann.«

»Maj hat mir eine Audiodatei geschickt, die du dir ansehen sollst.« Matt warf ihm das silberne Ohr zu.

Leif fing es auf, dann stieß er sich vom Bett hoch und ging zu seinem Implantatstuhl. »Worauf soll ich achten?«

»Auf die Sprache«, sagte Matt. »Wir haben kein Wort verstanden.«

Jetzt schossen bei Leif beide Augenbrauen in die Höhe. »Im Netz?«

»Ja. In unserer Welt ist was aufgetaucht, das da nicht hingehört – oder vielleicht sind *wir* in einer anderen Welt gewesen. Ich weiß es nicht.«

Leif legte sich in seinem Implantatstuhl zurück, machte es sich bequem und zog den Bademantel zurecht. Dann wackelte er mit den Zehen. »Du bist auch im Netz?«

»Ja. Mein nächster Kontakt ist Catie.«

Leif machte die Augen zu. »Ich melde mich, wenn ich was rausgefunden habe.«

Matt ging durch die Wand des Zimmers und ließ sich in die Stadtlandschaft fallen. Er hangelte sich an dem Gitternetz entlang, das sich über Manhattan zog, prallte von einem Kommunikationssatelliten ab und war fast im selben Augenblick wieder in Maryland.

Zurück in seiner VR, rief er sein Adressbuch auf und suchte nach Catie Murrays Zimmernummer im Bessel Mid-Town. Bevor er sie gefunden hatte, erschien rechts von ihm ein Fenster.

»Hi«, sagte Mark Gridley.

Matt streckte die Hand aus und tippte mit dem Zeigefinger auf das Fenster, wodurch er die Sicherheitsprogrammierung entfernte. Im nächsten Moment erschien Mark Gridley in der rechteckigen Öffnung. Der Zwerg war noch nicht einmal vierzehn und thailändisch-amerikanischer Abstammung, was man an den braunen Augen, dem schwarzen Haar und der olivfarbenen Haut auch sehen konnte. Er trug ein rotes T-Shirt mit einem Roboter aus einem populären japanischen Comic, der in Kampfstellung dastand und ein Schwert in den Händen hielt, an dem grüne Energiepfeile abprallten.

Mark griff durch das Fenster und nahm Matts Hand, dann ließ er sich durch die Öffnung ziehen. »Was ist los?«

Matt erzählte ihm kurz, was passiert war.

»Und du weißt nicht, ob diese andere VR im Hotel ist?«, wollte Mark anschließend wissen.

»Nein.«

»Wo ist Maj?«

»Online. Sie sucht nach der VR.«

»Wir sollten versuchen, zuerst mit ihr Kontakt aufzunehmen«, sagte Mark, als er von Matt das wie ein Kompass geformte Symbol entgegennahm, das dieser von Maj erhalten hatte.

Matt rief wieder die Netzadresse für das Hotelzimmer von Maj auf, dann tippte er auf das Symbol für die Videofonverbindung.

»Diese Adresse ist nicht mehr gültig«, meldete sich der Computer. »Verbindung für andere Adresse erstellen?«

Matt hatte ein ungutes Gefühl, aber dann gab er Catie Murrays Zimmernummer ein.

Als Gaspar sich umsah, stellte er fest, dass Madeline Greens VR außerordentlich gut organisiert war. Er war mitten im Betriebssystem der VR und benutzte dazu ein Maskierungsprogramm, das angesichts der in das System eingebauten Sicherheitsmaßnahmen gerade noch so funktionierte. Zurzeit hielt ihn Madeline Greens System für eine Routinediagnostik, die vom Sicherheitssystem des Hotels stammte. Wenn sie von zu Hause aus in ihre VR gegangen wäre und nicht den Hotelzugang zum Net benutzt hätte, wäre es ihm vermutlich nicht so schnell gelungen, ihr System zu knacken.

Die Sicherheitsprogramme wurden von seiner VR als Aquarium dargestellt. Wenn er in Madeline Greens Systeme integriert gewesen wäre, hätte er die Programme genauso wie sie gesehen.

Sein Aussehen war von seinem System verändert worden, sodass er sich jetzt als Cyberfisch wahrnahm. Die Kiemen ähnelten einem Grillrost, und die Flossen bestanden aus kantigen Metallstücken, die sehr gut zu dem Versuchsflugzeug gepasst hätten, das Madeline Green durch Peters Welt gesteuert hatte.

Er glitt durch das tiefblaue Wasser und untersuchte die Bänke aus Hirnkorallen auf den schwarzen und roten Felsen unter sich, die verschiedene Ordner mit Dateien darstellten. Dann schwamm er um einen versunkenen Baum herum, dessen Blätter und Rinde von den Bewohnern des Aquariums gefressen worden waren.

Plötzlich kippte ohne jede Vorwarnung ein dicker Ast des versunkenen Baums herunter, der an einem gut getarnten Scharnier hing. Aus der Höhlung dahinter schoss der knotige Tentakel eines Tintenfischs hervor und schlang sich um Gaspars Rückenflosse.

Er unterdrückte den Impuls zur Flucht und starrte in die lavendelfarbenen, durchscheinenden Augen des keilförmigen Kopfes, der in dem hohlen Baumstamm schwebte. Dann rief er seine Hackerprogramme auf, obwohl er wusste, dass er dem Tentakel, von dem er fest gehalten wurde, nicht völlig entkommen konnte.

Wie eine Spinne, die an den Fäden ihres Netzes entlangglitt, öffnete er das Maul und katapultierte sich in einer kleineren Version des Fischkörpers heraus. Die leere Hülle ließ er hinter sich zurück. Während er in Richtung einer anderen Ansammlung aus orange- und türkisfarbenen Hirnkorallen davonschwamm, sah er sich um.

Aus dem hohlen Baum waren drei weitere Tentakel hervorgeschossen, die sich jetzt um die leere Hülle wickelten. Mit den Programmen, die er in seinem neuen Körper bei sich trug, würde das Sicherheitsprogramm fast eine Minute brauchen, um die Hülle zu verarbeiten und festzustellen, dass ein Verstoß gegen die Sicherheit der VR vorlag.

Gaspar ließ neben sich eine Stoppuhr anzeigen und stellte sie auf fünfundvierzig Sekunden ein. Dann schwamm er weiter und nutzte dabei die Strömung innerhalb des Aquariums aus, wann immer er konnte.

Die Hirnkorallen vor ihm erzeugten eine Schwingung, die er an der Seitenlinie seines Fischkörpers spürte. Wie bei echten Fischen verlief diese Linie über seinen gesamten Körper und reagierte besonders empfindlich auf Druckveränderungen und Bewegungen im Wasser. Fische benutzten ihre Seitenlinien zur Orientierung und auch als Alarmsystem, das drohende Gefahren anzeigte.

Gaspar hatte seine Seitenlinie so eingestellt, dass sie auf Dateien reagierte, die mit Peters VR zu tun hatten. Die Stoppuhr hatte gerade dreißig Sekunden angezeigt.

Gaspar riss sich zusammen und konzentrierte sich auf die Aufgabe, die vor ihm lag. Links und rechts in seinem Gesicht bildeten sich dreifingrige Hände, die auf Armen mit mehreren Gelenken saßen. Die Finger tasteten langsam über die Hirnkorallenbank und suchten nach deren Geheimnissen.

Die Stoppuhr war bei siebzehn Sekunden, als sich Gaspar in die Hirnkorallendatei gehackt hatte. Die Hirnkoralle klappte wie die Spalten einer Orange auseinander und enthüllte in ihrem Innern leuchtende Datenstränge, die zu einem Knäuel ineinander verschlungen waren.

Gaspar griff mit seinen neuen Händen in die Hirnkoralle hinein. Die kräftigen Finger wühlten in den Datenströmen herum. Eine Hand zog die Datenströme heraus, während die andere Daten in die Hirnkoralle speiste.

Als noch vier Sekunden übrig waren, zog sich Gaspar aus Madeline Greens VR zurück und kam im Netz vor dem Bessel Mid-Town-Hotel heraus. Er schwebte acht Stockwerke hoch über der Straße.

Gaspar streckte die Hand aus und sah sich die Datei an, die er aus der VR von Madeline Green geholt hatte. Sofort erschien ein Holo-Abspielgerät in Miniaturformat auf seiner Handfläche, dessen Gehäuse kobaltblau schimmerte. Er öffnete das Gerät und drückte auf das Symbol zum Abspielen des Hologramms. Über den nicht einmal zwanzig Zentimeter großen Monitor huschten Bilder von Madeline Greens Begegnung mit Peter und seinem Drachen.

Gaspar klappte das Holo-Abspielgerät zu und ließ es verschwinden. Er schlüpfte in die Feeds zum Hotelzimmer des Mädchens, die er offen gelassen hatte, und warf schnell einen Blick hinein. Bis jetzt war Heaveners Einsatzteam noch nicht angekommen.

Plötzlich schoss ein leuchtend gelbes Stoffband auf ihn zu und wickelte sich um sein rechtes Handgelenk. Das Band war ungefähr so stabil wie Zuckerwatte, aber das, wofür es stand, erinnerte ihn daran, dass er eine Menge zu verlieren hatte.

Als er seine Hand von dem Band befreite, wurde ihm klar, dass ihn jemand über ein Hilfsprogramm gefunden hatte, mit dem sich Datenströme zurückverfolgen ließen. Selbst wenn er sich jetzt aus dem Netz abmeldete, würde das Programm seinen Standort bestimmen können, falls der Benutzer sein Handwerk beherrschte. Und wenn seinem Verfolger das gelang, würde Heavener ihn töten. Das Material des Programms ließ sich leicht abstreifen. Er drehte sich um und morphte den Proxy des Hotelangestellten zu einem anderen Proxy, der zu dem Dutzend Proxys gehörte, das er im Netz am häufigsten verwendete. Der Anzug fiel von ihm ab und schmolz zu der mit magischen Zeichen bedeckten Rüstung seines Lieblings-Proxys zusammen.

Im Bruchteil einer Sekunde war Gaspar über zwei Meter groß und wie ein Schrank gebaut. Ein großes Bärenfell bedeckte die verzauberte Rüstung, der Kopf war von einer spitz zulaufenden Kapuze verdeckt. Er zog das geschwungene Schwert aus der Scheide an seiner Hüfte, packte es mit beiden Händen und stellte sich breitbeinig hin. Dann drehte er sich um und stellte sich dem Programm.

Das gelbe Band flatterte vor ihm hin und her und näherte sich ihm zaghaft, ohne ihn zu berühren. Am anderen Ende des Bandes stand jemand, der langsam näher kam.

Das ist ja nur ein kleiner Junge, dachte Gaspar, als er die schmale Gestalt im roten T-Shirt musterte. Aber dann änderte er seine Meinung. Nur die Parameter des Proxys ließen ihn über zwei Meter groß sein. Vielleicht war der kleine Junge ja gar kein kleiner Junge. Vielleicht war er nicht allein. Wer auch immer er war, er war gut, wenn er ein derart effektives Programm schreiben konnte.

Der Junge hielt etwa drei Meter von Gaspar entfernt an und schwebte über der Straße, als wäre das völlig normal. »Hallo«, sagte er, während er die Arme vor der Brust verschränkte. »Ich bin Mark Gridley und Mitglied der Net Force Explorers.« Über seiner linken Schulter tauchte ein Ausweis auf, der selbst auf die Entfernung hin gut lesbar war. »Wir sollten uns mal unterhalten.«

»Bitte sag mir, dass Maj nicht in Zimmer 518 ist«, flüsterte Catie Murray. Im Korridor des Hotels waren nur die vier Männer zu sehen, die ihr schon im Fahrstuhl aufgefallen waren, als sie sich nach Matts Videofonanruf auf den Weg zu Majs Zimmer gemacht hatte. Sie trug einen Trainingsanzug und Sportschuhe und hatte ihr blondes Haar zu einem Pferdeschwanz zusammengebunden.

Catie öffnete ihr Folienpack, schob den Deckel eines winzigen Fachs zur Seite und ließ einen Ohrknopf in ihre Hand fallen. Sie steckte den Knopf ins Ohr und stöpselte das mikrodünne Kabel in den Audioanschluss des Folienpacks.

»Den Gefallen kann ich dir leider nicht tun«, sagte Matt.

Die Männer waren jung, mittelgroß und von durchschnittlichem Äußerem. In einer Menschenmenge würden sie nicht weiter auffallen. Kabelspiralen, die hinten am Kragen zu den Ohrmuscheln führten, verrieten, dass sie mit Folienpacks oder einer anderen Art von Kommunikationsgerät verbunden waren. Alle vier sahen äußerst grimmig drein und bewegten sich so koordiniert, als hätten sie es vorher geübt. Einer von ihnen zog ein elektronisches Gerät aus seinem Jackett und legte es auf das Türschloss.

»Sie brechen in ihr Zimmer ein.« Catie drehte sich um und hielt das Folienpack so, dass die Videokamera die Männer an der Tür zu Majs Zimmer erfassen konnte.

»Bleib, wo du bist«, riet ihr Matt. »Ich hab schon das Los Angeles Police Department verständigt.«

Catie rief sich den Korridor ins Gedächtnis, den sie von den Fahrstühlen bis zu Majs Zimmer entlanggegangen war. Auf dem Dach des Bessel Mid-Town lagen unter anderem der Swimmingpool und ein Bankettbereich. »Kannst du dich in das Computersystem des Hotels hacken und den Feueralarm auslösen?«

»Das würdest du auch selbst fertig bringen.«

»Ich hab zu tun.« Catie rannte mit großen Schritten den Korridor entlang zu den Fahrstühlen zurück. Sie stieß sich mit den Armen von der Wand ab und zählte, wie oft sie um die Ecke biegen musste. »Und ich brauche so viel Zeit, wie ich kriegen kann.«

»Wenn ich den Feueralarm auslöse, gehen automatisch alle Türen auf. Das ist in den Sicherheitsbestimmung so vorgesehen«, warnte Matt.

»Ich habe einen Plan«, erwiderte Catie, als sie die Fahrstühle erreicht hatte und nach dem Knauf der Tür griff, die zum Dach führte. *Er ist zwar nicht gerade brillant, aber was Besseres fällt mir nicht ein.*

5. Kapitel

Maj lenkte die Striper durch den blauen Himmel über der windumtosten Wüste. Bis jetzt hatte sie noch keine Spur des Drachens oder seines Reiters finden können. Sie verringerte

Geschwindigkeit und Flughöhe und nahm frustriert ihre Gesichtsmaske ab.

»Achtung, Zimmer 518!«, rief plötzlich eine schrille Stimme. »Sicherheitsverstoß steht unmittelbar bevor.«

Maj krampfte sich der Magen zusammen. Ihr Körper war in einem Hotelzimmer, nicht in der vertrauten, sicheren Umgebung ihres Zimmers zu Hause. »Sicherheitsdienst verständigen.«

»Sicherheitsdienst existiert nicht mehr.«

Die Aussage traf Maj wie ein Vorschlaghammer. »Erneute Überprüfung«, befahl sie.

Der Sicherheitsdienst kann nur dann aufhören zu existieren, wenn jemand das Sicherheitssystem neu programmiert und die Parameter umdefiniert hat. Der Angriff läuft schon eine ganze Weile, lange bevor jemand die Zimmertür zu öffnen versucht hat, dachte Maj. »Äußeren Videoscan an der Tür anzeigen.«

Im Cockpit des Jets erschien ein zweidimensionaler Bildschirm, auf dem nur grauweißes Flimmern zu sehen war.

»Wo ist das Bild?«, fragte Maj.

»Scanning. Außer den Parametern dieses Zimmers gibt es draußen nichts mehr.«

Sie hörte ein Geräusch, das wie zerbrechendes Glas klang, dann war der 2-D-Bildschirm plötzlich weg.

Maj, die langsam in Panik geriet, schnallte die Maske wieder über ihr Gesicht und schlug dann mit der behandschuhten Hand auf die Taste für den Schleudersitz. Die Cockpithaube wurde weggesprengt und vom Jetstream mitgerissen. Sekundenbruchteile später schossen die Sitze der Striper in die Luft. Als Maj die Reißleine ihres Fallschirms zog, riss sie die Bremswirkung des Schirms nach oben und zurück in die reale Welt.

Während sie im Implantatstuhl ihres Hotelzimmers die Augen öffnete, sah sie, dass sich der Türgriff drehte.

Ich hatte schon mal bessere Ideen, dachte Catie, als sie fünf Stockwerke tief auf die Straße hinuntersah. Sie wusste, dass sie sich beeilen musste, und ließ schnell den Blick über das Dach des Hotels gleiten.

Am Rand des Daches lag ein riesiger Pool, flankiert von mehreren Dutzend Liegestühlen. Etwas weiter links konnte Catie den Bankettbereich erkennen, von dessen Tischen man die Tischtücher und Blumendekoration entfernt hatte, die sie am Nachmittag noch gesehen hatte.

Rechts von ihr lag ein Gebäude mit einem Flachdach, in dem das Fitnessstudio untergebracht war. Die dritte Seite des Dachs öffnete sich nach Westen hin und bot eine atemberaubende Aussicht auf die Skyline der Stadt.

Maj steckt in Schwierigkeiten. Kaum war Catie dieser Gedanke durch den Kopf geschossen, fing sie an zu laufen. Sie sah sich schnell nach einigen Anhaltspunkten um und rannte dann direkt auf das Fitnessstudio zu. Immer wenn sie die Gelegenheit dazu hatte, spielte sie Fußball, daher war sie gut in Form.

Jedes Zimmer des Hotels hatte einen kleinen Balkon, auf dem ein schmaler Tisch aus Kunststoff und zwei Liegestühle standen.

Catie wickelte den Klettverschluss des Folienpacks um ihr Handgelenk, sprang auf einen der großen Blumentöpfe, die links und rechts vor dem Eingang zum Fitnessstudio standen, und packte von dort aus die Regenrinne, die um das Flachdach herumführte. Sie hangelte sich auf das Dach und lief weiter, wobei sie feststellte, dass das Gebäude nicht ganz so nah am nächsten Balkon lag, wie sie gehofft hatte.

Als sie den Rand des Daches erreicht hatte, blieb sie stehen und starrte hinunter. Das Licht der Neonwerbung vertrieb die Schatten der Nacht, sodass sie die Straße unten erkennen konnte.

Nicht nach unten sehen, sagte Catie zu sich selbst, als sie ein flaues Gefühl im Magen spürte. *Nach unten sehen ist definitiv keine gute Idee.* Sie holte tief Luft und trat einen Schritt zurück.

»Catie!« Matts Stimme war über den Ohrknopf des Folienpacks zu hören.

»Was?« *Ich hab vergessen, die Videofunktion des Folienpacks auszuschalten.*

»Was machst du da?«

»Ich hole Maj.« Catie zählte die Balkone ab. Wenigstens war die Entfernung von einem Balkon zum nächsten geringer als die Distanz vom Dach des Fitnessstudios zum ersten Balkon in der fünften Etage. Von einem Balkon zum nächsten zu kommen würde recht einfach sein. Aber der Sprung zum Balkon über ihr machte ihr Angst.

»Das kannst du nicht machen!«

»Wenn du mir dauernd ins Ohr schreist, wird es sicher nicht klappen.«

»Catie ...«

»Wir haben nicht mehr viel Zeit«, unterbrach ihn Catie. »Die Typen, die hinter Maj her sind, wissen bestimmt, dass sie Mitglied der Net Force Explorers ist. Und dann wissen sie auch, dass sie sich damit verdammt viel Ärger einhandeln. Sie werden keine Zeugen gebrauchen können.«

»Warte«, drängte Matt. »Ich habe das LAPD verständigt. Die Polizei ist schon unterwegs. Sie soll ...«

Catie suchte sich einen festen Stand auf dem Dach des Fitnessstudios und verdrängte die lähmende Angst, die ihre

Arme und Beine mit Blei füllte. *Ich hab Recht, Matt, und das wissen wir beide. Für eine Diskussion ist jetzt keine Zeit. Ich hoffe nur, dass alles gut geht!*

Catie musste wieder daran denken, dass Maj in Gefahr war. Sie stieß sich, ohne zu zögern, vom Rand des Daches ab und streckte sich, um den Balkon über sich zu erreichen. Das Geländer des Balkons prallte gegen ihren Brustkorb, knapp unterhalb ihrer Achselhöhlen. Obwohl Catie kaum noch Luft bekam, schob sie die Ellbogen über das Geländer und zog sich über die Brüstung. Sie verschwendete keine Zeit damit, eine vorsichtige Landung zu versuchen, und ließ sich einfach fallen, wobei sie sich kurz in den Beinen eines der beiden Liegstühle verfing. Sie stand auf und wollte die Balkontür zur Seite schieben, stellte aber fest, dass sie verschlossen war.

»Matt«, flüsterte sie.

»Ja. Ich muss nur erst wieder zu Atem kommen und überlegen, wie ich dir sagen soll, dass du da gerade was unglaublich Dummes gemacht hast.«

Catie schluckte. Ihr Adrenalinspiegel war noch immer so hoch, dass sie sich kaum Gedanken machte über das, was sie gerade getan hatte. »Lös den Feueralarm aus.«

Nach einer kurzen Pause kam die Antwort: »Alarm ist ausgelöst.«

Unmittelbar darauf ging der Alarm in Majs Zimmer und den anderen Räumen auf der Etage los. Catie riss die Balkontür auf und schob die schweren Vorhänge beiseite. Maj, die den Blick auf den Türknauf gerichtet hatte, wollte gerade aus dem Implantatstuhl aufstehen.

»Maj.«

Maj riss den Kopf herum und starrte Catie überrascht an. »Wie kommst du denn hierher?«

»Frag bloß nicht.« Catie nahm Maj an der Hand und lief mit ihr auf den Balkon hinaus. »Mach dir lieber Gedanken darüber, wie wir nach unten kommen.«

Maj sah nach unten. »Findest du das nicht etwas tief?«

»Dahin wollen wir ja gar nicht.« Catie schwang sich über das Geländer, hielt sich mit beiden Händen daran fest und hangelte sich an den Querstreben nach unten, bis sie so nah wie möglich am Balkon unter sich war. Dann schwang sie mit den Beinen nach vorn und zwang sich, das Geländer loszulassen.

Mark Gridley behielt den Krieger mit dem Bärenfell im Auge. Die beiden schwebten immer noch vor Majs Zimmer im Bessel Mid-Town-Hotel.

»Ich werde nicht mit dir reden«, brüllte der Krieger mit tiefer Stimme. In dem gekrümmten Schwert, das er vor sich hin und her bewegte, spiegelte sich das Licht der Neonwerbung.

»Wer bist du?«, wollte Mark wissen. Nach außen hin blieb er völlig ruhig, aber innerlich war er wütend, weil jemand einen seiner Freunde in Gefahr brachte.

Der Krieger antwortete nicht. Aber das Schwert blieb plötzlich stehen und zeigte direkt auf Mark. Aus der Spitze schoss ein leuchtend blauer Laserstrahl hervor, dessen Ziel Marks Brust war.

Mark hob die Hand und rief eines der Firewall-Sicherheitsprogramme auf, die er in seinem System gespeichert hatte. Auf seiner Hand erschien eine leuchtende, grüne Scheibe, die immer größer wurde, bis sie über einen halben Meter maß. Der blaue Strahl prallte auf den grünen Schild und zersprang dann in unzählige leuchtende Programmfetzen, die das Netz als Energiemuster interpretierte. Sie verglühten, lange bevor sie die Straße unten erreichten.

Der Krieger griff ein zweites Mal mit dem Schwert an und schleuderte daraus ein Bolo-Netz auf Mark, das aus goldenen Lichtstrahlen bestand.

Der Typ ist gut, dachte Mark, als er sich nach unten in Richtung Straße fallen ließ. Das goldene Netz segelte über seinen Kopf hinweg, aber er wusste, dass es einen System-Crash verursacht hätte, wenn er sich darin verfangen hätte. Er rief wieder sein eigenes Menü auf und bewaffnete sich.

Im Bruchteil einer Sekunde war er mit einer Art Schutzanzug bekleidet, den er immer dann trug, wenn er versuchte, den Kode von Programmen zu knacken, die seine Mutter von der Net Force bekommen hatte und mit nach Hause nahm. Er fügte noch den in einem kleinen Rucksack untergebrachten Raketenantrieb hinzu, denn nur mit dieser Technologie konnte er Mach-Geschwindigkeit erreichen. Dann startete er den Raketenantrieb über die Steuerungseinheit in seinem Handschuh und schoss senkrecht in die Luft nach oben.

Der Krieger mit dem Bärenfell holte erneut aus und schoss einen Pfeil aus rubinrotem Licht aus seinem Schwert ab.

Mark hob die Hand und rief einen anderen Schutzschild auf. Der Pfeil aus Licht traf den Schild, der ihn jedoch nicht zerstören konnte. Stattdessen fing die Luft um Mark herum plötzlich Feuer und hüllte ihn in lodernde Flammen ein.

Der Virus suchte nach Schwachstellen in Marks Schutzanzug, und als er keine fand, startete er ein Diagnoseprogramm nach dem anderen. Mark war damit außer Gefecht gesetzt und konnte aktiv nichts mehr im Netz unternehmen, da die automatischen Firewalls reagierten und sämtliche Ressourcen des Anzugs in Anspruch nahmen, sobald sie einen erneuten Durchbruchversuch des Virus feststellten.

Mark, der so gut wie nichts mehr tun konnte und hilflos in der Luft schwebte, startete ein Löschprogramm, das als silbernes Leuchten durch die Nähte seines Anzugs nach außen drang und den Virus vernichtete. Jetzt hatte er die Kontrolle über den Schutzanzug wieder, schwitzte aber heftig, da die im Anzug eingebaute Klimaanlage auf Hochtouren lief, um für eine angenehme Temperatur zu sorgen. Er suchte den Nachthimmel ab.

Der Krieger mit dem Bärenfell war verschwunden.

Frustriert zog Mark seine IM-Liste aus der Tasche und schickte Matt eine Nachricht.

»Catie schafft es nicht.«

Matt starrte auf den 2-D-Monitor, auf dem das Bild der Videofonverbindung zu Caties Folienpack angezeigt wurde. Megan O'Malley, die in seiner VR hinter ihm stand, sah er dabei nicht an. Als er Catie angerufen hatte, war sie gerade online mit ihr gewesen. Megan – eine Freundin von ihnen und wie sie Mitglied der Net Force Explorers – war ebenfalls unterwegs zur Spielemesse, aber da ihr Flugzeug in Salt Lake City aufgehalten worden war, hatte sie einen Implantatstuhl in einem Cybercafé des Flughafens benutzt. Jetzt wickelte sie gerade eine Strähne ihres dunklen Haars um die Finger – eine nervöse Angewohnheit –, und in ihren braunen Augen stand ein besorgter Ausdruck.

»Es wird schon klappen«, sagte Matt.

An dem schwankenden Bild, das über die Videofonverbindung hereinkam, konnten sie jedenfalls nicht feststellen, wie es um ihre beiden Freunde stand. Über das Folienpack an Caties Handgelenk hatten sie manchmal die Straße unten oder die Seitenwand des Bessel Mid-Town im Blick.

»IM-Nachricht von Mark«, sagte die Stimme des Computers. »Akzeptieren?«

»Ja.« Vor der orangefarbenen Sonne erschien ein 2-D-Bildschirm, auf dem Mark in seinem Schutzanzug zu sehen war.

»Ich hab ihn verloren«, sagte Mark. »Ich werde hier bleiben und versuchen, eine Spur von ihm zu finden.«

Matt nickte. »Sei vorsichtig. Die Cyber-Einheit des LAPD wird gleich da sein, und die Feuerwehr kommt sicher auch.«

»Vielleicht finden sie den Typ ja. Ich werde versuchen, die Signaturen der Adresse zurückzuverfolgen, die Maj mir gegeben hat.«

»Halt mich auf dem Laufenden.«

Mark beendete die Verbindung.

»Ich habe Captain Winters online«, meldete sich Megan. Captain James Winters war der Leiter der Net Force und deren Verbindungsmann zu den Explorers, außerdem ein Freund und Vertrauter von ihnen.

»Informier ihn darüber, mit was wir es hier zu tun haben«, sagte Matt.

»Verstanden«, erwiderte Megan. Dann verschwand sie aus seiner VR und ging ins Netz.

Matt beobachtete wieder das Bild des Folienpacks und befürchtete das Schlimmste. Als Catie sich fallen ließ, schoss plötzlich die Straße auf dem 2-D-Bild auf ihn zu.

»Verstoß gegen die Parameter des Hotelsicherheitssystems«, meldete die Computerstimme.

Matt fragte sich, wie tief Catie wohl gefallen war, riss sich dann aber trotz seines unguten Gefühls von dem 2-D-Bild los und schob die Hand in den Datenstrom des Crack-

Kodes, mit dem er sich Zugang zum Sicherheitssystem des Hotels verschaffte. Der Datenstrom riss ihn sofort mit und wirbelte ihn durch einen Tunnel mit gleißend hellem Licht.

Er brach durch die dürftigen Abwehrmechanismen, die die Programmierung der Hotelsicherheit zu errichten versuchte, nachdem der Hacker mit seinen Viren den Zugang zu Majs Zimmer lahm gelegt und dadurch einen erheblichen Schaden angerichtet hatte. Den Bruchteil einer Nanosekunde später stand er in Majs Hotelzimmer – in Form eines Hologramms der als Unterhaltungszentrum gedachten Projektionsanlage, in die er sich gehackt hatte.

Zwei der vier Männer untersuchten den Implantatstuhl, während die anderen beiden auf den Balkon rannten. Genau vor ihnen kletterte Maj über das Geländer und ließ sich nach unten fallen. Alle vier hatten Pistolen mit aufgesetzten Schalldämpfern in der Hand.

Matt, der Catie und Maj mehr Zeit verschaffen wollte, wenn die beiden es tatsächlich in den vierten Stock geschafft hatten, holte tief Luft und rief: »He, ihr da!«

Die vier drehten sich um und hoben ihre Waffen.

Einer der Männer, die neben dem Implantatstuhl standen, trat einen Schritt vor, richtete den Lauf seiner Pistole aus weniger als dreißig Zentimetern Entfernung auf Matts Kopf und drückte, ohne zu zögern, ab. Sein Gesicht blieb dabei völlig unbewegt.

Wer sind diese Kerle?, fragte sich Matt, kurz bevor die Kugel mit Unterschallgeschwindigkeit seinen Schädel traf.

»Wo ist der denn hergekommen?« Heavener tippte auf den Bildschirm und zeigte Gaspar einen dunkelhaarigen Teenager mit dunklen Augen, der in der Tür des Hotelzimmers stand. Er trug eine weite schwarze Hose, Tennisschuhe und ein dunkelblaues T-Shirt.

Gaspar brauchte nur eine Sekunde, um den Jugendlichen wiederzuerkennen, der auf dem Bildschirm gerade »He, ihr da!« rief und damit die Aufmerksamkeit der vier Männer auf sich zog

»Das ist Matt Hunter«, antwortete Gaspar. »Haben Sie denn nicht seine Akte gelesen?«

Heavener stieß ihn so heftig weg, dass er fast hingefallen wäre. »Ich hatte noch was Anderes zu tun.« Sie sah wieder auf den Bildschirm. »Ich dachte, er wäre in Maryland.«

»Ist er auch.« Gaspar beobachtete, wie einer der Männer auf Matt Hunter zuging und eine Pistole auf ihn richtete. Es war eine mehr als deutliche Erinnerung daran, was ihm bevorstand, wenn er die Aufgaben, die D'Arnot Industries ihm stellte, nicht erfüllte. »Er ist nur als Holo dort. Sag ihnen, dass sie den Brainsucker einsetzen sollen. Ich habe alle Dateien in Madeline Greens VR gelöscht. Die Männer müssen die Hardware aus dem Zimmer mitnehmen.«

Der Mann auf dem Bildschirm schoss dem Teenager ins Gesicht. Matt Hunter ging zu Boden.

Der Sprung vom Balkon im fünften Stock war einfacher, als Catie gedacht hatte. Sie landete in gebückter Haltung auf dem Balkon im vierten Stock und richtete sich sofort wieder auf.

Sie hob den Kopf und sah Maj, die sich über das Geländer des Balkons beugte. »Lass dich am Geländer herunter. Ich helfe dir.« Als Majs Füße in Reichweite waren, schlang sie ihre Arme darum, stützte den Körper ihrer Freundin und zog sie zu sich auf den Balkon. Plötzlich knallte die Tür in

Majs Zimmer oben gegen die Wand, was sie trotz des laut schrillenden Feueralarms hören konnten.

»Da ist sie!«, brüllte ein Mann. »Auf dem Balkon! Sie entkommt uns!«

»Matt«, rief Catie über das Videofon des Folienpacks, während sie aufstand.

»Ich bin hier.«

»Wir sind auf einem Balkon im vierten Stock direkt unter Majs Zimmer.« Catie sah zu dem Balkon im fünften Stock hoch, während sich die beiden Mädchen gegen die Glastüren pressten.

Sie bekam keine Antwort.

»Matt«, wiederholte Catie, die langsam nervös wurde. Sie sah wieder zu dem Balkon hoch, der genau über ihnen lag.

»Wenn wir runtergekommen sind, schaffen sie es auch«, sagte Maj.

»Ich weiß.« Catie sprach wieder in ihr Folienpack. »Matt!«

»Alles in Ordnung«, hörten sie plötzlich die ruhige Stimme von Mark Gridley. »Matt ist offline. Ich habe übernommen.«

Im nächsten Moment ging der Feueralarm in dem Zimmer hinter den beiden Mädchen los.

Catie half Maj beim Aufstehen, dann drehte sie sich zur Balkontür um und schob sie auf. Sie ging voran und rannte durch das Zimmer und die Tür in den Korridor hinaus. Dort liefen bereits viele Hotelgäste herum, die auf den Feueralarm im vierten und fünften Stock reagierten. Catie eilte mit Maj im Schlepptau auf die Fahrstühle und die Feuertreppe zu.

»Wohin jetzt?«, fragte Catie mit einem Blick auf Maj.

Maj hatte die Arme um sich geschlungen und schüttelte den Kopf. »Nach unten. Vielleicht finden wir einen Computer, den wir uns borgen können. Aber auf keinen Fall in mein Zimmer zurück. Ich hab so das Gefühl, dass uns dort nur noch mehr Schwierigkeiten erwarten.«

Matts Hechtrolle auf den Teppich des Zimmers war instinktiv, kam aber zu spät. Als er der Pistole auswich, hatte die Neun-Millimeter-Kugel bereits seinen Schädel durchschlagen und sich in die Wand hinter ihm gebohrt.

Kaum eine Sekunde später feuerte der Mann zwei weitere Kugeln ab, die Matt in die Brust trafen. Beide durchschlugen Matts Hologramm, ohne jedoch eine Faser seines T-Shirts zu zerreißen.

»Glück gehabt, Kleiner.« Der Schütze hob seine Waffe. Auf seinen Lippen lag ein kaltes, grausames Lächeln. Er drehte sich um und stellte sich neben die Tür.

Die beiden Männer, die den Implantatstuhl untersuchten, schlossen ein kleines Gerät an die Verarbeitungs- und Speichermodule an. Der andere Mann trat vom Balkon wieder ins Zimmer. »Die Mädchen sind entkommen.«

»Schade«, sagte der an der Tür. »Wir finden sie schon noch. Hätte uns allerdings eine Menge Arbeit erspart, wenn sie runtergefallen wären.«

»Wer ist der Junge?«

Der Mann an der Tür grinste wieder. »So was wie ein Geist.«

Matt, der Angst hatte und deshalb verlegen war, riss sich zusammen und stand auf. »Wer sind Sie?« Er versuchte, seine Stimme so autoritär wie möglich klingen zu lassen.

Der Mann, der auf ihn geschossen hatte, sah ihn spöttisch an. »Noch ein Geist. Ich bin nie hier gewesen.«

»Sie werden es nicht aus dem Hotel schaffen«, drohte Matt.

»Abwarten. Wir haben schon schwierigere Aufträge erledigt.«

Die beiden Männer neben dem Implantatstuhl richteten sich auf. »Wir sind hier fertig«, sagte einer von ihnen. »Los, verschwinden wir.«

Matt war frustriert, als er zusehen musste, wie die Männer zur Tür gingen.

»Warst du das?« Der Mann, der auf ihn geschossen hatte, wies mit seiner Waffe auf den Korridor, wo immer noch Leute zu den Notausgängen liefen.

Matt antwortete nicht.

»Ich dachte mir schon, dass du das gewesen bist«, fuhr der Mann fort. »Um deine kleine Freundin zu retten. Guter Plan. Und uns wir er jetzt auch nützen.« Er bedeutete den anderen Männern, in den Korridor zu treten.

»Da wäre noch was«, sagte Matt, der aus seinem Menü mit Hilfsprogrammen eine Software auswählte.

Der Mann sah ihn an.

»Bitte lächeln.« Matt malte ein Rechteck in die Luft, aus der eine Kamera herausfiel. Er verschoss eine Rolle ›Film‹, der in Wirklichkeit vorprogrammierter Speicher war und Bild um Bild aufnahm.

»Zeitverschwendung«, meinte der Mann mit der Pistole. »Wirst schon sehen.« Die vier Männer liefen auf den Korridor und mischten sich unter die Hotelgäste, die aus den anderen Zimmern kamen.

Instinktiv wollte Matt ihnen nachlaufen und sie im Auge behalten. Er rief nach Mark, weil er hoffte, dass sein Freund online war.

»Ja?«, meldete sich Mark.

»Hast du was rausgefunden?«

»Nein.«

»Ich verfolge gerade die Männer, die in Majs Zimmer eingebrochen sind. Kannst du feststellen, wo sie hinwollen?«

»Die Hotelsysteme sind runtergefahren worden«, wandte Mark ein. »Den Feueralarm für den vierten Stock konnte ich gerade noch auslösen, bevor die Zugangsfenster geschlossen wurden. Ich weiß nicht, ob der Sicherheitsdienst des Hotels eingegriffen hat oder ob es die Typen gewesen sind, hinter denen du her bist.«

Matt rannte auf den Korridor hinaus, aber nach zwei Schritten war er außer Reichweite des Holoprojektors in Majs Zimmer und verwandelte sich in einen Wirbel aus Licht, wie Sand, der durch eine Sanduhr rieselte. Das Hotel verschwamm vor seinen Augen und verschwand dann ganz.

Als er wieder etwas sehen konnte, war er in seinem virtuellen Arbeitsraum, wo Megan schon auf ihn wartete.

»Captain Winters möchte uns sprechen«, sagte sie.

Matt nickte etwas bedrückt, weil er wusste, dass der Captain vermutlich wenig Verständnis dafür haben würde, wie die Sache gelaufen war. Aber was hätten sie sonst tun können? »Vielleicht haben wir ja Glück, und der Sicherheitsdienst des Hotels oder die Leute vom LAPD schnappen die Kerle«, erwiderte er.

6. Kapitel

Detective John Holmes vom LAPD trat durch die Tür des Konferenzraums im zweiten Stock des Bessel Mid-Town, den Captain Winters für die Besprechung gemietet hatte. Der Raum war recht groß und mit Holoprojektoren ausgestattet, sodass selbst die Explorers teilnehmen konnten, die sich gerade an einem anderen Ort aufhielten.

Maj lehnte am Fenster, von dem aus sie den Eingang des Hotels im Auge behalten konnte. Bis jetzt hatte sich das LAPD bemüht, so wenig Aufsehen wie möglich zu machen. Auf der Straße wickelten die Löschzüge der Feuerwehr, die auf den Alarm reagiert hatte, gerade ihre Schläuche auf, während Polizeibeamte in Uniform die Menschenmenge hinter rotweiße Absperrgitter drängten.

John Holmes sah aus, als wäre er noch keine dreißig. Er war ein ernsthafter, gepflegt wirkender junger Mann in einem anthrazitfarbenen Anzug. Seine Polizeimarke hatte er sich an die Brusttasche seines Jacketts gehängt. Er hatte ein sympathisches Lächeln, aber eine unglückliche Fügung des Schicksals hatte eine rosa-graue Narbe auf seinem linken Wangenknochen hinterlassen, die sich auffallend von seiner schwarzen Haut abhob.

Captain James Winters, der einen Navy-Anzug trug, stand in militärischer Habachtstellung mitten im Zimmer. Er war groß und schlank, mit wachen, blaugrauen Augen, die wie bei einem Raubvogel funkelten, und dem in der Marine üblichen kurzen Bürstenschnitt.

Holmes, der einen Stuhl herangezogen und sich an den Tisch gesetzt hatte, beugte sich vor, wobei er sich mit den Unterarmen auf den Oberschenkeln abstützte. »Die Verdächtigen sind entkommen. Die Techniker von der Spurensicherung sind noch dabei, das Hotelzimmer zu untersuchen. Bis jetzt haben sie mehrere Dutzend Fingerabdrücke gefunden, die wir bis auf zwei den in der Hoteldatenbank gespeicherten Abdrücken zuordnen konnten. Allerdings sind die Chancen, die Täter über die Fingerabdrücke identifizieren zu können, alles andere als gut. Die Bilder, die Matt aufgenommen hat, lassen wir gerade durch das NCIC und andere Polizeidatenbanken laufen. Mehr können wir zurzeit nicht tun.«

»Konnten Sie was in meiner VR oder im Implantatstuhl finden?«, fragte Maj.

»Wer auch immer die VR und den Implantatstuhl gefilzt hat, er ist mehr als gründlich gewesen. Es sind keinerlei Datenspuren über die Begegnung vorhanden, von der Sie mir erzählt haben. Ansonsten scheint Ihre VR intakt zu sein. Allerdings wurden sämtliche temporären Dateien für den Zugang zum Netz gelöscht, die seit Ihrer Ankunft hier im Hotel aufgezeichnet wurden.«

»Was ist mit dem Drachenreiter?«, wollte Maj wissen.

»Einige Streifenpolizisten sprechen gerade mit den Hotelgästen, aber wir können nur so viel tun, wie uns das Management hier erlaubt. Die Direktion möchte nicht, dass jemand den Eindruck bekommt, das Hotel wäre nicht sicher.«

»Hier geht es immerhin um versuchten Mord«, wandte Matt ein.

Seine Worte ließen Maj frösteln. Als Mitglied der Net Force Explorers hatte sie einige Einsätze der Net Force am Rande mitbekommen, aber Mordanschläge waren nicht gerade etwas, an das man sich gewöhnen konnte.

Holmes nickte. »Es wäre natürlich auch möglich, dass die Männer gewusst haben, dass Sie nur in Holoform dort gewesen sind, und deshalb vielleicht eine schlechte Show abgezogen haben. Nach allem, was passiert ist, glaube ich zwar nicht, dass es ein Problem wäre, einen Haftbefehl von einem Richter zu bekommen, aber das würde mir auch nicht viel nützen. Das Hotelmanagement kommt uns so weit wie möglich entgegen und hat sogar zugestimmt, noch ein paar uniformierte Beamte mehr bei der Messe einzusetzen, als eigentlich für nötig gehalten werden.« Er grinste sarkastisch. »Der Direktor ist der Meinung, dass uniformierte Polizeibeamte im Hotel der guten Stimmung abträglich sind.«

»Falls jemand *glaubt*, dass es Polizeibeamte sind«, warf Mark ein. »Spielemessen neigen dazu, etwas chaotisch zu sein. Unter den Besuchern sind häufig Leute, die Kostüme aus ihren Lieblingsspielen tragen, die in der Gegend herumschreien, Witze machen und in ihrer eigenen Welt zu Hause sind. Ein wirkungsvoller Polizeischutz für die Messe dürfte nicht gerade einfach sein.«

»Ich weiß«, sagte Holmes. »Da ich in jeder freien Minute spiele, kenne ich die Messe.«

Das überraschte Maj.

»Was ist mit Ihnen?«, fragte Holmes sie. »Arbeiten Sie gerade an etwas Ultrageheimem, das die Spieleindustrie revolutionieren wird?«

»Ich hab eine Flugsimulation entwickelt. Sie ist gut, aber nichts Weltbewegendes.«

»Könnte es jemand auf die Sim abgesehen haben?«, fragte der Detective.

»Sie waren nicht hinter der Sim her«, erwiderte Maj. »Die Männer sind in mein Zimmer eingebrochen, weil wir den Drachenreiter getroffen haben.«

»Warum haben ihn die Männer nicht direkt verfolgt?«

»Das wissen wir nicht«, antwortete Megan. »Auf die Frage ist uns noch keine richtige Antwort eingefallen.«

»So langsam komme ich zu dem Schluss, dass wir auch nicht die richtigen Fragen stellen«, meldete sich Winters zu Wort.

»Der Meinung bin ich auch«, stimmte ihm Holmes zu.

»Was für eine Geschichte wird das Hotel den Medien auftischen?«, fragte Winters.

»HoloNet hat ein Team hier, das über die bekannten Designer und Spieler berichten soll, die übers Wochenende auf der Messe sein werden. Bis jetzt hat das Hotel ihnen nur gesagt, dass noch nicht identifizierte Personen die Feueralarme als eine Art Scherz ausgelöst haben.«

»Jedem Reporter, der etwas von seinem Handwerk versteht, wird doch auffallen, dass es nach dem Alarm von Beamten des LAPD nur so gewimmelt hat«, wandte Winters ein.

»Ich habe ihnen – natürlich inoffiziell – gesagt, dass Verdacht auf Industriespionage besteht und wir uns das Hotel deshalb etwas näher ansehen wollten.«

»Das würde auch erklären, warum die Polizeipräsenz während der Messe verstärkt wird«, sagte Winters.

»Ja. Und nicht alle Polizisten werden Uniform tragen. Ich werde auch Beamte in Zivil einsetzen. Die Spieleindustrie ist in L. A. ein nicht zu unterschätzender Wirtschaftsfaktor. Ich hatte kein Problem, mir Überstunden für zusätzliche Sicherheitskräfte genehmigen zu lassen. Während der Messe werden auch einige meiner Kollegen hier sein, die keinen Dienst haben. Auf meine Anregung hin hat das Hotel kostenlose Eintrittskarten und noch einige andere Annehmlichkeiten zur Verfügung gestellt«, sagte Holmes grinsend.

Winters musste schmunzeln. »Sie sind ja ganz schön fleißig gewesen.«

»O ja.« Holmes sah den Captain nachdenklich an. »Ich persönlich glaube, dass wir einem Phantom hinterherjagen. Der Einbruch gestern Abend war vermutlich nur der Publicity-Gag eines Spieleproduzenten. Manche Firmen greifen eben zu solchen Mitteln. Bei einer der letzten Messen gab es Gerüchte über ein geplantes Attentat. HoloNet hatte natürlich auch Wind davon bekommen. Wir haben

Himmel und Hölle in Bewegung gesetzt, um das Attentat zu vereiteln, bis schließlich herauskam, um was es wirklich ging.«

»Letztes Jahr?«, fragte Matt. »Dann war es der Spieleproduzent Matt2Matt. Er hat Zord getötet, einen der guten Lords in *Crimson Steel.*«

»Genau«, erwiderte Holmes. »Ein anderes Mal dachten wir, jemand wollte sich vom Dach des Gebäudes stürzen. Schließlich stellte sich heraus, dass X-treem Sportz die Holoprojektoren des Hotels manipuliert hatte, damit es so aussah, als würde jemand auf Skiern an der Hauswand bis auf die Straße hinunterfahren. Ich könnte die Liste noch beliebig fortsetzen. Einige Vorfälle sind den Medien bekannt, andere nicht.«

»Es ist billige Werbung«, sagte Winters.

»Der Meinung bin ich auch. Selbst wenn wir die Verantwortlichen schnappen, zahlen sie in der Regel nur eine Geldstrafe. Ich werde mir diese Sache genau ansehen, aber nicht allzu viel Zeit darauf verschwenden. Kann ich davon ausgehen, dass dies auch im Interesse der Net Force ist?«

Winters nickte.

Jemand klopfte an die Tür des Konferenzraums.

»Herein«, rief Holmes.

Im Türrahmen erschien ein schwergewichtiger Polizeibeamter in Uniform, der sich an Holmes wandte. »Detective Holmes, die Techniker von der Spurensicherung warten oben im fünften Stock auf Sie.«

»Gute Nachrichten?«

»Tarkington ist nicht gerade glücklich. Sie können nichts finden, und jetzt muss er die Hälfte seiner Leute abziehen, weil eben ein 11-87 passiert ist.«

Holmes nickte. »Ich komme sofort.«

Der Polizeibeamte ging wieder und schloss die Tür hinter sich.

»Ich muss jetzt weg, aber ich habe noch eine letzte Frage«, sagte Holmes. »Ich spiele sehr oft, daher kenne ich mich mit den Einschränkungen und Parametern einer privaten VR recht gut aus. Ich weiß, dass man bei einem Spiel wie *Sarxos* online geht, aber das, was hier passiert ist, scheint doch etwas anderes zu sein. Wie ist es denn Ihrer Meinung nach zu der Überlagerung der VRs gekommen?«

»Es sollte eigentlich nicht passieren, aber Programmstörungen kommen hin und wieder vor«, antwortete Maj.

»Das mag sein, aber vielleicht sollten Sie sich diese Störung noch einmal etwas näher ansehen«, schloss Holmes und ging.

»Wie hat er das denn gemeint?«, fragte Megan.

»So, wie er es gesagt hat.« Captain Winters' Miene war nicht zu interpretieren, aber Maj spürte, dass er angestrengt nachdachte. Winters nahm einen tätlichen Angriff auf ein Mitglied seines Teams nie auf die leichte Schulter. »Wie viele von euch werden am Wochenende hier sein?«

»Virtuell oder physisch?«, fragte Mark nach. »Ich hab mir eine virtuelle Eintrittskarte besorgt.«

»Physisch«, erwiderte Winters.

Maj sagte, dass sie und Catie bereits im Hotel wohnten. Megan fügte hinzu, dass ihre verspätete Maschine am Morgen abfliegen und sie gegen Mittag in Los Angeles sein werde.

In der Luft über dem Konferenztisch ertönte eine Türklingel. »Erbitte Erlaubnis, an Bord gehen zu dürfen«, rief Leif Anderson.

»Erlaubnis erteilt«, sagte Winters. Die Steuerung des Konferenzraums war auf seine Stimme programmiert worden. Ohne seine Genehmigung konnten kein virtueller Besucher in den Raum gelangen.

In einem der Stühle am Tisch saß plötzlich Leif Anderson, der eine bequeme Hose und einen weiten Pullover trug. Er sah sich um. »Komme ich zu spät?«, fragte er.

»Gerade so spät, dass es allen aufgefallen ist«, neckte ihn Megan.

Leif grinste. »Klasse. Genau das hatte ich auch beabsichtigt. Hab ich was verpasst?«

»Die Befragung durch die Polizei«, antwortete Matt.

Leifs Grinsen vertiefte sich. »Das wird ja immer besser. Befragungen durch die Polizei sind ein Musterbeispiel für Redundanz.«

»Redundanz gehört zu den wesentlichen Hilfsmitteln einer jeden Ermittlung.«

»Ja, Sir.« Leif sah nur ein ganz kleines bisschen gekränkt aus, dachte Maj. Sein von Natur aus übersprudelndes Temperament gewinn sofort wieder die Oberhand. Sie wünschte, sie würde sich genauso schnell von Rückschlägen erholen. »Gehe ich recht in der Annahme, dass wir alles wissen, was die Polizei weiß?«

»Das dürfte wohl so zutreffen«, antwortete Winters.

»Gut«, freute sich Leif. »Könnte mir dann bitte jemand sagen, was wir wissen?«

Winters gab ihm in kurzen, knappen Sätzen eine Zusammenfassung der Geschehnisse. Als er damit fertig war, fragte er: »Man hat mir gesagt, dass du nach bestimmten Informationen suchst?«

»Ja, Sir. Die Audiodatei, die Maj gespeichert und mir über Matt geschickt hat. Ich bin nicht sicher, warum sie sich nicht automatisch übersetzen ließ. Es war eine Variante von Kurdisch, daher habe ich einen Freund gebeten, die Datei für mich zu übersetzen. Es war nicht viel da. Der Typ fragte nur, was Maj und Matt dort machen.«

Maj war enttäuscht. Die Ereignisse von gestern Abend wurden immer verwirrender.

»Sonst nichts?«, wollte Winters wissen.

»Nein, Sir.«

Einen Augenblick lang war es still im Raum.

»Zurück zu Ihrer Frage, wer am Wochenende hier sein wird«, sagte Matt schließlich. »Andy Moore und ich kommen morgen.«

Leif lehnte sich in seinem Stuhl zurück. »Ich werde zusehen, dass ich auch nach L. A. komme.«

»Keine dringenden Verpflichtungen?«, fragte Megan.

Leif grinste. »Keine, die ich nicht absagen könnte.« Die anderen Net Force Explorers neckten ihn oft und sagten, er sei ein Playboy im Anfangsstadium.

»Captain Winters, was sollen wir denn jetzt tun?«, fragte Megan.

»Haltet Augen und Ohren offen«, erwiderte Winters. »Ich bin der gleichen Meinung wie Detective Holmes. Wenn die örtliche Polizei ihre Ermittlungen abgeschlossen hat, wird sich herausstellen, dass das Ganze ein PR-Gag war. Spieleproduzenten geben jedes Jahr Milliarden für Forschung und Entwicklung aus und machen noch ein paar Milliarden mehr Gewinn durch den internationalen Vertrieb ihrer Produkte. Eine Geldstrafe wegen fahrlässiger Gefährdung würde ihre Gewinnspannen nicht schmälern.

Es wäre jedoch durchaus denkbar, dass wir es hier mit Industriespionage zu tun haben. Wenn jemand ein Spieldesign stiehlt, bevor es auf den Markt kommt, und dann vor dem offiziellen Start des Spiels etwas Ähnliches herausbringt, hätte das erheblichen Einfluss auf den Umsatz des Spieleproduzenten.«

»Und er könnte eine ganze Menge damit verdienen«, merkte Maj an.

Winters zuckte mit den Achseln. »Seht euch um, während ihr hier seid. Ihr kennt die Branche. Wenn ihr etwas Interessantes findet, lasst es mich wissen.« Er warf Catie einen strengen Blick zu. »Und bitte kein Kunstspringen von Gebäuden mehr.«

»Ja, Sir.«

Die Besprechung war nach einer kurzen Diskussion beendet. Maj beteiligte sich nicht sehr aktiv daran, da sie darüber nachdenken musste, was passiert war. Ihre Sachen waren von einem Hotelangestellten in Caties Zimmer gebracht worden, da die Polizei gerade dabei war, ihr altes Hotelzimmer auseinander zu nehmen, und alle anderen Zimmer belegt waren. Aber Maj war es lieber, nicht allein sein zu müssen.

Bald saßen nur noch sie und Catie im Konferenzraum.

»Geht es dir gut?«, fragte Catie.

»Warum fragst du *mich* das?« Maj tat überrascht. »Schließlich hast *du* ja einen Trapezakt im fünften Stock hingelegt.«

Catie zuckte mit den Achseln. »Darüber bin ich schon hinweg. Ich werde wahrscheinlich später ein paar Albträume deswegen haben, aber für gewöhnlich brauche ich nicht lange, um so was zu verarbeiten. Du scheinst dir jedoch einen Menge Gedanken darüber zu machen.« Sie zögerte. »Ich versteh das ja. Nicht auszudenken, was diese Männer getan hätten, wenn du noch im Zimmer gewesen wärst, als sie hereingekommen sind.«

Maj lief ein Schauer über den Rücken. *Ich glaube, wir wissen beide ganz genau, was sie getan hätten*, dachte sie. »Es ist der Drachenreiter. Ich kriege ihn einfach nicht aus dem Kopf.«

Catie lächelte. »Sieht er gut aus?«

»Sehr.«

»Dann ist es doch nicht so schlimm, wenn du dauernd an ihn denken musst.«

»Nein«, gab Maj zu. Der kleine Scherz ihrer Freundin munterte sie etwas auf. »Das Problem ist nur, ich befürchte, er weiß gar nicht, dass er in Gefahr ist.«

»Wenn er an der Messe teilnimmt, finden wir ihn«, versicherte ihr Catie.

»Ich weiß«, sagte Maj, »aber ich glaube nicht, dass wir die Einzigen sein werden, die nach ihm suchen.«

7. Kapitel

»Mein Dad wäre hellauf begeistert«, sagte Megan O'Malley.

Maj, die nach einer schlaflosen Nacht noch etwas benommen war, sah ihre Freundin verwirrt an. Megan reagierte nicht, und Maj vermutete, dass daran die Morgensonne schuld war, die durch das Fenster hereindrang und sie blinzeln ließ, was ihre Miene unlesbar machte. Sie waren in Caties Hotelzimmer im Bessel Mid-Town. Maj lag noch im Bett, während sich Megan an den kleinen Schreibtisch gesetzt hatte. Catie stand gerade unter der Dusche.

»Im Ernst«, sprach Megan weiter. »Wir haben hier alles, was ein gutes Abenteuer ausmacht – Geheimnisse und Gefahr vor einem interessanten Hintergrund.« Megans Vater war R. F. O'Malley, einer der bekanntesten Krimiautoren des Landes.

»Manchmal finde ich es besser, Abenteuer lesen zu können, anstatt sie selbst zu erleben«, murmelte Maj schlaftrunken.

»Als ob du dir so eine Gelegenheit entgehen lassen würdest«, entgegnete Megan. »Ich bin mir sicher, dass du so schnell wie möglich nach unten zur Messe rennen wirst.« Megan hatte sich schon für die Messe umgezogen. Das braune Haar trug sie hinten zusammengebunden, als würde sie gleich ihr Kampfsporttraining beginnen, und ihre haselnussbraunen Augen funkelten.

»Catie hat geplaudert.«

Megan zuckte mit den Achseln. »Wir haben uns unterhalten. Du hast noch geschlafen. Hab ich dir eigentlich schon mal gesagt, wie süß du aussiehst, wenn du schläfst? Dieser offene Mund und das dezente Schnarchen – einfach entzückend.«

»Das reicht.« Maj warf einen Blick auf den Zeitstempel des Holos, das an der gegenüberliegenden Wand abgespielt wurde. Catie hatte den Zeichentrickkanal eingeschaltet, auf dem gerade eine populäre japanische Comic-Serie lief, von der sie sich jede Folge ansah. Es war 9.15 Uhr. Maj schätzte, dass sie etwa vier Stunden geschlafen hatte. »Die Messe fängt offiziell um zehn an.«

»Ich weiß«, erwiderte Megan. »Unten in der Ausstellungshalle bin ich an ein paar Leuten vorbeigelaufen, die noch in letzter Minute ihre Stände eingerichtet haben. Es geht zu wie im Irrenhaus.«

Jemand klopfte an der Tür.

Maj zuckte zusammen, und sie hasste sich dafür. *Wie lange wird es wohl dauern, bevor ich mich wieder sicher fühlen werde?*

Megan lächelte. »Ich hab beim Zimmerservice Frühstück

für uns drei bestellt.« Sie stand auf, schob den Stuhl vor dem Schreibtisch zurück und holte eine Kreditkarte aus ihrer kleinen Handtasche. »Die Rechnung geht auf mich. Ich wollte heute Morgen mal im Luxus schwelgen.«

»Das hättest du mir sagen sollen. Ich seh aus, als hätte mich jemand zum überregionalen Katastrophengebiet erklärt.«

»Dann wäre Frühstück im Bett doch keine Überraschung mehr gewesen.« Megan ging zur Tür. »Außerdem ist es vermutlich ein Zimmermädchen, und dem ist es sowieso egal.« Doch als sie die Tür öffnete, schob ein gut aussehender junger Mann in einer makellosen Hoteluniform einen Servierwagen ins Zimmer. Er deckte das Frühstücksbüfett auf, das auf mehreren Platten angerichtet war, zog Megans Kreditkarte durch sein tragbares Lesegerät und lächelte Maj an.

Maj lächelte verlegen zurück und wünschte, sie würde im Boden versinken.

Der gut aussehende junge Mann ging wieder.

»Es könnte natürlich auch sein, dass es kein Zimmermädchen ist«, sagte Megan. »Ein Gutes hat das Ganze – er wird dich bestimmt für Catie halten.«

»Wer wird sie für mich halten?« Catie, die ein weißes Handtuch um ihr Haar gewickelt hatte, erschien in der Tür zum Badezimmer. Sie trug eine rosafarben und schwarz gestreifte Caprihose und einen weißen Pullover, dessen Ärmel sie hochgeschoben hatte.

»Der Zimmerkellner«, erklärte Megan und wies auf den Servierwagen.

»Der Zimmerkellner wird Maj für mich halten?«, fragte Catie mit einem Blick auf ihre Freundin. »Sollte mir das was ausmachen?«

»Er war wirklich süß«, antwortete Megan.

Catie musterte Maj genauer. »Gilt Rufmord in diesem Staat als Verbrechen?«

»Mein Dad verdient sich damit seine Brötchen«, sagte Megan.

Maj sah die beiden gespielt wütend an. »Wenn ich meinen Sinn für Humor wieder finde, werde ich es euch zwei zuerst sagen.« Sie rutschte zum Bettrand und setzte sich vor den Servierwagen.

Megan hielt ihr eine Platte mit Toast hin. Catie setzte sich auf das Bett neben Maj und bediente sich.

»Wow«, sagte Catie, »das war bestimmt teuer.«

»Stimmt«, gab Megan zu.

»Wir hätten auch das Büfett unten nehmen können.«

»Ich dachte, so haben wir noch ein bisschen Zeit für uns.« Megan bestrich eine Scheibe Toast mit Butter und griff dann zur Marmelade. »Außerdem weiß man ja nicht, wer uns unten alles beobachten könnte.«

Sie sagte es ganz beiläufig, aber Maj hatte das Gefühl, als würde die Raumtemperatur schlagartig um mehrere Grad sinken.

»Das hätte ich jetzt nicht sagen sollen«, sagte Megan.

»Schon gut«, erwiderte Maj.

Catie nahm die Fernbedienung in die Hand und schaltete vom Zeichentrickkanal auf die Nachrichtensendung von HoloNet. »Das ist ein Lokalsender«, erklärte sie. »Ich hab gehört, dass sie eine Sondersendung über die Spielemesse machen. Das sollten wir uns ansehen.«

Nach kurzer Zeit beschränkte sich ihre Unterhaltung auf ›Bitte‹ und ›Danke‹, wenn eine von ihnen eine Platte oder das Salz haben wollte. Maj stellte fest, dass sie sich voll und ganz auf die Sendung von HoloNet konzentrierte. Offenbar hatte der Medien-Service bei der Berichterstattung über die Veranstaltung weder Geld noch Mühe gescheut. In 3-D wurden verschiedene Reportagen gesendet, bei denen es vor allem um Spiele im Entwicklungsstadium und kurz vor der Markteinführung, Programmierer, Designer sowie alte und neue Spieleproduzenten ging.

Die Spieleindustrie war eine lukrative Branche, und viele Unternehmen hatten große Summen darin investiert.

»Im Bessel Mid-Town-Hotel hat es einen kleinen Zwischenfall gegeben«, sagte plötzlich eine junge blonde Reporterin auf dem Bildschirm.

Sie stand neben einem Schaukasten, der zurzeit vor dem Haupteingang der Ausstellungshalle platziert war. Hinter ihr bewegten sich Holobilder, die Ausschnitte aus verschiedenen Spielen zeigten. Schreiend bunte Kreaturen aus alten Sagen und der Fantasie der Designer gingen aufeinander los. Bei anderen Spielen drehte es sich um Hightech-Hardware, deren Vorbilder moderne Kampfhubschrauber und Schiffsgeschütze waren. Auch Ausschnitte aus den beliebtesten Serien waren zu sehen, in denen Actionszenen aus populären Abenteuer- und Rollenspielen gezeigt wurden.

»Gestern Abend wurden die vierte und fünfte Etage des Hotels evakuiert, nachdem jemand den Feueralarm für diese Stockwerke ausgelöst hatte«, fuhr die Reporterin fort. »Die Polizei glaubt, dass es sich dabei um einen schlechten Scherz handelt. Möglich wäre auch, dass einem der Hotelgäste vor der Eröffnung der Messe die Nerven durchgegangen sind.«

»Nicht schlecht«, sagte Catie.

»Ja«, stimmte Megan ihr zu, »aber es ist auch eine gute Tarnung für die Leute, die für den Einbruch verantwortlich sind.«

»Verletzt wurde niemand«, kommentierte die Reporterin, »aber zahlreiche Hotelgäste beschwerten sich über die Unannehmlichkeiten. Detective John Holmes vom Los Angeles Police Department sagte uns, dass die Messe unverhältnismäßig viele Scherzbolde anziehe, die Polizei aber gegen jeden vorgehen werde, der gegen das Gesetz verstoße.«

Der Sender blendete ein Interview mit Detective Holmes ein, das am Abend zuvor aufgenommen worden war. Holmes lächelte in die Kameras. »Ich mag Spiele genauso gern wie jeder andere, aber bei Veranstaltungen wie dieser muss einfach ein gewisses Maß an Höflichkeit und Respekt eingehalten werden.«

In der nächsten Szene war wieder die Reporterin zu sehen. »Ich habe selbst mit Detective Holmes gesprochen, und seine Ansicht hat mich überzeugt. Wenn jemand bei der Messe aus der Reihe tanzt, könnte das böse für ihn ausgehen …«

Die Regie blendete das Bild eines Motorradfahrers mit Schweineschnauze ein, der aus einer populären Actionserie stammte. Quer über das Bild waren die Worte ›GAME OVER!‹ gedruckt.

»Dann also viel Spaß, wenn Sie die Messe besuchen«, sagte die Reporterin abschließend, »aber gehen Sie nicht zu weit, denn sonst gehen Sie … direkt ins Gefängnis.«

Das Holo ging in einen Werbespot über, in dem *Power Corps 4*, ein neues Spiel von Prism Productions, vorgestellt wurde. In dem Spot war ein maskierter Mann mit einem weiten Umhang zu sehen, der außerirdische Invasoren mit Energiestrahlen aus seinen Augen vernichtete. Wie immer wurden größere und schönere Welten als bisher und mehr Spielzeit für Einzelspieler versprochen.

Maj wusste, dass es eines der Spiele war, die Andy Moore

am liebsten mochte. Nach dem Spot wurde noch mehr Werbung in Form von kurzen, pseudoinformativen Berichten gezeigt, die die Neugier auf die Spiele wecken sollten.

»In manchen Kreisen«, sagte die blonde Reporterin, als sie wieder zugeschaltet wurde, »braucht man Peter Griffen nicht vorzustellen. Bis vor kurzem waren diese Kreise noch relativ klein und bestanden fast ausschließlich aus Produzenten, Designern und Herstellern von Computerspielen und -grafik. Aber man ist einhellig der Meinung, dass Griffen nach dieser Messe einer breiten Öffentlichkeit bekannt sein wird.«

Das Holo veränderte sich und zeigte ein Archivbild von Griffen, auf dem er im Profil zu sehen war. Er war jung und wirkte sehr sportlich. Das dunkle Haar war gerade lang genug, um den Ansatz von sanften Wellen erkennen zu lassen. Griffen trug eine bequeme Hose und ein Hemd, bei dem die obersten Knöpfe offen standen. Die Krawatte hatte er gelockert.

»Wir haben versucht, Peter Griffen für ein Interview zu gewinnen, was uns allerdings nicht gelungen ist. Er bleibt nach wie vor ein geheimnisumwitterter Mann.« Die Blondine lächelte strahlend in die Kamera und senkte verschwörerisch die Stimme. »Und genau das hassen Reporter, also können wir Ihnen versprechen, dass Sie in Zukunft eine Menge über Peter Griffen hören werden, wenn sein Produkt die Versprechungen erfüllt, die Eisenhower Productions, der Produzent des Spiels, im Vorfeld der Messe gemacht hat.«

Maj, deren Interesse geweckt war, gab den Kampf mit der Waffel auf ihrem Teller auf. Sie starrte das Bild an. *Warum scheut Griffen das Licht der Öffentlichkeit, obwohl er Gelegenheit dazu hat?* Je mehr Werbung, desto mehr Gewinn. Selbst im Profil kam ihr Griffen irgendwie bekannt vor – als hätte sie ihn schon einmal gesehen. Ihre Hand griff nach der Fernbedienung, die Catie zur Seite gelegt hatte. Sie drückte die Taste zum Kopieren.

Die Holoprojektion lief weiter und brachte jetzt einen Bericht über einen der neuen Designer, der hoffte, mit einer Strategie-Sim auf der Grundlage des Amerikanischen Bürgerkrieges einen Fuß in den Markt zu bekommen. Das Spiel enthielt ein paar überraschende Wendungen, unter anderem wurde die Erfindung der Atombombe auf 1830 vorverlegt. Durch Kernenergie mutierte Zombies in den blauen Uniformen der Unionstruppen und den grauen Uniformen der Konföderierten taumelten durch radioaktiv verseuchte, verwüstete Landschaften.

Megan, die auf der anderen Seite des Servierwagens mit den Überbleibseln des Frühstücks saß, beobachtete Maj aufmerksam. »Ist dir was aufgefallen, was wir verpasst haben?«

»Ich bin mir nicht sicher«, sagte Maj, »aber ich glaube, ich sollte mir diesen Peter Griffen einmal genauer ansehen.«

»Hältst du ihn für den Drachenreiter?«, wollte Catie wissen.

Maj tippte auf die Fernbedienung und zeigte das kopierte Standbild auf dem Holoprojektor an. Peter Griffens Bild füllte den Holobildschirm aus. »Er könnte es sein.«

»Er sieht jedenfalls sehr gut aus«, fuhr Catie fort. »Einen Versuch wäre es wert.«

Maj sah ihre Freundin an und schnitt eine Grimasse. Sie wusste, dass Catie sie damit nur aufziehen wollte. Aber sie wurde dieses ungute Gefühl einfach nicht mehr los. *Wenn Peter Griffen der Drachenreiter ist, was weiß er dann über die Ereignisse von gestern Abend? Steckt er in der Sache mit drin? Oder ist er in Gefahr?*

Matt Hunter stand in der langen Schlange von Passagieren, die auf dem Dulles International Airport von Washington, D. C., an Bord der Acht-Uhr-Maschine gingen, und versuchte verzweifelt, ein Gähnen zu unterdrücken. Er trug Jeans und einen rotschwarzen Pullover unter einer dünnen Jacke. In der Hand hielt er eine Reisetasche, über der Schulter hing ein Rucksack.

»Hey, Matt.«

Als Matt sich umdrehte, sah er Andy Moore auf sich zukommen. Andys blondes Haar war noch etwas zerzauster als sonst, aber seine blauen Augen wirkten wach und klar. Er trug Jeans und ein T-Shirt, auf dem Captain Alpha abgedruckt war, der Held eines beliebten Onlinespiels namens *Power Corps*.

»Das Autotaxi, mit dem ich hergekommen bin, war nicht in Ordnung.« Andy rückte den Rucksack und die beiden Koffer, die er trug, zurecht. »Das GPS-System war defekt, daher hatte ich einen kleinen Streit mit dem Disponenten über den Betrag, den ich zahlen sollte.«

»Du?«, fragte Matt sarkastisch. »Du hast dich gestritten? Sag mir, dass das nicht wahr ist.« Andy hatte den Ruf eines Klassenclowns und brach grundsätzlich einen Streit vom Zaun, wenn er glaubte, im Recht zu sein.

»Die Beschwerde war schließlich berechtigt. Und ich hab gewonnen.«

Die Passagiere strömten noch immer ins Flugzeug. Matt hielt sein Ticket hoch und betrat den Gang, der zur Maschine führte.

»Der Flug ist ganz schön voll«, stellte Andy fest.

»Die Maschine ist überbucht. Vor ein paar Minuten wurde gefragt, ob jemand umbuchen und einen anderen Flug nehmen möchte.«

»Wenn die Fluggesellschaft einen Teil des Flugpreises zurückzahlen würde, hätte ich es vielleicht gemacht«, meinte Andy. »Ich musste meine Mutter bitten, mir Geld zu leihen, damit ich den Flug nach L. A. bezahlen konnte, und du weißt, dass ich ihr nicht gern Geld schulde.« Sein Vater war während des Südafrikanischen Konflikts im Jahr 2014 getötet worden, nur ein paar Monate nach Andys Geburt. Er war von seiner Mutter allein aufgezogen worden, was nicht immer einfach gewesen war. Sie besaß eine Tierklinik in Alexandria, Virginia, und Andy arbeitete dort, um sich sein Taschengeld zu verdienen.

»Ich weiß. Das Flugticket hat ein großes Loch in meine Ersparnisse gerissen. Wenn ich mir dieses Jahr einen Job für die Sommerferien suche, werde ich wohl nicht wählerisch sein können. Aber nach dem, was in L. A. passiert ist, würde ich so ziemlich alles tun, um bei der Messe dabei sein zu können.«

»Ja, ich auch.« Andy sah sich die Passagiere an, während sie weitergingen.

Matt stieg als Erster ins Flugzeug, wobei er der jungen Flugbegleiterin kurz zunickte.

»Wo sitzen wir?«, fragte Andy.

Matt versuchte, an den Passagieren vor sich vorbeizusehen. Die meisten von ihnen waren gerade dabei, ihr Handgepäck in den Fächern über den Sitzen zu verstauen. »Reihe 23, Platz D und E.«

Als die meisten Passagiere ihre Plätze eingenommen hatten, gelang es den beiden, bis zu ihrer Reihe zu kommen. Dort stellten sie allerdings fest, dass die Plätze D und E bereits belegt waren.

Matt musterte die beiden Männer auf den Sitzen, die dunkle Anzüge trugen und externe Netzanschlüsse auspackten. In der Touristenklasse hatte man während des Fluges zwar eine Netzverbindung, aber es war im Grunde genommen nur ein mechanischer Zugang, mit dem der Benutzer Telefonanrufe, E-Mails und Abfragen in Datenbanken durchführen konnte. Die Daten wurden auf Laptop-Bildschirmen als Flachfilm angezeigt.

»Entschuldigen Sie bitte«, sagte Matt höflich.

Der Mann auf dem Gangplatz hob den Kopf und blickte sich suchend um. »Meinst du mich?«

»Ja.« Matt nickte. »Ich glaube, hier liegt ein Missverständnis vor. Platz D in Reihe 23 ist für mich reserviert.«

»Da hast du dich wohl geirrt, Junge«, erwiderte der Geschäftsmann. »Das hier ist mein Platz.«

Andy drückte sich an Matt vorbei. »Nein, das stimmt nicht. Sie sitzen auf *unseren* Plätzen. Der Flug ist überbucht worden.«

Der Mann drehte den Kopf weg und schüttelte den Kopf. »Das ist doch nicht mein Problem.«

Andy warf dem Mann einen vernichtenden Blick zu und schnaubte verächtlich. »Hören Sie, mein Freund und ich haben diese Plätze schon vor Wochen gebucht. Falls Sie mir nicht das Gegenteil beweisen können, sollten Sie jetzt besser aufstehen und sich einen anderen Platz suchen, den Sie stehlen können.«

»Nun mal langsam«, sagte Matt in einem Ton, den auch Captain Winters in einer solchen Situation benutzt hätte. »Das Problem lässt sich bestimmt lösen.« Er drehte sich um und winkte einer der Flugbegleiterinnen. »Können Sie uns helfen?«

Die Flugbegleiterin kam auf sie zu. »Was kann ich für Sie tun?«

Matt erklärte ihr schnell, dass bei der Sitzverteilung etwas schief gelaufen sein musste. »Wir müssen unbedingt nach L. A.«

»Pech für dich«, sagte der Geschäftsmann. »Aber das, was du vorhast, kann nicht annähernd so wichtig sein wie die Fusion, die ich heute aushandeln werde.«

Andy, der auf den Mann hinuntersah, sagte: »Jetzt hören Sie mir mal gut zu. Wenn Sie nicht sofort aufstehen, wird die einzige Fusion, die Sie heute aushandeln, die zwischen meinem Fuß und Ihrem …«

Matt machte einen Schritt auf Andy zu, um ihn von dem Mann wegzuschieben. Andy hatte selbst an einem guten Tag nicht viel Geduld und ging einer körperlichen Auseinandersetzung nie aus dem Weg. Er konnte sich innerhalb einer Nanosekunde vom Klassenclown in einen Raufbold verwandeln.

»Entschuldigung«, sagte plötzlich eine Stimme hinter ihnen. »Vielleicht kann ich ja helfen.«

8. Kapitel

Matt warf einen Blick über Schulter und sah, dass Leif Anderson auf sie zukam. Leif trug einen cremefarbenen Armani-Anzug, brachte es aber irgendwie fertig, leger darin zu wirken.

»Wer sind Sie denn?«, wollte der Geschäftsmann wissen.

»Der Typ, der Sie vor einer ungeplanten Fusion bewahrt.« Leif lächelte ihn an. »Diese beiden jungen Männer hier haben sich bei ihrer Sitznummer geirrt.«

Der Mann grinste triumphierend und wollte gerade den Mund aufmachen, um etwas zu sagen, als Leif weitersprach.

»Sie fliegen nämlich erster Klasse. Dort sitzen die wirklich wichtigen Leute.« Er sah Matt und Andy an, dann machte er eine einladende Geste mit dem Arm. »Mr. Hunter, Mr. Moore, wenn Sie mir bitte folgen wollen.«

Matt packte Andy am Oberarm und riss ihn mit sich. »Erste Klasse?«, fragte er.

Leif nickte. »Ich habe eure Tickets heute Morgen geändert. Anscheinend hat euch meine Nachricht nicht mehr erreicht, bevor ihr weggefahren seid.«

»Nein. Warum hast du das gemacht? Wir hätten doch in der Touristenklasse fliegen können.«

»Stimmt.« Leif führte sie zur ersten Sitzreihe der ersten Klasse. »Aber mein Ticket habe ich auch geändert. Ursprünglich wollte ich nämlich in der Reihe hinter euch sitzen. Taktische Planung meinerseits, da Andy mitfliegt. Angesichts der Ereignisse von gestern Abend dachte ich mir jedoch, es wäre besser, erster Klasse zu fliegen.«

Auf Leifs Drängen hin nahm Matt den Fensterplatz. Er überlegte kurz, weil er wusste, dass Leif trotz seines reichen Vaters nicht die Angewohnheit hatte, mit Geld um sich zu werfen. »Warum erste Klasse?«, fragte er noch einmal.

Leif lächelte. »Logistik. Physisch gesehen sind wir zwar viele Kilometer und Stunden von Maj, Catie und Megan entfernt, aber virtuell können wir schon in L. A. sein.« Er tippte auf die Rückenlehne des Sitzes. »In der Touristenklasse hat man nur einen beschränkten Zugang zum Netz, aber hier sind die Sitze mit Implantat-Scannern ausgerüstet. Wenn das Flugzeug gestartet ist, können wir online gehen und bei der Eröffnung der Messe um zehn Uhr dabei sein.«

»Ich finde deine Planung großartig«, sagte Andy und prostete Leif mit seinem Softdrink zu.

Matt nickte. »Das ergibt einen Sinn, aber ich werde dir das Upgrade auf die erste Klasse zurückzahlen.« *Vielleicht schaffe ich es ja, in den Sommerferien gleich mehrere Jobs zu ergattern.*

»Ist nicht notwendig.« Leif legte seinen Sicherheitsgurt an und zog ihn straff, während die Flugbegleiterin den Gebrauch der Sauerstoffmasken erklärte. »Mein Dad zahlt. Er wird euch auch die Kosten für eure Flugtickets erstatten.«

»Klasse«, jubelte Andy begeistert.

»Warum?«, fragte Matt.

»Weil Anderson Investments Multinational mehrere Portfolios für Kunden zusammengestellt hat, in denen auch Aktien von Unternehmen enthalten sind, die sich auf Design und Entwicklung von Spielen spezialisiert haben. Den Einfluss, den diese Firmen auf den Unterhaltungssektor haben, kann man einfach nicht ignorieren. Wenn in dieser Branche etwas faul ist, möchte mein Vater das wissen. Er hat gesagt, es würde ihn sehr beruhigen, wenn wir uns die Sache mal ansehen.«

»Er könnte doch ein paar Detektive beauftragen.«

Leif nickte. »Sicher, und das wird er vermutlich auch tun. Aber wo soll er Detektive finden, die so viel über Spiele wissen wie wir?«

Matt nickte. Das klang logisch.

Leif sprach weiter. »Er wird auch für Maj, Megan und Catie die Kosten übernehmen. Dann kann sich das Team auf das konzentrieren, was hier nicht stimmt, und braucht sich um Geld keine Sorgen zu machen.«

Sie warteten, bis das Flugzeug zur Startbahn rollte und abhob. Innerhalb weniger Minuten waren sie in der Luft.

»Also los«, sagte Leif dann. Er kippte die Rückenlehne seines Sitzes nach hinten und klappte die Abdeckungen der

Implantatkontakte herunter. »Wir sollten online gehen.« Er legte den Kopf in die Vertiefung der Lehne, schloss die Augen und war unmittelbar darauf im Netz.

Andy machte es ihm sofort nach.

Matt war unschlüssig. Er war noch nie in einem Flugzeug ins Netz gegangen. Eine junge Flugbegleiterin bemerkte sein Zögern und kam zu seinem Sitz.

»Haben Sie eine Frage zu den technischen Einrichtungen?«, sagte sie zu ihm.

Matt lächelte sie an. »Wenn es Probleme mit dem Flugzeug gibt ...«

»In diesem Fall werden Sie automatisch aus dem Netz abgemeldet«, antwortete sie. »Im Flugzeug eingebaute Sensoren sind mit den Netzschnittstellen der Fluggesellschaft verbunden. Sie sind sehr empfindlich. Manchmal werden die Verbindungen wegen heftiger Turbulenzen abgebrochen. Einige Passagiere finden das sehr ärgerlich.«

Matt sah sich in der ersten Klasse um und stellte fest, dass fast alle Passagiere ins Netz gegangen waren. Er atmete aus und legte den Kopf zurück. Unmittelbar darauf spürte er auch schon das kurze, vertraute Gefühl, das er bei der Anmeldung im Netz immer hatte.

Warum habe ich nur gedacht, es würde einfach sein? Maj starrte auf die Messestände vor sich.

Peter Griffens Stand lag strategisch günstig in der Mitte der höhlenartigen Ausstellungshalle. An jeder Seite standen zwei Informationstische, links und rechts von einer Tür, die ins Innere des riesigen Messestandes führte. Genauer gesagt würden die Türen später hineinführen, denn bis jetzt waren sie noch alle verschlossen.

Vor den Wänden schwebten Holoprojektoren in Miniaturformat, auf denen Werbespots abgespielt wurden, aber keiner der Spots bot Informationen zu Peter Griffen oder dem Inhalt des neuen Spiels. Fünfzehn Minuten lang wurden andere Produkte von Eisenhower angepriesen, und einige der Holovideos enthielten auch Hinweise auf Spiele, die früher einmal ein Hit gewesen waren.

So gigantisch der Stand von Eisenhower auch war, die Dimensionen der Ausstellungshalle ließen ihn klein erscheinen. Kein anderer Stand war so groß, aber die meisten hatten Holoprojektoren aufgestellt, die Werbespots für die Spiele in den Luftraum zwischen den Ständen und der hohen Hallendecke projizierten. Die Spielezentren, die an allen vier Seiten der Halle errichtet worden waren, begnügten sich mit 2-D-Bildschirmen, die vom Fußboden bis zur Decke an die Wände montiert waren.

Über vierzigtausend Messebesucher strömten durch die breiten Gänge zwischen den Ständen und brachten die Ausstellungshalle an den Rand ihrer Kapazität. Ihr Stimmengewirr generierte ein Hintergrundgeräusch, das nie aufhörte und an manchen Stellen vom Piepsen, Dröhnen, Jaulen und Kreischen der verschiedenen Spiele übertönt wurde. Die Luft um Maj herum vibrierte vor Aufregung, und sie fühlte sich zunehmend unwohler.

»Hallo, Maj.«

Maj erschrak und wich unwillkürlich einen Schritt zurück, aber dann wurde ihr klar, dass Catie sie angesprochen hatte. »Hi.«

»Ich wollte dich nicht erschrecken«, sagte Catie, die sich aus der Menschenmenge löste und vor ihr stehen blieb.

»Ich hab gerade nachgedacht.«

»Ja, das sehe ich an den kleinen Falten um deine Augen.«

»Die kommen von zu wenig Schlaf.«

Catie warf einen Blick auf den Stand von Eisenhower. »Ist Peter Griffen inzwischen aufgetaucht?«

Maj schüttelte den Kopf. »Niemand weiß, wann er kommt.«

»Eigentlich sollte man doch annehmen, dass er jetzt da ist.«

»Es sei denn, er gibt irgendwo ein Interview. Wo ist Megan?«

»Bei Mark. Sie haben Spielzeit bei *Catspaw* bekommen, daher versuchen sie jetzt gerade, den tödlichen Strahlen einer Raumstation zu entkommen, die gegen einen Asteroiden geprallt ist. Sie müssen das Logbuch des Raumschiffs suchen und herausfinden, was wirklich auf dem Schiff geschehen ist. Es ist wieder so eines dieser Hightech-Abenteuer, die Mark und Megan am liebsten spielen.«

Maj sah zu, wie sich ein als Wombat verkleideter Mann auf Rollerblades durch die Menschenmenge schlängelte, die begeistert applaudierte. Der Wombat schwenkte eine Flagge in Lila und Gelb. *Normalerweise würde ich jetzt lachen*, dachte sie.

Catie lächelte. »Schätze mal, Wover's hat ein neues Spiel herausgebracht.«

»Ja, und er scheint schon ganz aufgeregt zu sein.«

»Ich hab jetzt einen Termin mit einem Grafiker und werde mich dann später bei dir melden«, verabschiedete sich Catie.

Maj nickte. »Viel Glück.«

Holobildschirme kämpften um den Platz über den verschiedenen Ständen. Die animierten Holos in grellbunten Farben waren Replikationen von neuen Helden und Kreaturen, die gerade erst auf den Markt gebracht worden waren, oder aktualisierte Versionen und Fortsetzungen der

Charaktere, die der Spieleindustrie zu ihrem großen Erfolg verholfen hatten. Über dem Stand von Fujima gingen zwei Ninjas in einer futuristischen Strahlenrüstung mit Laserschwerten aufeinander los. Wenn sich die Schwerter berührten, stoben Funken, die aber wenige Zentimeter vor dem Hallenboden oder dem nächsten Besucher wieder erloschen. Das schrille Kreischen von aufeinander treffenden Energiefeldern dröhnte wie Donner aus dem Lautsprechersystem des Standes.

Maj, die aufmerksam die Menschenmenge beobachtete, suchte nach Peter Griffen und fragte sich dabei, wie sie ihn in dem Gewühl erkennen sollte.

»Du bist Soljarr«, plärrte es ihr aus einem Stand in der Nähe entgegen, »Krieger und Sklave der Kolonie Tevvis. Dein Gehirn wurde dir aus dem Körper geschnitten und einer unverwundbaren Drohne implantiert, damit du deinen Meistern beim Kampf gegen dein eigenes Volk hilfst. Ungehorsam bedeutet Tod. Aber es gibt einen Weg zu entkommen und dein Volk zu retten, wenn du tapfer und klug genug bist, um ihn zu finden.«

Mindestens drei Dutzend Besucher standen vor dem Stand von Soljarr in einer Warteschlange, die durch Plastikband vom Gang abgetrennt war. Sie unterhielten sich lebhaft miteinander und zeigten immer wieder auf das Holo, das über dem Stand schwebte. Das Holo zeigte den Helden des Spiels in einem stahlblau schimmernden Anzug, der sich wie Wasser bewegte. Aus Soljarrs Fäusten schossen violette Energiestöße, die gedrungen wirkende mechanische Drohnen niedermähten und sie zu glühenden Metallteilen zusammenschmolzen.

Maj ging weiter, aber dann lief ihr plötzlich ein Frösteln über den Rücken. Sie trat zur Seite, sah sich um und musterte die Gesichter der Besucher. Über ihr schwebte ein Holo mit einem riesigen Pandabären, der einen gelben Schal trug, in einem kleinen Doppeldecker durch die Luft flog und dabei glänzend grüne Münzen aufsammelte, die auf Wolken lagen.

Die Menge bestand aus Erwachsenen, Jugendlichen und Kindern, deren Gesichter alle den gleichen erstaunten Ausdruck trugen. Keiner von ihnen schien Maj zu beachten, aber sie konnte sich des Gefühls nicht erwehren, dass sie beobachtet wurde.

Matt Hunter holte mit seinem Schwert aus und blockierte damit den Hieb, der ihn den Kopf gekostet hätte, wenn er getroffen hätte. Die Wucht des Aufpralls pflanzte sich über die gesamte Länge seines Arms fort und brachte ihn kurz aus dem Gleichgewicht. Er wich einen Schritt zurück, um sich wieder zu fangen, verlor aber endgültig den Halt, als der unebene Boden des Hügels unter ihm nachgab.

Der burgundische Ritter ihm gegenüber brüllte vor Freude laut auf und stürzte sich auf Matt. Mit beiden Händen packte er den Griff seines Schwerts und holte weit aus.

Matt, der auf dem Rücken lang und wegen der schweren Rüstung, die er trug, nicht schnell genug aufstehen konnte, hob abwehrend den Arm. *Ich werde keinen Schmerz spüren. Ich werde einfach abgemeldet und muss mir dann ein oder zwei Wochen lang Andys Sticheleien anhören.*

Plötzlich tauchte ein weiteres Schwert auf, das den Hieb des burgundischen Ritters aufhielt und den Angriff zur Seite ablenkte. Der Burgunder murmelte einen Fluch in seiner Muttersprache und drehte sich um, um sich dem Neuankömmling zu stellen.

Matt verlor keine Zeit, aber die Rüstung aus dem 15.

Jahrhundert war sehr schwer. Selbst mit den Spezialfähigkeiten, die er sich aus dem Computerprogramm heruntergeladen hatte, brauchte er ziemlich lange, bis er wieder auf den Beinen war.

»Verräterischer Hund!«, brüllte der Burgunder.

Der neue Ritter hob sein Schwert. Seine Rüstung wies Spuren eines langen Kampfes auf und war mit Blut, Schlamm und grünen Blättern aus dem Unterholz beschmiert. Am Arm trug er einen Schild, auf dem eine zerkratzte *Fleur-de-lis* zu sehen war.

»Hey«, protestierte Leif Anderson mit leicht amüsierter Stimme, »keine Beleidigungen.« Das Schwert in seinen Händen schien lebendig zu werden und wirbelte durch die Luft, bis der burgundische Ritter gezwungen war zurückzuweichen.

Als Matt wieder auf den Beinen war, spürte er, wie ihm unter der Rüstung der Schweiß in Strömen herablief. Er griff nach seinem Schwert und stellte sich dem Angriff eines zweiten Ritters, der auf ihn zugerannt kam.

Der Mann war stark und brutal. Unter dem Helm quoll ein ungepflegter, rotbrauner Bart hervor, der wie ein Vogelnest aussah. In der Hand hielt er eine Streitaxt, die über einen Meter lang war.

Matt parierte den Hieb mit seinem Schwert und fragte sich dabei, ob die Streitaxt nicht ein Anachronismus war. Allerdings erhob das Spiel *Maid of Orleans* nicht den Anspruch, historisch korrekt zu sein, es sollte nur Spaß machen und eine alternative Realität zum Hundertjährigen Krieg zwischen Frankreich und England und Johanna von Orléans bieten.

Der burgundische Krieger wich sofort zurück und ging dann erneut zum Angriff über. Er holte mit der Streitaxt aus und stieß Matt den Stiel zwischen die Beine, um ihn zu Fall zu bringen.

Matt stolperte und wäre auf dem abschüssigen Gelände fast gestürzt.

»Sobald du am Boden liegst, du kleiner Wurm«, warnte der Burgunder mit einem breiten Grinsen im Gesicht, »werde ich dich wie eine Schildkröte aufspalten, darauf kannst du dich verlassen.«

Aus den Augenwinkeln sah Matt, wie Leif seinen Gegner zu Fall brachte, aber als er dem Angreifer auswich, verlor er seinen Freund aus den Augen. Er wehrte den Axthieb mit dem Schild ab und zielte dann mit seinem Schwert auf eine Stelle unter dem Ellbogen des Mannes.

Das Kettenhemd des Ritters verhinderte, dass Matts Schwert eine Fleischwunde verursachte, aber die Wucht des Hiebes hatte ihm mit Sicherheit ein paar Rippen gebrochen. Der Burgunder wurde blass und heulte vor Schmerz laut auf. Trotz seiner Verletzung griff er noch einmal an und versuchte wieder, Matt mit dem Axtstiel an den Beinen zu treffen.

Da Matt mit diesem Angriff gerechnet hatte, drehte er sich zur Seite und trat mit dem Fuß auf den Stiel der Axt. Mit einem lauten Krachen zersplitterte das Holz, und das untere Drittel des Stiels fiel zu Boden.

Der Burgunder brüllte vor Wut und holte wieder mit seiner Waffe aus. Computertrainierte Reflexe ließen Matt reagieren. Sein Schwert traf die Streitaxt, als diese auf ihn niedersauste, und wehrte die Attacke ab. Dann trat er einen Schritt vor und rammte dem burgundischen Krieger seinen Schild in den Bauch, dessen gewaltige Masse sich jedoch kaum von der Stelle rührte. Matt holte mit seinem Schwert aus und traf den Ritter im Nacken.

Der Helm mitsamt Inhalt flog davon, während das Blut in hohem Bogen aus dem Hals spritzte. Unmittelbar darauf fiel der kopflose Körper des Burgunders auf die Knie und kippte dann nach vorn auf die Erde.

Matt versuchte, nicht hinzusehen. Die Grafik im Netz gaukelte Realität vor, und *Maid of Orleans* gehörte eigentlich nicht zu der Sorte von Spielen, die ihm gefielen. Actionspiele, bei denen sich besiegte Feinde in ein rauchendes Aschehäufchen verwandelten oder durch einen Laserstrahl in ihre Moleküle zerlegt wurden, waren klasse, aber dieses Spiel war einfach zu real.

»Ganz schön eklig«, sagte Leif, der sich zu ihm gesellte. Er schob das Visier seines Helms hoch, unter dem sein dreckverschmiertes Gesicht zum Vorschein kam.

»Finde ich auch.« Matt stieg über die Leiche und ging ein Stück den Hügel hoch. Er starrte auf die Soldaten hinunter, die auf dem unebenen Gelände kämpften. »Wir verlieren.«

»Wir sind zahlenmäßig unterlegen. Es gibt mehr von ihnen als von uns«, erwiderte Leif.

»Sie hätte sie nicht herbringen sollen.« Matt taten die Männer Leid, die in der echten Schlacht, auf der das Spiel basierte, gestorben waren.

»Sie war der Meinung, das zu tun, was Gott ihr befohlen hatte«, meinte Leif.

»So was sollte man von niemandem verlangen.« Matt wirkte bedrückt. Berittene Krieger kämpften mit Fußsoldaten, und meistens gewannen die Männer mit den Pferden. Die besiegten Soldaten wurden von den gepanzerten Streitrössern niedergetrampelt und dann von den Rittern getötet. Manchmal gelang es einem Fußsoldaten allerdings, den Ritter vom Pferd zu ziehen, und dann kam es zu einem brutalen Zweikampf.

»Mach nicht so ein trauriges Gesicht. Es ist doch nur ein Spiel«, sagte Leif.

»Vielleicht bin ich einfach nicht in Stimmung dafür.« Matt legte die Hand an die Augen, um nicht von der untergehenden Sonne geblendet zu werden. Die Wolken um den glühenden Ball waren rot gefärbt, als würde sich das Blut des Schlachtfelds im Himmel spiegeln.

»Das Spiel wird ein Hit«, prophezeite Leif.

Matt starrte auf die Blutstropfen, die in der Rille seines Schwertes nach unten perlten. »Ich werde es mir jedenfalls nicht kaufen.«

Leif grinste ihn an. »Ich habe gehört, dass Wover's ein neues Spiel herausbringt.«

»In Art déco-Kerkern gegen Monster kämpfen und Power-Münzen sammeln – ja, das könnte mir gefallen.« Matt schüttelte den Kopf. »Aber das hier ist mir zu real.«

»Du hast doch im Geschichtsunterricht schon Schlimmeres gesehen.«

Hinter ihnen war das Donnern von Hufen zu hören.

Matt wirbelte herum, während Leif schnell das Visier seines Helms nach unten klappte.

Ein Reiter, der zwei unberittene Streitrösser am Zügel hinter sich herzog, gab seinem Pferd die Sporen und trieb es den steilen Hügel hinauf. Er lenkte das Tier zwischen den Leichen der Burgunder und der Soldaten, die die Compiègne verteidigt hatten, hindurch. Eine Handvoll verwunderter Überlebender versteckte sich zwischen den Büschen.

Als der Reiter die Spitze des Hügels erreicht hatte, riss er die Zügel zurück und ließ sein Pferd auf die Hinterbeine steigen, was sehr dramatisch aussah. Die reiterlosen Pferde, die er an ihren Zügeln führte, scheuten ein wenig, standen dann aber still. Andy klappte das Visier seines Helms nach oben und grinste sie an. »Hallo, ihr zwei. Transportmittel gefällig?«

»Na, macht's Spaß, Andy?«, fragte Leif.

»Im Vergleich zu den drei Spielen, die wir uns vor dem hier angesehen haben?«, fragte Andy. »Absolute Spitze. Das Spiel hier ist der Knüller.« Er stellte sich in die Steigbügel. »Chaos und Blutbäder, das lässt sich einfach nicht übertreffen.« Er zögerte kurz. »Bis auf ein paar Zombies. Sie hätten vielleicht noch ein paar Zombies programmieren sollen.«

»Wir suchen aber nach einem Drachen«, wandte Matt ein. »Dieses Spiel scheint historisch korrekt zu sein.«

»Historisch basiert«, widersprach ihm Leif. »Die Spieleoptionen lassen sich auch so einstellen, dass du den Hundertjährigen Krieg gewinnst, wenn du geschickt spielst. Die Schlacht, in der wir gerade sind, ist die, in der Johanna gefangen genommen wurde. Anschließend warf man sie in den Kerker und verbrannte sie dann als Ketzerin auf dem Scheiterhaufen.«

Matt ließ wieder den Blick über das Schlachtfeld gleiten, nachdem die heiseren Schreie der verzweifelten Männer seine Aufmerksamkeit erregt hatten. Zerschlissene Wimpel flatterten in der leichten Brise und markierten kleine Grüppchen von Überlebenden, die sich gegenseitig zu schützen versuchten.

Plötzlich brach eine neue Phalanx von burgundischen Rittern zu Pferd aus dem Waldstück links von ihnen. Ohne große Mühe überrannten die Angreifer die lückenhafte Kette der mit Lanzen bewaffneten Verteidiger. Fußsoldaten machten sich daran, die Reiter anzugreifen, und die Bogenschützen suchten nach Zielen.

»Mann«, rief Andy aus, »ich kann doch nicht einfach herumsitzen und zusehen. Ich werde mich erst abmelden, wenn ich weiß, dass sich die Leute hier in Sicherheit gebracht haben.«

»Sie können sich nicht in Sicherheit bringen«, klärte ihn Leif auf. »Im Mai 1429 wurden sie in die Flucht geschlagen und in Richtung Compiègne zurückgedrängt. Allerdings hat der Typ, der damals die Stadt befehligte, die Zugbrücke hochziehen lassen, bevor sie sich hinter die Stadtmauern retten konnten. Johanna von Orléans gehörte zu denen, die vor den Toren der Stadt gefangen genommen wurden. Den Rest der Truppen haben die Burgunder abgeschlachtet oder ebenfalls gefangen genommen.«

»Müssen wir uns das etwa ansehen?«, nörgelte Andy. Sein Pferd stampfte unruhig mit den Hufen und wiegte sich schnaubend hin und her. »Das macht doch keinen Spaß.«

Leif grinste und klappte sein Visier nach unten. Er nahm Andy die Zügel eines der Pferde, die dieser mitgebracht hatte, aus der Hand und stieg auf. »Finde ich auch. Also sollten wir mal sehen, ob wir das nicht ändern können. Kommst du mit, Matt?«

Matt starrte auf die zahllosen bewaffneten Reiter, die über das Schlachtfeld galoppierten. Eigentlich wollte er sich abmelden und die Suche nach dem Drachen woanders fortsetzen, aber das Spiel hielt ihn gefangen. Er konnte nicht einfach dasitzen und untätig zusehen.

»Wir haben schon ziemlich viele Spiele nach dem Drachen abgesucht«, argumentierte Leif. »Es schadet bestimmt nicht, wenn wir noch ein paar Minuten hier bleiben und ein bisschen Spaß haben. Bis wir in Los Angeles sind, dauert es noch zwei Stunden. Und die anderen werden sich schon melden, wenn was passiert.«

»Du hast Recht.« Matt griff nach den Zügeln des anderen Pferdes und stieg auf.

»Wenn wir hier gewinnen können, sind wir vielleicht nicht so enttäuscht, wenn wir in den anderen Demos nichts finden«, sagte Leif.

Matt konnte sich allerdings nicht vorstellen, wie ihnen das gelingen sollte. Schon nach den wenigen Minuten, die er in der Demo gekämpft hatte, fühlten sich seine Arme an wie Blei, da er Schild und Schwert nur mit Mühe tragen konnte. Er gab seinem Pferd die Sporen und galoppierte hinter seinen beiden Freunden den Hügel hinunter.

Der verzerrte Klang eines Horns, das zum Rückzug blies, übertönte die heiseren Schreie der Männer. An einigen Stellen des Schlachtfelds war plötzlich wieder Bewegung auszumachen. Von Angst und Wut angetriebene Männer sammelten sich und stürzten sich voller Verzweiflung auf die Burgunder.

Matt hatte sich tief über den Sattelknauf gebeugt und hielt das Schwert an seiner rechten Seite. Da sah er kurz vor sich einen der Burgunder zu Pferd, der einen verwundeten Fußsoldaten angriff. Obwohl er eigentlich nicht mehr mitspielen wollte, lenkte Matt sein Pferd auf ihn zu.

Das Streitross war zum Kämpfen ausgebildet und zögerte nicht einen Augenblick, in den Burgunder und dessen Pferd hineinzurennen. Das andere Tier strauchelte und versuchte, das Gleichgewicht wiederzuerlangen. Der Ritter zerrte an den Zügeln und drehte sich dann im Sattel herum. »He, du«, rief er Matt zu, »von hinten angreifen ist nicht fair.« Er sprach ohne burgundischen Akzent.

Matt, der jetzt wusste, dass der Ritter jemand war, der ebenfalls online bei der Demo mitspielte, fühlte sich schlagartig besser. Er streckte den Fuß aus und stieß den Burgunder aus dem Sattel, der wie ein angestochenes Schwein quiekte, als er unsanft auf der Erde landete.

»Habt meinen Dank«, sagte der gerettete Soldat, der sich nur noch mit Mühe auf den Beinen halten konnte. Sein Gesicht war blutüberströmt.

Matt streckte ihm die Hand hin. »Steigt auf.«

Der Mann ergriff Matts Hand und schwang sich in den Sattel hinter ihn. Für das große Streitross stellte ein zusätzlicher Reiter kein Problem dar.

Matt wendete das Pferd und galoppierte in Richtung Compiègne. Die Stadt war von einer hohen Steinmauer umgeben, die sie vor der Schlacht vor ihren Toren schützte. Auf dem Wehrgang standen Bogenschützen, deren Pfeile durch die Luft schwirrten, während die flüchtenden Truppen und ihre burgundischen Verfolger der Zugbrücke immer näher kamen.

Der Mann hatte einen Arm um Matts Bauch geschlungen und hielt sich an ihm fest. Plötzlich fing er an zu rufen: »Johanna! Johanna!«

Matts Herz klopfte wie wild, obwohl er wusste, dass er das Spiel jederzeit verlassen konnte. Als er einen Blick nach rechts warf, sah er ein großes Kontingent von Kriegern, die wie sie auf Compiègne zuritten.

An der Spitze der Gruppe befand sich Johanna, die Jungfrau von Orléans. Sie trug Rüstung und Schwert eines Mannes, aber ihr Kopf war unbedeckt, sodass sie bei einem Angriff ungeschützt war, ihre Leute sie aber sofort erkennen konnten. Kurz geschnittene braune Haare umrahmten ihr schönes Gesicht.

Sie beugte sich zur Seite und riss einem Reiter in ihrer Nähe eine Fahne aus der Hand. »Hier!«, rief sie, während die Krieger um sie herum zögernd stehen blieben. Sie steckte die

Fahne in die Erde, deren Stoff neben ihrem Gesicht flatterte. »Wir machen hier Halt, um uns den verräterischen Burgundern zu stellen und allen Fußsoldaten die Chance zu geben, in die Stadt zu gelangen!«

Aus der nächsten Umgebung waren heisere Schreie zu hören, die die Entscheidung Johannas jedoch nicht alle billigten.

Plötzlich tauchte Andy mit gezogenem Schwert und einem verwegenen Grinsen im Gesicht neben dem Mädchen auf. Er stieß das Schwert in die Luft. »Für Johanna!«, rief er. »Für Frankreich!«

Matt schüttelte den Kopf und staunte darüber, wie gut Andy spielen konnte.

»Für Frankreich!«, schrie Johanna.

»Haltet ein«, bat der Soldat hinter Matt. »Wir müssen ihr helfen.«

Matt riss an den Zügeln und brachte sein Pferd zum Stehen. Als er sich umdrehte, sah er, wie eine Horde Burgunder in vollem Galopp auf sie zukam.

»Machst du mit?«

Matt warf Leif, der zu ihm geritten war, einen Blick zu. »Na klar.«

»Du brauchst das nicht zu tun. Nach dem, was gestern Abend passiert ist, würde ich es sogar verstehen.«

Matt schüttelte den Kopf und versuchte, mit seiner Stimme das Getöse der herannahenden Pferdehufe zu übertönen. »Weißt du, was komisch ist?«

»Was?«

»Ich bin gestern als Holo in Majs Zimmer gegangen, weil ich genau gewusst habe, dass mir nichts passieren kann, und es war ziemlich frustrierend, einfach nur dazustehen, ohne was tun zu können. Aber wenn ich wirklich dort gewesen wäre, hätte ich gar nicht gewusst, was ich tun soll.«

»Du hättest getan, was du konntest. So bist du eben, Matt. Alles in dir lebt nur für den Moment. Du bist am besten, wenn du unter Druck stehst, denn dann siehst du alles glasklar.« Leif grinste lakonisch. »Die meisten von uns sind so wie du. Mach dir doch keine Gedanken darüber, was du getan oder nicht getan hättest.«

»Es geht mir einfach nicht aus dem Kopf.«

»Das ist normal. Ich wette, du denkst auch ziemlich oft über Flug-Sims nach, die du versiebt hast. Das geht schon vorbei.«

Matt sah zu Andy hinüber, der sich gerade angeregt mit Johanna von Orléans unterhielt, während die Gefechtslinie aufgestellt wurde. Das Mädchen ordnete ihre Truppe und nutzte das höher gelegene Terrain aus, indem sie Männer, die noch Speere hatten, in die erste Reihe befahl.

Matt beobachtete die flüchtenden Soldaten, die vor ihren Verfolgern davonliefen. »Wir werden die Schlacht nicht gewinnen, stimmt's?«

»Nein.« Leif grinste. »Nicht, wenn das Spiel historisch korrekt ist. Johanna wird hier von den Burgundern gefangen genommen, da sie von Guillaume de Flavy, dem Typen, der Compiègne unter sich hat, nicht in die Stadt gelassen wird. Die Burgunder verkaufen sie an die Engländer, die sie vierzehn Monate lang gefangen halten und dann als Ketzerin auf dem Scheiterhaufen verbrennen. Aber wie oft hat man schon Gelegenheit, an der Seite von Johanna von Orléans zu kämpfen?«

Matt holte tief Luft, dann atmete er geräuschvoll aus.

»Andy scheint wild entschlossen zu sein, den Helden zu spielen«, sagte Leif, während sie ihren Freund beobachteten, der die Gefechtslinie abritt und die Truppe anfeuerte. »Vielleicht liegt es daran, dass sein Vater in Südafrika umgekommen ist, oder daran, dass er danach immer die Sim in seiner VR gespielt hat, in der sein Vater in diesem Krieg gekämpft hat. Aber vielleicht liegt es auch daran, dass Menschen wie er einfach dazu geboren sind.«

»Und warum spielst *du*?«

Leif lachte. »Ich? Ich spiele nur zum Spaß.« Die Burgunder waren jetzt weniger als einhundert Meter von ihnen entfernt. Als die ersten Fußsoldaten die Gefechtslinie erreichten, brachen sie durch und liefen auf die Stadt zu.

Der Mann hinter Matt sprang vom Pferd, griff nach seiner Armbrust und legte einen kurzen, gefährlich aussehenden Pfeil ein.

»Achtung!« Johannas Stimme drang über das Schlachtfeld. Sie hob ihr Schwert, dann ließ sie es mit der Spitze nach vorn fallen, bis es auf die Burgunder zeigte. »Angriff!« Das Mädchen gab ihrem Pferd die Sporen und führte die mit Speeren bewaffneten Reiter an.

An ihrer Seite ritt Andy, der ebenfalls einen Speer in der Hand hielt.

Matt unterdrückte seinen Widerwillen gegen das Kämpfen, trieb sein Pferd an und bereitete sich darauf vor, den Angriff zurückzuschlagen. Er wehrte einen Speer ab, der auf seine Brust zielte, und brachte dann einen Rückhandschlag an, der seinen Gegner am Kopf traf. Matt glaubte nicht, dass er den Mann verletzt hatte, aber es war ihm gelungen, ihn aus dem Sattel zu werfen.

Staub wurde aufgewirbelt, der ihm jede Sicht versperrte. Er lenkte sein Pferd zur Seite und zog sanft am Zügel, damit er das Tier nicht am Maul verletzte. Das Ross zitterte, als sich seine gewaltigen Muskeln anspannten und die

Hufe zwischen den weichen Erdklumpen nach Halt suchten.

Matt holte tief Luft. Er roch den Gestank von schwitzenden Männern und Pferden, nasses Leder und den trockenen Staub, der sich über das Schlachtfeld legte. Dann hob er sein Schwert und griff wieder an.

9. Kapitel

Als Maj wieder am Stand von Eisenhower war, drängte sich eine riesige Menschenmenge vor den immer noch verschlossenen Türen.

Ohne jede Ankündigung stieg plötzlich ein junger Mann, der einen weißen Anzug und einen weißen Rollkragenpullover anstatt Hemd und Krawatte trug, auf einen der Tische und drehte sich zur Menge hin. Im selben Augenblick veränderten die Holoprojektoren vor dem Stand ihre Anzeige. Jetzt war auf ihnen das Bild des jungen Mannes zu sehen.

Er wirkte sehr sportlich und war nicht älter als zwanzig oder einundzwanzig. Das schwarze Haar trug er gerade lang genug, um den Ansatz von Locken erkennen zu lassen. Auf seinen Lippen lag ein jungenhaftes Lächeln, und er sah leicht verwirrt in die Menge, als hätte ihn etwas überrascht. »Das habe ich nicht erwartet.« Seine elektronisch verstärkte Stimme dröhnte durch die Ausstellungshalle. Er sah zu den versteckten Lautsprechern hoch. »Das auch nicht.«

Die Zuschauer lachten.

Der junge Mann starrte sie an. In seinen meergrünen Augen lag ein Ausdruck der Verwunderung. »Eigentlich habe ich gar nichts von all dem hier erwartet.« Er räusperte sich.

»Mein Name ist Peter Griffen, und ich würde Ihnen gern mein Spiel vorstellen.«

Maj starrte Peter an und versuchte, ihn sich auf dem Rücken eines Drachens vorzustellen. Es fiel ihr nicht schwer.

Die Zeit wurde von einem wirbelnden Mahlstrom aus blitzenden Klingen, gellenden Schmerzensschreien und donnernden Pferdehufen mit sich gerissen. Matt wusste nicht, wie viel Zeit vergangen war, aber es konnten nicht mehr als ein paar Minuten gewesen sein. Er war außer Atem und völlig erschöpft, aber die Reflexe, die er sich heruntergeladen hatte, ließen ihn weiterkämpfen.

Die Gefechtslinie der Burgunder brach auseinander.

Johanna von Orléans ritt auf die Spitze eines nahen Hügels. »Blast zum Rückzug«, rief sie. Der Mann neben ihr setzte ein Horn an den Mund und blies das Signal.

Sofort zogen sich die Verteidiger aus dem Kampfgetümmel zurück und ritten auf ihren ermatteten Pferden in Richtung Compiègne.

Matt sah ihnen einen Moment zu und beobachtete, wie die beiden Gruppen sich voneinander lösten und der Kommandeur der Burgunder versuchte, wieder Ordnung in seine Truppen zu bringen. Dann gab er seinem Pferd die Sporen und ritt den flüchtenden Kriegern nach. Staub legte sich auf seine Lippen und drang in seinen Mund, sodass er nur mit Mühe schlucken konnte. Zwischen den Zähnen schmeckte er Sand, und seine Lungen brannten wie Feuer.

Die Verteidiger ritten zwischen Bäumen und Büschen hindurch und blieben auf der unbefestigten Straße, die nach Compiègne führte. Je näher sie der Stadt kamen, desto steiler wurde die Straße.

Matt warf einen Blick über die Schulter und stellte fest,

dass die Burgunder sich schneller erholten, als er gedacht hatte. Hinter ihnen lagen Dutzende Tote und Verwundete beider Seiten, die von Staubwolken bedeckt waren. Die Zugbrücke vor ihm war in die hohe Stadtmauer eingelassen worden, von der gerade wieder ein Schwarm von Pfeilen abgeschossen wurde, die wie lange, magere Vögel mit gefalteten Flügeln aussahen.

Unmittelbar darauf ging ein tödlicher Regen auf die Flüchtenden nieder. Die Pfeile flogen mit lauten Klappern durch die Bäume und bohrten sich in die Erde. Einige trafen die Krieger in vollem Galopp und holten sie von ihren Pferden.

Matt hob seinen Schild über den Kopf und spürte, wie dieser von zwei Pfeilen getroffen wurde. Das Pferd unter ihm wurde immer schneller, je näher sie der Stadt kamen. Dann, nur noch wenige Sekunden von dem rettenden Tor entfernt, wurde langsam die Zugbrücke hochgezogen. Ein Gefühl der Niedergeschlagenheit überkam ihn, als er zusehen musste, wie sich die schwere, eisenbeschlagene Konstruktion ruckartig nach oben bewegte.

Von den Verteidigern, denen klar geworden war, dass man sie ihrem Schicksal überlassen wollte, drangen ungläubige Schreie zu Matt herüber. Das Metall der Rüstungen knirschte, als die Männer ihre Fäuste gen Himmel reckten.

Johanna ritt an der Spitze des Zuges, begleitet von Andy.

Leif stellte sich in die Steigbügel und beugte die Knie, damit er besser zielen konnte. Er legte eine Armbrust an die Schulter, verharrte kurz und drückte dann ab.

Der Pfeil schoss aus der Waffe und traf die Kette, mit der die Zugbrücke hochgezogen wurde. Sofort rannten Männer von den Wehranlagen der Stadtmauer herunter, um den Pfeil herauszuziehen. Aber bevor sie die Kette erreicht hatten, wurden sie auch schon von den Verteidigern angegriffen. Die Männer ließen die Zugbrücke wieder herunter und zwangen die Bogenschützen auf dem Wehrgang, ihren Rückzug zu decken.

Die Burgunder schreckten vor dem Pfeilhagel zurück, aber einige wagten sich trotzdem vor und verwickelten die Nachhut in kurze Scharmützel. Als die Zugbrücke offen war, führte Johanna von Orléans ihre Männer in die Stadt und befahl dann sofort, sie zu schließen, wofür mehrere Männer notwendig waren.

Innerhalb weniger Sekunden waren die Burgunder aus Compiègne ausgesperrt und wurden von den Bogenschützen auf Abstand gehalten. Matt stieg vom Pferd und folgte Johanna, Andy und Leif über eine schmale Steintreppe zum Wehrgang hinauf.

»Wir haben es geschafft!«, jubelte Andy. Er beugte sich über die Brüstung und drohte den Burgundern mit seiner gepanzerten Faust. Als Antwort darauf prallten einige Pfeile gegen die Steinmauer unterhalb des Wehrgangs, auf dem sie gerade standen. »Ich liebe dieses Spiel!« Plötzlich riss er Johanna von Orléans an sich, umarmte sie und küsste sie auf die Wange.

»Ist dir eigentlich klar«, sagte Johanna, während sie sich aus Andys Umarmung befreite, »dass dich die echte Johanna von Orléans dafür einen Kopf kürzer gemacht hätte?«

Andy riss die Augen auf und wich zurück.

Matt musste laut lachen. *Johanna ist kein Spielcharakter. Sie ist jemand, der online mitspielt.*

Statt wütend zu werden, grinste Johanna allerdings nur. »Hi, Leif«, sagte sie dann.

»Hallo, Kris. Ihr macht ja richtig gute Fortschritte bei dem Spiel«, begrüßte sie Leif.

Johanna blies sich eine Haarsträhne aus dem Gesicht. »Ich glaube schon. Noch ein oder zwei Monate Entwicklung, und wir dürften es geschafft haben. Dann wird dein Vater wissen, dass er eine Investition gemacht hat, die sich für ihn und seine Kunden lohnt.«

Leif schüttelte den Kopf. »Das weiß er schon, sonst hätte er sich ja nicht daran beteiligt.«

»Ohne ihn wären wir nie so weit gekommen.« Kris sah sich um und deutete auf Andy, der mit hochrotem Kopf dastand. »Kennst du ihn?«

»Ja. Andy Moore. Andy, das ist Kris Emerson. Sie ist die Chef-Designerin von *Maid of Orleans.*«

»Das hättest du mir auch früher sagen können«, beschwerte sich Andy. Er sah Kris an. »Hör zu, es tut mir wirklich Leid, aber ...«

»Schon gut«, erwiderte Kris. »So ein nettes Kompliment habe ich schon seit Jahren nicht mehr bekommen.«

»Und das ist Matt Hunter«, sagte Leif.

Seit Jahren?, dachte Matt. Das konnte nur bedeuten, dass das Aussehen von Johanna von Orleans ein Proxy war.

Um sie herum begannen die Überlebenden der Schlacht damit, die Verwundeten zu versorgen und die Verteidigung der Stadt zu verbessern.

Kris führte sie über den Wehrgang. »Warum seid ihr hier? Willst du sehen, was wir mit dem Geld deines Vaters machen?«

»Nein. Wir sind auf dem Weg zur Spielemesse und dachten, wir könnten einige der online verfügbaren Demos durchsuchen«, erwiderte Leif.

»Ich bin froh, dass ihr vorbeigeschaut habt. Sonst hätte ich die nächsten Stunden in Ketten liegend verbracht und gehofft, dass jemand so geistesgegenwärtig ist und einen

Rettungsversuch startet. *Maid of Orleans* beruht zwar auf historischen Fakten aus jener Zeit, aber für einen intelligenten Spieler kann die Geschichte mehrere Wendungen nehmen. Das war übrigens ein guter Schuss mit der Armbrust. Ohne einen Hinweis werden nicht sehr viele Spieler auf die Idee kommen, es zu versuchen.«

Leif zuckte mit den Achseln. »Es schien zu dem Zeitpunkt das einzig Logische gewesen zu sein. Als ich dann tatsächlich getroffen habe, war mir klar, dass es etwas zu bedeuten hat.«

»Das Spiel ist so programmiert«, erklärte Kris. »Wenn ein Spieler diesen Schuss versucht, wird er mit einer Wahrscheinlichkeit von neunzig Prozent treffen.« Sie blieb stehen und sah auf das Schlachtfeld hinunter. »Was habt ihr denn gesucht, als ihr hergekommen seid?«

»Einen Drachen«, antwortete Leif.

Kris schüttelte den Kopf. »Hier wirst du keine Drachen finden.«

»Ich dachte, du hättest vielleicht einen in den Fantasy-Modus des Spiels programmiert.«

»Nein. Ich wollte das Spiel so real wie möglich machen. Bis auf die Handlung der Geschichte, da diese von den Spielern abhängen kann.«

»Kennst du jemanden, in dessen Spiel ein Drache vorkommt?«, wollte Matt wissen.

»Ihr habt euch noch nicht viele Demos angesehen, stimmt's? Drachen sind zurzeit groß in Mode. Man kann sie jagen, erlegen, reiten oder – in einigen Spielen – mit ihnen reden oder sogar ihr Aussehen annehmen.«

Das kann ja heiter werden. Matt musste an die Online-Broschüre denken, die sie sich angesehen hatten. Bei der Messe wurden mindestens vierhundert neue Spiele vorgestellt. Einige hatten sie sofort ausschließen können, weil sie wussten, um was es darin ging.

»Ich will nicht unhöflich sein«, sagte Kris, »aber ich muss zum Spiel zurück. Die Leute, die diese Demo spielen, erwarten, dass ich hier für Action sorge. Wenn man mich gefangen genommen hätte, hätte ich jetzt eine Weile in einem Gefängnis der Burgunder ausruhen können, aber so werde ich in meine Trickkiste greifen und noch ein paar Intrigen anzetteln müssen.«

»Tut mir Leid«, bedauerte Leif.

»Mach dir deshalb keine Gedanken. Ich habe in der Testphase des Spiels eine Menge Zeit im Kerker verbracht. Das hier wird zwar anstrengender, aber bestimmt lustig.«

»Würdest du mir einen Gefallen tun?«, fragte Leif.

»Wenn ich kann.«

Leif öffnete die Hand, und mehrere grüne Lichtwirbel vereinigten sich zu einer Münze. »Dieses Symbol enthält meine E-Mail-Adresse. Würdest du mir bitte eine Nachricht schicken, wenn du von Spielen hörst, in denen Drachen eine wichtige Rolle spielen?«

»Sicher, gar kein Problem.« Kris nahm die Münze, dann drehte sie sich um und ging schnell weg. Vor dem Hintergrund der untergehenden Sonne rief sie ihren Truppen Befehle zu und verlangte, zu Guillaume de Flavy gebracht zu werden.

Andy trat unruhig von einem Bein aufs andere. »Kommt, wir gehen. Ich bin hier fertig.«

Matt grinste angesichts des offensichtlichen Unbehagens seines Freundes, aber er überlegte immer noch, wie sie es anstellen sollten, den Drachen und seinen Reiter zu finden.

Als Matt die Augen öffnete, sah er das Menü der Spielemesse vor sich. Die Müdigkeit, die bei der Stippvisite in *Maid of Orleans* entstanden war, fiel im Handumdrehen von ihm ab. Vor dem Hintergrund eines mit Sternen übersäten Weltalls drehten sich Symbole, die die verschiedenen Spiele und Produzenten darstellten.

Andy und Leif standen auf der leuchtend blauen Glasscheibe, die oben von unten trennte. Andys Blick hing an den langen Symbolreihen. »Wenn ich mich recht erinnere, bin ich jetzt dran und darf mir was aussuchen.«

Als Matt sich die riesige Auswahl ansah, wusste er gar nicht, wo er anfangen sollte.

»Du siehst frustriert aus«, stellte Leif fest.

»Inzwischen schon«, gab Matt zu. »Wir können uns unmöglich jedes einzelne Spiel ansehen.«

»Das wollen wir auch gar nicht«, erwiderte Leif.

»Genau«, fügte Andy hinzu. »Wir sehen uns nur die Highlights an. Hier ist eines, das *Goblin King* heißt. Soll ein Fantasy-Spiel mit jeder Menge Kampfszenen sein.«

»Wir müssen das Feld irgendwie eingrenzen«, wandte Matt ein. »Aber mir will einfach nichts mehr einfallen.«

»Bis du deinen Geistesblitz hast, wäre es vielleicht besser, einfach weiterzumachen. Ich glaube nicht, dass es was bringt, wenn man nur rumsitzt und grübelt – selbst wenn man dabei in der ersten Klasse sitzt.«

Matt seufzte. »Du hast Recht. Ich wünschte nur, ich wüsste, ob Maj und ich wirklich in einem Spiel gewesen sind.«

Leif schüttelte den Kopf. »So, wie du die Umgebung beschrieben hast, kann es eigentlich nur ein Spiel sein.«

»Ich weiß. Aber warum sind wir dann in die Schnittstelle der Überlagerung hineingerauscht?«

»Kann ich dir auch nicht sagen. Ich glaube, das erfahren wir erst, wenn wir das Spiel finden, nach dem wir suchen.«

»Aber nur, wenn es die Jungs in den schwarzen Anzügen nicht zuerst finden.«

»Großer Gott, du schleppst aber eine Menge negativer Energie mit dir herum.« Leif grinste. »Hey, schließlich sind wir die Jungs, die gerade Johanna von Orléans vor den Burgundern gerettet haben.«

»Ich werd's mir merken.«

»Während ihr zwei höfliche Konversation macht, verlieren wir immer mehr Zeit«, meldete sich Andy zu Wort. »Kommt schon, wir gehen.« Er berührte ein rotes Symbol in Form eines Fabelwesens. Sofort wurde er von roten Funken eingehüllt und von einem Wirbelsturm mitgerissen.

Leif und Matt berührten das Symbol ebenfalls und folgten ihm.

Im nächsten Moment fing Matt an zu frieren, da es bitter kalt war. Er öffnete die Augen und stellte fest, dass sein Kopf in einer runden, durchsichtigen Kugel steckte. Die Luft im Helm schmeckte schal.

Er trug einen Raumanzug und schwebte in der Umlaufbahn eines Planeten, der sich langsam drehte. Er starrte die Welt über sich an und wusste, dass dort eigentlich unten war. Auf dem Planeten war zum größten Teil das Blaugrün von Meeren zu sehen, das nur gelegentlich von Flecken rotbrauner Erde unterbrochen wurde. Als er die Krümmung des Planeten absuchte, entdeckte er drei Monde, die viel näher waren, als er aufgrund der Anziehungskraft für möglich gehalten hätte. Zwei waren leuchtend grün, während der dritte eine violette Farbe aufwies.

»Rhidher!«

Matt spürte einen stechenden Schmerz in der Stirn, aber

dann wurde ihm klar, dass die Stimme aus seinem Kopf kam. Er versuchte, sich umzudrehen, und bemerkte einen riesigen Schatten, der sich auf ihn legte. Als er die Fledermausflügel sah, die der gigantischen Kreatur über ihm wuchsen, dachte er für einen Moment, er hätte den großen Drachen gefunden.

Aber dieses Tier war nicht schmal und elegant wie der Drache. Trotz seiner enormen Größe wirkte der Körper der Kreatur gedrungen und mit seinen zwei Armen und zwei Beinen fast menschenähnlich. Er war von einer Rüstung in Blau und Silber bedeckt, die riesige Scharniere aufwies. Die Flügel sahen irgendwie verkümmert aus und wollten nicht recht zum Körper passen.

»Rhidher! Sitz!«

Die Kreatur kam mit einem lauten Schlagen ihrer Flügel vor Matt zum Stehen, obwohl es im Weltraum keine Atmosphäre gab. Das Ding ließ ihn klein und hilflos aussehen. Um seinen dicken Hals hatte ihm jemand eine Art Pilotensitz mit Cockpit geschnallt. Zu beiden Seiten des Sitzes konnte Matt lange, röhrenförmige Waffensysteme erkennen.

»Rhidher!« Das riesige Tier sah ihn flehentlich an, mit kanaldeckelgroßen braunen Augen, in denen sich erste Spuren von Cyber-Verschleiß bemerkbar machten. »Du musst sitzen! Feind kommt!«

Die Stimme in Matts Kopf tat nicht mehr so weh wie vorhin. Er streckte die Hand aus, packte den Rand des Sitzes und zog sich hinauf. Automatisch legten sich Gurte über Brust und Schultern und fesselten ihn an den Sitz.

Auf dem Bildschirm an der Konsole erschien Andys Gesicht. »Willkommen Rhidher Matt.« Auch er trug einen Kugelhelm und einen unförmigen Raumanzug.

»Das sind aber nicht die Drachen, die wir suchen«, sagte Matt.

»Wir sehen uns trotzdem noch ein wenig um.«

Bevor Matt antworten konnte, wurde er von einem dreieckigen Flugzeug angegriffen. Pinkfarbene Laserstrahlen schossen durch die Dunkelheit. Sogar das Zischen konnte man hören. Das Fabelwesen duckte sich instinktiv.

»Klasse«, jubelte Andy. »Darf ich vorstellen – der Feind!«

Maj starrte Peter Griffen an, während der Spiele-Designer auf dem Tisch, auf den er geklettert war, Hof hielt. Obwohl er den Ruf besaß, die Öffentlichkeit zu scheuen, schien er sich vor der Menschenmenge wie zu Hause zu fühlen.

In der ersten Reihe standen Reporter von HoloNet, die ihre Kameras auf ihn richteten. »Warum wurde aus diesem Spiel ein solches Geheimnis gemacht?«, fragte einer von ihnen. Maj wusste nicht, wie der Mann hieß, aber sie hatte ihn während der letzte Tage in einigen Beiträgen des Senders gesehen, in denen über die bevorstehende Spielemesse berichtet wurde.

Peter lächelte schüchtern. »Damit Sie Fragen wie diese stellen.«

Die Zuschauer lachten.

Sinn für Humor hat er ja, dachte Maj.

»Jetzt mal im Ernst. Es gab viele Gründe dafür, jetzt erst über das Spiel zu reden. Wie oft ist es vorgekommen, dass ein Spiel ein, zwei oder drei Monate später auf den Markt kommt als angekündigt? Oder sogar ein Jahr?«

Die Reaktion der Menge zeigte, woran die Spieleindustrie in erster Linie krankte: Trotz der im Netz verfügbaren Technologie hielten die Designer so gut wie nie ihre Liefertermine ein.

»Wenn ich mich heute auf der Messe umsehe«, fuhr Peter fort, »kann ich von hier auf sechs verschiedene Spiele zeigen, die bereits vor sechs oder mehr Monaten auf den Markt kommen sollten.«

»Wenn Sie einen Weg gefunden haben, um dieses Problem zu lösen«, bemerkte einer der Reporter, »machen Sie ein Vermögen.«

Peter schüttelte den Kopf. »Ich habe dieses Problem nur für mich persönlich gelöst.« Er ging auf dem Tisch hin und her und wirkte völlig aufgedreht, anstatt sich mit einer wohl dosierten Attacke noch mehr Aufmerksamkeit zu verschaffen. »Ich arbeite jetzt seit vier Jahren in dieser Branche und hatte das Glück, dass die Spiele, an denen ich mitgearbeitet habe, alle recht erfolgreich gewesen sind.«

»Das war kein Glück«, warf jemand aus der Menge ein. »Er hat einfach ein gutes Händchen für Spiele.«

»Ich habe Kode geschrieben, Designs entworfen, mit Künstlern gearbeitet, Handlungsstränge entwickelt, Dialoge geschrieben und alles andere gemacht, was man braucht, um ein richtig gutes Spiel zu produzieren«, sagte Peter.

Maj erinnerte sich daran, dass sie in den im Netz verfügbaren Textdateien über Peter Griffen gelesen hatte, er hätte die Spieleindustrie revolutioniert und es gäbe keinen Aspekt von computerbasierten Spielen, dem er nicht seinen Stempel aufgedrückt hätte.

Einige Artikel, die Maj gelesen hatte, stammten aus den besten Spielemagazinen und beklagten den Verlust des Kronprinzen der Spieleindustrie. Aber das war vor achtzehn Monaten gewesen, direkt nach der Markteinführung von *Promethean Directive*, einem Spiel, das sich um Politik und Wirtschaft drehte und die Verkaufszahlen der Branche in die Höhe schießen ließ.

»Vor achtzehn Monaten habe ich bei meinem letzten Arbeitgeber gekündigt. Ich hatte eine Idee zu einer Welt, einem Spiel, das so revolutionär und innovativ sein würde, dass jeder, aber auch wirklich jeder es kaufen würde. Meine Damen und Herren, ich möchte Ihnen *Realm of the Bright Waters* vorstellen.« Er hob die Hand, und die Holoprojektoren hinter ihm warfen Szenen in verblüffend bunten Farben in die Luft, die der Menge den Atem raubten.

10. Kapitel

»Wie geht's, Montoya?«

Gaspar sah den Sicherheitsbeamten vor sich an, während er gleichzeitig eine Datei aufrief. Die Flachfilm-Bilder wurden in einer Ecke seines virtuellen Sehvermögens angezeigt, und er blätterte hindurch, bis er den Mann vor sich gefunden hatte. Leon Tatum hatte tagsüber Dienst. Den Unterlagen zufolge, die Heaveners Leute beschafft hatten, arbeiteten Montoya – der Proxy, den Gaspar zurzeit trug – und Tatum nur gelegentlich zusammen.

»Gut, Tatum«, erwiderte Gaspar. »Nur ein bisschen müde.«

Tatum nickte. »Haben Sie die Aufregung gestern Abend mitbekommen?«

»Ja, sicher. Was ist da draußen eigentlich los?«

Tatum zuckte mit den Achseln. »Eines dieser Computergenies stellt sein neuestes Werk vor. Scheint ganz gut anzukommen.« Er wies mit dem Daumen über die Schulter. »Sie können sich da drüben kostenlos einen Kaffee holen. Hilft beim Wachbleiben.«

»Ich glaube, ich sehe mir erst mal an, was da los ist.«

»Neumodisches Zeugs«, schnaubte Tatum verächtlich. »Ich ziehe ein Holo und ein gutes Ballspiel vor.«

Gaspar ging zu der Menschenmenge vor dem Stand von Eisenhower hinüber und sah zu Griffen hoch. Eifersucht stieg in ihm hoch und verdrängte die Angst, die er empfang. Peter Griffen hatte alles – Talent, Können und die Möglichkeit, das Beste daraus zu machen. Und er, Gaspar, hatte nichts. Für einen Moment war es ein gutes Gefühl, dass er mithalf, Griffen alles wegzunehmen.

Gaspar ließ sein Holo aktiv und verschaffte sich in der virtuellen Version des Hotels Zugang zu den tieferen Programmebenen. Obwohl die Ausstellungshalle um ihn herum intakt blieb, schien Gaspar neben sich zu treten, als er seinen Proxy klonte und in den Sicherheitskode für die VR schlüpfte, die man für den Stand von Eisenhower Productions errichtet hatte.

Vor Gaspar bildete sich ein frei stehender Türrahmen. Er legte die Hand auf die Tür und drückte dagegen. Das Metall fühlte sich kalt an. Und undurchdringlich.

Gaspar rieb zuerst langsam, dann immer fester an der Tür und setzte dabei Crack-Programme ein, die er selbst entwickelt, gefunden oder eingetauscht hatte. Mit der Zeit blätterte die Oberfläche der Tür ab, bis sich ihm nur noch einige wenige Atome in den Weg stellten. Er starrte einen anderen Teil seines Crack-Programms und verwandelte sein zweites virtuelles Ich in eine zweidimensionale Fläche.

Vorsichtig zwängte er sich an den durcheinander wirbelnden Atomen vorbei und schlüpfte in die VR, die Griffens Präsentation steuerte.

»*Realm of the Bright Waters* ist größer als jedes andere Spiel, das hier vorgestellt wird«, sagte Peter Griffen. »Es ist um mehr als die Hälfte größer als *Sarxos*.«

Maj starrte wie gebannt auf die Bilder der Holoprojektoren, deren atemberaubende Schönheit sie genauso in den Bann zog wie die übrigen Zuschauer. *Das muss der Ort sein.*

»Es wird *Sarxos* überflüssig machen!«, brüllte jemand in der Menge.

Plötzlich änderte sich der Blickwinkel des Holos, das sich an den dicht belaubten Bäumen nach oben schob. Zum ersten Mal sahen die Zuschauer, wie groß die Bäume waren. In der Nähe der Kronen gab es weniger Zweige und Blätter, sodass an manchen Stellen diffuses, grünlich schimmerndes Sonnenlicht durchdrang. Maj konnte die rote Sonne am Himmel erkennen, und sie war sich sicher, dass die blaue Sonne nicht weit war.

»Da!«, rief jemand.

Die in die Baumkronen gebaute Zivilisation war nur für den Bruchteil einer Sekunde zu sehen. Mit Material, das von den Bäumen selbst stammen musste, waren bizarr geformte Hütten geschaffen worden, die in den Zweigen der riesigen Bäume hingen. Die Behausungen waren durch schmale Brücken miteinander verbunden, von denen einige Stufen aufwiesen, die nach unten oder oben führten. Über Brücken und Zweige kletterten kleine, menschenähnliche Gestalten, die mit Blättern und Baumrinde bekleidet waren und bunte Früchte oder Gemüse als Schmuck trugen. Die Wesen waren mit Bogen bewaffnet und feuerten Pfeile ab, die von den Holoprojektoren in die Zuschauermenge gelenkt wurden.

»Elfen!«, rief jemand.

»Die Welt«, fuhr Peter fort, »ist mit Dutzenden Völkern besiedelt, die alle eine eigene Geschichte, ein eigenes Wirtschaftssystem und eigene Anforderungen an ihre Umgebung haben. Ein Spieler kann bestimmte körperliche oder geistige Fähigkeiten und auch Zauberei erlernen. Er kann ein Krieger, ein Barde, ein Historiker oder ein Magier sein. Alle Völker und Fähigkeiten haben den gleichen Wert und Nutzen.«

Die Szene änderte sich, und man konnte die Bäume von oben sehen. Am Himmel standen eine rote und eine blaue Sonne. Mitten durch den Wald schlängelte sich ein glasklarer Fluss.

»Das Wasser ist der Schlüssel zu allem, was in dieser Welt geschieht. Das Leben der Völker hängt von den Flüssen und Meeren ab, die es in dieser Welt gibt. Wasser ist die geheimnisvolle Quelle der Macht und des Lebens.«

Das Holo zeigte zuerst ein Fischerdorf und dann einen alten Mann, der mit einem Tierfell bekleidet war und im Schneidersitz am Ufer des Flusses saß. Ein Dutzend kleiner Kinder hatte sich um ihn geschart und sah ihm wie gebannt zu. Der alte Mann tauchte die Hand ins Wasser und zog sie wieder heraus. Eine glitzernde Ranke aus Flusswasser folgte der Hand nach draußen und rollte sich dann zu einem Ball zusammen, der zwischen den Händen des Alten schwebte. Im Zentrum der Kugel formten sich Bilder.

»Der Spieler kann kleine Dörfer erforschen«, sagte Peter, »oder in riesige, besiedelte Gebiete reisen.«

Die imaginäre Kamera des Holos schoss wieder über den Himmel und machte vor den hoch aufragenden Türmen einer Stadt Halt, die aus der Flanke eines Berges gehauen worden war. Durch die Gebäude führten Straßen, auf denen Männer auf Pferden ritten, begleitet von großen, flügellosen Vögeln und riesigen Eidechsen, die sonderbar geformte Wagen hinter sich herzogen.

»Der Spieler kann von Königen um Hilfe gebeten werden, oder sich dafür entscheiden, jenen beizustehen, die nicht so viel Glück hatten.«

Die Kamera zeigte einen in Lumpen gehüllten Bettler im Eingang einer kleinen Gasse, der von düsteren Schatten und hungrigen roten Augen umzingelt war.

»Der Spieler kann völlig neue Erfahrungen machen.« Peter lächelte. »Jedenfalls so neu, wie ich es programmieren konnte.«

Auf dem Holo waren Kreaturen zu sehen, die offenbar aus Schlamm bestanden und unter Wasser an dunklen Flussufern entlangglitten. Plötzlich wurden die Schlammkreaturen von langen, in allen Regenbogenfarben schillernden Tausendfüßern angegriffen, die sie durchbohrten oder in Stücke rissen. Einige Schlammkreaturen setzten sich gegen die Tausendfüßler zur Wehr und verteidigten sich mit glänzenden Muschelstücken, aus denen weiß glühende Strahlen schossen.

»Der Spieler kann beschützen oder plündern«, erklärte Peter.

Das Meer war zu sehen, dann kam ein hölzernes Unterseeboot ins Bild. Es schwamm auf dem Wasser und verfolgte offenbar ein Handelsschiff, dass unter vollen Segeln fuhr. Plötzlich öffnete sich eine Luke des Unterseeboots, aus dem ein Wesen mit einem schwarzen Chitin-Panzer heraussah. Die Augen saßen auf langen Stielen, und das Gesicht war nicht menschenähnlich.

Peter ging auf und ab und sah immer wieder zu dem Holo hin. Er lächelte voller Stolz. »Der Spieler kann neue Städte bauen ...«

Männer und Frauen mühten sich in einer Eiswüste ab und schlugen mit Beilen, Hämmern und Meißeln große Löcher in Eisberge. Andere legten Holz auf Lagerfeuern nach und drehten Fleisch an Spießen. Alle bemühten sich verzweifelt, warm und am Leben zu bleiben. Plötzlich brach das Eis unter ihnen auf, und eine riesige, walähnliche Kreatur sprang hoch in die Luft.

»... oder verlassene Städte erforschen.«

Im Innern eines eingestürzten Gebäudes warfen Fackeln lange Schatten an die Wände. Der matte Glanz von Blattgold zog das Auge an und weckte die Hoffnung auf Schätze, die irgendwo versteckt waren.

Plötzlich wurden die Holobilder schwächer, hingen noch einen Moment wie Geister in der Luft und erloschen dann ganz. Maj wusste, dass es niemanden gab, der nicht darauf brannte, mehr von Peter Griffens Welt zu sehen.

»Es ist eine komplette Welt«, verkündete Peter. »Ein Ort mit einem gigantischen Potenzial für Spieler, die gern Unbekanntes erforschen, Schlachten kämpfen und neue Zivilisationen kennen lernen wollen. Es ist ein Spiel, das ich geschaffen habe, und das ich immer noch gern spiele.«

Der Lärmpegel schwoll an, als sich die Zuschauer aufgeregt miteinander unterhielten.

»Ab wann wird das Spiel verkauft?«, fragte einer der Reporter.

Peter deutete auf den Stand. »Anmeldungen sind verfügbar, sobald wir die Türen öffnen.«

»Was ist mit dem Verkauf über das Netz?«

»Auch dort wird man das Spiel kaufen können.«

Vor den beiden Türen, die Maj sah, bildeten sich lange Schlangen. Sie konnte es den Leuten nicht verdenken. Das, was sie von der Welt am Abend zuvor gesehen hatte, war nur die Spitze des Eisbergs gewesen.

»Spielen Sie es auch?«, wollte ein Reporter wissen.

Peter grinste verschämt. »Jeden Tag. Ich weiß nicht, ob ich mich hier zu Maßlosigkeit oder Stolz bekenne, aber etwas, das so viel Spaß macht, muss eigentlich eine Sünde sein.«

Die Menge vor ihm fing wieder an zu lachen.

»Ehrlich gesagt, Eisenhower Productions hat etwas gezögert, jemanden online zu lassen, bevor das Spiel fertig ist«, sagte Peter.

»Warum?«, fragte der Reporter sarkastisch. »Glauben sie, es könnte das Umsatzpotenzial beeinträchtigen, wenn herauskommt, dass die Interaktion mit der Welt doch nicht so gut ist, wie Sie es hier dargestellt haben?«

»Nein. Selbst in diesem Stadium der Entwicklung können die Spieler online gehen und ein kleines Abenteuer bestehen.«

»Gut«, erwiderte der Reporter. »Dann finden wir vielleicht auch heraus, welche *Grenzen* das Spiel hat, bevor jemand Geld dafür hinlegt.«

Peter schüttelte den Kopf. »Dazu ist es zu spät. Die Vorbestellungen für *Realm of the Bright Waters* haben bereits Rekordhöhe erreicht.«

Die Zuschauer jubelten begeistert, dann fingen sie an, in Sprechchören die Öffnung der Türen zu verlangen.

Peter ging zur Mitte des Tisches. »Ich will Ihnen jetzt einen kleinen Vorgeschmack auf das geben, was Sie in dieser Welt erwartet.«

Die kleine Gruppe von Geschäftsleuten, die mit Peter hereingekommen war, trat einen Schritt vor. Maj versuchte, ihre Miene zu lesen, aber sie konnte nur Besorgnis erkennen, für die es eigentlich keinen Grund gab. *Was geht hier vor?*

Peter streckte seine rechte Hand in die Luft. Silberner Glitzerstaub fiel auf ihn herab, der so dicht war, dass er sich in Nebel verwandelte. Stahl härtete in seiner Faust und wurde zu einem Breitschwert, in dem sich das Licht spiegelte. Im nächsten Augenblick war er von Kopf bis Fuß in eine silberne Rüstung gehüllt.

Er ist es!, dachte Maj. Sie fing an, sich so höflich wie möglich durch die Menge nach vorn zu drängeln.

»Schalt ihn ab!«

Gaspar, der tief in die VR von Peter Griffen eingedrungen war, konnte Heaveners barsche Stimme kaum hören. Er sah sich in der VR um und versuchte, sich zu orientieren. Griffens private VR war riesig, die größte, in der Gaspar je gewesen war.

»Ich arbeite daran«, erwiderte er und lief mit großen Schritten über einen Korridor. Die VR war wie ein großes Lager aufgebaut, in dem lange, in roten und gelben Strom gehüllte Glasröhren aufbewahrt wurden.

Gaspar rief sein Suchprogramm auf legte die Kriterien fest. Dann öffnete er die linke Hand und berührte mit zwei Fingern den Handteller seiner rechten Hand. Als er die Finger zurückzog, schossen drei tiefrote Kabel aus seinem Arm, die mehrere Meter lang waren. Er schleuderte sie wie eine Peitsche von sich, und sie entwickelten sofort ein Eigenleben.

Wie lebende, ölig glänzende Schlangen glitten die Kabel durch das Lager und durchsuchten die Datenbanken, die Gaspar angegeben hatte. Er rannte ihnen nach, um sie nicht aus den Augen zu verlieren.

Die drei Kabel steckten ihre Enden in verschiedene Glasröhren. Als die Verbindung hergestellt war, flackerte es heftig. Gaspar packte die drei Kabel und stieß sie sich ins linke Auge, um sich in die Verbindung einzuklinken.

Vor seinem inneren Auge entstanden plötzlich Bilder. Teile der Kodierung huschten an ihm vorbei, während sich Szenen aus der Ausstellungshalle mit Videoclips aus *Realm of the Bright Waters* überlagerten. Er hatte furchtbare Schmerzen dabei, und um ein Haar wäre es ihm nicht gelungen, die Kodierung zu isolieren, mit der er das Spiel abschalten konnte.

Gaspar baute Datenstränge in seinem Kopf auf und warf sie in den Fluss, der durch seinen Kopf floss. Sofort tauchen winzige goldene Käfer auf den Datensträngen auf, die sich durch die Zusätze fraßen und versuchten, die Primärkodierung intakt zu lassen. Die Krabbeltiere gehörten zu dem Antivirusprogramm, das Griffen in seinem System installiert hatte. Gaspar war noch nicht ganz klar, wie er den Antivirus loswurde, aber immerhin hatte er einige Lücken in der Kodierung gefunden.

Sein Proxy in der Ausstellungshalle sah zu, wie Peter Griffen von einer Rüstung eingehüllt wurde. Gaspar konzentrierte sich darauf, Kode zu schreiben, mit dem er die Lücken vergrößern und einen Systemausfall herbeiführen konnte.

»He, passen Sie doch auf!«

Maj drückte dem Mann, der vor ihr stand, den Ellbogen in den Rücken, und nutzte die Bewegung, mit der er sich zu ihr umdrehen wollte, um an ihm vorbeizuschlüpfen. Von dem Tisch, auf dem Peter Griffen stand, trennten sie noch sechs Leute. Die Holoprojektoren zeigten immer noch die Fantasielandschaft mit den hohen Bäumen, dieses Mal aus einer Perspektive hoch oben am Himmel.

»Peter!«, rief sie. »Ich muss mit dir reden!«

Aber die aufgeregten Zuschauer redeten so laut durcheinander, dass Peter sie unmöglich hören konnte. Der Mann, an dem sie sich vorbeigeschlichen hatte, rief ihr verärgert zu: »Versuchen Sie das bloß nicht noch mal.«

Maj drängelte weiter, hin- und hergerissen von ihrem schlechten Gewissen, das sich wegen ihres aggressiven Verhaltens meldete, und der Notwendigkeit, mit Peter zu sprechen. Schließlich unterlag ihr schlechtes Gewissen. Sie ging weiter und drängelte sich geschickt durch die Menge nach vorn.

Sie war nur noch zwei Reihen von dem Tisch entfernt, als Peter wieder sein Schwert hob und »Sahfrell!« rief.

Ein blauer Blitz zuckte von der Decke herunter und traf das Schwert. Donner grollte durch die Ausstellungshalle, und mehrere Zuschauer wichen instinktiv zurück, unter ihnen auch die Geschäftsleute in der ersten Reihe.

»Oh, Mann, das ist ja Wahnsinn!«

»Das Spiel muss ich haben!«

Maj nutzte die augenblickliche Verwirrung, um durch die letzten Reihen zu brechen und auf ihr Ziel zuzurennen.

Wieder krachte ein von ohrenbetäubendem Donner begleiteter Blitz von der Hallendecke herunter. Dieses Mal wurde das Licht heruntergedimmt und schließlich ganz abgeschaltet. Als die Notbeleuchtung anging, fingen Sicherheitsalarme an zu schrillen.

Ein riesiger, pflaumenfarbener Drache tauchte an der Decke der Ausstellungshalle auf. Im hellen Alabaster seines Bauchs spiegelte sich die Sicherheitsbeleuchtung, und auf den dornartigen Fortsätzen in seinem Gesicht funkelten helle Stellen.

Von den anderen Ständen waren weitere elektronisch erzeugte Explosionen zu hören. Die Holos fielen in sich zusammen, dann schossen plötzlich Kometen durch die Luft.

Maj blieb verblüfft stehen. Sie wusste zwar nicht, was geschehen war, aber sie war sicher, dass es nichts Gutes war.

Matt lenkte das fliegende Fabelwesen durch den Weltraum. Die dreieckigen Raumschiffe, von denen sie verfolgt wurden, ließen sich einfach nicht abschütteln. Er riss den Kobold scharf nach rechts, dann schaltete er die beiden Bordgeschütze ein. Nachdem er aus beiden Rohren auf seine Angreifer geschossen hatte, sah er zu, wie das Schiff des Staffelführers explodierte. Die Überreste schienen noch kurz zu brennen, obwohl es im All keine Atmosphäre gab.

Goblin King *wird mit Sicherheit keinen Preis für technische Genauigkeit bekommen*, sagte er zu sich, *aber wenn jemand gern in der Gegend herumballert, ist es genau das Richtige.*

Bis jetzt hatte er weder Leif noch Andy gesehen, aber über Funk Kontakt zu ihnen gehalten. Sein Radarschirm meldete ein weiteres Objekt, das schnell näher kam. Er wendete den Kobold.

»Rhidher!«, krächzte der Kobold.

Matt warf einen Blick über die rechte Schulter und suchte nach dem angreifenden Schiff. Statt eines dreieckigen Raumschiffs, das Laserstrahlen auf ihn abfeuerte, sah er jedoch einen Ereignishorizont auf sich zukommen. Im nächsten Moment wurde er auch schon von einer Flutwelle aus azurblauer Energie überrollt.

Als er die Augen öffnete, stand er auf einem römischen Streitwagen. Das Pferd, das vor den Streitwagen gespannt war, zog ihn in leichtem Galopp hinterher, und Matt wurde von Kopf bis Fuß gehörig durchgeschüttelt. Er sah an sich herunter und stellte fest, dass er eine römische Rüstung und einen ledernen Waffenrock trug. In einer Scheide an seiner Hüfte steckte ein kurzes Schwert.

Plötzlich prallte ein Pfeil gegen die schwere Brustplatte aus Bronze, die er trug. Matt hob den Blick und starrte auf das Schlachtfeld vor sich.

Von entgegengesetzten Ende einer Wüste aus fuhren zwei Gefechtslinien aus Streitwagen aufeinander zu. Die beiden Räder von Matts Streitwagen rollten durch den tiefen Sand. Ein heißer Wind peitschte über die Ebene und ließ hinter den Streitwagen kleine, wirbelnde Staubteufel entstehen.

Ich bin von einer Demo in eine andere geschleudert worden, wunderte sich Matt. Das war die einzige logische Antwort, obwohl er nicht wusste, wie so etwas möglich war. Selbst wenn die Demospiele den gleichen Kode aufwiesen, unterschied sich die Programmierung doch so stark voneinander, dass solche Überschneidung gar nicht vorkommen dürften. Aber was ihm und Maj gestern Abend passiert war, hätte ja auch nicht vorkommen dürfen.

Matt sah sich um und lauschte auf das Surren der Räder auf den gefetteten Achsen, während sein Pferd dem Feind immer näher kam. Dann zog er sein Schwert und machte sich für den ersten Angriff bereit.

Kaum fünfzehn Meter von ihm entfernt lenkte ein anderer Streitwagenfahrer, der einen kurzen Wurfspeer in der Hand hielt, sein Gefährt auf ihn zu. Matt hob einen schweren, rechteckigen Schild vom Boden des Streitwagens auf und streifte ihn sich über den Arm. Die Zügel hielt er nur noch lose in der Hand, da das Pferd wusste, was es zu tun hatte. Matt machte sich für den Aufprall bereit.

Ohne jede Vorwarnung zerriss ein Grauen erregender Schrei den Himmel über ihnen.

Matt sah nach oben und entdeckte den pflaumenfarbenen Drachen von gestern Abend, der fast den gesamten Himmel über dem Schlachtfeld ausfüllte. Die riesige Kreatur schlug mit den Flügeln und bewegte sich schnell und geschickt. Plötzlich öffnete sie die riesigen Kiefer und spuckte einen Feuerball aus. Matt konnte gerade noch erkennen, dass der Drachen ohne Reiter war, bevor der Feuerball auf dem Sand zwischen den beiden angreifenden Gruppen einschlug.

Der Feuerball ließ einen tiefen Krater im Sand entstehen und schmolz einige Stellen der Kraterwand zu Glas. Matt wurde von einer Hitzewelle überrollt, die ihn glauben ließ, er würde in seiner bronzenen Rüstung gekocht werden.

Das Pferd, das seinen Streitwagen zog, stieg in Panik auf die Hinterbeine und versuchte, den Klumpen aus flüssigem Feuer auszuweichen, die Pferde, Streitwagen und Soldaten in der Nähe bespritzten. Matt bemühte sich, nicht den Halt zu verlieren, aber der Streitwagen kippte um, sodass er direkt vor einen heranrasenden Wagen geschleudert wurde. Der Lenker steuerte direkt auf ihn zu – er wollte ihn mit seinem Pferd überrennen und mit den beiden bronzebeschlagenen Wagenrädern in zwei Hälften schneiden.

In der Luft über den anderen Ständen waren jetzt Dutzende Drachenbilder zu sehen. Maj starrte zu den Ständen hinüber, ohne zu verstehen, was geschehen war, als sie endlich den Tisch erreichte, auf dem Peter Griffen stand.

»Halt.«

Maj drehte den Kopf, unsicher, ob Peter etwas gesagt hatte oder ob sie von jemandem angesprochen worden war. Plötzlich packte sie jemand von hinten und hielt sie fest.

»Sicherheitsdienst«, sagte eine Männerstimme streng. »Treten Sie von dem Tisch zurück. Sie können sich alles ansehen, aber nichts anfassen.«

Die Zuschauermenge reagierte mit Angstschreien und

Anfeuerungsrufen auf den Drachen. Einige Leute suchten immer noch nach Deckung.

Der Drache über ihnen gähnte plötzlich und spuckte dann einen Feuerball auf den Stand von Eisenhower Productions. Eine Hitzewelle – die von den Holoprojektoren vorgegaukelt wurde – überrollte die am nächsten stehenden Messebesucher und löste eine Reihe hysterischer Reaktionen aus, die von nackter Angst bis zu heller Begeisterung reichten.

Der Mann, von dem Maj festgehalten wurde, wich einen Schritt zurück und lockerte dabei seinen Griff.

Maj ließ sich nach hinten fallen und brachte ihn noch mehr aus dem Gleichgewicht. Der Haltegriff, den der Mann verwendete, war zwar ganz effektiv, aber nur, wenn er fest genug ausgeführt wurde. Sie riss sich los und wollte weglaufen.

»Nein.«

Dieses Mal war sie sicher, dass es Peter gewesen war, denn sie hatte ihn dabei angesehen. »Peter!«

Das attraktive Gesicht unter dem Visier des Helms war vor Grauen verzerrt.

Die holografischen Flammen hatten den Stand von Eisenhower Productions in Brand gesteckt und formten sich zu ein Meter hohen Buchstaben, die die Worte GRIFFEN GAMES! ONLINE! JETZT! bildeten.

»Peter!«, rief Maj noch einmal. Sie sah, wie der Sicherheitsbeamte auf sie zusteuerte.

Peter sah auf sie hinunter. Zum ersten Mal fiel ihr auf, wie müde er aussah. Seine Augen waren blutunterlaufen und wirkten gehetzt. Die Zuversicht, die er angesichts der feindseligen Fragen der Reporter an den Tag gelegt hatte, schien verschwunden zu sein.

»Erinnerst du dich an mich?«, fragte Maj verzweifelt. Sie wusste, dass der Sicherheitsbeamte sie jeden Moment in die Menge zurückreißen konnte. Links von ihr kam ein zweiter Mann auf sie zu, den sie ebenfalls für einen Sicherheitsbeamten hielt. »Ich war in dem Jet. Gestern Abend.«

Peter hob das Schwert, um die Männer auf sich aufmerksam zu machen. »Halt«, sagte er zu den Sicherheitsbeamten. »Lasst sie ihn Ruhe. Ich will mit ihr reden.«

Über ihnen zog der Drache unruhig seine Kreise, und das Dröhnen der muskulösen Fledermausflügel hallte durch die abgedunkelte Ausstellungshalle. In die begeisterten Zurufe der Menschenmenge mischten sich jetzt auch Beschimpfungen. Offenbar waren mehr als nur ein paar Leute der Meinung, dass Peter mit seiner Show übertrieben hatte.

Die beiden Sicherheitsbeamten wichen widerwillig zurück, waren dann aber vollauf mit kreischenden Fans beschäftigt, die die Gelegenheit nutzen und mit Gewalt in den Stand von Eisenhower Productions eindringen wollten. Peter hielt Maj seine Hand hin, die in einem Panzerhandschuh steckte.

Maj wollte nach ihr greifen, aber ihre Fingerspitzen glitten durch sie hindurch. Ein Frösteln lief ihr über den Rücken.

»Tut mir Leid«, entschuldigte sich Peter. »Ich hab's vergessen.«

»Schon gut. Ich wollte nur mit dir reden.«

»Das wollte ich auch.« Peter starrte verwundert auf das Chaos, das in der Messehalle ausgebrochen war. »Das hätte nicht passieren dürfen«, murmelte er.

»Was?«, fragte Maj.

Bevor er antworten konnte, breitete sich plötzlich ein kaltes, blaues Licht in seinem Bauch aus. Es fraß sich durch sein Holobild wie eine Flamme, die Papier vernichtet. Im nächsten Augenblick war Peter verschwunden, als hätte er nie existiert.

11. Kapitel

Maj starrte auf den Platz, an dem Peter Griffin eben noch gestanden hatte, und fragte sich, ob sein Verschwinden geplant war oder ob dies wieder einer jener Vorfälle war, die er nicht kontrollieren konnte.

Sie drehte sich um und sah den Mann mittleren Alters an, der hinter ihr stand. »Sind Sie der Sicherheitsbeamte, der mich gerade festgehalten hat?«

Er hob abwehrend die Hände. »Ich habe nur meine Arbeit gemacht.«

»Ich weiß. Aber wir müssen Peter Griffen suchen.«

»Wie sollen wir das anstellen? Soweit ich weiß, ist er nicht einmal hier gewesen«, entgegnete der Mann.

»Dann schlage ich vor, dass Sie damit anfangen herumzufragen. Wo immer er auch ist, ich glaube, er steckt in großen Schwierigkeiten.«

Der Drache flog immer noch über ihnen und brüllte seine Ungeduld heraus, als wüsste er, dass sein Herr und Meister vermisst wurde.

Maj griff in die Tasche ihrer Jeans und holte ihr Folienpack heraus. Sie rekonfigurierte es zu einem Videofon und gab Caties Nummer ein. Eine automatische Stimme bat sie, eine Nachricht zu hinterlassen. *Sie ist vermutlich noch in einem Spiel*, dachte Maj. Als Nächstes versuchte sie es bei Megan.

»Hallo«, meldete sich Megan.

»Hast du gesehen, was passiert ist?«

»War ja nicht zu übersehen«, antwortete Megan. »Ich weiß nur nicht, was ich davon halten soll.«

Maj drängte sich durch die Menge, wobei sie sich nicht die Mühe machte, höflich zu sein. Hier ging etwas sehr Merkwürdiges vor, und die Zeit drängte. »Ich glaube nicht, dass er es absichtlich getan hat.«

Immer mehr Taschenlampen blitzten auf und schickten ihre Strahlen durch die notdürftig beleuchtete Halle.

»Wenn er damit Eindruck schinden wollte, ist es ihm jedenfalls gelungen.«

»Peter hat das nicht geplant.« Maj streckte ihre freie Hand aus und tastete die Menschen vor sich ab, um herauszufinden, welche echt und welche Holos waren. Wenn sie jemand gefunden hatte, der ein Holo war, ging sie einfach durch ihn hindurch.

»Warum bist du dir da so sicher?«, wollte Megan wissen.

»Ich hab mit ihm gesprochen, kurz bevor er verschwunden ist. Er war genauso verwirrt wie alle anderen.«

»Ich glaube nicht, dass alle Zuschauer verwirrt waren«, bemerkte Megan trocken. »Einige haben es mit Sicherheit für die größte PR-Show gehalten, die sie je gesehen haben.«

Vor einer der Türen, die in den Stand von Eisenhower Productions führten, hatte sich eine Menschentraube gebildet. Die Fans hämmerten an die Tür und verlangten Einlass.

»Vertrau mir«, sagte Maj. »Versuch, die anderen zu erreichen. Vor allem Mark. Vielleicht kann er sich in das System für die Überwachungskameras hacken und feststellen, wo Peter ist.«

»Er war in Holo online«, erinnerte sie Megan. »Er hätte überall sein können.«

»Ich glaube, er ist hier«, erwiderte Maj.

»Wenn er hier ist, finden wir auch.«

Maj faltete das Folienpack zusammen, behielt es aber in der Hand. Sie ging auf einen Mann zu, der an einem Tisch vor dem Stand von Eisenhower saß. »Wo ist Peter Griffen?«

Der Mann schüttelte nervös den Kopf. »Ich weiß es nicht. Ich dachte, er wäre hier, bis er dann so plötzlich verschwunden ist.«

Als Maj einen Blick auf die Menschenmassen warf, die sich vor den Türen des Standes drängten, wurde ihr klar, dass sie sich beeilen musste. »Können Sie die Türen öffnen?«

»Ich nicht. Aber vielleicht einer von denen da.« Er deutete auf eine Gruppe von Geschäftsleuten. »Sie gehören zu Eisenhower Productions.«

Maj ging auf die Männer zu, öffnete ihr Folienpack und wählte eine der Kurzwahlnummern, die sie gestern Abend noch einprogrammiert hatte.

»Los Angeles Police Department«, antwortete die automatische Stimme des Notrufs. Die Stimme war männlich und wirkte sehr kompetent. Auf dem kleinen Videobildschirm des Folienpacks erschien das Symbol des LAPD.

»Ich muss dringend mit Detective John Holmes sprechen«, sagte Maj. »Er ist zurzeit im Bessel Mid-Town im Einsatz. Es handelt sich um einen Notfall. Mein Name ist Madeline Green. Detective Holmes kennt mich.«

»Vielen Dank für Ihren Anruf«, sagte die automatische Stimme. »Ich werde Sie sofort verbinden.«

Maj wollte auf die Geschäftsleute zugehen, musste aber wenige Meter von ihnen entfernt stehen bleiben, da sich ihr einige Männer in den Weg stellten, die sie für Leibwächter hielt.

»Miss, treten Sie bitte zurück«, warnte sie ein muskelbepackter Mann mit einem Minimum an Höflichkeit.

»Nur für den Fall, dass Sie es noch nicht bemerkt haben – hier bricht gleich Krieg aus. Wenn Sie nicht schleunigst Peter herbeischaffen oder die Türen öffnen, werden Sie morgen eine verdammt schlechte Presse haben«, sagte Maj zu ihnen.

»Das Mädchen hat Recht«, sagte einer der Männer zu einem Kollegen, der eine runde Brille und einen dünnen Schnurrbart trug. »Das hätte nicht passieren dürfen.«

Maj stürzte sich sofort auf diese Information. *Was hätte nicht passieren dürfen?*

»Peter hätte es besser wissen müssen«, sagte der Mann mit der Brille. »Er hat sich nicht an den Spielplan gehalten.«

»Es ist zu spät, um sich jetzt Gedanken darüber zu machen«, erwiderte der andere.

Der Mann mit der Brille musterte den großen Sicherheitsbeamten neben sich. »Postieren Sie Männer im Innern des Standes. Ich möchte nicht, dass etwas kaputtgeht.«

»Ja, Sir.« Der Mann sagte etwas in die Kommunikationseinheit an seinem Handgelenkt, sprach aber so leise, dass Maj ihn nicht hören konnte. Sie sah sich die Gesichter der Männer an und hoffte, dass sie sie später identifizieren konnte, falls es notwendig sein sollte.

Da hörte sie einen aufgeregten Schrei hinter sich. Als sie sich umdrehte, sah sie, wie die Türen zum Stand von Eisenhower Productions geöffnet wurden und die Besucher hineinströmten. Schnell rannte sie hinüber, um sich in die Schlange zu stellen, die ins Innere des riesigen Standes strömte. Sie warf noch einen Blick auf den Drachen, der nervös an der Hallendecke flatterte, und wünschte, er könnte sie zu seinem Herrn führen. Aber der Drache sah genauso verloren aus, wie sie sich fühlte.

12. Kapitel

Die Kabel in Gaspar Latkes Auge brannten wie Feuer. Er ließ sich in Griffens VR auf die Knie fallen und zwang sich, die Kabel nicht herauszuziehen. Vor Schmerz schrie er laut auf, obwohl er wusste, dass Heavener ihn ständig überwachte.

Das Antivirusprogramm fütterte die Datenströme mit immer mehr Käfern, die fleißig daran arbeiteten, den von ihm angerichteten Schaden zu beheben. Vor seinem inneren Auge sah Gaspar Bilder aus der Ausstellungshalle, die ihm zeigten, dass dort das Chaos ausgebrochen war.

»Die Programme überlagern sich«, beschwerte sich Heavener aus der Ferne.

»Ich kann es nicht stoppen«, stieß Gaspar zwischen den Zähnen hervor.

»Dann stopp wenigstens das, was du kannst«, riet ihm Heavener. »Mein Team ist schon unterwegs, um sich Griffen zu schnappen.«

Gaspar konnte sich nicht länger beherrschen und umklammerte die drei roten Kabel in seinem Auge mit der Hand. Aber er riss sie nicht heraus. Einen Befehl von Heavener zu missachten war keine gute Idee.

Wieder schrie er vor Schmerzen laut auf, aber er hielt die Kabel fest, schlang die Arme um die Knie und versuchte, an nichts zu denken.

Catie starrte auf den Brunnen aus blauweißem Marmor, der mitten in der Halle stand. Er wirkte elegant und ausgewogen in den Proportionen. Das Wasser floss in hohem Bogen aus einem Topf, den ein großer brauner Bär trug. Das Tier griff nach einem Bienenstock, der an einem Ast hoch über seinem

Kopf hing. In der realen Welt und noch dazu in der Epoche von König Artus und Camelot wäre es eine handwerkliche Meisterleistung gewesen, diesen artesischen Brunnen zu erschaffen. Aber in der Demo des Spiels *Legend of the Lake* brauchte man dazu nur ein gutes Rendering-Programm.

Als sie die Hand ins Wasser tauchte, stellte sie fest, dass es kühl war. Instinktiv führte Catie die Finger an die Lippen. Das Wasser war Ambrosia und schmeckte fast so süß wie Honig.

»Man erzählt sich«, sagte eine angenehme Stimme hinter ihr, »dass man nie das Wasser aus dem Elfenland trinken sollte, da man sonst für immer dort bleiben muss.«

Verlegen drehte sich Catie um und sah einen Jüngling vor sich.

Er war wunderschön, genau wie der artesische Brunnen. Ein blond gelockter Engel, der eine glänzende Silberrüstung trug. An der Hüfte trug er ein Breitschwert mit einem auffallenden Querstück. Seinen Helm hielt er im Arm, die Panzerhandschuhe in einer Hand. Seine leuchtend blauen Augen musterten sie mit Interesse.

»Mein Fräulein«, sagte er sanft, »verzeiht, wenn ich Euch erschreckt habe.«

»Oh, das habt Ihr nicht.« Catie stellte fest, dass es gar nicht so schwer war, sich in der blumigen Sprache des Spiels auszudrücken. »Ich wollte Euch nicht stören, aber ich habe nirgends ein Schild geschehen.«

Der junge Mann lächelte. »In unserer Zeit gibt es nicht viele, die lesen können.«

»Man sagt, dass König Artus große Taten von seinen Rittern erwartet.«

»Von seinen Rittern, ja, aber heute ist auch das einfache Volk hier.«

Catie sah sich in dem großen Raum um. Eine Wendeltreppe aus dem gleichen, dunkel marmorierten Sandstein, aus dem auch das Schloss gebaut worden war, ähnelte einem breiten Fluss, der sich gemächlich in den ersten Stock nach oben schlängelte.

Von der Decke hing ein Kronleuchter herab, der mit unzähligen brennenden Wachskerzen besetzt war und das Tageslicht, das durch die großen Fenster hereinströmte, noch verstärkte. Banketttische, die mit Fleisch, Brot und Früchten gedeckt waren, schienen sich unter dem Gewicht der Köstlichkeiten zu biegen. Der Fußboden war makellos sauber und bestand aus großen Steinplatten, die mit großer Sorgfalt verlegt worden waren. In der Halle standen hunderte Gäste, die sich in kleinen Gruppen miteinander unterhielten und sich von Zeit zu Zeit von den Tischen bedienten.

»Es ist alles so wunderschön«, sagte Catie.

»Natürlich ist es das«, erwiderte der Ritter mit einem sanften Lächeln auf den Lippen. »Wir sind ja auch in Camelot. Wie könnte es da anders sein?«

»Ich weiß nicht.« Catie schüttelte verwundert den Kopf. *Legend of the Lake* war ein Fantasy-Spiel, das sich die Artussage zum Vorbild genommen hatte, aber jetzt bedauerte sie fast, die Spielebeschreibung nur kurz überflogen zu haben.

»Und an dem Tag, an dem der König sich seine Königin erwählt, sollte dieser Raum mit Frohsinn und Gelächter erfüllt sein.«

»Sonst?« Catie konnte sich die Frage nicht verkneifen, aber dann fiel ihr ein, dass sie für die Zeit, in der die Handlung spielte, nicht angebracht war.

Der Ritter warf ihr einen kurzen Blick zu. »Sonst setzt es was«, sagte er dann.

Catie lachte und vergaß für einen Augenblick die sonderbaren Ereignisse vom Abend zuvor. »Du bist nicht von hier.«

Der Ritter grinste und schüttelte den Kopf. »Nein. Aber du auch nicht.«

»Ich bin Catie.« Den damaligen Sitten folgend, machte sie eine Knicks vor ihm. Das lange, fließende Kleid, das sie trug, gefiel ihr sehr gut. Der hauchdünne grüne Stoff fühlte sich wie Seide an und war mit Rubinen und gebrannten Amethysten bestickt.

»Roger«, erwiderte der Ritter. »Ich bin dein Lanzelot für heute.« Trotz seiner Rüstung machte er eine elegante Verbeugung vor ihr.

»Lanzelot ist eine große Rolle«, bemerkte Catie.

»Ich mag große Rollen. Und Mädchen mag ich auch.«

Catie lachte. *O je, ich wette, er ist erst elf oder zwölf.* »Gut zu wissen.«

»Möchtest du vielleicht anderswo weiterreden? In einem privaten Chatroom im Hotel Camelot vielleicht?« Das anzügliche Grinsen wollte nicht recht zu dem engelhaften Gesicht passen.

»Tut mir Leid, aber deswegen bin ich nicht hier.«

»Hey, ich bin Lanzelot«, sagte Roger.

»Wir könnten nach draußen gehen.« Catie drehte sich um und schritt an dem riesigen Brunnen vorbei in Richtung Fenster, um etwas Abstand zwischen sich und den liebestollen Ritter zu bringen.

Roger folgte ihr. »Ich habe eine wichtige Rolle in diesem Spiel. Die Dame vom See wird angegriffen, und Artus und ich müssen sie retten.«

»Ich bin sicher, dass man hier eine Menge Abenteuer bestehen kann«, sagte Catie.

»Na ja, wenn man auf Nebenhandlungen steht«, erwiderte Roger. »Ich persönlich ziehe immer die Haupthandlung vor.«

»Soweit ich mich erinnern kann, war Lanzelot zwar sehr beliebt bei den Damen, aber nicht so aufdringlich wie du.«

Roger verzog das Gesicht seines gut aussehenden Lanzelot-Proxys, aber er gab immer noch nicht auf. »Ich hab mir die Cheats für dieses Spiel auf einer Spezialseite im Netz besorgt. Bei dieser Demo läuft normalerweise nur eine Schleife, die für alle Spieler zugänglich ist, aber ich kann uns in eine Version bringen, die nur für Erwachsene ist. Wie wär's damit?«

Großer Gott! Als Catie herumwirbelte, blieb Roger erschrocken stehen, obwohl er einen Kopf größer war als sie. Er wippte auf seinen in Stahl gehüllten Zehenspitzen auf und ab, während sie ihm mit dem Zeigefinger gegen die Brust stieß. »Jetzt hör mir mal gut zu, du widerliche, kleine Blechdose.«

»Hat dir schon mal jemand gesagt, dass du ganz entzückend aussiehst, wenn du wütend bist?« Roger versuchte noch ein Lanzelot-Grinsen.

»Hast du schon mal was von Morgane gehört?«, wollte Catie wissen.

»Das war eine Zauberin, die von Merlin ausgebildet wurde«, antwortete Roger. »Aber wenn du die Artussage kennst, müsstest du das eigentlich wissen.«

»Überraschung – ich bin Morgane«, sagte Catie, »und falls du nicht den Rest dieser Demo als eingedoste Kröte mit dicken Warzen auf deinem Blechbauch durch die Gegend hoppeln willst, bleibst du mir ab jetzt vom Leib. Ist das klar?«

»Das würdest du nicht tun«, meinte Roger, aber in seiner Stimme schwangen Zweifel mit. »Ich habe eine wichtige

Rolle zu spielen. Ich bin ein Held. Ohne mich würde die böse Seehexe, die die Dame vom See bedroht, nicht getötet werden.«

»Ich glaube, wir werden auch ohne dich zurechtkommen.«

Roger kniff Lanzelots leuchtend blaue Augen zusammen. »Du bluffst doch nur.«

»Quaaaak«, krächzte Catie.

»Ich bin viel zu wichtig für das Spiel«, beteuerte Roger, der wieder etwas mutiger wurde. »Ich bin der Held. Ich rette …«

»Ein Drache!«, schrie plötzlich jemand.

Catie wirbelte herum und rannte zum nächsten Fenster, an dem bereits einige Leute standen. Als sie durch das Fenster sah, entdeckte sie den Drachen – er war nicht zu übersehen. Aufgrund der Beschreibung, die Matt und Maj ihr gegeben hatten, war sie sich sicher, dass es der gesuchte Drache war. Sie drängelte sich vor, um besser sehen zu können.

Der Drache kam direkt auf das Schloss zu, flog darüber hinweg und verschwand.

»In diesem Spiel sollte es eigentlich gar keine Drachen geben«, sagte Roger neben ihr.

»Und es sollte Gesetze gegen Ekelpakete geben.« Catie sah sich in der großen Halle um und suchte nach einem Fenster, an dem sie den Drachen sehen konnte, wenn er das Schloss überflogen hatte.

»Ich bin doch kein Ekelpaket«, protestierte Roger. »In Camelot bin ich der größte Held von allen. Meine Tapferkeit ist allseits bekannt, ich bin eine Legende im ganzen …«

»Trolle!«, rief jemand. »Wir werden von riesigen, gepanzerten Trollen angegriffen!«

Bevor sich Catie umdrehen konnte, explodierte auch

schon die Wand hinter ihr. Die Erschütterung schleuderte sie auf den Boden, während mannsgroße Steinblöcke aus der Wand brachen. Mehrere Blöcke begruben Tische und einige der daran sitzenden Gäste unter sich.

»Zu den Waffen!«, donnerte eine königliche Stimme. »Zu den Waffen, meine Ritter!« Als Catie den Blick hob, sah sie König Artus, der auf der Galerie im ersten Stock und auf das Trümmerfeld heruntersah, das einmal die Empfangshalle des Schlosses gewesen war. Das wallende rote Haar reichte ihm bis auf die Schultern, und sein dichter Bart verlieh ihm ein würdevolles Aussehen. Zwei Pagen halfen ihm dabei, die schwere Rüstung anzulegen.

Ein metallisches Klirren war zu hören, als der Erste der gepanzerten Trolle die Halle erreicht hatte.

Statt einem mittelalterlichen Riesen in grob gehämmerten Blechplatten ähnelte der Troll jedoch eher einem zwölf Meter großen, futuristisch aussehenden Roboter mit Laserwaffen und Raketenwerfern. Er kam durch das Loch herein, das die Explosion in die Wand gerissen hatte. Aus einer Maschinenpistole, die auf seiner Schulter befestigt war, feuerte die Kreatur tödliche Salven durch die Halle.

»Für Artus!«, rief einer der Ritter. Dann rannte er mit hoch erhobenem Schwert auf den Neuankömmling zu. »Für Camelot!«

Im nächsten Moment wurde er von einer Salve aus der MP getroffen, die ihm den Boden unter den Füßen wegriss. Der Ritter wurde nach hinten geschleudert und verschwand. Er war mitten im Flug abgemeldet worden.

»Vergiss es!«, kreischte Roger. Er rappelte sich auf und brachte sich in Sicherheit.

Toller Held, dachte Catie sarkastisch, während sie aufstand. Als sie durch den dichten Staub starrte, den die Explosion aufgewirbelt hatte, fiel ihr auf, dass noch andere Schatten in die Halle kamen.

Ein langer, dürrer Mann mit einem weißen Bart und einem spitzen Hut, auf dem Sterne und Monde abgebildet waren, lief auf den ersten Roboter zu. Sein weiter Umhang bauschte sich an den Schultern, als er mit den Händen in der Luft herumfuchtelte und Worte rief, die Catie nicht verstand. Plötzlich zeigte er mit der Hand auf den Roboter, der von einem Kraftfeld nach hinten geschleudert wurde.

Die Kreatur stieß mit dem Ellbogen gegen einen Teil der Steinmauer, der stehen geblieben war. Obwohl Steinblöcke und Trümmer auf ihn herabregneten, richtete sich der Roboter sofort wieder auf. Dann hob er einen Fuß und zertrat den alten Zauberer.

Plötzlich hörten alle eine junge Männerstimme, die elektronisch verstärkt wurde und aus den Lautsprechern dröhnte. »Dauerbeschuss, Jungs! Auf geht's!« Der Roboter feuerte eine Rakete aus seiner Schulterwaffe ab, die die Galerie im ersten Stock, wo König Artus stand, in Schutt und Asche legte.

Plötzlich stand Mark Gridley neben Catie. Er sah sie besorgt an. »Du solltest dich besser abmelden.«

Catie brauchte gar nicht zu fragen, woher er gewusst hatte, dass sie in *Legend of the Lake* war, denn Mark hatte sie herbegleitet und war dann in einer anderen Demo verschwunden. »Was ist hier eigentlich los?«, wollte sie von ihm wissen.

»In der Ausstellungshalle ist das Chaos ausgebrochen«, erklärte Mark. »Die Programme für die Hotelsicherheit werden mit gezielten Systemausfällen bombardiert, und Peters Drache ist in fast allen Spielen aufgetaucht.«

»Wenn ich mich jetzt abmelde, werde ich vielleicht nie

herausfinden, was hier vorgeht.« Catie musste niesen, als der herumwirbelnde Staub in ihre Nase drang. Der ohrenbetäubende Lärm der Kampfroboter und die panischen Schreie der Bankettgäste machten eine Unterhaltung so gut wie möglich. »Ich bin ein Teil der Programmierung. Vielleicht kann ich die Signatur des Drachens isolieren und zurückverfolgen.«

Plötzlich drehte sich der Roboter herum und kam auf sie zu. Er war schneller, als sie erwartet hatte, und sie konnte nicht verhindern, dass er sie mit seiner riesigen Hand packte und aufhob. Die drei Finger der Hand schlossen sich wie ein stählernes Gefängnis um sie.

»Was haben wir denn da?«, dröhnte die Stimme des Roboters aus den Lautsprechern. »Du bist aber süß!«

13. Kapitel

Gaspar Latke, der die Schmerzen nicht länger ertragen konnte und wusste, dass er einen aussichtslosen Kampf gegen die Antivirusprogramme führte, die Peter Griffen in seine VR kodiert hatte, zerrte die drei roten Kabel aus seinem Auge. Er hatte Angst, sich die Kabel anzusehen, weil er befürchtete, dass sie ihm das Auge herausgerissen hatten.

Er zwang sich aufzustehen. Als ihm bei dem Gedanken an Heavener die schon vertraute Panik überfiel, fing er wie ein gejagtes Tier zu keuchen an. »Ich melde mich ab«, sagte er zu Heavener. »Hier kann ich nichts mehr tun.«

»Dann schalt die Sicherheitssysteme für das Gebäude ab«, befahl Heavener. »Wir müssen Griffen aus dem Hotel schaffen.«

»Wer bist du?«, fragte eine barsche Stimme.

Gaspar wirbelte herum und sah Peter Griffen, der am anderen Ende des Raums stand.

»Was hast du da gemacht?« Griffen rannte auf Gaspar zu und hob dabei eine Hand, die sich plötzlich mit Neongas füllte.

Blitzschnell verwandelte sich Gaspar wieder in eine 2-D-Fläche und schlüpfte durch die Sicherheitsprogrammierung, von der die VR geschützt wurde.

Peter warf den Gasball auf Gaspar.

Der Hacker wusste, dass der Ball ein Hilfsprogramm enthielt, mit dem Griffen ihn zurückverfolgen konnte. Das Blut gefror ihm in den Adern, denn er hatte keinen Zweifel daran, dass es so gut wie unmöglich war, einem von Peter geschriebenen Rückverfolgungsprogramm zu entkommen. Er verließ die Sicherheitsprogrammierung genau in dem Moment, indem der Ball gegen die Kodierung prallte.

Im nächsten Augenblick war er wieder in der Ausstellungshalle und sah als sein Holo-Selbst zu, wie die Fans den Stand von Eisenhower Productions überrannten.

»Sicherheitsdienst!«, rief ein Mann, der sich an Leif vorbeidrückte und auf den belagerten Stand zustürmte.

»LAPD«, bellte ein uniformierter Beamter, der dem Sicherheitsbeamten dicht auf den Fersen war.

Als Gaspar das Inferno in der Ausstellungshalle sah, hatte er ein schlechtes Gewissen. Er hatte die Messe in den letzten Jahren schon mehrmals besucht. Natürlich nicht auf legalem Weg, sondern immer mit anderen Identitäten, ›ausgeliehen‹ aus Firmendatenbanken, die er gehackt hatte. Die Teilnahme an der Messe war in jenen Jahren immer etwas ganz Besonderes für ihn gewesen.

Und jetzt war er Schuld daran, dass die Messe dieses Jahr im Chaos versank.

»Latke«, rief Heavener.

»Ich arbeite dran«, sagte Gaspar. Er zog ein spezielles Symbol für ein Programm aus der Tasche, das zu den Besten aus seiner Trickkiste gehörte, und speicherte es über die reziproke Programmierung, mit der die Holo-Feeds gesteuert wurde, direkt in die Computersysteme des Hotels. Anschließend überprüfte er über die Kommunikationseinheit an seinem Handgelenk, welche Fortschritte sein Programm machte.

Innerhalb weniger Sekunden war das Programm Teil des Sicherheitssystems geworden. Jede einzelne Videokamera im Hotel ging offline. »Abgeschaltet«, informierte er Heavener.

Matt starrte auf die bronzebeschlagenen Räder des Streitwagens, der durch den groben gelben Sand auf ihn zukam. Er versuchte aufzustehen, aber seine Füße fanden auf dem unebenen Boden keinen Halt. Das Rad rollte genau über ihn, während der Lenker des Wagens triumphierend aufschrie.

Matts Körper wurde von Schmerzen geschüttelt, und er krümmte sich zusammen, aber die künstlich erzeugte Reaktion ging nur bis zu der Grenze, die er zuvor programmiert hatte.

Er machte die Augen auf, holte tief Luft und versuchte sich zu orientieren.

»Alles in Ordnung?«

Matt blinzelte die Flugbegleiterin verwirrt an und wusste einen Moment lang nicht, wo er gerade war. Aber dann wurde ihm klar, dass er in einem Flugzeug saß. »Ja, danke. Ich habe online gespielt. Es ist nicht so gut gelaufen.«

Sie nickte mitfühlend.

»Na, wie war's?«, fragte Leif. »War dein Kobold auch so langsam wie meiner?«

»Für mich sah es eher aus wie ein römischer Streitwagen«, erwiderte Matt, »aber beschwören könnte ich das nicht. Ich wurde von *Goblin King* aus in ein anderes Spiel transportiert. Und dort habe ich auch den Drachen gesehen.«

»Den, den du und Maj gesehen habt?«

»Ja.« Matt blickte zu Andy hinüber, der regungslos neben ihm lag. »Aber ich glaube nicht, dass er in dieses Spiel gehört. Was ist mit Andy?«

»Er spielt noch. Warum glaubst du, dass der Drache nicht dort hingehört?«

»Die Demo schien ein reines Strategiespiel zu sein, und der Drache war einfach nur da. Es gab überhaupt keine Interaktion«, erklärte Matt. »Wo bist du eigentlich gelandet?«

»Hier. Ich wurde von einem dieser kleinen Schiffe abgeschossen und bin dann ganz aus dem Netz abgemeldet worden. Ich habe zwar versucht, in die Demo-VR zurückzukommen, aber sie ist offline.«

Matt warf noch einen Blick zu Andy hinüber und fing an, sich Sorgen zu machen.

»Und wo ist Andy dann?«

Andy sah sich das Display an, das auf die Scheibe des Cockpits projiziert wurde, und erkannte die Instrumentenkonfiguration sofort wieder. Die Serie *Space Marines* gehörte zu seinen Lieblingsspielen, und auf einem halben Dutzend Sites im Netz, auf denen die Spiele liefen, hatte er Rekorderergebnisse erzielt.

An Händen und Füßen trug er Cyber-optimierte Handschuhe und Stiefel, über die er auch den zwölf Meter hohen Kampfanzug steuerte. Andy führte automatisch einen System- und Waffencheck durch. Arme und Beine waren voll funktionsfähig.

Der Helm, in dem sein Kopf steckte, enthielt das Display. Über Pulldown-Menüs konnte er seinen Kurs und die Waffensysteme steuern. Ein rechteckiger Bildschirm lag wie ein Visier über seinen Augen und ermöglichte ihm eine Dreihundertsechzig-Grad-Sicht des Kampfanzugs und seiner Umgebung.

»Alternativer Videobildschirm«, befahl Andy. »Sichtfeld auf hundertachtzig Grad begrenzen, Rückansichten an die Seiten.«

Der Bildschirm rekonfigurierte sich, und statt der Panorama-Anzeige wurde ein normales menschliches Gesichtsfeld angezeigt. Zwei runde Ausschnitte auf jeder Seite zeigten Andy, was hinter ihm geschah. Der Radarschirm darüber identifizierte die Ziele, dann wurde die automatische Freund-oder-Feind-Identifizierungsfunktion gestartet, die innerhalb von Sekundenbruchteilen die Signatur der anderen vier Einheiten las.

Andy wunderte sich nur kurz über den abrupten Wechsel von *Goblin King* zu *Space Marines.* Eigentlich war es ihm egal. Spiel war Spiel. Er wollte nur ein gutes Ergebnis erzielen, alles andere kümmerte ihn nicht. *Hier hätte ich Leif und Matt nie herbekommen. In* Space Marines *gibt es keinen einzigen Drachen.*

Er bewegte Hände und Füße und setzte die siebzig Tonnen schwere Kampfmaschine in Bewegung. Das Cockpit schwankte leicht hin und her, was die Illusion verstärkte, dass er selbst der Kampfanzug war.

»Kommunikation«, befahl Andy.

Einen Moment lang war nur statisches Rauschen zu hören, aber dann füllten Stimmen das Cockpit. »Blue Niner, hier ist Blue Leader, bitte melden«, befahl eine junge Männerstimme.

»Hier Blue Niner«, antwortete eine andere Stimme. »Kennt einer von euch den Neuen?«

Der Neue? Das muss ich sein. »Blue Leader«, sagte Andy. »Erbitte Kennung.«

»Verstanden. Blue Leader hört dich laut und deutlich. Nicht alle von uns haben den Sprung von Raumstation Zebra geschafft. Anscheinend hat es in der Raumstation, die uns hierher transportiert hat, eine Anomalie gegeben.«

»Verstanden.« Andy schwenkte den Kampfanzug herum und folgte den vier Einheiten. »So etwas Ähnliches ist mir auch passiert.«

»Du bist nicht mit uns auf der Raumstation gewesen?«, erkundigte sich Blue Leader.

»Negativ, Blue Leader. Ich bin hier nur durch Zufall gelandet.« Andy brachte den Kampfanzug ohne Probleme dazu, in einen leichten Trab zu fallen.

»Sieht ja ganz so aus, als hättest du eine Menge Erfahrung mit dem Anzug.«

»Ich habe schon ein paar Kämpfe hinter mir«, erwiderte Andy. Während er das Gelände vor sich absuchte, war er nur leicht überrascht, als er sah, dass in einiger Entfernung ein Schloss angegriffen wurde.

Die Space Marines kämpften überall und gegen jeden. Als Söldner lebten und starben sie auf riesigen Treibrädern, die durch bekannte und unbekannte Galaxien trudelten. Sie wussten nie, wo ihr nächstes Schlachtfeld liegen würde. Eines der Space Marine-Unternehmen, mit dem Andy regelmäßig spielte, gab es schon seit mehr als zwei Jahren. Er hatte sowohl futuristisch als auch mittelalterlich angehauchten Welten gesehen.

»Deine Kennung ist Blue Thirteen«, sagte Blue Leader.

»Meine Glückszahl«, erwiderte Andy lakonisch. »Was ist unser Ziel?«

»Das weiß ich nicht«, antwortete Blue Leader. »Wir waren gerade auf einer Mission, bei der keine Gefangenen gemacht wurden, als wir hier gelandet sind. So weit ich die Lage überblicken kann, ist alles, was hier herumläuft, unser Feind.«

»Zoomen«, befahl Andy. Der Bildschirm zeigte ihm eine Vergrößerung dessen an, was vor ihm lag. Einer der Space Marines verschwand gerade in einem Loch, das in eine Mauer des Schlosses gesprengt worden war. Die Salven aus seiner Maschinenpistole schlugen eine Gruppe von Männern in die Flucht, die sich dem Eindringling entgegenstellen wollten.

Andy sah sich die Halle mit den Bankettischen an und bemerkte die mittelalterlichen Waffen, mit denen die Wachen kämpften. Eine derartig einseitige Schlacht war nicht nach seinem Geschmack. »Blue Leader, das wird ein Massaker.«

»Für dich ist es ein Massaker«, erwiderte Blue Leader, »für mich sind es leicht verdiente Punkte.«

Andys Laune verschlechterte sich schlagartig, da er einen Kampf dieser Art für ungerecht hielt. Sich als Space Marine einer ebenbürtigen feindlichen Macht zu stellen war eine Sache, aber Hinrichtungen waren etwas anderes.

Die Gruppe, in der Andy *Space Marines* spielte, bestand aus Söldnern, die ein Gewissen hatten. Sie verkauften ihre Fähigkeiten ehrenhaft und erfüllten die von ihnen geschlossenen Verträge. Andy und seine Freunde waren sogar schon mehr als einmal in Sonnensysteme des Spiels eingefallen, in denen sich abtrünnige Space Marines aufhielten, die neu hinzugekommene Spieler in diesen Gegenden gefangen nahmen und töteten.

Der Space Marine, der durch das Loch in der Mauer gestiegen war, blieb kurz stehen. Dann feuerte er ein paar Salven aus dem Maschinengewehr auf seiner Schulter ab.

Andy lief es eiskalt über den Rücken. Sicher, er jagte seine Freunde im Spiel auch öfter in die Luft, aber das hier machte keinen Spaß mehr. Das mittelalterliche Schloss konnte sich ja nicht einmal verteidigen.

Der Space Marine im Schloss bückte sich und hob etwas vom Boden auf.

»Zoomen«, befahl Andy.

Auf dem Bildschirm war jetzt eine Gestalt zu sehen, die in der dreifingrigen Hand des Kampfanzugs gefangen war. Andy wusste sofort, wer es war.

»He, Blue Leader, schau dir mal meine Beute an.« Der Söldner im Kampfanzug drehte sich herum, wobei er die untere Hälfte des Anzugs stehen ließ und nur den Oberkörper bewegte.

Andys Hände in den Cyber-Handschuhen zuckten. Er schaltete seine Waffensysteme ein und markierte die Position der drei anderen Space Marines. Ab jetzt waren sie für ihn alle Feinde.

Er machte den Anker bereit, der im linken Arm des Kampfanzugs untergebracht war. Normalerweise wurde der Anker nur in Raumschlachten verwendet, um sich an ein freundlich gesinntes Raumschiff anzuhängen, nachdem ein Kampfanzug den Frachtraum eines Transportschiffs verlassen hatte. Andy wusste, dass er nicht viel Zeit hatte, bevor ihn die drei anderen Space Marines angreifen würden.

»Zielverfolgung«, befahl er. Auf dem Bildschirm erschien ein Fadenkreuz, das nach Erfassung des Ziels aufleuchtete.

»Warnung«, sagte eine sanfte Frauenstimme. »Das ausgewählte Ziel ist auf dem FOF registriert als …«

»Vorhandene Identifizierung überschreiben«, bellte Andy. »FOF ist fehlerhaft. Steuerung an Besatzung des Schiffs abgeben.«

»Bestätigt«, sagte die Computerstimme. »Schutzfunktionen sind ausgeschaltet. Alle Systeme verfügbar.«

Andy ballte die linke Hand zur Faust und schoss den Anker ab. Aus dem Hohlraum im linken Arm des Kampfanzugs wurde ein ein Meter langer Anker aus gehärtetem Stahl abgefeuert. Er traf den Kampfanzug an der rechten Seite des Oberkörpers, etwas unterhalb der Mitte. Beim Aufprall wurde eine Sprengladung gezündet, die einen gezackten Gefechtskopf durch den Kampfanzug trieb und damit die Servoeinrichtung ausschaltete, die den Bewegungscomputer des Kampfanzugs steuerte.

»Was zum …«, brüllte der Söldner in dem lahm gelegten Kampfanzug.

Andy reagierte sofort und feuerte mehrere Rauchgranaten auf den Boden neben dem Kampfanzug. Eine weiße Rauchwolke stieg auf, die aus positiv und negativ aufgeladenen Ionen sowie glühender Asche bestand und die thermischen Sensoren und Radareinrichtungen der anderen Kampfanzüge in die Irre führen würde.

Er lief nach rechts, wobei er ein kleines Wäldchen und den abschüssigen Hügel als Deckung nutzte. *Halt aus Catie, ich komme.* Normalerweise hätte er sich um Catie keine Sorgen gemacht. Wenn sie während eines Spiels schwer wiegende Verletzungen erlitt, wurde sie automatisch aus dem Netz abgemeldet. Aber da er immer noch nicht wusste, wie sie in das Spiel gekommen war, war er sich nicht sicher, ob die automatische Abmeldung funktionierte.

Er kauerte sich zusammen und nutzte das Gefälle des Hügels aus. MP-Salven pfiffen über seinen Kopf, als die anderen Söldner in den Kampfanzügen auf seinen Angriff reagierten. Bis jetzt hatte ihn noch keiner von ihnen in der Zielerfassung.

»Luke öffnen.« Andy schlüpfte aus den Handschuhen und Stiefeln der Steuerung. Er schob sich aus dem Sitz vor der Cockpitkonsole, holte aus dem Fach unter dem Sitz den Raketenantrieb für Notfälle hervor und legte ihn an. Dann zog er eine Sonnenbrille aus der Jackentasche und setzte sie auf.

Als die Luke mit einem lauten Druckluftzischen geöffnet wurde, schob sich bei dem Kampfanzug der vordere Teil des Kopfes zur Seite. Andy schlüpfte mit der rechten Hand in den Steuerhandschuh des Raketenantriebs und zündete die Triebwerke. Der Rückstoß der Triebwerke schleuderte ihn wie eine Rakete aus der offen stehenden Luke des Kampfanzugs.

Andy hatte beide Hände vor sich ausgestreckt und die Beine gespreizt, um nicht in den Kondensstreifen des Raketenantriebs zu geraten und den Flug besser steuern zu können. Er erhöhte die Geschwindigkeit und flog auf den lahm gelegten Kampfanzug zu, der immer noch regungslos wie eine Statue dastand. MP-Salven pfiffen durch die Luft über und vor ihm, aber er hatte das Gebiet schon durchflogen, bevor er in Schussweite des Söldners kam.

Wenn er das Spiel mit seinen Freunden spielte, verbrachte Andy auch immer viel Zeit damit, seinen Kampfanzug zu reparieren und zu verbessern. Wenn das Spiel korrekt und ohne Cheats gespielt wurde, musste ein Söldner für jede Kampfstunde etwa zehn Stunden Arbeit an seinem Anzug aufbringen. Daher wusste Andy genau, wo die Schwachstellen des Kampfanzugs lagen.

Aber er wusste auch, dass die sekundären Steuersysteme des Kampfanzugs versuchten, online zu gehen und die Mobilität des lahm gelegten Anzugs wiederherzustellen.

Im letzten Moment verringerte er die Geschwindigkeit und drehte sich dann in der Luft, sodass er fast überzog, als er den Kampfanzug erreichte. Er packte die geballte Faust, in der Catie gefangen war.

»Verräter!«, brüllte der Söldner im Kampfanzug. »Ich krieg dich schon.«

»Andy?« Catie starrte ihn ungläubig an.

»Eben jener«, sagte Andy. Er grinste, als er das lange Kleid Caties sah. »He, Prinzessin, wir wollten wohl auf einen Ball gehen?«

»Sieht ganz so aus«, erwiderte sie ein wenig nervös.

Andy zog eine Laserpistole aus dem Holster an seiner rechten Hüfte. »Geh ein Stück zurück«, warnte er Catie. Dann feuerte er aus nächster Nähe auf die Finger. Der Laserstrahl schnitt durch die dünneren Stahlplatten an der Innenseite des Fingergelenks, wo sie sich ineinander schieben mussten. Innerhalb weniger Sekunden waren die Spannkabel darunter freigelegt. Nach zwei weiteren Laserstößen rissen die Kabel mit einem lauten Quietschen.

Andy steckte seine Waffe ins Holster und packte den Finger, der größer und genauso breit war wie er. Er musste alle Kraft aufwenden, die er besaß, um den Finger zu bewegen, aber schließlich konnte Catie sich hindurchzwängen.

MP-Salven schlugen in den lahm gelegten Kampfanzug ein. Andy spürte, wie die Hardware zu vibrieren begann –

ein untrügliches Zeichen dafür, dass das System wieder online ging.

Die riesige Hand, auf der sie standen, zuckte unwillkürlich. Die beiden unbeschädigten Finger bewegten sich noch ein Stück aufeinander zu.

»Halt dich fest«, befahl Andy, als er seinen linken Arm um Caties Taille schlang und sie an sich drückte. Sie legte die Arme um seinen Hals, sodass er Mühe hatte, den Kopf oben zu behalten. Da er mit dem zusätzlichen Gewicht nicht laufen konnte, entschied er sich der Einfachheit halber dafür, sich aus der Hand des Kampfanzugs fallen zu lassen.

In dem Moment, in dem sie von der Hand gesprungen waren, schnappten die Finger zu, mit einem hässlichen Geräusch, das sich wie eine Massenkarambolage von Omnibussen anhörte.

Catie stieß einen gellenden Schrei aus, während sie aus acht Metern Höhe nach unten sprangen. Andy ballte die Hand im Steuerhandschuh des Raketenantriebs zur Faust. Der Raketenantrieb zündete sofort und riss sie nach oben.

Andy rollte herum und brachte sie damit in die richtige Flugrichtung, dann schaltete er die Triebwerke auf Dauerbetrieb. Er flog nicht sehr hoch, nie mehr als zwei Meter vom Erdboden entfernt. *Falls wir abstürzen, brauchen wir uns wenigstens keine Gedanken wegen der Söldner mehr zu machen*, dachte er.

Er flog auf den offenen Kopf seines Kampfanzugs zu und nahm frühzeitig die Geschwindigkeit zurück. Dann drückte er Catie noch etwas enger an sich, um sie mit seinem Körper zu schützen.

Seine Schulter prallte auf den oberen Rand der Luke, und sie fielen ins Cockpit hinunter. Andy rutschte über den mit

Stahlplatten ausgelegten Boden und stieß so heftig gegen den Konsolenstuhl, dass ihm der Aufprall den Atem nahm.

»Wir haben es geschafft!«, rief Catie ungläubig, als sie aufstand.

Andy konzentrierte sich darauf, wieder mit dem Atmen zu beginnen. Vor seinen Augen flimmerten schwarze Sterne. *Steh auf, steh auf, steh auf!*, schrie er sich in Gedanken zu, weil er keine Luft zum Sprechen mehr hatte. *Sie werden nicht warten, bis du dich erholt hast.*

14. Kapitel

Mark Gridley, der seinen Schutzanzug trug, flog durch das Labyrinth, das das Sicherheitssystem des Bessel Mid-Town darstellte. Einige der Zeitsparer, die er vor einer Weile im System implementiert hatte, hatten versagt, als das Sicherheitssystem abgeschaltet wurde.

Am unteren Rand seines Gesichtsfelds wurde ein kleines Bild angezeigt, auf dem er eine Flachfilm-Reproduktion des in der Ausstellungshalle herrschenden Durcheinanders sehen konnte. Außerdem hatte er ein Fenster für IMs anderer Net Force Explorers.

Mark hielt nur kurz an und schüttelte zweimal seine rechte Hand, wodurch er eines der Suchprogramme startete, mit denen er sich in die Programmierung eines Computersystems hacken konnte. Als er die Hand öffnete, flatterten drei gepanzerte Schmetterlinge davon, jeder in eine andere Richtung.

»Durchgang versperrt«, meldete das erste Schmetterlings-Suchprogramm.

»Durchgang führt zu einem Zugang von außen«, berichtete der zweite Schmetterling. »Datenschnittstelle zurzeit nicht in Betrieb.«

»Ungehinderter Datenfluss«, ließ ihn der dritte Schmetterling wissen.

Mark zündete wieder seine Stiefeltriebwerke und flog um die scharfe S-Kurve herum, um dem Verlauf der Schaltungen zu folgen. Dann streckte er die linke Hand aus und sprühte einen orangefarbenen Streifen an den Eingang, damit er wusste, dass er dort schon gewesen war. Da das Sicherheitssystem zusammengebrochen war und der eingeschleuste Virus immer mehr Schaden anrichtete, legten sich einige Schaltungen selbst lahm, indem sie Endlosschleifen für Programme erstellten.

Das System war in einem fürchterlichen Zustand. Mark glaubte nicht, dass er es besser gemacht hätte. Er hoffte, zumindest einen Teil des Chaos so rechtzeitig wieder beheben zu können, dass sie noch einige Hinweise bekamen.

»Miss Green.«

Als Maj einen Blick auf den Bildschirm ihres Folienpacks warf, sah sie Detective Holmes. »Wo sind Sie?«

»Unterwegs«, antwortete Holmes. »Ich bin nach Hause gegangen und habe ein Stündchen geschlafen, weil ich nicht dachte, dass wir so schnell Ärger bekommen. Das war wohl ein Fehler.«

Maj schob sich in einer dichten Menschentraube durch den Stand von Eisenhower Productions und bewunderte die an den Wänden aufgehängten Bilder. Das Innere des Standes war mit Conceptart für *Realm of the Bright Waters* dekoriert worden, und im Zentrum stand ein Miniaturmodell des Waldes, den sie heute als Holo gesehen hatte.

Die dürftige Beleuchtung ließ das Innere des Standes fast gespenstisch wirken, schreckte die Besucher aber nicht, mit vielen Ahs und Ohs die ausgestellten Bilder, Figuren und Kleidungsstücke zu bewundern. Die Marketing-Abteilung von Eisenhower Productions hatte ganze Arbeit geleistet.

»Selbst wenn Sie hier gewesen wären, hätten Sie nicht viel tun können, um es zu verhindern.«

»Sie scheinen nicht viel von meinen Fähigkeiten zu halten.« Über die Telekommunikationsverbindung war das laute Heulen von Holmes' Sirene zu hören. Als der Detective einen Blick über die Schulter warf, konnte Maj kurz den Verkehr aus der Heckscheibe des Wagens sehen. Er bellte Befehle in die Kommunikationseinheit an seinem Handgelenk.

Maj starrte durch das Halbdunkel des Standes. Zum Glück hatten die Fans sich in der Zwischenzeit beruhigt und waren nicht mehr auf Randale aus. Sie begnügten sich damit, die im Innern des Standes ausgestellten Stücke anzusehen.

»Ich gehe mal davon aus, dass Sie mich noch wegen etwas anderem angerufen haben.«

»Peter Griffen verschwand einfach, als hier das Chaos ausbrach«, sagte Maj. »Und ich habe das Gefühl, dass das nicht geplant war.«

»Den Eindruck hatte ich allerdings nicht, als mein Sergeant mich darüber informiert hat. Sie glaubt, dass es ein PR-Gag war, der etwas aus dem Ruder gelaufen ist.«

Maj musste ihm insgeheim zustimmen. Als sie noch einen Blick auf das Innere des Standes warf, fiel ihr auf, dass die Notbeleuchtung an der Decke ausgeschaltet war. *Hier stimmt was nicht.*

»Meine Leute haben Anweisung, Peter Griffen abzuholen«, fuhr Holmes fort. »Ich möchte mich ein wenig mit ihm unterhalten – über die öffentlichen Verordnungen, gegen die er heute verstoßen hat.«

»Wissen Sie, in welchem Hotelzimmer er ist?« Maj drängelte sich zwischen den Menschen durch und sah dann rechts von sich eine Tür. Sie ging darauf zu.

»Ja. Ich habe schon ein paar Polizeibeamte in Uniform hingeschickt, aber dort ist Griffen nicht.«

Dann muss er hier sein, dachte Maj. Sie sprang auf die Abtrennung vor der Tür und ging weiter. Auf dem Boden verstreut lagen Stapel mit in Plastik verpackten T-Shirts, auf denen der Drache Sahfrell abgedruckt war. Sie drehte am Knauf der Tür und stellte fest, dass sie nicht abgeschlossen war.

Die Tür führte zu einem kleinen Raum, in dem ein Implantatstuhl stand. »Ich habe den Raum entdeckt, in dem Peter vermutlich die Holovorführung gesteuert hat.« Als Maj zu dem Implantatstuhl ging, bemerkte sie einen dunklen Fleck an der Seite, der selbst in der Dunkelheit rot schimmerte. Maj drehte sich der Magen um. »Ich habe gerade frisches Blut gefunden.«

»Bleiben Sie, wo Sie sind«, befahl Holmes. »Ich schicke sofort einen Polizeibeamten zu ihnen.« Er unterbrach die Verbindung.

Maj sah sich um. Es gab keine anderen Türen, aber sie glaubte eigentlich nicht, dass Peter genug Zeit hatte, um den Stand unbemerkt zu verlassen. *Sie hätten ihn gelyncht, wenn sie ihn bemerkt hätten.* Und sie hatte genug Blut gesehen, um zu wissen, dass er nicht in allzu guter Verfassung sein konnte.

Sie drehte ihr Folienpack um und benutzte das schwache Glühen des Videobildschirms, um die Schatten auf dem mit

Teppich belegten Boden zu verscheuchen. Plötzlich entdeckte sie eine Blutspur, die vom Implantatstuhl wegführte.

Etwa zwei Meter weiter hörte die Spur abrupt auf.

Maj ließ sich auf die Knie fallen und untersuchte den Boden. Dazu ging sie mit dem beleuchteten Videobildschirm bis auf wenige Zentimeter an den Teppich heran und schob dann das Folienpack über den Boden. Den Spalt im Teppichboden fand sie erst nach dem dritten Versuch.

Sie schob die Finger in den Spalt und zog so lange, bis sie eine quadratische Öffnung zu einem Versorgungstunnel freigelegt hatte, der vermutlich angelegt worden war, um den Zugang zu den Verteilerkästen für die Stromversorgung der Stände außerhalb der Ausstellungshalle zu sichern. Im Tunnel war es dunkel.

Im schwachen Schein des Videobildschirms fand Maj eine Leiter, die in den Tunnel hinabführte. Als sie unten angekommen war, stellte sie fest, dass der Tunnel sich in zwei Richtungen verzweigte und sofort niedriger wurde. Die schwache Notbeleuchtung in den unterirdischen Durchgängen ließ ein diffuses Dämmerlicht entstehen, in dem kaum etwas zu erkennen war.

Auf dem Boden vor ihr glitzerte etwas. Sie kniete sich hin und richtete das Licht des Folienpacks auf die Stelle.

Auf dem Boden des Versorgungstunnel lag ein winziger Blutstropfen – der erste von vielen, die eine hin und wieder aussetzende Spur bildeten.

Maj folgte der Spur und rekonfigurierte ihr Folienpack, um Mark eine IM zu schicken.

Andy, der immer noch starke Schmerzen hatte, rappelte sich auf und ließ sich in den Kommandositz des Cockpits fallen. Er befreite sich von dem Raketenantrieb und warf ihn in eine Ecke, dann schlüpfte er mit Händen und Füßen in die Steuerung des Kampfanzugs, genau in dem Moment, in dem der Anzug von einer Rakete in die Seite getroffen wurde. Der riesige Metallhaufen wäre fast umgekippt, aber der eingebaute Kreisel hielt ihn aufrecht.

Das sensorische Feedback der Handschuhe und Stiefel stellte die Verbindung zum Kampfanzug her. Andy streckte eine der riesigen Hände des Kampfanzugs aus und brachte ihn dadurch wieder ins Gleichgeweicht. Dann senkte sich das Display über seinen Kopf.

»Schnall dich an oder melde dich ab«, warnte er Catie, als er den Kampfanzug in Bewegung setzte.

»Ich bleibe.« Catie bemerkte die Haltegurte an der Wand, mit denen Passagiere gesichert werden konnten. Sie schob die Arme hindurch und zog die Gurte fest.

»In dem Fach neben dir ist ein Schutzhelm.« Andy brachte den Kampfanzug zum Laufen.

»Du hast doch nicht etwa vor, mit etwas zusammenzustoßen?«

Andy grinste. Er wusste, dass sie nur die untere Hälfte seines Gesichts sehen konnte, wenn er das Visier trug. »Bei den Space Marines plant man so was nicht. Es passiert einfach.«

»Tolles Spiel. Das da draußen sind wohl deine Freunde.«

»Manchmal übertreiben Sie eben.« Eine Salve aus Kurzstreckenraketen riss metertiefe Krater in den Boden hinter ihnen, während Andy über das verwüstete Gelände rannte. Die riesigen Füße des Kampfanzugs versanken einen halben Meter in der Erde, während er kleine Bäume und Büsche niedermähte.

»Ich glaube, ich habe Majs Drachen gesehen.«

»Ich nicht.« Eine plötzliche Bewegung auf dem Radarschirm erregte Andys Aufmerksamkeit. Das Radar stellte sich schräg, was bedeutete, dass die schnellste gemeldete Bewegung in die Luft gegangen war. In den Stiefeln der Kampfanzüge war ein Raketenantrieb für Kurzstrecken eingebaut, der die Navigation im Weltraum und kurze Flüge in der Atmosphäre erlaubte. »Bist du in einem anderen Spiel gelandet?«

»Nein. Ich war in diesem Spiel, als der Drache kam. Und dann tauchten plötzlich die Trolle auf.«

»Space Marines«, korrigierte Andy automatisch. Er blieb stehen, drehte sich um und verankerte die Füße im Boden, um vom Rückstoß des Kurzstreckgeschützes nicht aus dem Gleichgewicht gebracht zu werden.

»Wir haben angehalten. Ist das gut?«

»Ich greife an«, antwortete Andy, der das Fadenkreuz auf den fliegenden Kampfanzug richtete. »Die Jungs sind gar nicht so gut, wie sie sagen. Man gibt doch nicht seinen sicheren Stand auf, um in der Gegend herumzufliegen. Diese Anfänger haben ihre Anzüge nicht verankert, daher können sie keine schweren Geschütze abschießen, und der Trottel da draußen ist ein dickes … fettes … Ziel.« Sein Finger im Innern des rechten Handschuhs bewegte sich.

Aus der Schulterwaffe des Kampfanzugs wurden drei Raketen abgeschossen, die kurvenförmig verlaufende Kondensstreifen am Himmel hinterließen, als sie auf den in der Luft schwebenden Kampfanzug zuschossen. Alle drei Raketen trafen im Brustbereich des Kampfanzugs auf und rissen einen tiefen Krater hinein. Unmittelbar darauf explodierte der Nuklearantrieb des Kampfanzugs und zerfetzte ihn in tausend Stücke.

Andy schaltete das Kommunikationssystem ein. »Blue Leader, hier ist Blue Thirteen. Ich schlage vor, den Kampf abzubrechen und sich abzumelden. Die Spielzeit ist abgelaufen.« Er setzte den Kampfanzug wieder in Bewegung, rief die Zieleinrichtung für den Laser auf und schoss zwei Raketen ab, die auf ihn zukamen.

Die Raketen explodierten. Glühende Trümmerstücke prallten gegen den stählernen Koloss, richteten aber nur geringen Schaden an der Außenhülle an. Die Antwort von Blue Leader war alles andere als höflich.

»Dem Kerl sollte mal jemand Manieren beibringen«, kommentierte Andy den Angriff. Er rannte tiefer in den Wald hinein und entfernte sich immer weiter vom Schloss. Inzwischen waren einige Männer in den Schlosshof geritten, aber Andy wusste, dass sie gegen die schwer bewaffneten und gepanzerten Space Marines keine Chance hatten.

Er öffnete eine Luke am Bein und streute in hohem Bogen Anti-Kampfanzug-Minen aus. Bäume wurden umgerissen und entwurzelt, als er durch den Wald donnerte.

Kaum eine Minute später geriet einer der Space Marines, der ihn verfolgte, auf das Minenfeld. »Ich bin getroffen! Ich bin getroffen!«, brüllte der Pilot. »Meine Beine sind weg!«

»Und damit bist du für mich leichte Beute«, murmelte Andy, der die Explosion in der Rückansicht verfolgt hatte. Er schwenkte das Schultergeschütz herum und feuerte. Zwei Raketen trafen die Gelenke am Hals des Kampfanzugs und lösten den Countdown für die automatische Evakuierung aus.

Der Kopf des Kampfanzugs drehte sich in Position, wobei das Kinn eine tiefe Furche in die Erde zog. Dann klappte der obere Teil des Kopfes auseinander, und das Cockpit schoss in den Himmel.

»Wie beim Tontaubenschießen«, sagte Andy grinsend. Er brachte den Laser im Arm des Kampfanzugs online und wartete, bis die Zielverfolgung aufleuchtete. Bereits der erste Schuss ließ die Rettungskapsel in Flammen aufgehen, noch bevor sich ihre Fallschirme geöffnet hatten.

Mark unterbrach kurz die Untersuchung des Schaltungsverlaufs in den Computerpfaden des Bessel Mid-Town-Hotels. Inzwischen hatte er Dutzende Sackgassen entdeckt, und langsam verlor er die Geduld. Die Daten flossen nicht in alle Richtungen und würden ständig blockiert, sodass er keine Referenzpunkte mehr hatte. Aber er wusste, dass es irgendwo da drinnen einen Virus geben musste, mit dem sich der Hacker, der die Datenstränge ins Sicherheitssystem eingeschleust hatte, Zugang verschaffte.

Am unteren Rand seines Gesichtsfelds wurde eine Nachricht angezeigt. MARK, HIER IST MAJ. BRAUCHE INFO. BIN IM VERSORGUNGSTUNNEL UNTER DER HALLE. HAST DU EINEN PLAN?

Mark hob die Arme und zeigte die Baupläne des Gebäudes an, die er sich schon vor einer Weile besorgt hatte. Als er den Plan für die Versorgungstunnel gefunden hatte, schickte er ihn an Maj. GEH NICHT ALLEIN, fügte er hinzu.

Maj ignorierte Marks Bitte und schickte ihm schnell ein Danke. Sie rief den Plan auf, den er ihr geschickt hatte, und überflog ihn kurz. Der Abstand zwischen den Blutstropfen auf dem Tunnelboden war größer geworden, als wäre die Blutung gestoppt worden oder Peter schneller unterwegs.

Nachdem sie sich einen kurzen Überblick verschafft hatte, ging Maj weiter. Da sich ihre Augen an das Halbdunkel gewöhnt hatten und sie inzwischen wusste, wo sie war, fing sie an zu laufen.

Dem Bauplan nach führte der Tunnel zu einem an die

Lobby angrenzenden Lagerraum, von dem es nicht mehr weit zur Straße vor dem Bessel Mid-Town war.

Gaspar überwachte das Gebäude über die Sensoren seines Sicherheitssystems, auf das nur er Zugriff hatte. Das Netzwerk bestand in erster Linie aus Geräten, die Heaveners Leute installiert hatten. Er stand in der Ausstellungshalle und ließ das Holo weiterlaufen, während das Chaos um ihn herum immer größer wurde.

Als er das Menü für die Versorgungstunnels unter der Ausstellungshalle aufrief, stellte er überrascht fest, dass dort noch jemand war. Sofort zeigt er das Bild der am nächsten liegenden Knopfkamera an, die Heaveners Leute entlang dieser Fluchtroute installiert hatten, welche als letzte Alternative geplant war. Die Knopfkamera war mit einem Fotovervielfacher ausgerüstet und konnte daher auch in ungünstigen Lichtverhältnissen Bilder erfassen.

Als das Mädchen auf dem Bildschirm erschien, wusste Gaspar sofort, dass es Maj Green war. *Wie hat sie nur den Tunnel entdeckt?* Aber er dachte nicht weiter darüber nach, sondern aktivierte sofort die Audioverbindung zu Heavener.

»Ein Mitglied der Net Force Explorers ist im Tunnelsystem«, meldete er.

»Wir kümmern uns um ihn.«

»Sie«, korrigierte Gaspar automatisch.

Heaveners Antwort bestand darin, die Audioverbindung abzuschalten.

Während Gaspar zusah, wie das Mädchen durch den Tunnel rannte, wurde er von Gewissensbissen geplagt. Sie lief ins Verderben, und er konnte sie nicht warnen. Aber was ihm besonders zu schaffen machte, war die Tatsache, dass er nicht wusste, ob er es versuchen würde, wenn er die Möglichkeit dazu bekäme.

Andy lenkte den Kampfanzug durch einen Fluss, den er sofort als Angriffszone markierte. Der Hügel auf der anderen Seite des Flusses war sehr steil, und selbst Andy, der den Kampfanzug meisterhaft beherrschte, hatte Mühe, nach oben zu kommen. Als er auf der Spitze des Hügels stand und fast zwanzig Meter tief auf den Fluss hinuntersah, wusste er, dass er einen guten Platz gefunden hatte.

»Wir haben angehalten«, bemerkte Catie.

»Ja. Diese unangenehmen Typen sind Amateure, und für so was haben wir jetzt keine Zeit. Wir müssen zur Messe zurück und herausfinden, was dort los ist. Aber wir gehen zu unseren Bedingungen, nicht zu ihren.«

»Zwei gegen einen.« Catie lehnte sich an die Wand, zog die Knie hoch und schlang die Arme darum.

Andy grinste sie an. »Ich weiß. Deswegen habe ich auch Gewissensbisse.« Als die beiden Space Marines, von denen sie verfolgt wurden, in den Fluss wateten, richtete Andy seinen Laser auf das Wasser und drückte ab. Sofort stiegen riesige Dampfwolken in die Höhe. »Schätze mal, dass die beiden da vor allem nach Sicht navigieren und mit ihren Instrumenten nicht viel anfangen können.«

Die aufsteigenden Dampfwolken hüllten die Umgebung in weiße Schwaden, die den Hügel hinauf bis zu der Stelle krochen, an der Andy stand. Er wechselte auf Thermalbilddarstellung und hatte plötzlich ein Puzzle aus Rot-, Orange- und Gelbtönen auf dem Bildschirm, das nur an einigen Stellen blau und violett war. Mit einem lauten Scheppern sprang das interne Kühlsystem des Kampfanzugs an.

»Was ist das denn?«, erkundigte sich Catie.

»Wir gehen gleich in die Luft«, zog Andy sie auf.

»*Was?*«

»War nur ein Witz.« Andy nahm die beiden Kampfanzüge ins Visier, die durch das Flussbett taumelten. Beide machten den Eindruck, als hätten sie sich verlaufen. Er bereitete die Kurzstreckenraketen vor und feuerte auf jeden Kampfanzug eine Salve ab.

Die Raketen trafen die beiden Space Marines, die sofort stehen blieben. Die Raumanzüge fingen an zu zittern und zu klappern wie Blechdosen, die über den Boden geschleift werden.

Andy aktivierte den Kommunikationskanal. »Das war's, Blue Leader. Game over. Danke, dass ihr mit mir gespielt habt.«

Die Kampfanzüge explodierten und ließen einen Trümmerregen auf den Fluss niedergehen.

Andy nahm den Helm ab und sah zu Catie hinüber. »Ich glaube, hier sind wir fertig. Wir sollten ausprobieren, ob wir offline gehen können.«

»Nichts lieber als das«, antwortete Catie.

»Detective Holmes.«

Maj warf einen Blick auf den Videofon-Bildschirm ihres Folienpacks und stellte fest, dass der Detective gerade aus seinem Wagen stieg. Das Videobild kippte um und tanzte auf und ab, als Holmes durch eine kleine Gasse rannte. »Hier ist Maj.«

»Ich habe gerade alle Hände voll zu tun.«

»Ich auch«, erwiderte sie gereizt. »Ich bin in einem Versorgungstunnel unter der Ausstellungshalle. Die Leute, die sich Peter Griffen geschnappt haben, sind gerade dabei, durch den Tunnel zu flüchten.«

»Wie haben Sie den Tunnel gefunden?«

»Das ist doch jetzt unwichtig«, sagte Maj, deren Atem vor Anstrengung und Aufregung in kurzen, heftigen Stößen kam. Das Geräusch ihrer Schritte hallte vom Steinboden des Tunnels wider.

»Wissen Sie, wo der Tunnel endet?«

»In der Lobby des Hotels. Gleich neben dem Empfang gibt es einen Lagerraum, in dem der Tunnel herauskommt. Wenn es ihnen gelingt, die Straße zu erreichen ...«

»... sind sie weg. Ich versteh schon. Halten Sie die Verbindung offen.«

Maj rannte schneller und fluchte über die stickige Luft im Tunnel, die ihren Körper nicht mit dem Sauerstoff versorgen konnte, den dieser für eine solche Anstrengung brauchte. Ihre Lungen brannten wie Feuer.

Als die nächste Biegung in Sicht kam, hielt Maj die Arme vors Gesicht, rannte gegen die Wand und stieß sich dann mit den Händen ab, um die Richtung zu ändern. Da Peter verwundet war und vielleicht auch getragen wurde, konnte er nicht viel Vorsprung haben. Sie war sicher, dass sie ihn bald erreichen würde.

Zwei Biegungen später war der Tunnel plötzlich zu Ende. Licht fiel auf die Sprossen einer in die Wand eingelassenen Leiter. Die Luke darüber stand offen. Maj kletterte die Leiter hinauf. Die Luft im Lagerraum fühlte sich kühler an als im Tunnel.

In der Lobby schrie plötzlich eine Frau. Unmittelbar darauf waren noch mehr Schreie und laute Warnrufe zu hören.

Maj öffnete die Tür und lugte vorsichtig hinaus. In der Lobby standen Messebesucher, die ziemlich verwirrt aussahen. Aber im nächsten Augenblick schon machte sich Angst breit, denn drei Männer brachen eine Bresche durch die

Menge und stießen die Menschen mit Fäusten, Knien und Ellbogen zur Seite. Hinter ihnen liefen zwei Männer, die Peter in einem Polizeigriff hielten.

Keiner der Männer sagte etwas, aber die großen schwarzen Pistolen in ihren behandschuhten Fäusten sprachen Bände.

»Detective Holmes«, sprach Maj in ihr Folienpack. »Sie sind in der Lobby.«

»Ich habe ein paar meiner Leute dort postiert«, erwiderte Holmes.

In diesem Moment teilte sich die Menge, und vier uniformierte Beamte rannte auf die Gruppe zu, die Peter gefangen hielt. »Stehen bleiben!«, rief einer von ihnen.

Die drei Männer, die die Vorhut bildeten, hoben ihre Waffen und feuerten ohne Warnung. In der Lobby hallten dumpfe Schüsse, die sich anhörten, als würde jemand mit einem Hammer einen Nagel einschlagen. Die vier Polizisten gingen zu Boden, ohne auch nur einen Schuss abgefeuert zu haben.

Maj versuchte, nicht in Panik zu geraten, und rannte in die Halle. »Detective Holmes, die Polizisten hat es erwischt!«

»Wie viele?«

»Alle.« Maj blieb bei den Polizisten stehen und sah sie sich an, während die Menschen in Panik auseinander rannten. Das Tageslicht, das durch die polarisierten Fenster der Lobby hereinströmte, sorgte für eine gute Beleuchtung. Auf den dunklen Uniformen der Männer konnte sie Betäubungspfeile mit gelben Federn erkennen. Die Männer hatten nicht auf den Brustkorb der Polizisten geschossen, sondern sich Arme, Beine, Hals und Gesicht als Ziel ausgesucht.

»In welcher Verfassung sind sie?«, erkundigte sich Holmes. »Ich bekomme keinen Funkkontakt zu ihnen.«

»Die Männer haben mit Pfeilen auf sie geschossen.« Maj kniete sich neben einen der Männer und berührte seinen Hals. Sie spürte einen langsamen Puls unter ihren Fingern. »Sie sind am Leben«, informierte sie Holmes. Dann stand sie auf und rannte zum Eingang des Hotels, vorbei an zwei Leuten, die ebenfalls Opfer der Betäubungspfeile geworden waren.

Der Portier sank in dem Moment zu Boden, in dem Maj den roten Teppich unter dem Baldachin erreichte, und fiel dann halb auf die Straße. Mit quietschenden Bremsen kam ein Auto vor ihm zu stehen, das ihn nur um Zentimeter verfehlte.

»Da ist das Mädchen«, rief einer der Männer. Er zielte mit der Pistole auf Maj und drückte ab.

Maj duckte sich hinter die Tür. Neben ihrem rechten Ohr knallte es zweimal, dann zersprang Glas. Als sie einen Schritt zurücktrat, stellte sie fest, dass zwei Pfeile mit gelben Federn die Glasscheibe durchbohrt hatten, hinter der sie sich versteckt hatte. Rund um die Pfeile waren Haarrisse entstanden, die sich wie ein Spinnennetz ausbreiteten.

Plötzlich fingen die Autos auf der Straße zu hupen an.

Maj beobachtete durch die geplatzte Scheibe, wie ein hellblauer Dodge Minivan die vierspurige Straße herunterraste. Der Fahrer hupte ununterbrochen, lenkte den Wagen auf die Gegenfahrbahn und dann wieder auf seine eigene Spur, bis er schließlich sechs Meter vor dem Hoteleingang mit quietschenden Reifen zum Stehen kam.

Als die Tür des Minivans geöffnet wurde, rannten die Männer, die Peter mit sich schleppten, darauf zu. Sie stießen ihn ins Wageninnere und kletterten dann selbst hinein. Bevor sie die Tür schließen konnten, fuhr der Minivan schon los. Der Verkehr kam in beiden Richtungen zum Stillstand, als der Minivan mitten auf der Straße davonraste und die stehenden Autos gelegentlich mit einem hässlichen, metallischen Knirschen streifte.

Maj rannte auf die Straße hinaus und versuchte, einen Blick auf das Kennzeichen des Minivans zu werfen. Pech – er hatte keines. Sie nahm ihr Folienpack und gab eine Beschreibung des Minivans durch, während dieser davonfuhr. An der nächsten Ecke bog er nach rechts ab und verschwand.

15. Kapitel

»Wir haben sie verloren«, sagte Detective John Holmes, als er mit großen Schritten in den Konferenzraum stürmte.

Maj hatte sich in einen der Implantatstühle im Konferenzraum gesetzt und war in ihre eigene VR gesprungen. Über die Systeme des LAPD hatten sie zwar keinen Universalzugang zum Stand der Ermittlungen, aber die Server des Lokalsenders HoloNet konnten sie fast genauso gut mit Informationen versorgen.

Da sich Maj bei ihrer VR eingeloggt hatte und die im Konferenzraum installierten Holoprojektoren einsetzte, konnte sie gleichzeitig anwesend und online im Netz sein. Zurzeit hatte sie neun Fenster geöffnet, die mit verschiedenen Media-Servern verbunden waren. Mehrere Stationen, die über die Messe berichteten, sendeten bereits Archivmaterial über Peter Griffen, und Maj beeilte sich, es zu kopieren und als Dateien abzuspeichern.

In einer Ecke des Konferenzraums saßen Catie und Megan, die sich angeregt miteinander unterhielten. Matt, Mark und Leif waren zwar noch an Bord des Flugzeugs, saßen aber wie Captain Winters, der sich eigentlich in seinem Büro aufhielt, um den größten Tisch im Raum herum. Andy war in den Spieleraum zurückgekehrt, als die verschiedenen Services wieder online gegangen waren.

Holmes sah auf die Uhr. »Polizisten haben den Minivan keine drei Kilometer von hier aufgefunden. Er wurde vor einer Bar zurückgelassen.«

»Was ist mit Peter?«, fragte Maj.

»Keine Spur von ihm.«

»Er war verletzt.«

Holmes zuckte mit den Achseln. »Die ermittelnden Beamten haben gemeldet, dass hinten im Minivan Blutspuren gefunden wurden, aber da es wohl nicht sehr viel war, besteht kein Grund zur Sorge.«

»Bis auf die Tatsache, dass Peter vor mehreren tausend Zeugen entführt worden ist.«

»In dieser Sache ermitteln wir gerade, Miss Green. Aber wir gehen auch von der Möglichkeit aus, dass es sich um einen PR-Gag handeln könnte.«

»Das hat er doch gar nicht nötig«, warf Catie ein. »Haben Sie den Drachen gesehen? Allein der Drache sorgt dafür, dass Millionen Lizenzen verkauft werden. Und nach Peters Präsentation wollte wirklich jeder das Spiel haben.«

»Finden Sie nicht auch, dass das ein wenig übertrieben wäre?«, fragte Winters. »Wenn die Sache geplant ist, könnte Eisenhower Productions wegen einer Straftat vor Gericht kommen.«

»Captain Winters«, sagte Holmes mit einem Anflug von Müdigkeit in der Stimme. »In dieser Stadt ist alles möglich. Wir haben hier Hollywood, einen großen Teil der Spieleindustrie und so gut wie jedes Laster, das Sie aufzählen können. In L. A. leben und arbeiten Millionen Menschen, und wenn Sie hier auffallen wollen, müssen Sie sich etwas einfallen lassen.«

»Das hatte Peter doch schon geschafft«, wandte Maj ein.

Holmes zögerte kurz. »Wir haben einen Hinweis darauf bekommen, dass die Entführung inszeniert war«, sagte er dann.

»Von wem haben Sie diese Information?«, fragte Winters.

»Sir«, sagte Holmes. »Bei allem Respekt, aber das hier fällt nicht unter Ihre Zuständigkeit. Ich habe Ihnen das nur gesagt, weil Ihre Leute gestern Abend in einen ziemlich hässlichen Zwischenfall verwickelt waren und ich der Meinung war, es Ihnen schuldig zu sein. Aber zurzeit gehen wir davon aus, dass die beiden Vorfälle nichts miteinander zu tun haben.«

»Hoffentlich vergessen Sie nicht, dass es auch anders sein könnte«, bemerkte Winters trocken.

In Holmes' Gesicht machte sich ein nervöses Zucken bemerkbar. »Nein, Sir. Nicht eine Minute. Aber der Polizeipräsident ist der Meinung, dass sie nichts miteinander zu tun haben. Und in diese Richtung muss ich auch ermitteln. Zumindest vorläufig.«

»Ich verstehe, Detective. Danke, dass sie so ehrlich gewesen sind.«

Holmes wandte sich an Maj. »Ich weiß, dass Sie sich um Griffen Sorgen machen. Das tue ich auch.« Er wies mit dem Daumen über die Schulter. »Ich lasse gerade richterliche Verfügungen und Vorladungen an einige Medienunternehmen verteilen, damit ich mir ihre Videodaten ansehen kann und Aussagen von Leuten bekomme, die physisch oder in Holoform hier gewesen sind. Das kann eine Weile dauern.«

»Ich weiß«, erwiderte Maj.

»Und wenn sich herausstellt, dass es doch ein PR-Gag ist, werden Griffen und Eisenhower Productions ein ganzes Batallion von Anwälten brauchen, um aus der Sache wieder herauszukommen«, fügte er dann noch hinzu.

»Selbst dann werden die Anwalts- und Gerichtskosten nur einen kleinen Bruchteil des Gewinns ausmachen, den sie mit diesem Spiel einfahren werden«, sagte Megan.

Holmes nickte und sah sich im Raum um. »Ich glaube zwar nicht, dass Sie zu den Leuten gehören, die viel auf Warnungen geben, aber hiermit bitte ich Sie trotzdem, sich aus der Sache herauszuhalten. Denn wenn Sie sich trotzdem in die Ermittlungen einmischen, werden Sie feststellen, dass ich sehr unfreundlich werden kann. Ich hoffe, ich habe mich klar genug ausgedrückt.«

Maj nickte. Selbst als Net Force Explorers waren sie offiziell nicht berechtigt, sich an Ermittlungen dieser Art zu beteiligen.

Holmes drehte sich um und ging zur Tür, aber dann blieb er stehen, drehte sich um und sah sie noch einmal an. »Falls Sie aber zufällig etwas herausfinden, das ich wissen sollte, sagen Sie es mir bitte sofort. Meine Nummer haben Sie.« Er ging in den Korridor hinaus, auf dem Scharen von Messebesuchern darauf warteten, von der Polizei kontrolliert zu werden, damit sie die Absperrungen passieren konnten.

Maj schloss die Medien-Feeds und meldete sich aus dem Netz ab. Als sie die Augen öffnete, lag sie in einem Implantatstuhl im Konferenzraum. Sie setzte sich auf und sah Winters an. »Wird sich die Net Force in die Ermittlungen einschalten?«

»Zum jetzigen Zeitpunkt nicht«, antwortete Winters. »Das LAPD geht davon aus, dass wir es mit einem PR-Gag zu tun haben, der die Verkaufszahlen in die Höhe treiben soll. Die Net Force ist der gleichen Meinung. Ich persönlich würde es zwar nicht für falsch halten, auch in andere Richtungen zu ermitteln, aber irgendjemand übt Druck aus, damit sich die Net Force aus der Sache heraushält. Wenn wir uns einmischen, werden sich die Medien noch mehr als bisher damit beschäftigen.«

»Warum soll sich die Net Force heraushalten? Ist es denn nicht gut, wenn in den Medien über die Organisation berichtet wird?«, erkundigte sich Maj.

»In der Regel schon, aber die Spieleindustrie befürchtet, dass die Net Force sich wie Big Brother gebärden könnte. In dieser Branche kursieren die wildesten Verschwörungstheorien, und wenn man auch noch die Net Force in diesen Topf werfen würde, hieße das, Öl ins Feuer zu gießen.«

»Die anderen Spieleunternehmen wollen Peter Griffen und Eisenhower Productions angeblich wegen Beeinträchtigung der Werbemaßnahmen für ihre eigenen Spiele verklagen«, meldete sich Leif zu Wort. »Offenbar ist der Drache in so gut wie jeder Demo auf der Messe aufgetaucht.«

»Woher weißt du das?«, fragte Catie.

Leif grinste. »Ich habe mir die Berichte über die Vorfälle auf der Messe angesehen, die mein Vater von einer Rechercheagentur bekommt. Von den potenziellen Gewinnen, um die es hier geht, sind auch Aktienportfolios betroffen. Eine mögliche Haftung in Form von Zivilprozessen gegen ein Unternehmen schlägt in dieser Branche ein wie eine Bombe.«

»Das würde zwar die Gewinne beeinträchtigen, aber die Verkaufszahlen für das Spiel werden trotzdem neue Rekorde setzen, was sich wiederum auf die Gewinne auswirken wird«, sagte Matt.

Maj wusste, dass er Recht hatte. Auch nachdem die Ausstellungshalle von der Polizei geschlossen worden war, hatten noch hunderte Fans in der Schlange vor dem Stand gestanden, um das Online-Paket zu kaufen, mit dem sie *Realm of the Bright Waters* spielen konnten, wenn es im Netz verfügbar war.

»Wenn der Gewinn groß genug ist, werden Prozesse und Vergleiche einfach als Betriebskosten abgeschrieben«, stimmte Leif ihm zu. »Die Entführung hat den Aktienmarkt in Aufruhr versetzt. Die Aktien von Eisenhower sind zwar in den Keller gefallen, aber sie werden gerade von Spekulanten aufgekauft.«

»Sind die Aktien von Eisenhower Productions frei handelbar?«, fragte Winters.

Leif schloss für einen Moment die Augen. »Ja. Zu dreiundvierzig Prozent.«

»Moment mal«, meldete sich Catie. »Frei handelbar sagt mir überhaupt nichts.«

»Es gibt zwei Arten von Aktien«, erklärte Leif. »Nein, falsch, eigentlich gibt es alle möglichen Arten von Aktienoptionen, aber der Einfachheit halber beschränken wir uns auf diese beiden. Frei handelbare Aktien sind Aktien, die an alle verkauft werden, also an jeden, der online geht und sich am Unternehmen beteiligen will. Und dann gibt es da noch die privat platzierten Aktien, die nicht öffentlich gehandelt werden und für bestimmte Anleger gedacht sind. In der Regel sind das andere Unternehmen oder Investoren.«

»Wenn Aktien privat platziert werden, verhindert man dadurch feindliche Übernahmen«, ergänzte Megan. »Daran kann ich mich noch aus den Recherchen erinnern, die mein Vater für einen seiner Krimis angestellt hat.«

»Stimmt, aber du würdest staunen, wie viele Unternehmen trotzdem aufgekauft werden. In solchen Fällen weiß man bis zum letzten Moment nicht, wer die Käufer sind.«

»Wie sieht es eigentlich mit der finanziellen Position von Eisenhower Productions aus?«, erkundigte sich Winters.

Leif zuckte mit den Achseln. »Da müsste ich erst nachfragen.«

Winters nickte. »Das könnte ein guter Ausgangspunkt sein. Falls sie wirklich etwas mit der Entführung zu tun haben, würde es helfen, wenn wir wüssten, ob sie verzweifelt oder einfach nur geldgierig sind.«

»Ich werde mich darum kümmern«, sagte Leif.

Winters beendete die Besprechung und entschuldigte sich. Einen Augenblick später war sein Holo verschwunden. Mark, Matt und Leif verabschiedeten sich ebenfalls.

»Wir haben nicht zu Mittag gegessen«, verkündete Catie. Sie stand und streckte sich. »Angeblich gibt es hier gleich um die Ecke einen hervorragenden Chinesen. Kommt ihr mit?«

Maj nickte abwesend. Die Gedanken in ihrem Kopf überschlugen sich, als sie nach einer Erklärung für die Vorfälle suchte. Sie hatte keinerlei Zweifel daran, dass der Einbruch in ihrem Hotelzimmer und die Entführung von Peter Griffen etwas miteinander zu tun hatten, konnte sich jedoch nicht vorstellen, wo die Verbindung war. Aber ihr Instinkt bestand darauf, dass es eine Verbindung gab, und im Laufe der Jahre hatte sie gelernt, ihm zu vertrauen.

»… im Bessel Mid-Town-Hotel, wo der bekannte Spieledesigner Peter Griffen vor kurzem entführt worden sein soll. Veronica, was können Sie uns dazu sagen?«

Maj stand in der Ankunftshalle des Flughafens von L. A. und verfolgte die Nachrichtensendung von HoloNet auf einem Holobildschirm, der von der Decke herabhing. Der

Nachrichtensprecher gab zu der blonden Reporterin ab, die Maj bereits in den Nachrichten am Morgen gesehen hatte. Sie hatte sich vor das Bessel Mid-Town gestellt und wurde von einer Menschenmenge beobachtet, die sich in einiger Entfernung angesammelt hatte. Neben dem Zeitstempel unten rechts wurde ihr Name – Veronica Rivers – eingeblendet.

»Die Situation ist immer noch sehr verwirrend«, berichtete Veronica. »Wie Sie an der Menschenmenge hinter mir sehen können, hat die Öffentlichkeit reges Interesse an dem Entführungsfall.«

Der Holobildschirm wurde in zwei Hälften geteilt und zeigte neben der Außenaufnahme der Reporterin jetzt auch den Nachrichtensprecher im Studio. »Hat die Polizei bei den Ermittlungen zur Entführung schon Fortschritte gemacht?«

»Wenn es tatsächlich Fortschritte gibt, werden diese geheim gehalten.« Veronica deutete auf das Hotel. »Es sind Gerüchte im Umlauf, dass es sich bei dem Verschwinden von Peter Griffen gar nicht um eine Entführung handelt, sondern um einen von Griffen und seinem Spieleproduzenten inszenierten Publicity-Gag, mit dem der Verkauf seines neuen Spiels angekurbelt werden soll.«

»Das sind schwere Anschuldigungen«, kommentierte der Nachrichtensprecher.

Maj schüttelte den Kopf. Trotz aller technischen Fortschritte verließen sich die Medien immer noch auf Sensationsgeschichten, um ihre Einschaltquoten zu erhöhen. Sie wollte weitergehen, hing dann aber trotzdem wie gebannt an der Holo-Übertragung.

»Wow«, sagte Catie, als sie und Megan sich zu Maj gesellten. »Das haben sie aber schnell herausbekommen.«

»Nichts verbreitet sich schneller als schlechte Nachrichten«, erwiderte Maj. Sie sah sich in der Halle um und musste Acht geben, um nicht von den Dutzenden Passagieren überrannt zu werden, die gerade angekommen waren. Megan stellte sich an das Fenster zu den Bordsteigen und starrte in den Himmel, während sie darauf warteten, dass das Flugzeug mit Leif, Matt und Andy landete.

»Nachdem die Gerüchte um eine inszenierte Entführung aufgekommen waren«, sagte Veronica auf HoloNet, »habe ich den für die Ermittlungen in diesem Fall verantwortlichen Detective dazu befragt.«

Auf dem Bildschirm war jetzt ein grauhaariger Mann mit Hundegesicht und rauer Stimme zu sehen. Unter ihm wurde kurz ein Infostreifen eingeblendet: BRUCE TOLLIVER, CAPTAIN OF DETECTIVES, LAPD. »Ja, wir sind über diese Gerüchte informiert, und wir gehen ihnen natürlich nach. Da es sich hier aber auch um eine Entführung handeln könnte, müssen wir leider davon ausgehen, dass ein Menschenleben in Gefahr ist.«

»Captain Tolliver, sind bereits Lösegeldforderungen eingegangen?«, fragte Veronica.

»Noch nicht.«

»Ist das nicht etwas ungewöhnlich?«, wollte die Reporterin wissen.

»Eigentlich nicht«, erwiderte Tolliver.

»Glauben Sie, dass heute eine Entführung stattgefunden hat?«

»Das kann ich nicht kommentieren«, antwortete Tolliver.

Auf dem Holo erschien wieder der geteilte Bildschirm mit Nachrichtensprecher und Reporterin. »Wir haben noch einige andere Reaktionen auf die bizarren Vorfälle des heutigen Tages eingefangen«, fuhr Veronica fort. Dann wurden mehrere Audio- und Videodateien abgespielt.

»Er sah so traurig aus«, sagte eine junge Frau. Die Aufnahme war offenbar kurz nach der Entführung in der Ausstellungshalle gemacht worden. »Ganz traurig. Aber ich glaube nicht, dass er sich selbst entführt hat. Wer würde so etwas tun? Das wäre doch irgendwie krank, finden Sie nicht?«

»In dieser Branche geht es doch nur darum, Aufmerksamkeit zu erregen«, sagte ein Mann in den Dreißigern. Auf der eingeblendeten Infozeile stand MIKE SIMON, SPIELEDESIGNER.

»Ich will nur das Spiel haben«, sagte ein Teenager begeistert. »Es ist total cool.«

»Der Kleine hat nicht viel für Peter übrig«, bemerkte Catie.

Maj nickte.

»Wir haben auch Griffens Anwälte interviewt«, sagte Veronica. Die nächste Szene zeigte einen älteren Mann in einem teuren Anzug.

»Die Vorstellung, dass Eisenhower Productions oder Peter etwas Derartiges inszenieren würden, ist völlig absurd«, sagte er. »Ein Fiasko wie dieses zu inszenieren wäre absolut unverantwortlich. Die Ermittlungsbehörden hätten überhaupt kein Verständnis dafür, aber Peter würde es auch nicht einmal im Traum einfallen, seine Fans auf diese Weise zu brüskieren.«

Die Regie gab an die Reporterin zurück. »Wir stehen vor einem Rätsel, das nur Peter Griffen selbst oder die Leute, die für sein Verschwinden verantwortlich sind, lösen können.«

»Sie sind da«, rief Megan herüber.

Maj und Catie gingen zu ihr, als die ersten Passagiere herauskamen. Zu ihrer Überraschung befanden sich Matt, Andy und Leif unter ihnen.

»Erste Klasse«, stichelte Catie. »Da habt ihr ja ganz schön im Luxus geschwelgt.«

»Es war die einzige Möglichkeit, drei Sitze nebeneinander zu bekommen«, sagte Leif. Er warf Maj einen besorgten Blick zu, als sie durch das Terminal gingen. »Du siehst aus, als könntest du eine Mütze voll Schlaf gebrauchen.«

»Vielen Dank für das Kompliment. Das baut mein Selbstbewusstsein wieder auf.«

Leif sah sich um. »Es ist schon eine Weile her, seit ich das letzte Mal hier gewesen bin. Wo ist die Gepäckausgabe?«

Als Maj auf das Hinweisschild deutete, fiel ihr Blick wieder auf den HoloNet-Bericht. Auf dem Bildschirm wurde ein Holobild von Peter gezeigt, auf dem auch der große Drache zu sehen war. Sie musste daran denken, wie sie ihn zum ersten Mal gesehen hatte, in einer schimmernden Rüstung auf dem Rücken von Sahfrell. Plötzlich fiel ihr auf, dass der Rest der Gruppe auf sie wartete.

»Tut mir Leid«, entschuldigte sie sich. »Ich war gerade in Gedanken.«

»Es wird schon alles gut gehen«, tröstete Leif sie.

Maj schüttelte den Kopf. »Das glaube ich nicht. Der Polizei zufolge wurden noch keine Lösegeldforderungen gestellt.«

»Das muss nicht zwangsläufig was Schlechtes bedeuten«, sagte Megan. »Entführer warten meistens ein oder zwei Tage, damit die Familie sich richtig Sorgen machen kann, bevor sie ihre Forderungen stellen.«

»Das hat jedenfalls dein Vater in seinem Roman geschrieben«, sagte Maj. In einem der Bestseller von R. F. O'Malley wurde eine OP-Schwester aus dem Krankenhaus entführt, woraus sich eine sehr komplizierte Geschichte entwickelte. »Im richtigen Leben tendieren Entführer dazu, ihre Opfer zu töten. Wenn es keine Zeugen gibt, gibt es auch kein Verbrechen. In den meisten Fällen kehren die Opfer von Entführungen nicht mehr zu ihren Familien zurück.«

Dazu hatte niemand etwas zu sagen, und als das Holo von Peter Griffen verschwand, herrschte eine gedrückte Stimmung.

Matt ging zu Maj und legte ihr den Arm um die Schulter. »Gib nicht gleich die Hoffnung auf. Wir haben doch gerade erst angefangen. Bis jetzt haben wir es immer geschafft.«

»Auch wir versagen manchmal, und das weißt du auch.« Maj musste an Julio Cortez denken. Die Net Force Explorers hatten versucht, ihm aus einer gefährlichen Situation zu helfen. Seine Familie hatten sie retten können, Julio nicht.

»Wir werden nicht versagen«, sagte Matt, in dessen Augen immer noch der Schmerz über die missglückte Mission stand.«

»Darum geht es doch gar nicht, Matt. Ich habe nur Angst, dass wir zu spät kommen.«

Gaspar Latke saß in der Ecke des Raums, der zu seinem Gefängnis geworden war, und beobachtete Heavener, die vor einem verdunkelten Fenster stand. Sie redete über ein verschlüsseltes Folienpack in einer Art verbalem Steno, das er nicht verstand. Zu allem Überfluss sprach sie auch noch russisch. Sie hatte die Angewohnheit, in regelmäßigen Abständen die Sprache zu wechseln.

Heavener missfiel offenbar etwas. Das zeigte sich in ihrer steifen Haltung und dem knappen Ton, in dem sie sprach. Als sie fertig war, klappte sie das Folienpack zusammen und drehte sich mit katzenhafter Geschmeidigkeit zu ihm um.

Sie wird mich umbringen. Gaspar fing an zu zittern.

Stattdessen sagte sie nur: »Ich bin gleich wieder da.«

»Si... sicher.« Er schlang die Arme um sich und versuchte sich zu wärmen.

Auf Heaveners Gesicht erschien der Anflug eines Lächelns, und er begriff, dass sie seine Angst genoss.

Er starrte ihr nach, als sie durch die Tür nach draußen ging, aber er wusste, dass er die Tür nie selbst öffnen würde. Dahinter lag ein Korridor mit dunklen Schatten und Türen, die ins Nichts führten. Heavener verschwand in der Dunkelheit, bevor die Tür sich geschlossen hatte.

Feigling!, hätte Gaspar am liebsten geschrien und damit die Frustration und die Angst, die ihn auffraßen, herausgebrüllt. Die Aufmerksamkeit, die Peter Griffen auf der Messe bekommen hatte, sein Wissen über *Realm of the Bright Waters* – sie würden ihn mit Sicherheit töten.

Er musste all seine Willenskraft aufbieten, um sich in einen der Implantatstühle zu setzen und ins Netz zu gehen. Da er wusste, dass er nicht viel Zeit hatte, bediente er sich einer Satellitenverbindung, um nach Alexandria, Virginia, zu kommen. In den Berichten, die er für Heavener angefertigt hatte, standen auch die Adresse von Madeline Green und ihr Netzstandort.

Im Netz schwebte er über ihrem Haus und sortierte schnell die Verbindungen, die sie ins Netz hatte. Die meisten Besuchern in der VR bemerkten sie nicht, aber Gaspar hatte ein Programm, mit er der die Verbindungen sichtbar machen konnte. Das konnten fast alle Hacker.

Er blinzelte und untersuchte dann die elektronischen Schaltungen, die aus Madeline Greens Zimmer herausführten. Es lag hinter Firewalls, die aussahen wie blau schimmernde Kraftfelder. Wohl wissend, dass Heavener jeden Moment zurückkommen konnte, beeilte er sich, wo er hätte zögern sollen. Er zog ein Glasfaserkabel aus seiner Brust und warf es in Richtung des E-Mail-Programms für das System. Da er nicht in das System einbrach, um etwas zu zerstören oder eine archivierte Virusbombe zu deponieren, war das Hinterlassen der Nachricht recht einfach. Aber sobald das Glasfaserkabel das Dienstprogramm für die E-Mails berührte, tauchte eine Hand auf, die mit dem gleichen schwarzen Kunststoff überzogen war wie das Kabel, und packte Gaspars Glasfaserkabel.

»Du bleibst hier«, verkündete eine triumphierende Stimme.

16. Kapitel

Gaspar Latke geriet in Panik, als er spürte, wie die Faust an dem aus seiner Brust führenden Kabel zog. »Nein!«

»Doch.« Mark Gridley trat aus der E-Mail-Verbindung. Gaspar wich zurück, da er hoffte, das faseroptische Kabel in seiner Brust würde reißen. Als er das Kabelende erreicht hatte, wurde er von so entsetzlichen Schmerzen geschüttelt, dass um ein Haar die automatische Abmeldung gestartet worden wäre. Er hatte seine Schmerzgrenze für Heaveners Aufträge weit über dem üblichen Niveau angesetzt.

»Mach schon, kämpf mit mir«, sagte Mark zu ihm. »Du zappelst wie ein Fisch an der Angel. Es wird mir vielleicht nicht gelingen, dich hier festzuhalten, aber wenn versuchst, dich abzumelden, wird der Virus, den ich in deine Proxy-Programmierung geschmuggelt habe, eine Signatur hinterlassen, der ich überallhin folgen kann.« Er grinste und trat mit einem großen Schritt über das Netz neben Gaspar, der immer noch über Madeline Greens Haus schwebte.

Gaspar startete ein Diagnoseprogramm für seinen Proxy und fand die darin eingebettete Viruskodierung. Weder die Firewalls noch die Detektoren, die er zur Abschirmung seines Proxys verwendete, hatten den Virus entdeckt. Der Junge war gut.

»Du musst mich gehen lassen«, flehte Gaspar. Instinktiv zog er an dem Glasfaserkabel. »Und du darfst mir nicht folgen.«

»Werde ich nicht«, erwiderte Mark.

»Sie werden mich töten, wenn du mich zurückverfolgst.«

Das schien den Jungen zu beunruhigen.

»Daran hast du nicht gedacht, stimmt's?« Gaspar wusste, dass er jetzt einen leichten Vorteil hatte. »Dass sie mich töten, meine ich.«

»Wer sind ›sie‹?«

Gaspar schüttelte den Kopf. »Wenn ich dir das sage, töten sie mich.«

»Und wenn ich dir nicht glaube?«, sagte Mark herausfordernd.

»Dann kannst du mir genauso gut eine Pistole an den Kopf halten und abdrücken.« Trotz des Reflexes, entweder flüchten oder kämpfen zu wollen, zwang sich Gaspar dazu, ruhiger zu werden. »Hast du schon mal gesehen, wie jemand online stirbt?«

Trotz der ausgeklügelten Sicherheitsmaßnahmen im Netz passierte das auch 2025 noch hin und wieder. Ein Herzpatient oder ein Todkranker, der zum Zeitpunkt eines Herzstillstands im Netz eingeloggt war, war ein Favorit dafür. Und bis jetzt konnte niemand ahnen, wann es zu einem Gehirnaneurysma und dadurch zum Tod kam. Gaspar hatte es gesehen, hatte gesehen, wie Proxys sich im Netz auflösten. Manchmal hatte er deshalb immer noch Albträume.

»Ich habe nicht viel Zeit«, sagte Gaspar leise. »Wenn sie zurückkommen und merken, dass ich online bin, werden sie mir keine Chance für Erklärungen geben.«

Mark zögerte. »Wer bist du?«

»Das kann ich dir nicht sagen. Ich kann dir nichts sagen, was dich zu mir führen könnte. Oder zu ihnen.«

»Was hast du hier gemacht«, wollte Mark wissen.

»Deiner Freundin eine Nachricht hinterlassen.« Gaspar ballte die Hand zur Faust und öffnete sie dann wieder. Sie enthielt ein Symbol, eine dicke Pergamentrolle mit einer Schleife darum. »Diese Nachricht.«

»Um was geht es darin?«

»Du kannst sie gern lesen, aber ich muss jetzt gehen.« Gaspar wurde nervös. *Wie lange bin ich schon hier?* Er hatte sich nicht einmal die Zeit gemerkt, als er sich eingeloggt hatte, und das war normalerweise das Erste, was er tat.

»Ich brauche ein paar Informationen«, sagte Mark.

»Du hast die Nachricht«, erwiderte Gaspar. »Selbst das sollte ich eigentlich nicht tun.« Er zog an dem Glasfaserkabel und ging ein paar Schritte zurück. Der Schmerz setzte wieder ein, und zwischen seinen Schläfen hämmerte ein wildes Pochen. »Wenn du mich zurückverfolgst, werden sie es herausfinden, und dann bin ich tot. Ich bin durch ein Loch in meiner Programmierung geschlüpft, aber so komme ich nicht wieder zurück.«

»Geh.« Mark ließ das Glasfaserkabel los.

Gaspar ließ einen Systemcheck für seinen Proxy ablaufen und stellte fest, dass er sauber war. Er meldete sich ab und öffnete die Augen. Heavener war noch nicht zurück, aber das war keine richtige Erleichterung für ihn. Die Uhr tickte, und sein Leben war nicht mehr viel wert.

»… und dann war er weg.«

Maj saß in ihrem Hotelzimmer, zusammen mit ihren Freunden. Mark Gridleys Holo, dem sie gebannt zuhörten, stand in der Mitte.

Andy schüttelte den Kopf. Er saß auf dem Boden und hatte sich an die Wand gelegt. »Du hättest ihn zurückverfolgen sollen.«

»Wenn sie das Programm gefunden hätten, hätten sie ihn umgebracht.«

Andy hob abwehrend die Hände. »Entschuldige, wenn ich jetzt ein bisschen zynisch werde, aber du hast nur seine Aussage dazu.«

Mark sah ihn etwas unsicher an. »Ich habe ihm geglaubt.«

»Mach dir keine Gedanken«, meinte Matt. »Du hast genau das Richtige getan. Die Männer, die gestern Abend in Majs Zimmer eingebrochen sind, hatten jedenfalls keine Probleme damit, ihre Waffen zu benutzen.«

»Der Typ dachte, du hättest ihn geschnappt«, beharrte Andy. »Er hätte das Blaue vom Himmel heruntergeredet, um zu entkommen.«

»Manchmal sagt einer auch die Wahrheit«, warf Megan ein.

»Und jede Leiche wird irgendwann mal gefunden«, entgegnete Andy.

»Das ist geschmacklos«, warf ihm Catie vor.

»Ich meine ja nur.«

»Nicht jede Leiche wird gefunden«, sagte Leif. »Du würdest dich wundern, wenn du wüsstest, das viele feindliche Übernahmen im wahrsten Sinne des Wortes *feindlich* sind.«

Maj ärgerte sich über Andy. Er war ein guter Freund, aber

seine zynische Ader trieb sie manchmal zur Weißglut. »Hättest du denn anders reagiert, Andy?« Sie starrte ihn an.

Andy seufzte. »Nein. Nein, du hast genau das Richtige getan, Zwerg. Ich werde nur langsam nervös, weil ich hier rumsitze und nichts tun kann.«

»Wie wäre es, wenn du den Spieleraum überwachst?«, schlug Leif vor. Er aß gerade eine Banane aus der großen Obstschale, die er aufs Zimmer hatte bringen lassen. Außer dem Obst standen noch eine Käseplatte, Cracker und Mineralwasser auf dem Tisch.

Andys Gesicht hellte sich auf. »Gute Idee. Wenn sie den Spieleraum nicht geschlossen hätten, wäre ich jetzt im siebenten Himmel.« Der Spieleraum war vom LAPD versiegelt worden, solange die Techniker der Spurensicherung ihre Untersuchungen noch nicht abgeschlossen hatten und Zeugen vernommen wurden. Es waren zwar einige dezentrale Spielezentren eingerichtet worden, zu denen man Zugang über das Netz hatte, aber das war eben nicht das Gleiche.

Maj las den Ausdruck der Nachricht, die ihr der geheimnisvolle Fremde hinterlassen hatte. *Geh auf das Bankett der Spieleproduzenten heute Abend. Halte Augen und Ohren offen.* Das Päckchen hatte auch drei Gästekarten enthalten, die nicht kopiert werden konnten.

»Bis du sicher, dass es der Typ von gestern Abend war?«, fragte Maj.

»Er hatte denselben Proxy«, antwortete Mark. »Und alles andere stimmte auch. Ich würde sagen, ja.«

»Es könnte auch eine Falle sein«, meinte Matt.

»Daran habe ich auch schon gedacht«, gab Maj zu.

»Oder die erste Kontaktaufnahme, damit sie die Lösegeldforderung stellen können«, sagte Megan.

»Daran hatte ich noch nicht gedacht.« *Und das wäre eine*

völlig neue Wendung, über die ich auch nicht länger nachdenken möchte, sagte Maj zu sich selbst. »Aber warum ich?«

»Als Vermittlerin sozusagen. Oder vielleicht wegen deiner Verbindungen zur Net Force. Inzwischen werden sie ja wohl einiges über dich wissen«, mutmaßte Leif.

»Sie könnten Peters Produzenten kontaktieren«, sagte Maj. »Das wäre irgendwie logischer.«

»Falls das nicht diejenigen sind, die Peter entführt haben«, meldete sich Andy zu Wort. »Vielleicht wollte Peter ja auch, dass sie dich kontaktieren, weil er sich sozusagen selbst entführt hat.«

»Das würde er nicht tun.«

Andy schnaubte verächtlich. »Warum bist du dir da so sicher? Doch nicht etwa wegen des Berichts, den HoloNet über ihn gesendet hat?«

»Hör auf.« Maj wurde wütend.

»Nein«, beharrte Andy. »Jetzt denk doch mal nach, Maj. Irgendwie ist es Peter Griffen gelungen, in deine VR hier im Hotel einzudringen, während du Matt deine Sim gezeigt hast. Später sind ein paar Männer in dein Zimmer eingebrochen. Vielleicht hättest du ›Polizei!‹ schreien und noch etwas mehr Aufsehen erregen sollen. Stattdessen haben Detective Holmes und Captain Winters die Sache vertuscht.«

»Du hast sein Gesicht nicht gesehen«, sagte Maj. »Er war genauso überrascht wie wir, als wir uns in der VR gesehen haben.«

»Das stimmt«, mischte sich Matt ein. »Und das Team, das gestern Abend hier war, hätte jeden umgebracht, der sich ihnen in den Welt gestellt hätte. Das war keine Show.«

»Wer weiß? Vielleicht verkauft sich ein Spiel besser, wenn dafür ein paar Menschen umgebracht werden.«

»Andy«, warnte Catie.

»Nein, warte. Da könnte was dran sein. Zugegeben, Andys Theorie ist etwas blutrünstig, aber es wäre doch immerhin möglich«, gab Megan zu bedenken.

»Okay, aber dann lassen wir das jetzt«, sagte Maj. »Bliebe noch die Frage, ob wir auf das Bankett gehen sollen oder nicht.«

Andy lächelte. »Es ist deine Einladung, Aschenputtel. Da steht dein Name drauf.«

»Aber ich kann zwei Personen als Begleitung mitnehmen«, erwiderte Maj. »Kommst du mit?«

»Zu einer Veranstaltung, bei der ich einen Smoking tragen muss?« Andy schüttelte den Kopf. »Lieber lasse ich mir was amputieren und ...«

Leif unterbrach ihn hastig. »Ich würde dich sehr gern begleiten.«

»In Ordnung.«

»Ich gehe auch mit.« Megan sah die anderen an. »Falls nicht einer von euch mit möchte.«

»Ihr solltet eigentlich keine Schwierigkeiten haben«, sagte Matt. »Die Messe wird bewacht, sowohl physisch als auch virtuell, daher glaube ich nicht, dass ihr Probleme bekommen werdet. Catie kann hier die Stellung halten und sich um die Kommunikation kümmern, während Mark, Andy und ich noch an ein paar Türen klopfen und sehen, was wir herausfinden können.«

»Was für Türen?«, fragte Maj.

»Ich werde mir das Biomaterial anschauen, das du über Peter archiviert hast«, erwiderte Matt. »Und Mark und Andy könnten sich vielleicht ein paar der Online-Spielesites ansehen, in denen Peter öfter gewesen ist.«

»Klasse. Das übernehme ich.« Andy war begeistert.

»Dann stelle ich eine Liste der Sites zusammen, mit denen wir anfangen sollten«, sagte Mark. »Ich habe mir einige von Peters Aufzeichnungen angesehen. Andy und ich machen uns gleich an die Arbeit.«

Leif nahm sich eine Erdbeere aus der Obstschale. »Dann wär's das wohl fürs Erste.« Er sah auf die Uhr. »Wir haben noch etwas mehr als eine Stunde bis zum Beginn des Banketts.« Er sah die beiden Mädchen an. »Habt ihr eigentlich ein Abendkleid im Gepäck?«

»Natürlich nicht. Ich dachte, ich würde hier Spaß haben und von morgens bis abends spielen können«, sagte Megan entrüstet.

Maj schüttelte den Kopf und dachte fieberhaft nach.

»Dann würde ich einen Besuch in der kleinen Boutique unten vorschlagen«, erwiderte Leif.

Maj hatte im Fenster der Boutique Cocktailkleider gesehen, deren Preisschilder offenbar von der NASA stammten. »Das würde mein Budget sprengen. Aschenputtel muss eben ohne Unterstützung der Fee auf den Ball gehen.«

»Ich habe mir erlaubt, dort ein Konto für euch zu eröffnen, während wir uns unterhalten haben«, sagte Leif. »Mein Vater wird die Rechnung für dieses kleine Abenteuer begleichen, und ich werde ihm dafür Informationen über die Spieleindustrie liefern. Vor allem über die Sache mit Peter Griffen. Er hat einige Leute an der Hand, die gern in Eisenhower Productions investieren würden – allerdings nur, wenn mit der Firma alles in Ordnung ist.«

»Leif, du siehst nicht gerade wie eine Fee aus. Und einen Zauberstab habe ich bei dir auch noch nie gesehen«, scherzte Megan.

Leif legte die Hände aneinander und bildete mit den Fingern ein rechteckiges Kästchen. »Kreditkarte. Man sollte nie ohne aus dem Haus gehen.«

»Sind Sie zum ersten Mal auf dem Bankett für die Produzenten?«

Überrascht drehte sich Maj um, um den Mann anzusehen, der plötzlich neben ihr stand. *Ist das der Typ, den Mark gesehen hat?* Sie musterte ihn und suchte nach Hinweisen.

»Tut mir Leid. Ich wollte Sie nicht erschrecken.« Der Mann im Smoking war Anfang zwanzig, mittelgroß, aber mit schmalen Schultern und einer gedrungenen Figur. Seine schwarze Haut glänzte in der dezenten Beleuchtung des Bankettsaals. Sein Kopf war rasiert und so glatt wie eine Billardkugel.

»Schon in Ordnung«, sagte Maj lächelnd. »Ich war nur gerade am Überlegen, wen ich hier alles kenne.«

»Ich bin Derek Sommers.« Er hielt ihr die Hand hin. Auf dem blauweißen Namensschild an seinem Jackett stand DEREK.

»IPG Games«, sagte Maj sofort. Sie wurde etwas nervös. »Sie haben *Banshee's Curse* geschrieben.«

Derek lächelte und machte eine leichte Verbeugung vor ihr. »Ich geb's zu.«

»Ich kenne das Spiel.«

»Das dachte ich mir. Ich hoffe, es hat Ihnen gefallen.«

»Machen Sie Witze? Das Spiel war ein Knaller.«

Derek lachte. »Hoffentlich werden wir das auch über die Fortsetzung sagen können.«

»Da bin ich mir sicher.« Maj genoss den Augenblick. *Banshee's Curse* war eines ihrer Lieblingsspiele. »Allein schon der Anfang, wo die Helden mit dem ersten Teil einer unerwartet aufgetauchten Schatzkarte in der Hand ganz oben auf diesem Turm stehen – das lässt einen einfach nicht los.«

»Könnte ich Sie vielleicht überreden, eine begeisterte Kritik für das Beiheft zu schreiben?«, fragte Derek. »Dazu müsste ich allerdings Ihren Namen wissen.«

»Oh, tut mir Leid.« Maj stellte sich vor. »Und: Ja, ich bin zum ersten Mal hier.«

»Bringen Sie gerade etwas Neues heraus, das ich mir ansehen sollte?«

»Eigentlich bin ich hier, um einen Produzenten für eine Flugsim zu finden« *Und um herauszubekommen, was mit Peter Griffen geschehen ist.*

»Normalerweise gehen die Einladungen nur an Produzenten.«

Maj wurde verlegen, aber die Eintrittskarten waren nicht beanstandet worden, als sie von den Sicherheitsbeamten mit einem Scanner überprüft worden waren. Sollten es Fälschungen sein, waren sie brillant.

»Aber ich bin froh, jemanden kennen zu lernen, dem mein Spiel gefällt, anstatt mich mit den anderen Produzenten über *deren* Spiele unterhalten zu müssen«, fuhr Derek fort.

Maj grinste, aber sie war immer noch ein wenig nervös. »Dieses Jahr gibt es ja ein neues Thema, über das man sich unterhalten kann – Entführung.«

Derek, der den Champagner in seinem Glas betrachtete, zuckte mit den Achseln. »Wenn man glaubt, was man sieht.«

»Das hört sich ganz so an, als würden *Sie* es nicht glauben.« Maj ließ wieder den Blick durch den Saal gleiten und bewunderte die verschwenderische Pracht des riesigen Kerzenleuchters an der Decke, die bemalten Vasen und die geschickte Raumgestaltung, die die riesige Fläche durch niedrige, mit Pflanzen dekorierte Mauern in fast private Bereiche unterteilte. An den Mauern aufgestellte Bäume verstärkten diesen Eindruck noch. Trotzdem gab es an den drei offenen Bars genügend Raum, um miteinander ins Gespräch zu kommen. Im Zentrum des Saals stand ein schwer beladenes Büfett.

»Aber vielleicht kenne ich auch zu viele Marketingleute«, gab Derek zu. »Die würden alles tun, um Publicity für ein Produkt zu bekommen und die Verkaufszahlen in die Höhe zu treiben.«

»Vor einer Entführung würden sie doch sicher zurückschrecken.«

»Marketingleute«, sagte Derek, der plötzlich sehr ernst wirkte, »schrecken vor nichts zurück. Glauben Sie mir.«

»Ich dachte eigentlich, dass wäre einer von deren Standardsätzen.«

Dereks Grinsen wurde breiter. »Ein Mädchen mit Sinn für Humor. Das gefällt mir.«

Maj genoss das Gespräch mit Derek. Sie trug ein Cocktailkleid aus einem glänzenden dunkelroten Stoff, das sie so elegant wie die anderen Gäste aussehen ließ. Und Dereks Aufmerksamkeiten wirkten nicht wie Annäherungsversuche, sondern waren einfach nur witzig. »Sie glauben also, dass Eisenhower Productions und Peter Griffen die Entführung gemeinsam geplant haben?«

»Schon möglich. Ich könnte mir gut vorstellen, dass es ein Köder für das Spiel ist.«

»Inwiefern?«, fragte Maj elektrisiert.

»Peter Griffen hält eine Präsentation und stellt sein neues Spiel vor, das auf allgemeine Begeisterung trifft, verschwindet dann aber plötzlich. Das ist zumindest die offizielle Version. Ich könnte mir gut vorstellen, dass die Marketingabteilung einen Wettbewerb veranstaltet: *Realm of the Bright Waters* – kämpfe gegen böse Zauberer, reite fliegende Drachen und finde Peter Griffen, dann gewinnst du eine Million Dollar.« Er zog eine Augenbraue hoch. »Würde das nicht die Aufmerksamkeit der Spiele-Community erregen?«

»Sie haben Recht.« *Meine Aufmerksamkeit haben sie jedenfalls.* Maj spielte das Szenario in Gedanken durch und befragte ihren Instinkt. Sie erinnerte sich daran, wie ernst Peter ausgesehen hatte, als er über sein Spiel gesprochen hatte. Es war für sie einfach nicht vorstellbar, dass er seine eigene Entführung inszenierte, um die Verkaufszahlen in die Höhe zu treiben. *Aber Leif hat erwähnt, dass Eisenhower Productions schon seit Jahren auf einen Bestseller wartet. Vielleicht sind sie da nicht die Einzigen gewesen.*

»Jeder weiß doch, dass der Umsatz in die Höhe schießt, wenn man das Interesse der Spiele-Community hat. Ich glaube, dass Peters Verschwinden finanzielle Gründe hat. Die Werbewirkung ist Millionen wert. Und das ist noch eine vorsichtige Schätzung.«

»Kennen Sie jemanden bei Eisenhower Productions?«, fragte Maj.

»Nur flüchtig.« Derek sah sich im Saal um. »Mit Eisenhower Productions mache ich keine Geschäfte.«

Maj war bereits der Tisch aufgefallen, der für die Vertreter von Eisenhower Productions reserviert war. An einem Ende war eine Tischkarte für Peter Griffen aufgestellt worden.

»Überraschung«, flüsterte Derek ihr zu. Er sah zu einem Dutzend Gäste hinüber, die vom Oberkellner in den Saal geführt wurden. »Die Medien sind auch eingeladen.«

Maj fiel auf, dass unter ihnen auch Veronica Rivers war, die Reporterin, die für HoloNet über die Messe im Hotel berichtete. Der Oberkellner brachte die Reporter zu ihrem Tisch, aber diese standen sofort wieder auf, um nach Möglichkeiten für ein Interview zu suchen.

»Falls jemand von Eisenhower Productions die Entführung inszeniert hat, spielt er ein gefährliches Spiel«, sagte Derek.

»Warum?«

»Wenn die Reporter da drüben herausfinden, dass man sie benutzt, werden sie sich auf Eisenhower stürzen wie ein systemweiter Crash, der einem die Festplatte ruiniert. Angesichts der finanziellen Situation des Unternehmens dürfte das alles andere als angenehmen werden.«

»Steckt Eisenhower denn in Schwierigkeiten?«

Derek schüttelte den Kopf. »Tut mir Leid. Ich hatte vergessen, dass Sie nicht aus der Branche sind. Gerüchten zufolge stand Eisenhower Productions kurz vor der Pleite, als Peter Griffen und *Realm of the Bright Waters* kamen. Das ist zum Teil auch der Grund dafür, warum er alle seine Forderungen durchsetzen konnte. Allerdings ist ihnen dann das Geld knapp geworden. Und wie ich gehörte habe, soll es Peter nicht anders ergangen sein.«

»Ich hatte gehört, er bräuchte sich finanziell keine Sorgen machen.«

»Er hat wohl nicht gerade am Hungertuch genagt«, gab Derek zu, »aber man braucht schon eine Menge Geld, um ein Spiel zu entwickeln. Die meisten Produzenten schließen eine Versicherung für die Entwicklung ab, aber im Fall von Eisenhower Productions war das nicht möglich. Vielleicht hat das Management Peter mehr unter Zeitdruck gesetzt, als ihm lieb war. Vielleicht haben er und Eisenhower Productions keinen anderen Ausweg mehr gesehen.«

Maj fragte sich, ob Peter ein solches Verhalten zuzutrauen

wäre, aber sie konnte es sich einfach nicht vorstellen. Peter hatte so zuversichtlich, so selbstsicher gewirkt. *Aber das könnte er auch gespielt haben.*

Plötzlich wurde ein Lautsprechersystem eingeschaltet, aus dem zunächst nur statisches Rauschen zu hören war. »Meine Damen und Herren, darf ich um ihre Aufmerksamkeit bitten.«

Während die Gäste sich dem Redner zuwandten, wurde das Licht gedämpft und ein Saalende von Scheinwerfern angestrahlt. Vor einem Mikrofon stand ein kleiner, stämmiger Mann mit einem lockigen Bart und einer Brille. »Für alle, die mich noch nicht kennen – ich bin Don DeGovia, Präsident von Eisenhower Productions.«

Ein leises Raunen ging durch die Menge.

Maj hörte interessiert zu und fragte sich, ob man Peter Griffen bereits gefunden hatte. Und wenn ja, in welcher Verfassung er war.

17. Kapitel

»Wie Sie sicher schon gehört haben«, fuhr Don DeGovia fort, »ist heute auf der Messe ein unglaubliches Verbrechen geschehen. In dem Moment, in dem Peter Griffen *Realm of the Bright Waters*, seine neueste Entwicklung, einem großen Publikum vorstellen wollte, wurde er entführt.«

Maj hörte ihm aufmerksam zu und sah sich im Saal um, da sie wissen wollte, wie die anderen Spieleproduzenten darauf reagierten.

»Mr. DeGovia«, meldete sich Veronica Rivers. Offenbar befanden sich Kamera und Tonausrüstung in ihrer Kleidung, da sie gar nicht erst versuchte, einen Kameramann herbeizuwinken.

»Ja, Miss Rivers?«

»Können Sie uns sagen, was unternommen wird, um Peter Griffen zu finden?

DeGovia zögerte nicht mit einer Antwort. »Alles«, sagte er. »Alles, was getan werden kann, wird auch getan. Von der Polizei und von unserem privaten Sicherheitsdienst. Bis jetzt, so hat man mir jedenfalls gesagt, gibt es keinerlei Spuren. Aber das werden wir hoffentlich ändern können.« Der Präsident räusperte sich. »Eisenhower Productions setzt für Hinweise, die zur Auffindung von Peter Griffen führen, eine Belohnung von einer Million Dollar aus.«

Die Gespräche im Saal verstummten, als die Menge auf die Neuigkeit reagierte.

»Und das«, sagte Derek leise zu Maj, »ist mehr wert als eine Werbekampagne für eine Million. Die Meldung wird heute Abend in jeder wichtigen Nachrichtensendung dieser Welt gesendet.«

»Glauben Sie immer noch, dass Peter und Eisenhower für die Entführung verantwortlich sein könnten?«

»Aber ja. Es würden zwar immense Anwaltskosten entstehen, um aus einer solchen Sache wieder herauszukommen, aber der Gewinn, über den wir hier sprechen, würde das um ein Vielfaches wieder ausgleichen.« Derek schüttelte den Kopf. »Außerdem muss man sie erst mal erwischen. Wenn sie eine Lösegeldübergabe vortäuschen, können sie sogar noch eine Million Dollar abschreiben.«

»Das klingt ja so, als ginge es nur ums Geld.«

Derek nickte. »In dieser Branche schon.«

»Mein Gott, DeGovia, wissen Sie eigentlich, was Sie da gerade getan haben?« Ein Mann mit kurzen roten Haaren trat vor. »Eine derartig hohe Belohnung wird jeden Spieledesigner zur Zielscheibe machen.«

»Ich versuche doch nur, Peter zu helfen«, erwiderte DeGovia. »Es ist das Einzige, was ich tun kann.«

»Das ist Kip Wilson«, flüsterte Derek. »Der Designer von *Bug Battles.*«

»Griffen ist erst seit ein paar Stunden verschwunden«, erklärte Wilson. »Geben Sie der Polizei eine Chance, ihre Arbeit zu tun.«

»Die Zeit drängt. Ich tue nur, was ich meiner Meinung nach tun muss.«

»Mr. DeGovia«, unterbrach Veronica, »gibt es eine Lösegeldforderung?«

»Nein«, erwiderte DeGovia. »Darauf warten wir noch. Aber wir sind bereit, das Lösegeld zu zahlen.«

Der Saal verwandelte sich plötzlich in ein Irrenhaus, als alle auf einmal zu reden begannen. Maj sah sich ungläubig um. *Sollte ich das hier sehen? Und wenn ja, was soll es mir sagen?* Während sie die Gäste musterte, fragte sie sich, ob der Typ, der Mark die Nachricht gegeben hatte, überhaupt hier war.

»Ab heute ist Eisenhower wieder in den schwarzen Zahlen. Das Spiel wird sich wie warme Semmeln verkaufen. So eine Werbung ist unschlagbar«, sagte Derek neben ihr.

Andy und Mark schossen über das Telekommunikationsnetz von Russland, dann flogen sie auf ein Cyber-Café in St. Petersburg zu.

Während der letzten drei Stunden hatten Sie Peter Griffens Spur in der Spielewelt verfolgt. Informationen, die sie von der Spiele-Community in Seattle, Washington, bekommen hatten, führten sie nach Tokio. Peter hatte viel Zeit in einigen Spielebereichen verbracht, um seine Fähigkeiten zu verbessern, auch dann noch, als er bereits erste Erfolge mit seinen Spielen hatte.

Andy verstand und respektierte das. Spielen war eine Lebensweise, und um richtig leben zu können, musste man jeden Tag mehrere Stunden spielen. Wenn er spielte, wusste er nach ein paar Sekunden, wer von den Spielern nur gelegentlich spielte und wer die Sache ernst nahm. Allerdings hatte er nie so viel Ausdauer besessen, um ein bestimmtes Spiel wochen- oder sogar monatelang zu spielen. Und die meisten Spieler hatten einige Jahre mehr Erfahrung als er.

Mark und er betraten das Cyber-Café. Es war ein kleines, aus Ziegelsteinen erbautes Gebäude mit drei Stockwerken, das sich vor einem dreimal so hohen, alten Wohnhaus duckte. Auf dem schwarzweiß gefliesten Boden des schwach beleuchteten Inneren standen Implantatstühle in allen möglichen Versionen. Im Hintergrund dröhnte Technorock. Fast alle Stühle waren belegt.

Der Raum verschwamm kurz vor ihren Augen, und die Holoprojektoren schalteten sich mit einem Datenstoß ein, den Andy in seinen Implantaten spürte. »Oh, Mann, die brauchen ein System-Upgrade«, beschwerte er sich.

»Da wir die Leute hier um einen Gefallen bitten wollen, wäre es vielleicht besser, das nicht zu erwähnen«, sagte Mark.

Andy sah sich um. Jetzt, nachdem die Holoprojektoren eingeschaltet waren, wurde der Raum schärfer und heller dargestellt. Die Implantatstühle waren verschwunden, und an den Tischen saßen nur ein paar Leute, die darauf warteten, dass jemand mit ihnen spielen wollte. Alle waren als Proxy hier, von denen einige frei erfunden, anderen wiederum aus verschiedenen Spielen kopiert waren.

Er ging auf die hübsche Rothaarige hinter der Theke zu. Auf den Regalen hinter ihr standen virtuelle Mineralwasserflaschen, Softdrinks, Süßigkeiten und Chipstüten.

»Hallo«, sagte Andy.

»Hallo«, begrüßte ihn die Rothaarige. »Wenn du bleiben und spielen willst, wird ein kleiner Betrag als Eintritt fällig.«

Andy schüttelte den Kopf. »Wir suchen nur jemanden.«

Das Mädchen zuckte mit den Achseln. »Vielleicht kenne ich ihn ja.«

»Zenzo Fujikama.«

»Den kenn ich.«

»Man hat mir gesagt, er sei hier.«

»Verstehe.« Das Mädchen tippte auf ein Kommunikations-Pad auf der Theke. »Ich habe hier zwei Neue, die nach Zenzo Fujikama suchen.«

Andy sah auf den Kommunikations-Bildschirm, der jedoch schwarz blieb.

»Schon mal was von Privatsphäre gehört?«, fragte die Rothaarige mit einem feindseligen Blick auf Andy. »Viele unserer Spieler wissen das sehr zu schätzen. Aber da, wo du herkommst, kennt man das vielleicht nicht.«

Eine spiegelnde Linse auf einem Regal hinter ihr erregte Andys Aufmerksamkeit. »Schätze mal, dass die Sache mit der Privatsphäre nicht für beide Seiten gilt. Hab ich Recht?«

»Ja.«

»Schick sie weg«, befahl eine mechanische Stimme.

Die Rothaarige tippte wieder auf das Kommunikations-Pad und schaltete es aus. »Ich glaube, er hat keine Lust, euch kennen zu lernen.«

Mark streckte einen Finger aus. Ein Netz aus Metall schoss heraus, das sich mit dem Kommunikations-Pad, der Videokamera auf dem Regal und der Decke verband. Aus der Stromleitung über ihm regneten Funken herab. Plötzlich sahen alle Gäste des Cyber-Cafés zu ihm hin. Solche Orte waren in der Regel nicht sehr interessant für Hacker und Cyber-Kriminelle und blieben daher meist unbehelligt.

Andy sah verblüfft zu, wie aus den Metallfäden des Netzes von Marks Finger zur Videokamera plötzlich ein neues Netz entstand, das auf seinen Fäden einen kleinen Monitor webte. Unmittelbar darauf schaltete sich der Bildschirm ein und zeigte vier Leute, die in einem kleinen Raum um einen Tisch herum saßen.

Zwei von ihnen sahen wie Europäer aus, die dritte war Afrikanerin, was Andy aufgrund ihrer Kleidung jedenfalls annahm. Zenzo Fujikama musste der junge Asiate sein, der einen blausilbernen *Spacehunter*-Anzug trug.

Spacehunter war ein beliebtes Rollenspiel, das aus Japan kam. Es war ziemlich brutal und wimmelte nur so von exotischen Kreaturen und Landschaften. Andy hatte das Spiel gern gespielt, aber im Laufe der Zeit waren immer mehr verbissene Fans hinzugekommen, die dafür sorgten, dass er nach kurzer Zeit aufgeben musste, wenn er mitspielte.

»Wer seid ihr?«, wollte einer der Europäer wissen.

»Andy Moore«, antwortete Andy.

Der Mann hatte wasserstoffblondes Haar und trug einen langen schwarzen Mantel. »Sagt mir nichts. Wenn ihr nicht sofort von hier verschwindet, rufe ich die Polizei.«

Wenn du keinen Dreck am Stecken hättest, wäre das das Erste gewesen, was du getan hättest, dachte Andy. Das Cyber-Café hatte den Ruf, ein Treffpunkt für Hacker zu sein, und war bereits mehrfach das Ziel von Razzien gewesen. Mark wusste das, weil er sich manchmal an Orten wie diesem herumtrieb.

»Ich heiße Mark Gridley«, sagte er.

»Sagt mir auch nichts«, knurrte der Blonde.

»Moment mal«, meinte Zenzo Fujikama leise. »Den kenne ich.« Er warf einen Blick auf den Bildschirm. »Du hast vor ein paar Monaten *Deathstalker 3000* weggeputzt.«

»Über was redet er da?, fragte Andy.

»Das ist ein Spiel.«

Zenzo schüttelte den Kopf. »Mehr als ein Spiel. Damals war es *das* Blackboard-Spiel.«

Jetzt wurde Andy einiges klar. Blackboard-Spiele wurden illegal im Netz veranstaltet. Sie enthielten riskante Spielbereiche, in denen es manchmal zu Schockspitzen für die Implantate kam. Die Folgen waren zwar nicht tödlich, aber einige Spieler hatten danach vorübergehend keinen Netzzugang mehr. Der Nervenkitzel machte den Erfolg des Spiels aus, aber Andy konnte nicht glauben, dass Mark so etwas spielen würde.

»Das hast du gespielt?«, fragte Andy.

Zenzo lachte. »Er hat es nicht nur gespielt. Er hat es vernichtet. Die Jungs, die es entwickelt haben, haben fast ein Jahr dafür gebraucht. Und dann hat er es in siebzehn Stunden demoliert. So gut habe ich noch nie jemanden spielen sehen. Als der Staub sich gelegt hatte, konnten sie den Laden zumachen. Gridley hat das Spiel ruiniert und die Cheats danach in jedem Blackboard-Forum im Netz gepostet. Danach war *Deathstalker 3000* nur noch ein Witz.«

»Es gab zu viele Verletzte dabei«, erwiderte Mark.

»Mag sein, aber deshalb haben sie es ja auch alle gespielt.«

»Wir sind wegen Peter Griffen hier«, sagte Mark. »Ich habe gehört, dass ihr zwei gute Freunde gewesen seid.«

Zenzo blickte die drei anderen am Tisch an. »Wir sehen uns später.« Er trat einen Schritt vor und im nächsten Moment stand er neben Mark und Andy im Erdgeschoss des Cyber-Cafés. »Kommt. Wir machen einen kleinen Spaziergang.«

Andy stellte sich hinter Zenzo. Mark deaktivierte den Hack, den er auf die Videosysteme des Cafés angesetzt hatte, und trat neben ihn.

»Ich gehe vor«, sagte Zenzo. »Es gibt da etwas, das ich euch zeigen will.«

Andy wurde nervös. Er gab nur höchst ungern seine Bewegungsfreiheit im Netz auf, selbst wenn er die Person kannte, die die Führung übernahm.

»Okay«, sagte Mark sofort. Andy stimmte ebenfalls zu, obwohl er ein ungutes Gefühl dabei hatte.

Zenzo sprang ins Net und zog sie hinter sich her, während er das Telekommunikationsnetz durchbrach.

Matt schwebte in seiner VR und wühlte sich durch Tonnen von Material. Alle von Maj archivierten Dateien über Peter Griffen waren auf eine Reihe von Symbolen reduziert worden, die er nach privaten und beruflichen Informationen geordnet und dann noch einmal nach den verschiedenen Spieleproduzenten, für die Peter gearbeitet hatte, unterteilt hatte.

Es sah nach einer Menge Informationen aus, war im Grunde genommen aber nicht viel. In Peter Griffens Leben war nichts Spektakuläres zu finden.

Eine Kommunikationsverbindung piepste und schickte dabei eine blaue Impulswelle an den schwarzen Nachthimmel. »Verbinden«, sagte Matt.

Sofort bildete sich ein Videobildschirm in der blauen Impulswelle, der Caties Gesicht einrahmte. »Na, schon was gefunden?«

»Nicht viel«, musste Matt zugeben. »Ich kann dir zwar Kopien aller jemals von Peter ausgefüllten Steuererklärungen geben und dir sagen, wann er wo gewohnt hat, welche Autos er besessen hat und so weiter, aber ich kann dir keine Einzelheiten zu ihm persönlich sagen.«

»Was ist mit seiner Familie?«

Matt schüttelte den Kopf. »Peter hatte nicht viel Glück im Leben. Seine Eltern sind bei einem Autounfall ums Leben gekommen, als er sieben Jahre alt war. Er hat den Unfall überlebt, aber es gab keine Verwandten, die ihn hätten aufnehmen können. Oder, falls es welche gegeben hat, die sich gemeldet haben. Er wurde nie adoptiert und ist in staatlichen Einrichtungen aufgewachsen.«

»Wo?«

»Kalifornien. In einer kleinen Stadt namens Patterson in der Nähe von Sacramento.«

»Vielleicht solltest du mal eine Pause machen«, schlug Catie vor. »Ich könnte jedenfalls eine gebrauchen.«

Matt nickte. Er schloss die Augen und meldete sich ab. Als er sie wieder aufmachte, war er in Caties Hotelzimmer.

Catie saß am Schreibtisch vor der Kommunikationsanlage, die Mark schnell zusammengebaut hatte, um alle Teams der Net Force Explorers miteinander zu verbinden.

Matt ging durch das Zimmer und nahm sich einen Apfel aus der Obstschale. Dann stellte er fest, dass Andy immer noch im Netz eingeloggt war. Er lag in einem zusätzlichen Implantatstuhl, den sie sich vom Hotel aufs Zimmer hatten bringen lassen. »Haben Mark und Andy schon was gefunden?

»Mark hat mir mitgeteilt, dass sie jemanden namens Zenzo gefunden haben.«

»Wer ist das denn?«

»Nach dem, was ich herausgefunden habe, hat Zenzo Peter bei der Entwicklung von Computergrafik-Software geholfen, die dann bei *Realm of the Bright Waters* eingesetzt wurde.«

»Vielleicht hat dieser Zenzo Peter ja besser kennen gelernt als die überwiegende Mehrheit der Leute, die einen Artikel über ihn geschrieben haben.«

»Hast du schon mit einigen der Computerproduzenten sprechen können, für die Peter gearbeitet hat?«, wollte Catie wissen.

Matt nickte. »Die meisten arbeiten zurzeit nur mit einer Notbesatzung, da fast alle Mitarbeiter hier auf der Messe sind. Aber es hat nicht viel gebracht, mit ihnen zu reden. Sie konnten mir auch nicht mehr erzählen als das, was wir schon aus den Dateien von HoloNet wissen. Peter war ein netter Kollege, sehr kreativ, zuverlässig. Das ist alles.«

»Keine versteckten Neurosen oder persönlichen Kreuzzüge?«

»Wenn es welche gibt, sind sie jedenfalls nie aufgefallen.«

»Was ist mit dem Waisenhaus?«

»Die Akten sind versiegelt, und bis jetzt ist es mir noch nicht gelungen, mit jemanden zu sprechen, der mir weiterhelfen könnte.«

»Vermutlich ruft jede Nachrichtenagentur aus der Gegend bei ihnen an.«

Matt nickte frustriert. Er war es nicht gewohnt, so erfolglos zu sein. »Das Einzige, was ich ausgraben konnte, war ein Artikel über Peters erste Spiele. Er hat dabei mit einem Freund aus dem Waisenhaus zusammengearbeitet, der Oscar Raitt heißt. Ich habe seinen Anruf-Service erreicht, aber bis jetzt hat er mich noch nicht zurückgerufen.«

»Wo ist er?«

»Seattle«, antwortete Matt. »Er arbeitet dort für Steph Games.«

Catie lehnte sich in ihrem Implantatstuhl zurück und schloss die Augen. »Ich will mir nur schnell die Dateien ansehen, die Mark mir gegeben hat.« Gleich darauf war sie auch schon wieder zurück. Sie lächelte. »Steph Games nimmt an der Messe teil. Und dreimal darfst du raten, wer der Repräsentant ist.«

»Oscar Raitt«, antwortete Matt.

»Genau. Er wohnt im Mohammed Arms, das ist gleich über die Straße. Das Bessel hat das Hotel als Ausweichquartier für die Gäste vorgesehen, die kein Zimmer mehr bekommen haben. Oscar muss ziemlich spät nach L. A. gekommen sein.«

»Hast du seine Zimmernummer?«

»Nein. Aber wenn er gerade in seinem Zimmer ist, kannst du dich vom Empfang mit ihm verbinden lassen.«

Matt zog sein Folienpack heraus und gab die Nummer des Hotels ein. Als der Empfang sich meldete, bat er darum, mit Oscar Raitts Zimmer verbunden zu werden.

»Hallo«, meldete sich eine tiefe, angenehme Stimme. »Sie haben die Voice-Mail von Oscar Raitt erreicht. Hinterlassen Sie mir bitte ihren Namen und Ihre Nummer, damit ich Sie zurückrufen kann. Vielen Dank.«

»Oscar, du kennst mich nicht, aber ich suche Peter Griffen. Mein Name ist Matt Hunter«, sagte Matt und drückte dann ein paar Tasten auf seinem Folienpack, um seine Net Force Explorers ID zu übermitteln. »Ich bin im Bessel Mid-Town und würde gern …«

Die Übertragung wurde von einer dröhnenden Stimme unterbrochen. »Moment, bleib dran! Ich will mit dir reden!«

Matt hielt das Folienpack hoch und wartete, bis das Bild

eingetroffen war. Oscar Raitt war groß, sehr groß. Er hatte lockiges blondes Haar und trug einen Spitzbart. Das ovale Gesicht war mit alten Aknenarben bedeckt.

»Was weiß du über Peters Entführung?«, fragte er.

»Ich hatte gehofft, dass du mir was darüber sagen könntest«, erwiderte Matt.

Oscar überlegte. »Ermittelt die Net Force in der Sache?«

»Ich arbeite bei der Ermittlung mit.«

Oscar nickte. »Gut, denn dass Peter einfach so verschwindet, glaube ich nicht. Ich habe eine Menge Gerüchte gehört, nach denen er sich selbst entführt hat. Das ist völliger Datenmüll.«

»Eine Freundin von mir ist der gleichen Meinung.«

»Und was glaubst du?« Oscars Blick hätte Eis zum Schmelzen bringen können.

Matt musste an die Männer mit den Pistolen gestern Abend denken, daran, dass sie auf ihn geschossen hatten, bevor sie gewusst hatten, dass er nur ein Holo war. »Dasselbe.«

»Gut.« Oscar nickte. »Ich habe versucht, mit den Leuten zu reden und ihnen zu erklären, dass Peter so was nie tun würde. Außerdem läuft hier noch mehr, als du glaubst.«

»Was genau?« Matts Herz schlug schneller.

»Nicht über eine Videofonverbindung. Wie schnell kannst du hier sein?«

»Gib mir deine Zimmernummer und fünf Minuten«, antwortete Matt.

Gaspar saß in dem voll gestopften Arbeitszimmer seiner VR und starrte gebannt auf die sechzehn Bildschirme vor sich. Zehn von ihnen zeigten Bilder aus dem Bankettsaal im Bessel Mid-Town. Sie wurden von den Knopfkameras übertragen, die Heaveners Team nach Peters Entführung im Saal installiert hatte. Vier weitere Bildschirme überwachten die Haupteingänge des Hotels, während die letzten beiden auf Nachrichten-Feeds von HoloNet geschaltet waren, die ein Interview mit Don DeGovia nach Aussetzen der Belohnung für Informationen über Peter Griffens Entführung zeigten.

Gaspars Blick wanderte über die Bildschirme, auf denen die Teilnehmer des Banketts zu sehen waren. Er konnte sich gut an die Zeit erinnern, als eine Million Dollar auch für ihn eine Menge Geld gewesen wäre. Aber seit Heavener sein Leben übernommen hatte, hatte er D'Arnot Industries dabei geholfen, Millionen und manchmal auch Milliarden von anderen zu stehlen.

In der physischen Welt liefen ihm Schweißtropfen über das Gesicht, und seine Herzfrequenz war zu hoch.

Plötzlich wurde über den sechzehn Bildschirmen ein kleines, rechteckiges Fenster angezeigt. Es zeigte seine Herzfrequenz, die gefährlich nah an dem Punkt lag, an dem er automatisch aus dem Netz geworfen wurde. Aber er wusste, dass es dazu nicht kommen würde. Bevor Heavener gegangen war, hatte sie einem Arzt befohlen, Gaspar eine Kanüle in den rechten Handrücken zu legen. An der Kanüle hing ein Infusionsbeutel mit Beruhigungsmitteln, die seine Körperfunktionen verlangsamten.

Die Beruhigungsmittel sorgten aber auch dafür, dass Gaspar nicht mehr klar denken konnte. Er konzentrierte sich einen Moment lang auf sein physisches Selbst, indem er seine VR ausblendete. Dann machte er tiefe, ruhige Atemzüge, um seine Pulsfrequenz zu verringern.

Komm schon. Geh runter. Gerade, als er aufgeben wollte, weil er dachte, seine Anspannung würde verhindern, dass die Medikamente in seinen Körper gelangten, und ihm so seine letzte Chance auf Freiheit rauben, fiel die Frequenz so weit, dass sie wieder innerhalb der Sicherheitszone lag.

Gaspar richtete seine Aufmerksamkeit wieder auf die VR und beobachtete die Bildschirme, die den Bankettsaal zeigten. Da entdeckte er Madeline Green, die mitten in der Menge stand und sich mit einem jungen Mann unterhielt.

»Identifizieren«, befahl Gaspar, während er ein Bilderfassungsfenster über den jungen Mann legte.

»Derek Sommers«, antwortete der Computer. »IPG Games. Fortfahren?«

»Nein.« Gaspar konnte einfach nicht glauben, dass er Derek nicht erkannt hatte. Das zeigte nur, wie nervös er war. Plötzlich stand er auf, flog durch die Decke und folgte dann dem Telekommunikationssignal, das die Knopfkameras vom Hotel aus durch die Netzzonen schickten. Da er sämtliche Sicherheitsprogramme und Firewalls bereits durch einen Virus lahm gelegt hatte, stellte sich ihm nichts entgegen.

Nach wenigen Sekunden stand er in Holoform im Bankettsaal. Andere Spieledesigner waren ebenfalls in Holoform anwesend, da sie wegen ihrer Sicherheit Bedenken hatten. Einige von ihnen ließen sich sowieso nie physisch in der Öffentlichkeit blicken, aus Gründen, die nur ihnen bekannt waren.

Die Holoprojektoren gaben Gaspar virtuelle Substanz, aber als er im Begriff war, Form anzunehmen, startete er ein von ihm geschriebenes Programm. Statt wie er selbst oder sein üblicher Proxy auszusehen, nahm er die Gestalt von Matt Hunter an. Er wusste, dass der echte Matt gerade online war, im Zimmer eines der anderen Mädchen. Heavener hatte die Zimmer der Net Force Explorers zwar nicht mit Abhöreinrichtungen versehen, aber im Korridor zwischen ihren Zimmern Knopfkameras platzieren lassen.

Gaspar – der innerlich wie Espenlaub zitterte, weil er befürchtete, die Männer, die im Auftrag Heaveners am Bankett teilnahmen, könnten ihn trotz seines neuen Proxys entdecken – ging auf Madeline Green zu. »Hallo, Madeline.« Er versuchte, lässig zu klingen, und zwang sich sogar zu einem Lächeln. »Hast du kurz Zeit?«

Sie wandte sich an Derek und entschuldigte sich, dann ging sie mit ihm in eine ruhige Ecke des Bankettsaals.

Gaspar fiel jetzt erst auf, wie hübsch sie in ihrem Cocktailkleid aussah. Auf den Bildschirmen in seiner VR hatte er es gar nicht richtig erkennen können.

Sie drehte sich zu ihm hin, verschränkte die Arme vor der Brust und warf ihm einen strengen Blick aus ihren braunen Augen zu. »Vielleicht sollten wir unser Gespräch damit anfangen, dass du mir sagst, wer du bist – ich kenne dich nämlich nicht.«

18. Kapitel

Gaspar sah Madeline Green entsetzt an. Er konnte sich einfach nicht vorstellen, warum sie ihm so schnell auf die Schliche gekommen war. »Wie bitte?«

»Alle meine Freunde nennen mich Maj«, sagte sie. »Also bist du keiner meiner Freunde. Dabei spielt es überhaupt keine Rolle, dass du genau wie Matt Hunter aussiehst.«

»Warte! Ich kann es erklären!«, sagte Gaspar, der nervöse Blicke in den Saal warf und sich fragte, ob man sie beobachtete.

»Zehn Sekunden«, sagte Maj. »Ab jetzt.«

Er sah sie an und überlegte, was er von ihr wusste. »Peter

Griffen ist in großen Schwierigkeiten. Ich glaube nicht, dass er weiß, wie ernst die Lage ist.«

»Ist er entführt worden?«

»Ja, aber sprich leiser«, sagte Gaspar. »Der Saal wird von den Leuten beobachtet, für die ich arbeite.«

»Was sind das für Leute?«

»Das kann ich dir nicht sagen. Nicht jetzt.«

»Ich könnte schreien«, warnte Maj. »Wenn der Sicherheitsdienst den Saal abriegelt, könntest du zwar entkommen, aber es besteht immerhin eine sehr hohe Wahrscheinlichkeit, dass man dir einen Virus anhängt, mit dem man dich zurückverfolgen kann.«

Gaspar schüttelte den Kopf. »Nein. Sie haben das Sicherheitssystem manipuliert. Ich kann genauso einfach von hier verschwinden, wie ich hergekommen bin.«

»Das behauptest *du*.«

»Es stimmt.« Wütend und frustriert fuhr Gaspar sie an: »Willst du Peter Griffen helfen oder nicht? Denn wenn du ihm nicht hilfst, werden sie ihn umbringen.«

»Wie kann ich ihm helfen?«

»Das weiß ich noch nicht«, erwiderte Gaspar. »Aber ich werde mir was einfallen lassen.«

»Weißt du, wo er ist?«

Gaspar überlegte kurz, ob er sie anlügen sollte, um seinen eigenen Wert zu erhöhen, entschied sich dann aber dagegen, weil er wusste, dass sie es ihm mit Sicherheit anmerken würde. »Nein, aber ich werde versuchen, es herauszufinden.«

»Wer bist du?«

»Jemand, der deine Hilfe braucht«, erwiderte Gaspar. »Deinen Freund Mark kenne ich schon. Ich habe dafür gesorgt, dass du die Einladungen bekommst, weil ich mit dir sprechen wollte.«

»Du bist für die Sicherheitsüberwachung auf dem Bankett verantwortlich?«

»Ja.«

»Dann schalte sie ab, damit wir uns unterhalten können.«

Gaspar warf wieder einen Blick in den Saal und sah zwei der Männer, die von Heavener mit der Überwachung im Bankettsaal beauftragt worden waren. Keiner der beiden schien ihn bemerkt zu haben. »Ich kann nicht. Ich werde beobachtet.«

»Es dürfte ziemlich schwierig sein, dir zu helfen, solange ich nicht weiß, wer du bist oder was hier eigentlich los ist.«

»Ich kann nur hoffen, es reicht, wenn du weißt, dass es mich gibt und dass du Recht hattest mit der Vermutung, Peter Griffen hätte nichts mit der Entführung zu tun. Sie haben ihn reingelegt und benutzt, und es wird noch viel schlimmer werden.«

Maj sah frustriert und wütend aus. »Wo soll ich denn anfangen zu suchen?«

Gaspar schüttelte den Kopf. »Ich weiß es nicht. Das Ganze ist viel zu verworren, und ich stecke so tief drin, dass alles, was ich sage, Peter und mich töten könnte. Wir sind entbehrlich. Es steht einfach zu viel auf dem Spiel.«

»Was genau?«

»Da bin ich mir nicht sicher. Aber ich weiß, dass für diese Leute erst Beträge in Millionen- oder Milliardenhöhe interessant sind.«

»Dann geht es also um Geld«, sagte Maj.

Gaspar zuckte die Achseln und war unangenehm berührt, weil Maj sich so enttäuscht anhörte. Schließlich war er derjenige, der den Hals riskierte. »Darum geht es meistens. Aber hier geht es um *viel* Geld. Ich weiß nur nicht, was abläuft.

Noch nicht.« Er wollte noch mehr sagen, wagte es dann aber nicht. Alles, was er sagte und was sich zu ihm zurückverfolgen ließ, war gefährlich. Sie mussten durch ihre eigenen Ressourcen zu Peter Griffen geführt werden.

Maj starrte ihn nachdenklich an. »Wo können wir …«

Bevor sie ihre Frage beenden konnte, entdeckte Gaspar Heavener, die durch den Bankettsaal auf sie zukam. Sie trug ein dunkelgrünes Cocktailkleid und ging zielbewusst durch den Saal. Obwohl ihr Kleid hauteng war, wusste Gaspar, dass sie ein Dutzend tödliche Waffen an ihrem Körper bei sich tragen konnte.

»Stimmt was nicht?«, wollte Maj wissen.

Heavener passierte ohne Probleme die Sicherheitskontrolle, wofür sie die ID benutzte, die Gaspar für sie generiert hatte. Sie blieb im Eingang stehen und ließ den Blick über die Menge wandern. Ihre Lippen bewegten sich fast unmerklich, als würde sie etwas sagen. Nur jemandem, der sehr genau hinsah, wäre es auffallen.

»Latke.« Ihre Stimme drang über die in seiner VR erstellte Audioverbindung zu Gaspar.

»Ja«, antwortete er. Gleichzeitig drehte er sich zu Maj hin und schaltete die Audioverbindung aus, damit Heavener ihn nicht hören konnte. »Ich muss gehen.«

»Wegen der Frau da drüben?« Maj hielt ihn am Ärmel seines Smokingjacketts fest.

Gaspar zögerte. Er wollte die Sicherheit, die Maj Green bedeutete, nicht aufgeben, wusste aber, dass er schleunigst von hier verschwinden sollte.

»Schalt das Netz für den Saal ab«, befahl Heavener. »Sofort. Hier ist jemand mit einem Maskierungsprogramm, der sich als Matt Hunter ausgibt.«

Gaspar lief es eiskalt über den Rücken, und er konnte

nicht vermeiden, zu Heavener hinüberzusehen. *Woher weiß sie das?*

»Latke, schalt das Netz ab.«

Automatisch schaltete Gaspar das Netz aus und sicherte dabei Holospuren in einem Minenfeld über dem Bereich. Dies war nur eine der Sicherheitsmaßnahmen, auf denen Heavener bestanden hatte. Wenn er jetzt versuchte, den Saal über das Netz zu verlassen, würde man ihm einen Virus anhängen, mit dem man ihn zurückverfolgen konnte, und Heavener würde wissen, dass er mit Maj Green Kontakt aufgenommen hatte.

Und er konnte Maj nicht einmal sagen, wo sie nach seiner Leiche suchen sollten.

Heavener ging im Saal herum und redete mit den beiden Männern, wozu sie die Audioverbindung benutzte, die über Gaspars VR-System lief.

»Ich muss hier raus«, sagte Gaspar zu Maj. Er packte sie am Arm und zog sie mit sich. Als er sich umsah, stellte er fest, dass es noch drei andere Ausgänge gab. Gaspar warf einen Blick über die Schulter. Heavener und die beiden Männer hatten sich im Saal verteilt und durchsuchten ihn systematisch. Drei der Ausgänge lagen in ihrem Blickwinkel. Der Ausgang auf der anderen Seite des Saals war seine einzige Chance.

»Was ist los?«, fragte Maj, die sich wehrte und einfach stehen blieb.

»Sie sind hinter mir her.«

»Die Frau?« Maj rührte sich immer noch nicht von der Stelle, und Heavener kam näher.

»Ja. Aber sie weiß nicht, dass ich es bin.«

Maj setzte sich in Bewegung und lief neben ihm her. »Was passiert, wenn sie dich findet?«

»Dann bin ich tot – und dein Peter vermutlich auch.« Gaspar musste sich beherrschen, um nicht zu rennen. Sie hatten zwar einen kleinen Vorsprung, aber es würde sehr knapp werden.

»Latke«, rief Heavener über die Audioverbindung. »Siehst du ihn? Den Jungen bei Madeline Green?«

Um ein Haar hätte Gaspar sie korrigiert und gesagt, es hieße Maj, nicht Madeline. »Ich sehe ihn. Sind Sie sicher, dass es nicht Matt Hunter ist?«

»Matt Hunter hat den Raum, in dem er war, vor ein paar Minuten verlassen«, erwiderte Heavener. »Er ist nur eines von mehreren Problemen, um die ich mich zurzeit kümmern muss.«

»Das habe ich übersehen«, sagte Gaspar. Panik überfiel ihn, und er wusste, dass seine Herzfrequenz wieder in den kritischen Bereich geriet. Er versuchte, sie zu kontrollieren, wusste aber, dass die Beruhigungsmittel ihn daran hindern würden, das zu tun, was er tun musste.

»Darüber reden wir, wenn ich wieder da bin«, sagte Heavener.

Gaspar fühlte sich wie ein Tier, das mit einem Bein in die eisernen Bügel einer Bärenfalle geraten war. Er eilte auf die Glastüren des Ausgangs zu. »Du musst die Tür für mich öffnen«, bat er Maj. »Sie ist nicht für Holointeraktion programmiert. Im Korridor sind Holoprojektoren für die Hotelgäste, daher werde ich nicht sofort aus dem Hotel geworfen, aber wenn ich jetzt einfach so durch die Tür gehe, weiß Heavener, dass ich ein Holo bin und nicht eine Person in einem Maskierungsprogramm.«

»Heavener ist die Frau?«

»Vergiss den Namen sofort wieder.« Gaspar konnte einfach nicht glauben, dass ihm Heaveners Name herausgerutscht war. »Die Tür. Mach die Tür auf.« Er hielt sie am Arm fest und hatte dank des Holoprojektor-Feedbacks fast das Gefühl, physisch neben ihr zu stehen.

Maj drückte gegen den Hebel, der die Tür sicherte, und die beiden betraten eilig den Korridor. Gaspar ging neben ihr und lauschte auf sein laut pochendes Herz in seinem physischen Körper. Jeden Augenblick konnten die Beruhigungsmittel in seine Blutbahn gespült werden.

»Halt!«, bellte Heaveners Stimme hinter ihnen.

Maj fing an zu laufen und zerrte Gaspar mit sich. Er stolperte und wäre fast gestürzt, was am realistischen Verhalten der Holoprojektoren lag. Die Korridore waren sicher, das hatte er bereits überprüft, und die meisten Hotelzimmer ebenfalls. Als er einen Blick über die Schulter warf, stellte er zu seinem Entsetzen fest, dass Heavener immer näher kam. Ohne ihn wäre es Maj vielleicht gelungen, Heavener zu entkommen, aber er konnte das Tempo nicht halten.

»Sie kommt immer näher«, keuchte er.

Maj blieb stehen und ließ ihn vorbei. »Lauf weiter!«

Gaspar zögerte nur einen kurzen Moment und sah zu Heavener hin, die durch den Korridor rannte. Hinter ihr kamen die beiden Männer. »Matt ist in Gefahr. Deshalb wussten sie auch, dass ich hier bin. Vergiss das nicht.« Dann rannte er davon und wünschte, es wäre noch jemand im Korridor, der Maj helfen konnte. Gaspar hatte das Gefühl, ein jämmerlicher Feigling zu sein, weil er einfach davonlief.

Aber er rannte, so schnell er konnte, und bog an der nächsten Biegung des Korridors nach links. Dann gab er die Holoform auf und sprang wieder in seine VR.

»Peter ist brillant«, sagte Oscar Raitt. »Er hat unglaublich gute Ideen und baut Effekte in eine Programmierung ein, auf die andere gar nicht erst kämen. Wenn jemand dazu geboren wurde, als Spieledesigner zu arbeiten, dann Peter.«

Matt saß an dem kleinen Schreibtisch von Oscars Hotelzimmer. »Du glaubst also nicht, dass er freiwillig verschwunden ist?«

»Auf keinen Fall«, beharrte Oscar. Er war an die zwei Meter groß und hatte Schultern wie ein Holzfäller oder Preisboxer. Offenbar fühlte er sich auf dem Bett sitzend wohler als in einem der normal großen Stühle des Hotels. Der junge Mann trug ein T-Shirt und Shorts, die riesigen Füße steckten in Sandalen. Auf dem Kissen hinter ihm lag ein in Silberpapier eingepacktes Schokoladentäfelchen. »Das Spiel, das Pete herausbringen wollte – es war alles für ihn. Er wäre nie auf die Idee gekommen, seine Entführung zu inszenieren.«

»Hattest du in letzter Zeit Kontakt zu ihm?«

»Sicher. Wir haben ja oft miteinander geredet.« Oscar grinste. »Und mindestens einmal im Monat haben wir uns getroffen. Er ist Schuld daran, dass ich Paris so gut kenne.«

»Paris?«

Oscar nickte. »Ja. Du weißt schon – Paris in Frankreich. Eiffelturm. Triumphbogen. Napoleon.«

»Alles klar. Was hat Peter in Paris gemacht?«

»Er hat *Realm of the Bright Waters* dort entwickelt. Eisenhower hat ihn hingeschickt. Er sollte da die Designarbeiten machen.«

»Ich wusste gar nicht, dass Eisenhower Productions eine Niederlassung in Paris hat.« Leif hatte erwähnt, dass Eisenhowers Hauptsitz in Seattle lag.

Oscar zuckte mit den Achseln. »Keine Ahnung. Aber Peter hat dort an dem Spiel gearbeitet. Er hatte nicht viel Freizeit, aber wenn er sich mal einen Tag freinahm, rief er mich an, und wir haben gemeinsam die Stadt unsicher gemacht.

Kunstmuseen, denn jeder anständige Video-Grafikdesigner wird dir sagen, dass man sich gar nicht genug visuelle Eindrücke verschaffen kann. Auch in den Cybercafés haben wir ein paar nette Stunden verbracht. Ein echter Spiele-Junkie kommt einfach nicht davon los.«

»Über was habt ihr geredet?«, wollte Matt wissen.

»Das Übliche. Woran er gerade gearbeitet hat, woran ich gerade gearbeitet habe. Wie uns die Spiele gefallen haben, die auf dem Markt waren.«

»Hat Peter davon gesprochen, dass er Probleme mit Eisenhower Productions hatte? Gab es vielleicht Meinungsverschiedenheiten wegen des Marketings für das Spiel?«

»Nein. Peter hat sich um so was nicht gekümmert. *Realm of the Bright Waters* gehörte ihm. Ohne sein Einverständnis konnten sie gar nichts tun.«

»Ist das in der Spieleindustrie denn nicht ungewöhnlich?«

»So ungewöhnlich, als würde man einen Frosch mit Flügeln finden. In der realen Welt.«

»Stimmt es, dass viele Spieleproduzenten den größten Teil der Entwicklungskosten fremdfinanzieren?«

»Meistens wird die gesamte Entwicklung von anderen finanziert. Die finanzielle Freiheit hat allerdings ihren Preis. Arbeitsfortschritte und Termine werden stärker kontrolliert, als einem lieb ist, und manchmal verlangen sie, dass ein Spiel auf den Markt kommt, obwohl es deiner Meinung nach noch nicht so weit ist. Man kann ihnen aber schlecht einen Vorwurf machen. Sie müssen sich mit Investoren und Buchhaltern herumschlagen, die ihnen ständig auf die Füße treten.«

»Ihr zwei habt doch früher bei einigen Spielen zusammengearbeitet, nicht wahr?«

Oscar nickte. »Peter sagte, er würde mich bei diesem Spiel vielleicht ganz zum Schluss noch brauchen. Es gab einige Probleme mit der Engine des Spiels. Er hat sie völlig neu gebaut, um mehr Spielemöglichkeiten zu schaffen.«

»Das verstehe ich nicht«, gab Matt zu.

»Eines der größten Probleme bei Computerrollenspielen ist die Kampagnenstruktur«, erklärte Oscar. »Ein Spiel wie *Sarxos* zum Beispiel ist interaktiv, und online ist jeweils eine wechselnde Zahl von Spielern, von denen jeder seine eigene Zielsetzung verfolgt. Sie bilden Armeen, führen Kämpfe um Regionen, Städte, Wasserrechte und so weiter. Aber man kann keine neuen Elemente in das Spiel einführen, ohne dabei für Chaos in anderen laufenden Kampagnen zu sorgen.«

»Gib mir ein Beispiel.«

»Okay. Nehmen wir an, du und deine Gruppe spielt *Sarxos.* Ihr baut ein Volksfest auf, mit Marktständen, Gauklern und so weiter. Das Fest zieht viele Leute an, und eure Taschen sind mit Gold gefüllt. Aber eine andere Gruppe von Spielern ist der Meinung, dass das Spiel in diesem Bereich zu langweilig geworden ist, und sie ziehen los und greifen Koboldhöhlen oder Räuberlager an. Sie sorgen dafür, dass die Kobolde oder Räuber stinksauer werden. Und dann kommen plötzlich die Kobolde oder die Räuber den Hügel heruntergerannt und nehmen das Volksfest auseinander. Die zweite Gruppe hat zwar den Spaß, den sie haben wollte, aber die erste Gruppe verliert die Zeit, die sie in das Spiel gesteckt hat, und steht mit leeren Händen da. Auf der einen Seite sind die Spieler, die sagen, sie haben sich großartig amüsiert. Und auf der anderen Seite gibt es eine Menge wütender Spieler, denen jemand die Kampagne vermasselt hat.«

Matt nickte. So etwas hatte er schon mehr als einmal gesehen.

»Ein Spiel wird von jedem unterschiedlich schnell gespielt«, erklärte Oscar weiter. »Die Action-Fans wollen Tempo und eine möglichst verzwickte Handlung. Die Erbauer wollen ein Spiel, in dem sie eine neue Welt erschaffen können, einen Ort, an dem sie sich von der anstrengenden echten Welt erholen können. Das war eines der größten Probleme, die Pete bei der neuen Spiel-Engine hatte. Die Engine sollte die Möglichkeit bieten, den Spieler in jede beliebige laufende Kampagne eingliedern zu können.«

»Und damit kann jedes Abenteuer individuell auf den einzelnen Spieler und sein Tempo abgestimmt werden.«

»Genau.«

Matt dachte über das Konzept nach. »Das ist ja fast so, als würde man eine Million Spiele auf einmal entwickeln.«

Oscar grinste. »So langsam kommst du der Sache näher. Sozusagen für jeden Spieler ein eigenes Spiel.«

»Die Programmierung muss riesig gewesen sein.«

»Ich habe einige Kodes gesehen, die Pete dafür geschrieben hat. Geradezu revolutionär. Dieses Spiel wird mit Sicherheit ein Bestseller. Pete hat tolle Handlungsbögen geschrieben.«

»Welcher Art?«

»Seuchen. Invasionen. Beispielsweise sorgt ein Zauberspruch dafür, dass der Planet sich auf seiner Achse verschiebt, was dann zu einem Winter führt, der ein Jahr lang dauert. Kannst du dir so was vorstellen?«

Matt schüttelte den Kopf. Er konnte es nicht, aber die Idee klang faszinierend.

»Für den Spieler wird diese Welt interaktiver sein als *Sarxos.* Die Leute, die *Sarxos* ins Netz stellten, mussten den Status quo quasi einfrieren. Keine Farbe tanzt aus der Reihe. Keine großen Änderungen an der Handlung oder der Umgebung. Bei Petes Welt kann ein Spieler einführen, was er will. Und dann haben die anderen Spieler die Wahl, es später zu spielen oder überhaupt nicht.«

Die Idee war atemberaubend. Matt war über Netzspiele nicht so auf dem Laufenden wie Mark und Andy und konnte sich auch nicht so dafür begeistern, aber manchmal spielte auch er. *Realm of the Bright Waters* schien etwas völlig Neues zu sein. »Du hast vorhin gesagt, dass Peter dachte, er würde deine Hilfe brauchen.«

»Ja. Er hatte Probleme mit der Spiel-Engine. Alles, was Pete über Spiel-Engines weiß, habe ich ihm beigebracht. Wir haben im Waisenhaus angefangen, damit herumzuspielen. Pete und ich sind in staatlichen Einrichtungen aufgewachsen.«

Matt nickte.

»Ich glaube, deshalb ist er auch so gut darin, Welten zu erschaffen«, sagte Oscar. »Pete war immer ein ruhiges Kind. Höflich. Hat nie Ärger gemacht. Blieb lieber für sich. Ich wusste zuerst nicht, was ich von ihm halten sollte. Aber als das Heim online ging und Implantatstühle kaufte, fing Pete an zu leben. Es stellte sich heraus, dass ich ganz gut im Programmieren bin. Pete wollte es lernen. So haben wir uns getroffen. Ich konnte zwar Kode schreiben und es Pete beibringen, aber er war derjenige, der die Ideen hatte. Ich kann zwar Welten bauen, Umgebungen definieren und mir eine zusammenhängende Handlung ausdenken, aber mit Pete kann ich nicht mithalten. Das kann niemand.«

»Warum hat er das Spiel denn komplett selbst entwickelt, anstatt einen Vertrag bei einem Produzenten zu unterschreiben?«

»Weil er die Kontrolle haben wollte. Produzenten haben manchmal völlig andere Vorstellungen als der Designer. Zu viele Köche verderben den Brei. Und ich glaube, dass Pete seine eigene Welt gebaut hat, die er mit anderen teilen wollte. Eine Welt, in der er bleiben kann und alles unter Kontrolle hat. Keine Autounfälle. Keine Eltern, die dabei sterben. Totale Kontrolle.«

»Und das wollte er natürlich nicht aufgeben.«

»Nein. Auf keinen Fall.«

»Wie ist er mit Eisenhower Productions ausgekommen?«

»Sie haben ihn ständig zur Eile angetrieben. Wenn sie gekonnt hätten, hätten sie das Spiel schon vor sechs Monaten herausgebracht.«

»Peter hat sich geweigert?«

»Ja. Es hat ihnen nicht gefallen, aber sie hatten keine andere Wahl. Zum Teil war es ja auch ihre Schuld. Als Pete mich bat, ihm bei der Spiel-Engine zu helfen, haben sie zu mir gesagt, es würde nicht gehen. So viel Einfluss hatten sie jedenfalls.«

»Haben sie gesagt, warum?«

Oscar zuckte mit den Achseln. »Zu Pete haben sie gesagt, sie wollen nicht, dass Informationen über das Spiel nach draußen dringen. Ich glaube, sie wollten sich damit nur rächen. Er sagt, sie müssen warten; sie sagen, er kann nicht mit mir arbeiten.«

»Hat er außer dir noch jemanden gefragt?«

»Nein. Das hätte er nicht gemacht.«

»Dann hat er die Probleme mit der Spiel-Engine also selbst gelöst?«

»Ja.«

»Hat er gesagt, was das für Probleme waren?«

»Wir haben nur kurz darüber gesprochen. Es kam immer wieder zu Überlagerungen.«

»Überlagerungen?«

»Ja. Wenn man mehr als einen Spieler in einem Spiel hat, muss man Grenzen einbauen, damit sich die Spieler nicht gegenseitig beeinflussen. Pete hat versucht, ganze Welten zu isolieren, wobei sie aber weiterhin zugänglich bleiben mussten. Fakten sollten Fakten bleiben. Um eine neue Kreatur oder einen neuen Zauberspruch einzuführen, musste er eine Sysop-Änderung einbringen können, damit er nicht für jede von einem Spieler angeregte Nebenhandlung eine neue Programmierung schreiben musste. Soweit alles verstanden?«

»Getrennt, aber gleich«, sagte Matt.

»Der Vergleich hinkt etwas, doch so in etwa kommt es hin.«

Matt musste an gestern Abend denken, als Peter Griffen und sein Drachen in die VR von Maj eingedrungen waren. »Wäre es möglich, dass die Überlagerung, von der du gesprochen hast, auch andere Spiele beeinflusst?«

»Du meinst, so wie auf der Messe heute?«, fragte Oscar.

»Ja. Ich war gerade in einem der Spiele. Ich habe den Drachen gesehen.«

Oscar grinste. »Ja, den haben eine Menge Leute gesehen, und das werden sie sicher nie vergessen. Ich habe die Überlagerung, von der Pete gesprochen hat, nie selbst gesehen, aber nach dem, was er mir darüber erzählt hat, war es genau dieselbe. Ich wollte zu ihm gehen und mit ihm darüber sprechen. Man konnte ihm die Überraschung ansehen. Er hatte keine Ahnung.«

»Er glaubte also, das Problem mit der Überlagerung gelöst zu haben?«

»Pete muss fest davon überzeugt gewesen sein«, erwiderte Oscar. »Sonst hätte er das Spiel doch nicht frei gegeben.«

»Er würde den Verkaufsstart am Samstag verschieben?«

»Ohne mit der Wimper zu zucken.«

Das muss für Eisenhower Productions ein guter Grund gewesen sein, um Peter aus dem Weg zu räumen. Vielleicht hat Peter gedacht, die Überlagerung in Majs VR wäre nur ein Ausrutscher, ein kleiner Schluckauf in der Programmierung, dachte Matt. Aber die Ereignisse auf der Messe konnte man nicht mehr als Zufall abtun.

»Pete hat nicht gewusst, dass es immer noch zu Überlagerungen kommt«, sagte Oscar. »Darauf verwette ich mein Leben.«

»Hat Peter dir was Schriftliches über die Überlagerung der Spiel-Engine geschickt?«

»Er hat mich gestern Abend angerufen. Ich war nicht da, weil ich ein paar Entwickler, die sich für einige meiner Ideen interessieren, zum Essen eingeladen hatte. Ich glaube, die Nachricht ist noch auf meiner VR zu Hause. Vielleicht gibt es auch noch ein paar E-Mails irgendwo. Petes E-Mail enthält oft Witze oder Geschichten, die ich mir gelegentlich noch einmal durchlese.«

»Kannst du die E-Mails besorgen?«

»Sicher. Ich habe gestern Abend, als ich angekommen bin, mit Pete gesprochen. Er dachte, er hätte alles wieder unter Kontrolle. Wir wollten uns nach seiner Präsentation heute treffen. Aber dazu ist es nicht mehr gekommen.« Oscar zögerte. »Glaubst du, dass mit Pete alles in Ordnung ist?«

»Es gibt keinen Grund, das Gegenteil anzunehmen«, erwiderte Matt.

Oscar nickte, aber er sah nicht sehr überzeugt aus.

Plötzlich piepste Matts Folienpack. Er entschuldigte sich und klappte es auf.

Megans Gesicht erschien auf dem Bildschirm. »Wir haben ein Problem«, sagte sie aufgeregt. »Maj ist gerade aus dem Bankettsaal gerannt. Sie wird von zwei Typen verfolgt, die so aussehen wie die Männer, die gestern Abend in ihr Zimmer eingebrochen sind. Leif ist hinter ihnen her.«

»Bin schon unterwegs.« Matt stand auf und lief auf die Tür zu.

»Stimmt was nicht?«, fragte Oscar.

»Eine Freundin von mir steckt in Schwierigkeiten.« Matt öffnete die Tür. »Kopier mir Peters E-Mails und bring sie zum Empfang des Bessel Mid-Town. Wir treffen uns dort.«

»Wenn es hilft, Pete zu finden, mache ich das natürlich gern.«

»Ich glaube schon, dass es hilft.« Im selben Moment war Matt draußen und rannte auf die Treppe zu, die ihn in den dritten Stock bringen würde, wo die überdachte Fußgängerbrücke über die Straße begann. Er beeilte sich, ins Bessel Mid-Town-Hotel zu kommen, und bemerkte die Schatten am anderen Ende der Brücke daher erst, als ein Mann auf ihn zukam. Instinktiv versuchte er, sich umzudrehen und sich zu verteidigen.

Da bekam er einen Schlag, der wie eine kleine Atombombe an seiner rechten Schläfe zu explodieren schien. Seine Beine verwandelten sich in Pudding. Als er auf den Rücken fiel, konnte er gerade noch erkennen, dass sich ein Schatten über ihn beugte.

»Halt dich da raus«, riet ihm eine heisere Stimme. »Die Sache ist eine Nummer zu groß für dich.« Der Schatten hob wieder den Arm, und dieses Mal konnte Matt den Totschläger sehen.

Als er von ihm getroffen wurde, verlor Matt das Bewusstsein. Sein letzter Gedanke war, dass er Maj nicht würde helfen können.

19. Kapitel

»Ich gebe Ihnen einen guten Rat, Herzchen. Verschwinden Sie, bevor ich Ihnen wehtue.«

Maj ballte beide Hände zu Fäusten und starrte die Frau vor sich an.

Ein grausames Lächeln umspielte ihre Lippen. Die katzenhaften, bernsteinfarbenen Augen blitzten erwartungsvoll. »Madeline Green, Sie machen einen großen Fehler.«

Maj wusste, dass die Frau ihren Namen nur sagte, um sie aus der Fassung zu bringen. »Wo ist Peter Griffen?«

Heavener – wenn das der Name der Frau war – trat einen Schritt vor. Die Art, in der sie auf ihr Gleichgewicht achtete, ließ darauf schließen, dass sie eine Kampfsportart beherrschte. »Hat er dir das gesagt, Herzchen? Dass ich jemanden kenne, der Peter Griffen heißt?«

»Sie besuchen eine Spielemesse und wissen nicht mal, wer das ist?«, entgegnete Maj. »Auch nicht nach dem, was heute passiert ist?« Sie sah an Heavener vorbei zu den beiden Männern, die im Korridor hinter ihr standen. Etwas weiter zurück kam gerade Leif durch die Tür, gefolgt von drei Männern im Smoking, die wie Sicherheitsbeamte des Hotels aussahen.

Der Kick der Frau kam ohne jede Vorwarnung. Auf Majs Gesicht schoss ein Stiletto-Absatz zu. Sie hatte keine Zeit mehr, den Tritt abzublocken, und wich daher zur Seite aus, wobei ihr sofort bewusst wurde, dass auch sie durch ein Cocktailkleid und Schuhe mit hohen Absätzen behindert wurde.

Maj ließ sich aus der Bewegung heraus seitlich auf den Boden fallen und versuchte, einen Beinfeger anzusetzen, mit dem sie ihrer Gegnerin zu Boden bringen wollte. Heavener sprang jedoch in die Luft und vollführte einen Salto. Als sie gelandet war, ohne dass ihre Absätze dabei Schaden genommen hätten, wurde ihr Grinsen noch breiter.

»Ein schönes Spiel«, sagte Heavener. Sie hob die Hände und ballte sie zu Fäusten.

»Wir haben Gesellschaft«, rief einer der Männer hinter ihr.

»Kümmern Sie sich darum«, fauchte Heavener.

Die Männer neben ihr zogen große Pistolen hervor und feuerten aus nächster Nähe auf Leif und die drei Sicherheitsbeamten. Eine Glastür zersprang, als Leif und das Sicherheitsteam zu Boden gingen.

Das schrille Kreischen eines Sicherheitsalarms hallte durch die Lobby.

Heavener neigte den Kopf zur Seite und sah Maj aufmerksam an. »Das waren wohl deine Freunde. Ihr werdet langsam lästig.«

»Na, dann warten Sie mal, bis Sie uns näher kennen lernen.« Maj wünschte, ihre Stimme hätte nicht so gezittert.

»Ich glaube, wir müssen uns jetzt voneinander verabschieden.« Heavener ließ die Fäuste sinken und gab den beiden Männern einen Wink. Einer richtete seine Waffe auf Maj.

Sie wich zurück. Sie wusste, dass dem jungen Mann, mit dem sie im Bankettsaal gesprochen hatte, die Flucht gelungen war. Heavener würde ihn nicht kriegen.

»Bis zum nächsten Mal«, sagte Heavener. Sie ging mit großen Schritten den Korridor entlang, wobei sie eine Hand auf ihr Ohr legte, als würde sie jemanden zuhören. Die beiden Männer folgten ihr.

Nach kurzer Zeit waren Heavener und ihre Männer um die Ecke gebogen und verschwunden. Maj wusste, dass sie im Erdgeschoss zahlreiche Möglichkeiten zur Flucht hatten. Aber sie konnte nichts tun, um sie aufzuhalten.

Maj rannte zur Tür, wo Leif gerade wieder auf die Füße kam. »Alles in Ordnung?«, fragte sie.

»Er hat mich verfehlt«, sagte Leif verwundert. Er tastete ungläubig mit den Händen über seinen Körper.

Plötzlich stieg Megan mit ihrem Folienpack in der Hand durch die zerstörte Tür. »Ich habe unten beim Empfang angerufen, aber sie sagen, dass die Überwachungskameras kein Bild anzeigen. Den Alarm haben sie manuell abgestellt.« Sie starrte auf die am Boden liegenden Sicherheitsbeamten. »Matt habe ich auch angerufen. Er ist schon unterwegs.«

Zwei der Sicherheitsbeamten waren bewusstlos geworden, als sie von den Betäubungspfeilen getroffen wurden. Der dritte lag benommen am Boden.

Maj hörte Schritte. Als sie sich umdrehte, sah sie einen jungen, schlanken Mann in einem bronzefarbenen Rollkragenpullover und olivgrüner Hose auf sich zukommen, der eine Neun-Millimeter-Beretta in der Hand hielt. Das gegelte, weizenfarbene Haar stand ihm vom Kopf ab, und seine Augen waren von einer dunklen Sonnenbrille verdeckt. Sein Blick suchte den Korridor ab, während hinter ihm Sicherheitsbeamte des Hotels in normalen Anzügen auftauchten.

»Madeline Green?«, fragte der Mann höflich.

»Ja.«

»Special Agent Jon Roarke.« Er zeigte ihr seine ID. »Net Force. Captain Winters hat mich geschickt.«

Maj sah ihn an und nahm ihr Folienpack zur Hand. »Sie haben doch sicher nichts dagegen, wenn ich das überprüfe, oder?«

»Nein. Aber du solltest mich besser so schnell wie möglich über die Lage hier informieren.«

»Wir suchen nach einer blonden Frau«, sagte Maj zu Agent Roarke und den Sicherheitsbeamten hinter ihm und gab ihnen dann eine Beschreibung von Heavener. Die Männer rannten sofort los, aber Maj wusste, dass sie die Blondine nicht finden würden.

»Kannst du das Maskenprogramm knacken, das er getragen hat?«

Gaspar Latke saß an seinem voll gestopften Arbeitsplatz und spielte die Videoaufnahmen von seiner Begegnung mit Maj Green ab. Eigentlich hatte er nicht vorgehabt, sich in den Mittelpunkt von Heaveners Ermittlungen zu rücken, aber als Matt Hunter auf das Bankett zu gehen, hatte er für die sicherste Möglichkeit gehalten. Heaveners Leute hatten keine Knopfkameras im Zimmer der Net Force Explorers platzieren können, weil Mark Gridley die Sicherheit verstärkt hatte. Da Matt sich ins Netz eingeloggt hatte, wäre es nichts Ungewöhnliches gewesen, wenn er sich kurz mit Maj getroffen hätte.

»Dazu brauche ich mehr Zeit«, erwiderte er. Das Maskierungsprogramm, das er benutzt hatte, konnte mit den Programmen, die D'Arnot Industries zurzeit installiert hatte, nicht gehackt werden. Gaspar wusste das deshalb so genau, weil er es selbst geschrieben hatte.

»Die haben wir aber nicht«, rief Heavener über die Audioverbindung. Ihre Stimme klang so wütend wie noch nie. »Es muss jetzt sofort sein.«

»Wir müssen doch nur bis Freitag kommen, dann haben wir es geschafft.«

»Nein, das haben wir nicht«, antwortete sie kühl. »Die Planung ist in dem Moment aus den Fugen geraten, in dem Peter Griffens Spiel die VR dieses Mädchens überlagert hat.«

»Aber ich habe Ihnen doch gesagt, dass die überarbeitete Version nicht stabil ist«, rief Gaspar verzweifelt. »Die Spiel-Engine ist viel zu groß und komplex. Und wenn ich zu viel Kode verändert hätte, hätte sie nicht funktioniert.« Es lag nicht an ihm. Aber er wusste, dass das keine Rolle spielte. Wenn Heavener ihm die Schuld geben wollte, konnte sie das natürlich tun. Und sie würde es auch tun. »Peter ist kein Idiot. Deshalb hat er ja auch eines der Originalpakete vom Stand für die Präsentation verwendet und nicht die überarbeitete Version, an der er in den letzten Monaten gearbeitet hat.«

»Halt die Klappe«, befahl Heavener.

Gaspar sagte nichts mehr. Er hoffte, dass die Informationen, die er Maj Green gegeben hatte, ausreichten, um sie auf Peter Griffens Spur zu bringen.

»Wir haben noch ein anderes Problem«, sagte Heavener. »Matt Hunter hat Oscar Raitt gefunden. Ich habe gerade ein Team in sein Hotel geschickt. Sorg dafür, dass die Männer ins Hotel und wieder heraus kommen, ohne gesehen oder gehört zu werden.«

Dann hatten sie Oscar Raitt also gefunden. Gaspar schöpfte sofort neue Hoffnung, als ihm klar wurde, dass die Net Force Explorers der Wahrheit schon sehr viel näher waren, als er gedacht hatte. Aber die Hoffnung schwand sofort wieder, als ihm auch bewusst wurde, dass ihm gerade befohlen worden war, diese Spur zu vernichten. Er zögerte nur kurz, weil er wusste, dass er keine andere Wahl hatte.

»In Ordnung«, antwortete er.

Gaspar machte sich daran, sich ins Mohammed Arms zu hacken – und hoffte, dass er zu spät kam.

Matt Hunter stieg ein stechender Geruch in die Nase. Er schüttelte den Kopf und wollte dem Gestank ausweichen, aber es war unmöglich. Jedes Mal, wenn er es versuchte, kam der Gestank wieder zurück, und mit jedem Mal wurde er stärker. *Riechsalz*, stellte er dann fest. Er schüttelte wieder den Kopf und machte die Augen auf. Helles Licht fiel ihm schmerzhaft in die Augen.

»Ganz ruhig«, sagte eine Frau leise zu ihm. Eine starke Hand legte sich auf seinen linken Oberarm und stützte ihn. »Wahrscheinlich wird Ihnen noch eine Weile schwindlig sein. Sie haben ein paar üble Schläge auf den Kopf bekommen.«

Matt sah sich in dem kleinen Raum um, in dem sich Regale mit Medikamenten und Verbandsmaterial, ein kleines Waschbecken und ein Krankenhausbett, in dem er gerade lag, befanden. »Wo bin ich?«

»In der Erste-Hilfe-Station des Hotels. Können Sie mir sagen welches Hotel?« Die Frau war klein und in den Vierzigern. Das rote Haar war von grauen Strähnen durchzogen, und ihr Gesicht wirkte verhärmt. Sie warf blutige Tupfer weg und leerte das Tablett, das sie benutzt hatte. Die Instrumente steckte sie in einen Spezialbehälter für Bioabfall.

»Bessel Mid-Town.« Matt stellte fest, dass ihm beim Sprechen der Kiefer wehtat.

»Können Sie mir sagen, was passiert ist? Ich muss einen Bericht schreiben.«

»Ich bin überfallen worden.«

»War es ein Raubüberfall?«

Matt fuhr sich mit der Hand in die Hosentasche, wo er seine Brieftasche und sein Folienpack fand. »Dann hätte man mich beraubt. Es war jemand anders.«

»Wissen Sie, wer es gewesen sein könnte?«

»Nein.«

Die Frau räumte noch ein paar Sachen weg. »Glauben Sie, Sie könnten ein paar Fragen beantworten?«

»Ich dachte, das hätte ich gerade getan.«

»Von der Polizei. Draußen steht ein Detective vom LAPD. Ihre Freunde sind auch da.« Sie trat mit einem kleinen Handspiegel an sein Bett. »Die Wunde an der Schläfe musste ich mit ein paar Stichen nähen. Was auch immer Sie getroffen hat, es hat eine Platzwunde verursacht. Es wäre möglich, dass Sie eine leichte Gehirnerschütterung haben. Wissen Sie, auf welche Symptome Sie achten müssen?«

Matt nickte und bereute es sofort. Sein Kopf dröhnte erbarmungslos. »Doppelsehen. Übelkeit. Benommenheit. Kopfschmerzen.«

»Oh, Kopfschmerzen werden Sie mit Sicherheit bekommen. Ich gebe Ihnen ein paar Schmerzmittel mit.« Sie drückte ihm ein kleines Plastikröhrchen in die Hand. »Legen Sie sich so schnell wie möglich ins Bett. Und bleiben Sie auch dort. Sind Sie in Begleitung hier?«

»Mit ein paar Freunden.«

»Sagen Sie ihnen, dass sie Sie im Auge behalten sollen.« Sie sah ihn mit ernstem Gesicht an. »Ich persönlich bin ja der Meinung, dass man Sie so schnell wie möglich ins nächste Krankenhaus bringen und vielleicht auch einen CAT-Scan machen sollte. Wer immer Sie so zugerichtet hat, er hat gewusst, was er tut.«

»Und warum bin ich dann hier, anstatt diesen CAT-Scan zu machen?«

»Man hat mir gesagt, dass das Krankenhaus zu gefährlich für Sie sei. Ich würde Ihnen raten, bei der ersten Gelegenheit einen Arzt aufzusuchen. Das Hotel hat die Erste-Hilfe-Station für die Dauer der Messe eingerichtet. Es kann manchmal ganz schön wild zugehen, wenn Spieler in der Stadt sind. Ich arbeite seit drei Jahren hier, aber so etwas wie heute habe ich noch nicht gesehen.«

Matt stand vorsichtig auf. »Was schulde ich Ihnen für Ihre Hilfe?«

»Nichts. Die Rechnung übernimmt das Hotel.«

»Dann kann ich jetzt gehen?«

»Wenn Sie glauben, dass Sie dazu in der Lage sind – bitte.«

Matt bedankte sich bei ihr und ging langsam zur Tür. Im Korridor draußen warteten Maj, Megan und Leif auf ihn, die sehr beunruhigt aussahen. Matt warf einen Blick auf die Uhr und stellte fest, dass fast eine Stunde vergangen war, seit er das Bewusstsein verloren hatte. Dann bemerkte er den Mann, der rechts von ihm an der Wand lehnte und mit einer Frau in einem grauen Kostüm sprach.

»Wie geht es dir?«, fragte Maj besorgt.

»Als wäre ich von einem Schulbus überfahren worden«, gab Matt zu. »Ich wollte mich mit jemandem am Empfang treffen. Wir unterhalten uns auf dem Weg dorthin.«

»Moment mal«, sagte der Mann, der an der Wand lehnte.

In seiner Stimme schwang Autorität mit. »Wer sind Sie?«, fragte Matt.

»Jon Roarke«, sagte Maj, als der Mann seine ID aus der Tasche zog »Net Force. Und das ist Detective Becerra. Sie haben ein paar Fragen an dich.«

»Wir müssen Oscar Raitt finden«, wehrte Matt ab. »Er hatte Kontakt zu Peter Griffen.«

»Nach der Entführung?«, frage Detective Becerra.

Matt wollte schon den Kopf schütteln, ließ es dann aber. »Nein. Ich erkläre es Ihnen auf dem Weg nach unten.«

»Und – wo ist er?« Agent Roarke sah nicht überzeugt aus.

Matt blickte sich in der riesigen Lobby um. Auf den Sesseln und Sofas saßen mehr Leute als sonst und unterhielten sich leise über ihre Geschäfte. Er wusste nicht, wie viele von ihnen tatsächlich anwesend waren und wer in Holoform erschienen war, aber er war sicher, dass der Mann, mit dem er verabredet war, nicht gekommen war. »Oscar Raitt ist nicht da.«

»Vielleicht wollte er nicht länger auf dich warten«, schlug Megan vor. »Er könnte doch wieder in sein Hotel gegangen sein.«

Matt klappte sein Folienpack auf und gab die Nummer für Oscar Raitts Hotelzimmer ein.

»Tut mir Leid«, meldete sich ein Angestellter vom Empfang, »aber in diesem Zimmer ist niemand.«

»Vielleicht kommt er ja zurück«, sagte Matt. »Kann ich eine Nachricht für ihn hinterlassen?«

»Sir, laut unserem Computer ist dieser Raum nicht belegt. Vielleicht haben Sie ja das falsche Zimmer erwischt. Wen möchten Sie denn sprechen?«

»Oscar Raitt.« Matt wartete und fragte sich, ob die Schläge gegen seinen Kopf sein Erinnerungsvermögen beeinträchtigt hatten.

»Wir haben keinen Gast im Hotel, der so heißt. Und in diesem Zimmer wohnt seit zwei Tagen niemand mehr. Kann ich sonst noch etwas für Sie tun?«

»Nein, danke.« Matt klappte das Folienpack zu und dachte trotz seiner Kopfschmerzen fieberhaft nach. »Sie behaupten, Oscar hätte dort nie gewohnt.«

»Vielleicht ist es ja das falsche Hotel gewesen«, meinte Roarke. »Schließlich hast du ganz schön was auf den Kopf gekriegt.«

»Das mag ja sein«, sagte Matt. »Aber ich habe Oscar Raitt nicht erfunden.«

»Das ist eigentlich nicht erlaubt«, beschwerte sich der Mitarbeiter vom Empfang.

»Es wäre besser, wenn Sie flüstern«, schlug Roarke leise vor. »Die Gäste schlafen, und wir sind schon ganz in der Nähe des Zimmers. Falls sich jemand darin versteckt hat, würde es mir gar nicht gefallen, wenn man Ihnen das Gesicht wegschießt, nur weil Sie nicht die Klappe halten können.«

Matt sah den Agent bewundernd an. Roarke war alles andere als der zurückhaltende, vorsichtige Typ, den die Net Force sonst als Mitarbeiter bevorzugte. Er sah Maj an, die neben ihm im Korridor des Mohammed Arms ging.

»Scheint ein ziemlich wilder Bursche zu ein. Ich habe mit Captain Winters über ihn gesprochen«, flüsterte Maj. »Roarke hat sich von den SEALS zur Net Force versetzen lassen.«

Roarke bewegte sich wie eine Naturgewalt vorwärts. Der junge Mann am Empfang des Mohammed Arms hatte sofort nachgegeben, als Roarke ihm seinen Ausweis unter die Nase gehalten hatte. Dazu beigetragen hatte sicher auch, dass Detective Becerra ebenfalls ihre Polizeimarke aus der Tasche gezogen und darauf hingewiesen hatte, dass das LAPD seine Mitarbeit begrüßen würde.

»Wo wird er denn sonst eingesetzt?«, fragte Matt. »In einem Kriegsgebiet?« In seinem Kopf hämmerte es wie wild, während er den Korridor überflog und sich an Details seines letzten Besuchs zu erinnern versuchte.

»Ich hatte keine Zeit, Captain Winters danach zu fragen.«

Der Mitarbeiter des Hotels blieb ein paar Schritte vor der

Tür des Zimmers stehen und zögerte. Dann gab er Roarke den Generalschlüssel in Form einer kleinen Plastikkarte. »Es wäre vielleicht besser, wenn Sie das übernehmen.«

»Das halte ich für eine gute Idee.« Roarke schnappte sich die Plastikkarte und warf einen Blick auf Matt, Maj, Megan und Leif. »Ihr bleibt zurück. Winters hat angeordnet, dass ihr euch aus der Schusslinie halten sollt.«

Matt ärgerte sich darüber, aber er wusste, dass er Roarke nicht einfach ignorieren konnte. Winters würde so etwas nicht tolerieren. »Ja, Sir.«

»Sir?« Roarke schien überrascht zu sein, aber er widmete seine Aufmerksamkeit sofort wieder der Tür. Detective Becerra stellte sich neben ihn. Er sah sie an. »Haben Sie so was schon mal gemacht?«

Becerra nickte kurz. »Ich habe schon ein paar Türen hinter mir, das können Sie mir glauben. Ich sichere tief.« Sie zog eine Sig-Sauer Kaliber Neun-Millimeter aus einem Halfter am Rücken, entsicherte die Waffe und legte den Zeigefinger an den Abzug.

Roarke grinste. »Auf drei.« Er schlich vorsichtig zur einen Seite der Tür und holte eine Waffe unter seinem Pullover hervor. Dann hielt er die Plastikkarte an das Schloss und zählte bis drei. Als er drei sagte, zog er die Karte durch das Schloss und packte den Türknauf.

Das Klicken des Türknaufs dröhnte wie ein Kanonenschuss durch den Korridor. Roarke drehte den Knauf herum, schob die Tür auf und hielt sie mit der freien Hand fest. Die Laserzieleinrichtung seiner Waffe leuchtete in das dunkle Zimmer. »Fertig?«

Becerra kniete am Boden und hielt die Waffe vor sich gerichtet. »Los.«

Roarke stürmte ins Zimmer und gab gleich darauf Entwarnung. Im Zimmer wurde das Licht eingeschaltet. »Kein Glück«, rief er.

Becerra folgte ihm vorsichtig.

Matt ging hinter ihr her und betrat das Zimmer. Sein Blick glitt durch den Raum und blieb an dem ordentlich gemachten Bett hängen. Von Oscar Raitt war keine Spur zu sehen.

20. Kapitel

»Brutale Spiele waren nichts für Peter«, erzählte Zenzo Fujikama, während er Mark und Andy durch das Netz führte. »Aber er ist ziemlich oft hergekommen, um zu lernen. Hacker-Treffpunkte sind der ideale Ort, um fortgeschrittene Programmierung zu lernen. Und herauszufinden, wer sie schreibt.« Als sie im freien Fall auf die riesige Metropole unter sich zustürzten, warf er einen Blick über die Schulter und sah Mark an. »Aber das habt ihr ja schon gewusst, nicht wahr?«

Matt antwortete nicht.

Andy musterte die Stadt unter sich, während sie durch dichten Nebel fielen. Die Küstenlinie und die hellen Lichter sahen merkwürdig vertraut aus. Als er die Space Needle mit ihrem charakteristischen Untertassendesign sah, wusste er, wo sie waren. »Seattle?«

»Ich will euch ein paar Freunde von mir vorstellen.« Fujikama streckte die Arme aus.

Für Sekundenbruchteile hatte Andy kein Bild mehr. Als er wieder sehen konnte, stand er in einem kleinen Lager, das ziemlich heruntergekommen aussah. Auf dem schmutzigen

Betonboden lagen zertrümmerte Kisten, zerbrochene Bretter und Müll. Die geschwärzten Fenster ließen kein Licht von draußen herein, und die einzige Beleuchtung war das Licht, das aus einem kleinen Raum an einer Seite drang. »Wo sind wir?«

»Hauptquartier der Spione«, sagte Zenzo grinsend. Er ging ein paar Schritte und rief laut. »Hey, Tommy T!«

»Lass dich nicht täuschen, Andy. Es sieht zwar nicht sehr beeindruckend aus, aber es gibt eine Unmenge Ebenen, die wir nicht sehen können«, sagte Mark leise.

Andy nickte. »Hauptquartier der Spione?«, fragte er Zenzo.

Zenzo nickte. »Klar. Jedes Jahr spioniert eine Gruppe von uns die Spielemesse aus. Wir hacken uns in Kommunikations-Feeds, Media-Feeds, Hotelsicherheitssysteme – in alles, was wir finden können.«

»Das ist illegal«, sagte Mark.

»Kann schon sein«, gab Zenzo zu. »Aber für einige von uns ist es die einzige Chance.«

»Die einzige Chance für was?«, wollte Andy wissen. Im Lagerhaus stank es gewaltig, und er rümpfte immer wieder die Nase und versuchte, nicht allzu tief Luft zu holen. Er wusste, dass sie in der Nähe der Docks waren, die zum Puget Sound führten. Bei einigen der Schatten, die über die Wände krochen, hatte er den starken Verdacht, dass es Ratten waren.

»Um einen Fuß in den Spielemarkt zu bekommen«, erwiderte Zenzo. »Für echte Spieler ist das wie die Suche nach dem Heiligen Gral. Spielst du?«

»Gelegentlich.«

Am anderen Ende des Lagerhauses wurde eine Tür geöffnet, sodass etwas mehr Licht zu ihnen drang. Sie hörten das dumpfe Dröhnen von Techno-Poprock. Ein schwergewichtiger Jugendlicher in Jeans und einem schwarzen T-Shirt, auf dem Arachno-Boy in voller Kampfausrüstung abgedruckt war, kam durch die Tür. »Zenzo?«

»Ja, Tommy T«, sagte Zenzo. »Ich bin's. Schaltest du die Sicherheit aus, damit wir reinkommen können?«

Tommy hob eine Hand und deutete auf etwas. Vor ihm in der Luft erschien ein grüner Knopf, auf den er drückte.

Andy sah plötzlich Dutzende Lichtstrahlen, die von einer Ecke des Lagerhauses in die andere wanderten, von einer Seite zur anderen, und von der Decke zum Fußboden. Der einzige Fleck, der nicht von ihnen getroffen wurde, war die Stelle, an der Zenzo mit ihnen stand.

»Oscar Raitts Daten sind aus der Datenbank der Spielemesse gelöscht worden.«

Matt starrte auf Caties Gesicht, das auf dem Bildschirm seines Folienpacks erschienen war. »Was ist mit den dezentralen Spielezentren, die nach dem Vorfall in der Ausstellungshalle eingerichtet wurden?« Er hatte sie gebeten, sämtliche Datensätze zu überprüfen und nach einem Beweis dafür zu suchen, dass Oscar existiert hatte.

Als sie die Verbindungsdaten seines Videofons überprüfen wollten, hatten sie festgestellt, dass sie von der Telefongesellschaft gelöscht worden waren. Telefongesellschaften waren immer noch die beliebtesten Ziele von Hackern, und da sie ihren Kunden aus Wettbewerbsgründen gleich mehrere Zugangsarten anboten, waren sie einfacher zu knacken als die meisten anderen Unternehmen.

»Da hab ich auch nachgesehen«, bestätigte Catie. »Nichts zu finden.«

»Hey, Matt«, sagte Roarke. Der Agent der Net Force stand

in der Nähe der Fenster, von denen der Blick auf die Fußgängerbrücke zum Bessel Mid-Town-Hotel ging. Am Himmel flog ein Hubschrauber mit der Aufschrift POLIZEI. »Lass den Kopf nicht hängen.«

»Es fällt mir schwer, das nicht zu tun«, erwiderte Matt. »Wenn ich es nicht besser wüsste, würde ich ja auch sagen, dass ich mir das alles nur eingebildet habe.«

Roarke schüttelte den Kopf. »Die Leute, mit denen wir es hier zu tun haben, können zwar versuchen, alles unter den Teppich zu kehren, aber es ist schon zu viel nach draußen gedrungen. Die Situation ist aus dem Ruder gelaufen, und es ist mehr als wahrscheinlich, dass wir ihnen auf die Spur kommen.«

»Mehr als wahrscheinlich?«, fragte Maj.

Roarke grinste sie an. »Eine mehr als fünfzigprozentige Chance.« Er lehnte sich gegen die Wand. »Der Trick besteht darin, es rechtzeitig herauszufinden. Solche Sachen haben meist ein Verfallsdatum.«

Matt musste an Peter Griffen denken. *Wird er immer noch als Geisel gehalten, oder ist sein Verfallsdatum schon abgelaufen?* Er warf einen Blick auf Maj. Als er ihren Gesichtsausdruck sah, fragte er sich, ob sie gerade dasselbe dachte wie er.

»Agent Roarke?«

An der Tür des Hotelzimmers standen drei Männer in grünen Overalls, die große Metallkoffer in der Hand hielten.

»Seid ihr von der Spurensicherung?«, fragte Roarke.

»Ja, Sir.«

»Ihr wisst, was zu tun ist?«

»Ja, Sir.«

»Auf mich braucht ihr nicht zu warten – ihr könnt anfangen.«

»Ja, Sir.« Die drei Männer betraten das Hotelzimmer, öffneten ihre Koffer und holten ein paar Spraydosen heraus. »Wo soll das Luminol hin?«, fragte einer.

»Fangen Sie mit dem Boden an«, befahl Roarke. »Blut folgt in der Regel den Gesetzen der Schwerkraft. Wenn wir etwas finden, können wir die Suche ausweiten.«

Matt musste schlucken, als er die Männer bei der Arbeit sah.

Andy stand in dem riesigen Lagerhaus und sah zu, wie die Sicherheitssysteme um sie herum nacheinander abgeschaltet wurden.

»Wir machen es den Leuten ziemlich schwer, uns zu finden«, erklärte Zenzo. »Und wenn uns doch einmal jemand entdeckt, haben wir viel Zeit, uns abzumelden und wegzulaufen.« Er machte ein paar Schritte. »Aber zurück zu den Spielen. Wie ich schon sagte, ist es der Traum jedes echten Spielers, selbst Spiele zu entwickeln, die dann andere spielen. Viele von uns bauen Spiele und stellen sie kostenlos ins Netz.«

»Freunde von mir machen das auch«, erwiderte Andy.

»Das hätte ich mir denken können. Du bist zwar kein Profi, aber ich wette, du kennst ein paar von den Jungs, die die Sache ernst nehmen. Es gibt eine Menge Naturtalente unter den Spielern, und auch viele, die nicht so gut sind, wie sie selbst glauben, aber das hält sie auch nicht davon ab.«

Andy folgte Zenzo in einen kleinen Raum am Ende des Lagerhauses. Er war mit fünf Workstations voll gestopft, an denen drei junge Männer und zwei junge Frauen saßen. An den Wänden stapelte sich Computer-Hardware, und Andy zweifelte nicht eine Sekunde daran, dass die Hälfte davon etwas mit der Sicherheit zu tun hatte.

»Wir entwickeln Spiele«, erklärte Zenzo, »aber es ist sehr

schwer, die Aufmerksamkeit eines Produzenten zu erregen. Sie haben normalerweise ihre eigenen Leute. Typen wie wir, die unabhängig sind und sich alles selbst beigebracht haben, sind für sie uninteressant.«

»In der Regel holen sie sich eure Leute von den Colleges, an denen man Videospiel-Design studieren kann«, sagte Mark.

»Genau, und mit den Colleges machen sie auch noch Geld«, erwiderte Zenzo mit deutlichem Zynismus. »Sie verdienen an den Leuten, die von ihnen eingestellt werden und dann einen Hit schreiben, und an den Träumern verdienen sie auch. *Das* ist für mich echter Betrug.«

Andy überflog die Bildschirme vor den Workstations. Auf einigen waren Bilder aus der Lobby des Bessel Mid-Town und einigen Restaurants zu sehen.

»Wir überwachen nicht nur das Bessel, sondern auch Restaurants und Nachtklubs, in denen die Produzenten oft zu Gast sind.« Er lächelte. »Wir wissen alles.«

»Dann spioniert ihr diese Leute also aus«, sagte Andy angewidert, »und versucht, den Verkauf eurer Spiele durch Erpressung zu erzwingen?«

»Nein.« Zenzo sah beleidigt aus. »Wir betreiben Marktforschung. Wir sehen uns die Produzenten an und versuchen herauszufinden, nach was sie gerade Ausschau halten, wer sich für das, was wir anzubieten haben, eher interessieren könnte. Und dann geben wir die Informationen an andere Spieledesigner weiter. Trotz der vielen Colleges, die die Produzenten einrichten, trotz der vielen Wunderprogrammierer, die von dort kommen, brauchen sie hin und wieder immer noch Leute wie uns.«

»Und wie Peter Griffen«, sagte Mark leise.

Andy sah zu den anderen Bildschirmen hin. Zwei der Jugendlichen arbeiteten an Hintergründen, während zwei andere am Character-Design bastelten. Tommy T schien ein Spiel zu testen.

»Peter ist einer von uns«, fuhr Zenzo fort. »Er ist auf keines ihrer Colleges gegangen. Stattdessen hat er ihnen immer wieder Arbeitsproben geschickt, die sie einfach nicht ignorieren konnten. Er hat sie mit Sachen bombardiert, die sie noch nie gesehen hatten, und sie dann dazu gebracht, zu *ihm* zu kommen. Und als er mit jedem Produzenten auf dem Markt zu seinen Bedingungen hätte arbeiten können, verschwindet er einfach für ein Jahr und gibt bekannt, dass er sein eigenes Spiel entwickelt, das von Eisenhower Productions finanziert wird. Mann, der hat vielleicht Nerven.«

»Du bewunderst ihn«, sagte Andy.

Zenzo grinste. »Mann, wenn ich mal groß bin, will ich so sein wie Peter Griffen. Er ist ein Vorbild für jeden Autodidakten unter uns, der davon träumt, ganz groß herauszukommen. Und deshalb will ich auch, dass man ihn findet. Ich werde alles tun, damit es Eisenhower Productions nicht gelingt, ihn einfach zu verbuddeln und ihm sein Spiel wegzunehmen.«

»Was meinst du damit?«

»Es steht in seinem Vertrag. Wenn Peter Griffen etwas zustößt, gehen sämtliche Rechte an *Realm of the Bright Waters* an Eisenhower. Alle Rechte, und jeder Cent des Gewinns.«

»Warum hat er so was denn unterschrieben?«, wollte Mark wissen.

»Peter hat keine Angehörigen«, erklärte Zenzo. »Er ist im Waisenhaus aufgewachsen. Deshalb hatte er auch kein Problem damit, so eine Klausel zu unterschreiben. Wem hätte er die Rechte an dem Spiel sonst hinterlassen sollen?«

»Du glaubst also, dass Eisenhower etwas mit seinem Verschwinden zu tun hat«, stellte Andy fest.

Zenzo nickte. »Mit Sicherheit. Die Leute von Eisenhower waren diejenigen, die den Stand über dem Versorgungstunnel ausgesucht haben. Das kommt mir schon ziemlich verdächtig vor.«

»Aber warum sollten sie Peter entführen?«, fragte sich Mark.

»Nach der Panne heute, als der Drache in sämtlichen Spielen aufgetaucht ist, wollte Peter das Spiel zurückziehen. Wir haben zwei Manager von Eisenhower abgehört, als sie sich unmittelbar nach dem Zwischenfall in der Lobby unterhalten haben.« Zenzo drehte sich zu dem schwergewichtigen Jungen mit dem Arachno-Boy T-Shirt um. »Tommy T, spiel mal das Video ab.«

Auf dem Monitor vor Tommy T ging der Bildschirm an. Andy sah zu, wie ein junger Mann durch den Eingang der Ausstellungshalle stürzte und die Lobby des Bessel Mid-Town betrat.

»Dort drin ist die Hölle los«, sagte der Mann zu einem anderen, der etwa Mitte dreißig war. »Anstatt der überarbeiteten Version muss Peter eines der Spielepakete genommen haben.«

»Aber warum denn?«, fragte der Ältere.

»Ich weiß es nicht, aber so geht es nicht weiter. Er will das Spiel zurückziehen. Er denkt allen Ernstes daran, einen Rückzieher zu machen und zu sagen, dass das Spiel Fehler enthält.«

Ohne ein Wort stieß ihn der ältere Mann zur Seite und rannte in die Ausstellungshalle zurück. Danach endete die Videoaufzeichnung.

»Wegen der Überlagerung sind leider alle Kameras und

Audioverbindungen, die wir in der Halle haben, ausgefallen«, sagte Tommy T.

»Ihr wisst also nicht genau, was am Stand von Eisenhower passiert ist?«

»Ich glaube nicht, dass man Physiker sein muss, um sich das auszurechnen«, sagte Zenzo wütend. »Peter Griffen hätte das Spiel zurückgezogen. Dieser Effekt, diese Überlagerung in alle anderen Spiele, das war kein PR-Gag, egal, was andere Leute dazu sagen. Es war ein Programmfehler, den er niemals geduldet hätte.«

»Du glaubst, sie haben ihn entführt?«

»Um ihn daran zu hindern, das Spiel vom Markt zu nehmen? Um ihn zum Schweigen zu bringen?« Zenzo nickte. »Na klar. Eisenhower Productions hatte mehr als genug Gründe dafür.« Er musterte Andy und Mark. »Ich sage euch das nur, damit ihr was unternehmen könnt. Wir könnten alles auf einen Server von HoloNet legen, aber sie werden es nicht verwenden. Nicht, wenn es von Typen wie uns kommt. Sie werden behaupten, wir hätten es gefälscht, um uns Aufmerksamkeit zu verschaffen. Und in der Zwischenzeit wird Peter Griffen irgendwo verrotten.«

Andy sah Mark an und sagte dann: »Ich bin dabei. Ich glaube Zenzo zwar nicht alles, aber ich will mir die Sache näher ansehen.«

Mark nickte und wandte sich an Zenzo. »Hast du sonst noch was für uns?«

Zenzo fing an zu grinsen und wies mit der Hand auf den mit Hardware voll gepackten Raum. »Zugang. Wenn man Zugang hat, stehen einem immer alle Türen offen. Peter ist irgendwo da draußen. Wir wollen euch helfen, ihn zu retten.«

»Weißt du, wofür Luminol verwendet wird?«

Maj nickte, schaute Roarke aber nicht an. Der Agent der Net Force war in ihren Augen zu kaltschnäuzig. Sie und die anderen sahen vom Korridor aus zu, wie die Techniker der Spurensicherung den Raum mit der Chemikalie aussprühten. »Es lässt Blutspuren aufleuchten. Selbst wenn eine Fläche gründlich geschrubbt wurde, bleiben noch winzige Spuren übrig, die man mit Luminol finden kann.«

»Genau.« Roarke lehnte wieder an der Wand und sah den Männern bei ihrer Arbeit zu, als wäre das Ganze nur eine Übung.

»Agent Roarke«, rief einer der Männer. »Ich schätze, wir sind so weit.«

»Na, dann los«, befahl Roarke.

Die Techniker platzierten die UV-Projektoren so im Zimmer, dass ihr Licht auf die mit Teppich ausgelegten Flächen fiel. Nachdem sie die Projektoren angestellt hatten, schalteten sie das Licht im Zimmer aus.

Sofort erschien ein schwaches, blaues Leuchten auf dem Teppich. Das meiste war auf eine Stelle begrenzt, aber es gab noch einige Spritzer, die von dem großen Fleck wegführten. Maj wusste, dass das blaue Leuchten die Menge an Blut darstellte, die dort vor kurzem vergossen wurde. *Großer Gott, das ist ganz schön viel.*

»Er ist ziemlich groß«, flüsterte Matt ihr zu, als er neben sie trat und ihr die Hand auf die Schulter legte. »Und vielleicht ist ja nicht alles von ihm.«

Roarke stieß sich von der Wand weg und zog sein Folienpack aus der Tasche. »Untersuchen Sie das ganze Zimmer. Jeder Fetzen, jede Faser. Ich will alles gestern, und ich will, dass es ordentlich gemacht wird.« Er sah Maj an. »Könntest du mit deinen Freunden zusammen die Krankenhäuser übernehmen? Ruft an und fragt, ob heute Abend jemand in die Notaufnahme eingeliefert wurde, auf den Oscar Raitts Beschreibung passt. Ich werde Captain Winters anrufen und um Verstärkung bitten.«

Maj nickte und nahm ihr Folienpack in die Hand. Ihre Gedanken überschlugen sich, als ihr alle möglichen Erklärungen für den Blutfleck durch den Kopf schossen, aber es war gut, dass sie jetzt etwas zu tun hatten. Sie wusste nur nicht, ob Roarke das klar war oder ob er ihnen nur eine Aufgabe übertragen hatte, die er für unwichtig hielt und nicht selbst übernehmen wollte.

Maj saß in ihrem Zimmer und sah sich die Notizen an, die sie sich während der Anrufe bei den Krankenhäusern der Stadt gemacht hatte. Es war eine kurze Liste. Zum Glück sah Oscar Raitt nicht gerade durchschnittlich aus. Sie war überrascht gewesen, als sie erfahren hatte, wie viele Leute im fraglichen Zeitraum von zwei Stunden in die Notaufnahmen eingeliefert worden waren.

Lediglich bei zwei Patienten bestand die Möglichkeit, dass es Oscar Raitt war. Einer der beiden saß jetzt in einem Gefängnis in Orange County, nachdem er auf einen Hilfssheriff losgegangen war, aber Maj wollte keine Möglichkeit ausschließen. Sie bezweifelte, dass Oscar Zeit dazu gehabt hatte, einen Hilfssheriff zu verprügeln, aber vielleicht hatte er Angst gehabt. Oder die Anklage war falsch. Sie musste es überprüfen.

Der andere war ein junger Mann von imposantem Äußeren, der gerade so lange in der Notaufnahme gewesen war, um eine Schnittwunde am Kopf versorgen zu lassen, und dann in einem unbeobachteten Moment gegangen war, als Schwestern und Ärzte ihm den Rücken zugedreht hatten.

Maj warf einen Blick auf den Zeitstempel des Holos in der Ecke des Raums, bei dem der Ton abgestellt war. Es war Freitagmorgen, kurz nach sieben Uhr. Ihre Augen brannten, und sie war todmüde.

Vor dem Holo lag Andy der Länge nach auf dem Boden, die Hände hinter dem Kopf gefaltet, und schnarchte leise. Er und Mark waren lange weggeblieben und hatten nicht so recht sagen wollen, wo sie gewesen waren, aber Mark hatte ihr versichert, dass sie wertvolle Informationen gefunden hatten. Mark war entweder auf seinem Zimmer oder im Netz.

Catie und Megan hatten erst vor kurzem aufgegeben und waren dann auf ihre Zimmer gegangen, um zu duschen und ein paar Stunden zu schlafen. Matt schlief mit dem Gesicht nach unten auf Majs Bett. Er war völlig erledigt. Die rechte Seite seines Gesichts hatte sich über Nacht blau verfärbt. Gestern Abend hatte er nicht gehen wollen und darauf bestanden, sie zu beschützen.

Schöner Leibwächter. Obwohl sie es nur im Scherz gedacht hatte, bekam Maj ein schlechtes Gewissen. Es war ein weiteres Zeichen dafür, wie müde sie war, denn sie wusste, dass sie sich keine Vorwürfe zu machen brauchte.

Leif Anderson war irgendwann gegangen, vermutlich, um sich hinzulagen.

Und der geheimnisvolle Agent Roarke hatte es nicht für nötig befunden, noch einmal bei ihnen aufzutauchen, nachdem sie sich gestern Abend von ihm verabschiedet hatten.

Maj unterstrich die beiden Patienten, die sie aus den Listen herausgefiltert hatte. Als das Videofon läutete, drückte sie automatisch auf die Annahmetaste.

Captain Winters' Gesicht erschien auf dem Bildschirm.

Auf Kinn und Wangen lag ein dunkler Bartschatten, aber der Knoten seiner Krawatte saß so gerade wie immer. »Guten Morgen, Maj. Ich dachte mir schon, dass du noch auf bist.«

»Ich bin mir aber nicht sicher, ob es sich gelohnt hat«, erwiderte Maj.

»Das kann ich vielleicht ändern. Ich habe ein paar Informationen für euch. Könnte ich kurz vorbeikommen? Eine Holoprojektion lässt sich leichter verschlüsseln als die Telefonverbindung.«

Maj nickte.

Einen Moment später stand Captain Winters in ihrem Hotelzimmer. Er sah sich kurz um und entdeckte Andy und Matt. »Personalschwund?«

»Wohl eher totale Erschöpfung.«

Winters nickte. »Ich werde nicht lange stören. Du solltest ein paar Stunden schlafen, wenn wir hier fertig sind.«

Maj war klar, dass es kein Vorschlag, sondern ein Befehl war. »Ja, Sir.«

»Unser Nachrichtendienst hat eine Akte über Heavener aufgetrieben«, sagte Winters. »Falls es ein- und dieselbe Person ist.« Er winkte, und neben ihm bildete sich ein zweites Holo, das eine schlanke Brünette zeigte.

Zuerst sah Maj keine Ähnlichkeit zwischen der Brünetten und der Blondine, der sie gestern Abend begegnet war. Kinn und Kiefer sahen ganz anders aus, und die Lippen der Blondine waren voller. Aber die Augen – obwohl sie auf dem Holo blau und nicht bernsteinfarben waren – hatten etwas an sich, das das Gesicht unverkennbar machte.

»Sie sieht jetzt zwar ganz anders aus, aber sie ist es«, erwiderte Maj.

Winters fuhr mit der Hand durch das Holo, das daraufhin in Millionen Pixel zersprang und verschwand. »Heavener ist nur einer der von ihr verwendeten Aliase. Sie ist eine sehr gefährliche Frau.«

»Seit gestern Abend kann ich mir das lebhaft vorstellen.«

»Ich werde dir noch einen vollständigen Bericht schicken, aber das Wichtigste sage ich dir gleich. Ihr richtiger Name – das glaubt zumindest unser Nachrichtendienst – ist Katrina Mahler. Sie ist Ende zwanzig und hat für die deutschen Terroristen gearbeitet, die sie zu einer Expertin für Sprengstoff, Nahkampf und Auftragsmord ausgebildet haben.«

Als Maj das kalte Glitzern in den Augen der Frau einfiel, glaubte sie es sofort.

»Als die deutsche Antiterrororganisation GSG 9 Heavener auf die Spur kam, ist sie in die Balkanländer geflohen und hat von dort aus operiert. Vor drei Jahren hat sie den politischen Terrorismus anscheinend gegen Aufträge aus der Wirtschaft eingetauscht. Es gibt zwar keine richtigen Beweise dafür, aber die Leute von der GSG 9 vermuten es jedenfalls.«

»Wissen sie, für wen sie arbeitet?«, wollte Maj wissen.

»Ich bin gerade dabei, mich umzuhören«, erwiderte Winters. »Bis jetzt lautet die Antwort jedoch nein.«

»Dass sie für Eisenhower Productions arbeitet, scheint ziemlich unwahrscheinlich zu sein – ein Spieleproduzent, bei dem lediglich Industriespionage oder Sicherheitsberatung infrage kommt?«

»Unsere Profiler sind der gleichen Meinung. Heavener ist süchtig nach Gefahr. Ihre Aufträge grenzten bis jetzt immer an Himmelfahrtkommandos. Für wen sie auch arbeitet, er muss ziemlich groß sein. Und etwas Großes vorhaben.«

»Aber er muss auch etwas mit der Spieleindustrie zu tun haben.«

»Sie ist hier«, stimmte Winters ihr zu. »Das ist eine Tatsache. Wenn wir wüssten, für wen sie arbeitet, würde uns das natürlich ein ganzes Stück weiterbringen, aber ich möchte, dass du und die anderen Net Force Explorers ihr aus dem Weg geht. Sie wird keine Sekunde zögern, einem von euch etwas anzutun.«

»Ja, Sir«, erwiderte Maj, obwohl es ihr ganz und gar nicht gefallen würde, wenn Winters sie ausgerechnet jetzt aus der Schusslinie nehmen würde. Aber sie wollte es lieber sofort wissen. »Können wir in dieser Sache weiter ermitteln?«

Winters zögerte. »Zurzeit haben wir nicht genügend Informationen, die es rechtfertigen würden, ein Team der Net Force herzuschicken. Jay Gridley und ich sind der Meinung, dass Heavener und ihre Auftraggeber einfach verschwinden würden, wenn wir hier zu früh auftauchen. Egal, was sie geplant haben, es läuft mit Sicherheit schon eine ganze Weile, und es gibt keine Garantie dafür, dass die Operation gestoppt wird, wenn sie nicht mehr da sein sollten.«

»Ja, Sir.« *Begeisterte Zustimmung wäre eine völlig falsche Reaktion*, sagte sich Maj. Sie beherrschte sich mit Mühe.

»Die Messe dauert noch drei Tage«, fuhr Winters fort. »Fürs erste möchte ich, dass du und der Rest des Teams Augen und Ohren offen haltet und Heavener und ihren Leuten aus dem Weg geht.«

Maj nickte.

»Und du hältst mich über alle neuen Entwicklungen auf dem Laufenden, ist das klar?«

»Selbstverständlich. Ich würde Sie aber gern noch etwas fragen.«

»Nur zu.«

»Es geht um Agent Roarke.« Maj wusste nicht recht, wie sie es sagen sollte. Winters stand voll und ganz hinter jedem, den er in den Einsatz schickte.

»Jon Roarke mag zuweilen etwas aggressiv erscheinen, aber er ist ein guter Mann. Bevor er zur Net Force gekommen ist, war er vorübergehend beurlaubt«, sagte Winters.

O je, das soll wohl heißen, dass er ein Problem mit Autorität hat, dachte Maj.

»Bis jetzt hat er seine Aufgaben immer erfüllt«, sagte Winters, »aber die Art und Weise, in der er sie erfüllt, sorgt zuweilen für Unmut. Trotzdem schätze ich mich glücklich, ihn bekommen zu haben.«

»Danke, Sir. Genau das wollte ich hören.«

Winters verabschiedete sich und verschwand.

Maj starrte aus dem Fenster des Hotelzimmers auf die Skyline von Los Angeles, hinter der gerade die Sonne aufgegangen war. Obwohl es ein schöner Tag zu werden versprach, hatte sie eine dunkle Vorahnung.

21. Kapitel

»He, schaut mal, was die Katze hereingeschleppt hat!« Andy Moore wies mit dem Daumen auf Leif Anderson.

»Ich protestiere«, sagte Leif. Er ließ sich im Schneidersitz auf den Teppichboden von Majs Hotelzimmer nieder. »Bei den Lustbarkeiten, denen ich mich hingegeben habe, waren weder Katzen noch andere Tiere zugegen.«

»Es ist elf Uhr morgens«, bemerkte Andy mit einem Wink auf Leifs Smoking. »Ist das nicht ein bisschen früh, um wieder auf eine Party zu gehen?«

»Wieder?« Leif rückte die verwelkte Nelke in seinem Knopfloch zurecht. »Alle, die nach dem Bankett gestern Abend ins Bett geschlichen sind, haben die echten Partys verpasst, auf denen die Geschäfte gemacht werden. Ich habe das feindliche Terrain erkundet.« Er warf einen Blick auf den Servierwagen, den der Zimmerservice heraufgebracht hatte, nachdem Maj Frühstück für alle bestellt hatte. »Sind das da Muffins?«

Maj nahm einen Muffin vom Tablett. »Blaubeere.«

»Die ess ich am liebsten.« Leif nahm den kleinen Teller mit dem Muffin, den Maj ihm hinüberreichte. Er seufzte zufrieden.

»Du warst bis eben auf Partys?«, fragte Catie ungläubig.

»Ja.« Leif brach den Muffin in zwei Hälften und aß ein paar Bissen. »Ich hatte einige Gläser Champagner und literweise Kaffee, aber nichts zu essen. Krümel auf einem Smoking sind geschmacklos, vor allem, wenn man versucht, hochrangige Manager zu beeindrucken, die die Existenz menschlicher Schwächen leugnen.«

Maj saß in einem Sessel und hatte die Knie bis unter das Kinn hochgezogen und die Arme um die Beine geschlungen. Alle Explorers hatten sich in ihrem Zimmer versammelt, um später gemeinsam die Messe zu besuchen. »Hast du auf den Partys was gehört, das uns nützen könnte?«

»Auf den meisten nicht. Aber ich habe ein paar sehr interessante Informationen über Eisenhower Productions in Erfahrung gebracht.« Leif biss wieder in den Muffin.

»Leif, deine Kunstpause ist jetzt zu Ende«, warnte Matt. Auch er saß auf dem Boden. Die rechte Seite seines Gesichts war eine Maske aus blauen und roten Flecken.

»Vor zwei Jahren sah es noch aus, als würde Eisenhower Productions jeden Moment Bankrott gehen. Das Unternehmen hatte seit vier Jahren keinen richtigen Hit mehr herausgebracht. Und da nach ein paar erfolgreichen Jahren die laufenden Kosten in die Höhe geschossen waren, wurden viele Designer und Programmierer gefeuert.«

»Ganz schön dumm«, schnaubte Andy verächtlich. »Wie soll man was verkaufen, wenn man nichts produzieren kann?«

»Das Management hat versucht, das zu kompensieren, indem nur Spiele von unabhängigen Designern veröffentlicht wurden. Das hat allerdings nicht sehr gut funktioniert. Eisenhower hielt sich mit den Tantiemen aus früheren Spielen, die sich noch immer gut verkauften, über Wasser, steuerte aber direkt auf einen Bankrott zu.«

»Bis vor zwei Jahren etwas passierte«, warf Maj ein.

»Genau. Vor zwei Jahren ist Peter Griffen mit den Leuten von Eisenhower in Kontakt getreten und hat sie gefragt, ob sie *Realm of the Bright Waters* herausbringen wollen. Sie wussten, dass das Spiel ein Knaller werden würde. Das einzige Problem dabei war, dass Peter auf dem Recht bestand, das Datum für den Verkaufsstart selbst festzulegen. Zu dem Zeitpunkt war Eisenhower aber nur noch zwei Monate von der Zahlungsunfähigkeit entfernt.«

»Das haben sie Peter aber nicht gesagt«, sagte Maj.

Leif schüttelte den Kopf. »Für Eisenhower wäre das tödlich gewesen. Peter hat sogar den größte Teil der Entwicklungskosten aus eigener Tasche beglichen, damit er die Kontrolle über das Spiel behalten konnte. Das Unternehmen hat erst gar nicht versucht, mehr Anteile zu kaufen, als Peter ihnen geben wollte.«

»Weil Eisenhower kein Geld hatte«, sagte Megan.

»Volltreffer. Es war kurz vor zwölf. Das Management war verzweifelt und fing an, sich nach einem Finanzier umzusehen, der die laufenden Kosten übernehmen sollte, solange Peter noch nicht fertig war.«

»Wieso sollte sich jemand an Eisenhower beteiligen?«, erkundigte sich Matt. »Es wäre doch viel effektiver, einfach abzuwarten, bis die Firma pleite und der Vertrag hinfällig ist, und dann mit Peter zu reden.«

»Genau«, stimmte Leif zu. »Und ich wette, der Präsident und die Manager, die den Deal mit Peter eingefädelt hatten, waren kurz vor einem Nervenzusammenbruch. Jetzt hatten sie eine Gans, die goldene Eier legte, und keine Zeit mehr, auf das erste Ei zu warten.«

»Warum hat sich Peter eigentlich Eisenhower Productions ausgesucht?«, fragte Maj. »Es gab doch sicher andere Produzenten, die ihn mit Kusshand genommen hätten.«

»Und ob«, antwortete Leif. »Eisenhower hatte einfach Glück. Von wem die Firma finanziert wird, wird allerdings so geheim gehalten wie ein Staatsgeheimnis. Vor zwei Jahren hat jemand eine gigantische Summe auf Eisenhowers Konten überwiesen. Nur so konnte Eisenhower das Marketing für das Spiel heute entwickeln und Peter finanzieren, als ihm das Geld ausging.«

»Ich frage mich, ob Eisenhower nicht versucht hat, Peter unter Druck zu setzen, als er kein Geld mehr hatte«, sagte Andy.

»Nach dem, was ich gehört habe«, erwiderte Leif, »haben sie es tatsächlich versucht. Allerdings hat Peter sich standhaft geweigert und angeboten, das Spiel auf Eis zu legen, bis er sich durch andere Arbeiten wieder Geld verdient hat, oder einen Kredit bei der Firma aufzunehmen. Eisenhower hat ihm dann das Geld geliehen, zu einem recht niedrigen Zinssatz sogar.«

»Wo kam das Geld her?«, fragte Maj.

Leif zuckte mit den Achseln. »Niemand weiß es. Aber alle haben gesagt, dass es so gelaufen ist.«

»Jemand hat an Peters Spiel geglaubt«, schlug Catie vor. »Das ist der einzige Grund, warum jemand investieren würde.«

»Aber warum dann diese Geheimniskrämerei?«, wunderte sich Megan. »Warum hat der Investor nicht einfach Eisenhower Productions übernommen und einen neuen Vertrag mit Peter ausgehandelt, wenn das Spiel wirklich so gut ist? Der Geldgeber hätte Peter auch unter Druck setzen, ihm einen Prozess anhängen und sich dann nehmen können, was er wollte.«

Andy schüttelte den Kopf. »Du meine Güte! Du hörst dich ja schon wie ein Finanzberater an.«

»Wirtschaftskanal auf HoloNet«, erwiderte Megan. »Du würdest dich wundern, was man als Tochter eines Schriftstellers alles an ungewöhnlichen Informationen aufschnappt.«

»Wer immer investiert hat, wollte, dass Peter die Kontrolle über das Spiel behält«, sagte Leif.

»Aber als es Probleme mit der Spiel-Engine gab, wollte Eisenhower nicht, dass Peter mit Oscar Raitt zusammenarbeitet. Oscar hat mir erzählt, dass es zwei zusätzliche Monate gedauert hat, um die Probleme in den Griff zu bekommen«, wandte Matt ein.

»Eine Person weniger, die sie kontrollieren müssen. Dieser geheimnisvolle Finanzier hat offenbar so viel Geld, dass es ihm auf zwei Monate mehr oder weniger nicht ankommt«, vermutete Leif.

»Eine Kapitalrendite hinauszuschieben entspricht nicht gerade betriebswirtschaftlichen Grundsätzen«, wandte Maj ein.

»Doch – wenn das Produkt noch nicht fertig ist, man aber genau weiß, dass es gut sein wird.«

Maj spielte alle Möglichkeiten in Gedanken durch und versuchte, die Puzzlestücke zusammenzusetzen. »Hier geht es um mehr als nur um Geld«, sagte sie dann.

»Und was soll das sein?«, fragte Matt.

Sie schüttelte den Kopf. »Ich weiß es nicht. Aber ich glaube, wenn wir es herausfinden, wird alles andere einen Sinn ergeben.«

»Es ist auf jeden Fall nur allzu verständlich, warum die Manager von Eisenhower in Panik geraten sind, als Peter drohte, das Spiel zurückzuziehen. Wenn das Spiel nicht herauskommt, geht die Firma endgültig in den Bankrott.«

»Kannst du das Geld zurückverfolgen, das Eisenhower bekommen hat?«, wollte Maj von Leif wissen.

»Das versuche ich gerade. Mein Vater hat einige seiner besten Leute auf die Sache angesetzt, die auf solche Nachforschungen spezialisiert sind. Wenn es den Investor gibt, finden sie ihn auch. Aber ich wette, es gibt keinerlei Nachweise über das geflossene Geld. Diese Leute sind gut.«

»Und es sind vermutlich auch die Leute, für die Heavener arbeitet.« Maj hatte ihre Freunde zu Beginn der Besprechung über die Blondine informiert. »Wenn wir nur eine einzige Spur finden, wissen wir, um was es hier geht.« Sie warf einen Blick auf den Bildschirm in der Ecke, auf dem gerade eine Sendung von HoloNet lief.

»Aber welche Verbindung sollte es zwischen einer freischaffenden Industriespionin und einem Online-Spiel geben?«, wunderte sich Matt.

Darauf hatte niemand eine Antwort. Maj war tief in Gedanken versunken und musste an die Überlagerung denken, die sich bei dem Spiel ereignet hatte. Ihr Blick wanderte wieder zu der Holo-Übertragung. Der Ton war abgestellt, nur das Bild lief. In der Ausstellungshalle unten waren bereits Tausende Fans, die *Realm of the Bright Waters* kauften. Das Spiel sollte am nächsten Morgen ins Netz gehen. Vertreter vom *Guinness Buch der Rekorde* waren angereist, um dabei zu sein, wenn Geschichte gemacht wurde und das Spiel auf der Messe, landesweit in Geschäften und über das Netz verkauft wurde.

»Wie läuft's?« Catie deutete auf den Marketing-Repräsentanten, der gerade Majs Flug-Sim testete. Der Mann saß auf dem Implantationsstuhl des kleinen Vorführstandes, den Maj für zwei Stunden gemietet hatte.

Maj zuckte mit den Achseln und musste sich beherrschen, um nicht auf- und abzugehen. Es fiel ihr schwer, denn sie war so nervös, dass ihr Körper geradezu nach Bewegung schrie. »Ganz gut. Schätze ich.« Sie zögerte. »Ich weiß es nicht. Diese Warterei bringt mich noch um.«

»Lass den Kopf nicht hängen.« Catie lächelte. »Du hast doch gewusst, dass das der schlimmste Teil sein würde. Schließlich ist das was ganz anderes, als die Sim Matt zu zeigen.«

Maj seufzte. »Ich weiß. Das habe ich mir ja auch schon gesagt, aber jetzt, wo es soweit ist, bin ich eben nervös.«

»Und? Wer ist der Mann?«

Maj warf einen Blick auf die Visitenkarte, die der Mann ihr gegeben hatte. »Harold J. Dawkins, Fortress Games. Er ist Produzent.«

»Und das heißt, er kann deine Sim kaufen.«

Maj nickte.

»Fortress ist sehr bekannt. Ich wusste gar nicht, dass du diese Firma auf deiner Liste hattest.«

»Ich auch nicht«, erwiderte Maj. »Er ist vor ein paar Minuten gekommen und hat mich gefragt, ob ich Zeit hätte, ihm die Sim zu zeigen. Da zwei andere Vertreter nicht aufgetaucht sind, war das kein Problem.«

Catie hob die Hände und umschloss die Daumen mit den anderen Fingern.

Maj versuchte, die Schmetterlinge in ihrem Bauch zu ignorieren, die wild mit dem Flügeln schlugen. »Hat Leif schon was über Eisenhowers geheimnisvollen Finanzier herausgefunden?«

»Nein. Roarke und Matt versuchen gerade herauszufinden, was Oscar Raitts in den letzten Tagen gemacht hat. Sie haben eine Ticketreservierung auf seinen Namen gefunden, für einen Flug von Seattle nach Los Angeles, und den Fahrer aufgetrieben, der Raitt ins Hotel gebracht hat. Das Hotel vertritt jedoch nach wie vor den Standpunkt, dass jemand nur dann Gast bei ihnen war, wenn er im Computer registriert ist. Holmes hat einen seiner Leute mit Ermittlungen beauftragt, aber Matt bezweifelt, dass er was finden wird.«

Ist Raitt verschwunden oder tot?, fragte sich Maj. Ein Schauer lief ihr über den Rücken. *Der Typ, den ich gestern Abend getroffen habe, hatte Angst.*

Harold J. Dawkins setzte sich im Implantatstuhl auf. Er war Mitte zwanzig, hatte kurz geschnittenes, wasserstoffblondes Haar und trug einen Trainingsanzug, obwohl er nicht gerade so aussah, als wäre er Mitglied in einem Fitnessclub. »Tolle Sim. Man hat wirklich den Eindruck, selbst zu fliegen.« Er fuhr mit der Hand durch die Luft vor sich und ahmte das Geräusch eines Düsentriebwerks nach.

Maj lächelte erleichtert. »Danke. Ich hab viel Zeit in die Entwicklung gesteckt.«

»Das merkt man«, sagte Dawkins. »Ich bin froh, dass ich

hergekommen bin.« Er zog einen PDA aus der Tasche und schaltete ihn ein. »Ich glaube, wir werden uns schon einig werden, wenn Sie die Sim lizensieren wollen.«

Catie sah Maj begeistert an und formte mit den Lippen das Wort *Wow!*, was Dawkins allerdings nicht sehen konnte.

»Ja, natürlich«, sagte Maj. »Aber sind Sie wirklich sicher?«

Dawkins lachte. »Ich kaufe schon eine ganze Weile Spiele ein, und ich glaube, ich weiß, was ein gutes Spiel ist. Wenn Sie einverstanden sind, würde ich mich gern über die notwendigen Arrangements mit ihnen unterhalten. Natürlich nur, wenn Ihnen keine anderen Angebote vorliegen, die Sie in Erwägung ziehen würden.«

Maj war völlig verblüfft. »Ähm, nein, ich habe keine anderen Angebote.«

Catie warf ihr einen warnenden Blick zu, dann drehte sie sich zu Dawkins um und lächelte ihn an. »Es gibt natürlich noch einige Firmen, die sich die Sim heute und morgen ansehen werden.«

»Ich verstehe, aber ich kann ihnen gleich einen Vertrag anbieten«, erwiderte Dawkins. »Jetzt sofort.«

»Einfach so?«, wunderte sich Maj.

Dawkins zuckte mit den Achseln. »Sie müssten sich allerdings sofort entscheiden. Mein Firma bezahlt mich dafür, dass ich Spiele einkaufe, und genau das tue ich. Wenn ich etwas sehe, das mir gefällt, lizensiere ich es auch. Schätze, man könnte die Verhandlungen schwieriger gestalten, aber das ist nicht mein Stil.«

Maj wollte sofort zusagen. Es war eine Bestätigung ihrer Arbeit. Aber sie hatte das Gefühl, dass hier nicht alles mit rechten Dingen zuging. Das Angebot kam ihr irgendwie merkwürdig vor.

»Kann ich später noch mal auf Sie zurückkommen?«, fragte sie.

Dawkins war sichtlich verärgert über die Antwort. »Ich würde mich lieber jetzt mit Ihnen darüber unterhalten.«

»Ich weiß, aber mein Vater hat mich gebeten, zuerst mit ihm zu sprechen, bevor ich einen Vertrag unterschreibe.« Das war nicht gelogen. Ihr Vater interessierte sich für ihre Arbeit und würde vor einem Abschluss vermutlich mit ihr sprechen wollen. »Kann ich Sie anrufen, nachdem ich mit ihm gesprochen habe?«

»Eigentlich bin ich es gewohnt, meine Verträge sofort abzuschließen«, sagte Dawkins.

»Was aber nicht heißen muss, dass wir uns nicht einigen können«, erwiderte Maj.

Dawkins zögerte einen Moment, als wollte er noch etwas sagen. Aber dann lächelte er und verließ den Stand.

Als Maj ihm nachsah, hatte sie ein ungutes Gefühl im Bauch.

»Sie hat es nicht geschluckt«, sagte Heavener.

Gaspar, der an dem mit Papier überladenen Schreibtisch in seiner VR saß, lächelte trotz der Angst, die ihm fast den Atem raubte. Maj Green war nicht dumm. Und die anderen Net Force Explorers auch nicht. Er beobachtete Heavener über eine Knopfkamera.

Heavener redete über die verschlüsselte Kommunikationsverbindung, sodass er nur ihre Seite der Unterhaltung hören konnte. »Vielleicht hat Dawkins ja übertrieben«, sagte sie, »aber er hat sich innerhalb der Parameter seines Auftrags bewegt.« Pause. »Nein, ich glaube nicht, dass das Mädchen Verdacht geschöpft hat.«

Gaspar warf einen Blick auf die anderen Bildschirme vor

seinem Schreibtisch, auf denen die Ausstellungshalle zu sehen war. Heaveners Männer hatten die Überwachungstechnik im Handumdrehen wieder zum Laufen gebracht. Bis jetzt hatte sie ihm noch keine konkreten Aufgaben gegeben, sondern nur gesagt, er solle alles überwachen und die Verwirrung aufrechterhalten, die das Verschwinden von Oscar Raitt umgab.

Er hatte gehofft, dass Matt Hunter die Spur, die zu Raitt führte, nutzen würde. Der Spieledesigner war vielleicht die einzige Verbindung zu Peter, die Heavener übersehen hatte. Die Frau war zwar eine Mörderin und Psychopatin, aber sie machte Fehler wie jeder andere auch.

»Wir müssen härtere Maßnahmen ergreifen«, sagte Heavener. »Nach zehn Uhr morgen früh können wir nichts mehr tun.«

Gaspar hörte aufmerksam zu. Um zehn Uhr am nächsten Tag sollte *Realm of the Bright Waters* ins Netz gehen. Er hatte zwar gewusst, dass Peters Spiel im Mittelpunkt ihrer Pläne stand, aber dass D'Arnot Industries nur auf den Start des Spiels wartete, war ihm neu. Gaspar war sich immer noch nicht sicher, was das Unternehmen mit der veränderten Programmierung des Spiels beabsichtigte.

»Wir bringen sie um«, sagte Heavener.

Gaspar gefror das Blut in den Adern.

»Captain Winters wird sich in die Ermittlung einschalten, um herauszufinden, wer sie getötet hat«, fuhr Heavener fort. »Bis sie die Ausstellungshalle abgeriegelt und mit der Spurensuche begonnen haben, haben sie das Spiel völlig vergessen.«

Heavener auf dem Bildschirm hörte kurz zu, dann lächelte sie kalt.

»Ich habe mir schon etwas ausgedacht«, sagte sie dann.

»Oscar Raitt, der Spieledesigner, den wir gestern Abend entführt haben, wird unseren Sündenbock spielen. Ich werde alles so arrangieren, dass es aussieht, als hätte Raitt aus Eifersucht über den Erfolg seines Freundes Green und Griffen getötet. Wir werden es so hindrehen, dass jeder denkt, Griffen hätte sein Verschwinden selbst inszeniert, um Werbung für sein Spiel zu machen. Die Manager von Eisenhower werden uns unterstützen und behaupten, Peter hätte alles getan, um das Spiel zu einem Erfolg zu machen. Nach dem Mord an Green und Griffen wird Raitt von einem der Sicherheitsbeamten des Hotels, den wir bestochen haben, erschossen.«

Gaspar lauschte auf die Stille, die Heaveners Worten folgte. Er rang nach Atem, als wäre er gerannt.

»Morgen früh, kurz bevor das Spiel online geht«, sagte Heavener. Dann tippte sie auf den Kontaktbildschirm und unterbrach die Verbindung. Sie drehte sich um und ging zu Gaspars Körper, der im Implantatstuhl lag. Plötzlich hatte sie ein Messer in der Hand.

Sie weiß, dass ich sie abgehört habe. Die Erkenntnis traf Gaspar wie ein Donnerschlag.

»Jetzt hör mir mal gut zu, du kleiner Mistkäfer«, sagte Heavener mit ihrer kalten, rauen Stimme. »Ich weiß, dass du mir nachspionierst.« Sie fuhr mit dem Messer über Gaspars physischen Körper. »Aber ich lasse dich leben, damit du weißt, wie sinnlos deine stümperhaften Versuche sind.«

Gaspar konnte weder atmen noch sprechen. Obwohl die Empfindungen seines physischen Körpers von der neurologischen Schnittstelle zum Netz gedämpft wurden, spürte er den kalten Stahl der Klinge an seiner Kehle.

»Was passiert, wenn ich dir die Halsschlagader aufschlitze?« Heavener setzte ihm die Spitze des Messers an den Hals.

»Du wirst natürlich verbluten. Aber willst du deinen Tod vom Netz aus beobachten? Oder kommst du lieber zurück und stirbst hier?«

Gaspar konnte nicht antworten.

»Und wenn du deinen Tod vom Netz aus beobachtest«, fuhr Heavener fort, »hörst du dann im Netz einfach auf zu existieren, wenn du hier stirbst? Wie der letzte Funken in einer kaputten Glühbirne?«

Gaspar zitterte vor Angst. Die Stresssensoren leuchteten auf und zeigten in der Luft vor ihm eine Warnmeldung an. Wenn er seine Reaktion nicht unter Kontrolle bekam, würde er aus dem Netz geworfen werden und wieder im Stuhl landen. Er versuchte, ruhig zu bleiben.

Plötzlich nahm Heavener das Messer weg. »Enttäusch mich nicht. Es gibt Schlimmeres im Leben als den Tod. Und ich weiß, was es ist.« Sie trat einen Schritt vor und zerschmetterte die Knopfkamera an der Wand mit dem Griff ihres Messers.

Der Bildschirm in seinem VR-Arbeitsraum erlosch und zeigte ein kaltes, leeres Grau an.

22. Kapitel

Maj lag im Implantatstuhl ihres Hotelzimmers und sprang ins Netz. Sie öffnete ihre private VR und stellte eine Verbindung zu Leifs Folienpack her.

Nach dem dritten Läuten erschien sein Gesicht auf dem Bildschirm. »Ja?«

»Man hat mir gerade einen Lizenzvertrag für meine Flug-Sim angeboten«, sagte Maj ohne Umschweife.

Leif sah völlig erschöpft aus, lächelte aber. »Meinen Glückwunsch.«

»Zu früh«, erwiderte Maj. »Ich glaube, es war eine Falle. Der Typ wollte einfach kein Nein akzeptieren und schien ziemlich verärgert zu sein, als ich nicht sofort in die Vertragsverhandlungen einsteigen wollte.«

»So macht man doch keine Geschäfte«, erwiderte Leif.

»Nach dem, was er gesagt hat, schon.«

»Und was glaubst du?«

»Das ihn jemand als Ablenkungsmanöver zu mir geschickt hat«, antwortete Maj.

»Weil Peter Griffen verschwunden ist?«

»Es muss noch einen anderen Grund geben. Und ich glaube, dass es hier um mehr geht als nur um Geld.«

»Maj, für eine Firma geht es immer ums Geld.«

»Genau genommen geht es noch um etwas anderes«, erwiderte Maj. »Du siehst die Wirtschaft viel zu altruistisch. Reichtum hat sehr viel mit Politik zu tun, und in der Politik geht es um zwei Dinge.«

Leif nickte, weil er verstanden hatte. »Geld und Macht. Wenn es also nicht ums Geld geht, geht es um Macht. Aber inwiefern?«

»Das weiß ich auch nicht. Vielleicht solltest du dir mal Fortress Games ansehen. Das Unternehmen gehört zwar zu den ganz Großen in der Spieleindustrie, aber vielleicht gibt es ja Partner.«

»Ich kümmere mich darum und geb dir dann Bescheid.«

Maj bedankte sich und unterbrach die Verbindung. Dann rief sie Mark an, der wie erwartet noch im Netz war. In ihrer VR erschien ein Videobildschirm, auf dem Mark in seinem Schutzanzug zu sehen war.

»Andy und ich haben uns das Online-Spielepaket von

Realm of the Bright Waters etwas genauer angesehen«, sagte Mark. »Willst du herkommen?«

»Habt ihr was Interessantes gefunden?«

»Vielleicht. Aber es ist nicht gerade spektakulär. Sieh es dir am besten selbst an.«

Maj nahm seine Hand und ließ sich durch das Telekommunikationssystem des Netzes ziehen. Die Umgebung wurde unscharf, aber im nächsten Moment stand sie auf einer hohen Klippe, von der der Blick auf ein mit Bäumen bewachsenes Tal ging. Mitten hindurch schlängelte sich ein Fluss, dessen Wasser in der Sonne glitzerte.

»Gibt es einen Grund dafür, dass wir die Anzüge tragen?« Maj deutete auf ihren Schutzanzug, der dem von Mark sehr ähnlich war.

»Das Spielepaket neigt dazu, auf andere Programmierungen reagieren zu wollen«, sagte Andy, der ebenfalls einen Schutzanzug trug und am Rand der Klippe in die Hocke gegangen war. »Sehr benutzerfreundlich.«

»Ist das nicht ungewöhnlich?«, fragte Maj.

»Eigentlich nicht«, erwiderte Mark. »Bei vielen Spielepaketen sind automatische Schaltungen eingebaut. Das Spiel stellt die Welt und die verschiedenen Spielemöglichkeiten vor und hofft, das Interesse eines potenziellen Spielers zu erwecken, damit sich dieser für die Online-Services anmeldet.«

Maj warf einen Blick in das Tal hinunter. Zwischen den Bäumen flogen Vögel mit buntem Gefieder, das rot, orange, smaragdgrün und dunkelblau schimmerte.

»Ich wollte uns hierher bringen, ohne gleich die interaktive Programmierung auszulösen«, sagte Mark. »Als wir das erste Mal hier gewesen sind, wurden wir von einer primitiven Kultur angegriffen.«

»Richtige Neandertaler, direkt aus der Steinzeit.« Andy grinste. »Aber ich hatte mein Schwert dabei und Mark noch ein paar Zaubersprüche aus seiner Trickkiste. Irgendwann hat er sich dann die Haare angezündet. Du hättest mal sehen sollen, wie schnell die Jungs laufen konnten.«

»Das hört sich ja an, als hättet ihr euch prächtig amüsiert«, bemerkte Maj.

»Wie ich schon sagte«, fuhr Mark fort, »ist Interaktivität quasi Standard. Sie macht den Spieler neugierig und sorgt dafür, dass er auch den Rest des Spiels sehen will. *Realm of the Bright Waters* ist nett gemacht. Brillant entwickelt, gut durchdacht. Allerdings …«

»Das ist das Wort, auf das ich gewartet habe«, warf Maj ein.

»Ich habe in der Programmierung nach der Anomalie gesucht, die du und Matt in deiner VR erlebt habt, und dazu ein Diagnoseprogramm laufen lassen. Es hat das Spielepaket mit dem verglichen, was ihr gesehen habt. Es gibt keine Spur von einer Anomalie.«

Maj überlegte und versuchte, die Neuigkeit mit dem in Einklang zu bringen, was sie schon wusste. »Sie müsste aber da sein.«

»Fehlanzeige. Aber als ich mir die Programmierung des Spielepakets angesehen habe, ist mir ein anderes interessantes Detail aufgefallen. Von der normalen Programmierung einer Online-Schnittstelle fehlt eine ganze Menge.«

»Ist das Spielepaket defekt?«, wollte Maj wissen.

»Nein. Wenn ein Benutzer sich anmeldet und die Programmierung für die Zusammenfassung der Geschichte herunterlädt, werden die fehlenden Dateien automatisch ergänzt.«

»Und warum hat man sie dann ausgelassen?«

»Keine Ahnung«, antwortete Mark.

»Es wäre denkbar, dass man beim Datascript des Spielepakets Speicherplatz sparen wollte. Aber die Notwendigkeit dazu besteht gar nicht, denn die entsprechenden Dateien sind archiviert und brauchen nicht viel Speicherplatz«, warf Andy ein.

»Möglich wäre auch, dass Eisenhower die Produktionszeit der Spielepakete verkürzen wollte und daher die Programmierung, die automatisch über das Netz heruntergeladen werden kann, gar nicht erst dazugenommen hat.«

»Aber dann hätte es doch genügt, einfach eine Download-Site ins Netz zu stellen«, wandte Maj ein.

»Im Prinzip schon«, stimmt Andy ihr zu, »aber für die Spieler gibt es nach wie vor nichts Besseres, als einen bunten Karton mit einem neuen Spiel in der Hand zu halten. Das ist wie der siebente Himmel für sie. Und deshalb sind die Spieleproduzenten auch noch nicht völlig online gegangen mit ihren Produkten.«

»Große Downloads über das Netz können auch heute noch ein Problem sein«, erklärte Mark. »Der Erfolg eines Unternehmens steht und fehlt mit der Fähigkeit, dem Verbraucher das zu liefern, was er haben will.«

»Was wiederum dafür spricht, ein vollständiges Spielepaket zu produzieren und die Downloads möglichst klein zu halten«, sagte Maj. Am Himmel über ihnen schwebte ein Drache, aber es war nicht Peters Drache. Plötzlich schoss ihr ein Gedanke durch den Kopf. »Hast du mal versucht, die Programmierung hinzuzufügen, die automatisch aus dem Netz ergänzt wird?«

Mark nickte. »Natürlich. Aber es war kein Unterschied in der Performance festzustellen. Keine Überlagerungsanomalie.«

»Aber warum gab es dann gestern auf der Messe eine Überlagerung?«, fragte Maj.

Mark schüttelte den Kopf. »Ich könnte mir lediglich vorstellen, dass Eisenhower neben der normalen Programmierung noch ein paar andere Dateien auf das System des Spielers lädt.«

»Könnten sie die zusätzliche Programmierung mit dem Netz-Upload zusammen übermitteln?«, erkundigte sich Maj.

»Ja, sicher, aber das Netz führt ja einen Virus-Check durch.«

Maj spürte, dass sie auf der richtigen Spur war. »Ich glaube nicht, dass es hier um einen Virus, ein Trojanisches Pferd oder einen Wurm geht. Was würde passieren, wenn die zusätzlichen Dateien einfach Teil der Spieleprogrammierung wären?«

»Die VRs würden sie ohne Überprüfung akzeptieren.«

»Aber warum hat Eisenhower den Überlagerungseffekt denn nicht einfach gelöscht, wenn es so einfach ist?«, wandte Andy ein.

»Vielleicht, weil der Effekt nicht mehr so einfach gelöscht werden kann, wenn die Programmierung erst mal läuft«, erwiderte Maj. »Aber ich glaube, Eisenhower, und wer immer hinter der Firma steht, wollen, dass die Überlagerung stattfindet.«

»Und warum?«, fragte Andy.

»Das«, erwiderte Maj, »ist nach wie vor die große Frage.«

Maj wachte auf, als jemand an die Tür ihres Hotelzimmers klopfte. Ihr Kopf fühlte sich an, als wäre er mit Sägemehl ausgestopft worden, und ihre Augenlider weigerten sich beharrlich, eine Aufwärtsbewegung auszuführen. Sie stand auf, zog sich einen Morgenmantel über und sah durch den Videospion in der Tür. Im Korridor stand Leif. Sie ließ ihn herein.

»Hast du etwa schon geschlafen«?, fragte er in einem Ton, der für diese Uhrzeit entschieden zu fröhlich war.

»Es ist nach Mitternacht«, sagte Maj.

»Na und?« Leif trug einen Smoking und wirkte sehr gepflegt, aber seine Augen sahen glasig aus.

»Sag bloß, du bist immer noch nicht im Bett gewesen?«, fragte Maj ungläubig.

»Keine Zeit.« Leif ließ sich in einen Sessel fallen. »Außerdem dachte ich, du würdest es gern als Erste erfahren.«

»Was erfahren?«

Leif grinste. »Wer Eisenhowers geheimnisvoller Finanzier ist.«

»Jetzt sag schon.«

»Du weißt doch, dass ich es gern spannend mache«, neckte Leif. »Nachdem du mich auf Fortress Games aufmerksam gemacht hast, habe ich die Firma von den Leuten meines Vaters überprüfen lassen. Sie sollten herausfinden, wer die Investoren sind. In der Regel sind es bei jedem Unternehmen gleich mehrere. Sie haben eine ganze Reihe von Firmenmänteln entdeckt, die jedoch alle zu ein und derselben Quelle führen. Das gab mir zu denken. Die Leute meines Vaters konnten nur herausfinden, wer hinter Fortress Games steht, indem sie den Geldfluss zurückverfolgt haben. Die Überweisungen sind über ein Dutzend Grenzen, fast drei Dutzend Banken und sechzehn verschiedene Länder gelaufen.«

»Klingt kompliziert«, sagte Maj.

»Sehr kompliziert«, stimmt ihr Leif zu. »Aber mein Vater hat einige sehr gute Leute unter seinen Mitarbeitern, und Hendricks gehört zu den besten. Ich habe ihn gebeten, sich ein paar Überweisungen anzusehen, die durch die gleichen Kanäle geschleust wurden und um die Zeit herum erfolgt sind, zu der Eisenhower Productions seine Geldspritze bekommen hat.«

»Lass mich raten – dieselbe Quelle?«

Leif nickte. »Genau. Hast du schon mal was von D'Arnot Industries gehört?«

»D'Arnot Industries«, sagte Captain Winters, »ist ein Unternehmen mit Hauptsitz in Frankreich und vor allem in der Waffenherstellung tätig.« Sein Holo stand mitten im Konferenzraum des Hotels. Ein Team der Net Force hatte das Gebäude gesichert und sämtliche Telekommunikation verschlüsselt, die zwischen den verschiedenen Parteien hin- und herging. Das Bild von Winters wirkte verzerrt, und seine Stimme klang manchmal etwas hohl, da die Telekommunikation im Cache gespeichert und dann als Impulsbündel weitergeleitet wurde, was ein Abhören im Netz noch mehr erschwerte.

Maj hörte ihm aufmerksam zu. In der Stunde, die Winters gebraucht hatte, um die Besprechung zu arrangieren, hatte sie selbst einige Nachforschungen zu D'Arnot Industries angestellt. Neben ihr saßen die anderen Net Force Explorers und Agent Roarke.

»Das Unternehmen wurde in den Sechzigerjahren des vorigen Jahrhunderts gegründet, in der Zeit des Kalten Krieges«, fuhr Winters fort. Bilder und Videos wurden in die Luft projiziert, während er sprach. »Während der Siebziger- und Achtzigerjahre hat es vor allem Kleinwaffen hergestellt. In den Neunzigerjahren, als es in den russischen Satellitenstaaten zu ersten Unruhen kam, begann es mit der Produktion von Panzern und Angriffshubschraubern.«

»Nach 2002 war es ein Großkonzern«, sagte Leif. »Und danach wurden die Gewinne immer größer. Außerdem hat D'Arnot gigantische Summen in die Softwareentwicklung investiert.«

Winters nickte. »Krieg ist ein gutes Geschäft. Schon immer. D'Arnot hat mit allen Geschäfte gemacht und einige der produzierten Waren über Firmenmäntel vertrieben. In Krisenzeiten sind von D'Arnot und seinen Tochtergesellschaften zuweilen beide Parteien eines Konflikts mit Waffen beliefert worden.«

»Sie sagten, der Hauptsitz sei in Frankreich«, sagte Matt. »Oscar erzählte, Peter Griffen habe dort gelebt, als er sein Spiel entwickelte.«

»Nachdem D'Arnot Eisenhower finanziell unter die Arme gegriffen hatte. Wir haben uns Griffens Pass angesehen. Die Daten passen genau zusammen.«

»Und warum ordnet die Net Force dann keine Durchsuchung bei D'Arnot an?«, wollte Andy wissen.

»Weil es kein Verbrechen ist, in andere Unternehmen zu investieren«, erwiderte Leif.

»Sie haben den Geldfluss verschleiert«, protestierte Andy.

»Das ist zwar verdächtig«, meldete sich Winters zu Wort, »aber kein Verbrechen. Bis jetzt haben wir D'Arnot noch keine strafbare Handlung nachweisen können.«

»Und was ist mit Heavener?«, fragte Maj.

»Wir können nicht beweisen, das sie für D'Arnot arbeitet.«

»Was ist mit ihrem Pass?«, meldete sich Catie. »Ist sie in der letzten Zeit in Frankreich gewesen?«

»Das kommt darauf an, welchen ihrer vielen Pässe wir uns ansehen und welchem Nachrichtendienst wir glauben wollen. Diese Frau ist ein Geist«, sagte Winters.

»Und selbst wenn wir etwas gegen sie in der Hand hätten, müssten wir sie erst einmal finden. Ich habe das Gefühl, dass das nicht so einfach sein wird«, fügte Roarke hinzu.

»Sie hat so viele Leute bei der Aktion im Hotel eingesetzt, dass sie hier irgendwo einen Stützpunkt haben muss«, bemerkte Winters. »Ich habe einige unserer Sicherheitsleute beauftragt, entsprechende Informationen über Los Angeles und die umliegenden Gegenden durchzugehen. Wenn wir sie auf diese Weise finden, können wir zuschlagen.«

»Sollten wir nicht ein Team der Net Force hinzuziehen?«, erkundigte sich Roarke.

»Ein Team ist bereits unterwegs«, antwortete Winter.

»Wir könnten Leute von hier einsetzen«, schlug Roarke vor.

»Die haben anderes zu tun, Agent Roarke«, sagte Winters mit jenem Anflug von Stahl in der Stimme, den Maj bis jetzt nur selten bei ihm gehört hatte. »Ich brauche hier ein Team, das sich kennt und bereits miteinander gearbeitet hat, nicht eines, das auf die Schnelle zusammengewürfelt wurde.«

»Ich wollte damit nur sagen, dass wir die Teenies nach Hause schicken sollten.«

»Ich glaube nicht, dass diese jungen Männer und Frauen hier in Gefahr sind, und daher möchte ich Sie bitten, bei ihnen zu bleiben.«

Maj konnte am Gesichtsausdruck des Net Force-Agent erkennen, dass ihm dieser Auftrag ganz und gar nicht behagte.

»›Babysitter‹ wird sich in meiner Personalakte sicher gut machen«, murmelte Roarke.

»Agent Roarke«, sagte Winters, »zu gegebener Zeit werden Sie und ich Ihre Einstellung zu meinen Leuten diskutieren. Und zwar ausführlich.«

»Ja, Sir.«

Winters wandte sich wieder an die Net Force Explorers. »Euch jetzt, nachdem Heavener weiß, wer ihr seid, nach Hause zu schicken, wäre vielleicht sicherer, aber es könnte uns verraten. Es wäre besser, wenn sie denken, dass es bei dieser Besprechung immer noch um die laufenden Ermittlungen zu Peter Griffens Entführung geht. Wenn ihr jetzt einfach so verschwindet, werden sie es uns nicht glauben.«

Alle Net Force Explorers stimmten ihm zu.

»Wenn einer von euch gehen möchte, steht ihm das natürlich frei.«

Keiner von ihnen nahm Captain Winters' Angebot an.

»Ich glaube, wir sind hier sicher, Sir«, sagte Maj. »Aber selbst wenn Sie ein Team der Net Force hier haben, kann es erst losschlagen, wenn Sie bewiesen haben, dass D'Arnot Industries ein Verbrechen begangen hat.«

»Für zwei Namen von Heavener liegen Vorstrafen vor«, meldete sich Roarke zu Wort. »Und das hat D'Arnot vielleicht nicht gewusst.«

»Oder ihre Auftraggeber haben es ignoriert. Einer Spionin sieht man in dieser Branche eine Menge nach.« Captain Winters überlegte kurz. »Sie ist das schwache Glied in der Kette. Wir haben noch sechs Stunden und siebenunddreißig Minuten, bevor Eisenhower Productions mit *Realm of the Bright Waters* online geht.«

»Wenn wir Heavener vorher finden«, sagte Roarke, »können wir sie festnehmen, verhören und feststellen, ob sie zu einem Handel bereit ist – Strafminderung gegen Informationen. Um ihre Interessen wird sich niemand mehr kümmern, und das weiß sie nur zu genau.«

Als Maj den gleichgültigen Gesichtsausdruck von Agent

Roarke sah, wusste sie, dass er aus persönlicher Erfahrung sprach.

»Einverstanden«, erwiderte Winters. »Net Force Explorers, macht das Beste aus der Zeit, die uns noch bleibt. Haltet Augen und Ohren offen und bleibt miteinander in Kontakt. Und sobald euch etwas merkwürdig vorkommt, verschwindet ihr aus dem Netz und meldet euch bei mir.«

Gaspar Latke saß an dem Schreibtisch in seiner VR und hatte zum ersten Mal in seinem Leben das Gefühl, von der Unordnung darin erstickt zu werden. Er behielt die Bildschirme im Auge.

Der Monitor in der Mitte zeigte den Korridor vor Maj Greens Hotelzimmer. Das Bild wurde von einer Knopfkamera übertragen, die einer der drei Männer trug, mit denen Heavener unterwegs war.

»Schalt den Alarm ab«, befahl Heavener über die Audioverbindung.

Gaspar hatte Schwierigkeiten beim Atmen, und seine Kehle fühlte sich rau und entzündet an. Er wusste, dass es die physischen Empfindungen waren, die aus der Fleisch-und-Blut-Welt zu ihm in die VR drangen. Als er mit dem Zeigefinger einen Kreis in die Luft vor sich zeichnete, erschien ein blauer Knopf – die Verbindung zu dem Virus, mit dem er die Sicherheitssysteme des Hotels lahm legen konnte. Er drückte den Knopf und schickte den Virus los. Für die nächsten zweiundzwanzig Minuten und neunzehn Sekunden würde das Hotel nicht wissen, dass es das Zimmer überhaupt gab.

»Abgeschaltet«, flüsterte er. Gaspar kam sich vor wie ein Verräter. *Verzeih mir. Ich dachte, wir könnten uns gegenseitig helfen.* Aber dadurch, dass er sich mit Maj getroffen hatte, hatte er sie erst recht in Gefahr gebracht.

Einer von Heaveners Männern trat einen Schritt vor und zog eine kurze Brechstange aus dem Ärmel seines Jacketts. Die Blondine und ihre Leute trugen normale Straßenkleidung und wären keinem der Hotelgäste aufgefallen, die selbst zu dieser späten Stunde noch durch die Korridore gingen. Der Mann setzte die Brechstange an, brach das Schloss auf und stieß die Tür nach innen.

Heavener und einer der Männer gingen hinein. Gaspars Bild wurde jetzt von der Zieleinrichtung an Heaveners Waffe übertragen. Rubinrote Laserstrahlen wanderten durch den in Dunkelheit gehüllten Raum.

Einen Moment lang dachte Gaspar, Maj würde im Bett liegen. Aber als Heavener näher kam, stellte er fest, dass es nur die zerwühlten Laken waren.

»Sie ist nicht da«, sagte Heavener wütend. »Such sie. Jetzt! *Sofort*!« Sie winkte die Männer aus dem Zimmer und schloss die Tür hinter sich.

Gaspar atmete erleichtert auf, während er die Überwachungskameras des Hotels auf die Bildschirme vor sich schaltete. »Bin schon dabei.«

»In zwanzig Minuten und vierunddreißig Sekunden wird der Alarm für dieses Zimmer losgehen. Wenn wir das Mädchen bis dahin nicht gefunden haben, wird sie weglaufen, und das könnte die Net Force etwas zu früh auf uns aufmerksam machen«, zischte Heavener.

»Geben Sie mir noch etwas Zeit.« Gaspar durchsuchte die Korridore und den Bankettsaal und ließ gleichzeitig ein Suchprogramm mit Majs Bild laufen. Die Ausstellungshalle war wieder geöffnet, und er glaubte, sie könnte dort sein.

»Das Spiel wird bald online gehen. Ich habe keine Zeit zum Warten«, meldete sich Heavener wieder.

Irgendwo ging ein Alarm los.

Gaspar musste sich beherrschen, um nicht in Panik zu geraten.

»Eisenhowers Online-Site hat gerade einen Hacker gemeldet«, sagte Heavener.

»Ich kümmere mich darum«, antwortete er. Hacker, die versuchten, in das System zu gelangen, waren nichts Neues. Seit die Spielepakete von *Realm of the Bright Waters* auf den Markt gekommen waren, hatte es immer wieder Spieler gegeben, die versucht hatten, sich in Eisenhowers Site zu hacken. Gelungen war es keinem, aber sie hatten Gaspar ganz schön auf Trab gehalten. Eisenhowers Sicherheitspersonal war zwar gut, aber nicht so gut wie die Leute, die früher Gaspars Freunde gewesen waren – abgebrühte Hacker, die nur für den nächsten Hack lebten.

Gaspar rannte durch das Netz und sprang auf Eisenhowers Site, ein großes, imposantes Gebäude vor einem Cyber-Hintergrund. Er schlüpfte in die sicheren Dateien, in denen die Spieleprogrammierung gespeichert war. Der Raum, der die archivierten Dateien repräsentierte, war riesig und enthielt endlos lange Regale, die die verschiedenen Programme darstellten.

Neben den Regalen saßen Monster mit Fledermausflügeln, langen Krallen und hässlichen Fratzen. Sie stürzten sich auf die Hacker, die gut genug waren, um das normale Sicherheitssystem zu umgehen, und beförderten sie unsanft aus dem Netz heraus.

Plötzlich machte eines der Monster die Augen auf und sah ihn an. »Bist du es?«, krächzte es mit heiserer Stimme.

Gaspar bekam einen Schreck und wäre um ein Haar wieder von der Website verschwunden. »Wer bist du?«

Das Monster schimmerte, während es von seinem Podest

stieg. Als seine Beine den Boden berührten, hatte es sich in Mark Gridley verwandelt.

»Du bist Teil des Sicherheitsnetzwerks geworden?«, fragte Gaspar. Das hatte noch nie jemand geschafft.

Mark zuckte mit den Achseln. »Ich habe Stunden dafür gebraucht, also sei bitte nicht zu beeindruckt. Zuerst habe ich versucht, in die Regale zu kommen, aber sie sind alle verschlüsselt. Zumindest die, zu denen ich Zugang bekommen habe.«

Gaspar wich einen Schritt zurück. »Du hast den Alarm absichtlich ausgelöst.«

»Ja, weil ich gehofft hatte, dass du darauf reagieren wirst.«

»Warum?«

Mark deutete auf die Regale. »Weil wir keine Zeit mehr haben. Wir wissen das mit Griffens Spiel und den Überlagerungen.«

»Wie viel wisst ihr?«, fragte Gaspar.

»So ziemlich alles«, erwiderte Mark. »Wir wissen auch, dass D'Arnot Industries dahintersteckt.«

»Sie werden mich umbringen.«

»Als Maj uns erzählte, dass sie gestern Abend von einem Typ kontaktiert wurde, der Matts Proxy getragen hat, habe ich mir gleich gedacht, dass du es warst. Aber es gibt nur einen Grund, warum du so etwas tun würdest – du willst aussteigen.«

»Es stimmt. Ich will aussteigen.«

Mark nickte. Sein junges Gesicht war sehr ernst. »Dann wirst du uns helfen müssen. Wenn ich mehr Zeit hätte, könnte ich mich in das System hacken – gut genug bin ich –, aber dazu reicht es nicht mehr. *Realm of the Bright Waters* geht bald online, und dann ist es zu spät.«

»Bring mich weg, denn sonst werden sie mich töten«, sagte Gaspar.

»Du glaubst, dass sie dich umbringen werden. Deshalb hast du auch Kontakt zu Maj aufgenommen.«

Gaspar schwieg einen Moment, weil er spürte, dass er kein Druckmittel mehr hatte. »Ich brauche Hilfe.«

»Und ich brauche einen Zugangskode«, erwiderte Mark.

»Du kannst mich nicht einfach hier lassen«, flehte Gaspar. »Das wäre so, als würdest du mich eigenhändig umbringen.«

Mark schien nicht sehr überzeugt zu sein. »Wo sind Peter Griffen und Oscar Raitt?«

»Heavener hat sie.«

»Wo?«

»Im Hotel. Sie wird sie umbringen, damit es so aussieht, als hätte Raitt Griffen umgebracht, nachdem dieser seine eigene Entführung inszeniert hat.«

»Wann?«

Gaspar war so verzweifelt, dass er log. »Ich weiß es nicht.«

Mark sah sich im Archiv um, blieb aber völlig ruhig. »Du bist dran. Gib mir einen Kode, damit ich in das System kann, und lass mich dein Signal zurückverfolgen.«

»Woher weiß ich, dass ich dir vertrauen kann?«

Mark starrte ihn an. »Hast du denn eine andere Wahl? Wir haben ein Team der Net Force einfliegen lassen, das jederzeit losschlagen kann. Sie brauchen nur die Koordinaten.«

»Ich weiß nicht, wo ich bin.«

»Wir finden dich schon.«

Heavener meldete sich über den Kommunikationskanal, den Gaspar für sie und ihr Team offen gelassen hatte. Gaspar war hin- und hergerissen, weil er wusste, dass er alles aufs

Spiel setzte, obwohl er gar nichts zu verlieren hatte. Trotzdem hatte er Angst. Er ballte die Hand zur Faust und lud den Zugangskode herunter, wobei er ein einfaches Symbol in Form einer Murmel aus rotem Achat formte. »Du solltest mich besser schnell finden«, sagte er, »denn sonst findest du mich nur noch tot.«

»Vertrau mir. Ich werde dich nicht im Stich lassen«, erwiderte Mark.

Gaspar warf ihm die Murmel zu. Mark fing sie auf, dann warf er eine leuchtende blaue Pyramide zurück. »Das Programm, mit dem du mich zurückverfolgen willst?«, fragte Gaspar.

»Ja.« Mark streckte eine Hand aus. In der Luft vor ihm erschien ein Steuerpult. Als er auf einen Knopf drückte, wurde der Alarm abgeschaltet. »Jetzt geh schon, bevor sie Verdacht schöpfen.«

Gaspar wusste nicht, was er sagen wollte. Er sprang ins Netz zurück und rannte wieder zu seiner VR.

»Was war da los?«, wollte Heavener wissen.

»Einer der Spieler«, antwortete Gaspar. »Er ist ziemlich tief ins System eingedrungen, aber dann hat es ihn hinausgeworfen.« *Bitte lass Gridley so gut sein, wie ich gehört habe.*

»Wo ist das Mädchen?«

Gaspars Blick glitt suchend über die Bildschirme. Plötzlich tauchte ein rotes Fadenkreuz auf einem der Monitore auf, die Bilder aus der Ausstellungshalle anzeigten. Es lag über Maj Green, die sich in einem der Gänge durch die vielen Besucher drängte. Eine riesige Menschenmenge wartete darauf, dass *Realm of the Bright Waters* online ging.

Gaspar zögerte. *Wie lange wird die Net Force brauchen, um mich zu finden? Wie lange wird es dauern, bis Gridley sich in den Mainframe gehackt hat, der das Online-Spiel steuert?*

Wenn er Heavener jetzt nicht sagte, wo Maj war, würde sie Verdacht schöpfen. Und er würde sterben. So einfach war das. »Sie ist in der Ausstellungshalle«, meldete er. »Ich habe sie auf dem Monitor.«

Das Bild von Heaveners Knopfkamera schwankte, als die Frau und ihr Team abrupt die Richtung wechselten. Während sie durch die Hotelkorridore rannten, wurden sie von anderen Kameras erfasst.

Gaspar starrte wie gebannt auf die Bildschirme. »Gott stehe allen bei«, flüsterte er.

23. Kapitel

Maj sah sich in der überfüllten Messehalle um. Viele Besucher hatten die Halle gar nicht verlassen, aber die meisten waren vor einer Stunde wiedergekommen. *Realm of the Bright Waters* sollte in weniger als vierundzwanzig Minuten online gehen. Die Spannung stieg.

»Mann, wenn ich gewusst hätte, dass das so eine heiße Sache wird, hätte ich mir einen Raum mit einem Implantatstuhl reserviert. Ich habe jedes Cyber-Café in der Stadt angerufen, aber sie sind alle ausgebucht«, beschwerte sich ein Teenie vor ihr.

»Ich weiß«, sagte der Typ neben ihm. »Wenn du kein eigenes System hast, wirst du ziemlich lange auf Zugang warten müssen. Wenigstens sind wir nicht die Einzigen, die Pech gehabt haben, außerdem sehen wir ja gleich, wie es ist.«

»Ja, aber das ist nicht das Gleiche, wie dort zu sein.«

Während Maj zuhörte, spürte sie, wie nervös sie war. Zu viel Stress und nicht genug Schlaf waren keine gute Kombination. Aber es gab keine Alternative. An Schlaf war jetzt nicht zu denken. Sie wusste zwar, dass das Team der Net Force sofort losschlagen konnte, aber selbst das beruhigte sie nicht. Sobald das Spiel online gegangen war, brauchten Eisenhower Productions und D'Arnot Industries Peter Griffen nicht mehr lebend. Als ihr das klar wurde, lief es ihr eiskalt über den Rücken.

Ihr Folienpack summte. Als sie den Anruf annahm, erschien Matts ramponiertes Gesicht auf dem kleinen Bildschirm. »Mark ist im System. Er hat mit deinem Freund von gestern Abend Kontakt aufgenommen. Ein Team der Net Force ist bereits unterwegs zu seinem Standort. Wenn noch irgendwas passiert, wird es sehr schnell passieren.«

»Ich weiß. Ich werde in Kontakt bleiben.« Maj klappte das Folienpack zu. Matt und Catie kümmerten sich um die Kommunikation für ihr Ende der Operation und schalteten das Team der Net Force über die Kommunikationsports, die Mark im Netz erstellt hatte, mit ihnen zusammen. Leif und Megan waren im Hotel und suchten nach Heavener.

Maj ging durch die Stände der Spielproduzenten und lauschte auf das aufgeregte Stimmengewirr der Spieler. Sie war unruhig. Für Heavener machte es keinen Sinn, sich im Hotel aufzuhalten, selbst wenn sie noch nicht wusste, dass man sie identifiziert hatte. Aber Maj war klar, dass sie nicht einfach auf ihr Zimmer gehen und warten konnte.

Ihr Folienpack summte schon wieder. »Ja.«

Matts Gesicht kam auf den Bildschirm. Er sah beunruhigt aus. »Ich habe gerade eine Nachricht von Andy bekommen. Er hat sich in Heaveners Überwachungssysteme gehackt. Sie verfolgen dich auf den Hotelkameras. Verschwinde sofort. Geh irgendwohin, wo du sicher bist.«

Maj bekam Angst. *Warum verfolgt mich Heavener?*

»Verschwinde. Sofort!«, sagte Matt. »Ich bin schon auf dem Weg zu dir.«

Maj bemühte sich, sich nicht umzusehen, und ging auf die nächste Tür zu. *Vielleicht glauben sie, ich treffe mich mit jemandem zum Frühstück.*

Sie rannte nicht, suchte sich aber zielstrebig ihren Weg durch die Menge und vermied es, an die Decke zu sehen, wo die Kameras installiert waren. Doch als sie die Tür der Ausstellungshalle öffnete, die zur Lobby des Hotels führte, stand plötzlich Heavener vor ihr.

Ein grausames Lächeln umspielte ihre Lippen. Die blonden Haare saßen perfekt. »Hallo, Madeline«, sagte sie. Hinter ihr standen drei Männer, die eine Flucht unmöglich machten.

Catie, die in ihrem Hotelzimmer in ihre VR gegangen war, aktivierte die Kommunikationsschaltungen zu Agent Roarke, Matt, Leif und Megan, die in die Ausstellungshalle rannten.

»Heavener hat Maj gefunden«, sagte Catie. Sie starrte auf den Bildschirm und versuchte, ruhig zu bleiben.

»Wo?«, fragte Matt.

»Am Haupteingang auf der Nordseite«, erwiderte Catie.

»Bin schon unterwegs«, bellte Roarke. »Ihr haltet euch raus.«

Catie war über die Überwachungskameras der Spieler, die Andy und Mark im Netz kennen gelernt hatten, mit dem Sicherheitssystem des Hotels verbunden und sah zu, wie ihre Freunde Agent Roarkes Befehl missachteten. Sie wusste, dass sie Maj nicht im Stich lassen würden. *Aber warum ist Heavener hinter Maj her? Das Profil der Frau deutet nicht darauf hin, dass sie es darauf anlegt, alte Rechnungen in Zweikämp-*

fen zu begleichen. Catie behielt die Bildschirme im Auge, während sie Captain Winters mit Informationen versorgte.

Andy sah zu, wie sich Mark in die Systeme von Eisenhower Productions hackte, und wunderte sich wieder einmal darüber, wie sein Freund durch die Sicherheit schlüpfte, als wäre er ein glitschiger Aal. Wenn es darum ging, Intrusionsprogrammen aus dem Weg zu gehen, konnte dem Zwerg so schnell keiner das Wasser reichen.

Dann kam Caties Nachricht über Majs prekäre Lage. Er aktivierte eine Kommunikationsverbindung zu Catie. »Schick Maj über den Vibrator ihres Folienpacks eine Nachricht in Morse-Kode. Eine solche Übertragung können sie nicht unterbrechen.« Die Programmierung war bei den Folienpacks normalerweise nicht vorhanden, aber Mark hatte sie vor kurzem nach einem Einsatz auf allen Folienpacks der Net Force Explorers installiert. »Schick das Wort *Hokuspokus.*«

»Marks Doppelgängerprogramm?«, fragte Catie. »Glaubst du, dass es mit Holoprojektoren funktioniert?«

»Das werden wir dann ja sehen«, erwiderte Andy. Dann leitete er eine Nachricht an Mark weiter, um ihn wissen zu lassen, dass er kurz weggehen würde, sprang ins Netz und machte sich auf den Weg zum Bessel Mid-Town-Hotel. Er betrat die virtuelle Welt, kurz nachdem Heavener und ihre drei Begleiter Maj gefunden hatten. »Catie?«

»Ich habe die Nachricht geschickt.«

»Dann geht es jetzt los.« Andy startete das Programm, dass seine Holoform in die reale Welt projizierte.

»Die Net Force weiß über Sie Bescheid, Heavener«, sagte Maj.

Das Lächeln der Blondine wurde noch eine Spur frostiger. »Ach ja?«

»Sie wissen auch alles über den Überlagerungseffekt in Peters Spiel. Sie haben herausgefunden, dass Sie sich mithilfe der Überlagerung Zugang zu den Computern der Spieler verschaffen wollen, die das Spiel herunterladen.«

Heavener zuckte mit den Achseln. »Es dürfte inzwischen schon etwas zu spät sein, um das Ganze noch zu stoppen. Du hast ja auch einen kleinen Beitrag dazu geleistet, wenn auch unbeabsichtigt. Wenn deine VR nicht Griffens Spiel aufgefangen hätte, hätten wir ihn nicht entführen müssen.«

Maj war erleichtert. *Entführen* war etwas ganz anders als *töten.*

»Und wenn wir ihn nicht entführt hätten, hätten wir nie im Leben so viel Werbung bekommen. Vielleicht hätte ich es von Anfang an so planen sollen.«

»Sollte es nicht besser heißen, D'Arnot Industries hätte es so planen sollen?«, fragte Maj.

Das Lächeln auf Heaveners Gesicht wirkte plötzlich nicht mehr so selbstsicher.

»Wenn Jugendliche und Erwachsene das Spiel auf Computer herunterladen, die in Behörden, Unternehmen der freien Wirtschaft und Militäreinrichtungen stehen, wird sich D'Arnot Industries mithilfe des Überlagerungseffekts in fast alles hacken können, was für das Unternehmen von Interesse ist. Irgendwann hätte jemand Verdacht geschöpft, aber selbst in ein paar Stunden ungehinderten Zugangs hätten sich Milliarden verdienen lassen. D'Arnot Industries hätte Staatsgeheimnisse, Resultate aus Forschung und Entwicklung und Informationen über militärische Einrichtungen an Terroristen auf der ganzen Welt verkaufen können«, fuhr Maj fort.

»Kluges Mädchen«, zischte Heavener. »Nur schade, dass du gleich ein totes Mädchen bist.« Sie zog eine Neun-Millimeter-Pistole aus der Tasche.

»Ich will ihnen damit nur sagen, dass das Spiel vorbei ist. Sie haben verloren.«

»Aber ich habe noch genug Zeit, um ein paar Figuren vom Spielbrett zu holen.« Sie hob die Pistole.

Mark, der seinen Schutzanzug trug, sah sich das Herz der Spiel-Engine von Eisenhower Productions an. Im Netz, wo sie mit seiner Wahrnehmung und Programmierung verknüpft war, sah sie aus wie ein Schlachtschiff mit teilweise menschlicher Gestalt, das mehr als fünfzigmal so groß war wie er.

Das ausdruckslose Gesicht drehte sich zu ihm hin. Gelbe Scheinwerfer leuchteten dort, wo die Augen hätten sein sollen. »Zugangskode, bitte.«

Mark bot den Kode an, den er von Gaspar bekommen hatte.

»Zugang verweigert«, sagte der Riese. Er streckte eine Hand aus und feuerte einige Raketen ab.

Mark ballte die Hand zur Faust und aktivierte die Stiefeltriebwerke seines Schutzanzugs, sodass er den Raketen ausweichen konnte. Ein zweiter Schalter auf seiner Handfläche aktivierte das Display in seinem Helm, mit dem er eine Rundumsicht bekam. Nach tausenden Stunden, die er mit dem Schutzanzug im Netz und bei Online-Spielen verbracht hatte, kam ihm ein solches Sichtfeld völlig normal vor.

Er sah zu, wie die fünf Raketen eine enge Kurve flogen und wieder auf ihn zukamen. Sein linker Handschuh enthielt die Steuerung für die Triebwerke in Stiefeln, Rücken- und Brustteil des Anzugs und dem Helm. Mit der rechten

Hand steuerte er sein Waffenarsenal in Form von Angriffs- und Verteidigungsprogrammen, die er bei seinen Hacks verwendete.

Aus Marks Fingern schossen Laserstrahlen auf die Raketen zu. Die Geschosse explodierten in einer glitzernden Wolke und waren verschwunden. Dann drehte er sich herum und stürzte sich auf die künstliche Intelligenz der Spiel-Engine. Er wusste, dass in der realen Welt die Systemalarme schrillten und er nicht lange mit der Spiel-Engine allein sein würde.

Realm of the Bright Waters würde in sechs Minuten online gehen.

Andy trat auf Heavener und die drei Männer zu und winkte Maj.

Maj riss überrascht die Augen auf, als sie ihn sah.

»Hokuspokus«, formte Andy lautlos mit den Lippen. Er hatte noch ein Programm aus seiner VR gestartet und mit einem Trainingsprogramm das Holo einer MP5-Maschinenpistole nachgebildet.

Maj nickte ihm zu.

Die Bewegung erregte die Aufmerksamkeit Heaveners, die sofort reagierte und Maj am Arm packte.

»Alle mal hersehen!«, rief Andy. Dann hob er die MP5, drückte ab und schickte einen Feuerstoß in Richtung der kleinen Gruppe.

Heavener und die Männer ließen sich auf den Boden fallen. Maj packte Heaveners Hand, löste sich mit einem Befreiungsgriff aus ihrer Umklammerung und rannte los.

Andy feuerte selbst dann noch, als er von den rubinroten Strahlen der Laserzieleinrichtungen getroffen wurde. Die Kugeln flogen durch seine Brust. Er lächelte. »Guter Schuss.«

»Er ist ein Holo!«, fauchte Heavener, die sich wieder aufrappelte. »Schnappt euch das Mädchen!«

Andy startete das Doppelgängerprogramm, das Mark geschrieben hatte. Sie hatten es bereits in verschiedenen Spielen und bei Auftrags-Hacks verwendet, mit denen sie Programme auf Schwachstellen hin untersucht hatten. Er übertrug das Programm in das Holoprojektorsystem des Hotels und richtete es auf Maj, die in die Ausstellungshalle rannte.

Plötzlich rannten über ein Dutzend Mädchen durch die Gegend, die genauso aussahen wie Maj. Die Holos liefen in unterschiedliche Richtungen und verteilten sich in der Menge, sodass selbst Andy nicht mehr wusste, wer die echte Maj war.

Andy sprang ins Netz zurück, da er wusste, dass Mark gerade den letzten Angriff auf die Spiel-Engine gestartet hatte. Als er wieder in seiner VR war, überflog er die Bildschirme und stellte fest, dass acht Sicherheitsbeamte in einem kleinen Raumschiff eingetroffen waren.

Er aktivierte die Kommunikationsverbindung zu Mark. »Kann's losgehen, Mark?«

Maj rannte durch die Messebesucher, wobei sie ständig mit jemandem zusammenstieß und Entschuldigungen murmelte. Sie steuerte auf die andere Seite der Halle zu, wohin Matt, Roarke, Leif und Megan unterwegs waren.

Als ein junger Mann um die Ecke eines Standes bog, konnte sie nicht mehr anhalten. Sie prallte mit ihm zusammen und riss ihn mit sich zu Boden. Die Reflexe aus ihrem Kampfsporttraining sorgten dafür, dass sie sich instinktiv abrollte. Sie war gleich wieder auf den Beinen, während der junge Mann noch auf dem Boden lag und stöhnte.

Die anderen Messebesucher fingen an zu schreien und wichen vor ihr zurück, sodass ein Korridor entstand.

Aus den Augenwinkeln sah Maj eine ihrer Doppelgängerinnen, die *durch* die Leute hindurchrannte. Ihre Reaktion kam etwas verzögert, und sie traten zur Seite, nachdem die Doppelgängerin durch sie hindurch war.

Heavener und ihre Männer stürmten durch die Ausstellungshalle und stießen jeden, der ihnen im Weg war, unsanft zur Seite.

Maj öffnete das Folienpack und drückte auf eine Kurzwahlnummer. »Catie, wo sind Holmes' Polizisten?«

»Sie untersuchen einen Einbruchalarm in deinem Zimmer«, antwortete Catie. »Ich versuche gerade, zu Holmes durchzukommen, damit er sie abzieht.«

Maj rannte auf die nächste Tür zu. Bevor sie sie erreicht hatte, löste sich ein Mann aus der Menge und kam auf sie zu. In der Hand hielt er eine Pistole, die auf sie gerichtet war.

Mit Andy als Rückendeckung konnte Mark seine Aufmerksamkeit wieder auf die Spiel-Engine richten. Sein Helmdisplay meldete die Ankunft der sechs Sicherheitsprogrammierer, die ihn im Handumdrehen überholt hatten, da ihnen die Umgebung vertraut war. Das Heimatteam war immer im Vorteil, da seine Programmierung direkter und schneller über die Schnittstellen übertragen wurde als Kode von Hackern.

»Andy«, rief Mark.

»Ich bin direkt hinter dir.«

Im nächsten Augenblick war Andys Ankunft auf Marks Display zu sehen. Da er sich nicht mehr um Tarnung bemühen musste, kam er in einem schwer bewaffneten Raumpanzer angeflogen, den er sich aus einem *Space Marines*-Spiel kopiert hatte. Das Raumschiff war ein gepanzerter Albtraum mit einem gigantischen Waffenarsenal. Laser schossen durch die virtuelle Welt und nahmen ihre Ziele ins Visier.

Drei der angreifenden Sicherheitsbeamten explodierten sofort und lösten sich in Luft auf.

»Jaaaa!«, jubelte Andy. »Wir liegen vorn.«

Bis zum Start des Spiels waren es nur noch zwei Minuten. Selbst wenn Captain Winters das Netz überschrieb und eine Warnung der Net Force ausgab, würden viele Spieler eine solche Warnung ignorieren und die Dateien trotzdem herunterladen, weil sie glaubten, es wäre ein Trick eifersüchtiger Spieler oder der Angriff konkurrierender Spieleproduzenten. Solche Fälle hatte es im Netz bereits gegeben.

Mark startete ein Diagnoseprogramm mit dem Zugangskode, den er bekommen hatte, weil er hoffte, ein schwaches Glied in der Kette zu finden, mit dem er in das Monster vor sich eindringen konnte. Aus den Augen des Schlachtschiffes schossen Laserstrahlen, mit denen es sich zu verteidigen versuchte.

Er wich den Laserstrahlen aus, während Andy noch einen Sicherheitsbeamten verschwinden ließ, und sah sich die Programmkodes an. Es musste einen Feed von draußen geben. Mark feuerte zwei Virenprogramme in Form von Atombomben ab, aber sie prallten am gepanzerten Rumpf der Spiel-Engine ab.

Das Diagnoseprogramm lief auf seinem Helmdisplay ab und zerlegte Stück für Stück den mechanischen Körper, mit dem die Spiel-Engine umgeben war. *Komm schon, komm schon, ich brauch was, womit ich arbeiten kann.*

»Ich bin getroffen«, rief Andy.

Nur noch drei Systemverteidiger waren übrig, aber Andys

Panzer hatte das Gefecht nicht unversehrt überstanden. Es gab Probleme mit dem Kreiselkompass, der für eine visuelle Interpretation der Verteidigungskodes sorgte, mit denen auf sein Eindringen im System reagiert wurde.

Auf Marks Helmdisplay erschien ein leuchtend grüner Punkt, der auf der Fingerspitze einer Hand des Monsters saß. Mark startete ein Suchprogramm. »Ich hab die Schwachstelle gefunden«, sagte er zu Andy. »Es gibt einen Satelliten-Feed aus einem der Balkanländer, in den sich die Net Force vor ein paar Wochen gehackt hat, als sie Ermittlungen zu einem Schwarzmarkthandel mit Software durchgeführt hat. Der Feed ist noch unverändert, und der Vorfall hat es nie ins HoloNet geschafft, daher dürfte D'Arnot Industries auch nichts darüber wissen. Damit habe ich Zugang.«

»Mach schon«, rief Andy. »Ich habe hier alle Hände voll zu tun.« Sein Raumpanzer war kaum noch funktionsfähig und blieb stehen, als Mark noch einen letzten Blick auf sein Helmdisplay warf.

Mark verließ das Netz, weil er wusste, dass seine Verfolger denken würde, er hätte sich abgemeldet. Er schoss in die obere Atmosphäre und orientierte sich am Telekommunikationsnetz. Innerhalb weniger Sekunden hatte er England, Frankreich, Australien, Südafrika, Brasilien und Israel überflogen und schwebte über dem Balkan. Auf jedem einzelnen Meter des zurückgelegten Weges hatte er sich getarnt. Als er den Satelliten-Feed gefunden hatte, über den D'Arnot Industries den weltweiten Start von *Realm of the Bright Waters* steuerte, schlüpfte er hinein.

Er kam in dem Moment wieder auf die Site von Eisenhower Productions, als Andys Panzer zu Cyber-Asche zerlegt wurde. Mark schaltete die Düsentriebwerke seines Anzugs ein und flog direkt in den hohlen Finger des Monsters hinein, von dem ein Kanal zum Gehirn führte.

»Stehen bleiben! Polizei!«

Maj atmete auf, als der Mann vor ihr seine Waffe auf Heavener richtete. Aber ihre Erleichterung wurde sofort wieder zunichte gemacht. Zwei Schüsse fielen, und der Polizeibeamte in Zivil prallte rückwärts gegen die Tür hinter ihm.

In der Ausstellungshalle brach das Chaos aus. Andys MP-Salven vorhin hätte man noch für Geräusche aus einem Spiel halten können, aber der Mann, der mit Blut auf seinem Jackett gegen die Tür fiel, war eindeutig echt. Spieler schrien auf und versuchten wegzulaufen, wobei sie sich in ihrer Panik gegenseitig behinderten.

Maj wusste, dass sie das nächste Opfer sein würde, wenn sie stehen blieb, um dem Mann zu helfen. Sie warf sich mit der Schulter gegen die Tür und brachte sich mit einer Hechtrolle aus der Schusslinie. Als sie an der gegenüberliegenden Wand des Korridors über den Boden rollte, spürte sie, wie die Bodenplatten nur wenige Zentimeter von ihr in tausend Stücke zersprangen.

»Hier rüber!«

Instinktiv kroch Maj auf die Stimme zu. Erst eine Sekunde später wurde ihr klar, dass es Roarke war. Der Agent der Net Force stand mit gespreizten Beinen da und hatte beide Hände um seine Waffe gelegt.

Heavener kam durch die Tür und ließ sich sofort flach auf den Boden fallen. Sie drückte ab, als Roarkes erste Kugel an ihrem Kopf vorbeizischte. Mit seinen nächsten beiden Schüssen erwischte Roarke die beiden Männer, die hinter Heavener durch die Tür gelaufen kamen.

Als Maj sich aufrappelte und an Roarke vorbeilief, sah sie, dass er nach hinten stolperte und an der linken Schulter blutete. Noch im Fallen feuerte Roarke erneut. Dann wurde er selbst noch einmal getroffen und blieb liegen.

Entsetzt rannte Maj weiter. Sie wusste, dass das Team der Net Force schon ganz in der Nähe sein musste. Auf dem Fliesenboden hinter sich hörte sie eilige Schritte. Dann schlang sich plötzlich ein Arm um ihre Taille und eine Schulter traf sie am Rücken. Maj gerät aus dem Gleichgewicht und stürzte zu Boden, mit Heavener auf sich.

»Du bist tot, Latke!«

Heaveners Versprechen schrillte in Gaspars Ohren. Er starrte auf den Bildschirm, auf dem der Korridor zu sehen war, in dem die Blondine Maj Green überwältigt hatte. Sie packte eine Handvoll von Majs Haaren und hielt dem Mädchen die Pistole an den Kopf.

»Steh auf«, befahl Heavener und riss Maj hoch. »Du wirst mich hier rausbringen.«

Gaspar meldete sich aus dem Netz ab. Er hatte keinen Zweifel daran, dass Heavener ihren Leuten den Befehl gegeben hatte, ihn zu töten. Mit klopfendem Herzen stieß er sich aus dem Implantatstuhl hoch. Geschwächt durch Schlafmangel und Stress und kaum fähig, sich zu bewegen, stolperte er zur Tür. Er drehte den Knauf herum, aber die Tür war abgesperrt.

Plötzlich drehte sich der Türknauf in seiner Hand. Gaspar trat einen Schritt zurück.

Als die Tür sich öffnete, sah er einen der Männer vor sich, die für Heavener arbeiteten. Ohne ein Wort zu sagen, hob der Mann die Pistole.

Gaspar machte die Augen zu. Als er den Schuss hörte,

wartete er darauf, dass die Kugel in sein Herz eindrang. Aber er spürte nichts. *Vielleicht spürt man ja wirklich nichts, wenn man stirbt.* Als er die Augen öffnete, wartete eine Überraschung auf ihn.

Der Mann vor ihm sank zu Boden. Hinter ihm stand ein schwarz gekleideter Soldat mit einer MP5. »Net Force«, sagte der Mann. »Auf den Boden. Mit dem Gesicht nach unten. Los.«

Gaspar ließ sich sofort fallen und war unendlich dankbar, als er den schmalen Plastikstreifen spürte, mit dem seine Handgelenke gefesselt wurden. Es gab keine weiteren Schusswechsel mehr.

»Wenn Sie der sind, für den ich Sie halte«, versprach der Net Force-Agent, »bringe ich Sie gleich hier raus.«

»Ich weiß«, sagte Gaspar, dem Tränen der Erleichterung über das Gesicht liefen. »Ich weiß.« Aber er fühlte sich auch schuldig. Er hätte Maj warnen sollen.

Mark rannte durch das Innere der Spiel-Engine. Defensivprogramme innerhalb der Engine versuchten, die Parameter seines Schutzanzugs zu überladen. Er feuerte eine Raketensalve ab, die den mit Maschinenpistolen und Lasern gespickten Tunnel vor ihm freiräumte.

Im Handumdrehen hatte er die Schulter hinter sich gebracht und flog in den Hals des Monsters. Vor ihm lag das Zentrum der Spiel-Engine. Es sah aus wie ein riesiger, orangefarbener Edelstein, der sich in rasendem Tempo um sich selbst drehte und dabei zahllose Spiegelungen von Marks Raumanzug zeigte.

Mark hob die Hand und bombardierte die Spiel-Engine mit jedem einzelnen Bit Programmkode, das ihm zur Verfügung stand. Unmittelbar darauf bildeten sich große Risse in dem Edelstein, dann brach er in einer lautlosen Explosion in tausend Stücke auseinander.

»Game over«, sagte Mark.

»Steh auf«, befahl Heavener.

Majs Kopf dröhnte, als die Blondine sie an den Haaren hochriss. Vor ihren Augen tanzten schwarze Punkte.

»Beweg dich.« Heavener stieß Maj durch den Korridor und drückte ihr dabei den Lauf der Pistole zwischen die Schulterblätter. Dann ließ sie Majs Haar los, packte ihr Handgelenk und drehte ihr den Arm auf den Rücken.

»Sie kommen hier nicht raus«, sagte Maj. »Die Net Force hat das Hotel umstellt.«

»Ich glaube kaum, dass sie ihre eigenen Leute gefährden werden.« Heavener stieß sie weiter.

Vor ihnen verteilte sich plötzlich eine Gruppe von Männern im Korridor und blieb stehen.

»Die Net Force wird Sie nicht entkommen lassen«, sagte Maj.

»Aus dem Weg!«, befahl Heavener. Als die Männer nicht schnell genug reagierten, richtete sie die Pistole auf die Gruppe und erschoss einen der Männer. Die übrigen rannten davon.

Bevor Heavener ihre Waffe wieder auf Maj richten konnte, ließ Maj sich fallen und brachte die Blondine mit einem Beinfeger zu Fall. Heavener versuchte noch, den Griff um Majs Handgelenk beizubehalten, aber Maj drehte ihre Hand in die Richtung von Heaveners Daumen und konnte sich sofort befreien.

Dann versuchte Heavener, ihre Pistole auf Maj zu richten.

Maj trat ihr gegen das Handgelenk, sodass ihr die Pistole

aus der Hand fiel. Sie versuchte, wieder auf die Beine zu kommen, aber die Blondine schlug ihr mit der Faust ins Gesicht. Als Heavener aufstand und sich die Pistole holen wollte, packte Maj sie am Fußknöchel und brachte sie wieder zu Fall.

Heavener stürzte schwer und fing an zu fluchen. Sie riss ihren Fuß los und wollte Maj ins Gesicht treten, aber das Mädchen blockte den Tritt ab und lenkte ihn zur Seite. Sie rollte sich in dem Moment auf die Füße, in dem auch Heavener wieder auf die Beine kam, und stellte sich zwischen sie und die Pistole.

»Du kannst mich nicht besiegen«, sagte Heavener und hob die Arme.

»Das muss ich gar nicht«, erwiderte Maj. »Ich brauche sie nur aufzuhalten.«

Heavener griff ohne Vorwarnung an und versuchte, Maj mit einem Fußtritt am Kopf zu treffen. Maj duckte sich und schlang dann einen Arm um den Fußknöchel ihrer Gegnerin. Sie fixierte den Fuß und schlug der Blondine mit der anderen Hand auf die Rückseite des Oberschenkels, sodass sie das Gleichgewicht verlor. Aber Heavener sprang in die Luft, drehte sich herum und trat Maj mit dem anderen Fuß gegen den Kiefer.

Ein stechender Schmerz schoss Maj ins Gesicht, und sie lockerte ihren Griff. Sie konnte sich kaum noch konzentrieren, aber ihr war klar, dass sie die Pistole finden musste, bevor Heavener wieder auf die Füße kam. Maj rannte den Korridor entlang, ließ sich auf die Knie fallen und rutschte auf die Waffe zu. Sie hob sie auf und richtete den Lauf auf Heavener, wobei sie beide Hände benutzte und den Finger auf den Abzugsbügel legte, wie man es ihr beigebracht hatte.

Heaveners Lächeln war so breit wie ein Haifischmaul.

»Du wirst das Ding doch nicht etwas benutzen wollen, oder?« Sie trat einen Schritt vor.

Majs Hände zitterten. »Steh-steh-en bleiben!« *Bitte bleib stehen!* Sie konnte sich nicht vorstellen, einen Schuss abzugeben. Aber vielleicht war Heavener die Einzige, die wusste, wo Peter Griffen war.

Die Blondine lächelte immer noch. »Wenn ich dir glauben soll, dass du abdrückst, musst du dir schon etwas mehr einfallen lassen.« Aus ihrem Mundwinkel tropfte Blut. Sie kam immer näher.

Maj starrte sie ratlos an.

»Was hältst du denn davon, Kleine?« Heavener zog den Ärmel ihrer Jacke zurück und schob ein Messer mit einer breiten Klinge in ihre Hand. »Fällt dir jetzt etwas ein?« Das Licht spiegelte sich im Metall der Klinge.

Majs Finger legte sich um den Abzug. *Ich kann es nicht. Ich kann es nicht.*

»Du kannst es nicht, Kleine«, sagte Heavener. »Du bist doch nur ein Kind, das Spion spielt. Aber wenn du mich nicht erschießt, werde ich dich töten.«

Maj stiegen Tränen in die Augen, als die Blondine immer näher kam. Sie hatte keinen Zweifel daran, dass Heavener genau das tun würde, was sie gesagt hatte.

»Komm schon, Kleine. Erschieß mich.«

Plötzlich leuchteten ein Dutzend rubinrote Laserstrahlen auf Heaveners Brust auf.

»Das braucht sie gar nicht«, sagte eine kühle Stimme. »Wenn Sie noch einen Schritt machen, werden wir das übernehmen.«

Heavener blieb wie angewurzelt stehen und nahm die Hände hoch.

Als Maj einen Blick über die Schulter warf, sah sie, dass

sich das Team der Net Force im Korridor aufgestellt hatte. Neben ihnen stand Captain Winters in Holoform.

Einer der Männer trat vor und nahm Maj die Pistole aus der Hand. Die anderen rannten an ihr vorbei, stießen Heavener mit dem Gesicht nach unten auf den Boden und legten ihr Handschellen an.

Maj stand nur da und zitterte.

Winters kam auf sie zu. Er sah sehr besorgt aus. »Alles in Ordnung?«

»Jetzt ja«, flüsterte Maj.

Epilog

»Am Wochenende haben wir fast alle Manager von D'Arnot Industries verhaftet«, berichtete Captain Winters. »Wir werden schon noch herausfinden, wer an der Sache beteiligt war und wer keine Ahnung hatte, aber mit den Informationen, die wir bekommen werden, dürfte das nicht allzu schwierig sein. Einige von ihnen werden mit Sicherheit einen Handel abschließen wollen, um langjährigen Gefängnisstrafen zu entgehen.«

Maj nickte. Es war Montag, und sie stand in Holoform in Captain Winters' Büro. Die anderen Net Force Explorers hatten Maj gebeten, sie nach der Besprechung mit Winters zu informieren. »Und was ist mit Peters Spiel?« Sie wollte gar nicht daran denken, dass der junge Designer die Welt, die er mit so viel Mühe entwickelt hatte, vielleicht verlieren könnte.

»Sobald wir sicher sind, dass die Überlagerungsprogrammierung korrigiert ist, kann das Spiel online gehen. Mark

Gridley hilft uns dabei. Ich glaube nicht, dass es mit mehr als einem Monat Verspätung ins Netz gehen wird.«

»Ein Monat ist in der Spieleindustrie sehr lange«, sagte Maj.

Winters lächelte. »Für die meisten Spiele schon. Aber ich glaube nicht, dass die Öffentlichkeit dieses Spiel so schnell vergessen wird.«

Maj wusste, dass er Recht hatte. Als das Spiel zurückgezogen wurde, war ein Aufschrei durch die Spieler-Community gegangen. Im Netz wimmelte es nur so von Leuten, die seine Freigabe verlangten. Peter Griffen stand kurz davor, ein Vermögen zu machen. »Wie geht es Roarke?«

»Es war knapp«, gab Winters zu. »Aber Jon ist schon immer ein harter Bursche gewesen. In ein oder zwei Wochen wird er von der Rehaklinik und seinem nächsten Einsatz reden. Mit der Empfehlung, die ich aussprechen werde, wird er vermutlich wieder Dienst tun können.«

»Er ist ein guter Agent«, erwiderte Maj. »Obwohl er etwas von einem Neandertaler an sich hat.«

»Stimmt, aber Männer wie ihn brauchen wir auch. Und Jon Roarke ist einer der besten.«

»Und Heavener?«

Winters Gesicht verdunkelte sich. »Sie wird vor Gericht gestellt werden. Allerdings ist noch fraglich, vor welches. Uns liegen bereits mehrere Anträge vor.«

»Damit wären wir bei Gaspar Latke.«

»Mr. Latke ist ein sehr interessanter junger Mann«, gab Winters zu. »Er war an einigen Operationen beteiligt, die die Net Force noch immer nicht völlig aufgeklärt hat. Ich glaube, er wird uns noch alle überraschen. Aber ich gehe davon aus, dass er es überstanden hat.«

Nach der Besprechung mit Captain Winters fuhr Maj zum Flughafen, um mit den anderen zusammen die nächste Maschine nach Hause zu nehmen. Leifs Vater hatte den Flug in der ersten Klasse bezahlt. Sie sah sich in der Kabine um. Bis auf Andy, der wieder irgendwo ein Spiel spielte, schliefen alle.

Ihr Folienpack summte. Als sie den Anruf entgegennahm, stellte sie fest, dass es Peter Griffen war, dessen lächelndes Gesicht auf dem Bildschirm erschien.

»Hallo«, meldete er sich. »Ich hoffe, ich störe nicht.«

»Nein, gar nicht«, antwortete Maj, die selbst ein wenig lächeln musste.

»Ich hab gehört, dass ich nicht der Einzige war, der ein aufregendes Wochenende hatte«, sagte Peter.

Maj nickte. »Stimmt.«

»Bei der Net Force wollte mir niemand die Nummer deines Folienpacks geben«, fuhr Peter fort. »Ich musste erst ein bisschen suchen.«

»Sieht so aus, als hättest du sie gefunden.«

»Ich bin ganz gut bei dem, was ich mache.«

»Und was kann ich für dich tun?«, wollte Maj wissen.

»Ich glaube, du hast schon genug getan«, erwiderte er. »Ich wollte dir nur dafür danken, dass du geholfen hast, mich zu retten. Und Oscar.«

»Gern geschehen.«

Peter schien nach Worten zu suchen. »Nur danke zu sagen scheint irgendwie nicht genug zu sein. Wenn es dir nichts ausmacht, würde ich dich noch gern um etwas bitten.«

»Nur zu«, sagte Maj.

»Die Net Force hat den Online-Start von *Realm of the Bright Waters* verschoben, aber dein Freund Mark Gridley hat die Programmfehler bereits beseitigt. Sie wollen erst eine Weile mit dem Spiel experimentieren, um sicher zu sein, dass die von mir entwickelte Spiel-Engine nicht mehr zu Überlagerungen führt, aber ich habe Zugang zum Spiel. Und ich dachte, wenn du gerade nichts anders zu tun hast, könnten wir doch …« Er zögerte.

»Du fragst mich, ob ich kommen und mitspielen kann?«, lachte Maj.

»Na ja, so wollte ich es eigentlich nicht sagen«, entgegnete Peter. »Doch, schon. Da draußen wartet eine ganze Welt auf dich, Maj. Und ich würde sie gern mit jemandem teilen, auf den ich schon sehr lange gewartet habe.«

»Wo finde ich dich?« Nachdem Peter ihr die Netzkoordinaten gegeben hatte, lehnte sich Maj in ihrem Implantatstuhl zurück. Als sie die Augen aufmachte, stand sie auf einer blausilbernen Wolke, die über der Welt schwebte. Vor ihr stand Peter, der wieder seine silbrig schimmernde Rüstung trug.

»Im Spiel selbst wird man eigentlich nicht auf den Wolken stehen können. Nur, wenn man ein paar Tricks kennt. Aber ich wollte dich beeindrucken.«

»Ich bin beeindruckt. Und ich freue mich darauf, noch mehr von deiner Welt zu sehen.«

Peter streckte die Hand aus. »Dann komm mit.«

Maj nahm seine Hand. Im nächsten Augenblick bewegte sich die Wolke unter ihren Füßen und verwandelte sich in den Drachen Shafrell, den sie am Wochenende kennen gelernt hatte. Maj spürte die gewaltigen Muskeln der Kreatur unter sich, als sie durch den Himmel flogen. »Und vermutlich verwandeln sich die Wolken in dem Spiel auch nicht in Drachen«, sagte sie. Sie setzte sich vorn auf den Doppelsattel.

»Nur, wenn ich das will«, meinte Peter. »Was würdest du denn gern machen?«

Der Wind spielte mit Majs Haaren, als sie auf die Welt unter sich starrte. »Ich möchte nur so viel wie möglich sehen.«

»Zu Befehl«, sagte Peter.

Der Drache flog auf die Welt unter ihnen zu.

Special Net Force – Doppelidentität

Wir möchten den folgenden Personen, ohne deren Mitarbeit dieses Buch nicht möglich gewesen wäre, danken: Bill McCay für seine Hilfe bei der Überarbeitung des Manuskripts; Martin H. Greenberg, Larry Segriff, Denise Little und John Helfers von Tekno Books; Mitchell Rubenstein und Laurie Silvers von BIG Entertainment; Tom Colgan von Penguin Putnam Inc.; Robert Youdelman, Esq., Tom Mallon, Esq., und Robert Gottlieb von der William Morris Agency, unserem Agenten und Freund. Wir wissen ihre Hilfe sehr zu schätzen.

1. Kapitel

Die Wucht des Aufpralls von Stahl auf Stahl erschütterte Megan O'Malleys Arm. Sobald sie den seitlichen Hieb mit ihrem Säbel abgefangen hatte, schnellte die Klinge des Gegners auf ihre andere Seite.

Megan parierte erneut, doch sie war in Schwierigkeiten. Dieser Säbel pfiff regelrecht um sie herum, war überall. Sie hatte zu kämpfen, nur um ihre Waffe in Position zu halten. Früher oder später würde sie einen Fehler machen, und dann …

Einen rebellischen Augenblick lang dachte sie darüber nach, das Ganze mit einem überraschenden Karatekick zu beenden. Blöde Idee. Sie musste sich schon auf den Säbel in ihrer Hand verlassen. Seltsam. Obwohl er immer schwerer und schwerer wurde, schien er zur Verteidigung so wirkungslos zu sein wie ein Zahnstocher.

Vielleicht sollte sie ihre Defensive aufgeben …

Die Klinge ihres Gegners schoss nach oben. Verzweifelt hob auch Megan ihre Waffe und warf sich zum Angriff nach vorn. »Kiii-yaaah!«, stieß sie aus, als befände sie sich in einem Karate-Dojo. Der Schrei wurde unterbrochen – ihr Mund klappte hörbar zu, als der gegnerische Säbel auf ihren Kopf sauste … oder besser gesagt auf die Polsterung ihrer Fechtmaske. Zumindest blieb ihr die Genugtuung, im nächsten Augenblick ihre eigene Klinge über die Brust des Gegners ritzen zu fühlen.

Alan Slaney, Megans Ausbilder bei der Capitol Historical Fencing Association, dem historischen Fechtklub, trat zurück und nahm die Maske ab. Er rieb die Vorderseite seiner Fechtjacke, wo ihr Hieb gelandet war. »Als was würdest du bitte deine letzte Aktion bezeichnen?«

Seine Stimme klang zwar sanft, doch Megan kannte diesen Blick. So sah er sie an, wenn sie sich wirklich daneben benommen hatte.

»Eine *Riposte*?«, schlug sie vor. Doch sie wusste, dass das die falsche Antwort war. Eine *Riposte* war der Gegenangriff des defensiven Fechters, nachdem er einen Hieb des Gegners pariert hatte.

Sie hatte nicht einmal versucht, Alans letzten Schlag abzuwehren. Sie hatte einfach um sich gedroschen. Alan hob eine Augenbraue und lud sie damit zu einem erneuten Versuch ein.

»Äääääh … eine *Contre-Attaque*?«

Er zuckte nur leicht mit den Schultern. »Schon näher dran. Doch für eine *Contre-Attaque* musst du meinen Angriff beenden – indem du zuerst triffst. Das hast du nicht. Du hattest kein Angriffsrecht.«

»Diese Regel klingt so … so sinnlos! Ich dachte, dieser historische Schwertkampf wäre eine Kampfkunst, eine Übung für wirkliche Gefechte. Wenn das ein echtes Duell gewesen wäre …«

Alan fiel ihr ins Wort. »Wenn das ein echtes Duell gewesen wäre, würde ich mein Gesicht wegen eines oberflächlichen Schnittes in der Brust verziehen und gleichzeitig versuchen, meine Waffe aus deinem gespaltenen Schädel herauszubekommen.« Er wurde etwas ruhiger. »Fechtregeln sind keine wirklichen Regeln. Sie erkennen bestimmte Tatsachen an – grundlegende Prinzipien. Und das grundlegendste Prinzip ist, dass du nicht einfach zu einem Angriff ansetzt, bevor du nicht die Gefahr gebannt hast, die von der Klinge deines Gegners ausgeht. Andernfalls wird dich ein überlegener Fechter in Scheibchen schneiden.« Er grinste. »Zwei gleich gute Fechter könnten sich gegenseitig umbringen.«

Obwohl Megan die Logik erkannte, blickte sie immer noch ziemlich rebellisch drein.

»Hey, du kennst dich doch mit Kampfkunst aus«, versuchte es Alan erneut. »Mit dem Fechten ist es eigentlich dasselbe wie mit dem, was du in einem Dojo lernst. Das oberste Gebot ist Verantwortlichkeit. Du bist nach den ersten paar Monaten Karatetraining auch nicht losgezogen, um dich zu prügeln, oder?«

»Nein. Obwohl die Versuchung groß war.«

Alan lachte. »Nimm deine Maske ab. Wir machen jetzt ein paar normale Übungen.«

Megan entledigte sich der Maske und schüttelte ihr verschwitztes dunkles Haar, das von der Schutzkleidung zusammengedrückt war. Es machte ihr nichts aus zu schwitzen, schließlich bedeutete das nur, dass ihre Muskeln arbeiteten. Und nichts, nicht einmal eine Fechtmaske, hatte ihren Wuschelkopf jemals gezähmt. Megan grinste Alan an. Bei seinem sonnigen Gemüt konnte sie gar nicht anders.

Sie blickte sich im Trainingssaal um. Es war ein großer, luftiger Raum mit verspiegelten Wänden. Überall im Saal trainierten Schüler miteinander oder führten die Anweisungen ihrer Ausbilder aus. Ihr fiel ein weiterer Neuling auf. Er stand nach vorn gebeugt und versuchte, Leben in seine Oberschenkel zu massieren. Diese Muskeln wurden am meisten beansprucht, wenn neue Schüler versuchten, die Basispositionen des Fechtens zu erlernen. Sie hatte Glück. Dank ihres ausgiebigen Kampfkunsttrainings war sie recht gut in Form. Selbst nach einem so intensiven Workout wie dem heutigen kam sie schnell wieder auf die Beine. Der Typ dort war älter, er hatte schütteres Haar und einen Bauchansatz. In seinem weißen Fechtanzug sah er beinahe aus wie das Michelin-Männchen. Kurz zuvor hatte Alan die Fehler dieses Kerls mit heftigeren Worten kritisiert als jetzt ihre.

»Komm, ab in den Sessel«, rief Alan.

Megan warf den Kopf zurück und ignorierte die eifersüchtigen Blicke des Glatzkopfes. *He,* dachte sie, *wer hat, der hat. Und wer kann, der kann.* Sie folgte Alan durch den hinteren Bereich des Saals in einen Raum, in dem die Computer-Link-Sessel vor einigen traditionelleren Trainingshilfen aufgestellt waren.

Zwei der Sessel waren besetzt. Auf ihnen lagen Schüler mit geschlossenen Augen und vor Konzentration verzerrten Gesichtern, die Muskeln ihrer Arme und Beine zuckten heftig. Im Jahr 2025 war virtuelles Lernen nichts Ungewöhnliches. Doch diese Bewegungsintensität war nicht normal. Üblicherweise unterdrückten die Computer-Link-Sessel den Großteil der Bewegungen ihrer Benutzer.

Als Megan die zuckenden Körper zum ersten Mal gesehen hatte, hatte sie eine akute Computerstörung befürchtet. Doch Alan hatte ihr erklärt, dass diese Computer-Link-Sessel eigens dafür entworfen worden waren. Jeder Sessel, über den man sich mit dem Netz verbinden konnte, ließ exakt gesteuerte Stromstöße durch den Körper des Benutzers sickern, um die Muskeln am Arbeiten zu halten. Andernfalls würden selbst die Jüngsten bei längeren Netzsitzungen ziemlich einrosten. Die Stromstöße hielten den Kreislauf aufrecht, die Muskeln in Form und verhinderten somit, dass man gleich zu einem Stubenhocker wurde, wenn man sich viel im Netz aufhielt.

Diese Sessel hier gingen noch einen Schritt weiter. Sie lösten Bewegungen in bestimmten Muskelgruppen aus, damit die Schüler während der virtuellen Übungen an Kraft gewannen und das ›Muskelgedächtnis‹ die Bewegungen erlernte. Megan war versichert worden, dass der Prozess vollkommen ungefährlich war, auch wenn es so aussah, als würden die Schüler mit Elektroschocks gequält.

Alan überprüfte die Schaltkreise jedes Sessels immer akribisch, bevor er dem System einen Schüler anvertraute. »Ich stelle es so ein, dass du die konventionellen Übungen wiederholen kannst – angegriffen werden, parieren und dann eine Riposte setzen. Vorzugsweise ohne Karateschreie«, fügte er grinsend hinzu.

Megan lehnte sich in dem weichen Sessel zurück und schloss die Augen. Sie hörte Alan sprechen, während die Empfänger am Sessel sich mit den unter ihrer Haut sitzenden Schaltkreisen verbanden. »Du bist wie ein ungeschliffener Edelstein. Doch vor allem beim Fechten kommt es darauf an, die Bewegungen bis in die Nervenspitzen zu fühlen – das hat ein alter Fechtmeister mir einmal erzählt. Diese virtuelle Übung lehrt dich die Bewegungen ohne Schweiß, aber wenn du nicht auf die Gedanken hinter den Bewegungen achtest, ist alles umsonst. Du bist kein Schwertkampfroboter. Du musst dich darauf konzentrieren, was die Übungen dich lehren wollen.«

Megan öffnete die Augen und befand sich in einer virtuellen Kopie des verspiegelten Hauptsaals, der jetzt bis auf einen gesichtslosen Gegner leer war. Sein Degen zischte in einer tödlichen Acht durch die Luft. Die Klinge näherte sich, und automatisch bewegte sie das Handgelenk, um den Schlag abzufangen …

Leif Anderson stampfte in das Manhattaner Penthouse-Apartment seiner Eltern. Bei seiner momentanen Stimmung war es ganz gut, dass niemand zu Hause war. Sein Vater war im Büro, seine Mutter nahm mit alten Freunden vom Ballett ein verspätetes Mittagessen ein, und die Haushälterin hatte frei. Er konnte so brummig sein wie er wollte, es würde niemanden stören.

Er schleuderte seine Schulsachen auf den Küchentisch und starrte auf die Park Avenue hinunter, während er eine Limo aus dem Gel-Pack schlürfte. Seine Mutter hätte ihn geschimpft, weil er kein Glas benutzte.

Dann stellte er fest, dass es doch nicht so gut war, jetzt allein zu sein. Schlechte Laune war nichts wert, wenn man sie an niemandem auslassen konnte.

Er drückte das leere Gel-Pack zusammen und wünschte sich, es wäre Andy Moores Hals. Andy war der einzige Mensch, den er kannte, der sich einen so erniedrigenden Streich ausdenken konnte.

Gestern Abend, als Leif gerade seinem Bericht über *Moby Dick* den letzten Schliff verpasst hatte, hatte Andy ihm eine virtuelle Stippvisite aus Washington abgestattet. Die Jungs waren in Leifs virtuellem Arbeitsplatz abgehangen und hatten gequatscht. Leif hatte von dem Hochschullevel-Englischkurs erzählt, den er diesen Sommer besuchte. Dabei hatte er erwähnt, wie umwerfend die Betreuerin war. Krista Mayhew machte gerade an der Universität von Columbia ihren Doktor und verdiente sich mit den Sommerkursen an Leifs Schule ein paar Cent dazu. Sie war groß, clever, schlank und hatte umwerfend blaue Augen, kurzes brünettes Haar und eine sportliche Figur. Vom ersten Moment an, als sie das Klassenzimmer betreten hatte, hatte Leif ein Auge auf sie geworfen. Zweifellos hatte er ihr Äußeres etwas zu schwärmerisch geschildert, als er sie Andy beschrieb …

Leifs Hausaufgabe war während seiner Schwärmerei offen herumgelegen. Er hatte sie in Andys Anwesenheit sogar in ein Datenskript gespeichert. Was hatte er sich nur dabei gedacht? Nicht viel, das stand fest. Er hatte Andy die Möglichkeit auf einem Silbertablett serviert – und Andy hatte zugeschlagen.

Leif war guten Mutes, als er seinen Bericht bei Mrs. Mayhew abgab. Schließlich war *Moby Dick* schon von Generationen von Schülern auseinander genommen worden. Er hatte für seinen Bericht eine Menge Material gefunden und wusste, dass er zumindest eine vertretbare Arbeit ablieferte, wahrscheinlich sogar eine gute. Er hatte alles gegeben und dachte, das würde man auch sehen.

An diesem Tag hatte Krista die Datenskripts ihrer Schüler wie immer zu Beginn der Stunde nacheinander eingesammelt. Jeden Bericht legte sie kurz in einen altmodischen Laptop ein. Dann öffnete sie die Datei und überflog den Anfang, um einen Eindruck von der Arbeit ihrer Schüler zu erhalten, während sie das Benotungsprogramm aufrief.

Nachdem Leif seine Arbeit abgegeben hatte, beobachtete er seine Lehrerin dabei, wie sie sie auf den Bildschirm holte. Doch anstatt des Berichts tauchte ein animiertes Hologramm auf – eine Parade winziger brünetter Glamour-Girls, die eine alarmierende Ähnlichkeit mit Krista aufwiesen. Sie trippelten über den Monitor wie eine Tanzgruppe aus Las Vegas. Jedes Mädchen hielt ein kleines Schild vor sich, was ziemlich gut war, da sie nichts anzuhaben schienen. Das Display wurde so nicht nur jugendfrei, die Poster trugen auch noch Buchstaben, Leerzeichen oder Satzzeichen. Wenn man die ganze Zeile verfolgte, konnte man Wörter erkennen – Leifs Bericht, auf Punkt und Komma genau.

Mrs. Mayhew bedachte ihn mit einem eisigen Blick. »Ich

kann das inhaltlich nicht benoten, ohne es gelesen zu haben. Das wird offensichtlich etwas mehr Zeit in Anspruch nehmen als erwartet. Die Aufmachung jedoch verdient eine glatte Sechs.«

Leif hatte leise vor sich hin gebrodelt, als ihm bewusst geworden war, wem er das zu verdanken hatte. Dieser Zorn war den ganzen Tag über angewachsen. Andy war selbst in seinen besten Phasen noch unausstehlich. Doch ab und zu startete er einen ›Guerilla-Klassenkampf‹, wie er es nannte. Das Ziel war, behauptete er, den reichen Kids klar zu machen, dass ihnen nicht die Welt gehörte.

Da Leif einer seiner betuchteren Freunde war, machte Andy ihn oft zum Opfer seiner Streiche. Da war es für Leif ein geringer Trost, dass der Kerl über 300 Kilometer weit weg war, während er sich bei der Vorstellung von seiner Blamage die Seele aus dem Leib lachte.

Leif warf das Gel-Pack heftig in den Recycling-Eimer und steuerte auf sein Zimmer zu. Es gab nur eine Möglichkeit, seine Laune aufzuheitern. Er zog sein T-Shirt aus und warf es aufs Bett, dann ließ er sich in seinen Computer-Link-Sessel fallen. Als die Verbindung hergestellt wurde, verzog er schmerzerfüllt das Gesicht.

Es war schon schlimm genug gewesen, dass er sich vor einiger Zeit ein schweres Nerventrauma an den Implantaten zugezogen hatte. Doch seitdem war er auch noch äußerst empfindlich, was den Prozess des Einstiegs ins Netz betraf. Was für andere ein kurzes Blinzeln war, erlebte er als statischen Stromstoß und stechenden Kopfschmerz. Im besten Fall zumindest. Er hatte vorgehabt, die Empfänger seines Sessels neu einzustellen, doch die Sommerkurse und seine anderen Aktivitäten ließen ihm dafür einfach keine Zeit. Der Übergang heute war schlimmer als sonst. Es fühlte sich an, als hätte jemand ein riesiges Feuer zwischen seinen Ohren gelegt.

Als er die Augen öffnete, war die virtuelle Turnhalle um ihn herum unscharf, da seine Augen vor Schmerz tränten. *Das nenne ich Ablenkung*, dachte er säuerlich. Er strich mit der Hand über die drahtüberzogene Oberfläche der schweren Fechtjacke, die er nun trug, und griff automatisch hinter sich, um sicher zu gehen, dass das Kabel für den elektronischen Punktapparat sich leicht abrollen ließ. Es gab heutzutage neuere und bessere Technologien, um festzustellen, welcher Fechter gepunktet hatte, doch Fechtklubs waren gewöhnlich eher konservativ. Die elektronische Punktzählung bei Fechtwettkämpfen war ja auch erst fünfzig Jahre alt.

Die Umgebung wurde sichtbar. Schweigende Zuschauer beugten sich auf den abgestuften Plätzen nach vorn. Leif hatte sich bei ihnen nicht viel Mühe gegeben. Sie waren nur die Hintergrundprogrammierung und sollten ihn an das Publikum bei seinen echten Fechttournieren gewöhnen.

Die *Planche*, die zwei Meter breite und 18 Meter lange Bahn, auf der der Fechtkampf stattfand, war völlig durchsichtig. Genauso wie das virtuelle Gebilde, das Leifs Gegner darstellte.

»Computer«, befahl er, »Geschicklichkeitsstufe zufällig festlegen. Keine Maske. Gesicht: Andy Moore.« Die Drahtmaske, die das Gesicht seines Gegners verbarg, verschwand und enthüllte Andys blöde grinsendes Gesicht. Das würde ein Spaß werden …

»*En garde*«, brüllte Leif und nahm die aggressivere der zwei Deckungspositionen beim Fechten ein. Die Führungshand befand sich auf Brusthöhe, der Arm war am Ellbogen leicht gebeugt, die Klinge zielte auf die Augen des virtuellen Andy. Die andere Hand hing locker einige Zentimeter von der Hüfte entfernt herab. Beinahe die Pose eines Revolverhelden.

Sein Gegner nahm die konservativere Position ein. Führungshand auf Hüfthöhe, die Klinge nach oben außen gerichtet, um die rechte Hälfte seines Oberkörpers zu decken.

Okay, dachte Leif. Vor einem Treffer an Kopf oder Brust ist er nicht geschützt.

Leif machte zwei rasche Schritte nach vorn und täuschte mit seinem Degen an, doch der virtuelle Andy wich zurück. Fußarbeit war das Geheimnis beim Fechten, »Distanz halten«, wie die *Sabreurs* sagten. Da der Degenarm immer ein Ziel war und Schnitte aus allen Richtungen und Winkeln drohten, bemühten sich Fechter um so viel Raum wie möglich, um eine Parade vorzubereiten. Die Gegner bewegten sich vor und zurück und prüften sich gegenseitig. Beide versuchten, den anderen über die tatsächliche Entfernung zwischen sich zu täuschen.

Dann verringerte Leif den Abstand und drückte sich heftig von seinem linken Bein in einen Laufsprung ab. Er flog auf seinen Gegner zu wie ein Pfeil. So wurde dieser Zug auf Französisch auch genannt: *Flèche*. In der Bewegung schwang sein hinteres Bein nach vorn, und sein linker Fuß setzte gleichzeitig mit dem Schlag auf.

Die flache Seite der Klinge traf den falschen Andy am Kopf. Leif grinste seinen Gegner hämisch an. Er war versucht gewesen, richtig zuzuschlagen und einige Treffer zu landen, die bei einem echten Gegner in einem realen Fechtkampf blaue Flecke hinterlassen hätten. Doch Leifs Trainingsprogramm regenerierte sich, sobald er es verließ. Außerdem war das alles nur Simulation. Er würde Andy nicht verletzen, indem er ein Konstrukt zermalmte.

Andys Ebenbild verzog dennoch das Gesicht und ließ

sich zurückfallen. Die Fechter jagten vor und zurück, beide spähten nach einem Vorteil. Da klappte Leif seinen Degen nur mit Fingern und Handgelenk nach vorn, fing Andys Klinge ein und schlug sie zur Seite, um ihn mit der Rückseite der Klinge in die Wange zu schneiden. Der falsche Andy blutete nicht, sah jedoch unzufrieden aus. Leif kam wieder nach vorn und täuschte einen Angriff auf seinen Kopf vor. Das virtuelle Scheinbild führte die Standard-Abwehrbewegung aus. Diese Parade brachte seine Klinge parallel über den Boden, etwa dreißig Zentimeter von seinem Kopf entfernt. Leif gab seine Finte sofort auf und peitschte den Degen blitzartig herum, um Andy am Arm zu treffen.

Nun wagte das Scheinbild selbst einen Angriff und brachte die Klinge an Leifs linke Seite. Leif drehte sein Handgelenk nach außen und bewegte den Degen gleichzeitig um seinen Körper herum, die Klinge beinahe vertikal erhoben. Im Moment seiner Parade sauste die Waffe nur aus den Fingern nach vorn – tap-tap-tap! Er traf seinen Gegner am Unterarm, an der Schulter und auf dem Kopf.

Nicht schlecht für einmal Ausholen, dachte er.

Der Ersatz-Andy sah nun wirklich wütend aus, er bewegte sich rasch und beabsichtigte einen Kopftreffer. Leif brachte seinen Degen nach oben und antwortete mit einer raschen *Riposte*, bei der er das Handgelenk herumriss und die Brust des Gegners mit der flachen Seite der Klinge traf.

Sein Fechttrainer wäre begeistert gewesen. Jede seiner Bewegungen war präzise und blitzschnell – chirurgisch genaue Treffer gegen einen immer verzweifelteren Gegner.

Der Fechter mit Andys Gesicht versuchte einen weiten Schlag. Leif parierte mit einem Ausfallschritt und setzte mit der Spitze des Degens einen Treffer. »Das war's für dich«, verkündete er dem Konstrukt.

Plötzlicher Applaus irritierte ihn so, dass er beinahe den Degen fallen ließ. Leif wandte sich um. Der wirkliche Andy Moore – beziehungsweise sein virtuelles Selbst – klatschte begeistert. Jemand mit guten Manieren wäre niemals in das virtuelle Setup eines anderen hereingeplatzt. Außerdem waren da noch die Sicherheitsprogramme, die Eindringlinge fern halten sollten.

Doch weder Manieren noch Firewalls konnten den alten Andy aufhalten.

»Ich wollte mich entschuldigen«, sagte Andy. »Doch nachdem du mich so zugerichtet hast …«

Plötzlich war Leifs schlaksiger blonder Freund von einer Reihe virtueller Püppchen flankiert. Jedes der offenherzigen Mädchen hielt ein Plakat vor sich. Zusammengenommen ergaben sie: AUF GEHT'S, LEIF!

Dann allerdings verschwanden die nackten Ladys und ihre Botschaft vor Leifs Augen in rotem Rauch. Mit vorgestrecktem Degen jagte er Andy nach. Der duckte sich, wich aus und verschwand schließlich einfach aus der Simulation. Sein heftiges Glucksen hallte durch die Turnhalle.

Leif ging zurück und nahm sich den falschen Andy vor. Sein Gesicht war vor Zorn, Anstrengung … und Scham gerötet. Er hatte völlig die Kontrolle über sich verloren und herumgedroschen, als wäre sein Degen ein Fleischerbeil.

Mit einem kurzen Gruß brachte er seine Waffe in Position. »*En Garde.* Anscheinend habe ich mit dir noch ein Hühnchen zu rupfen.«

2. Kapitel

Leif spürte nur ein kurzes Stechen an den Schläfen, als er sich in das große, schlichte virtuelle Besprechungszimmer einklinkte.

Sehr schön, dachte er. Die Neueinstellung der Laser an seinem Computer-Link-Sessel hatte sich gelohnt. Er sah sich in dem regierungsbehördlichen Versammlungsraum um. Es schienen sich weniger Kids zu dem monatlichen nationalen Treffen der Net Force Explorers eingefunden zu haben als sonst. Nun, es war Sommer, und viele von ihnen verbrachten wohl ihre Zeit mit interessanteren Beschäftigungen in der realen Welt, statt sich im Cyberspace herumzutreiben.

Doch Leif war die wirkliche Welt da draußen im Moment viel zu heiß. New York litt gerade unter einer der regelmäßigen Hitzewellen. Sein Vater arbeitete an einem wichtigen Deal, der seine Anwesenheit im Büro rund um die Uhr erforderte, und seine Mutter wurde von dem Vorsitz eines großen Wohltätigkeits-Events in Beschlag genommen. Für Leif war die Entscheidung nicht besonders schwer, seinen Körper in dem angenehmen, klimatisierten Penthouse zurückzulassen und seine Washingtoner Freunde zu treffen.

Er hatte sogar schon fast seine Wut auf Andy vergessen – obwohl sein zweiter Fechtkampf mit dem Ersatz-Andy um einiges härter gewesen war als der erste. Kein freundliches Antippen mehr, um zu punkten. Das virtuelle Blutbad hatte gut getan. Leif war ausgeglichen genug, Andy nicht gleich an die Kehle zu springen, als sich der blonde Junge in geringer Entfernung plötzlich materialisierte.

»He, D'Artagnan«, begrüßte er Leif grinsend. »Wie läuft's in der Schule?«

»Überspann den Bogen nicht, Moore.«

»Du musst doch zugeben, dass es komisch war.«

»Frag mich in sechs Monaten noch mal. Im Moment kann ich nicht drüber lachen.«

David Gray gesellte sich zu ihnen. Wie üblich orientierte sich die Clique an Leifs feuerrotem Haarschopf. »Danke für die Warnung«, begrüßte er Leif. »Ich hab meine Dateien nach dem Besuch dieses Schmierenkomödianten gecheckt und musste Oben-Ohne-Tänzerinnen aus dem Telemetrie-Paket für meine Reproduktion der Raumsonde *Galileo* verscheuchen.«

»Du hast es ihm verraten?« Andy warf Leif einen vorwurfsvollen Blick zu, bevor er sich wütend an David wandte. »Und sie waren *nicht* oben ohne. Jede Figur bleibt schön brav hinter ihrem Plakat« – er lächelte verschmitzt – »es sei denn, jemand findet einen Weg, die Plakate zu löschen.«

»Du versuchst besser erst gar nicht, kleine Nackedeis in *mein* System zu schmuggeln«, mischte sich Maj Greene mit üblicher Lautstärke und Energie in die Unterhaltung ein. »*Ich* würde mich nicht damit zufrieden geben, dich nur in der Veeyar zu zerstückeln.«

Ihre kräftige Stimme zog die Aufmerksamkeit der anderen auf sich.

Andy hob die Hände. »Sie sind nicht nackt«, verteidigte er sich matt. »Nur … niedlich.«

»Meine Literaturlehrerin fand sie nicht süß«, erklärte Leif. »Glaub mir.«

»Was ist denn hier los?«, klinkte sich Megan O'Malley ein.

Auf Davids Erklärung hin schüttelte sie den Kopf. »Ihr Jungs wisst einfach nicht, was ihr in den Sommerferien anfangen sollt.«

»Aber du schon, was?«, stichelte Maj. »Rennst rum und wedelst mit einem Degen?«

»Da ist doch nichts Falsches dran«, warf Leif rasch ein. »Obwohl ich nicht weiß, warum du lauter überholten Kram lernen willst …«

»Ich wette, ich habe bei meinem Studium der historischen Fechtkunst mehr über das Warum der Dinge erfahren, als du in deinen sämtlichen Fechtwettkämpfen, Mr. Junior Champion«, gab Megan zurück. »Mein Ausbilder kennt sich wirklich mit der Geschichte des Fechtens aus. Alan weiß eigentlich über Geschichte im Allgemeinen gut Bescheid. Er ist eingetragenes Mitglied der Fin-de-Siècle-SIG im VHSO-Ortsverband.«

»Hä?«, hakte Maj nach. »Was soll das für eine Abkürzung sein? Überprüfen die die historische Bedeutsamkeit von chinesischem Essen?«

»Die Buchstaben stehen für die Vereinigten Historischen Simulationsorganisationen«, erklärte David. »SIG bedeutet Spezielle Interessengruppe, richtig?«

Matt Hunter, ein weiteres Mitglied der Gruppe, schloss sich ihnen an, gefolgt von P. J. Farris.

»Das sind doch die Typen mit den Ritterspielchen, oder?«, fragte P. J.

»Nicht nur«, erwiderte David. »Sie haben ihre Interessen auf die verschiedensten Bereiche der Geschichte ausgeweitet. Jede Zeitperiode und jedes geografische Gebiet ist von einer SIG abgedeckt.«

Matt Hunter nickte. »Die Fin-de-Siècle-SIG deckt die Jahrhundertwende ins 20. Jahrhundert ab.«

Matt muss es wissen, dachte Leif. Sein Freund war ziemlich fit in Geschichte. »Treffender Name – *Ende der Epoche.*« Leif übersetzte den Satz aus dem Französischen.

»Alan hat mich eingeladen, zu ihrem nächsten Treffen mitzukommen«, fuhr Megan fort. »Es klang nach einer Menge Spaß.«

»Mein Dad schwärmt ständig von unserer großartigen Vergangenheit in Texas«, mischte sich P. J. ein. »Obwohl es dort unten mit Säbelkämpfen schlecht aussah. Es sei denn, ihr zählt Jagdmesser dazu. Pfeil und Bogen, Fäuste und Knarren waren in der guten alten Zeit in Texas eher angesagt.«

»Dann wird Alan nicht viel für Texas übrig haben«, stellte Megan fest. »Er schwärmt für die Zeiten, als säbelrasselnde Helden mit gezücktem Dolch oder mit Säbeln, Degen und jeder nur erdenklichen scharfkantigen Waffe große Taten vollbrachten.«

Leif verdrehte die Augen. »Dieser Slaney klingt so, als wäre er überzeugt davon, ein gottbegnadeter Fechter und Historiker zu sein.«

»Nicht zu vergessen gottbegnadeter Frauenschwarm«, fügte Andy hinzu und nickte in Megans Richtung. Sie schien ziemlich begeistert von ihren Sommeraktivitäten, dem bevorstehenden Besuch bei der Fin-de-Siècle-SIG und Alan Slaney zu sein.

Leif unterbrach ihre Bemühungen, die Freunde zum Mitgehen zu bewegen. »Na schön. Wie lautet die Net-Adresse dieser Party?«

Megan warf ihm einen Blick zu. »Sie findet nicht in der Veeyar statt. Die Typen sind ziemlich altmodisch. Sie treffen sich in Fleisch und Blut.«

Ein Raunen in der Menge und sich drehende Köpfe deuteten an, dass das Meeting der Net Force Explorers endlich begann. Damit waren weitere Diskussionen bis nach der Besprechung verschoben.

Leif zuckte mit den Schultern. Es sah so aus, als würde er diesen Slaney doch nicht unter die Lupe nehmen können. Er würde nicht den weiten Weg aus New York machen, um einen möglichen Konkurrenten abzuchecken, der etwas mit Megan anfangen wollen *könnte*.

Schließlich hatte er selbst ja auch nichts mit ihr.

Megan stand vor dem Gebäude und blickte von der Hausnummer an der Glastür auf die Adresse, die Slaney ihr aufgeschrieben hatte. Sie hatte erwartet, dass die Fin-de-Siècle-SIG sich in einem Restaurant oder bei jemandem zu Hause treffen würde. Die altmodischen Häuser um den Dupont Circle wären perfekt gewesen. Doch stattdessen fand sie sich vor einem großen Bürogebäude in der Innenstadt wieder. Zumindest war es das vor zwanzig Jahren wohl gewesen. Jetzt beherbergte das Gebäude mehr Computer und Server als tatsächliche Arbeiter.

Maj Greene trat durch die Drehtür nach draußen. »Hier ist es«, bestätigte sie. »Vielleicht sollten wir in der Lobby warten. Da ist es zwanzig Grad kühler als hier.«

»Die klimatisieren ihre Räume bestimmt wegen der Computer so gut. Wenn du drin warten willst, dann geh ruhig. Aber eine von uns sollte draußen bleiben – das war schließlich der Treffpunkt.«

Ein Mädchen ging an ihnen vorbei. Es trug einen langen, prall gefüllten Kleidersack hinein.

»Das ist schon die Fünfte, die so was mit sich schleppt«, wunderte sich Megan. »Was ist da bloß drin?«

»Kostüme. Ich konnte fast nicht auf die Damentoilette, so viele Mädchen haben sich da umgezogen. Ich hab ihnen ein bisschen zugeschaut. Es muss damals wirklich ein Staatsakt gewesen sein, sich anzuziehen. Zu viele Schichten und keine

Reißverschlüsse. Ich hab ein bisschen was über die Mode der Jahrhundertwende gelernt. Man muss im Washingtoner Sommer grauenvoll geschwitzt haben.« Sie wedelte mit der Hand. »Und diese ganzen Haken und Knöpfe.«

P. J. Farris sprang aus einem Taxi und warf einen ersten langen Blick auf das Gebäude. »Na, es ist altmodisch, aber immer noch sechzig Jahre zu neu für diese VHSO-Leute.«

»Sie haben einen großen Versammlungsraum gebraucht, und Alan konnte seinen Boss dazu überreden«, erklärte Megan.

Andy kam eben mit David aus Richtung der nächsten U-Bahn-Station spaziert. Offensichtlich hatte er Megans Worte gehört. »Dein Freund Alan arbeitet hier? Als was?«

»Bei der Computerwartung.« Die Antwort kam Megan nicht leicht über die Lippen.

»Wartung? An den Kisten da drin?«, johlte Andy. »Also Staubwischen und so. Der Typ ist ein glorreicher Hausmeister!«

Maj und P. J. fielen in Andys Gelächter ein. Megans Gesicht war wie versteinert. Sie sah zu David hinüber.

Er zuckte die Achseln. »Nicht gerade der tollste Job der Welt.«

»Alan sagt, für die Miete reicht es«, verteidigte Megan ihren Bekannten. »Und er hat genug Zeit, seinen Interessen nachzugehen.«

»Mit Degen rumspielen und von der guten alten Zeit träumen«, witzelte Maj.

»Er sagt, es war eine einfachere, schönere Zeit.«

David schüttelte den Kopf. Seine dunkelbraune Haut glänzte in der Sonne. »Einfacher, ja. Aber schöner … Natürlich war alles leichter für die Menschen meiner Hautfarbe. Es gab nur wenige Arbeiten, die wir erledigen durften. Baumwolle pflücken, Häuser putzen, Schuhe polieren …«

»Und es gab nur wenige Staaten, in denen Frauen das Wahlrecht besaßen«, warf Maj ein.

»Ich hab doch nur Alans Meinung wiedergegeben. Ihr müsst mich nicht davon überzeugen, wie viel besser es heute ist. Schauen wir uns doch einfach mal an, was diese Leute da machen, ja? Alan ist wegen des heutigen Treffens richtig aufgeregt gewesen.«

Megan und ihre Freunde betraten das Gebäude und folgten der größer werdenden Menschenmenge in den Versammlungsraum. Megan traute ihren Augen nicht. Bestimmt ein Viertel der Teilnehmer war kostümiert. Ein Kerl in elegantem Anzug hatte seine Melone unter einen Arm geklemmt und schwang in der anderen einen achatverzierten Spazierstock. Dann kamen sie an einem Mädchen vorbei, deren langer Rock an den Knöcheln so eng war, dass sie kaum laufen konnte. Die Jacke ging ihr bis zur Hüfte, und ihr Hut, breiter als eine Pizza, war mit schillernden Federn geschmückt.

»Ich wette, dieser Saum hat damals für steigenden Blutdruck gesorgt.« David lächelte.

»Man sieht doch gar nichts«, beschwerte sich Andy.

»Zu dieser Zeit galt ein flüchtiger Blick auf einen Strumpf schon als heiß«, erwiderte David. »Schade, dass Matt nicht dabei ist. Ihm hätte das bestimmt gefallen.«

»Er kommt im Urlaub mit seiner Familie sicher auch auf seine Kosten«, lachte P. J. Dann blieb sein Blick an etwas hängen. »Schaut euch *das* mal an.«

›*Das*‹ erwies sich als ein Typ in einer roten, von Goldborten bedeckten Uniform. Er trug einen Zweispitz, eine vergoldete Schärpe und einen Säbel mit goldenem Knauf in einer verzierten Scheide.

»Entweder regiert er mindestens über einen halben Kontinent, oder er ist Portier in einem *sehr* exklusiven Hotel«, staunte P. J.

»Netter Säbel«, murmelte Maj und wandte sich an Megan. »Bitte sag, dass das nicht dein Freund ist.«

»Nein«, antwortete Megan erleichtert. »*Das* da ist er.«

Alan trat auf die kleine Bühne. Er trug Jeans und Polo-Shirt. »Schön, dass ihr es alle geschafft habt«, begrüßte er die Menge und bedachte den Kerl in seiner Generalsrobe mit einem besonderen Grinsen. »Vor allem du, Chauncey.«

»Schon gut, alter Junge«, erwiderte der Typ in der glitzernden Uniform und winkte herablassend mit seinem beige-farbenen Handschuh ab.

Bis auf die Kostüme und den etwas informelleren Ton war die Versammlung dem Treffen der Net Force Explorers vor ein paar Tagen gar nicht so unähnlich. Tatsächlich war Alans letzte Mitteilung eher Hightech als historisch.

»Ich freue mich euch sagen zu können, dass Latvinia steht und läuft.«

»War sie krank?«, witzelte Andy Moore – eine Spur zu laut, wie Megan bemerkte.

Alan überging den Kommentar. »Seit beinahe einem Jahr haben alle von dem Virtual-Reality-Setup gesprochen, das uns das Leben in unserer ausgewählten Epoche simulieren lässt. Latvinia gibt uns ein ganzes Königreich – wenn auch nur ein kleines – mit zahllosen Abenteuermöglichkeiten. Es basiert auf einigen der Westentaschen-Monarchien, die in Fortsetzungsromanen wie *Der Gefangene von Zenda*, den Geschichten von *Graustark* und in Edgar Rice Burroughs' *Der verrückte König* vorkommen.«

»Klingt so, als müsste man geisteskrank sein, um da mitzumachen«, stellte Maj fest.

Die Reaktion der übrigen Anwesenden – also allen, die keine Net Force Explorer waren – war um einiges enthusiastischer.

»Was geschieht jetzt?«, fragte das Mädchen im langen Rock.

»Der Beta-Test«, antwortete Alan. »Die Simulation und alle Nebencharaktere stehen bereit. Wenn ihr Interesse an einem Besuch in Latvinia habt, meldet euch bei mir, holt euch einen Profilbogen und füllt ihn aus. Wir lassen ihn durch den Computer laufen, und dann seid ihr drin.« Er schien Megan anzusehen, als er sagte: »Das ist eine offene Einladung. Ich hoffe, ihr kommt zahlreich.«

»Entschuldigung«, erhob sich eine Stimme mit leichtem Akzent. Megan sah hinüber und erkannte einen jungen Ausländer aus ihrem historischen Fechtkurs. »Diese Einladung – gilt die für uns alle? Auch für die, die der Organisation nicht angehören?«

»Darf ich euch Sergej Tschernewskij vorstellen, den Sohn des russischen Botschafters?«, sagte Alan. »Ich habe mir erlaubt, Sergej und weitere viel versprechende Fechter meiner historischen Säbelkampfklasse einzuladen.« Er grinste. »Was wäre Latvinia schließlich ohne blitzende Klingen? Wir benötigen Säbelkämpfer – und Säbelkämpferinnen.«

»O Gott«, stöhnte Andy.

»Megans entschlossenem Blick zufolge«, berichtigte David, »würde ich eher sagen: Oh, wow!«

Leif verzog das Gesicht, als die holografische Verbindung nach Washington zustande kam. »Wie kannst du das sagen?«, fragte er.

»Es ist ein einfaches Wort mit vier Buchstaben«, erwiderte David Gray. »N-E-I-N. Nein.«

Leif schüttelte den Kopf und sah seinen Freund an.

»Ich verstehe dein Problem nicht«, fügte David hinzu. »Maj und Andy haben Megan auch schon abgesagt. Nur P. J. will bei dieser Art Cowboys und Kosaken mitspielen. Bloß weil *du* dich für den Beta-Test gemeldet hast, muss *ich* doch nicht mitkommen.«

»Ich wünschte …«, hob Leif an.

David fiel ihm schnell ins Wort. »Hast du eins der Bücher gelesen, auf denen dieses mythische Königreich basieren soll?«

»Ich hab mich noch auf die Englischprüfung vorbereiten müssen. Nach Andys Sabotage an meinem Bericht hatte ich was gut zu machen.«

»Tja, ich hab sie gelesen. Ich fand nur einen einzigen afroamerikanischen Charakter: Einen Zugschaffner mit dem grausamsten Dialekt, den du dir vorstellen kannst.«

»Koloniales Französisch?«, vermutete Leif.

»Rustikales Englisch«, verbesserte David. »Ich werde nicht in der Veeyar herumlaufen und ›Massa, Massa!‹ rufen!«

»Ich hätte einfach ein besseres Gefühl, wenn jemand dabei wäre, der bis ins kleinste Detail weiß, wie eine solche Sim läuft. Es ist was anderes, sich in eine kommerzielle Spielewelt einzukaufen, doch dieser Slaney hat Latvinia selbst programmiert.«

»Und du würdest keinen Fuß reinsetzen, wenn ›dieser Slaney‹ nicht zufällig Megan eine persönliche Einladung überreicht hätte.« David schüttelte den Kopf. »Ehrlich gesagt ist er mir im Vergleich zu den Modepüppchen bei der Versammlung wie eine Festung der Normalität vorgekommen … und wie ein ziemlich netter Typ. Wenn Megan in seinem Fantasieland herumspielen möchte, dann lass sie doch, anstatt dich einzumischen und mich mit reinzuziehen.«

»David, tu mir den Gefallen«, bat Leif schließlich. »Dann schulde ich dir was. Komm einfach mit und sieh dir das Ganze mal an. Wenn du deine Rolle wirklich hasst, bring ich dich sofort raus.«

David sah ihn an und hob die Augenbrauen. »Und wie willst du das machen?«

»Auf dem schnellstmöglichen Weg«, antwortete Leif lachend. »Ich bring dich um – darauf hast du mein Wort.«

»Weiß jemand, wo mein Giftbuch ist?« Megans Vater stöberte im Wohnzimmer herum. »Es ist nicht an seinem Platz.« Megan sah zu dem Arbeitsplatz ihres Vaters hinüber. In einem dicken Wälzer über nordische Mythologie waren mit Papierschnipseln Seiten gekennzeichnet, daneben lag ein Buch mit dem Titel *Die großen Teenager-Detektive des zwanzigsten Jahrhunderts.* Sie hatte beinahe Angst davor, ihn zu fragen, auf welches Schreibprojekt er sich jetzt wieder eingelassen hatte.

»Vielleicht hat es Mom? Ich hoffe nur, Sean hat es sich nicht geschnappt. Nächste Woche ist er mit Kochen dran.«

Gewöhnlich hätte sie ihrem Vater bei der Suche nach dem verschollenen Buch geholfen, doch ein Blick auf die Uhr hatte sie heute davon abgehalten. Heute Abend war es so weit. Sie, David, Leif und P. J. würden Latvinia zum ersten Mal betreten.

Alan hatte nichts dagegen gehabt, dass Megan mit ihren Freunden teilnahm, so lange sie wie alle anderen einen Profilbogen ausfüllten. Sie hatte einen ganzen Tag damit verbracht, das lange Formular zu bearbeiten, das in ihrer virtuellen Mailbox aufgetaucht war, und Fragen über ihre

Interessen und Fähigkeiten beantwortet. David war beinahe wieder abgesprungen, doch Leif und sie hatten ihn überredet, dabeizubleiben.

Dass Alan jedoch die Ergebnisse der Formulare geheim halten wollte, nervte wirklich.

»Ihr lernt eure Rolle kennen, wenn ihr rein geht«, erklärte er. »Jeder bekommt beim Start einen vollständigen Hintergrund. Das ist keine kommerzielle Sim, in der man seine Rolle selbst auswählen kann. Ich habe ein Königreich zu führen, und das kann ich nicht, wenn jeder mich wegen Änderungen bedrängt.«

Alan zu belagern, ihr mehr zu verraten, hatte auch nicht funktioniert. Er hatte sie im Fechtkurs so auf Trab gehalten, dass sie kaum Luft hatte, Fragen zu stellen.

Als sie es sich im Computer-Link-Sessel in ihrem Zimmer bequem gemacht hatte, wusste Megan immer noch nicht, worauf sie sich gefasst machen musste. Sie konnte als Gräfin in Latvinia landen. Oder als Tellerwäscherin.

Sinnlos, sich jetzt darüber Gedanken zu machen, sagte sie sich, als die Empfänger am Sessel sich mit ihren Implantatschaltkreisen verbanden. Sie schloss die Augen und dachte an den Berg von Geschirr, den sie nach dem Abendessen gewaschen hatte. Hoffentlich fiel ihr in der Veeyar nicht derselbe Job zu.

Wenn sich das Ganze als Desaster herausstellt, kann ich den Jungs nicht mehr in die Augen sehen.

Sie öffnete die Augen – und eine laute Explosion schleuderte sie beinahe zu Boden.

3. Kapitel

Megan riss die Augen auf. Sie wurde fast vom Sitz des altmodischen Gefährts katapultiert, das eher Ähnlichkeiten mit einem Boot hatte als mit einem Automobil. Sie klammerte sich an das Lenkrad und nahm allmählich die Umgebung wahr – graue Berge neben einer kurvigen unbefestigten Straße.

»Kannst du vielleicht etwas vorsichtiger mit dem Startknopf sein, damit so was nicht mehr passiert?« Leifs angespannte Stimme kam aus Richtung Motorhaube.

Megan blickte darüber hinweg und blinzelte. Er sah einige Jahre älter aus und trug einen leuchtend roten, dichten Bart. Auf seinem Kopf saß eine robuste Kappe aus Segeltuch, dazu hatte er einen passenden Mantel an – einen Staubmantel. Der Begriff schien irgendwie in ihr Gedächtnis zu ploppen. Die Schutzbrille aus Leder und Glas hatte er auf die Stirn geschoben.

Leif starrte auf etwas unterhalb des Kühlers und wischte sich den Schweiß vom Gesicht. »Die Fehlzündung hat mir die Anlasskurbel gegen den Ellbogen geschleudert.« Er rieb sich den Arm und warf ihr einen misstrauischen Blick zu. »Ich hätte mir was brechen können. Du weißt doch hoffentlich, wie man so ein Teil fährt?«

»Natürlich«, gab Megan schnippisch zurück und blickte auf die Armaturen und Apparate. *Das* ist der Startknopf, schien ihr eine kleine Stimme ins Ohr zu flüstern, als ihre Augen auf einen profilierten Messingknopf am Boden fielen.

Ihre Hände bewegten sich wie von selbst zu einem Metallding in der Mitte des Mahagoni-Lenkrads und nahmen eine winzige Korrektur an einem Metallregler vor. In der

Zwischenzeit drehte Leif die Kurbel mit aller Kraft – wieder und wieder. Tief aus dem Auto ertönte ein dunkles Brummen, gefolgt vom Aufhusten des Motors, als Megan die Zündung zog. Sie gab leicht Gas. Das ganze Auto wackelte, als der Motor aufheulte. Noch eine rasche Einstellung, und der Lärm wurde zu einem mechanischen Schnurren.

»Gut.« Leif löste die Kurbel und kletterte ins Auto.

Erst jetzt bemerkte Megan, dass sie dort saß, wo sich in einem modernen Wagen der Beifahrersitz befand – doch das Lenkrad war auf ihrer Seite.

»Wir hätten lieber Pferde nehmen sollen«, kam P. J. Farris' Stimme vom Rücksitz.

Megan rutschte auf den Beifahrersitz und sah nach hinten, während Leif sich ans Steuer setzte. Auch P. J. wirkte älter und war braun gebrannt. Er trug einen Staubmantel und einen breitkrempigen Stetson. Neben ihm saß David kerzengerade mit verschränkten Armen. Auch er trug einen ähnlichen Mantel – und einen Turban. Ein gepflegter Spitzbart umrahmte seine Lippen.

Eine Informationsflut schien Megans Gehirn plötzlich zu überschwemmen. Es war beinahe so, als würde sic schielen – plötzlich sah sie ihre Freunde erwachsen und verändert, mit anderen Namen und Hintergründen. P. J. war zum Beispiel Bronco Jack Farris von den Bear-Creek-Farris', einer reichen Farmerfamilie. Seine Eltern hatten ihn auf Europareise geschickt, um ihm ein wenig vom Glanz der alten Welt zu verleihen.

David war nun Menelik von Gondar, Prinz von Abessinien. Megan wusste, dass das der alte Name Äthiopiens war. 1880 hatte Abessinien eine Invasion erfolgreich abgewehrt, die das Land zu einer italienischen Kolonie machen sollte. Menelik reiste nun umher, um die Vorzüge der europäischen

Technologie zu erforschen – und um die Gefahr imperialistischer Vorgänge zu beurteilen.

Sie warf einen Blick auf Leif beziehungsweise Albrecht von Hengist, ein skandinavischer Adliger. Ein glückloser noch dazu, vermutete Megan, wenn er seinen Lebensunterhalt als Begleiter einer so eigenartigen Gruppe von Touristen verdienen musste.

Sie selbst war Marguerite O'Malley von den New Yorker O'Malleys. Ihr Vater war im Bürgerkrieg General der Union gewesen. Durch den Aufschwung der Nachkriegsjahre war ihre Familie zu Wohlstand gekommen. Sie war die zweite Generation, die Reichtum und Macht genießen durfte, auch wenn die gesellschaftlich hoch gestellten Familien sie nicht akzeptierten. Nach vier Jahren an einer Frauenuniversität hatte sie die Möglichkeit zum Reisen erhalten … eine Möglichkeit auf Abenteuer.

Natürlich wusste sie, dass sie in Wirklichkeit Megan O'Malley war, deren Eltern als freie Schriftsteller arbeiteten, und im Washington D. C. des Jahres 2025 zu Hause war. Doch genauso ›wusste‹ sie, dass sie sich nun im Frühjahr 1903 befand und mit ihren Gefährten das Grenzgebiet des kleinen Königreichs Latvinia bereiste.

Alan schaffte es wirklich, eine Menge Informationen in seine Simulation zu pumpen – und in die Köpfe der Rollenspieler. Sie sah zu Leif/Albrecht hinüber, der immer noch finster vor sich hinstarrte und den Wagen steuerte.

»So eine vermaledeite Rostlaube«, murmelte er. »Muss eine Sim so historisch sein?«

Doch David tätschelte die lackierte Karosserie liebevoll. »Das, mein Freund, ist ein 1901 Mercedes Simplex – benannt nach Mercedes, der Tochter des Konstrukteurs Emil Jellinek.«

»Ein historischer Schrotthaufen«, grummelte Leif.

»Bringt mir ein Pferd!«, schrie P. J.

»Du bräuchtest vierzig davon, um die Leistung des Motors zu schlagen«, verteidigte David ihren Wagen weiter. »Angesichts der Epoche ist das hier ein Hochgeschwindigkeitsgefährt.«

»Nicht auf diesen Straßen«, erwiderte Leif, als sie über Schlaglöcher polterten.

»Oh, seht!« Megan deutete auf einen Hügel, der die Straße überblickte. Drei Reiter schienen vor dem nachmittäglichen Himmel zu posieren. Sie trugen bunt leuchtende Wolljacken, jeder von ihnen hatte ein langläufiges Gewehr geschultert.

»In der ersten *Graustark*-Geschichte sind solche Typen auch aufgetaucht«, bemerkte David. »Ein bisschen Lokalkolorit. Obwohl sie wie Banditen aussahen, waren es tatsächlich Grenzwachen.«

Der Mercedes tuckerte die Flanke des Hügels hinauf und verschwand dann in einer kleinen Senke, wo große Büsche ihnen willkommenen Schatten spendeten.

Doch die Straße war von den drei malerischen ›Grenzwachen‹ blockiert. Sie nahmen ihre Gewehre von den Schultern, und weitere Typen in der bunten Landestracht stürzten Knüppel schwingend hinter den Büschen hervor.

»Diese Sim scheint von den Büchern etwas abzuweichen«, erkannte Megan. »Die da sind wirkliche Banditen.«

»Aus dem Wagen!«, befahl Leif und zog das Auto zur Seite. »Sonst sind wir leichte Beute für sie. Äh … Jack …« Er stolperte über P. J.s Spielernamen. »Unternimm was gegen die Typen, die uns den Weg abschneiden. David, äh, Menelik, du gibst ihm Deckung. Ich beschütze Miss O'Malley.«

Zwei Kerle kamen mit Keulen bewaffnet näher. Leif sprang hinter dem Lenkrad hervor und legte die Hand auf den Knauf seines Säbels.

Gut, dass ich ihn neben dem Sitz verstaut habe, dachte er und zog die Klinge heraus. »Meg … Miss Marguerite … bleibt zurück!«

Er nahm die *En-Garde*-Position ein, etwas behindert von seinem schweren Mantel. Das hier war nicht gerade wie bei einem Fechtwettkampf. Sein Säbel war eine richtige Waffe, etwas schwerer als gewohnt. Und natürlich war er nicht stumpf oder hatte eine abgerundete Spitze. Er würde jeden der keulenschwingenden Banditen zerstückeln, der ihnen zu nahe kam.

Eine Pistole ging neben seinem linken Ohr los. Leif wandte sich halb um und sah, dass Megan mit einem kleinen Revolver aus Gold und Elfenbein anmutig zielte.

»Was machst d…«, hob er an.

Genau da traf ihn die Keule eines Räubers an der Schulter. Es war kein riesiger Prügel – etwa zwischen einem Spazierstock und einem Baseballschläger. Nicht, dass Leif sich darüber Gedanken machen konnte. Doch es reichte, um ihn außer Gefecht zu setzen. Sein Blick wurde von einer hellroten Supernova aus Schmerzen vernebelt, er sank auf die Knie und kämpfte darum, Schwert und Bewusstsein nicht zu verlieren.

Megan zielte sorgfältig, zog den Abzug und traf den Keulenschwinger an der Schulter. Er stolperte zurück und gesellte sich zu seinem Kumpel, den sie durch einen Schuss in den Oberschenkel zu Fall gebracht hatte. Sie behielt sie im Auge und beobachtete, wie der Kampf für ihre Freunde lief.

»YEEEEE-HAAAA!« P. J. stand auf dem Rücksitz des

Mercedes und zielte mit zwei Army-Colts. Die sechsschüssigen Revolver setzten lautstark zwei der berittenen Banditen schachmatt, bevor diese ihre Gewehren erheben konnten. Der dritte Bandit zu Pferde duckte sich tief in seinen Sattel und drängte sein Pferd zum Rückzug.

Noch während P. J. feuerte, rannte einer der Straßenräuber von der Seite auf ihn zu und schwang eine Keule, die wie ein junger Baumstamm aussah. David stellte sich ihm in den Weg und balancierte unsicher einen Krummsäbel.

Hoffentlich weiß er, wie man damit umgeht, dachte Megan. *So wie ich plötzlich wusste, wie man die Pistole benutzt.*

David wich dem Schlag aus und knallte an die Seite des Mercedes. Megan versuchte zu zielen, konnte jedoch nicht frei schießen. Verzweifelt umklammerte David seine Waffe mit beiden Händen, als der Bandit seine Keule erneut erhob. David wedelte mit dem Krummsäbel herum wie mit einem Baseballschläger ... und erzielte ein unerwartetes Ergebnis.

Der Stahl glitt durch den Unterarm des Banditen hindurch und zerteilte Muskeln und Knochen in einer sehr unsanften Amputation. Mit einem schrillen Schrei stolperte der Räuber nach hinten und hielt sich die Wunde.

Der Rest der Bande zog sich ebenfalls zurück. Leif und seine Freunde hatten über die Hälfte zur Strecke gebracht. Die anderen waren offensichtlich unentschieden, ob sie weglaufen oder einen neuen Angriff starten sollten. Megan entschied sich, kein Risiko einzugehen. »P. J.! Gib uns am Heck Deckung!«

P. J. wandte sich um und stand den verbleibenden Banditen auf seinem Sitz gegenüber. Währenddessen drückte Megan den immer noch bewusstlosen Leif auf den hinteren Sitz daneben. Dann sprang sie hinter das Steuer und bemerkte dankbar, dass der Motor noch immer im Leerlauf lief. Sobald David auf den Beifahrersitz gesprungen war, trat Megan das Gaspedal durch. Der Mercedes machte einen Satz nach vorn, und P. J. wurde beinahe hinausgeschleudert. Er konnte die Banditen durch ein paar wilde Schüsse aus seinen großen Army-Colts von einer Verfolgung abbringen.

In sicherer Entfernung warf Megan David einen Blick zu. Sein dunkles Gesicht wirkte gräulich, während er die Klinge seines Krummsäbels polierte.

»Das war zu real. Es ist einfach durchgeglitten …« Er schluckte laut und schüttelte den Kopf, als wollte er die Erinnerung wegwischen.

Megan verstand ihn. In vielen Spielen und Simulationen musste man Feinde umbringen. Doch in kommerziellen Sims widerfuhr einem nichts Derartiges, was David gerade durchgemacht hatte. Ein Schwert krachte gewöhnlich in den Schild des Gegners, prallte an seiner Rüstung oder im Falle eines mythologischen Monsters an seinen Schuppen ab. In der virtuellen Realität konnte man gewöhnlich nichts in der Art des eben Geschehenen erleben.

»Wie geht's Leif … äh, dem Baron?«, erkundigte sie sich etwas verspätet.

»Könnte schlimmer sein«, erklärte P. J. Leif grunzte nur schmerzerfüllt. »Diese Mäntel sind recht dick, und sein Schulterpolster hat die Wucht größtenteils abgefangen.«

»Na, ›größtenteils‹ ist wohl Definitionssache«, murmelte Leif und jaulte erneut auf, als P. J. untersuchte, wo er genau getroffen worden war.

»Du könntest deinen Arm nicht so rumwinden, wenn dein Schlüsselbein gebrochen wäre.« P. J. war in richtiger Landarzt-Laune. »Schlimmstenfalls wirst du mit einer hübschen Prellung angeben können.«

»Eins steht fest«, bemerkte Megan. »Ich werde das Fahren

übernehmen, bis du wieder okay bist. Wohin geht die Reise überhaupt?«

»Wir fahren nach Herzen, in die Hauptstadt Latvinias.« Leifs Stimme war vor Schmerz ganz angespannt. »Das ist die einzige größere Stadt dort. Sie liegt in der Mitte des Königreichs.« Sein Atem stockte, als der Wagen über ein Schlagloch holperte. »Da sind auch die einzigen ausgebauten Straßen zu finden.«

»Und wie kommen wir da hin?« David öffnete eine lederne Kartentasche.

»Wir folgen dieser Straße ins Dubok Valley hinunter. Dort stoßen wir auf die Bahnlinie, die das Land mit Wien verbindet. Sobald wir das Tal erreichen, dürfte es etwas weniger wild sein. Bei Anbruch der Nacht werden wir die Vororte von Herzen erreicht haben.«

»Also sollten wir weiterfahren, solange es hell ist«, stellte Megan fest. Sie ruckelten den Bergweg entlang, bis sie einen Kamm erreichten, der sie das Tal überblicken ließ. Megan erkannte ein Paar im Sonnenlicht glänzende Gleise.

»Ist das das Dubok Valley?«

Leif beugte sich behutsam nach vorn. »Ja. Die Straße müsste sich da unten teilen. Wir folgen dem Weg, der nach unten führt. Das wird ein wilder Ritt werden. Diese Straßen bekommen mehr Maultiere und Ziegen zu Gesicht als Automobile.«

Leif hat sich einen richtigen Jahrhundertwende-Sprachstil angewöhnt, dachte Megan. *Vielleicht geht es ihm etwas besser.*

Sie fuhren auf dem schmalen, holprigen Kamm weiter. In der Ferne erstreckte sich das Tiefland. Megan konnte sogar gepflügte Felder erkennen.

Da erst bemerkte sie den Zug, der unten auf den Gleisen stand. Das Donnern einer Schießerei drang in ihre Ohren.

Etwa zwanzig schwarz gekleidete Reiter auf ebenso schwarzen Pferden umschwärmten einen vergoldeten Passagierwagen am Ende des Zuges. Eine Hand voll Wachen in purpurnen Uniformen und glänzenden Messinghelmen kämpfte gegen die Reiter an. Vor Megans Augen ging der letzte Verteidiger zu Boden.

Einige schwarze Reiter erklommen die Plattform am Ende des Abteils und stiegen ein. Sekunden später kamen sie mit einer sich heftig wehrenden Frau, die in einen schwarzen Mantel gehüllt war, wieder heraus.

»Latvinia scheint ein ernsthaftes Kriminalitätsproblem zu haben«, bemerkte sie. »Zuerst werden wir überfallen, dann werden wir Zeugen einer Entführung.«

Die Kidnapper verstauten ihre Gefangene ohne viel Aufhebens auf einem Pferd und galoppierten der fernen Umwallung des Tals entgegen, wo die Straße zwischen Bäumen verschwand.

»Wozu die Eile?«, fragte sich P. J. »Wir stellen doch wirklich keine Gefahr dar.«

Die Antwort darauf kam Sekunden später, als eine berittene Armee durch das Tal angehetzt kam.

»Die müssen aus Herzen kommen«, stellte Megan fest und starrte auf die Verfolger hinunter. Einige der Reiter trugen zur Landschaft passende dunkle, grün-braune Uniformen. Andere gehörten offensichtlich zeremoniellen Truppen an. Sie waren mit purpur-goldenen Uniformen bekleidet. Wieder andere hatten glänzende Messingbrustplatten auf ihren Uniformen. Alle zogen Säbel oder Pistolen, als sie die Lokomotive erreichten, die in einen gefällten Baum gerast war.

Die Soldaten umstellten den Zug. Einige stiegen ab, um den überwältigten Wachen zu helfen. Eine Gruppe prächtig uniformierter Offiziere versammelte sich um den gestürmten Personenwagen. Sie winkten aufgeregt mit den Armen.

Dann musste einer von ihnen den Mercedes auf der Straße über ihnen bemerkt haben. Sie richteten Ferngläser auf den Wagen und versammelten ihre Berater. Bald setzte sich eine große Abordnung Kavalleristen in Bewegung und erklomm den Abhang.

»Vielleicht sollten wir anhalten«, schlug Leif vor. »Ich will meinen Mantel ungern durch eine Salve Warnschüsse ruinieren.«

Megan brachte den Mercedes am Straßenrand zum Stehen, als die Vorhut der Kavallerie sie einholte. Jeder Reiter war mit einer gefährlich aussehenden Lanze bewaffnet, die ihn an Länge überragte.

»Äh … Guten Tag«, hob Megan in Französisch und Deutsch an.

Die Soldaten umzingelten den Wagen, doch sie blieben auf ihren Pferden sitzen und starrten sie an.

Was war los mit ihnen?, fragte sich Megan. Hatten sie noch nie zuvor ein Mädchen gesehen? Sie vergewisserte sich, dass ihr Hut noch von dem Schal an Ort und Stelle gehalten wurde. Stimmte etwas mit dem Mantel nicht? Hatte einer der Banditentrottel ihn mit Blut befleckt?

Bevor sie fragen konnte, wo das Problem lag, kam die Hauptabordnung der Reiter auf sie zu. Einige schienen mit ihren noblen Uniformen und den bestickten Jacken, die wie ein Cape getragen wurden, direkt aus einem Kostümverleih zu kommen. Die anderen mit den Brustplatten waren Kürassiere. Megan fand ein bekanntes Gesicht unter den Capereitern. Sergej Tschernewskij grinste und hob die Hand zum militärischen Gruß an die Uniformmütze.

Er senkte seine Hand rasch und saß stocksteif im Sattel,

als ein äußerst ehrwürdiger alter Kauz umständlich von seinem Pferd kletterte. Der große weiße Backenbart schien zu zittern, als er auf den Wagen zuging.

Er umfasste Megans Hand beidhändig und drückte einen Kuss darauf. Dann sah er auf und brachte bebend hervor, »Gott sei Dank, Ihr seid in Sicherheit, Eure Majestät.«

4. Kapitel

Megan starrte die anderen an. Sie schienen an einer Art Maulsperre zu leiden.

Okay, dachte sie. *Das hat irgendwie Sinn. Die Sim basiert auf* dem Gefangenen von Zenda. *Dort hat auch irgendein Kerl die Rolle des Königs. Aber dass Alan das so wörtlich nimmt …*

Sie grinste. *Dass er mir so eine tragende Rolle zuschreibt …*

»Auf den zweiten Blick … Vergebt mir, junge Lady«, murmelte der Alte leise in ihren Handschuh. »Nun, da ich Eure Kleidung und Eure Begleiter gesehen habe, wird mit bewusst, dass Ihr nicht Prinzessin Gwenda sein könnt. Eure Ähnlichkeit ist ebenso erstaunlich wie zufällig. Folgt mir bitte. Ihr könnt mir helfen, mein Land zu retten … wenn Ihr wollt.«

Er blickte flehentlich zu ihr auf.

»Wer seid Ihr?«, fragte sie.

»Graf von Esbach«, erwiderte der ältere Herr. »Der Premierminister von Latvinia.«

Megan nickte ihm ernst zu. »Vielen Dank für Eure Sorge«, sagte sie laut. »Wären diese Gentlemen nicht zum rechten Zeitpunkt erschienen, hätten die Banditen mich mit Sicherheit entführt.«

Von Esbach sah ihr hoffnungsvoll in die Augen. »Oberst Vojak entsendet eine Truppe zur Verfolgung der Verbrecher! Ich werde die Prinzessin mit einer Abordnung Husaren persönlich nach Herzen begleiten!«

P. J. sprang vom Rücksitz. »Hören Sie, Mr. Graf. Ich könnte doch ihr Pferd übernehmen, während Sie in diesem Gefährt Platz nehmen?«

Von Esbach verbeugte sich. »Ausgezeichnete Idee, Herr …«

»Mr.«, erwiderte P. J. grinsend. »Bronco Jack Farris von den Bear-Creek-Farris'.« Er trat auf den Kavalleristen zu, der von Esbachs Pferd hielt, nahm die Zügel und schwang sich auf den Rücken des Rosses. Es bäumte sich auf und versuchte, ihn abzuwerfen, doch P. J. saß so fest im Sattel, als wäre er ein Teil des Tieres. »Ziemlich munteres Kerlchen.«

»Der Graf hat dieses Pferd bei dem Angriff geritten, mit dem er die Ostwalder Gefechtslinie im letzten Krieg durchbrechen konnte«, erklärte der Soldat.

»Das hättest du mir auch sagen können, bevor ich draufgehüpft bin.«

Der Kavallerist lächelte. »Um die Wild-West-Show zu verpassen?«

Leif setzte sich wieder hinters Steuer, während von Esbach mit Megan auf der Rückbank Platz nahm. Oberst Vojak ritt neben ihnen. Der Graf weihte ihn in das eben Geschehene ein.

»Könnt Ihr diese verblüffende Ähnlichkeit erklären?«

Megan zuckte mit den Schultern. Da erwachten frisch eingepflanzte Erinnerungen. »Einer meiner Vorfahren gehörte zu den Wilden Gänsen, den Soldaten, die das eroberte Irland verließen und für andere Länder kämpften. Er kehrte mit einer Braut zurück, die seinen Worten nach eine verschollene

Prinzessin war. Wir alle dachten, das wäre nur eine wilde Geschichte, um seine Zechkumpane zu beeindrucken.«

»Wie die Geschichte auch gewesen sein mag, wir müssen uns glücklich schätzen, dass Ihr zu eben diesem Zeitpunkt aufgetaucht seid«, antwortete von Esbach. »Ohne Prinzessin Gwenda steht Latvinia eine schlimme Krise bevor. Der König, Euer Vater …« Er unterbrach sich. »Der Vater der Prinzessin war ein großer Mann und ein guter König. Doch nun liegt er auf dem Sterbebett, und Verräter wollen ihm die Krone nehmen.«

»Die Prinzessin hat einen Cousin, Gray Piotr, Herr von Grauheim«, erklärte Oberst Vojak. »Er will die Macht über ganz Latvinia an sich reißen.«

Der Premierminister nickte. »Während der König dahinsiecht, arbeitet er daran, seine Anhänger an Machtpositionen zu platzieren. Einige Mitglieder der Regierung sind zurückgetreten oder erlitten … Unfälle.«

»Unfälle? Bah!«, grunzte Vojak. »Mehrere Armeekommandeure schärften offensichtlich ihre Klingen, um dann hineinzustolpern – rückwärts. Zumindest bleibt die Königliche Wache standhaft.«

»Die Truppe des Obersten«, erläuterte von Esbach. »Größtenteils sind die Armee, die Regierung und sogar das Volk loyal. Doch sollte der König sterben und seine Tochter unauffindbar sein …«

Megan nickte. »Es würde aussehen, als wäre *sie* nicht loyal. Doch wie könnte dieser Piotr die Leute auf seine Seite ziehen?«

»Ich kann nur Vermutungen anstellen«, sagte der Premierminister. »Wenn die Prinzessin tot aufgefunden werden und es einen Beweis dafür geben würde, dass die Ostwalder dahinter stecken …«

»... würde das Krieg bedeuten. Jeder Latvinier würde dem mutigen König Piotr bei seinem Rachefeldzug zur Seite stehen.« Oberst Vojak sah aus, als müsste er sich übergeben. »Nicht, dass von Esbach und ich uns dann darüber noch Sorgen machen müssten. Wir wären längst tot.«

»Doch wenn ich in Herzen als Prinzessin auftauche, kommt die Maschinerie des Verrates zu einem Stillstand«, fasste Megan zusammen.

»Piotr müsste Euch eliminieren, entweder durch ein Attentat oder durch die Enthüllung Eurer Herkunft«, fasste Vojak die Situation entschlossen zusammen.

»Wir könnten jedoch hoffen und beten, dass die wahre Prinzessin Gwenda am Leben bleibt«, sagte Graf von Esbach.

»Am Leben – doch gefangen«, hob Megan hervor. »Wo könnte dieser Piotr sie festhalten?«

»Überall in seinem Herrschaftsbereich«, erwiderte Vojak. »Grauheim ist der höchste Berg Latvinias, umgeben von Wildnis. Es gibt dort mehr Jagdhütten, alte Festungen und Räuberhöhlen, als irgendjemand zählen könnte.«

»Ab sofort müssen sie gezählt und überprüft werden«, meldete sich Leif aus dem vorderen Teil des Wagens. »Miss O'Malleys Erscheinen schenkt Euch etwas Zeit. Doch weder das Land noch die Prinzessin sind sicher, solange sie nicht befreit wird.«

»Ihr habt Recht«, brummte Vojak.

Das Tal hatte sich verbreitert und lag nun als üppiges Ackerland vor ihnen. Ein großes Dorf oder eine kleine Stadt erschien am Horizont. Malerische alte Gebäude umgaben eine noch ältere mittelalterliche Mauer. Die Umgebung wurde weithin von einem Schloss in der Mitte des Ortes beherrscht. Von einem der Türme erhob sich eine rote Rakete in die Luft, wie Megan bemerkte. »Wir wurden gesichtet.« Oberst Vojak wandte sich mit einer formellen Verbeugung an Megan. »Seid Ihr bereit, Euer Volk zu begrüßen, Prinzessin?«

Megan musste einen plötzlichen Anflug von Lampenfieber unterdrücken. »So bereit, wie es mir möglich ist.«

Leif konnte sich nur schwer aufs Fahren konzentrieren, während er den Wagen den großen Boulevard von Herzen hinaufsteuerte. Er warf der jubelnden Menschenmenge ununterbrochen misstrauische Blicke zu. Die Einwohner winkten mit grünen, roten und goldenen Flaggen und schrien aus vollem Halse, um die ›Prinzessin‹ willkommen zu heißen.

Doch Leif kamen bestimmte Ereignisse von vor dem Ersten Weltkrieg ins Gedächtnis, besonders die Ermordung Erzherzog Franz Ferdinands I., des Erben des österreichischen Thrones. Er konnte nur daran denken, wie einfach es für jemanden wäre, in dieser Menge einen Revolver zu ziehen. Er wollte alles dafür tun, einen solchen Attentäter zur Strecke zu bringen, bevor er seinen tödlichen Schuss abgeben konnte.

Neben ihm starrte David – Menelik – auf die Rückbank und schüttelte den Kopf.

»Wie stellt sie sich an?«, fragte Leif flüsternd.

»Sie ist der Hammer. Aber was hast du erwartet? Wer würde es nicht genießen, in einem Klasseauto in die Stadt kutschiert und von allen behandelt zu werden, als wäre man das Tollste seit der Erfindung von Dosensuppe?«

Sie folgten der breiten Straße, bis sie sich vor den Toren des Schlosses wiederfanden. Massive Eichentore mit Eisengittern schwangen nach innen auf und gaben den Blick auf einen Hof mit wunderschönen Gartenanlagen frei.

»Und was nun?«, hörte Leif Megan den Grafen von Esbach fragen.

»Ich denke, ein Besuch beim König sollte unsere erste und oberste Priorität sein«, erwiderte der Premierminister. »Und dann steht der Thronsaal auf dem Programm. Die Adligen des Landes werden sich versammelt haben, um ihre Prinzessin zu begrüßen.«

Leif brachte den Mercedes zum Stehen. Megan stieg aus und entledigte sich des ziemlich staubigen Mantels. Sie hatte bereits Hut und Schal abgenommen, während sie dem latvinischen Volk auf dem Boulevard zuwinkte. Diener kamen angelaufen, um der ›Prinzessin‹ jeden Wunsch von den Augen abzulesen. Von Esbach winkte sie mit sich.

»Hier entlang«, sagte er leise und umrundete die inneren Mauern des Palastes. Sie traten durch eine kleine, unauffällige Tür. Zwei Wachmänner in Purpur und Gold standen in Hab-Acht.

Hinter dem Premierminister und Megan schlichen Leif, David und P. J. durch das Labyrinth von Korridoren. Leif fragte sich, ob der königliche Architekt beim Entwurf des Schlosses betrunken gewesen war oder ob diese scheinbar planlosen Gänge eine Sicherheitsmaßnahme zur Täuschung von Angreifern darstellen sollten. Ihn jedenfalls verwirrten sie. Hier und dort hingen Porträts oder Wandteppiche und verliehen den altertümlichen Steinwänden etwas Farbe.

»Irgendwie erwarte ich ständig, dass Draculas Schwager aus den Schatten hüpft«, flüsterte P. J.

»Konzentrieren wir uns lieber auf die realen Gefahren«, gab Leif zurück.

»Aller Wahrscheinlichkeit nach wissen die Verschwörer bereits von Megans Ankunft.« David ging das Ganze logisch an. »Wir werden wohl eine kurze Verschnaufpause haben, bevor sie entschieden haben, was sie tun werden.«

Vorausgesetzt, niemand verliert die Kontrolle und versucht, die neue Prinzessin Gwenda auszuschalten, bevor sie überhaupt ins Spiel kommt, murmelte eine argwöhnische Stimme in Leifs Hinterkopf.

Sie schienen im Zickzack-Kurs vor- und zurückzulaufen, dann erklommen sie die Wendeltreppe zu einem der Türme. Dieser Teil des Schlosses war modernisiert worden. Dicke Teppiche auf den Steinböden und weitere Wandteppiche ließen den Korridor gemütlich erscheinen.

Hier wohnt wohl jemand, dachte Leif. Sie erreichten eine bewachte Tür. Nur Megan und von Esbach traten ein.

Die Jungen standen eine Weile in der Gegend herum.

Als der Graf mit Megan zurückkehrte, bemerkte Leif, dass sie ziemlich ernst dreinblickte. »Der König sieht nicht wirklich aus wie dein Vater, oder?«, fragte er leise, als sie den Korridor weiter gingen.

»Nein.« Megan schüttelte den Kopf. »Das wär' echt zu gruslig. Der König liegt im Koma, also hat der Graf die Zeit genutzt, mich auf die Leute vorzubereiten, die ich im Thronsaal treffen werde.«

Eine andere, ebenso verwirrende Route brachte sie wieder ins Erdgeschoss. Dies war anscheinend der öffentliche Teil des Palastes. Alles war im großen Stil hergerichtet, angefangen von den Gemälden an den Wänden über die Möbel bis zu den Wachen, die steif die Habtachtstellung einnahmen.

Schließlich erreichten sie eine riesige Doppeltür, vor der nicht nur Wachen standen, sondern auch junge Lakaien in Kniebundhosen mit gepuderten Perücken. Sie hätten als Portiers zu Zeiten George Washingtons ein besseres Bild abgegeben als in einem Königreich des 20. Jahrhunderts. Beim ersten Anblick von Esbachs und Megans wurden sie hektisch betriebsam und öffneten die Türen.

Megan atmete tief ein. »Wünscht mir Glück«, flüsterte sie.

Leif erwiderte nichts – zumindest nichts Hörbares. Doch eine Stimme in seinem Kopf meldete sich. *Du wirst es brauchen.*

Megan schwebte an Graf von Esbachs Arm durch die Tür und bemühte sich, beim Anblick des Thronsaals nicht dumm zu gaffen. Er war nicht ganz so groß wie die Räume, in denen die Treffen der Net Force Explorers abgehalten wurden. Doch die Menge der wartenden Adligen machte an Farbe wett, was ihnen an der Zahl fehlte.

Ich dachte immer, die Jahrhundertwende wäre eher konservativ gewesen. Megan betrachtete das Gedränge. *Da hab ich mich wohl getäuscht.*

Die wilden Kostüme der Fin-de-Siècle-SIG hätten eine Warnung sein müssen. Hier in der Veeyar waren die Aufzüge noch extremer. Die meisten Männer trugen Uniform. Es schien eine Art Wettkampf zu geben, wer mit den meisten Goldborten behängt war. Die Pracht der Herren wurde nur vom Schillern der juwelenbehängten Damen mit ihren grellen Hofkleidern übertroffen.

Auch ohne Staubmantel und Schal fühlte sich Megan in ihrem pflaumenfarbenen Reisekostüm aus Samt ziemlich schäbig. Doch offensichtlich kam es nicht darauf an, was eine Prinzessin trug. Die herausgeputzten Lords und Ladys verneigten sich und knicksten, als sie sich ihren Weg in die Mitte des Raumes bahnte.

Wo war der berüchtigte Gray Piotr?

Über die gesenkten Köpfe hinweg machte Megan eine abseits stehende Gruppe aus. Es schien, als hätte sich ein Schatten über einen Teil der farbenfrohen Schar gelegt. Anstelle prunkvoller Uniformen trugen diese Männer gediegenere Farben. Ihre Gesichter waren schärfer geschnitten als die der sie umgebenden Adligen, und ihre Säbel wirkten wenig dekorativ. Sie verneigten sich beinahe unwillig vor ihr. Einer in ihrer Mitte blieb aufrecht. Er trug eine Uniform, doch Jacke und Hose waren schlicht grau. Das Licht spiegelte sich in dem Monokel in seinem rechten Auge, als er sie lange und nachdenklich betrachtete. Megan war nun nah genug, um Alan Slaney in ihm zu erkennen. Doch wie so viele andere im Raum war auch er transformiert. Das lag nicht nur an der Uniform. Sein glänzendes Haar war in der Mitte geteilt, und außer dem Monokel trug er einen prächtigen Schnauzbart, den er zwischen Zeigefinger und Daumen zwirbelte.

Wie passend. Der Bart eines Halunken, dachte Megan. Er hatte sich selbst zum Schurken des Stücks ernannt – Gray Piotr!

Alan ging auf die rechte Seite des Throns zu. Er durchschritt die Menge, bis er Megan beinahe erreicht hatte, und begrüßte sie dann mit einer höfischen Verbeugung.

»Froh, mich hier zu sehen, Cousin?«, fragte sie ruhig.

Alan verbeugte sich erneut und verbarg ein entzücktes Lächeln. Er platzierte den Kuss einen Zentimeter über ihrer ausgestreckten Hand. »Sagen wir lieber, ich bin erleichtert. Das Reisen in ferne Ländern ist immer ein Abenteuer – nicht zu vergessen die Risiken, die das Fahren in der königlichen Eisenbahn in sich birgt.«

»Ja, ich habe einige seltsame Geschichten vernommen«, erwiderte Meg.

Er blinzelte ihr ironisch zu. »Ich bedaure nur den Grund, der Euch von Euren Studien in Württemberg hierher zurückführt. Hoffen wir, dass Euch die Last des Regierens erspart bleibt.«

Ein leises Murmeln erhob sich bei diesen Worten. Megan sprach lauter, um sich darüber zu erheben. »Ich bin nicht begierig darauf, die Krone zu übernehmen. Doch wenn die Zeit kommt, kann ich nur hoffen, meine königlichen Pflichten ebenso gut zu erfüllen wie König Gregor!«

Megan lächelte Alan an, als die Adligen in Applaus ausbrachen. Mit einer Verneigung überließ er ihr diesen Sieg – doch das würde nicht der letzte Kampf gewesen sein.

Die Hofetikette verlangte, dass sie die Ehrerbietungen der örtlichen Aristokraten anmutig nickend annahm. Sie stand mit dem Premierminister auf der einen und Gray Piotr auf der anderen Seite auf dem Podium. Von Esbach hatte es klugerweise so arrangiert, dass die wichtigen Persönlichkeiten zuerst Megans Reisebegleitern vorgestellt wurden. So konnte auch sie ihre Namen aufschnappen. Mit diesen Erklärungen und der kurzen Einweisung, die sie erhalten hatte, kam sie ohne größere Probleme durch die Empfangsriege.

»Ihr müsst nach all diesen ungewohnten Anstrengungen erschöpft sein«, schnurrte Alan Slaney, als das letzte adlige Paar sich entfernte. »Ihr würdet es sicher bevorzugen, Euch in Eure Gemächer zurückzuziehen und Euch auszuruhen?«

»Erst, wenn meine Begleiter versorgt sind«, erwiderte Megan steif. Sie hatte nicht vor, die Unkenntnis ihrer Rolle und des Palastbauplans offen zu legen. Sie wandte sich an von Esbach. »Ich nehme an, die entsprechenden Vorkehrungen wurden getroffen?«

»Folgt mir, Prinzessin.«

»Dann überlasse ich Euch Euren … häuslichen Pflichten«, sagte Gray Piotr. Eine letzte Verbeugung, und er kehrte zu seinen mürrischen Handlangern zurück.

»Zweifellos führt er das nächste Unheil im Schilde«, murmelte von Esbach, während er ihn beobachtete.

»Wir werden uns ihm besser entgegensetzen können, wenn wir uns etwas ausruhen«, antwortete Megan leise. »Zeigt uns den Weg.«

Der Premierminister führte Megan und ihre Freunde durch einige weitere Gänge. »Ich habe mir erlaubt, diese Gentlemen im Turm der Prinzessin unterzubringen«, erklärte von Esbach. Und mit gedämpfterer Stimme fuhr er fort. »Jeder, der in die königlichen Gemächer eindringen will, muss hier vorbei.«

Leif nickte. »Also an uns.«

Durch die geöffneten Türen nahmen sie ihre gemütlichen Schlafzimmer in Augenschein. »Ich habe mir auch erlaubt, Euer Gepäck heraufbringen zu lassen«, fügte von Esbach hinzu.

»Ich würde sagen, die Ankunft auf unseren Zimmern ist ein perfekter Zeitpunkt, um die Session zu beenden«, stellte Megan fest. »Treffen wir uns für eine kurze Nachbesprechung in meinem virtuellen Arbeitsraum. Was meint ihr?«

Die Jungen nickten und machten sich zu ihren Zimmer auf. Megan wandte sich an den Premierminister. »Begleitet Ihr mich bitte zu meinen Gemächern?«

Sobald Leif die Tür durchschritten hatte, gab er den lautlosen Befehl zum Verlassen der Latvinia-Sim. Doch statt in seinem Computer-Link-Sessel aufzuwachen, teilte er dem Computer eine neue Adresse mit. Er blinzelte und befand sich nun in Megan O'Malleys persönlichem Netzraum.

Über Geschmack lässt sich nicht streiten, dachte er und sah sich um. Vielleicht diente das als Kompensation für ihren Alltag. Das Leben in einem übervölkerten Haushalt mit einer nicht gerade überschaubaren Familie mochte recht beengend sein. Megans Arbeitsraum war jedenfalls riesig – ein Amphitheater, das groß genug war, um ein Football-Spiel und zwanzigtausend Fans zu beherbergen.

Das Setup stellte nicht nur ihren Arbeitsraum dar, es befand sich auch draußen im All, auf Rhea, einem der zahllosen Saturn-Satelliten. Der Ringplanet hing bedrohlich über Leif wie ein riesig angeschwollener, orange-gestreifter Mond.

Er wurde von dem Himmelsspektakel abgelenkt, als David sich einklinkte. Kopfschüttelnd trat er zu ihm. »Ein exotischer Prinz ist sicherlich besser als ein Zugschaffner. Aber als ich diesem Kerl die Hand abgeschlagen habe …«

»Echte Waffen, echte Konsequenzen«, erwiderte Leif. »Ich hoffe, der Ärmste war nur ein Nebencharakter.«

David sah ihn entsetzt an. »Bring mich bloß nicht auf so was! Die Vorstellung, dass ich nicht nur Elektronen zerstückelt habe, ist einfach zu viel.«

»He, wenn du wegen der Sicherheitsschnittstellen Bedenken hast …«

P. J. erschien ploppend hinter ihm. »Junge, den Schurken haben wir's aber gegeben!« Er pustete über die Spitze seines ausgestreckten Zeigefingers wie über die Mündung einer Pistole. »Ein echt actiongeladener Start. Aber dann ist die langweilige Politik ins Spiel gekommen.«

»Und das von dir als Politikersohn!«

P. J. warf Leif einen überheblichen Blick zu. »Mein Vater ist Senator, nicht Politiker.«

Leif verdrehte die Augen. »Na gut.«

Bevor er etwas sagen konnte, tauchte Megan auf. Sie explodierte beinahe vor Freude. »Was für eine Sim!«

»Natürlich sagst du das nicht nur, weil du eine der Hauptrollen bekommen hast«, zog Leif sie auf.

»Nur weil dich jemand platt gemacht hat, bevor du mit deinem Säbelchen angeben konntest, musst du uns anderen nicht die Laune verderben«, erwiderte Megan scharfzüngig. »Die Frage ist nun: Wann gehen wir wieder rein?«

Ihre Blicke schweiften in die Ferne, um die Terminkalender in ihren Computern zu überprüfen. »Ich hab morgen ein langes Mittagessen vor mir«, sagte Leif. »Freunde meines Vaters aus Europa sind da. Vielleicht am Abend …«

Megan schüttelte den Kopf. »Fechtstunde.«

Leif verzog den Mund und unterdrückte einen finsteren Blick. Megan hatte heute in der Sim mit Alan Slaney Katz und Maus gespielt, und morgen würde sie in der wirklichen Welt mit ihm trainieren …

Unter anderen Voraussetzungen würde ich den Kerl sogar mögen, dachte er. *Er ist clever, kreativ und hat einen Sinn für Humor, wenn's um Sims geht.*

Zu schade nur, dass die gegenwärtigen Umstände Megan O'Malley involvierten.

Ich habe kein Recht, eifersüchtig zu sein.

Warum machte ihn die Angelegenheit dann so verrückt?

5. Kapitel

Leif kehrte in sein Zimmer zurück. Als er gerade seinen Link trennen wollte, vernahm er ein bekanntes Geräusch – das Klirren von Stahl. Er rannte ans offene Fenster und griff nach seinem Säbel. Sein Zimmer bot einen guten Ausblick auf den gepflegten Innenhof des Palasts.

Zwei Stockwerke unter ihm duellierten sich zwei junge Offiziere auf einem Kiesweg. Zumindest versuchten sie es. Sie stocherten wie Clowns herum, ohne auf Beinarbeit oder den richtigen Abstand für einen Angriff zu achten. Sie schwangen ihre schweren Kavalleriesäbel, als wollten sie Holz hacken.

Leif sah hinab und wusste nicht, ob er lachen oder weinen sollte. Latvinia war erst seit wenigen Stunden eröffnet, und diese beiden Idioten hatten nichts Besseres zu tun, als ihre Säbel auf die übelste Weise zu missbrauchen.

Er beobachtete sie entsetzt. Die beiden hackten ohne Rhythmus und Vernunft aufeinander ein. Irgendwo im Programm musste ein Basiswissen der Fechtkunst enthalten sein, in das die Rollenspieler Einblick haben konnten. Doch zwischen Wissen, das einem ins Ohr geflüstert wurde, und Wissen in Muskeln und Nervensträngen bestand ein großer Unterschied.

Die beiden kamen kaum mit dem Gewicht der schweren Militärsäbel zurecht, ihre Hiebe flatterten nur in der Luft. Der eine schimpfte und prustete, sein Arm schien ihm beinahe abzufallen. Die Amateur-Duellanten griffen gleichzeitig an, schlugen ihre Waffen zusammen und prallten voneinander ab. Sobald sie sich einmal verfehlten, wurde es richtig gefährlich. Die rasiermesserscharfen Klingen zischten erschreckend nahe an verschiedenen Körperteilen vorbei. Dann sprangen sie zurück oder verkeilten ihre Säbel unbeholfen ineinander, wie sie es in alten Flachbildschirmfilmen und historischen Holodramen gesehen hatten.

Leif wandte sich ab. Er konnte dieses Trauerspiel nicht ertragen.

Hoffentlich sind die Typen da unten nicht das Resultat aus Megans Fechtschule, dachte er. Wenn ja, sollte man sie lieber schließen. So etwas war hart an der Grenze zur Strafbarkeit.

Kopfschüttelnd gab er seinem Computer einen lautlosen Befehl. Ein Augenzwinkern später fand er sich in seinem Computer-Link-Sessel wieder. Er schwang die Füße auf den Boden, stand auf und streckte sich. Die Vorrichtungen im Sessel bemühten sich zwar, seine Muskeln warm zu halten – und Leifs Sessel war ein ziemlich teures Exemplar –, doch nach einer langen Veeyar-Sitzung tat Bewegung dennoch gut.

Ein kurzer Blick auf die Uhr ließ ihn die Stirn runzeln. Er hatte mehr Zeit in Latvinia verbracht als beabsichtigt.

Offensichtlich verfliegt die Zeit sogar, wenn ich nicht wirklich Spaß habe. Er verspürte zwar keinen Hunger, machte sich aber trotzdem auf die Socken in Richtung Küche.

Seine Eltern waren mit ihren europäischen Freunden unterwegs, um ihnen die wahre Pracht New York Citys zu zeigen. Durch einen Besuch im Netz konnte man schließlich nur die virtuelle Version erleben. Er hatte genug Zeit, sich zu duschen und dann zum Abendessen zu ihnen zu stoßen. Außerdem brauchte er nach einem längeren Netzaufenthalt immer eine Tasse Kaffee, um sein Gehirn in die Wirklichkeit zurückzuholen.

Auf einem Küchenhocker sah er der Kaffeemaschine zu, wie sie ihm nach präzisen Einstellungen eine Tasse zubereitete. Plötzlich erfüllte ein Klingeln das Haus. Leif warf dem tröpfelnden Kaffee einen letzten, sehnsüchtigen Blick zu und bewegte sich in Richtung Netzanschluss der Küche, um den Anruf entgegenzunehmen. Er musste rangehen. Vielleicht waren es seine Freunde wegen einer Planänderung.

He, vielleicht war es sogar Megan, die ein bisschen über

ihr gemeinsames nachmittägliches Abenteuer quatschen wollte! Wahrscheinlich wollte sie zwar lieber mit Alan Slaney reden, doch der befand sich womöglich noch in der Sim und brütete Verschwörungen aus.

Leif aktivierte die Telefonverbindung. Das Gesicht, das ihm aus dem Hologramm-Bildschirm entgegensah, war weder Megans noch das seiner Eltern.

Die perfekten Gesichtszüge, dramatisch eingerahmt von rabenschwarzem Haar, verwiesen dezent auf fachkundige – und teure – Schönheitschirurgie. Nach einer Sekunde Schweigen verzog sich das bezaubernde Gesichtchen zu einer spöttischen Grimasse. »Es wäre höflich, seinen Anrufer wenigstens zu begrüßen, Leif.«

»Hallo, Roberta«, antwortete er verhalten. »Entschuldigung, aber ich bin etwas überrascht.«

Das war noch milde ausgedrückt. Er mochte Mädchen und ging gerne mit ihnen aus. Er hatte einen Ruf als Jung-Playboy zu verteidigen, also waren soziale Aktivitäten beinahe obligatorisch. Doch ein aktives soziales Leben – sein Vater bezeichnete es als ›vulkanisch‹ – brachte auch Probleme mit sich.

Einige Mädchen wurden besitzergreifend. Sie schienen mehr in eine Freundschaft oder einen Flirt hineinzuinterpretieren, als tatsächlich da war. Auf der Überholspur hatten manche Angst, vor allem, wenn ihre Eltern Wind davon bekamen. Andere wurden schlichtweg gemein und behandelten ihn wie eine kurzweilige Trophäe. Ein paar seiner Beziehungen hatten jedenfalls mit explosiven Szenen geendet.

Doch Roberta Hendry war eine Klasse für sich. Vor etwa einem Jahr hatte er einen recht wilden Sommer mit ihr verbracht. Sie waren mit einigen Diplomatensprösslingen durch Washingtons Szene gezogen. Robertas Familie gehörte dem alten Reichtum an – sie bezeichneten sich als EFV, ›Erste Familie Virginias‹. Die Hendrys hatten sich seit den Tagen an ihr Vermögen geklammert, als Virginia noch britische Kolonie gewesen war. Investitionen eines Teils dieses Vermögens in frühe Technologieaktien hatten den Reichtum der Familie vor zwei Generationen vom Gewaltigen ins Obszöne gesteigert. Sie hatten heutzutage mehr als genug Geld, um der GESELLSCHAFT in Großbuchstaben anzugehören.

Doch sie hassten die Publicity, die Robertas Eskapaden manchmal mit sich brachten. Außerdem erachteten sie Politik für vulgär.

Vielleicht war Roberta genau deshalb in die Politik gegangen. Womöglich eine bizarre Art jugendlicher Rebellion. Journalisten und Nachrichtensprecher bezeichneten sie als ›die radikale Debütantin‹. Bei ihrer Trennung hatte Leif sie nur noch als völlig verrückt empfunden.

Roberta hatte sich einem Sammelsurium der seltsamsten -*ismen* verschrieben. Bis auf ihren revolutionären Charakter hatten diese Ideologien nichts gemeinsam.

Als sie angefangen hatte, über einen Wechsel der gesamten Sozialordnung zu schwadronieren, war Leifs Interesse bald Ungeduld gewichen. Irgendwie war es ihm etwas zu viel geworden, als er dieser privilegierten Bonzenbraut dabei zuhören musste, wie sie seinen Self-Made-Vater als Blut saugenden Parasiten beschimpfte.

Magnus Anderson hatte hart für den Wohlstand geschuftet, in dessen Genuss Leif jetzt kam. Viele Mitarbeiter hatten auf dem Weg zu diesem Vermögen in der Firma seines Vaters Arbeit und Lohnschecks erhalten. Leif wusste um die Bemühungen seines Vaters – manchmal hatte er ihn auch dabei unterstützt. Dass er von einem Mädchen schlecht gemacht wurde, dessen Eltern von einem riesigen Erbe lebten, hatte das Fass zum Überlaufen gebracht.

Leif und Roberta waren bei ihren Diskussionen so heftig geworden, dass ihre Freunde sie allmählich gemieden hatten. Nach einem gemeinsamen Tanzabend war es dann zum endgültigen Krach gekommen. Roberta hatte versucht, einem Parkwächter klar zu machen, dass es seine Klassenpflicht war, die Autos der Reichen zu sabotieren. Als Leif sie darauf hingewiesen hatte, dass das auch ihren Dodge-Luxusgeländewagen beinhalten würde, hatte sie versucht, ihn damit zu überfahren.

Danach war Leif nach New York zurückgekehrt und hatte jedes Gespräch mit Roberta Hendry erfolgreich vermieden – bis zu diesem überraschenden Anruf.

»Ein Agent hat für mich die Zu- und Abgänge von Alan Slaneys kindischem Vergnügungspark überwacht«, informierte sie ihn hochmütig.

Leif ließ sich davon nicht beeindrucken. Wenn ihr Suchprogramm so lange gebraucht hatte, dass er beinahe eine Tasse Kaffee fertig gebrüht hatte, war es nicht besonders toll.

Apropos Kaffee … Er nahm die Tasse und gab etwas Zucker hinein. Schade, dass er das hübsche Mädchen, das vor ihm schwebte, nicht auch nachsüßen konnte. »Kennst du Alan Slaney?«, fragte er. »Ich hätte gedacht, dass historische Simulationen im Allgemeinen – und die VHSO im Speziellen – nicht gerade deinen Interessen entsprechen.«

»Im Gegenteil. Die Epoche der Jahrhundertwende war die Brutstätte einiger der großartigsten politischen Bewegungen des 20. Jahrhunderts.« Sie sog genüsslich die Luft ein. »Sozialismus, Kommunismus, Faschismus … Anarchismus. All diese Ideologien sind in den Jahrzehnten um die

Jahrhundertwende aufgeblüht. Ich interessiere mich nicht ohne Grund so sehr für diese Zeit.«

Ihr Mund verzog sich auf die altbekannte spöttische Weise. »Anders als viele, die ihr Interesse nur vorgaukeln, um sich fein herauszuputzen!«

Leif blinzelte. »Du machst tatsächlich bei dem Beta-Test mit?«

Roberta nickte. »Ich war genauso überrascht, deinen Namen auf der Teilnehmerliste zu finden.« Sie sah ihn von der Seite an. »Noch mehr haben mich die ersten Berichte der Sim überrascht. Mein Agent sortiert die wichtigsten Ereignisse, auch die dämlichen reaktionären politischen Vorkommnisse dieser Scharade. Stell dir mein Erstaunen vor, als ich herausgefunden habe, dass du den Entführungsversuch Prinzessin Gwendas verhindert hast. Und du hältst dich im Palast auf!«

Leif verdrehte die Augen. »Was genau hast du vor?«

Roberta beugte sich eifrig nach vorn, ohne Leifs Skepsis zu bemerken. »Ich werde Latvinia als abenteuerliche Reporterin Viola da Gamba betreten.« Sie kräuselte wieder die Lippen. »Das war die am wenigsten erniedrigende Rolle, die ich finden konnte. Slaney hat das sicherlich so geplant, um mich von einem Eingreifen in sein reaktionäres Spielchen abzuhalten. Als Bürgerliche ist es für mich eigentlich unmöglich, mit der Prinzessin zu sprechen, auch wenn ich die Presse verkörpere.«

»Eigentlich.«

»Doch jetzt habe ich sozusagen einen Freund am Hof.« Roberta nickte selbstgefällig.

Leif ignorierte ihre recht dehnbare Definition des Begriffes ›Freund‹. Jemand, der einen mit dem Auto die Straße hinunterjagte und offensichtlich umbringen wollte, fiel nicht unter Leifs Verständnis von *Freundschaft*. »Gibt es denn sonst niemanden in der SIG, den du … äh … um Hilfe bitten könntest?«

Robertas Hohn steigerte sich um das Dreifache. »Diese … Idioten! Sie haben keine Ahnung, wie bedeutend diese Epoche war. Für die Mädchen ist es eine Chance, die so genannte ›romantische‹ Mode auszuprobieren. Und die Jungs steigen in ihre Uniformen und spielen Soldat. Das ist derselbe arglose Imperialismus, durch den 1914 Millionen Menschen sterben mussten …«

»Also nicht.«

Robertas Stimme wurde plötzlich zuckersüß. »Aber du, Leif … Auch wenn wir nicht im selben politischen Boot sitzen, hast du immer gern Dinge in Bewegung gebracht. Slaney weiß garantiert nichts von unserer gemeinsamen Vergangenheit. Stell dir mal sein Gesicht vor, wenn du mir ein Interview mit der Prinzessin besorgst!«

Oh, das wäre kein Interview, wusste Leif. Viola da Gamba würde ›Prinzessin Gwenda‹ über alles aufklären, was ihrer Meinung nach in der latvinischen Gesellschaft schief lief. Anschließend würde Megan ihn umbringen.

Und dennoch musste Leif grinsen. Alles, was den großartigen Alan Slaney verärgerte, war ihm recht.

Am nächsten Tag im Fechtklub musste Alan seine Schüler immer wieder zum Trainieren antreiben – alle sprachen nur von ihren Abenteuern in Latvinia.

Megan stand vor dem Spiegel und versuchte, durch die Übung von *Moulinets* – ›Windmühlen‹ – ihre Konzentration wieder zu erlangen. Diese gefährlichen diagonalen Hiebe hatte Alan in der letzten Stunde verwendet, um sie zu drangsalieren. Idealerweise sollten sie so effizient und schnell wie möglich ausgeführt werden. Und formvollendet. Handgelenk drehen, den Degen von links nach rechts oben peitschen. Dann in *En-Garde*-Stellung gehen, die rechte Seite mit der Klinge schützen und wieder nach oben …

»Das stimmt so nicht«, sagte ihr Übungspartner, Sergej Tschernewskij, plötzlich.

»Warum?« Sergej hatte schon länger im Fechtklub trainiert. Wenn sie von seiner Erfahrung profitieren konnte …

»Du bewegst die Klinge wie ein moderner Fechter, mit der flachen Seite. Hör mal.« Seine Klinge schnellte mit einem zischenden Geräusch nach oben.

»Die klassische *Moulinet* wird aber mit der Kante ausgeführt. Hör zu.« Er zog seinen Degen wieder nach oben, doch diesmal war ein Pfeifen zu vernehmen, als die Klinge die Luft durchschnitt.

»Verstanden. Laut und deutlich.« Sie grinsten sich an und gingen wieder in Position. Hoch und herum – *Schnitt!* Runter und herum – *Schnitt!*

Bald begann auch Megans Klinge zu pfeifen, statt zu flüstern. Sie hatte den Trick raus. Der Preis dafür war jedoch ein verschwitztes Gesicht und ein schmerzender Arm. »Ich hoffe wirklich sehr, dass das was bringt«, keuchte sie.

Auch Sergej schnaufte angestrengt. »Einige alte Fechtmeister sollen von ihren Schülern verlangt haben, dreißig Minuten *Moulinets* mit Ausfallschritten zu üben.«

»Super.« Megan lachte. »Damit einem auch noch die Beine abfallen.«

Sie nahmen die Übung wieder auf. »Übrigens«, fügte Megan hinzu, als ihr Degen wieder durch die Luft pfiff, »deine Uniform hat mich ziemlich beeindruckt.«

»So was hatten die alten ungarischen Husaren an. Verzierte Kordeln über der Brust und die pelzbesetzte Jacke – die *Pelisse* – über der Schulter.«

Er schwang seine Waffe lächelnd herum. »Der Säbel stammt aus Ungarn, weißt du. Die Kavallerie hat ihn aus den türkischen Krummsäbeln entwickelt.« Er errötete plötzlich. »Entschuldige, dass ich dich so belehre. Zu Hause habe ich die Militärschule besucht. Jeder Kadett musste die glorreiche Militärgeschichte des Vaterlandes auswendig lernen. Ich war schon immer von Schwertern und der Kavallerie begeistert. Es war mein Traum, Husar zu sein.«

Er zog seinen Degen ohne Unterbrechung in endlosen Windmühlen durch die Luft. So entstand eine Art liegender Acht.

»Ziemlich beeindruckend«, stelle Megan fest. »Außer, dass es leider dem Symbol für Unendlichkeit ähnlich sieht.«

»Hoffentlich lässt Alan uns nicht ganz so lange weitertrainieren. Die Übung soll die Finger flexibler und das Handgelenk geschmeidiger machen.«

»Wenn mein Handgelenk noch geschmeidiger wird, fällt mir die Hand ab.« Megan sah in den Spiegel und hielt dort nach ihrem Ausbilder Ausschau. »Wo ist Alan hin?«

Sergej unterbrach die Übung und zuckte die Achseln. »Verschwunden, genauso wie die Kidnapper in der Sim. Wir haben ihre Spur bis zum Hang des großen Berges, Grauheim, verfolgt. Dann hat sich die Spur verloren.«

Megan nahm den Degen in die linke Hand und versuchte, die Milchsäure aus den brennenden Muskeln des rechten Arms zu schütteln. Dann führte sie mit zusammengebissenen Zähnen ihre Übungen fort.

Die Typen, die sich die wirkliche Prinzessin Gwenda geschnappt hatten, waren also am Hang Grauheims, des unerschlossensten Gebiets in Latvinia, verschwunden. Wie erwartet.

Gray Piotr, der Herrscher über Grauheim, steckte scheinbar tatsächlich hinter der Verschwörung und wollte die Krone an sich reißen. Was plante Alan hinter Monokel und Bart?

»Es pfeift nicht mehr«, unterbrach Sergej ihre Gedanken.

Megan blinzelte und starrte ihren Degen an. Tatsächlich zischte die flache Seite anstelle der Kante durch die Luft. Sie nahm wieder die Deckungspose ein und konzentrierte sich auf jede Bewegung.

Es geht nicht, wenn du mit den Gedanken woanders bist, schalt sie sich selbst. *Erst Fechten. Dann Latvinia.*

Sie schüttelte den Kopf. Die Klinge pfiff durch die Luft.

Alan hatte wirklich eine verführerische kleine Welt erschaffen!

6. Kapitel

Leif versuchte zum etwa 15. Mal, seine Uniform zurechtzurücken. Nicht, dass die purpur-goldene Jacke und die hellgraue Hose ihm nicht passten. Eher passten sie ihm etwas zu gut. Die Reithosen in den kniehohen Stiefeln ließen an Skiunterwäsche oder Strumpfhosen denken. Dieses entblößte Gefühl kannte er noch aus den Stunden, die er in der Ballettschule seiner Mutter genommen hatte. Die Erinnerung daran war eine der wenigen unangenehmen, die ihm aus seiner Zeit als junger Tänzer geblieben waren. Die Hose war hauteng und etwas zu aufdringlich. Die Husarenjacke ging ihm nur bis zur Taille. In diesem 1890er-Outfit konnte jeder genau die Körperteile abchecken, die man im Jahre 2025 gewöhnlich weniger exponierte.

Doch die Prinzessin hatte dafür gesorgt, dass er zum Ehrenmitglied der Königlichen Wache ernannt wurde. Dazu gehörte nun mal diese schicke Uniform mit dem Ziersäbel. Leif vermutete stark, dass Megan sich heimlich über seinen entwürdigenden Auftritt amüsierte. Auch P. J. trug die Uniform, dazu seinen Cowboy-Hut. David – oder besser Menelik – hatte es schlichtweg abgelehnt, sich so aufzutakeln, und zog seine königlichen Gewänder vor.

Leider verfügte Leif über keine einheimische Kleidung, die er hätte vorschieben können. Er würde Megan erst bei der Audienz im Thronsaal heute Nachmittag treffen, also wollte er die freie Zeit mit der Auskundschaftung des Palastes verbringen und sich an das neue Outfit gewöhnen.

Es gab auch noch anderes zu tun. Die gerade in Herzen eingetroffene Viola da Gamba hatte ihm eine Nachricht zukommen lassen, in der sie ihren alten Freund Hengist darum bat, ihr ein Interview mit Prinzessin Gwenda zu verschaffen. Wie am vergangenen Abend versprochen, hatte Leif die Anfrage dem Grafen von Esbach und dem königlichen Sekretär für Termine übergeben. Sie hatten Leif versichert, dass seine Freundin heute am Hof empfangen werden werde.

Ein guter Nebeneffekt seines Spazierganges war, dass er eine etwas bessere Vorstellung des Palastgrundrisses erhielt. Doch auf die zahlreichen Duelle, die er beobachten musste, hätte er verzichten können. Das Können der Möchtegern-Fechtkämpfer reichte von inkompetent bis hin zu gefährlich unwissend. Einer der Duellanten hatte bei einem wilden Hieb die Kontrolle über seinen Säbel verloren und sich ins eigene Bein geschnitten.

Leif hatte mit einem improvisierten Druckverband Erste Hilfe geleistet – und wusste plötzlich zu schätzen, dass der Duellkodex die Anwesenheit eines Arztes vorschrieb. Unglücklicherweise hatten diese Amateure nicht einmal diese grundlegende Vorsichtsmaßnahme getroffen. Leif konnte den verletzten Fechtkämpfer zwar ›am Leben‹ erhalten, bis medizinische Hilfe vor Ort war. Doch er vermutete, dass der Kerl einen Großteil des Beta-Tests darauf warten würde, dass seine Wunde heilte.

Leif spazierte mit der Hand auf dem Knauf seines Säbels umher und schüttelte den Kopf. Zum Glück hatte Alan Slaney nicht wirklich ein Ostwald in seine Sim programmiert. Würde es tatsächlich zu einem Krieg der zwei Westentaschenstaaten kommen, gäbe es nicht genug Offiziere, um die latvinische Armee zu führen. Zu viele der Spieler hätten sich bei dummen Fechttricks selbst verletzt.

Endlich war es Zeit für die königliche Audienzstunde. Leif marschierte zum Eingang des Thronsaals. P. J. und David erwarteten ihn bereits.

P. J. grinste ihn breit an. »Du siehst aus wie der Portier eines sehr teuren, leicht anrüchigen Hotels.«

»Schon gut, Cowboy. Vergiss nicht, dass du dieselbe Uniform trägst. Hat einer von euch heute schon Meg – die Prinzessin – getroffen?«

»Ich hab sie kurz gesehen, um ihr mein Bedauern auszudrücken, dass ich dieses kranke Kostüm leider nicht tragen kann«, sagte David. »Sie wurde gerade königlich umgestylt – ich kann es kaum erwarten, das Resultat zu sehen.«

Als Megan in Begleitung des Grafen von Esbach, Oberst Vojaks und einer Wachkompanie näher kam, verstand Leif, was er meinte. Megans übliche Wolke dunkler Locken war sorgfältig um ihren Kopf geflochten worden. Auf ihrer Stirn saß ein Diadem aus Gold und Juwelen. Dieser Aufzug stand ihr fast zu gut. Sie war atemberaubend. Sie trug ein großartiges, weit ausgeschnittenes cremefarbenes Hofkleid und hatte eine ernste Miene – das Ergebnis königlicher Sorgen …

oder war sie von der krassen Veränderung ihres Aussehens genervt? Megan war nie der Typ für Spitze und Rüschchen gewesen.

Die perücketragenden Lakaien öffneten die Türen zum Thronsaal, die Höflinge stellten sich auf. Es waren einige Veränderungen vorgenommen worden. Auf der Stufe unterhalb des Throns war ein einfacher Sitzplatz für Megan eingerichtet worden. Von Esbach, Vojak, David, Leif und P. J. stellten sich rechts vom Thron auf, Gray Piotr und einige seiner harten Kerle links.

Einer der Lakaien stand wie ein Überbleibsel des kolonialen Williamsburg an der Tür und öffnete eine große Pergamentrolle. Er kündigte auf Deutsch die sich dem Hof vorstellenden Personen an.

Nachdem sich einige Botschafter vor der Prinzessin verneigt hatten, wurde der Name Viola da Gambas aufgerufen. Roberta Hendry rauschte mit all der Anmut, die das Leben als Jetset-Debütantin ihr verliehen hatte, in den Thronsaal. Sie war in ein pflaumenfarbenes Reitkostüm aus Samt gekleidet und trug einen passenden Hut leicht versetzt auf dem Kopf. Hochmütig warf sie Alan Slaney ein triumphierendes Lächeln zu. Der Herr von Grauheim und Erschaffer Latvinias war wenig erfreut, sie in königlicher Gegenwart zu sehen.

Roberta trat auf das Podium neben Megan. »Eure Majestät, es ist mir eine Freude, Latvinia besuchen zu dürfen, und ein Privileg, in Eurer Gegenwart zu sein.« Sie versank in einen anmutigen Knicks, doch ihr Tonfall klang beinahe herausfordernd. »Ich hoffe, mit Euch das wahre Befinden Eures Reiches besprechen zu können …«

Dann geschah das Unglück. Obwohl Roberta die Bewegung schon eine Million Mal bei Tanzstunden und Debütantinnenbällen geübt haben musste, blieb der Absatz ihres Schuhs im Kleidersaum hängen, als sie sich aus dem Knicks erheben wollte. Roberta stand mit einem Reißgeräusch auf – und ihr Samtrock glitt charmant nach unten, bis er nur noch einen violetten Ring um ihre Knöchel bildete.

Das Gesicht der jungen Frau passte sich dem Farbton ihrer Kleidung beinahe an, als sie nur mit Jacke, Seidenschal und lila Pumphosen bekleidet vor dem versammelten Adel stand.

Einer der Diplomaten, der zweifellos darin geübt war, auf gesellschaftliche Desaster zu reagieren, sprang galanterweise mit einem Umhang nach vorn, um Robertas Blöße zu bedecken.

Leif konnte nicht anders, er brach in Gelächter aus und wandte sich zu P. J. um. »Eine Schande, dass sie Pumphosen anhat. Roberta hat wirklich sehenswerte Beine.«

Er lachte immer noch. Plötzlich fiel eine schwere Hand auf seine Schulter. »Sir«, knurrte eine strenge Stimme auf Französisch. »Müsst Ihr die junge Dame noch mehr beschämen?«

Leif wandte sich um und sah einem Kerl ins Gesicht, dem der Titel ›Schurke‹ praktisch auf der Stirn geschrieben stand. Der Franzose war kleiner als Leif, doch stämmig, mit einem Kopf wie eine Kanonenkugel. Sein Haarschnitt war praktisch nicht vorhanden, so kurz geschoren war er, doch dafür hatte er sich einen verschwenderischen Schnauzbart stehen lassen. Er trug eine schlichte grau-grüne Uniform mit Offiziersinsignien und hatte einen militärischen Befehlston an sich.

Leif mochte ihn auf den ersten Blick nicht. »Es wärc wohl schwierig, sie mehr zu beschämen, als sie selbst es bereits getan hat«, sagte er ruhig und wandte sich ab.

Wieder krachte die Hand auf seine Schulter. »Eine solche Bemerkung ist eines Gentleman nicht würdig.«

Nun wurde Leif wütend. »Warum kümmert Ihr Euch nicht um Eure Angelegenheiten?«

Der Franzose sah ihm in die Augen. »Weil Ihr offensichtlich eine Lektion benötigt.«

Leifs Hand verkrampfte sich auf seinem Säbelknauf. »Und Ihr wollt sie mir erteilen?«

»Ich schlage vor, jetzt gleich.« Der Franzose zog die Reithandschuhe aus seinem Säbelgürtel heraus und warf einen davon vor Leifs Füße. »Nennt Eure Sekundanten.«

Einen Augenblick stand Leif mit offenem Mund da.

Na wunderbar. Jetzt habe ich mir ein Duell aufgehalst. Er wandte sich an seine Freunde. David trug seinen Krummsäbel, doch P. J. war unbewaffnet. Für ihn wurde eine Ehrenangelegenheit mit einem altmodischen Western-Faustkampf bereinigt. »Ich fürchte, meine Freunde sind nicht über die Konventionen unterrichtet …«

Der Franzose wandte sich an einen jungen Husarenoffizier. »Ihr seid sein Sekundant.«

Der große, prächtig uniformierte junge Mann blinzelte erschrocken und reichte Leif dann die Hand. »Sergej Tschernewskij, zu Euren Diensten.«

Ein anderer Offizier wurde dazu bestimmt, dem Treffen vorzustehen, wie es der Duellkodex verlangte. Sekunden später traten sie durch die Flügeltüren in die langen Schatten der höfischen Gartenanlage.

»Der ummauerte Garten dort wird dem Zweck genügen«, erklärte der Offizier, der das Duell leitete. »Die Abendsonne kann hier niemanden blenden. Aber wir benötigen noch einen Arzt … ah, Herr Doktor Fleischer!« Er wandte sich an Leif. »Doktor Fleischer ist Militärarzt.«

Leif nickte. »Wir kennen uns.« Das war der Mediziner, der vor kurzem den unglücklichen Duellanten zusammenflicken durfte.

Nun war vielleicht Leif an der Reihe …

Der Doktor schloss sich der Gruppe an und schüttelte den Kopf. O nein, nicht schon wieder!, schien er zu denken.

»Ihr habt Eure Tasche, Doktor. Exzellent! Dann lasst uns beginnen, bevor es dunkel wird.« Der Soldat führte sie in den Garten.

Wie betäubt schlüpfte Leif aus dem Mantel und gab ihn David. Alles ging so schnell! Während die Sekundanten den Platz vorbereiteten, wärmte er sich auf wie vor seinen Fechtwettkämpfen. Er hüpfte auf und ab und dehnte seine Muskeln. Dann hob er den Säbel über den Kopf und bog ihn durch. In Fechthaltung machte er mit der Klinge rasche, blitzartige Bewegungen, um sein Handgelenk und seine Finger zu lockern.

»Äußerst athletisch«, bemerkte der Franzose trocken. Er führte mit dem schweren Kavalleriesäbel mehrfache *Moulinets* aus. Leif schien es eher, als würde sein Gegner eine Band dirigieren, statt sich für ein tödliches Gefecht vorzubereiten. Obwohl er offenbar genau wusste, was er mit dem Säbel zu tun hatte. Der Kerl fing nicht einmal an zu schwitzen!

Leifs Mund wurde plötzlich trocken.

Zumindest werden wir es besser machen als diese Möchtegern-Duellanten.

Der Franzose beendete die Aufwärmhiebe. »Seid Ihr bereit, Monsieur?«

Leif nickte. Er wollte sich nicht auf seine Stimme verlassen.

Der Offizier trat heran. »Gentlemen, präsentiert die Waffen.« Die Inspektion war schnell beendet. »Tretet zurück.«

Leif nahm seine übliche offensive Deckungsposition ein, die freie Hand hing locker an der Seite, der andere Arm war leicht angewinkelt. Die Klinge hatte er auf die Augen des Franzosen gerichtet.

Der hatte seine freie Hand auf die Hüfte gestützt. Er nahm eine sehr aufrechte, fast weibische Pose ein und streckte den Säbelarm beinahe rechtwinklig von sich.

Nun zog der Offizier seinen Säbel und platzierte ihn zwischen den gekreuzten Klingen der beiden Duellanten. Er hob den Arm und trennte die Klingen für einen Moment. »*Allez!*«, rief er. »Vorwärts!«

Leif fühlte sich für einen Augenblick selbstsicher. Die Haltung des Franzosen stammte scheinbar aus dem Bilderbuch der altmodischen Fechtkunst. Die Klinge ließ einen Teil seines Arms offen! Leif setzte zum Angriff an und zielte auf eben diesen Arm. Der Franzose trat einfach zur Seite, dachte nicht einmal daran zu parieren. Doch er versuchte auch keine *Riposte*.

Tja, dachte Leif, *er hat ein riesiges Stück Metall zu bewegen.* Er blieb bei seiner athletischen Taktik, sprang vor und zurück, setzte zu Finten an und vermied jeden Kontakt mit der gegnerischen Klinge.

Der Franzose schien am Boden angewurzelt zu sein. Leif machte erneut einen Schritt nach vorn. Diesmal bewegte der Gegner seinen Säbel – mit blitzartiger Geschwindigkeit. Die Rückseite schlug gegen Leifs Waffe, unterbrach seine Bewegung, dann schoss die Spitze des gegnerischen Säbels auf sein Gesicht zu. Sie hätte ihn treffen und eine entstellende Narbe oder Schlimmeres hinterlassen können. Doch es war nur eine kleine Demonstration gewesen.

Leif zog sich verzweifelt zurück, nahm Arm und Säbel nach hinten. Er war erstaunt. Mit nur zwei raschen Bewegungen hatte der Franzose seinen Angriff unterbunden und eine viel gezieltere Bedrohung erreicht.

Wie kann er so schnell sein? Noch dazu mit diesem riesigen altmodischen Kavalleriesäbel?

Ihm wurde schlagartig bewusst, dass nicht einmal seine wettkampferprobten Muskeln diesen schweren Stahl so rasch hätten bewegen können.

Er blieb bei seinen umgarnenden Bewegungen.

Schweb wie ein Schmetterling und stich wie eine Biene.

Der Franzose setzte plötzlich zu einem weiteren blitzartigen Rundumschlag an. Eine *Moulinet.* Leif bemühte sich um eine Parade, doch die andere Waffe war zu schnell. Die Spitze kalten Stahls streichelte zärtlich seine Wange. Das wäre der nächste verheerende Treffer gewesen, wenn der Franzose den Schlag durchgezogen hätte. Doch auch dies war nur ein Test gewesen. Und Leif war erneut durchgefallen.

»Ihr scheint nicht nur im Benehmen eine Lektion nötig zu haben«, bemerkte der Franzose.

Leif antwortete nicht. Er sparte seinen Atem lieber für die laufende Partie. Den Gegner zu ermüden war bisher immer eine erfolgreiche Taktik gewesen.

Doch dieser Gegner rannte nicht. Er stand locker da, sein Säbel zischte umher, die Spitze immer auf Leifs Gesicht gerichtet. Leif versuchte zu parieren, ihn zu bedrängen. Aber seine Abwehrversuche ließen den anderen unbeeindruckt.

Leif begann zu schwitzen. Wie schaffte er das? Er streckte nicht einmal seinen Arm durch!

Dann kam der Franzose wieder nach vorn, seine Klinge zischte in vielfachen ›Windmühlen‹. Leif wurde zurückgedrängt, konnte die ersten zwei abwehren. *Finten*, dachte er. *Er testet mich noch immer.*

Der dritte Ansturm war jedoch völlig unorthodox. Leif

sprang zurück und geriet beinahe ins Taumeln, als der Franzose mit der flachen Seite des Säbels beherzt seinen Oberschenkel antippte.

»Die untere Deckungslinie ist zu schwach.« Der Franzose klang beinahe wie ein Fechtlehrer.

Leif wollte ›Foul‹ rufen – Treffer durften beim Säbelfechten eigentlich nur oberhalb der Hüfte gesetzt werden. Doch eine unliebsame Information des Programms ploppte plötzlich in seinen Kopf und ließ ihn den Mund wieder schließen. In dieser Epoche war die Vorderseite des Oberschenkels eine gültige Trefferzone.

Er war verblüfft. Noch nie war er dort mit einem Säbel angegriffen worden. Angst beschlich ihn. Er hatte sich auf einen schwer einzuschätzenden Gegner eingelassen. Nun stellte sich auch noch heraus, dass er nicht einmal mit den Regeln vertraut war.

Nun, wie du mir, so ich dir, dachte er und sprang vor, um das vorgestellte Bein des Gegners zu treffen.

Doch stattdessen tippte die gegnerische Klinge auf seinen Unterarm. Ein weiterer potenziell vernichtender Treffer, hätte er ernsthaft zugeschlagen. »*Touché*«, verkündete der bärtige Kerl, als befänden sie sich tatsächlich auf einer Fechtbahn.

Leif versuchte verzweifelt, Abstand zu gewinnen. Er brauchte Platz für seinen Sturzangriff, die *Flèche*. Mit einem riesigen Satz warf er sich auf den Franzosen und achtete dabei nicht auf sein Gleichgewicht. Doch sein Ziel war weit von seiner Klinge entfernt. Der Franzose attackierte weder, noch wehrte er ab. Er ging einfach zur Seite. Leif stolperte, doch sein Gegner hatte sich bereits herumgeworfen und bedachte ihn nur mehr mit einem herablassenden Schulterzucken. »Daneben.«

Da verlor Leif die Beherrschung und warf sich in eine neue Laufattacke. Die erhobene Klinge zielte auf den Kopf des Franzosen. *Diesmal wird er mir nicht ausweichen können!*

Er wich nicht aus. Er machte eine Bewegung nach vorn, in Leifs Angriff *hinein*, den Säbel parallel zum Boden vor dem Körper. Weder seine Spitze noch die Schneide des Säbels bedrohten Leif … doch der metallene Armschutz stand seinem Kiefer im Weg. Es gab keine Chance, auszuweichen oder sich wegzudrehen. In vollem Lauf krachte Leif in die stahlverstärkte Faust.

»Besser, als dich umzubringen, Kleiner«, hörte er den Franzosen noch sagen.

Dann gingen ihm die Lichter aus.

Er öffnete die Augen und zuckte zusammen. Nun lag er wieder auf seinem Computer-Link-Sessel im New York des Jahres 2025. »Autsch!«, murmelte er. »Der hat mich aus der Sim geprügelt!«

Vorsichtig massierte er seine Schläfen. Sein Kopf dröhnte etwas, doch die Schmerzen bei einem Systemzusammenbruch waren schlimmer.

Das wog natürlich nicht die Verletzung auf, die sein Stolz soeben erlitten hatte …

Doch ihm blieb nicht viel Zeit, deshalb zu schmollen. Aus seinem Computer ertönte ein Klingelzeichen. Ein Anruf. Er nahm ihn an, und Roberta Hendrys wütendes Gesicht erschien in Holoprojektion vor ihm. »Das war wirklich schäbig von dir, Anderson«, klagte sie. »Mich so bloßzustellen.«

»Dich bloßstellen? Ich?« Leif klang verwirrt. »Das kann nicht dein Ernst sein – es sei denn, du denkst, meine Art, Rache zu üben, ist, mich verprügeln zu lassen. Ich hatte eine

Auseinandersetzung mit einer der Marionetten Gray Piotrs …« Er verschwieg lieber, worum es dabei ging. »Plötzlich fand ich mich in dem einseitigsten Duell meines Lebens wieder.«

Roberta beruhigte sich langsam und dachte über Leifs Worte nach. »Dann muss es Slaney gewesen sein«, bemerkte sie schließlich boshaft. »Dieser Wurm war schon immer gegen meine Politik. Er denkt, ich wäre ein Schandfleck in seinem kleinen aristokratischen Feenland.« Sie sah Leif von der Seite an. »Und es scheint, als hätte er auch Probleme mit deinem Ruf als Schwertkämpfer. Vielleicht Eifersucht?«

Leif schüttelte den Kopf. »Das sind zwei völlig unterschiedliche Stile, die sich nicht mal überschneiden. Slaney und seine Freude gehen akademisch an die Sache ran. Sie erhalten die alten Formen, die nicht mehr verwendet werden. Ich bin vom sportlichen Schlag, mache Wettkämpfe und so was.«

»Vielleicht ist es genau das, was er von dir will. Einen Wettkampf. Weiß er von deinen Meistertiteln?«

Beim Gedanken an das riesige Formular, das er ausgefüllt hatte, konnte Leif nur die Achseln zucken. »Das ist bestimmt irgendwo im Charakterprofil aufgetaucht, ja. Aber trotzdem …«

Roberta hatte jedoch genug gehört. Sie lehnte sich an ihren Systemempfänger. »Ich … meine Eltern haben Freunde bei der VHSO. Wir sollten Slaney nicht damit davonkommen lassen. Eine nachdrückliche Beschwerde bei den richtigen Leuten sollte das Ende für Latvinia bedeuten.«

Leif traute seinen Ohren nicht. »Wozu?«, versuchte er Roberta zu beschwichtigen. »Vielleicht war dein Erlebnis ja nur ein Unfall. Und ich war nicht klug genug, den Typen erst mal abzuchecken, bevor ich mich auf ihn einließ. Für keinen der beiden Vorfälle können wir Slaney die Schuld geben. Selbst wenn wir einen Beweis hätten, wären es keine Kapitalverbrechen.«

Er zuckte mit den Schultern und fragte sich plötzlich, was Megan dazu sagen würde, wenn jemand bei Latvinia den Stecker herausziehen würde. »Außerdem ist es doch nur eine Sim – ein Fantasieprodukt.«

Roberta hatte sich inzwischen etwas beruhigt, was nicht unbedingt ein gutes Zeichen war. Ihre Wut hatte sich in Berechnung gewandelt. Die Worte tropften wie Gift von ihren Lippen. »Vielleicht muss Alan Slaney das erst noch lernen. Fantasien können manchmal Konsequenzen für das wirkliche Leben mit sich bringen.«

7. Kapitel

Megan hatte gerade die Flügeltüren zur Gartenanlage erreicht, als sie von Graf von Esbach eingeholt wurde. Er hielt sie sanft zurück.

»Eure Majestät. Es wäre äußerst unangemessen, diesem Duell beizuwohnen.«

Das Hintergrundwissen, das der Sim beigefügt war, gab ihm hundertprozentig Recht. Duelle waren Privatangelegenheiten, Publikum nicht erwünscht. Das traf vor allem auf weibliches Publikum zu, obwohl es in der Geschichte die eine oder andere skandalträchtige Ausnahme gegeben hatte. Ein Mitglied der königlichen Familie jedoch, das sich mit einer derartigen Affäre in Verbindung brachte …

Altmodisch ausgedrückt schickte sich das einfach nicht.

Megan verspürte das spontane Bedürfnis, ›zum Teufel

damit!‹ zu rufen und Leif ungeachtet der Konsequenzen zu Hilfe zu eilen.

Doch in dieser Sim war sie nicht Megan, sondern Marguerite O'Malley, ein abenteuerlustiges Fräulein der Oberschicht, das sich als Prinzessin Gwenda ausgab. Marguerite würde niemals einen Ausdruck wie ›zum Teufel damit‹ benutzen, genauso wenig, wie die wirkliche Prinzessin sich bei einem Duell den Kopf abschlagen lassen würde.

Der alte Herr neben ihr beobachtete, wie die Duellanten hinter den Mauern des Gärtchens verschwanden. Dann wandte er sich an sie. »Ihr und der Baron … handelt es sich um eine Herzensangelegenheit?«

Megan warf ihm einen Blick zu, der scharf genug war, um seinen Backenbart abzurasieren. »Wir sind nur befreundet«, fauchte sie und fügte leise hinzu: »Wenn ich die echte Prinzessin wäre …«

»… hätte ich es niemals gewagt, diese Frage zu stellen«, vollendete der Graf in ähnlichem Tonfall ihren Satz. »Doch kämpfe ich um das Überleben meines Landes, verehrte Lady. Ich werde jede vorlaute Frage riskieren, die eine eventuelle Schwäche aufdecken kann. Wir dürfen keinerlei Risiko eingehen.« Er nickte in Richtung Garten. »Unser Gegenspieler wird jede nur erdenkliche Schwachstelle ausnutzen.«

Megan hob die Hand vor den Mund. »Der Mann, der Leif – den Baron – herausgefordert hat …«

»Einer der Handlanger Gray Piotrs.« Graf von Esbach spie die Worte beinahe aus. »Ein geheimnisvoller Abenteurer, der in der Armee des Herrn von Grauheim seinen Platz gefunden hat.«

Der Premierminister verkniff sich weitere Kommentare, da Gray Piotr näher kam. Auch diesmal schien er Megan mit seinem Monokel abzutasten. Suchte er nach ersten Anzeichen von Schwäche?

»Eure Majestät«, murmelte Piotr. »Ihr habt den Hof in einer sorgenerregenden Eile verlassen. Man befürchtete sogar, ihr würdet euch dem vulgären Spektakel dort draußen anschließen.«

Oh, ich bin mir sicher, dass deine Lakaien dieses dreckige Gerücht immer noch fleißig verbreiten, dachte Megan bitter.

Sie blickte fest in das Gesicht, das ihrem Idol Alan Slaney so ähnelte … und doch so anders war.

»Ihr könnt dem Hof mitteilen, dass ich zurückkehren werde …«

Wenn ich verdammt noch mal so weit bin, meldete sich eine rebellische Stimme.

»Sofort«, fügte sie laut hinzu. Ein diplomatischer Ton war wohl eher angebracht.

Doch als das Tor des ummauerten Gartens aufsprang, fiel alle Gleichmut von ihr ab. Sie schnappte nach Luft. Vier Männer trugen einen leblosen Körper heraus. Auch auf diese Entfernung erkannte Megan den roten Haarschopf.

»Ist er …?« Sie brachte die Worte kaum heraus.

Gray Piotrs Maske aristokratischer Ironie brach auf. Er murmelte einen Befehl, und alles um sie herum – der Korridor des Palastes, der Garten vor den Fenstern – wurde grau. Graf von Esbach stand eingefroren wie eine Schaufensterpuppe neben ihnen.

»Keine Sorge«, erklärte Alan – es *war* Alan, nicht Gray Piotr. »Ich habe die Sim nur kurz angehalten. Es ist schwer, seine Rolle zu spielen und gleichzeitig alle Informationen zu bekommen.«

Sein Blick schweifte plötzlich ab, als würde er einer Stimme in der Ferne lauschen. »Dein Freund ist in Ordnung. Es ist kein Blut geflossen – er wurde nur K.o. geschlagen. Das da ist nur ein Scheinbild. Der echte Leif hat sich ausgeklinkt.«

Sein erleichtertes Lächeln nahm unangenehmere Züge an. »Ebenso wie Roberta Hendry, nachdem ihr Hofknicks etwas mehr Eindruck hinterlassen hatte als beabsichtigt. Auch die Viola da Gamba, die eben den Hof verlässt, ist ein Scheinbild.«

Er verwies mit seinem Arm auf die Szenerie. »Ich dachte, du wüsstest gerne, ob alles in Ordnung ist. Es geht hier nur darum, das Set aufzuräumen.«

Alan rückte sein Monokel zurecht, und Graf von Esbach und die anderen erwachten wieder zum Leben. Auf dem Rückweg in den Thronsaal stand auf Megans Stirn eine nachdenkliche Falte.

In der nächsten Fechtstunde hatte Megan einen anderen Grund, die Stirn zu runzeln. Sie trainierte wieder mit Sergej gegen den Gegner im Spiegel – sich selbst. Sie übten Beinarbeit und spontane Bewegungen, einer gab die Befehle, und beide reagierten. »Nach vorn! Zurück! Ausfallschritt!«, rief Sergej.

Beim historischen Fechten waren Angriffe mit der Degenspitze zulässig, doch waren sie nicht leicht durchzuführen. Sobald der Angreifer den Abstand verringerte, konnte der Verteidiger normalerweise parieren. Der Punktangriff durfte nur sparsam eingesetzt werden und musste zum richtigen Zeitpunkt erfolgen … und in der richtigen Geschwindigkeit. Megan hatte Sergejs Befehl nicht erwartet und geriet beim Stoß ins Straucheln.

Seufzend gab sie sich bei den nächsten Bewegungen mehr Mühe. »Zurück! Rückzug!« Auch das war ein anspruchsvoller Befehl. Der Standardrückzug beim Fechten war eine Umkehrung des Vorwärtsschritts. Man drückte sich vom vorderen Fuß ab, schob den hinteren Fuß etwa einen halben Meter zurück und zog dann den vorderen nach, um die *En-Garde*-Position beizubehalten. Das Ganze war schwieriger, als es aussah, denn die Bewegung musste weich ausgeführt werden, ohne dass die Waffe herumhüpfte. Die *Passata* war noch eigenartiger. Sie bestand aus einem raschen, krebsartigen Schritt in neunzig Grad zur Laufrichtung. Megans Degenspitze sprang wild herum, als sie versuchte, sich zu bewegen und gleichzeitig Deckung zu halten.

Dabei führte sie die Figuren noch nicht einmal schnell aus!

Sergej ließ sie alles einige Male wiederholen und ging dann zu anderen Übungen mit dem Spiegel über. »Übrigens«, sagte er in einer kurzen Pause, »gestern trat jemand mit dem Plan an mich heran, dich zu hintergehen.«

Megan starrte ihn an. Dann suchte sie im Spiegel ihren Ausbilder. »War es Alan – Gray Piotr?«

Lachend schüttelte Sergej den Kopf. »Nein, das ist eine ganz andere Geschichte mit einem anderen Motiv. Es gibt einige VHSO-Mitglieder in der SIG, die sich darüber aufregen, welche Rolle du spielst.«

Einen Augenblick lang war Megan sprachlos. »Teufel noch mal, es ist eine Sim! Ein Beta-Test! Vielleicht sollten sie sich das mal klar machen.«

»Offensichtlich ist diese historische Simulation mehr für sie. Sie scheinen ziemlich eifersüchtig zu sein, dass ein Außenseiter eine so wichtige Rolle spielen darf. Sie haben an mein Gerechtigkeitsempfinden appelliert und um Hilfe bei der Richtigstellung dieses Fehlers gebeten.«

»Kennst du sie?«

Sergej zuckte die Achseln. »Ich bin ja auch kein VHSO-Mitglied. Aber anscheinend bin ich ihnen gut genug, den abtrünnigen Leibwächter zu spielen.« Er blähte sich auf und zückte den Degen. »Denken die etwa, ein Husar würde seine Prinzessin im Stich lassen?«

Megan schwankte zwischen Lachen und Rührung. »Wahrscheinlich denken die überhaupt nichts. Es ist doch nur ein Spiel!«

Sie legte die Stirn wieder in Falten. Das erinnerte sie an ein anderes Spiel. Einer der Mitspieler hatte Ernst gemacht und seine Rollenspiel-Rivalen im wirklichen Leben attackiert.

»Vielleicht hätte ich mitspielen sollen, um rauszufinden, wer dahinter steckt.« Sergej klang etwas verlegen.

»Was hast du getan?«

Der Gesicht des jungen Russen lief rosa an. »Ich hab den Zettel zerrissen und dem Überbringer ins Gesicht geworfen.«

Megan lächelte verstohlen. »Das zeugt von Charakter.«

»Du bist ein Korpsbruder – äh, eine Korpsschwester. Ich meine, wir sind schließlich Fechtkameraden.«

»Und ich schätze, wir sollten uns jetzt auch wieder dem Fechten zuwenden«, unterbrach sie seinen Redeschwall. »Ich bin jetzt mit Kommandogeben dran. Zurück! Zurück! Zurück! Schritt vorwärts!«

Zumindest konnte sie jetzt Tempo und Körper kontrollieren.

»Hoffentlich wisst ihr, was ihr da tut«, merkte David bei seinem nächsten Besuch in Latvinia angespannt an. Trotz seiner ausdrücklichen Warnungen hatten Leif und P. J. ihn überredet, auf ein Pferd zu steigen. Bis auf einige Ponyritte auf Jahrmärkten in seiner Kindheit hatte er keinerlei Erfahrung mit Pferden. Die Kids aus dem städtischen Teil Washingtons hatten normalerweise nicht einmal in der Veeyar viel damit zu tun.

»Folge einfach deinen Instinkten«, erklärte P. J. vom Rücken des stolzen Hengstes, für den er sich entschieden hatte. Leifs Pferd war etwas weniger schneidig, doch auch er schien sich im Sattel recht wohl zu fühlen. Reiten war wahrscheinlich eine weitere Elite-Sportart, in der er unterrichtet worden war.

David klammerte sich mit den Beinen fest, als sie lostrabten. Der Boden schien furchtbar weit weg zu sein. »Sämtliche Instinkte sagen mir, ich soll absteigen und ein Taxi rufen«, murmelte er unglücklich.

»P. J. hat dir ein sanftmütiges Pferd ausgesucht, wir reiten nicht weit, und außerdem musst du ja nichts Extremes veranstalten«, versprach Leif. »Du sollst dich nur ein bisschen an den Sattel gewöhnen, falls dich dieses Abenteuer irgendwohin führt, wohin man nicht mit dem Auto fahren kann.«

»Bringen dir die Hintergrundinfos denn nichts?«, erkundigte sich P. J.

»Noch weniger als beim Fechten.« David versuchte, Hilfeprogramme ausfindig zu machen. »Und wie ihr vielleicht noch wisst, hat mir das damals auch nicht geholfen.«

»Du bist doch ganz gut durch dein erstes Gefecht gekommen«, ermutigte ihn P. J.

»Nur durch Zufall. Außerdem hätte ich beinahe meinem Frühstück noch mal Guten Tag sagen können.«

»Na, wenn wir Glück haben, kann man sich in dieser Sim den Hintern nicht wund reiten«, scherzte Leif. »Sollen wir noch mal um die Stallungen reiten? Wenn du da runterfällst, landest du wenigstens nur im Matsch.«

»Toll.« David ließ sein Pferd wenden. »Ich bin begeistert.«

Als die Jungen kehrtmachten, bot sich ihnen plötzlich ein unerwartet farbenprächtiger Anblick. Es war Roberta Hendry – Viola da Gamba –, diesmal in einem hellroten Reitkostüm.

Um das Stalltor herum hatte sich eine Menschenmenge versammelt. Einige Bauern unterhielten sich mit den Stallburschen und trieben ihre Maultiere dazu an, die einachsigen Heuwagen zu ziehen.

Roberta trat entschlossen auf einen leeren Wagen zu und stieg auf die am matschigen Boden liegende Deichsel, die den Maultieren gerade angelegt werden sollte. »Kameraden«, rief sie. »Ich würde euch gerne Freunde nennen, doch das tue ich nicht – solange ich meine Freundschaft nicht bewiesen habe. Ich nenne euch Kameraden, denn das sollten wir sein – Kameraden im Kampf gegen ein ungerechtes und willkürliches Sozialsystem! Ein System, das von euch verlangt, still da zu liegen, während andere auf euren Rücken herumtrampeln und eure Gesichter in den Matsch drücken!«

»Da hat sie sich wirklich den richtigen Ort für ihren Vortrag ausgesucht«, bemerkte P. J. mit einem Blick auf den braunen, morastigen Boden.

»Roberta war schon immer begeistert von Bauernaufständen.« Leif schüttelte den Kopf. »Dabei machen sie doch schon Revolution. Habt ihr das Lüftchen bemerkt? Knoblauch und Eau de Schweißfuß. Also, ich trete bald die Flucht an!«

»Der Witz ist wahrscheinlich selbst hier schon alt«, kommentierte David.

Inzwischen hatte sich Roberta in ihre Rede hineingesteigert. »Die Reichen und Mächtigen sagen zwar, dass ihr euer Schicksal verbessern könnt – arbeitet hart, dann werdet ihr Besitz erlangen. Doch das ist eine Lüge. Nicht nur, weil sie euch nur den Besitz überlassen werden, den sie nicht mehr wollen, sondern auch, weil euch *aller* Besitz gestohlen wird!«

Sie kletterte auf eines der Wagenräder, damit sie ihr Publikum überblicken konnte. »Wenn ihr euer Heil in der Religion sucht – dieser Trost wirkt nur in der nächsten Welt, nicht in dieser. ›Die Armen sind auf unserer Seite‹, behaupten die Kirchenmänner. So wird es auch bleiben, so lange die Reichen weiterhin den Reichtum stehlen, der uns allen gehört!«

Ihre Augen glitten über die wachsende Menge nach oben gewandter Köpfe hinweg. »Doch was tun die Mächtigen? Was tut eure geliebten Prinzessin, die vorgibt, sich um euch alle zu *sorgen*?« Roberta sprach das Wort aus wie eine Art Fluch. »Oh, sie und ihresgleichen tun alles, um euch zu helfen – außer von euren Rücken zu steigen. Was bedeuten schon die Leben Einzelner, wenn wir die ganze Welt verändern können?«

»Toller Ghostwriter«, spottete Leif. »Man findet Zitate jeglicher Art – von den frühen Sozialisten bis zu den Anarchisten. Das letzte war von Mussolini, wenn ich mich recht entsinne.«

»Ich verstehe einfach nicht, warum sie ihre Zeit verschwendet«, murmelte David. »Diese Leute sind doch bestimmt nur Nebencharaktere. Wer würde sich schon dafür eintragen, Pferdeäpfel zu schippen?«

P. J. starrte in die aufgeregte Menge. »Vielleicht weiß sie etwas über das Programm, das wir nicht wissen – oder sie hat ein paar Freunde in der Menge.«

Die Stallburschen und Bauern schienen auf Robertas flammende Rede zu reagieren.

»Jetzt ist es an der Zeit, sich zu erheben!« Robertas Stimme war wie ein Fanfarenstoß. »Die so genannten besseren Schichten scheinen euch zu verachten, doch in Wirklichkeit haben sie nur Angst. Sie wollen euch mit einem Stückchen Stoff zufrieden stellen – mit einer Flagge. Dann werfen sie euch ein paar Münzen zu und erwarten, dass ihr zufrieden seid. Sie bauen Kanonen, um euch zu bedrohen. Doch was nutzen diese Kanonen, wenn die Kanoniere auf eurer Seite stehen? Erhebt euch, sage ich, erhebt euch! Ihr habt nichts zu verlieren bis auf eure Ketten!«

Mitgerissen von ihrer eigenen Rede, sprang sie auf den Wagen. Die plötzliche Gewichtsverlagerung brachte den Anhänger zum Kippen. Roberta stolperte … und wurde von einem riesigen Matschhaufen hinter dem Karren aufgefangen.

Die drei Jungen hoben rasch die Hände vors Gesicht. Der plötzlich aufsteigende Gestank war penetrant. Das war kein Matsch. Roberta hatte soeben auf unsanfte Weise Bekanntschaft mit dem Misthaufen gemacht.

»Uffff!« Davids Augen tränten. »Die Pferde hier werden anscheinend gut gefüttert.«

Robertas Publikum konnte sich vor Lachen kaum halten. Der plötzliche Aufruhr erschreckte Davids Pferd, das daraufhin nervös durch die Menschenmenge tänzelte.

»He, Pferd«, rief David angespannt und zog an den Zügeln, um das Tier zum Stehen zu bringen. Vergebens. Vor dem Misthaufen, aus dem Roberta völlig verdreckt auftauchte, bäumte sich der Gaul auf.

Offensichtlich war ihr Anblick für Davids Pferd zu viel. Es unternahm ernsthafte Versuche, seinen Reiter abzuwerfen.

David versuchte nicht länger, so zu tun, als wäre er Herr der Lage. »HIIIIILFE!«, brüllte er.

Wo wäre eine Landung wohl weicher?, fragte er sich und klammerte sich so fest er konnte an den Sattel. *Soll ich mich in den Matsch fallen lassen oder lieber in diesen riesigen Berg Dung?*

Er bemerkte kaum, dass P. J. sich ihm näherte und aus dem Sattel sprang. Der junge Texaner trat an Davids Pferd heran. Das Tier hatte vor Schreck die Augen weit aufgerissen. »Hey, mein Großer«, sagte P. J. mit sanfter Stimme. »Ganz ruhig, ganz ruhig.«

Das Pferd scheute und warf den Kopf nach oben, doch bevor es sich aufbäumen konnte, hatte P. J. schon die Zügel ergriffen. »Keiner tut dir was.«

»Ich würde ja gerne absteigen, wenn ihm das hilft«, sagte David erstickt.

»Schhhhhhh«, machte P. J.

David war sich nicht sicher, ob P. J. damit ihn oder das Pferd meinte. Zumindest hatte das wildgewordene Tier aufgehört, ihn abwerfen zu wollen.

Endlich bedeutete P. J. David, dass er jetzt ungefährdet absteigen konnte. Glücklicherweise hatte er das Pferd an einen Platz geführt, der wirklich nur von Schlamm bedeckt war, nicht von etwas Schlimmerem.

»Das müssen wir auf jeden Fall bald wieder machen«, stellte David fest und rieb sich die schmerzenden Muskeln. Währenddessen führte P. J. sein eigenes Ross und Davids fort. »Ich weiß nicht, wann ich schon mal so viel Spaß hatte.«

Leif Anderson saß im Sattel und beobachtete, wie Roberta Hendry kopflos durch den schmatzenden Morast davonstürmte. Die echte Roberta hatte sich höchstwahrscheinlich ausgeklinkt, sobald sie bemerkt hatte, wo sie hineingeraten war. Wenn ihr Scheinbild schon so wütend war, wie sehr tobte dann das Original?

Latvinia begegnet der guten alten Roberta nicht gerade gastfreundlich, stellte Leif fest. Das Scheinbild verschwand durch das Stalltor. *Ob sie wohl weiterkämpft? Oder wird sie ihre Drohungen, das Spiel auszuschalten, in die Tat umsetzen?*

8. Kapitel

Megan unterdrückte den Drang, zu gähnen und sich heftig am Kopf zu kratzen. Das hier *musste* eine Sim sein. Im wirklichen Leben hätte ihr Haar sich selbst diesen engen Zöpfen unter dem diamantbesetzten Golddiadem widersetzt.

Wahrscheinlich sollte sie die ungewohnte Erfahrung genießen, einmal ordentlich frisiert zu sein. Doch es kam ihr vor, als zerdrückten die Zöpfe ihr Gehirn. Die Aussicht auf einen tödlich langweiligen Nachmittag im Thronsaal verbesserte ihre Laune auch nicht gerade. Sie nahm sich vor, die niederen Hofpflichten so weit wie möglich zu meiden und ihr Scheinbild für sich einspringen zu lassen. Es war wohl besser, sämtliche Energien für den königlichen Ball heute Abend zu sparen.

Offensichtlich hatten die Bürger von Herzen eine lange, glorreiche Tradition, ihre Dispute vor den Monarchen zu tragen, statt sich an den örtlichen Friedensrichter zu wenden. Megan musste in ihr kaum bekannten Streitfragen salomonische Urteile fällen. Sie hörte genau zu, um faire Lösungen zu finden – und um jeden abzuschrecken, der vorhatte, seine königlichen Privilegien auszunutzen.

Hoffentlich blicke ich da durch, dachte sie.

Zwei Familienclans traten vor den Thron und warfen sich gegenseitig wütende Blicke zu. Die Klägergruppe stammte aus Herzen-Stadt. Anscheinend brachten sie ihre Beschwerden auf Deutsch vor. Es schien um einen vermissten Bräutigam und eine ausstehende Zahlung von 13 Ziegen zu gehen. Die andere Familie war eher ländlich. Bauern, die sich in ihr Sonntagsgewand gezwängt hatten.

Als sie nun ihre Sicht der Dinge darstellen sollten, sprudelte aus ihnen eine Art Einheimischen-Latvinisch hervor. Megan konnte nicht feststellen, ob es sich um einen serbokroatischen Dialekt handelte oder einfach nur um Kauderwelsch. Seltsam, normalerweise lieferte das Netz eine unverzügliche Übersetzung aller nur erdenklichen Sprachen und Jargons.

Eine süffisante Stimme erhob sich aus der Gruppe der Höflinge. »Die Prinzessin versteht doch sicherlich die alte Sprache der Landbevölkerung?«

Die Prinzessin schon – aber nicht ihr amerikanisches Double, dachte Megan säuerlich, *zumindest nicht ohne Hilfe. Ich befürchte, der königliche Schwindel wird gleich auffliegen.*

Sie hob die Hand. Der Sprecher der Bauern, ein älterer Mann mit einem gewaltigen Bart, unterbrach sich augenblicklich. »Ich bitte vielmals um Verzeihung«, fuhr er bedächtiger fort. »Unsere Gefühle gehen mit uns durch.«

Megan stellte überrascht fest, dass der Mann noch immer Latvinisch sprach und sie ihn problemlos verstehen konnte! Was mochte die Übersetzung blockiert haben, und warum funktionierte es jetzt?

Das Programm flüsterte ihr eine weitere Pseudo-Erinnerung ins Ohr. Sie hatte die Sprache als Kind von einer entfernten Verwandten ihrer Mutter beigebracht bekommen.

Doch solange sie die Frage des Sprechers in seinem Dialekt beantworten konnte, spielte das Warum keine Rolle. »Es sei Euch verziehen, solange Eure Worte nicht wie die Vögel dahinfliegen. Fahrt fort, alter Mann – doch langsam.«

Der alte Bauer hatte wirklich etwas zu erzählen. Die Städter hatten offensichtlich eine besondere Heiratsschwindler-Taktik entwickelt. Sie traten mit Bauern der Umgebung in Kontakt, um eine Hochzeit innerhalb eines bestimmten Zeitraums festzulegen. Wurde der Termin nicht eingehalten, musste ein Brautpreis mit Vieh entrichtet werden. Dann kümmerte sich ein Onkel der zukünftigen Braut – ein Rekrutierungsunteroffizier der Armee – darum, dass der Bräutigam zum Militär eingezogen wurde, bevor die Hochzeit stattfinden konnte.

Während der Alte noch sprach, versuchte ein militärisch aussehendes Mitglied der Stadtfamilie zwischen seinen Verwandten zu verschwinden.

Mit strengem Blick ließ Megan ihn vortreten, um ihn ins Kreuzverhör zu nehmen – auf Deutsch und Latvinisch.

Der arme Unteroffizier kam ins Schwitzen. »Eure Majestät, wir hätten Euch niemals belästigt, wenn nicht …«

Eine der geistesgegenwärtigeren Frauen seiner Familie trat ihm ans Schienbein.

»Wir hätten den Fall niemals vorgebracht, wenn diese Schmutzfinken Eure Majestät nicht beleidigt hätten«, verbesserte sich der Anführer der Städter eilig.

Megan führte die Befragung fort und brachte schließlich in Erfahrung, dass die Familie eine florierende Metzgerei führte und lediglich auf eine Expansion aus war. Nun, wenn sie mit ihnen fertig wäre, würden sie zwar noch im Geschäft sein, doch lange nicht mehr so gut …

Das ist wie bei den Gerichtssendungen im Fernsehen, dachte sie und sprach ihr Urteil. Noch einmal sah sie den zitternden Unteroffizier an und fragte sich, wer ihn und seine Familie dazu gebracht hatte, ihr den Fall vorzutragen. War es ein Trick Gray Piotrs?

Sie wand sich zu Alan Slaney um, der neben dem Thron stand. Sein Gesichtsausdruck war amüsiert und verärgert zugleich, während er verfolgte, wie der Fall zum Abschluss kam. Er spürte ihren Blick und sah auf. »Dachten die vielleicht, ich würde nicht so weit vorausplanen?«

Megan verbarg ihr Grinsen. Also war dieses Gerichtsdrama ein Versuch der eifersüchtigen VHSO-Mitglieder, sie bloßzustellen.

Dann verzog sich ihr Lächeln. Es sei denn, Alan/Gray Piotr *tat* nur so. Was bedeuten würde …

Sie verdrängte all diese Gedanken über Hofintrigen, bevor ihr Kopf platzte. Lieber konzentrierte sie sich auf den bevorstehenden Ball.

Matt Hunter trat aus dem U-Bahn-Hof Dupont Circle. Er wurde bereits von Leif erwartet.

»Hi!« Matt klopfte seinem Freund auf die Schulter. »Ist schon ein Weilchen her. Ich dachte, du wolltest den ganzen Sommer in New York City verbringen?«

Leif zuckte die Achseln. »Mom ist mit ein paar Freunden nach Europa geflogen, und Dad steckt hier in D. C. in recht zähen Verhandlungen. Irgendein supergeheimer Deal, über den er nicht mal mit mir spricht. Ich hab mir gedacht, ich komme her, leiste ihm Gesellschaft und lass' mich gleichzeitig von ein paar Freunden auf den neuesten Stand bringen.«

Da zuckte Matt mit den Schultern. »Also, der neueste Stand ist, dass nicht viel los ist. War bisher ein recht ruhiger Sommer. Vor allem heiß. Ich schwitze viel, das ist noch das Spannendste. Und was gibt's bei dir?«

»Lass mich überlegen.« Leif legte konzentriert die Stirn in Falten. »Seitdem ich meinen Sommerkurs trotz Andys Sabotageversuch abgeschlossen habe, bin ich von einem Banditen beinahe K.o. geschlagen worden, habe ein paar politische Intrigen verhindert und einen Verräter in der Palastwache enttarnt.«

Matt starrte ihn mit weit aufgerissenen Augen an. Dann brach er in Lachen aus. »Diese verrückte Sim! Lit… Lat… Wie hieß sie noch mal?«

»Latvinia.«

Matt schüttelte den Kopf. »Hab schon eine Menge davon gehört. In unserer Clique – vor allem bei den Net Force Explorers – sind die Leute entweder verrückt danach … oder werden davon verrückt gemacht.«

»Reden die anderen wirklich so viel darüber?«

»David nicht. Das ist nicht seine Art. Aber P. J. denkt offensichtlich, dass es das Coolste seit der Erfindung der Klospülung ist. Und Megan scheint langsam davon überzeugt zu sein, dass sie wirklich eine Prinzessin ist.«

Leif schnitt eine Grimasse. »O je, das hab ich fast befürchtet. Und ihr anderen … die Ungläubigen?«

»Mir ist das ziemlich egal. Aber der Zwerg meidet das Thema. Ihm wurde der Zutritt verweigert, weil er zu jung ist.«

Leif lachte laut auf. »Der Zwerg« war Mark Gridley, Sohn des Direktors der Net Force. Mark war zwar ein Computergenie und gehörte auch zu den Explorers, doch er war erst 13.

»Er hat bestimmt überall rumerzählt, dass er eine viel bessere Sim programmieren könnte«, vermutete Leif.

»Nee, er hat kein einziges Wort darüber verloren. Und Maj Greene versteckt sich jedes Mal, wenn sie Megan sieht.

Für sie ist diese Sim wie ein langer, langweiliger Flachfilm, nur schlimmer, weil auch noch Leute mitspielen, die man kennt.«

»Aber Andy hat doch bestimmt einen Heidenspaß an dem ganzen Jahrhundertwende-Kram. Fragt er Megan nicht dauernd, ob sie ein Polster auf dem Hintern trägt oder so was?«

»Nicht mehr. Als er sich das letzte Mal über Lit… Latvinia lustig gemacht hat, war Megan kurz davor, ihn zu einem Duell herauszufordern.«

Leif steckte die Hände in seine Taschen und lachte aus vollem Halse. »Das kann ich mir vorstellen. Dieser Sommer scheint für sie nur aus Fechten und Latvinia zu bestehen.« Er verdrehte die Augen. »Manche Leute nehmen die Sache einfach zu ernst und halten die virtuelle für die *wirkliche* Realität.«

»Du nicht?«

»Latvinia ist nur ein Spiel für mich.«

»Ich hätte gedacht, das wäre genau dein Ding. Mit deinem ruhmreichen Säbel durch die Gegend zu stolzieren und so.«

»Da lauern ein paar unangenehme Überraschungen auf einen.« Leif ballte die Hände zu Fäusten, als er sich an einige davon erinnerte. »In meinem Fall scheinen sie immer dann aufzutauchen, wenn ich nur den Knauf meines Säbels berühre.«

»Klingt nicht sehr spaßig. David scheint auch nicht gerade begeistert zu sein.«

Leif zuckte die Achseln.

Matt grinste. »Andererseits ist Captain Winters heilfroh, dass du und Megan euch so sehr für Latvinia interessiert.«

Captain James Winters war der Verbindungsmann der

Net Force zu den Net Force Explorers. »Winters findet's gut?«, fragte Leif ungläubig.

»Er hat gemeint, seine zwei Problemkinder – du und Megan – seien zu beschäftigt, um ihm diesen Sommer irgendwelche Schwierigkeiten zu bereiten.« Matt lachte. »Zumindest bisher.«

»Er sollte besser aufpassen. Bei diesem Beta-Test steht einiges auf dem Spiel. Neben uns Net Force Explorers befindet sich auch noch der Sohn eines Senators und der des russischen Botschafters in Latvinia.«

Leif warf einen raschen Blick auf die Uhr. Normalerweise klinkte er sich etwa um diese Zeit in seinen Computer ein und öffnete das Cybertor zu Latvinia. Für den Abend war ein Hofball angesetzt ... Doch heute Nachmittag war nichts Wichtiges zu tun.

Leif zögerte einen Moment und schlug Matt dann auf den Rücken. »Genug von Latvinia. Dafür bin ich nicht nach Washington gekommen. Auf ins Getümmel.«

Er grinste, als er mit Matt die Straße überquerte. »Gibt's hier irgendwo einen Baseballplatz?«

Leif kam später heim als geplant. Telefonisch hatte er die Nachricht erhalten, dass sich die superstressigen Verhandlungen seines Vaters bis nach dem Abendessen hinziehen würden. Er schloss die Tür zu ihrem Washingtoner Zweitapartment auf und steuerte geradewegs auf die Küche zu. Da sich die Termine der Familie nicht kalkulieren ließen, war der Gefrierschrank bis obenhin voll mit Fertiggerichten.

Als die leckere Rindfleischmahlzeit in der Mikrowelle langsam zu brodeln begann, sog Leif den Duft genüsslich ein und machte sich auf die Suche nach Teller und Besteck. Das hier war kein vorgefertigtes Fabrikessen. Die Andersons konnten es sich leisten, echte Leute einzustellen, die echtes Essen zubereiteten. Leif kam es oft so vor, als würden kommerzielle Tiefkühlgerichte einen Fischölgeschmack an sich haben, selbst wenn es sich angeblich um Fleisch handelte. Wahrscheinlich bildete er sich das nur ein. Oder es war das Zeug zur Vorbeugung von Herzkrankheiten, das die Regierung cholesterinhaltigem Essen beifügen ließ.

Die Mikrowelle piepste. Leif nahm sein Essen heraus und bugsierte es auf einen Teller. Dann schaufelte er es vorsichtig pustend in sich hinein.

Auch beim Ball würde ihn ein Festmahl erwarten. Einer der größten Albträume war die Aussicht gewesen, dass die Leute im Netz die Wirklichkeit so lange vergessen würden, dass sie sich zu Tode hungerten.

Sicherheitsvorrichtungen verhinderten das zwar, und es war ein großer Unterschied, ob man verhungerte oder nur eine Mahlzeit verpasste. Andererseits wusste Leif aus Erfahrung, dass virtuelles Essen anstelle des realen einen ziemlichen Heißhunger auslöste. Besser, sich jetzt etwas zwischen die Kiemen zu schieben, als bis nachher zu warten und zusammenzuklappen.

Er warf einen Blick auf die Uhr. Er hatte noch etwas Zeit, bevor der Ball anfangen würde. Nur die langweiligen letzten Vorbereitungen würde er verpassen – Haare kämmen und so weiter. Er beendete die hastige Mahlzeit am Küchentresen und spülte alles mit einem Glas Saft hinunter. Dann wusch er ab, legte einen Zwischenstop auf der Toilette ein und machte sich schließlich in sein Zimmer auf.

Der Computer-Link-Sessel am Fenster war der gleiche wie zu Hause. Leif ging daran vorbei und schaltete die Klimaanlage herunter, denn er wollte nicht in der Realität erfrieren, während er in Latvinia war. Dann nahm er sich kurz

Zeit, um den Sessel einzustellen. Er hatte ihn lange nicht mehr benutzt und wollte keine Implantatschmerzen riskieren.

Das dürfte reichen. Er ließ sich in das bequemen Sitzpolster sinken, schloss die Augen und gab den mentalen Befehl, in Latvinia einzusteigen.

Als er die Augen öffnete, befand er sich auf dem Weg den Palastgang hinunter.

Schön zu wissen, dass ich pünktlich bin, dachte er. Er hielt einen Moment inne und lehnte sich an die tapezierte Wand, um das kurze statische Stechen seiner Implantate abzuwarten. *Ich bin schon auf dem Weg zum Ball.*

Er sah an der konservativen Uniform hinab, die er für diesen Anlass gewählt hatte. Heute Abend verzichtete er auf superenge Reithosen und kniehohe Stiefel. Die militärische Ausgehuniform, die er jetzt trug, bestand aus einer grauen Hose mit einer goldenen Borte am Saum und einer blutroten Jacke, an der genug Bordüren angebracht waren, dass sie als leichte Rüstung diente.

Ob die Mädchen das beim Tanzen wohl kratzig finden?, fragte er sich.

Anstelle von Stiefeln trug er leichte Tanzschuhe. An seiner Seite hing der zeremonielle Säbel, der ihn beim Herumwirbeln auf dem Tanzparkett voraussichtlich behindern würde.

Zufrieden stellte er bei einem Blick in den Spiegel fest, dass die Sim alle nötigen Vorbereitungen für sein Erscheinen beim Ball getroffen hatte, und setzte seinen Weg zum Saal fort. Ein paar gehetzt wirkende Lakaien, deren prunkvolle Uniformen und riesige gepuderte Perücken die bisherigen sogar noch übertrafen, standen vor der Tür.

Einer von ihnen trug einen geschnitzten Holzstab mit silbernen Verzierungen. »Sir«, sprach ihn der Oberlakai vorwurfsvoll an. »Ihre Majestät wird jeden Moment erscheinen.«

»Dann sollte ich wohl besser sofort angekündigt werden«, erwiderte Leif so hochmütig wie möglich.

Die Türen schwangen auf, und der Oberlakai trat ein und stieß den Stab auf den Boden. »Baron Albrecht von Hengist«, rief er laut.

Leif betrat den Ballsaal und fand sich in einer weitaus bunteren Gesellschaft wieder als erwartet. Die Kleider der Damen waren noch prunkvoller als sonst. Farbenprächtige Gebilde aus Seide und Spitze waren um ihre nackten Schultern drapiert. Dazu glitzerten Juwelengehänge im Wert eines ganzen Königreichs. Jeder Mann, der auch nur in geringster Verbindung zum Militär stand, besaß offensichtlich eine Art Ausgehuniform und hatte sie für diesen Anlass hervorgekramt. Keine glich der anderen. Leifs purpur-goldene Ausgabe wirkte dagegen auf bescheidene Weise geschmackvoll.

Um hier richtig aufzufallen, müsste man einen einfachen schwarz-weißen Smoking tragen, dachte er, während er sich seinen Weg durch die Reihen der Adligen bahnte. Obwohl hier eindeutig Frackzwang herrschte. Er hasste diese formellen Kleidungsstücke. Mit den Rockschößen fühlte er sich immer wie Flip, der Grashüpfer. Er konnte sich vorstellen, dass die historische Version sogar noch unbequemer war als sein moderner Frack. Da war die Uniform schon besser.

In der Menge entdeckte er ein bekanntes Gesicht. David Gray stand teilnahmslos in seiner prächtigen Seidenrobe neben dem uniformierten P. J. Der schwatzte gerade mit drei oder vier Hofdämchen, während David versuchte, unbeteiligt zu wirken.

»He da, Baron«, rief P. J. und tat sein Bestes, seiner Rolle als Texaner in der Fremde gerecht zu werden. »Dachte, du würdest dir diesen Schwof entgehen lassen. Warst du bei deiner alten Freundin im Krankenhaus?«

»Was? Wer? Wo?«

»Weißt du gar nichts davon? Deine Damenbekanntschaft – Violin oder wie sie heißt – wollte wieder einmal die Bauern aufhetzen. Und diesmal ist sie nicht nur im Misthaufen gelandet. Im einen Moment schwenkt sie noch die rote Flagge der Revolution – buchstäblich, du weißt schon – und im nächsten wird sie doch tatsächlich vom Blitz getroffen. Ka-BUMM!«

»Ihre Reden waren für mich schon geladen genug«, bemerkte David trocken. »Offensichtlich regiert der Monarch hier tatsächlich mit Gottes Unterstützung.«

»Davon hat mir niemand was erzählt.« Leif hatte langsam den Eindruck, als hielte das Latvinia-Programm schwer wiegende Konsequenzen für Personen bereit, die das Basiskonzept der Sim anzugreifen versuchten.

»Warst wohl zu beschäftigt, dich für die tolle Veranstaltung hier rauszuputzen.« P. J. setzte ein breites Grinsen auf. »Zumindest bist du nicht wie unser Prinz Menelik im Nachthemd erschienen.«

»Meine Antitanz-Versicherung.«

Leif wusste, dass sein Freund modernem Tanz nicht abgeneigt war, doch anscheinend war er sich bei den höfischen Tanzformen des Jahres 1900 nicht so ganz sicher. Angesichts der Erfahrungen, die er bisher mit dem Mangel an Hintergrundwissen im Programm gemacht hatte, ging er offensichtlich lieber kein Risiko ein.

»Da wär' ich mir nicht so sicher«, witzelte P. J. »Ein paar Mädchen würden vielleicht gerne eine Runde mit dir drehen, nur um rauszufinden, was du unter deiner Aufmachung trägst.«

David wandte sich um. Seine Seidenrobe flatterte schwungvoll.

Wenn er so hell wäre wie ich, würde er jetzt bestimmt rot werden, dachte Leif.

P. J.s Neckereien wurden glücklicherweise beendet, als der Oberlakai erneut durch die Tür trat und seinen Stab auf den Boden stieß. »Ihre allergnädigste Majestät, Prinzessin Gwenda.«

Die Unterhaltung verstummte, und alle sanken in einem Hofknicks oder einer Verbeugung in Richtung Boden.

Leif konnte seine Augen nicht von Megan wenden. Sie schwebte förmlich in den Ballsaal. Ließ die geniale Kombination aus Frisur, Make-up und Kleidung sie in diesem trügerisch einfachen weißen Kleid mit Rubinbesatz so erstrahlen? Oder fügte das Programm seiner Hauptdarstellerin noch einem Schuss Glamour hinzu?

Leif wusste es nicht. Doch er wurde magnetisch angezogen, als er durch den Saal auf sie zuschritt.

Megan erledigte die üblichen leidigen königlichen Pflichten. Sobald ihr Blick auf Leif fiel, streckte sie die Hand aus. Er verbeugte sich elegant und küsste den Rücken ihres weißen Handschuhs.

»Baron«, erhob sie ihre klare Stimme. »Die Festivitäten werden durch meinen ersten Tanz eröffnet. Würdet Ihr mir die Ehre erweisen?«

»Eure Majestät, es ist mir eine Ehre.« Leif brachte diesen Satz ohne Stottern hervor.

Er nahm Megan mit angemessener Zurückhaltung in die Arme. Erste Walzerklänge erfüllten den Raum.

»Ich dachte, dass du in der Snob-Schule, in die dich deine

Eltern geschickt haben, bestimmt gelernt hast, wie man so was macht«, flüsterte Megan, als sie über das Parkett schwebten. »Ich kann jede Hilfe gebrauchen.« Um sie herum begannen auch andere Paare zu tanzen – mit unterschiedlichem Maß an Können, wie Leif feststellen musste. Megan und er machten sich ganz gut.

Plötzlich wurde sein Blick auf einen dunklen Fleck in der bunten Menge gezogen. Alan Slaney hatte eine dunkelgraue Uniform gewählt. Der einzige Farbklecks in seinem Outfit war eine purpurne Schärpe. Es wirkte beinahe, als hätte ihn jemand von der Schulter bis zur Hüfte aufgeschlitzt.

Alans – oder Gray Piotrs – Gesicht war so ausdruckslos wie das einer Statue. Doch seine Augen schienen Megan und Leif zu verfolgen.

Dann sieh her, dachte Leif und versuchte sich an einer der Drehungen aus den verhassten Tanzstunden.

Megan lachte auf, als er sie herumwirbelte. »Es stimmt also. Die besten Fechter *sind* die besten Tänzer.«

»Du machst das auch nicht schlecht dafür, dass du deine königliche Abstammung nur spielst.«

»Das ist nur ein bisschen Kampfkunsttraining und etwas Unterstützung durch das Programm. Keine Spur von angeborener Anmut. Aber ich muss zugeben, dass es Spaß macht. Drehen wir uns noch mal? Jetzt bin ich drauf vorbereitet.«

Es war ein schöner Abend. Nach seinem Tanz mit Megan umschwärmten Leif die Hofdamen wie eine Wolke farbenfroher Schmetterlinge. Er tanzte, flirtete ein bisschen, genoss den Champagner, aß sich durch ein opulentes Festmahl … und machte sich bald zu seinem Zimmer im Turm auf, um sich auszuklinken und in die wirkliche Welt zurückzukehren, ohne für seine virtuellen Exzesse bezahlen zu müssen.

Vielleicht lag es daran, dass er bereits auf wirklichen Partys wie dieser gewesen war – doch der Ball hatte nicht den Effekt auf ihn, den er auf alle anderen zu haben schien. Vielleicht ging er aber auch so früh, weil er wusste, dass den Gästen pro Abend nur ein Tanz mit einem Mitglied der königlichen Familie zustand.

Allein machte er sich weit vor Mitternacht auf den Weg durch das Labyrinth der Gänge zu der Treppe, die zu seinem Zimmer führte. Er bewegte sich lautlos, um keine Aufmerksamkeit auf sich und seinen frühen Abschied zu ziehen. Während er nach oben ging, drückte er den Säbel gegen das Bein. Beim Tanzen hatte er zwar nicht gestört, doch nun wollte er vermeiden, dass die Scheide gegen die Mauern schlug, während er die Wendeltreppe erklomm.

Da nahm er die Gestalt vor sich wahr. Zuerst dachte er, es handelte sich um einen Diener. Doch warum sollte ein Diener einen schweren schwarzen Umhang tragen?

Vielleicht war es ein Mönch. Ihm war aufgefallen, dass alle Religionsanhänger in Latvinia Kostüme mit Kapuzen trugen. Außer seinen Freunden war ihm jedoch niemand bekannt, der diesen Turm bewohnte. Auch keine Mönche.

Erst als der Mann den zweiten Stock erreicht hatte und vortrat, um sich zu versichern, dass der Weg frei war, bemerkte Leif die Reflexion auf dem Gegenstand, den der mysteriöse Fremde trug.

Das Funkeln konnte weder von einem Glas noch von einer Flasche stammen. Das war das Glitzern polierten Metalls im Kerzenlicht.

Leif stürzte die Treppen hinauf. Soweit er beurteilen konnte, hatte die Person im Umhang ein Messer gezogen. Das bedeutete, dass der Fremde kein Diener oder Mönch, sondern ein potenzieller Attentäter war!

9. Kapitel

»Stehen bleiben!« Leif zog seinen Säbel und hetzte die Stufen hinauf.

Doch der Eindringling verschwand mit wehendem Umhang in die Tür zum zweiten Stock.

Leif war ihm auf den Fersen.

Er hat ein Messer, ich einen Säbel. Damit bin ich im Vorteil.

Leif schnellte angriffslustig mit gezogener Waffe nach vorn. Doch der Umhang hatte anscheinend mehr als nur die Identität des Meuchelmörders verborgen. Der Kerl zog eine lange Waffe darunter hervor.

Leif hielt schlitternd inne und wurde beinahe von dem altmodischen Schwert in der ausgestreckten rechten Hand des Gegners aufgespießt. Mit dem Dolch in seiner Linken wirkte er, als wäre er einem Buch über den Schwertkampf der Renaissance entsprungen. Man spürte seine Fähigkeit im Umgang mit den Klingen.

Schon um 1700 waren derartig große Hieb- und Stichwaffen ausrangiert worden. Das Schwert war schwerer und unhandlicher als Leifs Säbel. Und bestimmt zehn Zentimeter *länger* – daran würde er denken müssen, wenn er auf Abstand gehen wollte.

Er sprang rasch aus der Reichweite und riss dabei ein Stück Tapete von der Wand, um es um seinen linken Arm zu wickeln. Das Polster würde er gut gebrauchen können, um sich vor der gegnerischen Klinge zu schützen. Den Trick hatte er in historischen Abenteuerfilmen gesehen.

Das einzige Problem war, dass er nicht genau wusste, wie er mit dieser improvisierten Abwehr umgehen sollte. Sein Gegenüber dagegen schien ein echter Profi zu sein.

Ich darf ihn nicht das Ruder in die Hand nehmen lassen, sagte er sich. Also sprang er für einen raschen Hieb nach vorn und hielt dabei den tapetengeschützten Arm nach oben, um seine Brust zu decken.

Der Schurke reagierte anders, als es Leif von der Fechtbahn gewohnt war. Er machte einen Schritt zur Seite, drehte sich im Kreis, die Spitze seiner Klinge hob sich über Leifs geschützten Arm. Dabei schnitt sich der kalte Stahl durch die Goldborten der Uniform und hinterließ einen kleine, flache Wunde rechts unterhalb des Schlüsselbeins.

Leif japste vor Schmerz und sprang zurück. Sein Gegner huschte in gefährlicher Duckstellung umher und hielt die beiden Klingen in ständiger Bewegung. Einmal führte er mit dem Schwert, dann wieder mit dem kurzen Dolch. Sein offensichtliches Können und seine Geschwindigkeit brachten Leif in Bedrängnis.

Körperlich war Leif in Ordnung. Dies war schließlich nur die Veeyar, und er hielt die Schwelle der Schmerzempfindlichkeit auf einem üblichen Level. Doch die Konsequenzen des Schnitts waren real genug und würden ihn bald beeinträchtigen. Die kleine Scharte brannte zwar ungeheuerlich, doch soweit er das auf der roten Tunika erkennen konnte, blutete sie nicht wirklich – zumindest hoffte er das. Er war allerdings erschüttert, wie einfach der Kerl ihn hatte erwischen können.

Ich muss aufpassen, dachte er und behielt die weichen, raschen Bewegungen der gegnerischen Klingen im Auge. Die Spitze des Schwerts schien ein Eigenleben zu führen. *Verdammt aufpassen*, verbesserte er sich.

Schweiß schien in die kleine Wunde zu laufen, denn das Stechen wurde schlimmer. Er durfte sich nicht ablenken lassen.

Da! War da eine Lücke? Leif versuchte, die Initiative mit einem weiteren Angriff an sich zu reißen. Der vermeintliche Attentäter parierte und zielte mit dem Dolch auf Leifs Magen.

Leif war wieder zum Rückzug gezwungen, bevor der Typ ihm einen neuen Nabel verpasste. Das war keine Lücke, sondern eine Einladung gewesen. Ein Trick.

Er musste plötzlich an das verhängnisvolle Gefecht mit dem kantigen Franzosen denken.

O Gott, nicht schon wieder. Diesmal sitz ich wirklich in der Patsche. Das Schwert des Gegners schnellte umher, der Dolch wurde nach vorn gestoßen. *In einer verdammt tiefen Patsche.*

Wieder nahm Leif eine Lücke wahr, doch schüttelte er sofort den Kopf. Eine weitere Falle. Der Schurke schien jeden Angriff mit einer noch aggressiveren Kombination zu vergelten. Leif war nicht scharf darauf, ihn noch einmal zu reizen – zumindest nicht allein.

»Äh – Wache?«, rief er und versuchte, nicht verzweifelt zu klingen. »Wache? Ist irgendjemand hier? Ich könnte Hilfe gebrauchen.«

Keine Antwort – bis auf die Tatsache, dass sein Gegner ihn noch mehr unter Druck setzte. Anscheinend war die Phase des passiven Austestens, des Anbietens von Lücken, vorbei. Die beiden Schneiden setzten Leifs kürzeren Säbel außer Gefecht und drohten, die Tapete um seinen Unterarm zu durchstoßen.

Es war ein Albtraum! Leif schaffte es nicht einmal, die Klinge des Gegners zu berühren. Jedes Mal, wenn er seinen Säbel dem verflixten Schwert entgegensetzen wollte, entwischte es ihm irgendwie und bedrohte ihn.

Die Spitze sauste erneut auf ihn zu. Leif versuchte, sich an einer kreisförmigen Parade, um das Schwert abzuwehren und gleichzeitig seine eigene Waffe in Angriffsposition zu bringen.

Doch der Gegner schien seine Gedanken zu lesen. Die Klingen berührten sich nie, die Schwertspitze bewegte sich gegenkreisförmig und brachte Leif ständig in Gefahr.

Die Wunde fühlte sich inzwischen an, als würde sie mit Säure verätzt werden. War die Spitze des gegnerischen Schwerts vergiftet? Nein, das war nur guter, ehrlicher Schweiß, der seine Brust hinablief und dabei Salz in seine Wunde brachte. Doch das war Leifs geringstes Problem. Früher oder später würde eine der gegnerischen Waffen seine Defensive durchbrechen. Das hieß, dass er bald wahlweise von 100 oder von 30 Zentimetern kaltem Stahl durchbohrt werden würde. Jedes Mal, wenn er einem Angriff auswich, setzte sein Gegner nach, die Spitze des Schwerts kam näher und näher und näher.

Jeder seiner Instinkte schrie ihn an, die Flucht zu ergreifen, doch er konnte dem Killer nicht den Rücken zuwenden, nicht einmal in der Veeyar. Schließlich versuchte er es mit einer verzweifelten Improvisation. Er lockerte einen Teil der um seinen Arm geschlungenen Tapete und warf sie dem Angreifer ins Gesicht.

Vielleicht kann ich etwas mehr Abstand gewinnen, dachte er – und stieß in diesem Moment gegen einen alten Holzstuhl.

In den Gängen standen in bestimmten Abständen thronartige Stühle oder schwere Tische, vielleicht, um die Kulissen zu beleben. Es war nun Pech für Leif, dass er in eines dieser Stücke hineinrannte.

Der Attentäter sprang nach vorn. Er wollte den Kampf beenden.

Ein plötzlicher Donnerschlag ließ Leif beinahe ertauben. Doch er war noch nicht so weggetreten, dass er nicht bemerkt hätte, wie sein Angreifer plötzlich nach hinten flog und stolperte. Wie eine Marionette, deren Fäden man durchschnitten hatte.

Leif blickte über seine Schulter und erkannte Sergej Tschernewskij. Der junge Russe trug seine übliche Husarenuniform, doch anstelle des Säbels hatte er einen riesigen, altmodischen Revolver gezückt. Daher also kam der Lärm, der ihm beinahe das Trommelfell zerfetzt hatte. »Was …«

»Ich habe heute Nacht Wachdienst«, erklärte Sergej. »Ich komme oft genug auf Diplomatenbälle. Andere Sachen finde ich spannender.« Er deutete auf den reglosen Attentäter. »Wie das hier.«

Leif trat mit erhobenem Säbel auf den Mann im Umhang zu. Das Schwert lag einige Meter von seiner Hand entfernt, der Dolch war noch weiter weg geschleudert worden. Sein ehemaliger Gegner wirkte nicht, als würde er in der nächsten Zeit wieder aufstehen.

Leif kickte die Waffen außer Reichweite und ging dann vorsichtig in die Knie. Er öffnete den Umhang. Ein kleines Loch war in der Brust des Angreifers zu erkennen. Leif wollte nicht wissen, wo die Kugel wieder ausgetreten war. Es war wahrscheinlich kein schöner Anblick.

Noch immer voll gepumpt mit Adrenalin wandte er sich an Sergej. »Warum musstest du ihn gleich erschießen? Jetzt werden wir nie rausfinden, wer ihn geschickt hat!«

»Ich wollte dir nur das Leben retten.«

»Oh.« Zweifellos hatte er recht. Dennoch … »Hättest du ihn nicht nur verwunden können?«

Sergej sah ihn an. »Oder mit einem Schuss beide Waffen

aus seinen Händen schießen?« Er wedelte mit der schweren Reiterpistole herum. »Das hier ist eher eine Kanone als eine Pistole. Wir können froh sein, dass ich nicht dich getroffen habe.«

Von der Treppe wurde das Echo schwerer Stiefel hörbar. Zumindest hatten die Wachleute der anderen Stockwerke Sergejs Schuss vernommen, wenn ihnen schon Leifs Kampf um Leben und Tod entgangen war.

Leif spürte noch die Nachwirkungen des Gefechts. Seine Hand zitterte so stark, dass er drei Anläufe brauchte, um den Säbel in die Scheide zu stecken.

Er schüttelte den Kopf. Die Klingen zu kreuzen war in Wettkämpfen mit Regeln, in Holos oder in der Literatur eine schöne Sache. Doch das hier war nicht einmal ein Duell gewesen, nur ein leiser, mörderischer Versuch, ihn zu Hackfleisch zu verarbeiten. Er war heute Abend beinahe aus Latvinia verbannt worden – auf die härteste vorstellbare Weise.

Leif knetete seine Hände, um sie zu beruhigen. Er hatte Scherze darüber gemacht, was ihm zuzustoßen schien, sobald er hier einen Säbel in die Hand nahm. Doch allmählich kam es ihm wirklich so vor, als wäre ihm die Sim genauso feindlich gesonnen, wie sie es Roberta Hendry gegenüber war.

Er verdrängte den Gedanken und wandte sich an Sergej. »Denkst du, wir können das im Moment für uns behalten?«, fragte er, als die königlichen Wachmänner sich von der Treppe her näherten. »Nicht nur, weil sonst die Party da unten zu Ende wäre … einige Leute könnten auf dumme Gedanken kommen, wenn sie hören, dass ein Attentäter in unmittelbarer Nähe der königlichen Gemächer aufgehalten wurde.«

Sergej warf einen Blick auf die näher kommenden Soldaten. »Kein Problem. Die meisten von ihnen sind sicherlich nur Nebencharaktere. Jeder Mitspieler befindet sich heute auf dem Ball.«

Dann fasste er an die Abzeichen an seinem Kragen. »Außerdem bin ich der Ranghöchste. Mal sehen, was ich tun kann.«

Jegliche Stellungnahme zu den Vorfällen hatte offensichtlich Zeit. Obwohl Sergej ihn zu seinem Zimmer begleitete, spähte Leif auf dem Weg dorthin vorsichtig in jeden Schatten und hinter jede dunkle Türschwelle. Sobald er sein Zimmer sorgfältig abgeschlossen hatte, klinkte er sich aus. Er saß in seinem Computer-Link-Sessel, streckte sich und eilte unter die Dusche. Die Wunde unter dem Schlüsselbein war zwar verschwunden, doch seine Kleidung war schweißnass.

Obwohl er kaum noch die Augen offen halten konnte, war ihm bewusst, dass der getrocknete Schweiß die ganze Nacht wie verrückt jucken würde, wenn er nichts dagegen unternahm. Als er endlich ins Bett kam, wurde er von nicht enden wollenden Albträumen hin- und hergeworfen.

Im schlimmsten seiner Träume traf er wieder auf den Attentäter. Doch diesmal bewegte sich die blitzende Klinge des Killers nicht nur, als wäre sie lebendig. Sie *war* lebendig und bäumte sich als giftige Kobra auf, um ihre Giftzähne in sein Schlüsselbein zu schlagen …

Als er aufwachte, lag er halb neben dem Bett, sein Kopf am Boden, beide Hände um die Brust geklammert. Sein Herz klopfte, als wäre er die gesamten Stufen zum Washington Monument hinaufgerannt.

»Ich weiß nicht, was schlimmer ist«, murmelte er und stolperte ins Badezimmer. »Slaneys wahnsinnige Veeyar-

Kreation oder die Sims, in die mein Unterbewusstsein mich verfrachtet.«

Eins stand jedoch fest. Latvinia beanspruchte ihn buchstäblich mit Haut und Haaren. Ein Blick auf die Uhr ließ ihn den Kopf schütteln, dann tappte er den Gang in die Küche hinunter.

Sein Vater saß gerade beim Frühstück – vom Arzt genehmigte Cerealien mit Magermilch anstelle der Eier mit Speck, die Magnus Anderson eigentlich bevorzugte. Leif atmete tief ein, doch kein Kaffeeduft empfing ihn.

Magnus Anderson hob seine Tasse hoch. »Tee«, grunzte er angewidert. »Der neueste Rat meines Arztes. Ich weiß nicht, ob der Stress des Koffeinentzugs nicht mehr Schaden anrichtet, als dass er nutzt.«

»Ich brauch' jetzt einen Koffeinstoß.« Leif steuerte auf kürzestem Weg auf die Kaffeemaschine zu und setzte eine Kanne auf.

»Du hast gestern Abend schon tief und fest geschlafen. Ich weiß zwar, dass alles vor morgens halb neun unmenschlich früh für dich ist, aber selbst du solltest inzwischen ausgeschlafen haben. Was ist los?«

»Albträume«, gestand Leif und bereute es sofort. »Ich hatte gestern Abend in Latvinia einen ziemlich heftigen Fechtkampf auszutragen, den ich im Schlaf noch einmal durchlebt habe – nur schlimmer.«

»Bei der Einführung der Veeyar hatten die Leute Angst, dass ihre Kinder zu stark stimuliert werden könnten.« Magnus Anderson warf seinem Sohn einen besorgten Blick zu. »Du hast so was doch sonst nicht.« Er zögerte. »Wenn dich die Sim so fertig macht, dann solltest du vielleicht einfach nicht mehr hineingehen.«

Leif schüttelte den Kopf. »Ich lass' mich doch nicht von

ein paar lausigen Elektronen abschrecken. Außerdem würde mir Megan O'Malley das Fell über die Ohren ziehen, wenn ich jetzt aussteige.«

Sein Vater schüttelte den Kopf. »Das hätte ich mir denken können«, bemerkte er trocken. »*Cherchez la femme.*«

Das war ein berühmtes französisches Sprichwort – ›Suchen Sie die Frau‹. Leif wusste nicht, wie er das verstehen oder was er darauf antworten sollte, doch zum Glück blieb ihm ein längeres Gespräch erspart. Sein Vater sah plötzlich auf die Uhr und stellte die Tasse ab. »Frühes Treffen heute.« Er seufzte. »Macht es dir was aus, das Geschirr wegzuräumen, bevor deine Mutter die Unordnung sieht?«

Leif zuckte die Achseln. »Ich kümmer mich drum. Keine Sorge, Dad. Sieh's positiv: Wenn du Glück hast, zwingen sie dich bei der Besprechung zu einem Power-Frühstück.«

Sein Vater grinste. »Das kann ich nur hoffen. Es wäre schließlich unhöflich, so eine Einladung abzulehnen.«

Leif begleitete seinen Vater an die Tür, kehrte in die Küche zurück und nahm sich eine Tasse Kaffee. Der Kühlschrank wies einen auffälligen Mangel an Zutaten für ein herzhaftes Frühstück auf. Offensichtlich vermied sein Vater die Versuchung. Doch schließlich fand er eine Packung gefrorenes Eiweiß, das er mit Frühlingszwiebeln und einer großen Portion Schinken in ein anständiges Omelette verwandelte. Auch Brot fand sich, und zusammen mit ein paar Tassen Kaffee – nicht zu vergessen einem großzügigen Klecks Ketschup – war das Frühstück mehr als annehmbar.

Dann streunte er eine Weile in der Wohnung herum, zappte durchs Frühstücksfernsehen und sah sich den Wetterbericht an. Er konnte sich nicht wirklich auf etwas konzentrieren.

Schließlich duschte er sich, zog sich an und sah auf die Uhr. Vielleicht war es noch etwas früh …

Mit einem Kopfschütteln ging er an den Computer-Link-Sessel. Er lehnte sich zurück, fühlte das übliche verwirrende Brummen und öffnete die Augen in Latvinia. Anscheinend war auch Baron Albrecht von Hengist ein Frühaufsteher. Leifs virtuelles Ich war bereits gewaschen, rasiert und mit einer weniger formellen Uniform bekleidet. Von einem Frühstück keine Spur. Er schob den Gedanken beiseite und trat an den Schreibtisch, um ein paar hektische Mitteilungen niederzuschreiben. Dann klingelte er nach einem Diener.

»Überbringe dies der Prinzessin und dem Premierminister«, wies er den Kammerdiener an.

»Sir … Ihre Majestät bat um Eure Anwesenheit, sobald Ihr verfügbar wäret«, erwiderte der uniformierte Lakai.

Leif wurde nicht in den Thronsaal, sondern nach oben in die königlichen Gemächer geführt. In dem mit Büchern angefüllten Studierzimmer traf er Megan und den Grafen von Esbach an.

»Wir scheinen erneut in Eurer Schuld zu stehen, Baron«, hob der Premierminister an. »Hättet Ihr diesen Attentäter nicht aufgehalten, wäre der Ball gestern Abend zu einem völlig anderen Ende gekommen.«

Leif hob eine Augenbraue. »Ich fürchte, ich war dem Schurken nur ein unterhaltsames Übungsobjekt. Der junge Tschernewskij wandte die Gefahr ab.«

»Indem er den Eindringling tötete.« Von Esbach schüttelte den Kopf. »Ich würde viel darum geben, wenn dieser Kerl noch am Leben wäre und plaudern könnte.«

Da erhob Megan die Stimme. »Ich habe die Vorfälle erst heute Morgen vernommen.« Zu Leifs Überraschung verhielt sie sich wie eine klassische Heldin. Sie nahm seine Hände und beugte sich nach vorn.

»Mir ist nichts geschehen, Eure …«

»Ich hab heute früh eine Nachricht mit hoher Dringlichkeitsstufe von unserem Freund Alan erhalten«, fuhr sie leise fort. »Gar nicht gut. Ich bin kein Morgenmensch.«

»Ich hatte gehofft, Ihr würdet nichts davon erfahren, bis ich Nachforschungen anstellen kann«, hob Leif an.

»Ausgeschlossen«, unterbrach ihn von Esbach mit einem skeptischen Blick. »Oberst Vojak war überaus verärgert, dass Ihr versucht habt, die Affäre zu vertuschen. Besonders im Hinblick auf Eure Freundschaft mit dieser Anarchistin.«

»Miss Gamba?«, fragte Leif verwirrt. »Welche Verbindung sollte da bestehen …«

»Der Tote hatte anarchistisches Informationsmaterial bei sich«, erklärte der Premierminister. »Bedauerlicherweise sind diese Neuigkeiten an die Öffentlichkeit gedrungen. Es gibt nur eine Person in Latvinia, die ein gesteigertes anarchistisches Interesse vertritt. Es ist zu befürchten, dass der Einbruch der letzten Nacht von Miss Gamba zu verantworten ist.«

»Das ist …« Leif verkniff sich einen vulgären Ausdruck. »… lächerlich«, knurrte er schließlich. »Wir wissen nicht einmal, auf wen es der Kerl abgesehen hatte.«

Hinter wem war der Mann im schwarzen Umhang her gewesen? Hatte er ein Attentat auf den kränkelnden König verüben wollen? Oder auf Megan? Oder war der Degenheld nur aufgetaucht, um Leif das Leben schwer zu machen?

»Man kann Miss Gambas Politik zwar verurteilen, doch hat sie all ihre Aktivitäten bisher öffentlich ausgetragen. Sie einer Verschwörung zu bezichtigen …«

Er wurde von Applaus aus Richtung der Tür unterbrochen. Wie lange stand Alan Slaney bereits dort? »Es ist äußerst galant von Euch, Eure Freundin in Schutz zu nehmen«, mischte er sich ein. »Wir müssen den Tatsachen jedoch ins Auge sehen. Das Ausmaß negativer Gefühle, das der jungen Dame entgegenschwappt, lässt ihren Aufenthalt in Latvinia zu einem Risiko für ihre eigene Sicherheit werden.«

Alan nickte von Esbach zu. »Ich habe eine Abordnung Soldaten ins Krankenhaus geschickt, um sie in den Palast zu geleiten. Ein Sonderzug sollte sie jedoch so schnell wie möglich außer Landes bringen.«

Der Premierminister nickte. »Gewalt von Seiten des Pöbels kann unangenehme Folgen haben.«

»Unser Gast ist soeben eingetroffen.« Gray Piotr wandte sich um. Eine Truppe Soldaten in grau-grünen Uniformen marschierte herein und brachte eine Tragbahre mit sich. Auf der Bahre lag Roberta Hendry. Sie schien nach dem Blitzschlag immer noch wie gelähmt zu sein. Doch ihre Augen funkelten wütend.

»Es ist noch nicht vorbei«, krächzte sie.

»Das hier geschieht nur zu Eurer eigenen Sicherheit, meine Dame«, hob Gray Piotr hervor. »Der Himmel bewahre, dass Euch in unserem kleinen Land Schlimmeres zustößt.« In sachlicherem Tonfall wandte er sich an einen Offizier. »Ist der Zug bereit?«

»Jeden Moment, Herr Graf.«

»Exzellent.« Er wandte sich an Megan. »Cousine? Meine Aktionen mögen eigenmächtig wirken. Doch einem Aufstand – oder einem Mord – muss vorgebeugt werden.«

Megan nickte zögernd. Gray Piotr hakte sich bei dem Premierminister ein. »Von Esbach, vielleicht solltet Ihr uns begleiten, um Euch zu vergewissern, dass alles rechtmäßig abläuft.«

Leif und Megan sahen der kleinen Parade nach.

Sobald sie allein waren, platzte Megan heraus. »Was geht da vor sich?«

»Wichtiger ist die Frage, ob dein Freund Alan weiß, was er tut. Er kann sie hier in Latvinia erniedrigen und einsperren, doch in der wirklichen Welt muss er sich vor Roberta hüten. Ihre Eltern sind mit der halben Elite von Washington befreundet, einschließlich vieler hoher Tiere der VHSO. Wenn sie eine Beschwerde einreicht …«

»Was? Sie können die Sim doch nicht abbrechen?«

»Das nicht. Aber sie können die Regeln für die Mitglieder der Speziellen Interessengruppen ändern und die Teilnahme für VHSO-Mitglieder verbieten. Und das wäre das Ende für den Beta-Test. Alan hätte keine Kunden mehr. Dann würde sich die Zeit, die er investiert hat, nie auszahlen.«

»Sieh mal … ich weiß nicht, was hier los ist.« Megan klang langsam wirklich besorgt. »Aber ich bin sicher, dass es zur Geschichte gehört.«

»Ja. Sicher.« Da er Megan nicht noch weiter belasten wollte, verschwieg er, was er eigentlich sagen wollte.

Die Frage ist: Über welche Geschichte reden wir?

10. Kapitel

»Autsch!« Megan O'Malley schrie auf. Die gegnerische Klinge hatte sie an der Taille getroffen. Sie trat zurück und senkte den Degen, um sich mit der freien Hand die ›Wunde‹ zu reiben. Selbst die gepolsterte Fechtjacke hatte die Wucht des Schlags nicht abgefangen.

»Umgekehrte Windmühle.« Ihr Gegner blieb in Stellung. Megan nahm an, dass er hinter seiner Fechtmaske grinste.

Das Schlimmste daran war, dass das der glatzköpfige, unförmige Kerl war, der normalerweise keine Chance gegen sie hatte. Doch das gesamte Training war diesen Abend so gelaufen. Sie war während der Übungen von jedem kritisiert und in der freien Fechtphase auseinander genommen worden. Da sie selbst sonst auch nicht zurückhaltend war, konnte sie sich nicht beschweren.

Sie atmete tief ein und brachte ihren Degen in die *En-Garde*-Position. »Weiter.«

Ein paar Minuten lang lief es gut, doch dann traf sie der Kerl zu ihrer Schande erneut.

»Megan!«, rief Alan Slaney. »Kommst du mal, bitte?«

Sie hielt sich an das Ritual – salutieren, die Maske abnehmen und dem Gegner die Hand schütteln –, obwohl sie ihm lieber ins Gesicht geschlagen hätte. Dann ging sie zu Alan hinüber, der, an eine Wand gelehnt, das Geschehen im Raum beobachtete.

»Was ist los?«, fragte er.

»Nichts. Gar nichts.«

»Megan, ich hab dir den ganzen Abend zugesehen. Du denkst vielleicht, du gibst alles, aber du führst nur die Bewegungen aus. Und dabei kommt dann heraus, dass Ed dich fertig macht.« Alan schüttelte den Kopf. »Ob du es zugeben willst oder nicht, irgendwas lenkt dich vom Fechten ab. Solange du die Sache nicht verarbeitet hast, kannst du genauso gut ein Schild auf der Brust tragen, auf dem steht ›Bitte verprügeln‹. Denn genau das wird jeder deiner Fechtpartner tun.«

»Okay, es gibt ein Problem«, gab Megan schließlich zu. »Wegen Latvinia. Aber das Thema ist doch in der Fechthalle tabu.«

»Das hab ich gesagt, damit die Leute sich nicht gegenseitig ablenken. Aber wenn du deswegen fichtst wie ein Schlafwandler, sollten wir besser doch drüber reden. Ich weiß, dass deine Rolle mehr Pflichten mit sich bringt als erwartet. Stört es dich, dass ich dir heute Morgen schon so früh eine Nachricht geschickt habe?«

Megan schüttelte den Kopf. »Es geht um dieses Mädchen, Roberta soundso. Leif kennt sie. Sie sagt, sie wird nicht einfach zusehen, wie man sie aus der Sim wirft.«

Alan grinste. »Zu mehr wird sie aber nach dem Blitzschlag nicht mehr fähig sein.«

»Doch, im wirklichen Leben schon. Ihre lieben Erzeuger sind keine gewöhnlichen Eltern. Sie kennen jeden, offensichtlich auch einige der VHSO-Obermacker.«

»Es war mein gutes Recht, sie rauszuwerfen. Der Verantwortliche einer SIG oder Sim darf jeden ausschließen, dessen Aktivitäten das grundlegende Konzept nachweislich stören. Genau das hat Roberta versucht. Sie wollte die russische Revolution zwanzig Jahre zu früh vom Zaun brechen. Im Regelwerk der VHSO steht, dass Teilnehmer davon abgehalten werden sollen, ihre persönliche Sicht der Geschichte zu verwirklichen – wie die Leute, die verborgene Wikingerkolonien in Amerika finden wollen oder darauf bestehen, dass außerirdische Götter die Pyramiden erbaut haben. Sie können ihre eigenen alternativen Sims erschaffen, aber sie dürfen in einer auf bestimmten Regeln basierenden Sim den anderen Teilnehmern nicht den Spaß verderben.«

»Ich weiß. Aber es hat in der Zeitperiode, mit der du dich beschäftigst, tatsächlich Anarchisten gegeben.«

»Ich bin mit Roberta weitaus besser verfahren als die meisten damaligen Regierungen mit ihren Anarchisten. Wäre es besser gewesen, sie für den Rest des Beta-Tests in ein

Verließ zu stecken? Oder sie aufhängen oder erschießen zu lassen? Auch diese Reaktionen wären historisch korrekt gewesen.«

»Ich weiß auch nicht. Aber Regeln bedeuten den Reichen und Mächtigen nicht viel. Leif meint, dass Roberta die VHSO auf nationalem Level gegen dich aufbringen kann. Du hast so hart an Latvinia gearbeitet – ich will nicht, dass du aussteigen musst, bevor du nicht was daran verdient hast.«

Alan schüttelte den Kopf. »Ich habe das Projekt nicht wegen des möglichen Profits erschaffen«, sagte er sanft. »Sondern aus Leidenschaft.«

»Aber wenn die VHSO ihre Mitglieder zurückzieht, wird alles umsonst gewesen sein. Anscheinend hat Roberta wirklich die Macht dazu.«

»Die meisten Abenteurer könnte ich bestimmt halten.« Alan klang zuversichtlich, doch zwischen seinen Augenbrauen erschien eine kleine Sorgenfalte. »Ich brauche nur etwas Zeit, um alles auszuarbeiten. Aber danke für die Warnung, Megan. Und richte auch Leif meinen Dank aus.«

Leif checkte seine virtuellen Mails sorgfältig. Er erwartete eine gepfefferte Nachricht von Roberta Hendry. Doch zu seinem Erstaunen fand er nichts vor … das machte ihn neugierig. Es war ungewöhnlich für sie.

»Computer«, befahl er. »Suchfunktion. Suche nach Erwähnungen der Familie Hendry in den Medien – Alexander Hendry, Susan Hendry oder Roberta Hendry.«

Das waren Roberta und ihre Eltern, doch er musste sich noch weiter beschränken, um nicht von einer Informationsflut überrollt zu werden.

»Vor allem Gesellschaftsnachrichten der letzten vier Monate. Ausführen.«

»Suche läuft«, erwiderte die Stimme des Computers.

Sekunden später füllte sich der holografische Bildschirm des Computers mit verschiedenen Verweisen auf Robertas Versuche, einen radikaleren Schick zurückzubringen, oder auf die Heim- und Gartentouren von Mrs. Hendry. Über die Bälle und Partys, an denen die Familie sonst teilzunehmen pflegte, gab es kaum Berichte. Dann sah Leif, warum.

Alexander und Susan Hendry verbrachten den Sommer in einer Fürstenvilla in Monaco. Das war zwar bestimmt ein netter Urlaub, doch brachte er ihnen nicht die übliche Publicity in den lokalen Zeitungen.

»Wirklich schade, dass Roberta nicht lieber *dieses* Fürstentum heimgesucht hat«, murmelte er und sah die restlichen Berichte durch. »Obwohl sie dort sicherlich auch heftige Reaktionen erlebt hätte, wenn sie sich an die Kasinotüren gekettet hätte.«

Er wies den Computer an, die Meldungen zu löschen, und ließ sich in die Couch im Wohnzimmer plumpsen. Es versprach ein langweiliger Abend zu werden. Nichts Sehenswertes im Fernsehen, und wenn, dann war es zu mühselig herauszusuchen. Da er schon so früh aufgestanden war, hatte er nicht mehr die Energie, auf eine Party zu gehen oder sich Gesellschaft zu suchen. Weil außerdem Megan und Alan im Fechttraining waren, war er sich beinahe sicher, dass auch in Latvinia nichts Spannendes los war.

Momentan bestand die größte Gefahr für das Königreich ohnehin hier draußen. Würde Roberta ihre Drohung wahr machen?

Leif wandte sich zur Konsole im Wohnzimmer um und stellte auf Telefonmodus um. Dann zögerte er. Am liebsten hätte er mit David darüber gesprochen. Er schätzte die ruhige, analytische Art seines Freundes, an Probleme heranzugehen. Doch David würde Roberta vielleicht als die Lösung für sein Problem ansehen. Offensichtlich hatte er sich nicht wirklich in Latvinia verliebt. Obwohl es eine clevere Idee gewesen war, David zu einem abessinischen Prinzen zu machen, war er dadurch in der Zenda-Kulisse zu einem völligen Außenseiter geworden.

P. J. Farris hingegen hatte in der Sim die Zeit seines Lebens. Dort konnte er seine Verpflichtungen als Senatorensohn vergessen und tun und lassen, was er wollte.

Bronco Jack Farris war tatsächlich ein ziemlich ausgeflippter, zügelloser Höfling. Einmal hatte Leif beobachtet, wie sein Freund seine Seilkünste unter Beweis stellte und Megans Hofdamen mit dem Lasso einfing. Um sich aus der Affäre zu ziehen, hatte er seinen rustikalen Humor und Cowboycharme eingesetzt und die Damen umschmeichelt. Das belustigte Lächeln der Ladys hatte darauf schließen lassen, dass das nicht sein erster Versuch gewesen war.

P. J. würde sich um die Zukunft Latvinias auf jeden Fall mehr Sorgen machen. Vielleicht würde sein politischer Hintergrund ihm ja auch zu einer Idee verhelfen, wie man eine Eskalation verhindern konnte. Er gab seinem Computer den Befehl, Farris' Nummer zu wählen.

P. J. nahm selbst ab. Er grinste breit. »Ist dir so langweilig wie mir, Kumpel? Ich sag' dir, ich bin fertig. Mann, die Stunden ziehen sich ewig hin, wenn in Latvinia nichts Spannendes los ist.«

»Ich bin mir sicher, dass du jederzeit ein Mädel mit deiner Cowboy-Show beeindrucken könntest.«

P. J. sah ihn betroffen an. »Meine Darstellung geht auf einen bedeutenden Schauspieler, Erzähler und Lassokünstler zurück – auch wenn er nicht aus Texas, sondern aus Oklahoma stammte. Du hast bestimmt schon mal von Will Rogers gehört.«

»Oh, ja.« Leif erinnerte sich vage an den Namen. »Der Possenreißer.«

»Ein Varietékünstler, kein Possenreißer. Da besteht ein Unterschied. Im Musical ›Broadway Melodie‹ tragen die Mädchen zwar kaum nennenswerte Kleidung, aber sie behalten sie an.«

Seine Scherze versiegten, als er den Grund für Leifs Anruf erfuhr. »Latvinia soll geschlossen werden?« Er klang verzweifelt. »Warum denn? Ich hatte nicht mehr so viel Spaß, seit ich Reiten gelernt habe. Megan ist von ihrem Leben als Prinzessin genauso begeistert. Jeder hat Spaß. Warum sollte irgendein Trottel die Sim schließen wollen?«

Angesichts eines solchen Enthusiasmus behielt Leif seine Vorbehalte lieber für sich. »Vielleicht ist dieser Trottel sauer, weil er sein Kleid verloren hat, in einem Haufen *merde* gelandet ist und dann vom Blitz getroffen und verschleppt wurde.«

»Ach, komm schon! Der Kerl, der ›Herrschaft über Sarxos‹ veranstaltet, stellt mit Leuten, die in seiner Sim herumpfuschen wollen, viel schlimmere Sachen an.«

»Rod. Chris Rodrigues. Aber Sarxos läuft schon lange und hat genug Teilnehmer angelockt, um Chris mehr als reich zu machen. Alan Slaney hat Latvinia gerade erst aus der Taufe gehoben. Er hat es auf VHSO-Leute ausgerichtet. Wenn die VHSO jetzt ihre Mitglieder zurückzieht, bleibt in Latvinia kein Stein auf dem anderen.«

»So weit darf es nicht kommen.« P. J. lehnte sich mit ernstem Gesicht an den Holoempfänger. »Stell dir nur mal vor, wie traurig Megan wäre.«

Bei diesem Gedanken musste Leif ein Schaudern unterdrücken. »Deshalb habe ich mich ja auch nicht an sie gewandt. Megan würde wahrscheinlich zu Roberta marschieren und sie solange im Würgegriff halten, bis sie verspricht, Ruhe zu geben. Ich dachte, dir würde vielleicht eine eher … politische Lösung einfallen.«

P. J. schüttelte den Kopf. »Die meisten Politiker, die ich kenne, würden wahrscheinlich auch die Würgegriff-Methode durchziehen.« Er runzelte die Stirn. »Kannst du nicht einfach … na ja …mit dieser Roberta *reden*? Ihr erklären, wie ungerecht das wäre?«

Leif seufzte. »Hast du schon mal versucht, Megan zu irgendwas zu überreden, das sie nicht wollte?«

P. J. nickte wortlos. Sein Blick sagte alles.

»Nimm das hoch zwei. Roberta hat von ihren Eltern schon immer jeden Wunsch erfüllt bekommen. Das macht sich nun auf die unangenehmste Weise bemerkbar. Vernunft hilft bei ihr gar nichts. Aber Megan wird von mir verlangen, etwas zu tun. Und beide haben meine Telefonnummer und Netzadresse.«

»Du hast hier also eine äußerst verhängnisvolle Entscheidung zu treffen. Wen willst du vor den Kopf stoßen? Roberta? Oder Megan?«

Leif nickte unglücklich. »So kann man es zusammenfassen.«

»Ich denke, Megan würde es persönlich nehmen. Und sie ist ein tolles Mädchen. Wohingegen diese Roberta trotz ihres guten Elternhauses eine Wildkatze ist. Ich würde mich gegen Roberta stellen. Aber besorg dir Verstärkung. Hast du schon mal dran gedacht, Captain Winters um Hilfe zu bitten?«

»Da wäre es leichter, den Präsidenten auf meine Seite zu ziehen. Es gab da schon einige Vorfälle, weißt du. Winters vertraut mir nicht mehr richtig.«

»Na, die Unterstützung des Präsidenten kann ich dir zwar

nicht zusichern, aber vielleicht Hilfe vom Senat … zumindest von einem Senatorensohn.« P. J. grinste. »Meinst du, das würde helfen?«

»Vielleicht. Zumindest ist es ein Anfang.«

P. J. zog nachdenklich die Stirn in Falten. »Angenommen, der Kerl, der letzte Nacht deinen Hintern gerettet hat, hilft uns auch … dieser Sergej. Er ist der Sohn des russischen Botschafters.« Das breite Texas-Grinsen kehrte zurück. »Dann könnten wir eine Art internationale Friedensmission starten, oder?«

»Ich weiß nicht genau, wie ich an ihn rankommen soll. Er ist wohl einer von Alan Slaneys Fechtschülern.«

»Dann lass mich das erledigen«, sagte P. J. »Weißt du, wo sich Roberta aufhält? Wir sollten die Sache morgen früh ins Rollen bringen.«

Leif gab P. J. die Adresse der Hendrys. »Aber sei bitte nicht *zu* früh dran. Roberta ist eine Langschläferin.«

So wie ich, dachte er, als er auflegte. *Das ist eigentlich das Beste an den Sommerferien. Doch bisher hab ich nicht gerade viel davon gehabt.*

Am nächsten Morgen stieg Leif in einer der ruhigeren Seitenstraßen Georgetowns aus dem Taxi. Ein supernobles Viertel mit stinkvornehmer Nachbarschaft. Es war kurz vor elf. Sergej Tschernewskij erwartete ihn bereits.

Es dauerte einen Moment, bis er den jungen Russen erkannte. So ganz ohne Uniform und einige Jahre jünger als in der Virtualität wirkte er fremd. Ihm war immer noch nicht ganz klar, wie P. J. Sergej so rasch gefunden und wie er ihn dazu überredet hatte mitzukommen. Doch je näher der Zeitpunkt des Treffens mit Roberta rückte, desto hoffnungsloser erschien Leif ihre Mission.

»Kein Säbel«, sagte Sergej, der Leif endlich auch ohne Albrecht von Hengist-Bart erkannte.

»Und keine Pistole«, erwiderte Leif grinsend. »Obwohl wir uns wünschen werden, wir hätten eine, wenn Roberta der Kragen platzt.«

»Der Kragen …?« Sergej musste kurz überlegen, bevor er die Redewendung verstand. »Oh, du meinst, dass sie wütend wird. Vielleicht hat ja P. J. seinen Revolver dabei.« Mit Zeigefinger und Daumen imitierte er eine Waffe.

»Um Robertas Meinung zu ändern, bräuchten wir wohl eher eine thermonukleare Bombe.«

Kurz darauf kam P. J. um die Ecke. Offensichtlich hatte er über Nacht auch kalte Füße bekommen. Sein Grinsen wirkte aufgesetzt. »Also, Jungs. Fertig?«

»Fix und fertig. Mach dich bereit, sie mit deinem Charme auszuknocken, Süßer.«

P. J. warf ihm einen bösen Blick zu. »Nenn mich nicht Süßer.«

Leif wusste, dass sein Freund wegen seines Model-Aussehens empfindlich war. Nun konnte er es auch nicht mehr hinter der Rolle des wettergegerbten Bronco Jack verstecken. Ihm war bewusst, dass er P. J. von seiner Nervosität ablenken musste, um überhaupt eine Chance bei Roberta zu haben. Ihr Wagen stand in der runden Einfahrt, die um den dreistufigen Springbrunnen vor dem Haus angelegt war. Offensichtlich war sie zu Hause. Jetzt mussten sie ihr Glück versuchen.

P. J. sprang die Stufen zum Eingang hinauf und läutete. Als die anderen zu ihm stießen, läutete er noch einmal.

»Man würde doch an so einem Ort einen ganzen Schwarm von Dienern erwarten.« P. J. klang irritiert. »Ist die Klingel kaputt?«

Die massiven Mauern des Hauses ließen kein Geräusch zu ihnen durchdringen. Die Fenster waren mit dickem Stoff verhängt. P. J. pochte mit der Faust gegen die Tür. »Du hast zwar gesagt, dass sie lang schläft, aber das ist zu viel des Guten.«

Sergej zuckte mit den Schultern. »Sie dürfte eigentlich nicht in Latvinia sein, das habe ich gerade überprüft.«

»Vielleicht ist sie doch zu ihrer Familie nach Europa geflogen«, überlegte Leif. »Bei Roberta ...«

»Entschuldigung«, unterbrach ihn eine Stimme.

Leif wandte sich um und erblickte eine untersetzte grauhaarige Frau, die die Stufen hinaufstieg und ihn von oben bis unten musterte.

»Wir ... äh, hatten gehofft, Miss Hendry vorzufinden«, erklärte er. »Aber auf unser Läuten hat niemand reagiert, weder sie noch die Bediensteten ...«

»Nun, das wäre auch nicht möglich, da Mr. und Mrs. Hendry den meisten Bediensteten den Sommer über frei gegeben haben«, antwortete die kräftige Dame mit der Andeutung eines irischen Akzents. »Ich erledige den Haushalt allein und kümmere mich um Miss Roberta.« Sie runzelte die Stirn. »Ich weiß nicht, warum sie nicht an die Tür gekommen ist. Sie sollte mich eigentlich hineinlassen, damit ich ihr das Frühstück machen kann.« Sie wühlte in ihrer Tasche herum und zog einen Schlüsselbund heraus. »Lassen Sie mich mit ihr sprechen, dann wissen wir mehr.«

Die drei Jungen traten beiseite, als die Haushälterin mit der Präsenz einer Herzogin an ihnen vorbeirauschte. Sergej versuchte, auf die wahrscheinlichste Begründung hinzuweisen. »Vielleicht will Roberta einfach nicht ...«

Doch er wurde unterbrochen – von einem Schrei.

Leif warf sich gegen die Tür. Sie sprang weit auf, denn die

Haushälterin hatte sie nicht ganz geschlossen. Ihre entsetzten Schreie hallten an den marmornen Wänden und Böden der Empfangshalle wieder. Die Frau hatte sich an der Treppe im hinteren Teil des Hauses zusammengekauert und schrie aus vollem Halse.

Jetzt erst bemerkte Leif, dass sie sich über eine andere Person am Boden beugte, eine blasse, reglose Person mit großartigen Beinen, die unter dem modischen Nachthemd herausblitzten.

Roberta Hendry. Und sie war bewusstlos …

Oder schlimmer!

II. Kapitel

»Das glaub ich nicht!« Megan starrte Leifs Holoabbild fassungslos an. »Ihr habt geläutet, und Roberta ist auf dem Weg zur Tür die Treppe runtergefallen?«

»Die Ärzte halten das für unwahrscheinlich. Es hatten sich bereits Blutergüsse gebildet, und sie war schon ziemlich dehydriert. Die Sanitäter haben zwar nicht viel gesagt … sie mussten sich beeilen, sie in die George-Washington-Universitätsklinik zu bringen. Ihre Vermutung war jedoch, dass sie wahrscheinlich schon vor Stunden zusammengebrochen war. Vielleicht hat sie sogar die ganze Nacht am Fuße der Treppe gelegen.«

»Ein Glück, dass sie noch lebt.« Megan klang benommen.

»Wenn du es als Glück bezeichnen willst, mit gebrochenem Schädel im Koma zu liegen.« Leif wurde fast von einer Sirene übertönt.

Er rief also vom Krankenhaus aus an.

»Besser als ein Genickbruch.«

Das brachte ihr ein kleines Lächeln von Leif ein. »Du hast Recht. Glaubst du, dass die Pechsträhne, die sie in Latvinia verfolgt hat, in die Realität übergegriffen hat?«

»Sei nicht albern.« Megans Antwort klang schärfer als beabsichtigt.

»Wenigstens haben sie sie stabilisiert. Aber sie wissen nicht, wann sie wieder aufwachen wird. Ihre Eltern kommen aus Europa zurück …« Leif zog eine Grimasse. »Ich will jetzt nur noch diesen Krankenhausgeruch aus meiner Nase bekommen.«

Er zögerte einen Augenblick. »Ich bin mit meinem Dad hergekommen, aber er ist mit irgendwelchen großen Deals beschäftigt. Hast du schon was vor?«

»Ich kann hier nicht weg. Ich bin diese Woche mit der Wäsche dran … bei einer so riesigen Familie ist das der totale Horror. Und Alan hat mich gebeten, mich etwas früher einzuklinken … Was denn?«, fragte sie, als sie seinen Gesichtsausdruck bemerkte.

»Du willst trotz allem nach Latvinia zurück?« Er war offensichtlich nicht einverstanden.

»Du tust so, als sollten wir einen nationalen Trauertag einlegen. Es tut mir Leid, was mit Roberta passiert ist, aber sie ist ja nicht tot oder so. Und ich sehe keine Verbindung zu Latvinia. Warum sollten wir also aus dem Beta-Test aussteigen?«

Leif zuckte die Achseln. Sie hatte seine Meinung also nicht ändern können. Warum fühlte sie sich deswegen so angegriffen?

»Ich weiß, dass du tust, was du willst. Ich finde es nur … unangebracht. Irgendwie falsch. Na ja, viel Spaß mit der Wäsche. Bis später.«

Megan verabschiedete sich und legte auf. Das Gespräch hatte sie etwas beunruhigt. Vielleicht war es aber auch nur der Gedanke an die Wäsche, die sie nun nicht länger liegen lassen konnte. Kopfschüttelnd machte sie sich an die Arbeit.

Leifs Laune verschlechterte sich noch, als er in die leere Wohnung zurückkehrte.

Nichts macht mich so fertig, wie einen Korb zu bekommen. Sie macht sogar lieber die Wäsche, *als mich zu treffen. Und dann auch noch allein herumzusitzen … das ist die Krönung.*

Er ging an die Konsole im Wohnzimmer und wählte Davids Nummer.

David nahm das Gespräch im Gang der Wohnung seiner Familie an. Dem Lärm und Getöse im Hintergrund nach zu urteilen, waren seine kleinen Brüder gerade mit einem ihrer wilden Spiele beschäftigt. Nachdem Leif ihn über die Geschehnisse mit Roberta informiert hatte, schüttelte David den Kopf. »Niemand hat so was verdient … nicht mal jemand, der so anstrengend ist.«

Er blickte Leif von der Seite an. »Obwohl ich ihr wahrscheinlich noch mehr Sympathie entgegenbringe als andere.«

»Sag bloß. Megan kann's gar nicht abwarten, wieder nach Latvinia zu gehen … sobald sie mit der Wäsche fertig ist.«

»Von der Wäscherin zur Prinzessin … jetzt siehst du, was sie an dem Spiel reizt.« David schüttelte erneut den Kopf. »Bei mir ist das was anderes.«

»Bei mir auch. Meinst du, es macht mir Spaß, mir jedes Mal den Hintern versohlen zu lassen, wenn ich meine Klinge mit jemandem kreuze? Ich sehe ja ein, dass Roberta diesen Blitzschlag verdient hat … sie wollte schließlich die ganze Sim auf den Kopf stellen. Aber …«

»Willst du mal was sehen?«, unterbrach ihn David. »Setz

dich in deinen Computer-Link-Sessel und komm ins Netz. Ich treff dich in deinem Turmzimmer.«

Leicht überrascht stand Leif auf, begab sich in sein Zimmer und stellte den Computer-Link-Sessel ein. Dann lehnte er sich zurück, schloss die Augen … und war in Latvinia. Er war froh, dass das Programm jeden Rollenspieler in neutralen Umgebungen einsteigen ließ wie zum Beispiel auf dem Korridor. Besser, als die Augen zu öffnen und sich auf einem Pferd oder in einem Duell wiederzufinden.

Diesmal saß er an seinem Schreibtisch. Er zerkaute das Ende eines altmodischen Federkiels und war über einen Brief gebeugt, der die Ereignisse am Hof beschrieb … einschließlich einiger Vorkommnisse, bei denen er nicht persönlich anwesend gewesen war.

Es klopfte. Er legte den Füller auf den Tisch und ging an die Tür. David trug diesmal ungewohnt europäische Kleidung.

»Also, was geht?«, fragte Leif.

Nicht gerade mit klassischem Schliff formuliert, dachte er selbstkritisch. Eher im Gegenteil. Leif hatte ein komisches Gefühl dabei, in Latvinia zu sein. Schließlich hatte er gerade versucht, Megan davon zu überzeugen, dass es nicht richtig war zurückzukehren.

»Folge mir einfach.« David hatte sein undurchschaubares Pokerface aufgesetzt. »Ich dachte, wir machen einen kleinen Spaziergang durch die Straßen von Herzen.«

»Gern.« Leif hatte bisher keine Möglichkeit gehabt, die Hauptstadt zu erkunden. Es würde vielleicht interessant werden.

Sie starteten von dem Villenviertel aus, das den Palast umgab, und hielten sich bergab in Richtung der noblen Geschäfte. Leif betrachtete die verschiedenen architektonischen Stile der Gebäude … und die von Zeit zu Zeit vorbeihuschenden Zimmermädchen. Bisher erinnerte ihn Herzen an einen der historischen Themenparks, nur war es nicht so glänzend und pastellfarben. Alles schien hier realer; in den Straßen erleichterten sich Pferde häufig genug, dass man besser darauf achtete, wo man hintrat.

Leif erkannte die Straße wieder, die sie in dem alten Mercedes zum Schloss hinaufgetuckert waren. Der Boulevard war nicht so überlaufen wie bei der spontanen Parade damals. Doch einige Bürger waren für Einkäufe oder Botengänge unterwegs.

Wie wenn ein altes Foto zum Leben erwacht, dachte er, als ein Wagen vorbeiklapperte. *Oder wie eine Farbillustration in einem alten Buch.*

Als sie etwa die Hälfte der Straße hinter sich hatten, bemerkte er, dass einer der Kutscher sich abwandte und mit der Hand eine seltsame Geste vollführte. Zeige- und kleiner Finger schienen einen Augenblick auf sie zu zeigen, die beiden Finger in der Mitte wurden vom Daumen nach unten gehalten.

Auf ihrem Weg durch den ärmlicheren Teil der Einkaufsstraße sah Leif diese verstohlenen Handbewegungen immer öfter.

David warf ihm einen Blick zu. »Langsam fällt es dir auch auf, oder?«

»Was …«

David unterbrach ihn. »Tu mir einen Gefallen und geh ein Stück allein weiter.« Er wandte sich anscheinend fasziniert einem Schaufenster zu.

Leif setzte seinen Weg allein fort, blickte umher und nutzte die Fensterscheiben als Spiegel. Keine eigenartigen Signale mehr.

Einige Minuten später stieß David wieder zu ihm. Sie gingen weiter. Je heruntergekommener die Umgebung wurde, desto mehr Menschen zeigten mit dieser seltsamen Geste auf sie, einige unverhohlener als andere.

David blieb stehen und streckte den Arm aus. »Der Bahnhof ist dort drüben im Lagerhallenbezirk – die perfekte Lage für Räuberhütten und Verschwörungshauptquartiere.«

Leif stellte fest, dass auch die Passanten auf der anderen Straßenseite der ausgestreckten Hand auswichen.

David wandte sich abrupt um und führte ihn in eine andere Richtung. »Hier kann man den Verfall der Stadt gut erkennen. Früher muss es recht nett gewesen sein. In der Mitte des Platzes findet man sogar noch einen Park.«

Die Häuser waren vor langer Zeit einmal kleine Herrenhäuser gewesen und boten nun mehreren Familien ein Heim. Die Bäume auf dem Platz waren lange nicht mehr geschnitten worden, durch die Ritzen der Gehsteige wuchsen Grasbüschel. Junge Mütter nutzten das schöne Wetter für einen Spaziergang mit ihren Kindern. Häufig wurden sie von älteren Frauen mit Kopftüchern begleitet. Niemand sah sie direkt an, doch alle deuteten auf sie. Oder sie zupften an der Kleidung ihrer Kinder herum.

David führte Leif einmal rund um den Park. Wo sie hinkamen, verstummten die Gespräche. Ein kleines Kind, etwa drei Jahre alt, lief, mit irgendeinem Spiel beschäftigt, auf sie zu. Als es David erblickte, blieb es stehen und starrte ihn an. Die Mutter beugte sich zu ihm hinab und schob es weg. Leif bemerkte, dass auch sie mit einer Hand das Zeichen machte. Mit der anderen hob sie einen roten Stofffetzen in die Höhe, der am Kragen des Kleinen befestigt war.

»Doppelt hält besser«, murmelte David und wandte sich

ab. Leif ging schweigend neben ihm her, bis sie die große Straße wieder zur Hälfte hinter sich hatten.

»Okay. Was hat das alles zu bedeuten?«

»Das hab ich mich auch gefragt, als ich es einige Male bemerkt hatte«, sagte David zuckersüß. »War ein Mordsspaß, es rauszufinden. Es scheint eine Art urtümliches Zeichen für Ablehnung zu sein und wird in Italien *Corni*, ›Hörner‹, genannt. Damit soll die böse Seite des Übernatürlichen fern gehalten werden, wie durch einen Hasenfuß oder das rote Band, das das Kind trug. Dadurch werden der böse Blick neutralisiert und Dämonen abgehalten.«

»Dämonen?«, fragte Leif etwas begriffsstutzig.

»Du weißt schon.« David streckte eine Hand vor und rieb heftig daran. »Geht nicht ab.«

»Oh, äh, tja …« Leif stotterte einen Moment herum. »Das ist wohl authentisch. Fies, aber realistisch. Je weiter wir die Straße hinuntergegangen sind, desto mehr Bauern haben wir getroffen. Und die Bauern auf dem Balkan um 1900 waren wohl wirklich noch nie einem Farbigen begegnet …«

»Das ist mir klar, danke. Es wäre dann also auch eine authentische texanische Reaktion, wenn P. J. mich ›Boy‹ nennen würde.«

Leif starrte ihn an. »P. J. würde niemals … keiner der Leute hier … ich meine, das waren doch bestimmt Nebencharaktere.«

»Ja.« David sah ihm direkt in die Augen. »Das muss ein Teil des Programms sein. Nicht so offensichtlich wie ein Blitzschlag oder eine Klinge im Gesicht … ein subtileres Mittel, damit ich mich in Latvinia nicht willkommen fühle.«

Schweigend kehrten sie zum Palast zurück. Leif war bedrückt, David einfach wütend. Als sie in Sichtweite des Tors kamen, lief einer der Wachmänner auf sie zu.

»Was jetzt?«, flüsterte David. »Müssen wir durch den Hintereingang?«

»Verehrte Herren«, keuchte der Wachmann. »Ihre Majestät und der Premierminister bitten um Eure Anwesenheit.«

Megan und Graf von Esbach erwarteten sie in dem Studierzimmer, von wo aus man Roberta ins Exil geschickt hatte. Megan sah von dem schweren Eichentisch, auf den sie ihre Ellbogen gestützt hatte, auf, als Leif und David eintraten. Das Möbelstück war kunstvoll verziert, links und rechts waren Bücherbretter angebracht. Auf dem Tisch zwischen Megans Armen lag eine Goldkette. Der Diamantanhänger war etwa so groß wie das vorderste Gelenk von Leifs kleinem Finger.

»Die Kette gehört zu den Kronjuwelen«, erklärte Megan. »Der Stein hat etwa zehn Karat.«

Leif rechnete das rasch anhand der aktuellen Diamantpreise um und kam auf eine hohe sechsstellige Summe. »Hübsch.«

Da nahm Megan eine kleine Bronzestatue und ließ sie auf den Stein krachen. Als sie die Figur anhob, war nur noch Staub auf dem Tisch. »Eine Fälschung«, bemerkte sie beiläufig. »Jemand hat den Diamanten ausgetauscht.«

David blickte den Graf von Esbach scharfsinnig an. »Ich nehme an, Ihr musstet nicht lange raten, wer dafür verantwortlich ist.«

Der Premierminister nickte. »Es gab Gerüchte, dass einige verrufene Kerle aus Gray Piotrs Umfeld in der Nähe der königlichen Schatzkammer gesichtet wurden. Also habe ich selbst Nachforschungen angestellt. Nun habe ich erfahren, dass einer von Gray Piotrs Handlangern sich nach Wien begeben hat. Sollte er mehrere Edelsteine wie diesen im Gepäck haben und zu Geld machen, könnte der Herr von Grauheim eine ganze Armee damit bezahlen.«

»Und seinen *Coup d'État* starten.« Leif runzelte die Stirn. »Wo hält sich dieser Handlanger jetzt auf?«

»Er ist außer Landes. Wir können ihn nicht verhaften.«

»Aber wenn er in Wien ist ...« Leif wurde auf einige frische Erinnerungen Albrecht von Hengists aufmerksam, Erinnerungen an zwielichtige Gestalten, mit denen er selbst in der Vergangenheit zu tun gehabt hatte. »Ich verfüge dort über gewisse Verbindungen. Man könnte ihn finden ... und seinen Plan vereiteln.«

»Warte mal«, warf David plötzlich ein. »Zeit für einen Realitätscheck. System, lässt dieses Programm einen Spieler wirklich nach Wien reisen?«

Eine sanfte Stimme gab Antwort. »Negativ. Die Simulation berechnet die Dauer einer solchen Reise und arrangiert die Rückkehr dementsprechend. Handlungen, die außerhalb Latvinias getätigt werden, werden anhand einer Wahrscheinlichkeitsmatrix berechnet ...«

»Das reicht, danke.« David schüttelte missbilligend den Kopf. »Keine besonders geschickte Gestaltung. Wenn man wirklich einen solchen Handlungsstrang einbauen will, wäre es nicht schwer, die Reise auch zu programmieren. Notfalls mit Zeitverdichtung. Das hab ich bei meinen Marsreisen auch gemacht. So ist es irgendwie ungehobelt.«

Er runzelte einen Augenblick die Stirn und rief dann erneut das System auf. »Schätzwert errechnen, wie lange ein Spieler für eine solche Reise von Latvinia entfernt sein müsste.«

»Minimale Reisedauer sieben bis zehn Tage.«

David wandte sich zu Leif um. Er hatte eine Augenbraue nach oben gezogen und ein schräges Lächeln auf den Lippen.

Was hat er vorhin gesagt?, fragte sich Leif. *Nicht so offensichtlich wie ein Blitzschlag?*

Aber er kapierte.

»Also. Wann können wir los?«

12. Kapitel

Megan sperrte den Mund wenig prinzessinnenhaft auf, als sie Leifs Vorschlag vernahm. Als David auch noch verkündete, er werde sofort aufbrechen, konnte sie sich nicht mehr beherrschen.

»Was soll das? Ich hab euch den falschen Stein nur gezeigt, damit wir besprechen können, was wir damit anfangen!«

»Ich fürchte, Ihr übertreibt etwas, Madame«, erwiderte Leif in bestem Jahrhundertwendestil. »Dieser Entwicklung sollte unverzüglich nachgegangen werden.«

»Ihr wollt Latvinia doch nicht wirklich verlassen! Das erlaube ich nicht!«

»Du erlaubst es nicht?« Leif bediente sich nun auch einer moderneren Wortwahl. »Ich glaub, die Krone drückt dir etwas aufs Gehirn … Miss O'Malley.«

David nickte. »Wir sind als Freunde hier, erinnerst du dich? Völlig ohne Monarchie. Wir sind nur vier Leute, die zusammen über die Grenze gekommen sind. Wir stimmen ab, und wenn du die Mehrheit erhältst, bleiben wir.«

Leif konnte nur die Achseln zucken. »Scheint so, als wäre die Mehrheit auf unserer Seite.«

»Seid nicht lächerlich!«, schrie Megan. *Was ging nur in diesen Typen vor?* »Ihr könnt mich jetzt nicht allein lassen! Nur um einer vagen Möglichkeit hinterherzurennen!«

Leif zuckte mit den Schultern. »Du hast uns den falschen Edelstein gezeigt. Ich denke, wir sollten da dran bleiben.«

»Na gut ... wenn ihr meint, dann kann der Graf oder Oberst Vojak jemanden seines Vertrauens nach Wien schicken.«

Einen Nebencharakter, dachte sie. *Oder vielleicht ...*

»Was ist mit Sergej Tschernewskij? Er ist loyal.«

»Du willst ihn doch nicht der Chance berauben, weiter Husar zu spielen?«, fragte David mit gespieltem Entsetzen. »Um Himmels willen!«

»Oh, Mann«, blaffte Megan. »Die ganze Wien-Sache ist doch nur eine Schnitzeljagd. Die eigentliche Handlung spielt sich hier in Latvinia ab!«

Sie versuchte, Leif zu überzeugen. »Du haust mir die Tatsache um die Ohren, dass ich nicht die echte Prinzessin bin. Aber was ist mit ihr? Wir müssen ihre Befreiung vorbereiten.«

»Bisher sind wir damit nicht weit gekommen.« Leif wandte sich an von Esbach. »Ihr habt mit Oberst Vojak Leute ausgesandt, um nach Prinzessin Gwenda zu suchen. Wie lange wird das Durchkämmen des Gebietes von Grauheim noch dauern?«

Von Esbach breitete die Arme aus. »Es ist ein weites, verlassenes Land ...«

»Was würdet Ihr sagen? Eine Woche? Zehn Tage?«

Der Premierminister nickte unglücklich. »So viel Zeit könnte noch vergehen.« Er zog eine Taschenuhr hervor und blickte darauf. »Der Nachmittagszug nach Wien fährt in eineinhalb Stunden ab. Sonst müsstet Ihr die Reise auf morgen verschieben.«

Megan drehte sich zu ihm um. »Ihr auch?«

»Ihr Entschluss steht fest, Eure Majestät«, antwortete von

Esbach sanft. »Ich werde einen geschlossenen Wagen ohne das königliche Wappen innerhalb der nächsten Stunde für Euch bereitstellen. Brauchen die Herren Hilfe beim Packen?«

»Nein«, erwiderte Leif. »Ich habe vorsichtshalber immer einen Handkoffer gepackt.«

Klar, dachte Megan. *Bei der finsteren Vergangenheit des Baron von Hengist hat er immer eine Tasche für die Flucht aus Hotelzimmern oder für andere übereilte Aufbrüche bereit.*

»Ich bin ebenfalls bereit für die Abreise«, meldete sich David.

»Wünscht Ihr, sie zu begleiten, Madame?«, wandte sich von Esbach an Megan.

»Ja. Vorzugsweise ohne Blaskapelle. Wir sollten versuchen, kein Aufsehen zu erregen.«

Ich habe noch die Fahrt zum Bahnhof, um sie umzustimmen, dachte Megan und wandte ihr besorgtes Gesicht ab.

In dem großen Wagen war es recht eng. Neben Megan, Leif und David hatte auch P. J. darauf bestanden mitzufahren. Außerdem war da noch der bullige Soldat in seinem schlechtsitzenden Anzug – der Leibwächter, den ihr von Esbach aufgedrängt hatte. »Auch der zweite Kutscher wird Euch zum Bahnsteig begleiten«, hatte er hinzugefügt.

Megan spielte mit dem langen Rock des schwarzen Reitkostüms. So viel zu unauffällig. Sie waren auch ohne Blaskapelle eine Schau.

Ob es nun an der Enge im Wagen, dem zusätzlichen Zeugen oder an ihrer eigenen schlechten Laune lag, Megans Versuche, die Jungen umzustimmen, scheiterten kläglich.

David und Leif redeten kaum über ihre Entscheidung oder mögliche weitere Pläne für ihren fiktiven Ausflug. Je mehr sie ihren Gesprächsversuchen auswichen, desto stärker verhärtete sich ein nagender Verdacht in ihr.

Sie verheimlichen mir was.

Im Moment war jedoch nicht herauszubekommen, was es war. Sie betraten den Bahnsteig des Herzener Bahnhofs. Auf den Gleisen standen sich zwei Züge gegenüber. Der eine Zug bestand aus mehreren Güterwaggons und Passagierwagen und war von einer hektischen Menschenmenge umgeben. Das war der ›Wien-Express‹. Der andere Zug umfasste nur die Lokomotive und einen Passagierwagen.

Megan wandte sich an ihren Leibwächter und zeigte auf den kurzen Zug. »Wohin fährt der?«

Er zuckte nur mit seinen schweren Schultern. »Eure Majestät, ich weiß nicht. Das ist ein Privatzug.«

So was wie ein Privatjet, dachte Megan. Der Passagierwaggon des kleineren Zuges sah um einiges beeindruckender aus als der Erste-Klasse-Wagen des Wien-Express. Schwere Samtvorhänge verdeckten die Sicht auf ein zweifellos luxuriöses Inneres.

Ob es wohl auch einen eigenen königlichen Wagen gibt?, fragte sie sich. Dann fiel ihr ein, dass sie ihn bereits gesehen hatte – das entgleiste Wrack, aus dem Prinzessin Gwenda entführt worden war.

Ein Schauer lief ihr über den Rücken, und sie griff nach Leifs und Davids Händen. »Seid vorsichtig.« Im nächsten Moment fühlte sie sich wie ein Dummkopf. Sie reisten schließlich nicht wirklich ins ferne Wien. Wahrscheinlich würden sie sich aus Latvinia ausklinken, sobald der Zug aus dem Bahnhof gefahren war.

»Leute, bringt mir was Hübsches mit«, grölte P. J. und schüttelte ihnen die Hände. Die beiden Jungen verbeugten sich und küssten Megans Hand, was sie nur noch auffälliger fand. Dann stiegen sie ein und erschienen kurz darauf an einem der Erste-Klasse-Fenster. Die Lokomotive begann zu keuchen, Dampf hüllte den gesamten Bahnsteig ein. Der Schaffner schrie das latvinische Äquivalent von »Alles einsteigen!« Die Hektik wuchs.

Megan winkte den lächelnden Gesichtern am Fenster zu und empfand dabei Beklemmung. Sie hatten gesagt, dass sie nur eine Woche wegbleiben würden, doch es fühlte sich an wie ein endgültiger Abschied.

Dann setzte sich der Zug schleichend in Bewegung. P. J., ganz der ungestüme Cowboy, rannte den Bahnsteig hinunter, hielt sich neben dem Erste-Klasse-Wagen und winkte. Megan zerknüllte das Spitzentaschentuch, mit dem sie eigentlich vorgehabt hatte zu winken, in ihrer Hand.

Sie wusste nicht, ob es dem Programm oder ihrer eigenen Eingebung entsprang. Doch sie hatte die seltsame Vorahnung, dass sie ihre Freunde in Latvinia nicht wiedersehen würde.

Leif winkte Prinzessin Megan zum Abschied. Dann sah er lachend P. J. nach, bis der Zug ihn schließlich hinter sich gelassen hatte. David winkte ebenfalls fröhlich aus dem Fenster.

Als sie sich in die weich gepolsterten Sitze fielen ließen, wurde David etwas ernster. Doch er wirkte immer noch wie ein Kind, das unerwartet von der Schule befreit worden war.

»Ich frage mich«, sagte er schelmisch, »was geschehen würde, wenn ich als Doppelgänger zurückkommen und eine sozialistische Revolution starten würde?«

»Wenn ich da an Robertas Schicksal denke, würdest du wohl in der wirklichen Welt von einem Müllwagen überfahren werden. Ich weiß nicht, ob Latvinia wirklich eine Gefahr darstellt. Auf jeden Fall wird man hier von einer Pechsträhne nach der anderen verfolgt.«

»Wo wir gerade dabei sind ...« David blickte sich im Abteil um. »Wann sollen wir uns aus dem Staub machen?«

Leif runzelte die Stirn. Er hatte sich soeben dieselbe Frage gestellt. »Wir sollten warten, bis wir die Grenze erreicht haben ... nur für den Fall, dass sich noch eine Entwicklung ergibt.«

Er öffnete die Reisetasche und ließ die Hand zu seiner neuesten Erwerbung gleiten. Der Pistolenknauf fühlte sich im Vergleich zum Knauf seines Säbels nach nichts an. Doch Leif wollte nicht riskieren, dieses Abenteuer unbewaffnet anzugehen.

David sah gedankenversunken aus dem Fenster. Die anfänglich städtische Kulisse wurde allmählich ländlicher. »Mit dem Zug geht es schneller als mit dem Auto. Es ist nicht mehr weit zur Grenze.«

Er grinste. »Also, was willst du mit deiner wiedergewonnenen Freizeit anfangen?«

Leif zuckte die Achseln. »Ich find bestimmt was Interessantes.«

Sie klinkten sich aus, sobald der Zug die Grenzkontrolle passiert hatte. Leif blinzelte und fand sich in der strahlenden Nachmittagssonne wieder. In Latvinia war der Himmel bedeckt gewesen; ein würdiger Hintergrund für ihren Abschied. Er rieb sich das Gesicht, stand auf und wanderte im leeren Apartment umher.

Was würde er nun mit seiner Freizeit anfangen? Vor lauter Aufregung um Roberta Hendry hatte er das Mittagessen verpasst, doch als er in die Küche trat, merkte er, dass er keinen richtigen Hunger hatte. Er schaltete den Fernseher im

Wohnzimmer ein und zappte sich durch einige Talkshows und eine Seifenoper, bis er bei einer Sendung landete, die er sich vorgemerkt hatte. Es ging um einen betagteren kostümierten Verbrechensbekämpfer, der diese Aufgabe – und sein Cape – an seinen Sohn weitergeben wollte. Doch der junge Mann zeigte kein Interesse an der Verbrecherjagd.

Darüber war sein Vater überhaupt nicht erfreut. Sein Gesicht schien aus dem Holobildschirm hervorzutreten: »Denkst du, das Verbrechen wird von allein verschwinden, wenn du ihm den Rücken zuwendest? Nicht in dieser Stadt. Was willst du jetzt tun? Weglaufen? Das Problem anderen Leuten überlassen? Den Schwanz einziehen und kneifen?«

Leif schaltete die Sendung mit einem heftigen Befehl aus. So etwas wollte er jetzt wirklich nicht hören. Er streckte sich auf der Couch aus und starrte an die Decke.

Das ist lächerlich. Vor dem ausgeschalteten Fernseher herumzusitzen. Vielleicht sollte ich mit dem Briefmarkensammeln anfangen …

Er setzte sich schlagartig auf. Ihm war etwas eingefallen. Er konnte die Ordner in seinem Virtmail-System entrümpeln. Dort sammelten sich nicht nur Mails, sondern auch die Informationen, die seine Net-Robots für ihn sammelten.

Leif hatte ein weites Interessenfeld, angefangen von Neuigkeiten über seine Jetset-Freunde bis hin zu Bikinimodels. Seine Suchmaschinen streiften durch das Netz, fanden da eine Referenz, dort einen Holoclip oder ein Foto, und luden sämtliche Suchergebnisse in Ordner mit verschiedenen Kategorien ab. Nun machte er sich daran, die Daten durchzugehen. Er löschte offensichtlich uninteressante Beiträge und speicherte andere; manche legte er beiseite, um sie später zu untersuchen.

Beim Ordner ›Fechten‹ zögerte er kurz, dann schüttelte er den Kopf.

Du bist nicht mehr in Latvinia. Es wird schon nicht gleich ein Unglück passieren, nur weil du Interesse an Degen zeigst.

Er öffnete den Ordner und machte es sich auf dem Sofa bequem. Mitteilungen wie Klatschgeschichten über ehemalige Fechtgegner oder ein Angebot für Säbelklingen aus russischem Stahl – nicht dem besten – löschte er.

Dann war da noch eine Referenz auf eine neue Multimedia-Sendung. Leif ließ seine Suchmaschinen immer nach Hinweisen auf Informationen über das historische Fechten Ausschau halten. Hollywood-Schwertkämpfe waren oft lächerlich. Sie dauerten viel zu lang und zeigten teilweise Techniken, die gegen einen tatsächlichen Gegner wirkungslos waren. Obwohl Leif natürlich alles ausprobiert hatte.

Schließlich stieß er auf ein Dokument mit dem Titel *Fechten: Von der Kampfkunst zum Sport*. Er sah sich die Bestellinformationen durch. Der Preis war für ein solches Sonderexemplar nicht übertrieben. Einen Augenblick später war Leifs Konto etwas leerer, und die Dokumentation wurde heruntergeladen.

Leif ließ seine Neuerwerbung sofort abspielen. Zunächst wurde eine Szene mit Fechtern einer modernen Fechthalle gezeigt. Leif verzog den Mund. Nicht besonders gut. Dann wurde auf eine Gravur an einer Fechtschule des 18. Jahrhunderts geschwenkt – das ›House of Angelo‹ in London. Der Erzähler erklärte, dass Fechten in dieser Zeitperiode tatsächliche Duellpraxis war. Bilder flatterten vorbei: Männer aus den verschiedensten Epochen, die sich gegenseitig aufspießten.

Die Herausgeber hatten sich alle Mühe gegeben, die Präsentation visuell ansprechend zu gestalten, doch Leif fielen allmählich die Augen zu. Die Geschichte schritt um etwa hundert Jahre voran, und der Säbel wurde durch den Aufstieg der Mittelklasse aus seiner Rolle als Gentlemanwaffe befreit. Gravuren und Porträtbilder wurden durch Fotografien ersetzt. Leif spulte vor und hielt nur bei Szenen an, in denen ein Säbel vorkam.

Er sah sich den Abschnitt über den Einfluss Giuseppe Radellis an, des Vaters der modernen Säbeltechnik. Dann spulte er weiter. Über die ruckelnden antiken Bilder einiger Fechter, die von einem Mann namens Lumière auf Flachfilm festgehalten worden waren, musste er kichern. Ein anderer bekannter Degenfilm weckte sein Interesse, *Das Zeichen des Zorro* mit einem äußerst athletischen Schauspieler namens Douglas Fairbanks.

Leif beugte sich nach vorn. Irgendetwas in dieser Anordnung wild flackernder Bilder …

Er gab dem Computer den Befehl, zu dem vorherigen Beitrag zurück- und dann langsam weiterzuspulen. Als er gerade aufgeben wollte, wurde ein über 100-jähriges Foto angezeigt. Darauf war ein untersetzter Kerl mit krausem Haar und einem seltsamen Bart abgebildet. Er nahm eine altmodische, beinahe weibische Position ein, plattfüßig, die freie Hand auf der Hüfte.

Leif kannte die Pose – und das Gesicht. Mit diesem Kerl war er in den Palastanlagen Latvinias aneinander geraten!

»Computer!«, blaffte er und ließ sich das Bild noch einmal anzeigen. »Sind bei dieser Präsentation Hypertextinformationen zu dem Subjekt auf dem Bild erhältlich?«

»Informationen verfügbar.« Leif dankte der schulmeisterlichen Seele, die die Dokumentation gestaltet hatte. »Subjekt ist Louis Rondelle, französischer Militäroffizier und Fechtmeister …«

Er erfuhr von Louis Rondelles Heldentaten bei der Abwehr deutscher Invasoren 1873, seinem Unterricht im Umgang mit dem Säbel und dem Training, das er seinen Schülern angedeihen ließ. Leifs Augen wurden immer größer.

Ich habe Glück gehabt, so glimpflich davongekommen zu sein. Der Kerl hätte mich einen Kopf kürzer machen können!

Er hielt die Präsentation an und bat den Computer, alle in der Dokumentation enthaltenen Porträts der Fechtmeister von 1880 bis 1900 zusammen mit den Hypertext-Biografien anzuzeigen.

Er fand tatsächlich noch andere bekannte Gesichter – die streng aussehenden Typen, mit denen Gray Piotr sich am latvinischen Hof umgab. Ein weiterer bärtiger Franzose: Georges Robert Ainé. Ein italienischer Meister funkelte ihn über seinen borstigen Schnauzbart hinweg angsteinflößend an: Luigi Barbasetti. Leif erkannte einen weiteren Franzosen, Augustin Grisin, an seinem geölten schütteren Haar, den stechenden Augen und dem schiefen Lächeln.

Zwei andere Fechtmeister lieferten sich mit freiem Oberkörper ein Duell. Der eine hatte schroffe Gesichtszüge, eine Hakennase und Muskeln wie ein Holzfäller. Das war Athos de San Malato. Sein Gegner, kleiner und mit runderem Gesicht, dazu lockigem Haar und einem Schnauzbart, nannte sich Eugenio Pini.

Leif fand sogar das Gesicht des Attentäters wieder, der ihn beinahe umgebracht hätte. Er war natürlich für seine meisterliche Beherrschung der jahrhundertealten Kampfkunst mit Degen und Dolch bekannt.

»Heiliger Strohsack! Kein Wunder, dass ich in Latvinia keinen Blumentopf gewinnen kann. Alan Slaney hat sich mit der kriminellen Elite der Fechtkunst umgeben!«

13. Kapitel

Auf dem Bahnsteig verlangsamte P. J. Farris seinen wilden Spurt. Noch immer winkte er dem abfahrenden Wien-Express kichernd hinterher. Die Lokomotive auf seiner linken Seite stieß eine Dampfwolke aus und setzte sich ebenfalls keuchend in Bewegung.

Von hinten ertönte ein kurzer, überraschter Schrei.

Das war Megan!

P. J. wirbelte herum. Megans Kutscher und der Leibwächter lagen auf dem Bahnsteig, während ein Quartett gut gekleideter Männer eine sich windende, in einen Mantel eingehüllte Gestalt zu dem anfahrenden Privatzug schleppten.

»Die Prinzessin!«, schrie P. J. »Die Prinzessin wird entführt!«

Die Menschen auf dem Bahnsteig hatten das Handgemenge entweder nicht mitbekommen oder es vorsichtshalber ignoriert. Jetzt wandten sie sich um. Einer der Entführer – derjenige, der seinen Mantel um Megan gewickelt hatte – warf den Knüppel zur Seite, mit dem er ihre Beschützer ausgeschaltet hatte. Seine Hand schnellte in seinen Gehrock und kam mit einer glänzenden automatischen Pistole wieder zum Vorschein.

Zwei Schüsse in die Luft, und die Kidnapper hatten sich wie durch Zauberhand Platz geschaffen.

P. J. erhaschte etwas Rot-Purpurnes aus dem Augenwinkel. Er kämpfte gegen die panisch weglaufende Menschenmenge an. »Wache! Kidnapper! Die Prinzessin wird entführt!«

Der junge Texaner hatte sich endlich von der Menge freigekämpft. Die Entführer drückten Megan gerade respektlos in den Salonwagen. Dann kletterten sie selbst hinein. P. J. sprang den nun leeren Bahnsteig entlang und öffnete seinen langen Mantel. Darunter hatte er sich eine hellrote Schärpe um die Taille gewickelt, aus der der Knauf eines seiner Armeecolts herausragte.

Doch worauf sollte er zielen? Die Entführer befanden sich bereits im Zug. Mit gezückter Waffe rannte P. J. dem abfahrenden Wagen hinterher.

Der Lokführer lehnte sich aus dem Führerfenster und nahm ihn ins Visier. P. J. drückte ab. Die Waffe des Eisenbahners knallte auf den Bahnsteig, als er beide Hände vors Gesicht schlug und nach hinten taumelte. P. J. dachte, er hätte den Mann außer Gefecht gesetzt, doch plötzlich schoss der Zug mit einer Geschwindigkeit nach vorn, die um den Dampfkessel der alten Lok fürchten ließ.

»Mr. Texas!« P. J. wandte sich um. Sergej Tschernewskij kam auf ihn zugerannt. Der halblange Umhang des jungen Husaren flatterte im Wind. In einer Hand hielt er einen Säbel, in der anderen eine Reiterpistole. Weitere Soldaten hatten sich um die reglosen Leibwächter versammelt.

»Der Premierminister hatte uns für den Notfall vor dem Bahnhof antreten lassen. Doch das hier ist schlimmer als erwartet.«

»Sie entkommen!«, unterbrach ihn P. J. »Wir brauchen Pferde!«

Sie rannten auf die Straße zu den Kavallerierössern. Sergej schien nicht besonders viel Hoffnung zu haben. »Das ist die Nebenlinie zu den Minen am Mount Doom.« Er deutete auf einen zerklüfteten Gipfel in der Ferne. »Die Gleise verlaufen kurvenförmig …«

»Serpentinen.«

»Die Züge müssen dafür das Tempo verlangsamen. Aber der Lokführer … als du auf ihn geschossen hast, ist er auf den Schieberegler der Lokomotive gefallen … sie wird nicht langsamer werden!«

P. J. lockerte bereits die Zügel der beiden Pferde, die die schnellsten zu sein schienen. »Dann rauf mit dir!«, rief er und sprang selbst in den Sattel. »Wir müssen eine ausgerissene Bahn schnappen!«

Megan O'Malley bekam nicht viel von ihrer Entführung mit. Im einen Moment winkte sie noch zum Abschied, im nächsten war sie von Dunkelheit umgeben. Jemand hatte einen Mantel über sie geworfen, und sie wurde wie eine Mumie verpackt. Dem leisen Stöhnen links und rechts nach zu urteilen waren ihre beiden Beschützer ausgeschaltet worden.

Was nun geschah, konnte sie nur erspüren. Drei oder vier starke Händepaare schoben sie vorwärts. Sie versuchte, sich aus dem Stoffbündel zu befreien.

Megan hörte P. J.s Schrei, gefolgt von einigen Schüssen. Dann hievte man sie ohne viel Aufhebens in die Luft und ließ sie auf einen Metallboden plumpsen.

Der andere Zug. Sie fliehen im anderen Zug!

Das Getrampel um sie herum sagte ihr, dass auch ihre Entführer einstiegen. Dann zerrte und rollte man sie durch eine Tür und legte sie schließlich auf einen mit Teppich ausgelegten Boden.

Wir müssen uns im Salonwagen befinden.

Sie wurde wieder hochgehoben und auf einer Art Bank oder Sofa abgesetzt.

Sofort machte sie sich daran, sich aus dem schweren Mantel zu befreien. Endlich bekam sie den Kopf aus dem stickigen Stoff frei und verlor dabei Hut und Schleier. Das Innere des Waggons erinnerte an die luxuriöseren Wohnräume im Palast. Die Wände waren mit bedruckter roter Seide bedeckt, an den Fenstern hingen violette Samtvorhänge. Kostbare orientalische Teppiche waren auf dem Boden ausgelegt. Hier und dort standen große Lehnstühle, und sie saß auf einer Sofabank. Die Mitte des Raumes wurde von einem großen Mahagonitisch eingenommen, zwei Petroleumlampen erhellten die Kulisse. Die geschliffenen Kristallornamente, die von den Lampen herabbaumelten, klimperten aneinander, als der Zug an Geschwindigkeit gewann, und ließen kleine Regenbogen durch das Abteil schimmern.

Drei ihrer Entführer standen am Tisch, der offensichtliche Anführer brüllte in ein Sprechrohr. »Wir sind an Bord, Zoltan. Was? Jemand verfolgt uns? Dann erschieß ihn, du Idiot!«

Der vierte Kidnapper beobachtete sie. Er sah mit dem schwarzen Anzug und dem großen Hut aus wie der Schurke eines alten Bühnenstücks. Er zwirbelte sogar seinen langen, schwarzen, gewachsten Schnurrbart.

»Na, meine Süße …«, hob er an.

Während er noch an seinem Bart herumspielte, hatte Megan sich weiter frei gekämpft. Nun hatte sie einen Arm herausbekommen. Sie ballte die Hand zur Faust … und rammte sie mit voller Wucht in die Gegend, in der Männer nicht gerne getroffen werden.

»Aaah!« Mit einem furchtbaren Schrei klappte der Kidnapper zusammen. Seinen Bart hatte er vollkommen vergessen, denn er fasste sich nun an einen persönlicheren Teil seines Körpers.

Megan hatte sich fast von dem Umhang befreit. Ihre Hand schnellte nach vorn und schnappte nach dem Knauf des Säbels an der Seite des Kidnappers, der zu Boden sank. Sie erhob sich und zog in der Bewegung den kostbaren Säbel mit seiner scharfen Klinge aus der Scheide. Ein Wilkinson-Kavalleriesäbel. An der Wand des virtuellen Trainingsraums in Alans Fechthalle hingen zwei Exemplare dieser Art.

Das Trio am Tisch wandte sich zu ihr um, als sie den Umhang wegschleuderte und über den kampfunfähigen Entführer hinwegstieg, der sich stöhnend auf dem Boden wand.

Der ihr am nächsten Stehende, ein großer, blonder und glatt rasierter Kerl, trat auf sie zu. Die Hand hatte er auf den Knauf seines Säbels gelegt. »Seid nicht dumm, Prinzessin. Es steht drei gegen eine …«

Doch er war derjenige, der dumm war – er hatte sich in ihren Angriffsbereich begeben und seine Waffe nicht aus der Scheide gezogen. Megan sprang nach vorn und rammte die Klinge in seinen Oberschenkel.

Der Blonde brach mit einem überraschend schrillen Schrei zusammen und versuchte verzweifelt, die Blutung zu stoppen.

Die beiden anderen mussten um den großen Mahagonitisch herumlaufen, um zu ihr zu gelangen. Mit gezückten Waffen stürmten sie rechts und links um den Tisch herum auf sie zu.

Von links näherte sich ihr ein gedrungener, drahtiger Kerl mit dunklen, ausgeprägten Gesichtszügen. Sie hatte ihn einige Male in der Fechthalle gesehen, zusammen mit Alan und ein paar fortgeschrittenen Fechtschülern. Der bullige Rothaarige rechts von ihr trug einen riesigen Schnurrbart. Er hielt den Säbel links und schien ziemlich versiert damit zu sein.

»Vergiss das mit der Ritterlichkeit«, grunzte der Rotschopf und kam näher. Der Zug nahm weiter an Geschwindigkeit zu. Er hob den Säbel und zog ihn schwungvoll durch.

Dieser wahrhaft mörderische Hieb hätte Megans Kopf wie eine Melone spalten können … wenn er gesessen hätte. Doch der schwungvolle Angriff war im Samtvorhang gelandet. Während er noch versuchte, seine Waffe frei zu bekommen, machte Megan einen Ausfallschritt nach hinten und gewann so genug Raum, um ihre Klinge in die Schulter des Roten Rächers zu stoßen.

Ihr Säbel glitt durch das Fleisch und traf auf Knochen. Die Spitze hatte sich in das Gelenk gebohrt. Megan drehte den Säbel und kugelte die Schulter aus wie einen Truthahnschenkel an Thanksgiving.

Mit einem mulmigen Gefühl stand sie nun dem letzten Angreifer gegenüber. Sie war unachtsam geworden. Den Mann, dem sie einen Tritt ins Allerheiligste verpasst hatte, bemerkte sie erst, als er direkt hinter ihr stand und ihr die Beine unter dem Körper wegzog.

Mit einem würdelosen Plumps landete sie auf ihrem Hinterteil. Sie trat dem Angreifer mitten ins Gesicht.

Doch der letzte Gegner beugte sich bereits mit hoch erhobenem Säbel über sie …

P. J. Farris saß geduckt auf seinem Streitross und trieb das Tier zu größerer Eile an. Sergej galoppierte dicht hinter ihm die Gleise entlang. Rasch hatten sie den Manufakturbezirk durchquert und die Stadt hinter sich gelassen. In weiter Entfernung nahm der Zug quietschend eine Kurve.

Wenn sie die Geschwindigkeit beibehalten, entgleisen sie beim nächsten Hindernis, stellte P. J. entsetzt fest. *Es sei denn, der Dampfkessel fliegt zuerst in die Luft.*

In der Ferne befand sich eine Gruppe Reiter neben den Gleisen. Einige hielten zusätzliche Rösser am Zügel.

Auch Sergej hatte sie entdeckt. »Das war also der Fluchtplan. Der Zug sollte sie aus der Stadt bringen. Dann wollten sie über Land fliehen.«

Doch das Rendezvous war nicht geglückt. Die Gruppe winkte und rief, doch die Lokomotive donnerte vorbei. Einige der Verschwörer nahmen die Verfolgung auf. Als der Rest der Gruppe Sergejs Uniform erblickte, sprangen sie in ihre Sättel und machten sich aus dem Staub.

»Wir holen sie niemals auf direktem Weg ein«, rief P. J., als er sah, wie der Zug die anderen Verfolger hinter sich ließ. »Können wir irgendwie abkürzen?«

Sergej deutete nach oben. »Da ist ein Pfad auf den kleinen Hügel, doch er ist sehr steil … eher für Bergziegen geeignet als für Pferde.«

»Wir müssen es versuchen.« *Das ist unsere einzige Chance.*

Der Weg war noch schlimmer als beschrieben. Wie eine Narbe zog er sich den steilen, steinigen Abhang hinauf. Stellenweise mussten die Pferde fast von Stein zu Stein springen. Darüber waren die Tiere nicht besonders glücklich, vor allem, da die Reiter sie auch noch zu größerer Geschwindigkeit antrieben. P. J. war ebenfalls nicht begeistert. Ein falscher Schritt, und das Pferd würde abstürzen und sich ein Bein brechen. Dann müsste er das arme Tier erschießen. So etwas hasste er, selbst in einer Sim.

Und wenn das Pferd auf mich stürzt, muss ich wahrscheinlich auch erschossen werden. Es sei denn, ich breche mir das Genick und erspare den anderen den Ärger …

Das Pferd stolperte knapp hinter dem Zug auf die Gleise. P. J. riss die Zügel herum und hetzte hinterher. Auch für ein virtuelles Pferd war das der obere Rand der Belastungsgrenze. Seine Flanken bebten.

Doch P. J. hatte keine Wahl, wenn er den Zug einholen wollte.

Du schaffst es, sagte er sich, während er dem Salonwagen hinterhergaloppierte. *Die alten Zugräuber haben das schließlich auch geschafft. So wie die Stuntmen in den Eisenbahnräuberfilmen.*

Er hatte sein Pferd auf eine Höhe mit dem offenen Podest am Heck gebracht und versuchte nun, nach der Eisenleiter zu greifen, die zum Dach des Waggons führte. Der erste Versuch schlug fehl. Er trieb seinen Gaul zu einer letzten Anstrengung, erreichte die Geschwindigkeit des Zugs, beugte sich vor und packte zu. Dann befreite er sich von den Steigbügeln und schwang sich vom Rücken des Pferdes. Verzweifelt klammerte er sich an den Sprossen fest …

Megan schob sich in Panik auf dem Boden nach hinten, um den Hammerschlägen auszuweichen, mit denen ihr Gegner auf sie einhieb.

Tack-tack-tack-TACK! Irgendwie schaffte sie es, mit ihrem Säbel jede seiner Attacken abzufangen. Er holte für einen weiteren Schlag aus und verlor das Gleichgewicht. Die Bahn schlingerte quietschend durch eine Kurve. Megan nutzte den Moment der Ablenkung und warf sich unter den Mahagonitisch, kroch auf der anderen Seite heraus und rappelte sich auf.

Inzwischen zog sich auch der rothaarige Kerl, den sie an der Schulter verletzt hatte, auf die Beine und riss dabei den Vorhang vom Fenster. Er starrte nach draußen und schrie auf. »Unsere Verstärkung … die Pferde für die Flucht … wir sind an ihnen vorbeigefahren!«

Schwankend griff er nach dem Sprechrohr. »Zoltan!«, rief er in den Blechtrichter. »ZOLTAN!«

Dann ließ er ihn fallen. Sein sonst so rotes Gesicht, das bereits bleich war, wurde noch bleicher. »Keine Antwort. Der Zug ist außer Kontrolle!«

Der Blonde mit der Beinverletzung hüpfte zum Hinterausgang. »Zum Teufel! Ich verschwinde!«

Er sprang hinaus. Sein Schrei bei der Landung schnitt sich durch das Schnauben der Lokomotive wie die fürchterliche Parodie einer Eisenbahnpfeife. Der Rothaarige, der aus dem Fenster sah, zuckte zusammen.

Megan atmete tief ein. Der einzige andere Weg aus diesem Schlamassel führte vorne aus dem Waggon über die Lokomotive. Und sie und ihr Säbel waren dabei im Weg.

Der letzte bewaffnete Kidnapper raste mit wütend blitzenden Augen auf sie zu. Seine Klinge traf auf ihre, als er sich mit blanker körperlicher Gewalt einen Weg an ihr vorbei bahnen wollte. Jedes Mal brachte sie ihren Säbel wieder in Position … doch sie wurde gezwungen, am Tisch entlang zurückzuweichen. Wenn er noch mehr Raum gewann …

Schließlich drückte er ihre Waffe auf der Tischplatte nieder. Mit funkelnden Augen griff er nach ihrem Handgelenk.

Doch da kam P. J. Farris mit gezogenem Revolver durch das Abteil geeilt.

Der dunkelhaarigen Schwertkämpfer schrie auf, holte aus – kam P. J. zu spät?

14. Kapitel

Verzweifelt wand sich Megan, um von dem stählernen Griff loszukommen, der ihr Handgelenk unerbittlich umschlossen hielt. Sie würde dem letzten verhängnisvollen Hieb nicht ausweichen können.

Da durchschnitt das Dröhnen aus P. J.s Armeecolt den engen Salonwagen.

Der dunkelhaarige Kidnapper war vermutlich tot, bevor er auf dem Boden auftraf.

Doch noch im Fallen stellte er eine Bedrohung dar. Sein Säbel wirbelte durch die Luft, als er durch die Wucht der Kugel herumgeschleudert wurde. Dabei ging eine der Kristalllampen zu Bruch. Öl spritzte auf den Teppich und die Vorhänge. Die Einrichtung des Zugabteils war zwar prachtvoll, doch nicht feuerfest. Im nächsten Moment züngelten Flammen an der kostbaren Ausstattung empor.

»Hierher!«, rief Megan P. J. verzweifelt zu.

Er schaffte es gerade noch auf ihre Seite des Waggons, bevor das sich ausbreitende Feuer ihm den Weg abschnitt. Die beiden übrigen Kidnapper mussten schreiend auf der anderen Seite verbleiben. Ihre Verletzungen hinderten sie an der Flucht.

Megan und P. J. stürmten zur vorderen Plattform und erreichten einen großen Kohlenbehälter – den Tender. Durch das Stampfen der Lokomotive wurde ein gewaltiges Zischen laut. »Der Dampfkessel fliegt gleich in die Luft!«, keuchte P. J.

Großartig, dachte Megan. *Entweder werden wir in die Luft gejagt oder geröstet. Das Leben macht echt Spaß!* Sie deutete zwischen die Waggons. »Die Kupplung!«

P. J. bückte sich und versuchte, den Wagen von der Lok zu trennen. »Ich brauch einen Hebel.«

Megan blickte auf den Wilkinson-Säbel in ihrer Hand … 85 Zentimeter feinsten Stahls. Wortlos reichte sie ihn P. J. Er rammte ihn in die eingerostete Kupplung und zerrte mit aller Kraft daran.

Es war ein unwürdiges Ende für den Säbel, doch auch die Kupplung gab nach. Die Lokomotive schoss nach vorn. Auch der Salonwagen rollte noch ein Stück weiter, bis die Schwerkraft ihn in die entgegengesetzte Richtung zog.

»Wir müssen springen, bevor es zu schnell in die andere Richtung geht!«, rief P. J. mit einer für einen Cowboy gentlemanhaften Verbeugung. »Nach Euch, Ma'am.«

Megan raffte die Röcke und sprang. Sie schlug hart auf dem Boden auf und rollte das Kiesbett der Gleise hinunter.

Morgen werd ich vom Hintern aufwärts ein paar wundervolle Prellungen haben, dachte sie. *Was kommt als Nächstes? Splitter von den hölzernen Gleisbalken?*

Über ihr ertönte ein markerschütternder Knall. Der Dampfkessel der Lokomotive war explodiert! Plötzlich war sie froh, dass sie sich wieder im Schoß von Mutter Erde befand.

P. J.s Stimme klang leicht blechern, als er sich aufrappelte. »Kommt, Majestät, wir haben einen langen Weg vor uns. Sergej ist mir gefolgt, also wird er uns helfen können …«

Er blickte die Gleise hinunter, dem rollenden Salonwagen nach. Inzwischen hatte sogar das Dach Feuer gefangen.

»Vorausgesetzt, das rasende Inferno da überrollt ihn nicht.«

P. J. reichte ihr die Hand. Langsam kam Megan zittrig auf die Beine. Sie setzten sich entlang der Gleise in Richtung Herzen in Bewegung.

Nach ein paar Minuten wurde Megan schmerzhaft bewusst, dass sie keine Wanderschuhe trug. Sie sah zu P. J. hinüber, der ebenfalls leicht humpelte.

»Nicht ganz so schlimm wie Cowboystiefel«, sagte er und deutete auf seine vornehmen Stadtschuhe. »Aber auch nicht gerade für eine solche Tour geeignet.«

Plötzlich hörten sie Hufschläge. P. J. sah auf. »Der gute alte Sergej.«

Sergej Tschernewskijs Auftauchen löste Megans Reiseprobleme. Der galante junge Husar bestand darauf, dass sie auf seinem Pferd Platz nahm. Es war zwar nicht sehr bequem angesichts der blauen Flecken, die sie sich an bestimmten Stellen geholt hatte. Ihr ausladendes Kleid zwang sie außerdem dazu, im Damensattel zu reiten. Damen saßen in dieser Epoche nicht breitbeinig auf Pferden, vor allem, wenn sie Prinzessinnen waren. Doch zumindest war das Pferd nicht ungestüm. Die lange Jagd bergauf hatte es erschöpft.

Auch die beiden Jungen kamen nicht besonders schnell vorwärts. Als sie endlich auf eine Abordnung der Kavallerie trafen, die durch die Explosion der Lokomotive alarmiert worden war, wirkten beide ziemlich wund gelaufen.

Der verantwortliche Leutnant des Suchtrupps schickte sofort einen Boten zu Graf von Esbach. Der Premierminister war mit einer Kutsche zur Stelle, sobald sie die Ebene erreicht hatten. Megan türmte Kissen um sich herum auf, lehnte sich zurück und schloss die Augen. Ihre Kleider rochen nach Rauch, und sie war sicher, dass sie schrecklich aussah.

Ein sehr langes, sehr heißes Bad, dachte sie.

Dann wurde ihr bewusst, dass sie sich in der Veeyar befand. Sie musste einfach nur die Verbindung beenden.

Von Esbachs ruhige Stimme unterbrach ihre Gedanken. »Haben Eure Majestät einen der Männer erkannt, die Euch entführt haben?«

Sie öffnete die Augen. »Nein, aber ich könnte sie beschreiben.«

Als sie eine detaillierte Beschreibung des Entführerquartetts abgab, schüttelte der Premierminister den Kopf. »Die Beschreibung entspricht keinem der Mitglieder von Gray Piotrs innerem Kreis. Natürlich könnte er einige skrupellose Männer für diese Aufgabe angeheuert haben …«

»Sie waren wie Gentlemen gekleidet, auch wenn sie sich wie Schurken eines alten Melodrams verhielten. Zumindest zwei von ihnen konnten mit dem Säbel umgehen.«

»Der Rothaarige … das klingt nach dem Kerl, der in der erwähnten Angelegenheit auf mich zugekommen ist«, sagte Sergej.

Die eifersüchtigen VHSO-Mitglieder, erinnerte sich Megan. *Na toll. Ich bin von zwei Feindesgruppen umzingelt, und die Hälfte meiner Vertrauten hat mich im Stich gelassen.*

Der Adrenalinstoß, der sie das ganze Abenteuer lang durchflutet hatte, flaute endlich ab. Sie verbarg ein plötzliches Gähnen. Dann versuchte sie sich zu strecken und stöhnte auf. Ihre Muskeln waren verspannt.

Dieses Prinzessinnengeschäft ist auch nicht das, was man sich drunter vorstellt, dachte sie.

Plötzlich sehnte sie sich nach der Realität und der einfachen, prosaischen Fechtstunde am morgigen Tag.

Leif Anderson saß auf der Wohnzimmercouch im Washingtoner Apartment seiner Eltern und runzelte die Stirn über die Bilder auf dem Holodisplay. Mithilfe seines Computers hatte er die Multimedia-Präsentation über das Fechten aufgearbeitet, alle Referenzen auf die verschiedenen, ihm bekannten Meister herausgesucht und in eine Datei gespeichert. Es war wirklich erstaunlich.

Einer plötzlichen Eingebung folgend, überprüfte er das Copyright-Datum der Präsentation. Sie war erst kürzlich veröffentlicht worden. Alan Slaney konnte seinen inneren Kreis unmöglich aus dieser Dokumentation rekrutiert haben. Das hieß also, dass er die gesamte Geschichte des Fechtens durchwühlt haben musste, um die notwendigen Einzelheiten für die Gestaltung der Fechtmeister zusammen zu bekommen. Wie lange hatte das wohl gedauert?

Leif rief sich seine Auseinandersetzung mit Louis Rondelle noch einmal ins Gedächtnis. Der untersetzte, kräftige Franzose war ihm wie eine reale Person erschienen, nicht wie ein Nebencharakter, dem ein Programm zugrunde lag. Wenn er von der Gestaltung Rondelles ausging, erschien ihm Latvinia allmählich immer weniger als eine Arbeit aus Liebe. Es war das Produkt purer Besessenheit.

Tja, dachte Leif. *Unser lieber Mr. Alan Slaney hat also einige verborgene Abgründe.*

Er ging in die Küche. Zumindest hatte diese Zerstreuung seinen Magen wieder beruhigt, und er konnte etwas essen. Am Küchentresen stehend, machte er sich ein Sandwich. Sein Gesicht verdunkelte sich.

Wenn man es mal so betrachtet: Was wissen wir eigentlich über Alan Slaney?

Jeder, einschließlich Leif, hatte ihm das Etikett ›netter Kerl‹ verpasst und sich keine weiteren Gedanken gemacht.

Nach dem, was ich über Slaney gehört habe, ist er zuverlässig, loyal, hilfsbereit, freundlich, höflich, nett, gehorsam, lustig, sparsam, mutig, sauber und ehrerbietig – er verkörpert sämtliche Pfadfindertugenden. Na, das ist nicht überraschend. Die

Pfadfinder entstanden im frühen 20. Jahrhundert nach dem Burenkrieg.

Tatsächlich besaß Alan viele Qualitäten der Helden aus den Geschichten, auf denen Latvinia basierte. Er war ehrbar, liebenswürdig, arbeitsam, sportlich … und er betrieb den Gentlemansport Fechten.

Andererseits würde kein Gentleman fiktiver Romane davon träumen, seinen Lebensunterhalt als glorreicher Hausmeister zu verdienen. ›Bescheiden‹ ist wohl ein weiterer Aspekt in seinem Charakterprofil.

All das ließ eine zynische Stimme in Leifs Hinterkopf laut werden: »Zu gut, um wahr zu sein.«

Leif aß sein Sandwich auf, wusch ab und verschwand in seinem Zimmer. Was er nun vorhatte, würde er mit Werkzeugen erledigen, von denen er im Familiensystem keine Spuren hinterlassen wollte.

Er warf sich in den Computer-Link-Sessel, lehnte sich zurück, schloss die Augen und klinkte sich ein. Diesmal begab er sich an seinen virtuellen Arbeitsplatz, die isländische Blockhütte seiner Träume. Er öffnete die Augen auf dem Wohnzimmersofa und eilte zu den deckenhohen Regalen an der Wand. Buchstäblich tausende kleiner 3-D-Symbole, die alle je ein Programm darstellten, waren vor ihm aufgereiht.

Mit gespitzten Lippen wählte Leif seine Waffen: ein leuchtendes Fragezeichen, ein Symbol, das wie eine feuerrote Schaufel aussah, und ein knochenweißes Skelett, das einen stilisierten Schlüssel in der Hand hielt. Er wurde das Gefühl nicht los, dass er mehr als die gängigen Suchmaschinen benötigen würde, um die Wahrheit über Alan Slaney zu erfahren.

Er gab einige Anweisungen. Die Teilchen in seiner Hand leuchteten daraufhin auf und verschwanden nacheinander.

Okay, jetzt durchsuchen sie das Netz in Lichtgeschwindigkeit. Das heißt aber nicht unbedingt, dass sie bald mit Ergebnissen ankommen. Was mache ich solange?

Er hatte ja immer noch seine Virtmail-Ordner durchzugehen.

Unkonzentriert machte er sich ans Sortieren. Einige Objekte, die er später sicherlich noch hätte gebrauchen können, landeten unbeachtet im Papierkorb. Wenigstens konnte er sich so die Zeit vertreiben, solange seine spezialisierten Netzagenten Alan Slaneys vergangenes und gegenwärtiges Leben überprüften.

Das Fragezeichen-Programm war das am allgemeinsten gehaltene der drei und ermittelte die generellen Rahmendaten wie Geburtsdatum, Erziehung oder Schullaufbahn. Seine herausragendste Qualität war, dass es sehr gründlich und weniger selektiv vorging als die meisten anderen Suchmaschinen und somit ein breites Datenfeld sammelte.

Die rote Schaufel war etwas weiter spezialisiert und sehr wählerisch. Sie suchte vor allem nach Flecken auf der weißen Weste einer Person … Konflikte mit dem Gesetz, Verhaftungen, Polizeiberichte, Gerichtsverhandlungen und so etwas. Solange die Berichte nicht unter gerichtlichem Verschluss lagen, zog das Programm Informationen aus allen öffentlichen Datenbanken.

Das Skelett-Programm ging noch einen Schritt weiter. Es suchte nach schmutzigen Details in privaten Dateien, die der Öffentlichkeit oder einem normalen Einsteigerhacker nicht zugänglich waren.

Als die Nachricht einging, dass das Profil der niedrigsten Ordnung erstellt worden war, hörte Leif erfreut auf, seine Ordner zu bearbeiten und begann zu lesen.

Auf den ersten Blick fand er nichts Auffälliges. Alan Slaney war wirklich so alt, wie er behauptet hatte. Er wuchs in New York City als Sohn einer netten Mittelklassefamilie auf. Seine Noten waren nicht nur gut, sie waren spektakulär. Der junge Alan war eine Art Wunderkind. Seine Eltern hatten begonnen, mit ihm auf der Suche nach einer für ihren talentierten Sohn geeigneten Schule das Land zu durchkreuzen. Er schloss schließlich in einem Alter das College ab, in dem die meisten Kids noch darüber nachdachten, auf welche Highschool sie gehen sollten.

Doch auf dem College erlebte Alan seinen ersten Rückschlag. Er schrieb sich im Fechtklub ein, wurde aber von seinen größeren, älteren und erfahreneren Gegnern geschlagen. Hatte er sich deshalb dem wissenschaftlicheren Ansatz des historischen Fechtens verschrieben?

In Rekordzeit hatte er dann seinen Doktortitel erworben, da ihm der Bachelor in Politikwissenschaften nicht genügt hatte.

Und dann … nichts. Keine Jobs, keine Ausbildung …

Leif blinzelte. Moment. Das war eigentlich nicht wirklich überraschend. Alan war zu dem Zeitpunkt erst etwa 17 gewesen. Er ging nicht mehr zur Schule, doch welchen Job bekam ein 17-Jähriger schon? Die meisten Kids in diesem Alter verkauften Eis oder Hamburger.

Das nächste Ergebnis betraf gerichtliche Eintragungen über die Testamentseröffnung seiner Eltern. Leif forschte nach. Es schien in Ordnung. Ein Autounfall. Alan erbte ein Haus und etwas Geld. Einige Jahre später verkaufte er das Haus, zog nach Washington und machte sich selbstständig.

Nicht besonders überraschend, dass ein arbeitssuchender Streber der Politikwissenschaften in die Hauptstadt zog. Wenn man Politik machen wollte, war das die größtmögliche Bühne.

Doch das erklärte nicht, wie ein offensichtliches Genie mit Interesse für Politikwissenschaften als besserer Hausmeister enden konnte.

Alan hatte niemanden auf dem Gewissen, zumindest den Polizeiberichten nach. Er war noch nicht einmal dabei erwischt worden, wie er auf den Gehsteig spuckte. Warum also arbeitete er nicht auf seinem Fachgebiet? Politiker benötigten immer Berater, je schlauer, desto besser. Jemand musste Reden schreiben, Gesetzesentwürfe und Erlasse aufsetzen. Nicht zu vergessen die ganze schmutzige Arbeit, die zu erledigen war, bis jemand gewählt wurde, sich etablierte und in ein hohes Amt gelangte.

Über seinen Vater hatte Leif einige Politiker kennen gelernt, die eher gerissen als tüchtig waren und nur von ihrem Beraterstab über Wasser gehalten wurden.

Weshalb sollte ein anscheinend netter Typ wie Alan Slaney da nicht hineinpassen? Leif gab seinen Suchmaschinen den Befehl, die Suche zu intensivieren. Ah. Hier wurde etwas über Praktika erwähnt, doch anscheinend verliefen sie im Nichts.

War Alan eine Art einsames Genie, das sich nicht in ein Team einfügen konnte? Die Kerle, für die er jeweils kurz gearbeitet hatte, lagen an entgegengesetzten Enden des politischen Spektrums.

Was war Alans persönliche politische Einstellung?

Vielleicht würde Leif das am Schnellsten herausfinden, wenn er sich Alans Doktorarbeit ansah. Nach einer kurzen Anfrage an das Suchprogramm wurde eine Kopie des archivierten Dokuments heruntergeladen. Leif sah sich den Titel an: *Das Fin de Siècle – Verlust der letzten Chance.*

Also war Alan bereits sehr früh von dieser Epoche fasziniert gewesen. Leif arbeitete sich durch die dicht beschriebenen Seiten wissenschaftlichen Kauderwelschs hindurch.

Je mehr er las, desto größer wurden seine Augen. Alain Slaney vertrat wirklich einen ... *interessanten* Standpunkt.

Seiner Ansicht nach stellte das Fin de Siècle ein goldenes Zeitalter für die westlichen Mächte dar. Menschliche Beziehungen wurden durch die Tradition sozialer Beschränkungen verbessert.

Komisch, dachte Leif. Die meisten Leute erachten diese Epoche als Zeitalter von Prüderie, Heuchlerei und Unterdrückung. Wenn diese Traditionen so wunderbar waren, warum hatten die Frauen dann vehement für ihr Wahlrecht gekämpft?

Zurück zu Alan. In der internationalen Politik lautete das Schlagwort Selbstbeherrschung. Es war die große Zeit des europäischen Mächtekonzertes, als die Nationen die Unterschiede an einem Konferenztisch ausbügeln konnten, statt sich auf dem Schlachtfeld die Köpfe einzuschlagen. Sah man von den unangenehmen, doch unbedeutenden Kriegen zwischen Russland und Japan sowie Amerika und Spanien ab, nicht zu vergessen die Intervention der meisten westlichen Mächte beim Boxeraufstand in China. Das waren nur die wichtigsten Begebenheiten, an die sich Leif aus dem Geschichtsunterricht erinnern konnte. Ein kurzer Blick in die Zeittafel verwies ihn auf zwei weitere Kriege zwischen 1912 und 1913 auf dem Balkan, in die sechs Länder auf verschiedenen Seiten und in verschiedenen Kombinationen verwickelt gewesen waren. Dies alles führte letztendlich zum Ersten Weltkrieg sowie zu einigen kleineren Unruhen in der Welt.

Das Besorgniserregendste an Alans Version des Jahrhundertwende-Wunderlandes war, was er als ›klar definierten

Sozialpakt‹ bezeichnete. Leif übersetzte das so, dass bestimmte Leute ihren Platz kannten und dort blieben.

Er schüttelte den Kopf und dachte plötzlich daran, wie wenig willkommen sich David in Latvinia gefühlt hatte.

Ich hatte ja erwartet, dass Alan eine Leiche im Keller hat. Aber dass ich ein brennendes Kreuz finde …!

15. Kapitel

Leif blieb noch lange in seinem virtuellen Wohnzimmer sitzen und dachte nach. Was sollte er nun tun? So geschmacklos das Ganze auch war, es war nicht illegal. Was würde Megan wohl davon halten, wenn sie wüsste, dass ihr toller Freund Alan nicht gerade wenig Dreck am Stecken hatte?

Nein, beschloss er. *Wenn ich mich damit an sie wende, wirkt das nur, als würde ich ihm aus Eifersucht eins auswischen wollen. Sie ist ohnehin schon der Meinung, dass ich aus Feigheit aus Latvinia geflohen bin.*

Doch er konnte diese neuen Informationen auch nicht für sich behalten.

Am Ende beschloss er, mit jemandem darüber zu sprechen, dessen Meinung er respektierte … mit jemandem, der sich ebenfalls für seine Entdeckung interessieren würde.

David Gray machte ein überraschtes Gesicht, als er Leifs Anruf entgegennahm. Sein Bild schwebte auf dem Display der virtuellen Computerkonsole in seinem virtuellen Wohnzimmer.

Offensichtlich erkannte er, wo Leif sich gerade befand. »Du bist also mal wieder in deiner einsamen Festung. Was gibt's?«

»Es hat mit unserem kleinen Spaziergang durch Herzen zu tun. Du hattest Recht. Ich hab so einiges über Alan Slaney rausgefunden und muss mit jemandem darüber reden, der einen kühlen Kopf hat. Kannst du dich bei mir einklinken? Aber ich warne dich, es könnte länger dauern.«

David grinste. »Irgendwie werd ich dich schon dazwischenschieben können. Gib mir ein paar Minuten.«

Kurz darauf erschien er in Leifs Arbeitsraum. »Also, welche dunklen Geheimnisse hast du aufgedeckt?«

»Es hat damit angefangen, dass ich so ein Bild in einer Präsentation über die Geschichte des Fechtens entdeckt habe.« Von dem Foto Louis Rondelles ging er dazu über, wie er weitere Mitglieder aus Gray Piotrs innerem Kreis identifiziert hatte. »Ich war ziemlich überrascht …«

»… von unserem Prince Charming«, vervollständigte David. »Aber wie ich dich kenne, hast du einige Informationen über unseren ach so netten Freund gesammelt.«

»Ich hab kaum die Oberfläche angekratzt, bin aber schon auf einiges gestoßen, das mich nicht sehr begeistert.« Er erzählte David von Alans akademischer Blitzkarriere. »Du musst seine Doktorarbeit lesen, um das zu glauben.«

David wirkte überrascht. »Warum verwendet er sie nicht, um einen Job zu finden?«

»Der Inhalt der Arbeit wird dich mehr interessieren als Alans nicht vorhandene Anstellung. Das erklärt eine Menge über seine Sim. Lies sie.«

»Okay.« David wirkte ausdruckslos. »Wenn du meinst.«

Leif saß zappelnd herum, während David die Holotext-Version des heruntergeladenen Manuskripts durchging. Das Ganze dauerte länger, als er erwartet hatte. Leif hatte den Text nur überflogen, doch David arbeitete ganze Kapitel der wissenschaftlichen Arbeit durch.

Leif musste all seine Geduld zusammennehmen, um seinem Freund nicht über die Schulter zu blicken und die ihm relevant erscheinenden Absätze hervorzuheben.

Endlich wandte sich David von dem schimmernden Text-Display ab. »Äußerst … interessant.«

»Interessant? Ich finde, ›schrecklich‹ ist eher das richtige Wort. Dass gerade du so ruhig bleiben kannst, nachdem du gelesen hast, was dieser … dieser Hanswurst zu sagen hat!«

»Na ja, er ist nicht einfach ein Rassist. Eher ein Chancengleichheits-Reaktionär. Er ist auch kein Faschist. Die richtige Bezeichnung wäre wohl klassisch konservativ.«

»Wo liegt da der Unterschied?«

»Alan vertritt den Konservatismus des 19. Jahrhunderts. Er will, dass die Welt so bleibt wie in der guten alten Zeit. Die Weltpolitik war damals wie ein Klub reicher weißer Typen mit dem richtigen Elternhaus.« Davids Lächeln verzog sich. »Für diese Kerle wären die heutigen so genannten Konservativen eine Art aufwieglerischer Radikaler …«

»Aber genau das sind sie doch!«

David ließ sich nicht unterbrechen. »… die viel zu sehr *für* die Demokratie sind.«

Leifs Mund klappte hörbar zu.

David deutete auf den angezeigte Text. »Sobald man hinter die überzuckerte Sicht des Fin de Siècle blickt, sind Slaneys Argumente ziemlich logisch. Seiner Meinung nach hat die Jahrhundertwende die letzte Chance für die ›oberen Klassen‹, wie er sie nennt, geboten, die Strömungen aufzuhalten, die Europa in den Ersten Weltkrieg stießen.«

Leif zog eine Grimasse. »Klingt für mich wie ›den Deckel draufhalten‹. Die ganze Welt war doch in Aufruhr … Frankreich, England, der Balkan, Fernost, Russland und Afrika.«

David nickte. »Alans Helden hatten schon seit fünfzig

Jahren mit Gegenströmungen zu kämpfen. Kunst, Wissenschaft und viele Gelehrte waren auf der feindlichen Seite. Wenn so unterschiedliche Intellektuelle wie George Bernard Shaw und Sigmund Freud mit dem Status quo nicht einverstanden sind, hast du ein Problem.«

Er breitete die Arme in einer allumfassenden Geste aus. »Deshalb sage ich ja, Alan ist ein Chancengleichheits-Reaktionär. Er will nicht nur Menschen anderer Hautfarbe an ihrer Position halten, sondern einfach jeden: Arbeiter, Gewerkschafter, Künstler, die so genannte untere Mittelschicht, Frauen, wen auch immer.«

Auf Leifs Schulterzucken hin wurde sein Tonfall etwas schärfer. »Zum Beispiel wäre er wohl nicht besonders begeistert davon, dass jemand wie dein Vater ein Vermögen verdient. Auch das würde das traditionelle Boot kippen.«

»Der Kerl spinnt doch!«

»Er hat nur eine andere Sichtweise. Ich mag sie nicht unbedingt, aber ich kann sie verstehen. Slaney zufolge haben die Methoden, die im Lauf der Geschichte dazu gedient haben, zwischen den diversen Gegnern der traditionellen Systeme Dampf abzulassen – Nationalstolz, Imperialismus – zum Ersten Weltkrieg geführt. Und der hat bewirkt, dass die Welt heute so ist, wie sie ist.«

»So schlecht finde ich das gar nicht.«

»Aber vieles ist verloren gegangen. Heute sind Dinge wie Individualismus oder Privatsphäre nicht mehr selbstverständlich. Die persönliche Ehre gilt nicht mehr viel. Damals wurde die Sache für größer erachtet als die Menschen – das hat später zu politischer Zweckmäßigkeit geführt. Massenpolitik, Massenwirtschaft … wärst du nicht auch gerne mehr als nur ein gesichtloser Konsument? Selbst Informationen sind zu einer Ware geworden.«

»Du hast nicht ganz Unrecht. Aber Slaneys Alternative wäre, die Uhr um etwa hundertzwanzig Jahre zurückzudrehen. Weißt du, was das bedeuten würde?«

David nickte barsch. »Dürfte nicht so spaßig sein auf einer Baumwollplantage. Doch einige dieser alten Ideen sind wirklich nicht so schlecht.«

»Theoretisch.«

»Theoretisch«, seufzte David. »In der Praxis haben die Konservativen einige falsche Entscheidungen getroffen. In Deutschland haben sie zum Beispiel Adolf Hitler unterstützt, weil sie gehofft hatten, er könnte ihren Absturz aufhalten.«

»Wir wissen ja, was daraus wurde. Also hatte ich Recht. Slaney *ist* ein Faschist.«

»Er ist ein Romantiker, der sich an ein nicht ganz zeitgemäßes Ideengerüst klammert.«

»Vielleicht hat er deshalb Latvinia entworfen. Er hat eine Umgebung geschaffen, die seinem Standpunkt freundlich gesinnt ist« – er deutete auf sich und David – »und anderen gegenüber unfreundlich.«

»Klingt logisch.« David runzelte plötzlich die Stirn. »Aber irgendwie geht uns noch ein Detail ab.«

»Geht's ein bisschen präziser?« Leif klang sarkastisch.

»Wenn ich wüsste, was uns entgangen ist, müssten wir nicht danach suchen. Ich schlage eine Arbeitsteilung vor. Du hast dich schon recht ausgiebig mit Slaneys Hintergrund beschäftigt … mit einer überraschenden Ausnahme.«

Leif blinzelte. »Was?«

»Dem Fechten. Slaneys Unterricht in der Fechthalle nimmt wahrscheinlich mehr Zeit in Anspruch als sein Job. Warum siehst du dir das nicht mal genauer an? Ich nehme mir seinen anderen Zeitvertreib vor ... Latvinia. Wir wissen immer noch nicht, warum er sein eigenes Land geschaffen hat. Vielleicht verrät uns ja die Art und Weise, *wie* er es erstellt hat, etwas mehr.«

David klinkte sich aus Leifs Blockhütte aus und begab sich in seinen eigenen virtuellen Arbeitsplatz. Diesen Monat versuchte er sich an einer neuen Simulation – der Brücke einer der neuen Weltraumsonden.

Er öffnete die Augen und befand sich im Kapitänssessel an den Hauptkontrollschirmen wieder.

Leifs skeptische Worte klangen ihm noch in den Ohren. »Du tust so, als könntest du Slaneys Kurs durch das Netz nachvollziehen. Aber falls du dem guten Onkel Leif da nichts vorenthalten hast, gibt es keine Software, die die Netzanonymität durchbrechen könnte. Oder kannst du verfolgen, welche Seiten jemand vor ein paar Monaten besucht hat?«

Leif hatte natürlich völlig Recht. Doch David hatte andere Mittel, um diese Zwiebel zu entblättern.

Er begann, seinem System Befehle zu geben. Wenn man seine eigene großformatige Sim programmieren wollte, führten alle Wege zum *Creators' Quorum*.

Er hatte selbst genug Erfahrung damit, eigene Entwürfe in der Veeyar zu verwirklichen. Seine Nachbauten früherer Raumschiffe hatten ihm bei einer Gruppe Interessierter einen gewissen Ruf eingehandelt.

Der Chatroom, in dem er die besten Hinweise erhalten hatte, war das Creators' Quorum. Sämtliche Businessgrößen schauten hier zum Plaudern vorbei. Selbst Chris Rodrigues – der berüchtigte Rod von Sarxos – ließ sich hin und wieder blicken, hieß es.

Sicher konnte man sich da natürlich nie sein. Viele der Besucher im Creators' Quorum versteckten sich hinter Stellvertretern. Hatte auch Alan Slaney das getan? Vielleicht, wenn er etwas zu verbergen hatte.

David sandte seine Suchmaschinen aus, um nach Verbindungen zwischen den einzelnen Fragen zu forschen.

Er suchte nach Fragen, die auf Intelligenz und Ausdauer schließen ließen und ein Interesse offenbarten, über die handelsübliche Software, die die meisten Leute zur Gestaltung ihrer virtuellen Realitäten benutzten, hinauszukommen.

»Super«, murmelte er, als Teile der Holotext-Abschriften hervorgehoben wurden. Das waren mögliche Treffer. Seine Suchmaschinen versahen die ausgewählten Abschnitte mit Farben, je nachdem, wie viele der angegebenen Kriterien erfüllt wurden.

Dann schnitt er eine Grimasse. Selbst, wenn er nur die rot markierten Abschnitte durchgehen wollte – die treffendsten Ergebnisse –, waren das immer noch mehr als erwartet.

Seufzend machte er sich an die Arbeit. Er las und las. Beim Durchackern des riesigen Materialbergs ergaben sich nach und nach bestimmte Muster. Es waren unzählige Fragen, die von verschiedenen Netzzugängen aus eingesandt worden waren. David erkannte jedoch einen verbindenden Gedanken dahinter.

Eine über Monate verteilt veröffentlichte Fragengruppe sprang ihm buchstäblich entgegen. Angeblich stammte sie von mehreren verschiedenen Teilnehmern. Grundsätzlich fragten sie alle nach den besten Methoden zur Löschung inaktiver Computerarchive, um einen ausreichenden Cyberspace für eine groß angelegte Sim zu schaffen.

Und wo arbeitete Alan Slaney tagsüber? Er hielt ein Gebäude in Schuss, das voller Firmencomputersysteme stand und Tetrabytes inaktiver Computerarchive zur Verfügung stellte.

Sieht aus, als hätte ich rausgefunden, wo Latvinia sich befindet … wenn ich mich durch einen Speicher so groß wie ein Haus durchgraben will.

Schon wollte er sich wieder der Unmenge von Holotexten zuwenden, als ihm ein weiterer Gedanke durch den Kopf schoss.

Neben all dem anderen Zeug, das wir herausgefunden haben, wissen wir jetzt, dass Alan Slaney kein Engel ist, so nett er auch scheinen mag.

16. Kapitel

Megan befand sich wieder im brennenden Salonwagen. Sie schrie P. J. an, er solle mit ihr kommen, doch diesmal verlief das Ganze nicht so glimpflich. Als P. J. nach vorn sprang, wurde er von den plötzlich auflodernden Flammen verschluckt.

»P. J.!«, rief Megan entsetzt.

Er stolperte aus den Flammen, seine Kleider brannten lichterloh. Der grässliche Gestank verbrannter Haut stieg ihr in die Nase.

Sie versuchte, die Flammen an P. J.s Kleidern auszuklopfen, doch er klammerte sich an sie und behinderte sie dabei. Plötzlich züngelten die Flammen auch an ihrem schweren Wollrock empor. Sie wollte sich hinwerfen, herumrollen und die Flucht ergreifen, wie sie es gelernt hatte, doch sie schaffte es nicht. P. J.s Umklammerung hatte sich in einen unausweichlichen Würgegriff verwandelt. Sie verbrannte bei lebendigem Leib in dem grollenden Inferno …

Als sie aufwachte, rang sie gerade mit ihrem Kissen. Für einen Augenblick lag sie reglos da und ließ ihr rasendes Herz sich etwas beruhigen.

Ein Albtraum. Mein dämlicher Kopf verarbeitet die Sim-Erlebnisse und macht eine noch grässlichere Version daraus!

Sie atmete tief ein und seufzte ausgiebig. Die gestrigen Abenteuer in Latvinia hatten sie ganz schön mitgenommen. Obwohl sie im wirklichen Leben weder Schrammen noch Prellungen davongetragen hatte, war sie hundemüde gewesen, als sie sich ausgeklinkt hatte. Mit letzter Kraft hatte sie sich ausgezogen und war mit leerem Magen ins Bett gefallen.

Ein kurzer Blick auf den Wecker ließ Megan aufstöhnen. Sie war selbst für ihrem Frühaufsteherhaushalt unanständig zeitig aufgewacht. Sie streckte sich und tapste in Richtung Badezimmer, um sich mit einer ausgiebigen Dusche von dem Film kalten Schweißes zu befreien, den ihr Albtraum hinterlassen hatte.

In ein Handtuch gewickelt, stapfte sie aus dem Bad und gähnte. Irgendwie stand sie immer noch neben sich. Vielleicht war ihr leerer Magen daran schuld …

Auf der Türschwelle warf sie einen kritischen Blick in die Küche. Anscheinend hatten ihre Brüder hier letzte Nacht wieder einmal auf der Suche nach Essbarem gewütet. Die Tüte English Muffins, die sie im Schrank hinter einer Reihe Suppendosen versteckt hatte, lag leer auf dem Küchentresen. Netterweise hatten die Jungs die Dosen nicht einmal aufgeräumt, sondern ihr diese Aufgabe überlassen. Obwohl sie ihre Brüder wirklich von Herzen liebte, brachten sie sie oft zur Weißglut.

Sie setzte den Wasserkessel auf. Wenigstens mochten Michael, Sean, Paul und Rory keinen Tee. Sie kramte das Hörnchen hervor, das sie, in Frischhaltefolie gewickelt, unter den Kartoffeln versteckt hatte, hängte einen Beutel English Breakfast Tea in eine Tasse und übergoss ihn mit heißem Wasser.

Während der Tee zog, packte Megan das Hörnchen aus, schnitt es entzwei und toastete es. Auch Butter und ein unberührtes Glas Marmelade waren noch im Kühlschrank. Die Butter schmolz auf dem heißen, knusprigen Hörnchen. Sie konnte es kaum erwarten, die Orangenkonfitüre darauf zu streichen … himmlisch!

Der Tee war fertig. Megan rührte etwas Rohrzucker hinein und holte die Milch aus dem Kühlschrank. Der letzte Karton enthielt nur mehr einen winzigen Tropfen, der kaum die Farbe des Tees veränderte. *Brüder!*

Schön. Wenigstens bin ich jetzt wach genug, um mich richtig aufzuregen.

Sie setzte sich an den Tresen und versuchte, ihr Hörnchen zu genießen und den ungewohnten Geschmack des Tees zu ignorieren. Dann spülte sie ihr Geschirr ab, stellte die Suppendosen ins Regal zurück und schrieb einige Dinge auf die Einkaufsliste, bevor sie wieder in ihr Zimmer ging.

Eigentlich kann ich ja den Computer schon mal anschalten. Mal sehen, was ich gestern Abend verpasst habe.

Sobald sie sich jedoch eingeklinkt hatte, erhielt sie eine Virtmail-Nachricht mit dem Zusatz DRINGEND. Leicht besorgt rief sie den Holotext auf.

Vergangene Nacht wurden aufregende neue Entdeckungen in Latvinia gemacht. Ich hoffe, ihr klinkt euch so bald wie möglich ein …

Ein weiterer von Alans nicht gerade subtilen Versuchen, die Kids anzulocken, dachte sie.

Megan war gerade dabei, den Text zu löschen, als ihr System einen eingehenden Anruf meldete. *Um diese Zeit?*, dachte sie und nahm den Anruf rasch entgegen, um nicht das ganze Haus aufzuwecken.

Alan Slaney erschien. Sein Haar war leicht zerzaust, dicke Ringe prangten unter seinen Augen.

»Hast du letzte Nacht auch nur eine Sekunde geschlafen?«, fragte sie.

Er blickte auf die Uhr. »Oh, Mann, ich hab gearbeitet. Hab gar nicht gemerkt, wie spät es ist … tut mir Leid, dass ich dich so früh störe. Als ich bemerkt habe, dass du die Virtmail gelesen hast …«

»Du hängst Strings an deine Virtmails?«, unterbrach sie ihn. Es war technisch machbar, Applikationen anzuhängen, die einem berichteten, wann die versandten Nachrichten gelesen wurden. Doch so etwas war eher die Masche von aufdringlichen Vertretern und Kontrollfreaks.

»Ich dachte nur, du solltest es so schnell wie möglich wissen«, entschuldigte sich Alan. »Einer der Späher Oberst Vojaks ist zurück. Sie haben Prinzessin Gwenda lokalisiert.«

»Wo?«, fragte Megan, trotz allem interessiert.

»In einem alten Wachturm, der zu einer Jagdresidenz umgebaut wurde. Vojak und von Esbach halten sich bereit. Sobald du und dein Freund P. J. euch einklinkt, könnt ihr Pläne schmieden …«

Megan schüttelte entschieden den Kopf. »Nicht jetzt. Wenn ich noch einen Tag wie den gestrigen erlebe, werde ich heute Abend im Fechtkurs zu nichts zu gebrauchen sein. Du kennst das ja bei mir … das bringt nichts.«

»Es geht doch nur um die Planung«, schmeichelte Alan. »Ihr müsst noch nicht handeln.«

»Alan …« Megan verdrehte genervt die Augen. »Nicht jetzt. Ich werfe P. J. um diese Uhrzeit nicht aus dem Bett. Außerdem habe ich noch was zu tun.«

Sie blickte zur Einkaufsliste hinüber. *Wie zum Beispiel Milch ins Haus schaffen, bevor meine Eltern aufwachen und sich aufregen.*

»Vielleicht danach?«, drängte Alan.

Megan seufzte. »Na gut.«

Leif spritzte sich Wasser ins Gesicht, sah in den Spiegel über dem Waschbecken und schnitt seinem triefäugigen Spiegelbild eine Grimasse. Dann streckte er ihm die Zunge entgegen …

Schluck! Belegt!

Kein Wunder, dass seine Fechtfreunde – allesamt früh aufstehende, gesundheitsbewusste Kerle – ihn so besorgt betrachtet hatten, als er sie heute Morgen angerufen hatte.

Sie alle standen beim ersten Hahnenschrei auf, um Joggen zu gehen oder sich mit anderen Leibesübungen zu quälen.

Doch Leif hatte nur zwei Stunden Schlaf erwischt. Am frühen Abend hatte er sich ins Netz eingeklinkt und einige seiner wilden New Yorker Freunde angerufen. Daraus hatte sich eine virtuelle Tour durchs heiße Nachtleben ergeben. So war das eben, wenn man diese Partylöwen aufspüren wollte. Sie ließen es krachen, waren ausgeflippt und liebten Klatsch, je bizarrer desto besser.

Die Geschichten, die er den Quellen entnommen hatte, waren gelinde gesagt bemerkenswert. Derartiges erschien weder in den Nachrichtendatenbanken noch in den Polizeiberichten, die er bei seiner ersten Suche nach Informationen hatte überprüfen lassen.

Eines stand fest. Diese Geschichten zeichneten ein völlig anderes Bild von Alan.

Leif musste die Berichte noch verifizieren. Er hatte selbst genug Erfahrungen gemacht, um zu wissen, dass Gerüchte im Verlauf ihrer Entwicklung selten schrumpften. Doch seine Fechtbekanntschaften hatten die Darstellungen teilweise bestätigt. Einige hatten ihm auch die Telefonnummern von Mitgliedern der Gesellschaft für historisches Fechten gegeben.

Er sah noch einmal in den Spiegel und stöhnte. Vielleicht waren eine Dusche oder kalte Kompressen vonnöten, bevor er mit Unbekannten in Kontakt trat.

Leif fuhr sich durch das noch feuchte Haar und schnalzte die nun saubere Zunge gegen die Zähne. Dann fuhr er den Computer hoch und wählte die erste Nummer.

Als Erstes erreichte er ein Mitglied der Fechthalle, in der Alan sich zuerst mit dem historischen Fechten befasst hatte. Die zierliche junge Frau sprach mit leichtem Akzent.

»Alain?«, fragte sie und sprach den Namen französisch aus. »Er war … brillant. Er beherrschte jede Bewegung, die Maitre Duchamps vorführte, sofort. Und er konnte zuhören. Sobald der Maitre ein Buch empfahl, zog Alain los und kaufte es.«

Dann schüttelte sie den Kopf. Die kurzen schwarzen Haare flogen wie ein Heiligenschein um ihren Kopf. »Irgendwie hat er es sogar geschafft, Kopien seltener Abhandlungen über das Fechten aus dem siebzehnten Jahrhundert zu bekommen.« Sie lächelte. »Er muss eine Menge Geld gehabt haben.«

»Das klingt, als käme jetzt ein großes Aber.«

Die junge Frau nickte. »Er war sehr ungeduldig. Unter den historischen Fechtern gibt es die Tradition, dass die Erfahrenen die mit weniger Erfahrung unter ihre Fittiche nehmen. Alain … er war so sarkastisch …«

Sie biss sich auf die Lippe. »Er machte sich über meine Art zu fechten lustig. Und das war noch harmlos im Vergleich zu dem, was er mit anderen, weniger geschickten Leuten anstellte. Es war einfach unerträglich. Am Ende hat ihn Maitre Duchamps aus der Halle werfen lassen.«

Beim nächsten Anruf hatte Leif einen jungen Muskelprotz in der Leitung, der zu athletisch für den Fechtsport zu sein schien. »Slaney? Brillanter Fechter. Hat sich in Theorie und Praxis ausgekannt. Nur schade, dass der Kerl eine Persönlichkeit hatte, die Attila den Hunnenkönig daneben aussehen ließ wie den König der Weicheier.«

Er schüttelte den Kopf. »Ich weiß nicht warum, aber er hatte was gegen mich. Anderson … du bist doch der Typ, der diese Juniorenmeisterschaft gewonnen hat? Säbel, oder?«

Leif nickte.

»Ich nehme auch an Wettkämpfen teil. Und du weißt ja, wie es ist, wenn man gegen jemanden antritt, den man nicht ausstehen kann. Man strengt sich besonders an, um ihn zu besiegen. Beim Säbelkampf bedeutet das, dass man ihn verdrischt.«

Er fuhr mit den Händen seine Rippen entlang. »Jedes Mal, wenn ich mit Slaney an der Reihe war, hat er mich grün und blau geschlagen. Er hat sich richtig ausgetobt. Ich hab zwar versucht, es ihm zurückzuzahlen, aber er war mir einfach überlegen. Es war ein ständiger Vollkörperkontakt. Eher Ringen als Fechten.«

»Und was war dann?«

»Na ja, ich war nicht der Einzige, der Alans scharfe Zunge – oder sein scharfes Schwert – zu spüren bekommen hat. Am Ende wurde er aus der Fechthalle geworfen.«

»Davon hab ich schon gehört. Von Maitre Duchamps …«

»Wer? Ich spreche von Santorellis Fechtschule an der West Side.«

»Okay, da hab ich wohl irgendwas missverstanden.«

Leif rief ein paar weitere historische Fechter an, bevor sie sich auf den Weg in die Arbeit machten. Sie stammten alle aus verschiedenen Schulen, doch über Alan Slaney waren sie sich einig: Ein richtiger Scheißkerl – talentiert, aber so bösartig und überheblich, dass die verantwortlichen Fechtmeister ihn letzten Endes davon in Kenntnis setzen mussten, dass er nicht länger willkommen war.

Dann hatte endlich die Gesellschaft für historisches Fechten geöffnet. »Guten Morgen«, sagte Leif zu der Dame, die seinen Anruf entgegennahm. »Ich möchte mich nach der Beurteilung eines Mitglieds, Alan Slaney, erkundigen …«

»Tut mir Leid, Sir. Mr. Slaney ist kein Mitglied der Gesellschaft.«

Leifs Verwirrung war nicht gespielt. »Ich … ich verstehe nicht ganz«, stotterte er. »Mir wurde zu verstehen gegeben, dass Mr. Slaney in New York ausgebildet wurde und Mitglied …«

»Er *war* Mitglied.«

»Wirklich? Woher wissen Sie, dass er nicht länger dabei ist? Was hat er getan?«

»Mr. Slaneys Fall ist der Verwaltung unglücklicherweise zur Genüge bekannt. Sein Ausschluss war kein Fall von Mangel an akademischem Wissen oder Fechtfähigkeiten.«

Es schien ihr unangenehm zu sein. »Vielmehr war es eine Frage der Einstellung. Mitglieder hatten sich beschwert, dass seine Herangehensweise mit den Zielen und Idealen unserer Gruppe unvereinbar seien.«

»Er hat sich also daneben benommen?«

»Sir, wir geben keinerlei Auskünfte über Alan Slaney.«

David sah aus, als wäre er schon eine Zeit wach gewesen, als Leif ihn anrief.

»Zeichentrickzwang«, erklärte er. »Die Kleinen dürfen noch nicht so viele Holosendungen sehen. Und ich muss sie beaufsichtigen, um sicher zu gehen, dass es für sie nicht zu heftig wird. Leider läuft eine ihrer Lieblingssendungen bei Sonnenaufgang.«

»Nimm sie doch einfach auf und spiel sie ihnen später vor.«

Davids Blick nach zu urteilen war dieses Argument ein wunder Punkt. »Wenn sie dann Spielen gehen, haben die anderen Kinder die Sendung ja schon gesehen.« Er schüttelte den Kopf. »Aber du hast bestimmt nicht deswegen angerufen. Hast du mehr über Alan Slaney herausgefunden?«

»Ich hab mit ein paar Leuten in New York gesprochen. Offensichtlich wurde Alan von einer mordlüsternen Menschenmenge aus der Stadt gejagt. Der Typ war so ein Ärgernis, dass seine Fechtpartner trotz ihrer Vorliebe für Schwerter der Meinung waren, Erschießen wäre noch zu gut für ihn.«

»Klingt nicht nach dem beliebten Alan, den wir kennen gelernt haben.« David runzelte die Stirn. »Na ja, es könnte verschiedene Gründe geben. Vielleicht wurde seine Identität gestohlen …«

»Von einem Schwindler, der zufällig auch ein Experte für

historisches Fechten ist. Strapazier meine Geduld nicht über, Gray.«

»Dann nimmst du mir die Doppelgängergeschichte wohl auch nicht ab.« David grinste. »Hast du überprüft, wie er hierher gekommen ist? Ich denke da an ein Flugzeug, das nur knapp einem Absturz entgeht, ein Nahtod-Erlebnis, das sein bisheriges Leben an ihm vorbeiziehen lässt …«

»Du bist echt schlimm. Wenn du mal anfängst, bist du nicht mehr zu stoppen. Aber lass uns mal wieder ernst werden. Da ist ein Kerl, der das Fechten liebt, sich aber so unmöglich aufführt, dass er New York verlassen muss. Er kommt nach Washington, um seinem anderen großen Interesse, der Politik, nachzugehen, schafft es aber nicht mal, ein Praktikum durchzustehen.«

David nickte. »Er hat einen höheren Abschluss in Politikwissenschaften und staubt Computer in irgendeinem alten Bürogebäude ab. Wenn ich eine solche Qualifikation hätte und so enden würde, wäre ich ziemlich verbittert.«

»Stattdessen läuft er rum wie das personifizierte Honigkuchenpferd. Ich denke nicht, dass er eine spirituelle Bekehrung erlebt hat. Was er in Latvinia abgezogen hat, widerspricht dem völlig.«

David zog die Augenbrauen nach oben. »Vielleicht hast du damit den Nagel auf den Kopf getroffen. Das könnte ein Motiv für sein verändertes Verhalten sein.«

Leif runzelte verwirrt die Stirn. »Was meinst du?«

»Latvinia. Slaney hat eine Menge Zeit und Arbeit da reingesteckt.«

»Sein perfektes Universum, das nur in der virtuellen Realität existieren kann«, spottete Leif.

»Mag sein, dass es seine private Welt ist, aber er braucht Leute, die mitspielen. Also stellt er sich mit der Speziellen

Interessengruppe der örtlichen VHSO gut und wird zum Berufscharmeur.«

Leif nickte langsam. »Okay. Aber warum?«

David zuckte die Achseln. »Du kennst doch das Sprichwort. Mit Speck fängt man Mäuse.«

»Das weiß ich, danke«, erwiderte Leif gereizt. »Ich meine, warum braucht er Menschen in Latvinia? Was beweist das? Was hat ein total intoleranter Kontrollfreak davon?«

»Da müsstest du schon ein Loch in seinen Kopf bohren und nachsehen …« David unterbrach sich plötzlich.

»Was?« Leif beugte sich gespannt nach vorn. »Du hattest gerade einen Einfall. Raus damit.«

»Ich dachte da an einen weiteren Ort, wo wir Antworten finden könnten.« David klang nicht glücklich. »Etwas, das normalerweise dir oder Megan einfällt. Captain Winters wäre definitiv dagegen.«

»Slaneys Computersystem«, flüsterte Leif ungläubig. »Du schlägst vor, dass wir uns in sein persönliches System einhacken! Ich glaub's nicht! Wann geht's los?«

17. Kapitel

Das ist nicht fair. Megan hatte sich missmutig zum nächsten Geschäft aufgemacht, um Milch, Muffins und andere Frühstücksbeilagen zu besorgen. *Die Jungs haben alles aufgefressen. Warum muss ich Nachschub holen?*

Doch sie wusste, dass wahrscheinlich niemand einkaufen würde, wenn sie sich nicht darum kümmerte. Ihre Eltern hatten knappe Abgabefristen für ihre Bücher. Megans Brüder waren mit Sport oder Ferienjobs zu sehr beschäftigt. Am

Ende würden alle verhungern, wenn man sich auf sie verließ.

Also musste jemand Essen besorgen. Und wenn sie es jetzt tat, würde sie den häuslichen Frieden bewahren. Davon profitierte sie selbst auch. Und doch seufzte sie unzufrieden, während sie die Einkaufstüte nach Hause schleppte.

Sie kam gerade rechtzeitig zurück. Ihr Vater betrat eben die Küche und lief offensichtlich noch auf Sparflamme. »Kaffee«, röchelte er.

»Klar, Dad. Setz dich. Du weißt, dass du zwei linke Hände hast, wenn du bis in die Nacht gearbeitet hast.« Sie griff nach einem Filter … toll, die gingen auch aus. Sie setzte sie auf den Einkaufszettel und schaltete dann die Kaffeemaschine ein. Bald erfüllte das Aroma frischen Kaffees den Raum. Ihr Vater sog den Duft dankbar ein. Megan rümpfte die Nase. Alle im Haus waren Kaffeetrinker, bis auf sie.

Die Jungen stürmten nach unten, schnappten sich Kaffee und etwas zu essen. Ihr Vater saß einfach da und genoss die erste Tasse Kaffee des Tages. Dann kam auch ihre Mutter hereingetapst. Sie trug Hausschuhe und einen Morgenrock. Mit einer Tasse Kaffee setzte sie sich ihrem Mann gegenüber. »Du bist spät ins Bett gekommen«, sagte sie. »Wie läuft's mit dem Buch?«

»Es geht voran. Nur noch ein paar Kapitel. Aber ich muss noch mal in die Bibliothek. Last-Minute-Nachforschungen. Wie geht es deinem Projekt?«

»Mein Verleger benimmt sich wie ein kleines Kind, das auf's Klo muss.« Sie lächelte. »Ich denke, ich werde die Serie fertig haben, bevor wirklich was passiert.«

Ihre Eltern begaben sich in die Arbeitszimmer. Megan spülte ab, lief durch das Haus und räumte auf. Auf dem Wohnzimmertisch lagen drei Bücher: *Die illustrierte Ge-*

schichte der Maschinenpistole, Das Leben der Heiligen und *Das Buch des Schwertes.*

Referenzmaterialien ihres Vaters. Der Zusammenhang zwischen diesen drei Titeln war ein ebenso großes Mysterium wie die Geschichte selbst, an der er gerade schrieb. Megan überflog das dritte Buch interessiert. *Vielleicht lese ich das später mal.*

Dann begann sie, im ganzen Haus Schmutzwäsche für die nächste Runde des verhassten Waschens zu sammeln, da sie immer noch an der Reihe war. Selbst für sieben Personen unter einem Dach war diesmal viel zu tun. Sie ließ einen Kleiderhaufen durch die Maschine und den Trockner laufen, faltete die sauberen Klamotten zusammen und brachte sie in die jeweiligen Zimmer.

Schließlich schleppte sie die letzte Ladung auf ihr eigenes Zimmer. Sie sah auf die Uhr und blickte dann zu ihrem Computer-Link-Sessel. Kurzentschlossen warf sie die frischen Kleider auf ihr Bett, klinkte sich ein und gab dem Computer Befehle.

Genug des Dienstmädchendaseins. Jetzt will ich verwöhnt werden.

Als sie die Augen öffnete, befand sie sich im Lesezimmer des Palastes auf ihrem üblichen Platz. Graf von Esbach trat gerade ein.

»Oberst Vojak und Euer texanischer Freund werden bald zu uns stoßen.« Der Premierminister atmete tief ein. »Wenn alles gut geht, ist dieser Albtraum bald vorbei.«

Megan lächelte ihn schelmisch an. »Dann empfindet Ihr die Arbeit mit mir also als Albtraum.«

»Nicht in einer Million Jahren, verehrtes Fräulein«, protestierte der sonst unerschütterliche von Esbach und wirkte zum ersten Mal nervös. »Doch der Oberst und ich müssen unsere Arbeit unter einem schrecklichen Druck verrichten. Auch Euch und Euren Freunden steht eine harte Zeit bevor.«

Leif und David sicherlich nicht. Sie mussten uns ja unbedingt im Stich lassen, bevor es richtig spannend wird.

Oberst Vojak trat ein; er trug ein zusammengerolltes Bündel Papiere in der Hand. Ihm folgte P. J. Farris, der definitiv *verbrannt* roch.

Vojak entrollte die Papiere und breitete eine Landkarte und die Skizze eines dreigeschossigen Turms aus. »Einige unserer Späher wurden angegriffen, als sie Grauheim durchsuchten. Sie sind nicht zurückgekehrt. Doch einer der Männer entdeckte eine junge Frau, die anscheinend ihre Flucht plante.«

»Gott sei Dank hat er sie nicht als Prinzessin Gwenda erkannt«, bemerkte von Esbach.

Megan sah sich die Skizze an. »Wozu dient dieser Ort?«

»Vor über fünfhundert Jahren wurde er als Wachturm gebaut«, erklärte Vojak. »Die Bewohner der ganzen Umgebung haben dann während einer Invasion Schutz im Inneren gesucht. Die Eindringlinge haben alle niedergemetzelt, die sie vor den Mauern gefunden haben. Um auch die Flüchtlinge im Turm zu töten, haben sie sämtliche Bäume der Umgebung gefällt und einen riesigen Scheiterhaufen um den Turm herum errichtet.«

Er hielt inne. »Dann haben sie ihn angezündet. Die Steinmauern waren wie ein riesiger Kamin. Alle, die sich darin befanden, mussten sterben.«

»In der alten Sprache nennt man ihn Horiela Kula – ›verbrannter Turm‹«, erläuterte von Esbach. »Unnötig zu sagen, dass er einen schlechten Ruf hat. Gray Piotrs Großvater ließ den Turm als Jagdresidenz wieder aufbauen. Doch während seines Aufenthalts dort wurde er verrückt und hat sämtliche Bediensteten umgebracht.«

»Klingt ja entzückend«, murmelte P. J.

»Leider ist Horiela Kula eine starke Festung«, erwiderte Vojak. »Dicke Mauern, ein schweres Tor und ein Wachmann auf dem Dach, der einen Angriff schon aus weiter Ferne bemerken würde. Den Eingang zu erreichen, ihn sogar zu stürmen, das ist so gut wie unmöglich. Wir bräuchten eine Artillerie, doch ich glaube nicht, dass selbst alle Pferde der Welt Kanonen den Abhang hinaufbringen könnten.«

»Ich zweifle nicht daran, dass Ihr unter normalen Umständen Recht habt.« P. J. deutete mit dem Daumen aus dem Fenster des Studierzimmers. »Doch wir haben das Äquivalent von vierzig Pferden da draußen im Hof stehen.«

Megan lehnte sich vor und lauschte seinen weiteren Ausführungen gespannt.

»Ich war beim Oberst, als diese Information ihn erreichte. In der Zwischenzeit habe ich mit dem Hofschmied gesprochen. Wenn wir einen Rammbock an dem Mercedes befestigen …«

Es war bereits später Nachmittag, als David die Wohnung der Andersons erreichte. Er und Leif hatten die Sache besprochen und beschlossen, den Hack-Versuch von Leifs System aus zu starten. David steuerte nur sein Wissen über die Erstellung von Sims bei. Leif dagegen verfügte über die Software, um in fremde Systeme einzubrechen.

Dank der Vorwarnung des Portiers, dass ein Gast auf dem Weg sei, stand Leif bereits in der Wohnungstür, als David aus dem Aufzug trat.

»Du bist wohl schon ganz heiß drauf«, bemerkte David, als er Leif hineinfolgte.

»Wir haben Zeit.« Leif führte ihn ins Wohnzimmer. Sie setzten sich auf die unerwartet bequeme Couch im dänischen Retro-Stil. »Ich hatte eine kurze Unterredung mit Sergej Tschernewskij. Der berühmte Fechtkurs beginnt um sechs und dauert etwa bis um zehn.«

Er sah auf die Uhr. »Wir könnten uns was kommen lassen, bevor wir mit der Arbeit anfangen. Mein Dad hat angerufen. Er ist den ganzen Abend bei einem Geschäftsessen. Er wird mit Sicherheit nicht vor zehn heimkommen.«

David nickte. »In Ordnung. Wir haben also ein Zeitfenster von vier Stunden, um in Slaneys Computer zu kommen und herauszufinden, was er vorhat.«

»Wenn wir eine Stunde brauchen, um reinzukommen, fresse ich meinen Computer … ungewürzt«, sagte Leif. »Wie lange brauchst du, wenn wir drin sind?«

»Zwei Stunden müssten genügen.« Er gab Leif ein Datenskript aus seiner Tasche. »Das ist das Werkzeug, das ich brauchen werde. Wie lange das Ganze dauert, hängt natürlich davon ab, was wir finden.«

»Also haben wir eine Stunde Polster im perfekten Universum – sogar mehr, weil wir die Zeit nicht mitgerechnet haben, die Alan zur und von der Fechthalle braucht … wie lange das auch dauern mag.«

»Du bist ihm nicht mit der Stoppuhr gefolgt?«, witzelte David.

»So besessen bin ich dann doch nicht. Nur beim Essen.« Die Jungen standen auf und gingen in die Küche. Leif öffnete eine Schublade und nahm einen Stapel Speisekarten von Lieferdiensten heraus. »Was meinst du? Pizza? Chinesisch? Gute alte amerikanische Rippchen? Wir haben sogar was von einem corteguayanischen Lokal hier, glaub ich. Du suchst aus, während ich das hier in mein System lade.«

Das Rippchenlokal erwies sich als erstaunlich vielfältig. Andererseits waren die Andersons an das Beste gewöhnt – selbst bei gegrilltem Hähnchen. Nach zwei Spezialitätentellern mit frischem Krautsalat und erstaunlich leckeren Röstkartoffeln war David zu jeder Schandtat bereit, selbst zu einem Streifzug in eine Grauzone der Netzmoral.

Die Jungen beschlossen, sich nicht persönlich ins Netz einzuklinken, da sie dafür einen weiteren Computer-Link-Sessel hätten anschließen müssen. »Ich hab schon genug Kopfschmerzen, wenn nur einer im Schaltkreis hängt«, erklärte Leif.

David zuckte mit den Schultern. »Ist mir nur Recht, nicht ganz drinzustecken.«

Sie setzten sich vor den Bildschirm. Leif begann, Befehle zu geben. Das Holodisplay vernebelte sich einen Augenblick und zeigte dann das Wohnzimmer seines virtuellen Blockhauses. Auf dem Couchtisch lag eine Kollektion kleiner Objekte. Sie wirkten wie liegen gelassene Spielteilchen – bis auf das überirdische Leuchten, das sie umgab.

»Du hast deine Spielsachen wohl schon sortiert.« David warf Leif einen Blick zu. »Oder wolltest du nicht, dass ich mitbekomme, woher du sie hast?«

»Stimmt beides«, gab Leif verlegen zu. Rasch beschrieb er die Programme, die durch die Symbole dargestellt wurden. »Die Jadeaxt wird Cracker genannt. Sie bringt dich in ein System, hinterlässt auf dem Weg aber einigen Schaden.«

»Also weiß das Opfer, dass jemand eingedrungen ist. Wollen wir das?«

»Das ist das alte Spielchen – Zuverlässigkeit gegen Geheimhaltung. Das elektrisch-blaue Kabelbündel mit dem Schalter in der Mitte ist Splice, Version 122.5. Sehr gut, wenn man eine Menge Alarme und so erwartet.« Er blickte David an. »Tun wir das?«

»Ich wünschte, ich könnte es sagen.« David seufzte. »Der Alan, den wir kennen gelernt haben …

»Die Dr. Jekyll-Version.«

David nickte. »Er hätte wahrscheinlich nur ein leicht zu knackendes Passwort. Aber wenn er wirklich was zu verbergen hat – à la Mr. Hyde –, hat er wahrscheinlich eine Unmenge von Sicherheitsvorkehrungen getroffen.«

»Stolperdrähte, Firewalls, Codierung und Alarmsysteme«, stimmte Leif zu.

David deutete auf das Symbol auf dem Display, das ihn am meisten beunruhigte. »Was soll das da sein? Das komische grüne Amöbenteil.« Das Symbol schimmerte blass phosphoreszierend, veränderte ständig die Form und kroch über die Tischfläche.

»Das ist Amorph.«

David sah ihn verblüfft an. Über Cracker und Splice hatte er bereits einiges gelesen. Doch Amorph war eine neue Waffe im Hackerbusiness. »Ist es so gut, wie man sagt?«

»Ich hab's noch nicht ausprobiert«, gab Leif zu. »Hab es erst vor Kurzem in die Finger bekommen.«

»Es soll irgendwie um die Systemabwehr herumkriechen, die Sicherheitsprogrammierung infiltrieren und einem alle Türen öffnen. Eine Art Falltür, nur dass man zum Vordereingang hineinspazieren kann.«

Leif nickte. »Ich kann dazu nur sagen, dass es meine Sicherheit hat aussehen lassen wie Schweizer Käse.«

»Das klingt doch genau richtig. Nachteile?«

»Es kann recht langsam sein.«

David schien wenig beunruhigt. »He, wir haben eine Stunde Polster.«

Leif bestand darauf, bis sechs Uhr zu warten, bevor sie ihren Angriff starteten.

»Bist du dir auch wirklich sicher, dass er weg ist?«, zog ihn David auf. »Bei unserem Glück hat er eine Magen-Darm-Grippe und sitzt zu Hause vor einer Holositcom.«

»Er ist garantiert nicht daheim. Er hat heute Abend was Wichtiges vor. Sergej hat mir davon erzählt. Heute werden in der Fechthalle auch ein paar Rollenspieler aus Latvinia erwartet, die sich mal ansehen wollen, wie das mit dem Fechten wirklich funktioniert. Unsere Freunde von Esbach und Vojak werden dabei sein – und natürlich P. J. Farris.«

»Full House«, lachte David.

»Und Mr. Slaney wird hundertprozentig auf der Hauptbühne zu finden sein.«

Im Wohnzimmer schlug eine antike Uhr die Stunde. »Los geht's«, rief Leif.

Nach einigen Computerbefehlen hatten sie seinen virtuellen Arbeitsplatz verlassen und hüpften scheinbar ziellos durchs Netz. Der Plan war, eine möglichst verwirrende Spur zwischen seinem Computer und den Ort zu legen, von dem aus sie das Programm starten wollten. Wurde ihr Versuch einzudringen entdeckt, dann würde es so gut wie unmöglich sein, sie zu verfolgen.

Die Bilder auf dem Display wirbelten und surrten an ihnen vorbei. David wünschte, er wäre beim Abendessen etwas zurückhaltender gewesen. Schließlich hielten sie in einem fahlen, leeren Raum an.

»Das war mal ein Langzeitspeicher – zufällig befindet er sich genau in dem Gebäude, in dem Alan arbeitet«, verkündete Leif grinsend.

»Zum Glück hat er Latvinia nicht noch größer gemacht und dein Versteck hier gelöscht.«

»Tja.« Nach ein paar weiteren Befehlen erschien Amorph auf dem staubigen Boden vor ihnen. Leif las eine lange Netzadresse von einem Zettel ab, und Amorph verschwand wieder.

»Ich frag lieber gar nicht, woher du die hast. Verbrennst du den Zettel jetzt, oder isst du ihn auf?«

»Schauen wir erst mal, ob wir überhaupt rein kommen.«

Schweigend starrten sie in den düsteren, einsamen Raum. David gähnte und streckte sich. Er rutschte auf seinem Stuhl umher und fragte sich, ob er wohl kurz auf die Toilette gehen konnte, bevor Amorph sich zurückmeldete. Er warf Leif einen Blick zu.

»Ich hab doch gesagt, dass das ein bisschen dauert«, verteidigte sich der.

»Ich weiß. Das ist eben der Unterschied zwischen Holovideos und der Realität. Ich frag mich bloß, ob wir gerade was im Fernsehen verpassen.«

Endlich baute sich eine Art Portal auf. Der Eingang schimmerte im kränklichen Grün-Weiß der Amorph-Amöbe.

»Anscheinend sind wir drin«, stellte Leif fest.

»Dann bin ich jetzt dran.« David rief seine virtuelle Trickkiste auf und machte sich an die Arbeit. Leif hatte sein System bereits so eingestellt, dass es auf Davids Stimmbefehle reagierte. Sie durchschritten das Portal und fanden sich in einem verwirrend bekannten Raum wieder. Es war das Studierzimmer aus dem Palast in Latvinia – etwa zwanzigfach vergrößert. Eine Menge Daten waren hier gespeichert.

»Viel Glück«, murmelte Leif.

David überhörte den Kommentar. Er packte sein Werkzeug aus: Verzeichnisknacker, ein internes Searchbot-Programm, ein Dienstprogramm zur Datendurchsicht. Dann machte er sich ans Werk.

Nach einer Weile lehnte er sich zurück und knackte mit dem Genick. Je tiefer er sich in Slaneys System eingeschlichen hatte, desto weiter hatte er sich nach vorn gebeugt. »Wie sieht's mit der Zeit aus?«

»Du bist jetzt seit etwa eineinhalb Stunden drin. Amorph hat knapp fünfundvierzig Minuten gebraucht, um uns reinzubringen. Wir haben also noch ungefähr zwei Stunden. Hast du was gefunden?«

»Nicht viel«, gab David unglücklich zu. »Bruchstücke des Latvinia-Programms, aber er lässt die Sim nicht über dieses System laufen – es hat nicht genug Saft dafür.«

»Das ist doch gut, oder? Ein simpel strukturierter Computer ist leichter zu durchschauen.«

»Ja und nein. Ich stoße ständig auf archivierte Informationsdaten, die er aus dem Netz heruntergeladen, komprimiert und in den Speicher gesteckt hat. Vielleicht ist alles Müll. Handwerkertipps zum Erstellen einer eigenen Welt oder so.«

»Wir wissen ja, dass er darüber einiges runtergeladen hat. Andererseits könnten in den Archiven auch Tagebücher aus seiner Kindheit lagern.«

David nickte. »Es dauert ein bisschen, um die Daten zu dekomprimieren, zu lesen und dann zu entscheiden, ob wir sie verwenden können oder nicht. Das könnte sich bis Mitternacht hinziehen.«

»Oder?«, fragte Leif.

»Wir könnten auch alles kopieren und runterladen, um es in deinem Arbeitsraum in Ruhe auseinander zu nehmen.«

»Können wir es in den Unternehmensspeicher laden, den wir uns … ähm … ausgeborgt haben?«

David nickte.

»Okay. Machen wir das. Dann können wir es zusammen durcharbeiten.«

Der Download war rasch erledigt. Währenddessen stellte David sicher, dass er keine Hinweise auf ihr Eindringen hinterlassen hatte. »Wir sollten unsere Spuren lieber verwischen. Sonst merkt Slaney vielleicht, dass wir seine Sicherheitsvorrichtungen neutralisiert haben.«

»Ich kümmer mich drum, wenn du draußen bist.«

Sobald David ausgestiegen war, gab Leif eine Reihe von Befehlen. Das phosphoreszierende Portal brach in sich zusammen. »Amorph wird sich jetzt selbst zurückziehen. Sobald es fertig ist, wird nur das formlose kleine Symbol im Regal meines Arbeitsraums zurückbleiben.« Nach einem weiteren Befehl erschien an der Wand ein Duplikat des Arbeitsplatzes, den er für sich selbst eingerichtet hatte. »Ist das in Ordnung für dich?«, fragte er und deutete darauf.

»Klar.« David stürzte sich auf die Archive und zog ein Dokument aus jedem Ordner. Dann stieß er auf einen Abschnitt, der sein Interesse weckte. Er dekomprimierte ein Dokument nach dem anderen und wurde immer besorgter, je mehr er las. Er war so konzentriert, dass er nicht einmal merkte, wie Leif zu ihm trat und ihn anstupste. Er sah erst auf, als Leif seinen Namen rief.

Leif blickte auf den Holotext. »Normalerweise würde ich bei diesem Grad von Geistesabwesenheit darauf schließen, dass du in obszöne Bild-Downloads versunken bist«, zog er ihn auf. »Ich wollte dir nur mitteilen, dass das Amorph-Symbol wieder da ist. Wir sind sicher rausgekommen. Aber was hast du da Spannendes?« Er rümpfte die Nase. »Ich bin bisher nur auf Anleitungen zum Programmieren möglichst realistischer Sims gestoßen.«

»Davon gibt's hier auch eine Menge.« David zwang sich, seine Augen vom Bildschirm abzuwenden. »Das theoretische Geschwafel ist extrem Besorgnis erregend. Es taucht tief in die illegale Welt der Hackertricks ein: Diagramme über Methoden zur Umgehung von Sicherheitsprotokollen bei der Erschaffung einer virtuellen Offline-Realität. Programmiertipps, wie man die absolute Kontrolle über die virtuelle Umgebung in der Veeyar erhält. Berichte über Experimente, bei denen die menschliche Intelligenz entkörperlicht und ins Netz verfrachtet wurde …«

»Die alte Geschichte vom elektronischen Gespenst, hm?« Leif wirkte leicht mürrisch. »Wie die alten Alchemisten, die aus Blei Gold machen wollten. Soweit ich weiß, ist das auch noch niemandem gelungen.«

»Schon. Was mich beunruhigt, ist nur, dass das ganze Zeug hier in einem Archiv zusammengefasst ist. Das lässt auf einen Kerl schließen, der nicht einfach zum elektronischen Gespenst werden möchte. Er will der entkörperlichte Herrscher über sein eigenes kleines Universum sein.«

»Der Gott Latvinias.« Leif sah besorgt aus. »Was passiert mit den Beta-Testpersonen, wenn er eine solche Transformation versucht?«

»Ich weiß nicht, aber diese Datei hier gefällt mir nicht. Da wird die Möglichkeit diskutiert, eine oder mehrere Personen zu entkörperlichen, damit sie einem als Unterprogramme in ein privates Universum folgen.«

»Wer würde da schon mitmachen?«, fragte Leif ungläubig.

»Es geht nicht unbedingt darum, das mit ihrem Einverständnis zu tun. Hier wird nur die Notwendigkeit zufallsgesteuerter Interaktionen in der neuen Umgebung besprochen.«

»Im Klartext heißt das, dass auch Leute mit einem Götterkomplex einsam werden können, sobald sie auf ihre Elektronen reduziert sind.« Leif schüttelte den Kopf. »Aber das ist doch nur Sciencefiction. Pure Fantasie.«

»Ich wünschte, du hättest Recht. Nicht viele wissen davon, aber es gab bereits Experimente zur Entkörperlichung. Die Versuche samt ihrer Ergebnisse wurden vertuscht. Ich kann mir aber nicht vorstellen, dass sie viel versprechend waren.«

Er sah Leif besorgt an. »Alan ist clever, aber nicht clever genug, um das durchzuziehen. Wenn die Gerüchte stimmen, hat jeder Forscher, der so was versucht hat, entweder einen schweren neurologischen Schaden davongetragen ...« Er zögerte. »Oder er hat es nicht überlebt.«

18. Kapitel

»Nicht überlebt? Bist du sicher?«

David nickte.

»Aber das sind doch nur Theorien und Gerüchte. Vielleicht hat er sich einfach nur so für das Thema interessiert, ohne Hintergründe. Ein Freund meines Vaters hat sich zum Beispiel in den 1990ern die Pläne für das legendäre James-Bond-Jetpack aus dem Internet geholt. Bei jedem Upgrade zu einem neuen Computer hat er die Datei mitgenommen. Irgendwann will er das verrückte Teil sogar bauen. Ich hab mit meinem Vater eine Wette laufen, dass er sich nie dranwagen wird.«

David hatte sich wieder dem Inhalt des Ordners zugewandt und überflog den Holotext. »Hat er sich auch die Teile für das Jetpack bestellt?«, fragte er plötzlich.

»Äh, nein. So weit ist er nie gekommen.«

»Alan Slaney schon. Ich hab gerade die Dateien gefunden. Ich frag mich, ob er Mengenrabatt bekommen hat. Er hat bestimmt zehnmal so viel bestellt, wie er bräuchte.«

»Zehnmal?« Leif wurde blass. »Megan hat dir das wohl nie erzählt, oder du hast weggehört, sobald sie mit ihren Fechtgeschichten angefangen hat. Aber in der Fechthalle, in der Slaney arbeitet … dort trainieren die Studenten nicht nur physisch. Sie machen ihre Übungen auch an speziellen Computer-Link-Sesseln. Ein ganzer Raum steht damit voll. Sie lösen reflexartige Reaktionen in Nerven und Muskeln aus.«

David wandte sich ruckartig von Bildschirm ab. »Weißt du, wie viele es sind?«

»Sie hat das nie so genau gesagt.« Leif klang heiser. »Aber ich wäre nicht überrascht, wenn es so um die zehn wären.«

Der Holotext lief nun unbeachtet weiter. David starrte Leif an. »Bitte sag mir, dass nicht die Person für die Sessel zuständig ist, an die ich denke.«

»O doch. Niemand geringerer als unser grinsender Hausmeister höchstpersönlich. Alan übernimmt die Einstellung der Sessel vor jedem Gebrauch und wartet sie.« Eiskalte Hände klammerten sich um Leifs Brust. Er rang nach Luft. »Und heute Abend findet die große Demonstration statt. Seine Fechtschüler und die Rollenspieler aus Latvinia, die er dazu eingeladen hat, sind alle da.«

»Eine erlesene Gästeliste«, sagte David plötzlich. »Fällt dir auf, dass wir nicht eingeladen wurden?«

»Ich dachte, dass Megan einfach sauer auf uns wäre. Aber was, wenn Alan dahinter steckt … oh, nein! Bitte sag mir, dass ich mich irre. Meinst du, er will heute Abend zuschlagen?«

»Er könnte die Sessel so hingebastelt haben, dass sie nicht über das Netz, sondern über seinen Computer laufen und seine persönliche Realität wiedergeben.« David bemühte sich vergeblich um innere Ruhe. »Kein Netz, keine Sicherheitsvorkehrungen. Die anderen wären völlig hilflos, wenn er versuchen würde, sie für immer in die Sim zu saugen.«

»Glaubst du, eine – wie soll ich sagen – Seele kann im Cyberspace überleben?«

»Ich habe noch nie davon gehört, dass jemand von einer Person kontaktiert wurde, die sich absichtlich entkörperlicht hat.« David flüsterte nur noch. »Höchstwahrscheinlich überlebt man das nicht.«

»Wie spät ist es?«, schrie Leif und sah auf die Uhr. »Fast zehn – die Fechtstunde ist zu Ende. Alans Demo soll gleich danach beginnen.« Er sprang zum Computer und rief Befehle, die den Bildschirm sofort erlöschen ließen. »Wir müssen Megan anrufen! Wir müssen sie da rausholen!«

Megan nahm die Maske ab und rieb sich das Gesicht mit einem Handtuch trocken. Es war ein netter Abend mit interessanten Übungskämpfen gewesen. Sie hatte sich gegen Fechter ihres Levels gut geschlagen und auch einigen Erfahreneren, einschließlich Sergej, das Leben schwer gemacht.

Sie wandte sich zu der Bank um, die an einer der Wände aufgestellt war, und grinste P. J. Farris an.

»Langsam versteh ich, was du und Leif an diesem Zeug findet«, sagte er. »Es ist wie ein tödlicher Kampf, bei dem man sich offensichtlich jede Bewegung gut überlegen muss.«

Megan lachte. »Irgendjemand hat es mal als Vollkontakt-Schach beschrieben.«

»Mir ist auch aufgefallen, wie geschickt Alan mit seinem

Messerchen umgeht«, fuhr P. J. fort. »Das wird kein leichter Kampf, wenn wir ihm in Latvinia gegenüber stehen.«

»Das ist wahr«, stimmte der Mann neben P. J. ihm zu. Megan sah ihn an. Ihre Augen wurden immer größer. Wenn man etwa 15 Jahre und einen flauschigen Backenbart hinzufügte …

»Joe Brodsky«, sagte der seltsam vertraute Fremde und reichte ihnen die Hand. »Tagsüber ein kleiner Angestellter im Politischen Rat für Öffentlichkeitsarbeit. In der Mittagspause und nachts jedoch kennt ihr mich als Graf von Esbach.« Er lachte laut auf. »Die Veeyar scheint der einzige Ort zu sein, an dem ich ein hohes politisches Amt erreichen kann.«

Er wandte sich zu dem Mann neben sich um. Zu seinem schütteren Haar und dem angespannten Gesicht fehlte nur noch ein Monokel. Er stellte sich lächelnd vor. »Walt Jaeckel, ehemaliger Streifenpolizist der Hafenpolizei, jetzt Nachforschungsbeamter bei der Post. Oder, wenn es euch lieber ist …« Er schlug die Hacken zusammen und verbeugte sich. »Oberst Vojak, zu Euren Diensten.«

»Und, wie fanden Sie die Show?«, fragte Megan.

»Hat mich ziemlich eifersüchtig gemacht«, gab Brodsky zu. »Im College habe ich selbst gefochten. Doch das hier war weitaus anmutiger. Definitiv weniger aggressiv als in meiner Erinnerung.«

Jaeckel nickte. »Überhaupt nicht wie die Schlachtfeste, die man bei den olympischen Berichterstattungen sieht – sofern man bis zwei Uhr morgens wach bleibt.«

Alan Slaney stellte sich vor die Gruppe. »Danke, dass ihr alle heute Abend gekommen seid.« Irgendetwas stimmte nicht. Megan fand sein Lächeln etwas zu breit und aufgesetzt.

Er macht sich viel zu viel Stress, dachte sie. Seine Augenringe erinnerten fast an blaue Flecken. Der Ärmste hielt sich bestimmt nur noch mit Koffein wach.

»Ich habe einen Vorschlag«, fuhr er fort. »Wir alle sind in denselben Teil des Latvinia-Abenteuers verwickelt. Wir könnten doch anstelle der Demo, von der ich gesprochen habe, unser laufendes Beta-Test-Abenteuer in einer Massensitzung beenden, wo wir schon mal alle hier sind.«

»Die Übungssimulatoren im Hinterzimmer!«, rief Megan aus. »Tolle Idee!«

Sie wandte sich an P. J. Der zuckte nur mit den Schultern. »Ich hab morgen früh nichts Besonderes vor.«

Jaeckel lachte. »Vor mir liegt auch nur ein weiterer Arbeitstag. Und wenn wir wirklich fertig werden, kann Alan morgen endlich ausschlafen und braucht uns nicht weiter damit zu belästigen, dass wir uns einklinken und weiterspielen müssen.«

Alan verzog bei dieser Bemerkung den Mund. Dann lachte er. »Da muss ich mich wohl schuldig bekennen, Walt. Was sagen die anderen?« Es brauchte nicht viel Überredungskünste, um alle zum Mitmachen zu bringen.

Alan führte sie zum hinteren Teil der Halle in den Raum, in dem sich Übungsmaterialien, Fechterinnerungsstücke und die Computer-Link-Sessel befanden.

»Alle bereit?«, frage Alan, als Megan und die anderen sich in die Sessel begeben hatten. Sie schloss die Augen … und öffnete sie in beinahe vollständiger Dunkelheit wieder. So hatte sie den Einstieg noch nie erlebt. Megan biss sich auf die Lippen, um einen Schrei zu unterdrücken. Sie hatte ein klaustrophobisches Gefühl. War etwas mit ihrer Netzverbindung schief gelaufen?

Dann fühlte sie plötzlich, dass sie etwas umklammerte. Ein Lenkrad – das Lenkrad des Mercedes Simplex! Sie saß zusammengekauert auf dem Fahrersitz. Langsam passten sich ihre Augen der Dunkelheit an. Den Geräuschen nach befand sie sich im Freien. Es war eine dunkle, mondlose Nacht. Nur das schwache Funkeln der Sterne erhellte die Umgebung etwas. Allmählich begriff sie, was vor sich ging. Eine Truppe Männer – große, stämmige Kavalleristen – schob das Auto in Position.

Als sie aufsah, erkannte sie den massiven, alten Wachturm, der sich schemenhaft gegen die Sterne abzeichnete.

»Okay«, flüsterte P. J. »Los geht's.«

Er kniete nieder, um die Anlasskurbel einzustecken. Dafür musste er unter die Metallramme greifen, die vorn am Auto angebracht worden war. Der spitze Stahlklotz erinnerte Megan an einen Schneepflug. Der einzige Unterschied war, dass der hier ein gutes Stück über dem Boden angebracht war.

»Fertig?«, flüsterte P. J.

Sie zog den Anlasser. Der Motor ratterte.

O bitte, dachte Megan flehentlich, *diesmal keine Fehlzündung.*

Das Schwungrad polterte leise los, und die Männer begaben sich hinter den Wagen. Graf von Esbach und Oberst Vojak hatten darauf bestanden, sie zu begleiten. Auch Sergej war im Wagen. In ihrem Rücken war das Kavalleriegeschwader bereit zum Angriff, sobald sie das Tor aufgebrochen hatten.

P. J. sprang auf den Beifahrersitz. »Los, los, los!«, zischte er aufgeregt. Megan legte den Gang ein, und das Auto setzte sich pfeilschnell in Bewegung. Sie flogen bergab und erreichten an die 75 Stundenkilometer, die obere Leistungsgrenze des Motors. Als sie den Anstieg des Berges erreichten, schaltete Megan erneut.

Wenn ich uns bloß nicht ins Schleudern bringe. Megan versuchte verzweifelt, das Lenkrad auf dem holprigen Untergrund unter Kontrolle zu halten.

Als die Mauern des Verlieses die Sterne verdeckten, wurde es stockfinster. Dann rammten sie das Tor bei Höchstgeschwindigkeit. Durch das Gewicht des Wagens, der Ramme und der Passagiere splitterte das mit Eisen verstärkte Holz. Sie hatten das Tor durchbrochen und befanden sich im Turm! Das Erdgeschoss war zu einem Speisesaal umfunktioniert worden. Einige improvisierte Tische waren aufgebaut, an denen ein paar Wachmänner im flackernden Fackellicht ein Zechgelage abhielten. Megan steuerte ihren selbst gebauten Panzer direkt auf einen der Tische zu. Einige der Soldaten wurden zu Boden geschleudert, andere sprangen zu ihren Waffen.

P. J. erhob sich hinter der Schutzscheibe und feuerte seine beiden Colts ab. Auch Megan mit ihrer Taschenpistole und die anderen eröffneten das Feuer. Von Esbach und Sergej zogen ihre schweren Reiterpistolen. Vojak hatte ein Gewehr mit Bajonett bei sich – »Gewohnheit«, hatte er erklärt.

Als die Kavallerie nachrückte, lagen bereits viele Wachmänner am Boden. Die übrigen zogen sich an die Treppe zurück.

»Lasst sie keine Front bilden!«, brüllte Vojak und formierte seine Soldaten zum Angriff.

Megan steckte die leergeschossene Waffe beiseite und zog den Säbel. Im Kampf Mann gegen Mann versuchten sie, Gray Piotrs Männer zurückzudrängen, bevor sie die Stufen versperren konnten.

Von Esbach hielt sie davor zurück, sich ebenfalls ins Gefecht zu stürzen. »Wir können Euer Leben noch nicht riskieren«, sagte er. Sie wurde also ans Ende der Reihe gedrängt, während sich Vojak mit seiner Truppe gewaltsam einen Weg die Stufen hinaufbahnte. Im ersten Stock entbrannte ein wahres Gemetzel. Die Gefolgsleute Gray Piotrs erwiesen sich wie erwartet als großartige Schwertkämpfer, nachdem sie sich vom ersten Schock des Überraschungsangriffs erholt hatten.

Plötzlich stieg eine Gestalt über die Treppen vom obersten Stock des Turms herab – Gray Piotr selbst.

»Ergebt Euch, Verräter«, rief Vojak. Mit hoch erhobenem Gewehr bedrohte er ihn mit seinem Bajonett.

»Nein!«, rief Megan. Alan war nicht bewaffnet.

Er hob die Hand. Sie vernahm ein gedämpftes Knistern, dann wurde der Oberst von einem Donnerschlag getroffen.

»Wir müssen Captain Winters benachrichtigen«, bekräftigte David. Er saß neben Leif auf der Rückbank des Taxis. »Das ist eine Aufgabe für die Net Force.«

»Es ist mitten in der Nacht. Wir würden nur den Anrufbeantworter erwischen. Außerdem reicht die Zeit nicht, um ihm alles zu erzählen, geschweige denn ihn zu überzeugen. Er wird Beweise verlangen – und was können wir ihm schon bieten?«

»Wir haben die Archive …«

»Alles Theorie, solange man Alan Slaney nicht persönlich kennt«, gab Leif zurück. »Und wie sollen wir ihm erklären, woher wir die vollkommen legale theoretische Literatur haben, die uns so in Panik bringt? ›Also, Captain, wir waren zufällig im Computer dieses Typen. Wie wir hineingekommen sind? Ob es eine legale Suche war? Nun, äh, nicht wirklich.‹ Im Augenblick sind wir die einzigen Gesetzesbrecher, selbst wenn wir darauf geachtet haben, keine Spuren zu hinterlassen.«

Leif schüttelte den Kopf. »Angenommen, wir würden Winters davon überzeugen, dass er uns helfen muss. Er würde auf der Basis dessen, was wir in der Hand haben, keinen Haftbefehl erhalten. Jedes Gericht würde die Anfrage ablehnen. Dann wären der Net Force die Hände gebunden.«

»Bis Slaney seinen Computer dafür benutzt, jemanden umzubringen, und man die Leiche findet.« David war entsetzt.

»Genau. Aber so lange will ich nicht warten.« Die Vorstellung, dass Megan hilflos in einem Computer-Link-Sessel lag, während Slaney mit ihr anstellte, was immer er wollte, ließ sein Herz gefrieren. »Wenn wir in der Fechthalle was entdecken, das nicht rechtmäßig ist, können wir immer noch Verstärkung rufen. Aber zuerst müssen wir dort nach dem Rechten sehen. Und vielleicht haben wir uns ja geirrt. Ich weiß nicht, wie's dir geht, aber ich bete darum, dass es so ist.«

Es starrte aus dem Taxifenster. Was hatten die ganzen Autos um zehn Uhr abends auf der Straße zu suchen?

Ihm war natürlich bewusst, dass der momentane Verkehr für Washington eher gemäßigt war. Das Taxi fuhr mit Höchstgeschwindigkeit. Doch seine dunkle Vorahnung drängte ihn zu größerer Eile. Sie schienen nur mit Schneckengeschwindigkeit voranzukriechen.

Dann kamen sie an der Halle an. Während Leif die Taxifahrt rasch mit seiner Kreditkarte bezahlte, sprang David zur Eingangstür und rüttelte ergebnislos am Türgriff.

»Zugesperrt.« Die weitere Untersuchung brachte hervor, dass die Schlösser mechanisch und nicht elektronisch waren. Alle Kniffe über das Netz wären also sinnlos.

»Es muss doch eine Hintertür geben, ein Fenster … irgendwas!«, rief Leif aus.

Das Gebäude war ein Überbleibsel aus den gefährlicheren Tagen Washingtons. Die Gegend hatte damals unter einer hohen Kriminalitätsrate zu leiden gehabt, und man hatte die vorderen Fenster einfach zugemauert. Leif rannte um den Block. Durch eine Gasse gelangte man an die Rückseite des Hauses zum Lieferanteneingang. Die Tür bestand aus massivem Metall, nicht einmal ein Türgriff war außen angebracht.

»Wenn das ganze Gebäude abgeriegelt ist, woher nehmen sie dann beim Training die Luft zum Atmen?«, fragte Leif.

»Da.« David deutete auf den Ausgang eines Belüftungssystems hoch über ihren Köpfen. »Ein Metallgitter, und dann müssten wir am Ventilator vorbei.«

»Super«, murmelte Leif. Sie gingen zur Tür zurück, doch sie war fest verankert und verschlossen.

»Du hast wohl keine Erfahrung im Türen aufbrechen?«, fragte David.

Leif schüttelte den Kopf.

»He, was ist das?«, rief David und ging an der Rückseite des Gebäudes entlang. Das Licht war gedämpft. An der Lampe über der Hintertür fehlte eine Glühbirne. Doch Leif konnte trotz der Dunkelheit erkennen, was David gemeint hatte. Im ersten Stock blitzte eine Fensterscheibe neben einem der altmodischen Feuerausgänge.

»Hilf mir hoch«, bat David.

Leif hob seinen Freund auf die Schultern, sodass dieser auf den Balkon der Feuerleiter klettern konnte. David ließ die Leiter hinunter, und Leif stieg zu ihm hoch.

»Vielleicht ein Bürofenster.« David fuhr mit den Fingern sorgfältig an der schmutzigen Scheibe entlang. »Es ist ein kleines bisschen offen. Vielleicht hilft uns das ja weiter.«

Er schob das Fenster vorsichtig nach oben und kletterte in die Dunkelheit. Als er zur Hälfte im Haus war, stieß er an etwas, das krachend zu Boden fiel.

Einen Augenblick später hörte Leif ein gedämpftes Wumppppfff! – und einen Aufschrei seines Freundes!

19. Kapitel

»Was zum Teufel tust du da?«, empörte sich von Esbach und verzichtete auf seine übliche Höflichkeit. Joe Brodsky war offensichtlich zu wütend, um seine Wortwahl zu kontrollieren. »Das hier ist eine historische Simulation, wenn auch teilweise etwas romantisiert. Wir spielen Anthony Hope, keinen Horror à la H. P. Lovecraft. Wenn die VHSO davon erfährt …«

»Ihr seid jetzt in meiner Welt«, erwiderte Alan. »Ihr solltet euch geehrt fühlen, dass ich euch erwählt habe.«

»Du spinnst doch, Slaney.« Das war definitiv Joe Brodsky, nicht länger der geschniegelte Graf von Esbach. »Ich verschwinde.«

Er konzentrierte sich einen Augenblick und gab anscheinend Computerbefehle. Dann riss er die Augen auf. »Du …«

Slaney hob erneut die Hand, doch von Esbach/Brodsky erwies sich als überraschend rüstig und warf sich zu Boden. Der Blitz knisterte über ihn hinweg.

»Niemand wird sich verabschieden.« Alans Stimme nahm einen beschwörenden Tonfall an. »Ihr habt diese Welt durch mein Portal betreten. Hier werdet ihr eine neue Existenzform annehmen.«

Megan hörte ihm kaum zu. Sie versuchte angestrengt, sich aus der Sim auszuklinken – doch das Programm erwiderte immer nur ›Erlaubnis verweigert‹.

»Wir sind gar nicht im Netz«, zischte ihr P. J. heiser ins Ohr.

Die Sessel in der Halle … sie mussten mit einem eigenständigen System verbunden sein, dachte Megan. »Es ist wirklich Alans Welt. Wir sitzen hier fest …«

Sie sah zu dem geschwärzten Körper Oberst Vojaks hinunter.

Walt Jaeckel war vielleicht wirklich tot!

Megan zuckte erschrocken zurück, als Alan ihr bittend die Hand entgegenstreckte. »Warum weist du mich zurück? Siehst du nicht, welche Chance ich dir anbiete? Du wirst meine Königin.«

»Und du unser Gott, was?« Sie musste die Worte durch ihre trockene Kehle hindurchwürgen. Doch mit jeder Silbe wurde sie wütender.

»Ich habe einen Raum kreiert, in dem du niemals altern wirst. Erinnerst du dich daran, was Burton – der Fechter und Poet – in der *Kasidah* geschrieben hat? ›Kaum lernen wir, das Schwert zu schwingen, wird unser Arm schon steif und kalt.‹ Das wird uns niemals passieren.«

»So lange niemand den Stecker aus den Computern zieht, in denen du deine Fantasie auslebst«, gab sie zurück.

Slaneys Gesichtsausdruck änderte sich nicht, doch die Luft schien etwa zehn Grad kälter zu werden. Doch, da war eine Veränderung. Erst schwach, dann immer stärker, gingen Strahlen von Alans Gesicht aus, von seinen Händen … sie schienen aus seiner Haut durch die Kleidung hindurch zu kommen und ließen die graue Uniform leuchtend weiß erscheinen.

»Du nanntest mich Gott, törichtes Weib«, grollte Slaney. »Und in diesem Universum hast du Recht. Kniet alle nieder vor mir!«

Die überlebenden Nebencharaktere fielen auf die Knie. Die anderen Mitspieler – diejenigen mit freiem Willen – sahen einander an. Dann wurde die Stille vom Dröhnen zweier Colts durchbrochen.

Die gewaltigen Kugeln aus P. J.s Pistolen beschädigten Alans Kleidung nicht einmal oberflächlich. Megan fragte sich, ob sie beim Kontakt zerfallen oder einfach durch ihn hindurchgeflogen waren.

»Verdammt«, fluchte P. J., als seine Munition aufgebraucht war. »Ich hab gewusst, dass ich Silberkugeln hätte mitnehmen sollen.«

Slaneys Wut war Furcht einflößend. Mit hoch erhobenen Armen wandte er sich zu P. J. um.

»Die Schweißflecken sind deinem göttlichen Image aber nicht gerade zuträglich«, rief Megan und schob sich in Richtung Treppe.

Slaney hielt inne und schielte unter seine Achseln.

»Reingelegt«, rief Megan über ihre Schulter.

Sie hatte P. J. bereits am Arm geschnappt und huschte die Stufen hinunter.

David sackte nach unten. Doch anstatt von der Fensterbank zu fallen, schien er irgendwo fest zu hängen. Er keuchte vor Schmerz und schlug im Dunkeln um sich. »Mein Bein!«, krächzte er. »Mein Bein steckt fest!«

Leif zog sich hoch, um seinem Freund zu helfen. Als er versuchte, durch das Fenster zu greifen, stieß seine Hand an ein raues, splitterndes Hindernis. Er drückte sanft dagegen, und David klappte beinahe zusammen. Er schrie wieder schmerzerfüllt auf. Leif hielt ihn mit beiden Händen fest. »Es hat mich noch mal getroffen.«

»Stütz dich auf meine Schulter.« Diesmal drückte Leif noch vorsichtiger gegen die unsichtbare Barriere.

Nein, nicht unsichtbar. Nur gut getarnt. Es war ein riesiges Stück Sperrholz, größer als das Fenster, schwarz bemalt. Das untere Ende gab nach, als Leif dagegen drückte, doch je weiter er nach oben griff, desto mehr Widerstand fühlte er.

»Fies«, murmelte er. Dann wandte er sich an David. »Willst du rein oder raus?«

»Raus – außer du weißt, was mich da gerade angefallen hat.«

»Eine Falle. Einfach, aber effektiv. Eine zwei Zentimeter dicke Sperrholzplatte, die oben mit ein paar Scharnieren versehen ist. Die Platte wird so hochgezogen, dass sie parallel zum Boden hängt und dann mit einem schwarz bemalten Stück Holz abgestützt. Fertig ist die Falle. Das Teil ist im Dunkeln völlig unsichtbar. Als du durch das Fenster geklettert bist, bist du an die Stütze gekommen und hast sie runtergeworfen. Dann ist die Platte runtergeklappt und auf dich draufgekracht.«

»Jetzt weiß ich, wie sich eine Fliege fühlt, wenn die Fliegenklatsche auf sie niedersaust.«

»Also? Rein oder raus?«

David stützte sich kurz schwer auf seine Schulter und dachte nach. »Rein«, beschloss er dann. »Schlimmer kann's ja nicht werden. Selbst wenn, ich kann ja sowieso nichts dagegen machen.«

»Halt dich gut fest.« Leif drückte gegen die Platte und befreite Davids Bein. »Wenn ich dir das Teil vom Leib halte, kannst du dann dein anderes Bein rüberschwingen?«

»Ich versuch's.«

Es war ein mühevolles, schmerzhaftes Unterfangen, doch schließlich hatte er sich auf dem Fensterbrett umgedreht und ließ sich nach unten gleiten. Als er auf seinem verletzten Bein landete, stöhnte er vor Schmerz auf.

Der Druck an Leifs Händen ließ etwas nach. »Ich hab's«, sagte David. »Hast du genug Platz?«

Leif zwängte sich durch und fing sich dabei ein paar Schrammen ein. Als er endlich im Gebäude war, ließen David und er die Falle gegen die Wand knallen. Leif beugte sich über seinen an der Mauer zusammengekauerten Freund. »Geh schon«, flüsterte der. »Ich bin dir keine große Hilfe mehr – ich kann nur Verstärkung holen.«

»Verstärkung?«, wiederholte Leif verständnislos.

»Es war zwar nicht wirklich legitim, hier einzudringen«, stellte David ernst fest. »Aber Todesfallen sind auch nicht legal, zum Teufel. Das ist ein Fall für die Cops und die Net Force. Captain Winters wird mich anhören, wenn ich ihm erkläre, wo ich bin und was mir gerade passiert ist.«

Leif hörte, wie sein Freund in der Dunkelheit nach etwas suchte. »Ich hab mein Brieftaschentelefon. Captain Winters' Nummer ist eingespeichert. Leif … los! Du bist jetzt der Einzige, der Slaney davon abhalten kann, Dummheiten zu begehen!«

Dieser Gedanke traf Leif mit ähnlicher Wucht, wie die Falle zuvor David getroffen hatte. Er rappelte sich mit verzweifelter Hast auf, zwang sich dann aber zu langsamen und bedächtigen Bewegungen. Mit einer kleinen Taschenlampe hielt er nach Stolperdrähten und anderen unangenehmen Überraschungen Ausschau, die ihm Slaney möglicherweise in den Weg gelegt hatte.

Er hatte Glück. Vielleicht war die Falle auch nicht Slaneys Werk gewesen. Er erreichte den Gang ohne weitere Zwischenfälle. Nachdem er eine Halle durchquert und ein paar Stufen erklommen hatte, erkannte er links von sich die Fechthalle in dunklem Schatten. Gegenüber befand sich eine Tür. Sie war geschlossen, doch er bemerkte einen Lichtschimmer am Boden.

Er schlich hinüber und drehte den Türknauf. Nicht verschlossen. Mit einem tiefen Atemzug stieß er die Tür auf. Die bizarre Szenerie im Inneren des Raums verschlug ihm den Atem. Neun der zehn Computer-Link-Sessel waren besetzt. Acht Benutzer schienen unter einer furchtbaren Spannung zu stehen. Sie wanden sich und zuckten, als kämpften sie darum, ihr Bewusstsein wieder zu erlangen – doch vergeblich.

Der zehnte Sessel schien ausgeschlachtet worden zu sein. Schaltkreise und Kabel waren aus der Verkleidung herausgerissen – und mit Alan Slaney verbunden.

Der gut aussehende, junge Mann hatte sein Hemd ausgezogen und die Leitungen an Oberkörper, Nacken und Kopf befestigt. Die ausrasierten Stellen an seinem Kopf ließen ihn noch unwirklicher erscheinen. Er sah aus wie der Bösewicht aus einem Billig-Horrorfilm, der gerade aus der Elektroschock-Therapie geflohen war.

»Es ist vorbei, Slaney.« Leif trat auf ihn zu. »Ich weiß, was du vorhast. Die Net Force ist bereits unterwegs …«

Slaney schien nur halb bei Bewusstsein zu sein. Er schleuderte den Arm nach vorn, als würde er etwas nach Leif werfen. Da nichts passierte, wurde er aufmerksam.

»Verschwinde«, knurrte er. »Du kannst mich nicht aufhalten.« Mit einem Sprung in Richtung Wand schnappte er sich einen der beiden dort aufgehängten Säbel.

Das war keine Turnierklinge. Sie war echt. Leif erkannte den österreichischen Duellsäbel sofort. Er blieb stehen und warf einen raschen Blick auf die Wand zu seiner rechten Seite. Zwei Säbel mit geraden Klingen waren dort zur Dekoration angebracht. Er sprang hinüber und schnappte sich einen.

Das Ding war massiv. Ein alter, schwerer Wilkinson-Kavalleriesäbel.

Alan begab sich in *En-Garde*-Position. »*Allez!*«, rief er höhnisch. Das Startkommando aus Leifs verhängnisvollem Duell mit dem französischen Meister.

Doch Alan nahm nicht die weibische Pose der französischen Fechtschule ein. Er begab sich in die konfrontative Stellung der spanischen Sabreurs, Hand auf der Hüfte, die Spitze genau auf Leifs Augen gerichtet.

Leif blieb bei der moderneren ungarischen, offensiv-defensiven Position, auch seine Faust ruhte auf der Hüfte. Er hielt die Schwertspitze in Bewegung und unterband jeden von Alans Versuchen, einen Kontakt zwischen ihren Klingen herzustellen.

Spöttisch brachte Alan die Spitze seiner Klinge nach außen. Leif schmetterte seinen Säbel gegen den des Gegners und versuchte, ihn beiseite zu schlagen und Alan am Handgelenk zu treffen. Noch einmal … Zum dritten Mal hob er an und zwang Alan, einige Schritte zurückzuweichen.

Dann riss Slaney der Geduldsfaden. Er parierte und setzte einen kleinen Schnitt in Leifs Gesicht.

Nun musste Leif rasch in die Defensive gehen.

Das ist nicht wie das virtuelle Duell in Latvinia. Alan wird nicht nur versuchen, mich zu verletzen, um mir zu zeigen, wer hier der Boss ist, dachte Leif. *Er wird mir einen Schnitt in Gesicht oder Kehle verpassen, um das Duell zu beenden – für immer.*

Doch auch Leif hatte dank seiner Abenteuer in Latvinia

einige Tricks gelernt. Er parierte Alans Hieb und ging selbst zum Angriff über.

Alan wich mit einer kreisförmigen, rechtsgerichteten Parade aus und hob zu einem Schnitt auf Kopfhöhe an. Leif zog seine Klinge nach oben, wehrte den Schlag ab und traf Alan mit einem Rückwärtshieb am Säbelarm.

Das wird noch nicht reichen, um ihn aufzuhalten, wurde Leif plötzlich bewusst. *Aber vielleicht kann ich ihn dazu bringen, einen Fehler zu machen.*

»Treffer«, sagte er lächelnd.

Alan preschte wütend nach vorn, doch er wurde wie ein Hund an der Leine zurückgerissen. Die Kabel an seinem Körper ketteten ihn an den Computer-Link-Sessel.

»Verdammt!«, schrie er. »Ich bring' dich um! Ich bring' euch alle um!«

Megan brach sich beinahe ihr virtuelles Genick, als sie mit P. J. im Schlepptau die Stufen hinunterpolterte. Diese schmerzhafte – wenn auch unorthodoxe – Maßnahme hatte sie jedoch vor Alans Blitzschlag gerettet. Sie wusste, dass sie dem nächsten Angriff kaum würden ausweichen können.

Doch nichts geschah. Alan warf sich plötzlich auf die Seite und erschreckte den armen Sergej damit beinahe zu Tode. Er wich zurück, als Alan einen Hieb in die Luft setzte. Slaney schenkte dem jungen Russen jedoch keinerlei Beachtung. Er wandte sich ab und nahm die *En-Garde*-Stellung ein – ohne Säbel.

Pantomimisch vollführte er einige perfekte Finten, gefolgt von einem Rückzug und einem zornigen Angriff. Megan und P. J. erhoben sich langsam, als die makabre Vorführung weiterging.

Alan wich plötzlich zurück. Ein roter Fleck erschien auf seinen strahlenden Gewändern, als ob …

»Er wurde getroffen!«, schrie Megan ungläubig auf. »Er kämpft da draußen gegen irgendjemanden und hat sein System so programmiert, dass es die Bewegungen und das Erscheinungsbild der wahren Welt wiedergibt!«

Megans Aufschrei hatte einen unbeabsichtigten Nebeneffekt. Alans Blick fokussierte sich wieder auf die virtuelle Welt. Er hetzte die Stufen nach oben. »Verdammt!«, kreischte er. »Ich bring' dich um! Ich bring' euch alle um!«

Meint er mich damit?, fragte sich Leif. *Oder die Leute, die er in der Veeyar gefangen hält? Was, wenn er jetzt versucht, sie zu entkörperlichen?* Er hatte gehofft, das Gefecht würde Alan davon abhalten, sein grausames Projekt in die Tat umzusetzen. Um jeden Preis musste er versuchen, ihn weiterhin abzulenken.

Er warf sich nach vorn und setzte eine Angriffsfinte, indem er eine Bewegung in Richtung von Alans Wange andeutete. Als Slaney parierte, duckte sich Leif und wickelte so viele Kabel wie möglich um seinen Säbel. Mit einer Drehung des Handgelenks riss er die Elektroden von Alans Körper.

Im Veeyar-Königreich wurden die eingeschlossenen Spieler von Alan Slaneys markerschütterndem Schrei beinahe zu Boden geworfen. Megan zwang sich dazu, ihn anzusehen. Auf der prachtvoll glänzenden Aura des Möchtegern-Gottes erschienen graue Lepraflecken. Formlose Energiekleckse stoben explosionsartig von seinem Körper.

Ein Tropfen traf einen der Nebencharaktere, der sofort in Flammen aufging. Unter den realen Beteiligten brach Panik aus. Alan versperrte ihnen den Fluchtweg. Todesklumpen flogen um sie herum, doch sie hatten mehr Angst davor, durch einen Fluchtversuch seine Aufmerksamkeit auf sich zu ziehen, als vor der umherspritzenden Energie.

P. J. packte Megan grob am Arm. »Jetzt wäre der richtige Zeitpunkt für ein paar brillante Programmiertricks. Anscheinend ist er geschwächt und abgelenkt. Wenn du sein System irgendwie durchbrechen könntest …«

»Ich versuch's.« Sie klang skeptisch. »Tu mir einen Gefallen. Sorg bitte dafür, dass ich nicht geröstet werde, während ich mit dem Computer ringe.«

Sie schloss die Augen und probierte jeden Computerbefehl aus, den sie je gehört hatte, um zu sehen, wie weit sie die Kontrolle über das System gewinnen konnte …

Leif hoffte, dass Alan seinen kranken Plan, sich und seine Gefangenen zu entkörperlichen, nun nicht mehr ausführen konnte. Das war die gute Nachricht.

Die schlechte Nachricht war, dass Alan, einer der besten Fechter, die man sich vorstellen konnte, vor Wut schäumte – und jetzt frei war, um Leif mit seinem Schwert nachzustellen. Slaney attackierte mit einigen mehrfachen Windmühlen. Seine Klinge schwirrte um Leifs Körper herum und pfiff blutlüstern durch die Luft.

Leif blieb nur der Rückzug. Panisch parierte er und wich Alans brutalem Angriff aus.

Der nächste Zug überraschte ihn völlig. Alan stach zu. Leifs Parade erfolgte einen Augenblick zu spät. Die beiden Klingen schliffen aneinander entlang, Stahl kratzte auf Stahl. Beinahe hatte er den Angriff abgewehrt … beinahe. Die Spitze grub sich unter Leifs Schultergelenk in den Brustmuskel.

Er stolperte nach hinten. *Hat sich wohl in meinem Hemd*

verfangen. Dann erst fühlte er den Schmerz ... etwas Warmes rann seinen Arm hinunter. *Volltreffer*, dachte er trocken. *Ich blute*.

Er hatte keine Möglichkeit, den Blutstrom zu stoppen, weil er mit der Hand nicht an die Wunde kam. Jede Bewegung sandte ein glühendes Stechen durch seine Schulter. Der Arm hing nutzlos herab. Und jeder Versuch, das Blut mit der Säbelhand aufzuhalten, würde tödlich enden.

Leif war bewusst, dass er nicht mehr lange durchhalten würde. Er verlor nicht nur Blut. Mit der dunkelroten Flut wurden auch seine Geschwindigkeit und Kraft hinweggespült. Die Frage war nur, was zuerst geschehen würde – würde er ohnmächtig oder an die Wand gedrängt werden, die sich bedrohlich hinter ihm aufrichtete? So oder so würde Alan ihn abstechen.

Leif schaffte es keuchend, die linke Hand in den Bund seiner Jeans zu stecken. Er unterdrückte einen Schmerzensschrei. Sein Ärmel war bereits durchtränkt, der nasse Fleck breitete sich auch über seine Brust aus.

Doch auch Alan war nach seiner Explosion wütender Energie erschöpft. Er ging in die Defensivstellung zurück, seinen Säbel schräg nach unten ausrichtend. Das war eine direkte Einladung an Leif, das Blatt durch einen Ausfallschritt zu wenden.

Es war verlockend. Eine Angriffschance, vielleicht seine letzte. Doch damit würde er sich auf Alans Spiel einlassen. Die Konsequenzen, darüber war er sich bewusst, konnten tödlich sein.

Er setzte sich in Bewegung. Pures Adrenalin und sein Muskelgedächtnis übernahmen jetzt die Kontrolle. Er begann mit einer modernen Bewegung – makellose ungarische Säbeltechnik. Den Weg seines Gegners kreuzend, trat er vor, schlug Slaneys Säbel nach unten und ging dann zu einem Laufangriff über. Doch er wandte keine *Flèche* an. Er vollführte den klassischen Schritt, aus dem sich der Ausfallschritt entwickelt hatte: die *Passata*.

Während er an Slaney vorbeihuschte, schöpfte er neue Kraft, um seinen Säbel mit dem Handgelenk nach oben herumzuziehen.

Der Hieb traf Alan an der Kehle, ein tiefer Schnitt, der sich bis zum Kiefergelenk hinzog. Alan wandte sich um und starrte Leif an, seine Hand fuhr an den Hals.

Es war zu spät. Die Halsschlagader war getroffen. Zwischen seinen Fingern quoll Blut heraus. Noch in der Drehung fiel er leblos zu Boden.

Leifs Adrenalinstoß ebbte langsam ab, und er schwankte. Er sah Slaney vor sich am Boden, doch der Rest der Welt verdunkelte sich vor seinen Augen. Der Säbel war ihm plötzlich zu schwer geworden und fiel klirrend zu Boden. Dann gaben seine Beine unter ihm nach.

Hoffentlich holt David schnell Hilfe, dachte er im Fall. *Es wäre wirklich armselig, wenn ich diesen Kerl aufgehalten hätte, nur um dann zu verbluten …*

Megan kämpfte sich zu Bewusstsein. Sie zitterte vor Erschöpfung am ganzen Körper. Der Kampf gegen Alans abartiges Programm hatte buchstäblich ihr Gehirn ausgewrungen. Bebend richtete sie sich im Computer-Link-Sessel auf und befürchtete, sie würde dem verrückten Genie entgegentreten müssen.

Doch stattdessen fand sie Alan mit dem Gesicht nach unten in einer rasch größer werdenden Blutlache. Hinter ihm entdeckte sie Leif Anderson, der wie ein gefällter Baum zu Boden sank.

Ihr überlastetes Gehirn brauchte einen Moment, um den blutverschmierten Säbel, der Leif aus der Hand fiel, mit dem reglosen Körper am Boden in Verbindung zu bringen. Dann bemerkte sie den schrecklichen roten Fleck, der die Hälfte von Leifs Hemd bedeckte.

Wie eine Fata Morgana tauchte Megan plötzlich vor Leifs Augen auf. Mit zitternden Händen griff sie nach ihm. »Du hast mit Alan gekämpft, um mich zu retten.« Sie klang so schwummrig wie er sich fühlte. »Du … du …«

Plötzlich wurde sie deutlicher. Das war eindeutig die Megan, die er zur Genüge kannte. »Du Idiot!«, schrie sie ihn an. »Ich wusste, dass du Alan nicht ausstehen konntest …«

»Aus gutem Grund«, keuchte er.

Megan schenkte ihm keine Beachtung. »Du musstest ja unbedingt mit deinem Säbel rumspielen, und dann wirst du auch noch verletzt … du testosterongesteuerter Macho!«

Während sie sprach, zog sie Leif überraschend zärtlich in eine sitzende Haltung. »Dass du allein hierhergekommen bist …«

»Bin ich nicht. David ist auch dabei. Er liegt verletzt im Büro.«

Megan funkelte ihn an und riss dabei sein Hemd auf, um die Wunde frei zu legen. »Du hast David auch in Gefahr gebracht?«

»Eine Falle hat sein Bein getroffen. Er holt gerade Hilfe.«

»Blödmänner«, murmelte sie ihm ins Ohr. Er lehnte sich an sie. »Ihr Hirnis.« Mit einem Arm hielt sie ihn umfangen, die andere Hand legte sie auf den Einstich und drückte zu.

Druck ausüben, um die Blutung zu stoppen, erinnerte sich Leif verschwommen an die Erste-Hilfe-Kurse der Net Force Explorer.

»Ich kann nicht fassen wie dumm … wie leichtsinnig …«

»He«, presste er hervor. »Wenn wir in Latvinia wären, hättest du jetzt dein Herz an mich verloren.«

Megan machte ein Geräusch, das irgendwo zwischen einem Lachen und einem Schluchzen lag. »Träum weiter, Anderson.«

Geborgen in Megans Armen, ließ Leif den Kopf an ihre Schulter sinken und wartete auf die Ankunft der Polizei, der Net Force und vor allem eines Krankenwagens. Er konnte bereits die Sirenen hören.

Alles würde gut werden. Seine Freunde waren gerettet. Auch er selbst würde es trotz Alans Bemühungen überleben. Und Winters würde warten müssen, bis man ihn wieder zusammengeflickt hatte, bevor er ihn anbrüllen und ihm die zweifellos schlimmste Standpauke seines Lebens halten konnte. *Aber*, dachte er verschwommen, *es war Notwehr – jeder gute Anwalt wird mich da raushauen, noch bevor der Papierkram erledigt ist. Zum Glück kann ich mir einen guten Anwalt leisten.*

Doch was am besten war: Megans Umarmung fühlte sich richtig gut an.

Tja, dachte er und unterdrückte ein Lächeln. *Träumen ist ja schließlich erlaubt.*

Special Net Force – **Schattenwelt**

Wir möchten den folgenden Personen danken, ohne deren Mitarbeit dieses Buch nicht möglich gewesen wäre: Martin H. Greenberg, Larry Segriff, Denise Little und John Helfers von Tekno Books; Mitchell Rubenstein und Laurie Silvers von Hollywood.com; Tom Colgan von Penguin Putnam Inc.; Robert Youdelman, Esq., und Tom Mallon, Esq., sowie Robert Gottlieb von der William Morris Agency, unserem Agenten und Freund. Wir wissen ihre Hilfe sehr zu schätzen.

1. Kapitel

Nick stand in der Finsternis vor dem Eingangsportal und blickte an den schier endlosen Säulen entlang nach oben. Um ihn herum herrschte vollkommene Stille.

Die polierten Basaltsäulen waren so hoch, dass ihr Ende nicht zu erkennen war, und schienen sich in der Dunkelheit zu verlieren. Doch in der schwarzen Leere dazwischen funkelte eine glühend rote Inschrift:

LASST, DIE IHR EINTRETET,
ALLE HOFFNUNG FAHREN™

Nick verharrte noch einige Augenblicke und ging dann durch das Portal.

Die Musik war das Erste, das über ihn hereinbrach, und genau deswegen war er hier. Er konnte es kaum glauben, dass er diese stampfenden, eindringlichen Bassrhythmen wirklich einmal nicht gekannt hatte. Der Bass stand in krassem Gegensatz zu der hohen Singstimme, die am Anfang ruhig klang und dann im Laufe fast jeden Lieds höher und höher kletterte, bis nur noch ein vollkommen hemmungsloses Kreischen fröhlicher Wut zu hören war. Genau dies hatte Nicks Aufmerksamkeit geweckt, als er zum ersten Mal ein Virteo von Joey Bane sah: die *Fröhlichkeit.* Dieser Mann genoss seine Wut in vollen Zügen, und es war ihm egal, wenn andere das merkten. Der Song, der ihn am Portal empfing, war der Erste, den Nick je gehört hatte: ›Zu fertig, um sich aufzuregen‹. Es war das berühmteste Lied von Bane und Nicks Lieblingsstück.

Während Nick durch die Dunkelheit wanderte, wurde die Musik immer lauter, sodass sie das Stöhnen und Jammern fast vollständig übertönte. Der Lärm war hier sowieso nicht so schlimm. Er befand sich auf der obersten Ebene, im Anfänger-Level, das, obwohl es zunächst irgendwie beeindruckend wirkte, doch ziemlich langweilig und nicht richtig schockierend war. Nick fand, das war höchstens was für vollkommen hoffnungslose Fälle – Menschen, die nicht viel rumkamen oder aus Angst, sich weiter in die virtuelle Realität hineinzuwagen, höchstens ihre Virtmails beantworteten. Die vielstimmigen Schmerzensschreie hatten ihn am Anfang ein wenig irritiert – doch dann wurde er durch den eindringlichen Beat von Banes Musik abgelenkt, und nach fünfzehn oder zwanzig Minuten war ihm seine Umgebung völlig gleichgültig geworden.

Ein grauer Himmel, der tief über dem Ödland hing, tote Baumstümpfe, überall verstreute Felsbrocken, drückende Hitze, die von keinem Windhauch gemildert wurde … Trostlos war es hier. Der Ort sah genauso aus, wie sich Nick im Moment fühlte, und die Geräusche im Hintergrund, das Heulen und Jammern, verstärkten diesen Eindruck noch. Während er mit den Händen in den Taschen seines Overalls und bedrücktem Gesicht durch den lebensfeindlichen grauen Staub schlurfte, hörte er im Geiste die Worte seiner Mutter: »Musst du denn die Schultern so hängen lassen? Steh gerade. Sieh dich mal an, man könnte meinen, du hättest nicht den geringsten Spaß am Leben – na ja, bei deinem letzten Zeugnis …«

Nick runzelte die Stirn. Er hatte fast eine Woche lang versucht, die Hände nicht in die Taschen zu stecken, sozusagen als Experiment. Doch das lenkte seine Mutter keineswegs von ihren Lieblingsthemen ab. Im Moment ritt sie ständig auf seinen schulischen Leistungen herum. Er konnte es einfach nicht mehr ertragen, dass sie immer wieder damit anfing. *Als ob es neben dem College nicht tausend andere tolle Dinge zu tun gäbe*, dachte Nick. *Und ich bestehe schließlich immer, wenn auch nicht unbedingt mit Spitzenergebnissen.* Doch seine Mutter interessierte sich nicht für seine Meinung, und seinem Vater schien alles egal zu sein. Letzteres war eigentlich nicht zu seinem Nachteil. »Lass den Jungen in Ruhe, Miriam«, murmelte er gewöhnlich, wenn er in den hinteren Teil des Hauses und in Richtung Implantat-Zimmer ging. »Er hat genug eigene Probleme.« Und die hatte Nick wirklich. Doch was auch immer Nicks Vater interessieren mochte, auf keinen Fall waren es Nicks Probleme. Nick hatte schon zu überlegen begonnen, wie er wohl das Interesse seines Vaters wecken könnte.

Dann hatte er Deathworld entdeckt.

Wer diese virtuelle Domain besuchte, nannte sie allerdings anders. Insider sprachen von ›den Kreisen‹, ›Banes Site‹ und ›den unteren Ebenen‹, wobei niemand von den Leuten, die Nick bisher getroffen hatte, jemals die unteren Ebenen gesehen hatte. Die standen im Ruf, wirklich Furcht einflößende Umgebungen voller Qual und Angst zu sein, und galten als absolut cool. Nick wollte unbedingt herausfinden, ob an diesen Gerüchten etwas dran war. Bei einer Site wie dieser musste man immer damit rechnen, dass so was nur ein Publicitygag war. Schließlich war der Inhaber die bekannteste Persönlichkeit des Shadowjazz-Stils, ein Mann, der seine erste Million verdient hatte, als er nur vier Jahre älter war als Nick jetzt. Nick seufzte. *Das war nun wirklich ein deprimierender Gedanke … was Dad wohl davon halten würde?*

Vielleicht war es klüger, wenn er das für sich behielt. Weder Nick noch sein Vater würden sich in naher Zukunft zu den Millionären zählen können. Geld war bei seinem Vater ein heikler Punkt. Sein Job im Vid-Studio war im Moment nicht sehr sicher – vor kurzem war erneut Personal abgebaut worden, und alle Mitarbeiter waren nervös. Eigentlich hätte er ja Mitgefühl mit seinem Vater zeigen sollen, aber dieser hatte sich schließlich in letzter Zeit auch kaum für die Probleme seines Sohns interessiert. Nick zuckte die Achseln. Sollte sein Vater selbst damit fertig werden.

In der Ferne wurde der alte, verdorrte, völlig kahle Baum sichtbar, der die Nähe des Flussufers anzeigte. Nick marschierte in seine Richtung, wobei er mit den Füßen den Staub aufwirbelte. Er hatte nichts dagegen, dass sein Vater zurzeit mit anderen Dingen beschäftigt war. Als dieser bei einem Blick auf die letzte Internetrechnung der Familie von Nicks Besuchen in Deathworld erfahren hatte, hatte es nämlich Ärger gegeben … mehr Ärger, als Nick für gerechtfertigt hielt.

»Mir gefällt es nicht, dass dieser Mann mein hart verdientes Geld einsteckt«, hatte sein Vater gemeint, der gerade zu Abend aß, als Nick durch die Küche ging. »Der Typ ist ein Spinner. Die Domain ist voll mit schädlichem Zeug; ich habe in den Nachrichten vor ein paar Tagen etwas darüber gesehen. Und Joey Bane hat schon genug Geld, unseres braucht er bestimmt nicht mehr. Du musst damit aufhören.«

Nick hatte etwas Unverständliches gemurmelt und die Küche verlassen, ohne sich dazu zu äußern, was er tun oder lassen würde. Doch nun stand die nächste Rechnung ins Haus. Wenn sein Vater die aufgeschlüsselten Kosten sah, würde er sofort wissen, wo Nick gewesen war.

Das gibt Ärger …

Und doch fühlte sich Nick bei dieser Vorstellung seltsam zufrieden. Egal, wie viel Wind sein Vater um die Sache machen würde, es lohnte sich auf jeden Fall. Er dachte nicht daran, seine Besuche auf der Site aufzugeben. Nick war kein herausragender Schüler, kein toller Sportler und auch bei Mädchen nicht übermäßig erfolgreich. Aber er hatte es bis nach Deathworld geschafft, was die meisten seiner Mitschüler nicht von sich behaupten konnten. Auch außerhalb der Schule standen viele Jugendliche Wochen oder Monate auf der Warteliste, ohne dass sich etwas tat.

Es war nicht bekannt, nach welchem System Banes Computer diejenigen auswählte, die hineingelassen wurden. An der Schule kursierte das Gerücht, es gebe so etwas wie eine geheimnisvolle, unverständliche ›Coolness-Bewertung‹. Es war schon eine Auszeichnung, überhaupt Zugang zu ›den Kreisen‹ zu bekommen. Damit bestand immerhin die Möglichkeit, dass man es bis auf die angeblich so gefährlichen untersten Ebenen schaffte. Niemand wusste jedoch genau, was mit den Besuchern geschah, die auf diese Ebenen vordrangen, nur um festzustellen, dass sie längst nicht so abgebrüht waren, wie sie geglaubt hatten. Es gab Gerüchte über Krankenhauseinweisungen, und jeder hatte von den Selbstmorden gehört.

Nick kümmerte das nicht, und was sein Vater von seinen Besuchen in Deathworld hielt, war ihm erst recht egal. Irgendwie gefiel es ihm sogar, dass sich sein Vater ärgerte. *Wenn du meinst, Mom und ich wären dafür zuständig, dass du ein schönes, problemloses Leben hast,* dachte er, *dann hast du dich getäuscht. Das bekommen wir von dir nämlich auch nicht. Mom kann tun, was sie will – aber ich möchte Spaß haben. Wenn dich das stört, Pech gehabt. Ich kann mich anstrengen, wie ich will, es ändert sich ja doch nichts. Warten wir ein-*

fach ab, was geschieht, wenn ich dir mal nicht aufs Wort gehorche.

Nick grinste. Es war ein tolles Gefühl, Dinge denken zu können, die in ihrem kleinen Haus, wo sich nie etwas änderte, außer zum Schlechteren, sofort zensiert worden wären. Er konnte tun, was er wollte, daheim wurde es einfach nicht besser.

Der Baum rückte näher. Schon glaubte Nick, das kühle Fließen von Wasser zu hören. Auf der staubigen Ebene bewegten sich Menschen. Einige trugen moderne Kleidung und waren wahrscheinlich real, viele andere hatten Kleider aus vergangenen Zeiten an, die Jahrzehnte, Jahrhunderte oder gar Jahrtausende alt sein mussten. Sie wanderten umher und klagten in unzähligen Sprachen ihr Leid. ›Hundert Arten, um Hilfe zu schreien‹, hieß das im Lied. Es war laut, doch sobald man sich daran gewöhnt hatte, bemerkte man andere Dinge. Hier auf der obersten Ebene wiederholten sich die Schreie nach einiger Zeit. So konnte man tatsächlich nur anhand des Lärms, und ohne Gespräche zu führen, erkennen, welche der Gestalten wirkliche Menschen waren, also andere virtuelle Besucher von Deathworld. Diese so genannten ›Gasttoten‹ nutzten Deathworld wie Nick dazu, selbst Lärm zu produzieren und sich daran zu erinnern, wie sinnlos das Leben war. Hier störte sie niemand dabei. Nick interessierten die Gasttoten auf dieser Ebene nicht besonders, vor allem, da er sie nicht mehr benötigte. Weiter unten wurde alles viel aufregender, das war die allgemeine Meinung. Die Leute waren gefährlicher und interessanter und der Abstand zur realen Welt noch größer. Und von dieser Welt hatte Nick so richtig genug.

Nachdem er das erste Level gelöst hatte, machte ihm das Schreien und Kreischen der gefolterten Seelen, das die rauchige Luft um ihn herum erfüllte, kaum mehr etwas aus. Man gewöhnte sich nach einiger Zeit daran und brauchte neue Schrecken. Doch der Zugang zu diesen Erlebnissen war gar nicht so einfach, denn das System von Deathworld ermöglichte ein Vordringen in die tieferen Ebenen erst, wenn man sich in den darüber liegenden bereits eine gewisse Zeit aufgehalten und mit den Leuten dort gesprochen hatte. Erst wenn man genügend Leute getroffen und mit ihnen alle gesammelten Informationen über die derzeitige Ebene ausgetauscht hatte, durfte man als Belohnung in eine tiefere Ebene, in die unteren Kreise, wo die virtuellen Erfahrungen lebendiger und unkontrollierter waren.

Die Stimme Banes erklang in der Dunkelheit:

»Die Welt wird realer,
und alles einfach nur schlechter:
egal wie schnell du läufst,
du kannst dem Leichenwagen
nicht entkommen …«

Mit den Füßen den Staub aufwirbelnd, hielt Nick auf den Baum zu. Dabei ließ er den Blick in die Ferne schweifen. Am Anfang hatte es ihn überrascht, dass die anderen immer gleich weit entfernt zu sein schienen, egal wie lange er auf sie zuging. Dann entdeckte er, dass diese Distanz ein Teil der ›Sprache‹ der Domain war und nicht allein durch Gehen in eine bestimmte Richtung, sondern auch durch Willensstärke überwunden werden musste. Man musste vom Weg abweichen und sich durch die Materie dieses dunklen Universums kämpfen, um tatsächlich mit jemandem sprechen zu können. Bei einigen Menschen konnte man sich den ganzen Tag abmühen, ohne jemals zu einem Ergebnis zu gelangen –

sie hörten und sahen einfach nichts, sondern blieben still in ihren eigenen kleinen Welten. Das war eines der Spiele, mit denen sich Bane entweder persönlich oder indirekt über seine Domain amüsierte. »Die Menschheit stinkt. Das Leben stinkt. Alles stinkt. Sogar das hier«, lautete die Botschaft, sozusagen das zweite Motto der Kreise neben dem Dante-Zitat am Eingangsportal.

Die Musik stinkt aber nicht, dachte Nick, als er sich dem Baum näherte und dabei zum ersten Mal feststellte, dass dieser nicht nur keine Blätter hatte, sondern auch keine Rinde. Irgendetwas schien die Rinde abgebissen zu haben. Die Musik hier war vom Feinsten. Nick hatte kein Verständnis für Leute, die alle Songs als Variationen des Themas ›Du stirbst sowieso, also kannst du zuerst auch richtig wütend werden‹ bezeichneten.

Es geht um viel mehr als das … Nick musste es schließlich wissen, denn er besaß alle offiziell veröffentlichten Sammlungen von Banes Liedern und sogar einige Ausschnitte, die angeblich aus den Tiefen dieser Domain stammen sollten, als Raubkopie. Eines seiner Ziele war, weit genug hinunter zu gelangen, um die Echtheit dieser kopierten Fragmente zu überprüfen. Sein großer Traum blieb jedoch, einmal ein Live-Konzert mitzuerleben. Doch der würde sich nicht so schnell erfüllen, denn solche Konzerte waren viel zu teuer. Der Preis der Karten musste die ungeheuer hohen Kosten eines in der Realität veranstalteten Konzerts decken. Nur wenige Rockstars gaben überhaupt noch wirkliche Konzerte, konnte doch das Publikum bei einer Veranstaltung im Netz viel besser überwacht und kontrolliert werden als irgendwo in der realen Welt. Joey Bane war da anders. »Ich bin in dieser Hinsicht ziemlich altmodisch«, meinte er dazu.

Vielleicht konnte sich Nick entweder dieses Jahr oder Anfang des nächsten eines der virtuellen Konzerte leisten. *Vorausgesetzt, Dad flippt nicht aus, wenn er die nächste Internetrechnung sieht, und verbietet mir die Besuche im Netz.* Doch Nick hatte nun schon seit langer Zeit sein Taschengeld zur Seite gelegt und sogar sein Essensgeld für die Schule gespart. Es machte ihm nichts aus zu hungern, wenn er wusste, wofür. Bald würde er genug gespart haben, um ein Konzert des Großen Mannes zu besuchen. Live würde er den großartigen, legendären Schrei der Wut und Verzweiflung am Ende von ›Lady Macbeth‹ hören, mit eigenen Augen die Verwüstung sehen, wenn Bane am Ende von ›Zerschneide die Saiten‹ eine weitere elektrische Laute im Wert von zehntausend Dollar und die Instrumente aller anderen Bandmitglieder zerstörte. Dafür lohnte es sich, den Ärger mit seinen Eltern in Kauf zu nehmen. *Einfach ein paar Stunden Freiheit,* dachte Nick. *Zusammen mit jemandem, der weiß, wie die Welt wirklich ist, der nicht alles herunterspielt, der die Wahrheit darüber sagt, wie schrecklich alles ist …* Dieser Traum gab ihm schon seit langem Auftrieb.

Schließlich war es gar nicht so schlecht zu hören, dass alles stank. Solange man wusste, dass genug andere diese Meinung teilten und auch fanden, dass die Wahrheit das Beste war, selbst wenn sie schmerzte. *Eines Tages, wenn ich ausziehe und selbstständig bin, werde ich so viel Zeit bei Bane verbringen, wie ich möchte … und auch auf all den anderen ausgeflippten Sites, da, wo es einen richtig gruselt. Mich interessieren genau die Dinge, von denen ich nach Meinung meiner Eltern und anderer irregeleiteter Leute nichts wissen soll. Von mir aus können sie sich in ihrer Ach wie schönen Welt verkriechen und so tun, als würden sie nicht merken, wie schlimm alles wirklich ist. Ich gehe hinaus in die reale Welt. Ich bin stark genug, damit fertig zu werden …*

Nick summte die erste Strophe von ›Ach wie schön‹, als er den Baum erreichte. In der Luft um ihn herum ertönte eine Parodie des Songs, und als er den vom Fluss aufsteigenden kalten Rauch beobachtete, bemerkte er etwas, das bei seinem letzten Besuch nicht da gewesen war: einen Stein. Und auf dem Stein saß eine Figur in einem hautengen schwarzen Anzug und hielt etwas auf dem Schoß, das auf den ersten Blick wie ein großes schwarzes Ei aussah. Als Nick näher kam, konnte er es besser erkennen. Ihm stockte der Atem, denn sogar im Dämmerlicht glänzte und schimmerte das ›Ei‹, als läge es unter einem unsichtbaren Scheinwerfer. Es hatte eine weiche, runde Form, und die Farbe war eigentlich nicht schwarz, sondern ein sehr dunkles Braun. Außerdem besaß es einen kurzen Hals – es war eine Elektro-Laute mit einem Körper aus Ebenholz und spinnennetzähnlichen Platin-Intarsien, das berühmteste Instrument des Dark Jazz, Camiun. Einige Leute behaupteten, Camiun müsste irgendwie lebendig oder verzaubert sein, weil kein normaler Mensch einem Instrument diese Töne entlocken konnte. Es klang wie eine gepeinigte oder eine der Qual gerade entkommene Seele. Joey Bane hatte einmal gesagt, falls er feststellen sollte, dass die Welt vollständig und unabänderlich böse sei, werde er die Saiten von Camiun zerschneiden und sich fünf Minuten später selbst umbringen …

Er ist nur virtuell, dachte Nick, als er neben dem Stein stehen blieb. Doch dann warf der schlanke, aber muskulöse, dunkel gekleidete Mann, der auf das vorbeifließende eisgraue Wasser starrte, sein langes Haar zurück und blickte seitlich zu Nick auf. Nick schluckte. Zwar hatte er auf der Site mit Leuten gesprochen, die behauptet hatten, diese besondere Erscheinung gesehen zu haben, aber geglaubt hatte er das nicht so recht. Doch hier war er, oder besser gesagt, einer seiner virtuellen Vertreter: Joey Bane selbst – der Sänger in seiner Verkleidung als ›dunkler Dichter‹ aus seiner zweiten Liedsammlung *Gespräch mit Geistern.* Mürrisch und zugleich amüsiert blickte er auf die harsche, finstere Landschaft hinter ihm. Die Laute auf seinem Schoß summte sanft vor sich hin, obwohl die Finger des Besitzers bewegungslos auf den Saiten lagen.

»Hi, Joey«, sagte Nick.

Das ironische Lächeln grub sich ein wenig tiefer ein. Es wirkte seltsam hart auf einem Gesicht, das sonst jung und unschuldig aussah.

»Nick«, antwortete Joey. »Wie läuft's so in der Welt?«

Der Computer der Domain wusste natürlich, wer Nick war … doch einen Augenblick lang konnte Nick nur verwundert den Kopf schütteln. Es gab nicht viele Orte wie diesen im Netz. Die meisten großen Persönlichkeiten machten sich nicht die Mühe, ihre Domains zu personalisieren. Normalerweise stellten sie sich nur kurz vor, wenn man die Domain betrat. In diesem Fall hatte sich der Programmierer jedoch etwas einfallen lassen, um das Erlebnis auf den einzelnen Benutzer abzustimmen. Das war möglicherweise einer der Gründe, warum die Domain so beliebt war. Der Besucher hatte die Möglichkeit, wirklich mit dem Star zu sprechen, zumindest mit der virtuellen Version.

»Schlecht. Wie immer«, antwortete Nick. Das war die Standard-Antwort, die Antwort, die das Publikum IHM bei seinen Live-Konzerten und virtuellen Auftritten zurief, wenn er diese Frage stellte. Der virtuelle Joey Bane lächelte noch etwas grimmiger und legte seine Hände über die Saiten von Camiun, um die Laute zum Schweigen zu bringen. Sie wehrte sich etwas und zischte und murmelte unter seiner Berührung.

»Jaja, jeder will's nach seinem Geschmack«, brummte Joey, an die Laute gewandt. Dann blickte er wieder auf. »Auf dem Weg in die tieferen Ebenen?«, fragte die Bane-Simulation. »Ich sehe keinen Grund, sich auf dieser Ebene aufzuhalten, sobald sie gelöst ist. Außer vielleicht die Musik.« Sein gelangweilter Gesichtsausdruck zeigte deutlich, was er von dieser Möglichkeit hielt.

»Nein«, sagte Nick, »ich bin bereit für etwas Neues.«

»Das kann ich mir denken«, meinte Bane. »Du sitzt schon seit ein paar Wochen auf Drei fest. Hast du dein Level erreicht?«

Das war unter Banies eine grobe Frage, die andeutete, dass man die harten Dinge, die wirkliche Welt, die Wahrheit nicht aushalten konnte … oder einfach dämlich war. Wenn jemand in Nicks Alter so etwas zu ihm gesagt hätte, wären unter Umständen Handgreiflichkeiten die Folge gewesen. Doch das hier war Joey Bane, und der beobachtete ihn mit ironischem Blick und wartete auf seine Reaktion.

»Weiß ich noch nicht«, sagte Nick in einem plötzlichen Anfall von Bescheidenheit.

Bane blickte ihn einen Moment ernst an und lachte dann. »Es nicht zu wissen ist okay«, antwortete er. »Du siehst aber ziemlich frustriert aus.«

»Äh …« Das hatte ihm bestimmt das Implantat verraten, das den Computer der Bane-Domain mit Informationen über Nicks EEG und anderen Daten fütterte. Doch das schmale, harte Gesicht wirkte seltsam freundlich. »Es sind nur meine Eltern«, erwiderte er daher nach einem Augenblick des Zögerns.

»Aha«, meinte Joey Bane, während er Camiun einige tiefe, dissonante Töne entlockte. »Das ewige Problem. Wir können sie uns nicht aussuchen, wir werden sie nicht los, wir kommen nicht ohne Ärger mit ihnen klar.« Er kicherte leise. »Wir haben übrigens noch eine ganze Menge von denen hier unten. Meistens auf Ebene Fünf und Sechs.«

»›Noch‹? Warum sind sie nicht alle für immer hier?«

»Oh, sie verbringen alle *etwas* Zeit hier«, erwiderte Bane. »Meistens den Teil ihres Lebens, der sich ›Kindheit‹ nennt.«

Nick warf dem virtuellen Star einen Blick zu.

Bane hob die Augenbrauen. »Wie auch immer, diejenigen, die bleiben«, sagte Bane, »die wirklich harten Fälle, sind meistens unten auf Sechs. Bei den anderen Gewalttätern. Ein paar kommen sogar noch weiter nach unten. Wenn du jemals dorthin gelangst, wirst du es sehen.« Er schüttelte den Kopf, lächelte wieder, berührte die Saiten von Camiun und spielte eine kleine Mollimitation eines Martinshorns. »Es wird ziemlich hart da unten. Ich weiß nicht, ob du wirklich so weit hinunter möchtest, so ein netter Junge wie du …«

»So schnell wird das bei mir sowieso noch nicht der Fall sein«, antwortete Nick, »bei der Geschwindigkeit, mit der ich vorwärts komme.« Er konnte genauso gut die Wahrheit sagen, auch wenn sie peinlich war.

Bane schaute ihn an. »Hm«, meinte er, »wie findest du das: Du hast das große Los gezogen. Jeden Tag wählen wir ein paar Leute aus, die einfach so in die nächste Ebene dürfen. Also, auf geht's nach unten!«

Zu Nicks großem Erstaunen begann die Erde zu beben. Joey Bane stand auf, nahm Camiun am Hals und legte sich das Instrument über die Schulter. Dann drehte er sich zum kalten grauen Fluss um. »Bleib jetzt lieber ein Stück zurück«, warnte er und trat etwas von seinem Stein zurück. »Wenn du in das Loch fällst und auf dem Kopf landest, ist das nicht unsere Schuld.«

Die Erde bebte noch stärker, und aus der Luft überall um

Nick herum ertönte ein immer höher werdendes Stöhnen, das in einem Kreischen endete. Es klang, als litte die Erde selbst Folterqualen. Vor ihnen entstand, begleitet von einem schrecklichen Geräusch zersplitternder Steine, ein Riss, der sich nach beiden Seiten fast einen Kilometer weit ausbreitete, bevor sich alles beruhigte und das Rumpeln verstummte. Aus dem Spalt stieg ein Furcht erregendes rotes Glühen auf, das aussah wie flüssiges Licht: eine siedende Helligkeit, die vom Geschrei und Geheul der Verzweifelten und Gepeinigten erfüllt war.

»Wow«, sagte Nick voller Bewunderung.

Bane blieb einen Moment stehen und wippte mit dem Fuß auf und ab, dann schüttelte er den Kopf. »Soll ich etwa da runter*klettern*?«, brummte er verärgert vor sich hin. »Hey! *Technik!!*«

Eine Rolltreppe erschien vor ihnen, die nach unten in den Abgrund führte.

»Man bekommt einfach kein verlässliches Personal mehr«, murmelte Bane, als er zur Rolltreppe ging. »Ich sag's dir, ich hätte nie zulassen dürfen, dass sich diese verdammten Arbeiter gewerkschaftlich organisieren. Auf geht's, weiter.«

Sie stellten sich auf die Rolltreppe, und diese fuhr nach unten in die nach Schwefel riechenden Tiefen, vorbei an dicken Gesteinsschichten, die den ›Boden‹ der ersten Ebene darstellten. Nick war froh, diese Ebene hinter sich verschwinden zu sehen. Sie war wirklich ziemlich langweilig: nichts als ›Schreier‹ und unwissende Gasttote, die herumwanderten und versuchten herauszufinden, was an diesem Ort so cool sein sollte. Mit der Rolltreppe war es einfacher, die Ebene zu verlassen. Die Suche nach der Strickleiter, über die man normalerweise hinunter zur zweiten Ebene gelangte, war doch ziemlich umständlich.

Sie ließen den Boden der ersten Ebene, der die Decke der zweiten darstellte, endgültig hinter sich und glitten daran vorbei in die zweite Ebene. Die Sicht hier, in der Mitte des Geschehens, war besser als von der Ebene selbst aus, wo das Wetter richtig schlecht war. Über die schmutzig braune Kraterlandschaft fegte unentwegt ein schrecklicher Orkan, der Dreck und Müll mit sich riss und ständig Abfall wie Getränkedosen, Snack-Verpackungen, zerrissenes, schmutziges Papier und alte Einkaufstüten vor sich hertrieb. Immer wieder prasselten Schauer aus Sand und Steinen herab. Zu allem Überfluss peitschte auch noch ein schmutziger Regen fast waagrecht über das Land. Auch einige Menschen oder das, was von ihnen übrig war, wurden vom Wind mitgerissen. Solange man ihren Gesichtsausdruck nicht sehen konnte, war es schwer zu sagen, ob sie sich gegenseitig jagten oder irgendwie aneinandergekettet waren, sodass sich alle immer in die gleiche Richtung bewegen mussten. Wenn man jedoch in der Finsternis einen Blick auf ihre Gesichter erhaschte, stand darin blanke Wut. Sie krallten und schlugen nach der Person, an die sie gefesselt waren, und verletzten sich gegenseitig, während sie vom Wind auf der riesigen Ebene umhergeschleudert wurden.

»Ach, die Liebe«, seufzte Bane, »ist sie nicht großartig …« Er beobachtete ein besonders eng verschlungenes Paar, das gerade an ihnen vorbeigeweht wurde. Die beiden hielten einander umklammert, kratzten sich dabei aber gleichzeitig und schrien vor Schmerz und Wut. »Das hast du natürlich alles schon durchgemacht.«

»War nicht so aufregend«, antwortete Nick und amüsierte sich einen Moment über eine weitere Gestalt, die vorbeigeweht wurde – eine dünne, feindselig blickende Frau mittleren Alters auf einem Fahrrad. Aus dem Fahrradkorb war ein schwaches Kläffen zu hören, das aber sofort vom Geheul des Windes übertönt wurde, als die Frau außer Sichtweite geblasen wurde. Woher kannte er dieses Bild nur?

»Dann hast du also noch keine Erfahrungen mit der Liebe«, stellte Joey Bane fest. »Verzeihung, ich meine *Lust.* Na ja, warte noch ein paar Jahre. Dann greifst du nach einem obskuren Objekt der Begierde und versuchst, alles aus ihm herauszuholen, egal ob es damit einverstanden ist oder nicht. So wie jeder andere eben auch. Das stinkt. Aber es stinkt ja sowieso alles, nicht?«

»Ja«, antwortete Nick, wobei er versuchte, lässig zu klingen und seine Begeisterung nicht allzu deutlich zu zeigen. Inzwischen verließen sie die zweite Ebene und gelangten zur nächsten. Mit dieser Einstellung wäre er zu Hause nicht sehr weit gekommen. Das war einer der Gründe, die Deathworld zu etwas Besonderem machten.

»Kluger Junge«, sagte Joey Bane. »Du wirst es weit bringen. Zumindest einige Ebenen weit hinunter.« Nick musste grinsen. Er wusste, alles war automatisiert; er war nicht so dumm wie andere, die behaupteten, die virtuellen Versionen Banes seien ER selbst, der sich unter die Besucher seiner Domain mische. Es gab allerdings Gerüchte, dass man auf den untersten Ebenen dem echten Joey Bane begegnen konnte, der dann einen ungewöhnlich hartnäckigen oder talentierten Banie mit einem persönlichen Gespräch belohnte. Nick wusste nur zu gut, dass der Computer der Hauptsite seit seinem ersten Besuch seine Vorlieben gespeichert hatte – das System wusste, wo er sich aufgehalten, mit wem er gesprochen hatte und nutzte diese Informationen, um die Umgebung an seine Bedürfnisse anzupassen. Möglicherweise las es gerade jetzt über den Implantat-Stuhl Nicks Körperdaten, maß Gehirnströme, Puls, Blutdruck und so weiter, um zu gewährleisten, dass ihm seine Umgebung gefiel und er wiederkommen würde. Doch das war nichts Besonderes. Marketing-Computer überall im Netz taten genau das Gleiche. Und außerdem machte es Spaß. Es war toll, mit etwas zu sprechen, das Bane selbst mit programmiert hatte und das genauso sprach und reagierte, wie er es tun würde.

Sie glitten vorbei an der Ebene der Stürme und vom Wind fortgewehten Paare. »Die verhalten sich wirklich idiotisch«, sagte Joey, als er sich von diesem Anblick abwandte. »Sie behaupten, sich nicht kontrollieren zu können. Angeblich hat die Liebe sie so weit gebracht. Miese Entschuldigung. Und jetzt können sie sich *wirklich* nicht mehr kontrollieren.« Er warf Nick einen Blick aus schmalen Augen zu. Nick meinte die Andeutung eines Zwinkern zu entdecken, aber das Licht wechselte, als sie am nächsten Übergang vorbei und in Ebene Drei glitten, und er war sich nicht sicher, was er gesehen hatte. »Du würdest natürlich niemals eine so billige Entschuldigung verwenden.«

»Äh, nein«, erwiderte Nick.

»Wusst ich's doch.« Joey Bane verbiss sich ein Lachen. »Ebene Drei, Völlerei, Exzesse und überhaupt mangelnde Selbstbeherrschung …«

Schon auf der Ebene darüber war das Wetter schlecht gewesen, doch es kam noch schlimmer. Schmutziger Schnee- und Eisregen fielen pausenlos aus der Dunkelheit über ihnen. Zu dicke und zu dünne Menschen rannten wie vom Teufel gejagt vorbei, während hinter ihnen ein monströses schwarzes Etwas heulte und knurrte. Wer nicht schnell genug war, wurde wie eine frisch gefangene Ratte von seinen Kiefern zermalmt. Das Geschöpf besaß drei riesige, hässliche Köpfe wie die eines Pitbulls und sechs brennende Augen. Nick dachte zumindest, es wären sechs. Von diesem Geschöpf hatte er sich bisher immer fern gehalten, wenn er hier unten war. Wer vom Hund gefangen wurde, konnte die Hälfte seiner ›Zeitpunkte‹ verlieren und musste eventuell die letzten Ebenen nochmals durchgehen, was ziemlich schnell richtig langweilig wurde. Außerdem hatte das Vieh bei Nicks letztem Besuch Menschen gefressen – kein schöner Anblick. Nick hatte das Gefühl, dass das ein Teil ›der Wahrheit‹ war, an den er sich erst noch gewöhnen musste.

Das Monster sprang an den Rand seiner Ebene und begann zu bellen und zu geifern, als sie an ihm vorbeifuhren. »Böser Hund«, schrie Joey Bane ihm zu, »böser Hund! Sei ruhig, *ich* bin's! Die Nachbarn beschweren sich sonst wieder!«

Das Monster bellte jedoch ungerührt weiter. »Für den hier war die Hundeschule reine Zeitverschwendung«, murmelte Joey Bane, während die Rolltreppe sie weitertransportierte. »Ich sag dir, das war das letzte Mal, dass ich meiner Schwester so ein Viech abgenommen habe. Der Arme ist total verstört. Und er bekommt nie genug zu fressen. Er schlingt zu hastig, dann kann er sein Futter nicht bei sich behalten und … oh, schau dir das an.« Bane drehte sich um und rief über das Geländer der Rolltreppe: »*Technik*! Wir brauchen jemand, der das hier aufwischt! Wenn er ausrutscht und sich verletzt, könnt ihr die Tierarztrechnungen aus eigener Tasche bezahlen.«

Nick versuchte, möglichst unauffällig wegzusehen, als sich der Hund auf die Jagd nach drei weiteren Opfern begab, die kreischend flüchteten. »Die Magensäure ätzt den Boden weg«, sagte Joey Bane. »Der Hund kann nichts dafür, es ist seine Ernährung. Diätsüchtige und Vielfraße, was kann man da schon erwarten? Sie sind so mit essen oder nicht essen beschäftigt, dass es ihnen egal ist, wie viele Millionen Menschen hungern müssen, weil einige wenige eine Tonne mehr essen als nötig oder weil sie spezielle Nahrungsmittel praktisch ohne Kalorien herstellen.«

Nick schluckte. Er versuchte, sich so gut wie möglich zu kontrollieren und cool zu bleiben, als ob ihn das alles nicht beeindruckte. *Auch wenn es vielleicht ein bisschen dauert,* dachte er, *ich werde lernen, damit zurechtzukommen. Es ist mir egal, wie viel Zeit ich hier verbringen muss. Auf jeden Fall darf ich mir jetzt keine Blöße geben …*

»Vierte Ebene«, kündigte Joey Bane an und blickte dabei über das Geländer der Rolltreppe. »Die Besitzenden und die Verschwender. Alles Spieler, nur dass einige dafür Aktien und Wertpapiere und Gewinnspannen einsetzen. Wieder andere bevorzugen Spieltische oder Fabriken, wo sie Ressourcen vernichten, die nie ersetzt werden können.« Er schnalzte leise mit der Zunge, als sie weiter nach unten fuhren. »Das ist ein sehr unterschätzter Bereich. Kaum einer bleibt länger als unbedingt nötig hier. Muss an den Anzügen liegen.«

Oder den Schreien, dachte Nick, denn die waren wirklich grauenvoll. Sie drangen aus der wabernden Dunkelheit und wurden von einem schrecklichen Krachen begleitet. Es klang, als würden sich in der Düsternis ständig Massenkarambolagen ereignen. Nick schluckte, als nach einem lauten Scheppern ein Chor von Schreien ertönte, die sich nicht anhörten wie Internet-Theater, sondern auf entsetzliche Weise *echt* wirkten.

»Buchhalter«, erklärte Joey Bane träge, als sie an einem weiteren breiten Übergang zwischen zwei Ebenen vorbei kamen. »Doch nicht ganz so ruhig und langweilig, nicht? Aber das ist noch gar nichts. Warte, bis du siehst, wie es den Anwälten ergeht. Natürlich nicht *allen*, aber denen, die wir hier runterholen. Ah, da sind wir ja. Fünf …«

Die Musik um sie herum war ständig lauter geworden. Als sie Ebene Fünf erreichten, setzte der brutale Refrain von ›Du sagtest, du würdest nicht warten‹ ein, aber gerade als Nick die nächste Strophe anstimmen wollte, verstummte die Musik. Dies hier war keiner der dunklen Kreise. Er zuckte zusammen, als er sah, was sich auf dieser Ebene abspielte.

Rundum erhoben sich in der Ferne gewaltige Steilhänge, zwischen denen riesige Elternfiguren in komischen Kleidern, die noch aus der Zeit vor der letzten Jahrhundertwende stammen mussten, umherstolzierten. Sie trugen eigenartige, weite Pullis, verkehrt herum aufgesetzte Kappen und, noch seltsamer, die ›nicht-intelligenten‹ Jeans der vergangenen Jahrzehnte sowie T-Shirts, die sich noch nicht an den Körper anpassten. Bei ihrer Wanderung durch den dunklen, steinigen Kreis hielten sie riesige Waffen in den Händen, die eigentlich nicht als Waffen gedacht waren. Es handelte sich zum Beispiel um Griffe von Hämmern und Äxten, Küchenmesser und aufgerollte Zeitungen. In ihren Augen glühte ein furchtbares Licht, und erst als der eine oder andere an Nick vorbeiging, konnte er die stummelartigen, klauenähnlichen Dämonenflügel erkennen, die sehnig und gefingert wie die von Fledermäusen waren. Zwischen diesen schrecklichen Gestalten waren Erwachsene zu sehen, die den Dämonen nicht einmal bis zum Knie reichten und in alle Richtungen rannten, um ihnen zu entkommen. Sie trugen moderne Kleidung wie Slik- und Leo-Anzüge und neue Chitons und versuchten voller Angst zu fliehen. Doch das gelang ihnen nicht. Es gab keinerlei Zufluchtsort, keinen Ausgang und keine Möglichkeit, die rutschigen Klippen, die den Kreis umschlossen, zu erklettern. Die riesigen Eltern-Dämonen verfolgten die hilflosen Eltern und attackierten sie mit den Haushaltsgeräten, die sie in den Händen hielten. Nick wollte wegschauen, doch eine furchtbare Faszination ließ ihn weiter zusehen. Die Strafe war tödlich und endlos. Zerschmetterte Köpfe heilten wieder, die Gehirnmasse trat in den Schädel zurück, gebrochene Knochen wuchsen zusammen, und Wunden wurden zu blauen Flecken und verblassten schließlich, während die Dämonen mit den Knüppeln und Axtgriffen die misshandelnden Eltern jagten und ihnen das antaten, was diese ihren eigenen Kindern angetan hatten.

Joey Bane stand neben Nick, lächelte leicht und sang den Text der nächsten Strophe, der zu hören gewesen wäre, wenn die Musik nicht vorher verstummt wäre. »Sie traf den Nagel auf den Kopf, als sie sagte: ›Sie schlagen dich nur so lange, bis du weinst …‹« Und die gepeinigten Figuren weinten, als sie davonrannten, und schrien und heulten, so laut sie konnten. Doch die Dämonen-Eltern waren allesamt taub und konnten sie nicht hören. Immer weiter prügelten sie auf ihre Opfer ein, während sie Sätze wie »Das tut mir mehr weh als dir« und »Du wirst mir eines Tages dafür danken« von sich gaben.

Nick hatte diesen Satz in letzter Zeit oft genug gehört und zwar in Bezug auf die Schule. Er war dabei nicht geschlagen worden, doch die Worte hatten ihn schon genug verletzt. Dabei war sich seine Mutter absolut sicher, dass Nick ihr eines Tages wirklich dafür dankbar sein würde, dass er sich ihretwegen jetzt so mies fühlte. *Hört sie sich jemals selbst zu, wenn sie diese Dinge sagt?*, überlegte er voller Wut. Doch sie litt am selben Syndrom wie die Dämonen hier: Sie war in dieser Hinsicht taub.

»Schlimme Gegend«, kommentierte Joey Bane nach einem Moment und lehnte sich an einen Stein. »Doch diese

Leute hätten es eigentlich besser wissen sollen. Sie haben ihre Kinder geschlagen, um ihnen Gehorsam beizubringen, und dabei vergessen, wie sie als Kinder aus den gleichen Gründen geschlagen wurden. Bei ihnen hat es nicht funktioniert, und es wird auch jetzt nicht funktionieren.« Seine Augen funkelten. »Manche brüllen ihre Kinder auch jeden Tag an und sagen ihnen, wie dumm sie sind, bis die Kinder es eines Tages glauben. Es gibt kaum was Schlimmeres.«

Nick musste schlucken. »Glaubst du«, fragte er langsam, »dass irgendwo mit solchen Leuten tatsächlich so was geschieht?«

Joey Bane warf ihm einen Blick zu. »Ich weiß nicht, wie es anderswo ist«, antwortete er, »aber es geschieht auf jeden Fall hier, und das reicht für mich.« Er hob die Augenbrauen. »Was meinst du?«

Nick schluckte. »Ja«, sagte er leise.

»Okay«, sagte Joey. »Hör mal, ich muss weg.« Camiun, das über seiner Schulter lag, gab einige gedämpfte Töne von sich. »Viel Spaß bei deinem Aufenthalt, und sieh dich gut um, bevor du gehst, damit du weißt, wie du allein wieder nach hier unten gelangen kannst. Die üblichen Hinweise sind überall verstreut. Auf dieser Ebene findest du übrigens nicht nur Leute, die ihre Kinder misshandelt haben, sondern alle Arten von Gewalttätern.«

Er trat in den Kreis hinein. Plötzlich konnte Nick in der Richtung, in die Bane ging, etwas erkennen, was dort vorhin nicht gewesen war. Wo vorher nur riesige Klippen zu sehen gewesen waren, zeichnete sich nun der mit Türmen und Zinnen versehene Schutzwall der Festung des Schwarzen Magiers ab. Beim Anblick der sieben Tore brannte Nick auf einmal wieder vor Aufregung. Es wurde gemunkelt, dass man drinnen die Musik hören konnte, die noch nie auf Konzerten gespielt worden war … und die Musik, so die Gerüchte, war begleitet von Bildern der Wut und Gewalt und Verzweiflung, die zu wild und Furcht erregend waren, um jemals in der Öffentlichkeit gezeigt zu werden. *Das muss ich unbedingt sehen*!

Nick lief Joey Bane hinterher und stellte sich schon vor, was die anderen Kids in der Schule dazu sagen würden, wenn er ihnen erzählte, dass er nicht nur ein regelmäßiger Besucher von Banes Site war, sondern durch die Tore der Festung geschritten war und den Eid abgelegt hatte, niemandem zu erzählen, was er dort gesehen hatte. *Das wird mir keiner glauben …*

Doch Joey blieb stehen und drehte sich halb um. »Und wo gedenkst du hinzugehen?«

»Ich komme mit dir mit!«

»Nicht heute, Kumpel«, erwiderte Bane.

»Aber du hast doch gesagt, ich würde weiterkommen …«

»Nicht so hastig«, antwortete die virtuelle Version von Joey Bane. »Habe ich was von Ebene Sechs gesagt? Bestimmt nicht. Zwei Ebenen, das ist das, was du heute bekommst.«

Nick starrte ihn an.

»Was, du beschwerst dich?«, fragte Bane und kicherte. »Wie undankbar. Du solltest vorsichtig sein, so was kann in deine Akte aufgenommen werden.«

Der nett gemeinte Spott war irgendwie entwaffnend. Nicks Ärger verpuffte. »Bitte«, sagt er, »ich möchte nur das Innere der Festung sehen.«

»Was, umsonst? Die Hälfte aller Banies auf der ganzen Welt will da hinein«, meinte Bane. »Was ist so Besonderes an dir, dass du, ohne was dafür zu tun, rein willst? Niemand kann die Festung betreten, ohne die Ebenen darüber gelöst zu haben und sich die Punkte dafür zu verdienen. Du weißt doch, wie das läuft.«

Nick runzelte die Stirn. »Dieses ganze Ding war nur ein Köder, nicht?«, fragte er.

»Hey, das ganze Leben ist heutzutage Marketing«, erwiderte Bane. »Schau, ich bin in guter Stimmung. Verbring einfach den Rest deines Aufenthaltes hier, lauf herum, lern einige dieser Menschen kennen. Wenn *Menschen* in diesem Fall das richtige Wort ist.«

Nick blickte hinter sich, wo sich die nun verschwundene Rolltreppe befunden hatte. »Aber wie komme ich hier wieder raus? Ich habe Vier noch nicht gelöst, ich weiß nicht, wo der Eingang zu dieser Ebene ist.«

»Okay«, sagte Joey Bane, »ich denke, das ist fair. Siehst du die beiden da drüben?« Er wies auf den Fuß eines gewaltigen Steilhangs, wo ein Mann mit dem Kopf eines Löwen und eine Frau mit einem Tigerkopf mit ihren gefährlichen Krallen übereinander herfielen. »Die können dir den Weg nach draußen zeigen, wenn du sie dazu bringst, kurz mit dem Streiten aufzuhören.« Bane schaute sie an und schüttelte den Kopf. »Liedermacher«, sagte er mit weicher Stimme. »Man kann sich auch zu viel daraus machen, wessen Name in den Credits zuerst erscheint.«

Nick blickte zweifelnd auf die beiden Gestalten. »Okay«, sagte er. »Danke«.

»Höflich. Das gefällt mir. Muss wohl doch noch nicht sofort die Saiten zerschneiden.« Er drehte sich um und hielt auf die Tore der Festung des Schwarzen Magiers zu.

»Ebene Sechs wird dir gefallen!«, rief er über die Schulter zurück. »Warte nur, bis du siehst, wen wir im See des kochenden Blutes haben. Gar nicht zu sprechen von den Raubkopien der neuen Sammlung, *Geister der Wut* …«

Nick konnte den Gedanken nicht ertragen, diese Musik nun nicht vor allen anderen hören zu können. »Warum hast du mich hergebracht, erzählst mir dieses ganze Zeug und gehst dann einfach weg?«, rief er. »Nur um mich verrückt zu machen, oder warum?«

»Du wirst es noch erfahren!«, schrie Joey Bane zurück und ging weiter durch die zunehmende Dunkelheit. Hinter ihm verfolgte ein Dämon in einem altmodischen Trikot der New Yorker Mets ein glückloses Elternpaar mit einem Baseballschläger über die Ebene. Den Namen auf dem Hemd konnte Nick nicht richtig erkennen, aber die Nummer lautete 666. Nette Doppeldeutigkeit. »Hab ich dir nicht gesagt, das Leben stinkt?«, fragte Bane. »Hörst du nie auf die Liedtexte? Tschüs, Stinker …«

Damit verschwand er lachend in der Dunkelheit.

Nick stand mit klopfendem Herzen da und wusste nicht, ob er erfreut oder wütend sein sollte. Schließlich entschied er sich für wütend, aber es war eine fröhliche Wut, die seine Willenskraft stärkte. »Ich komme wieder!«, rief er in die Dunkelheit. »Ich schaffe es, egal wie lange es dauert! Ich komme wieder, und ich treffe dich unten auf Sechs und sogar noch tiefer!«

Nur ein schwaches, spöttisches Gelächter drang von der Festung zu Nick herüber, begleitet von einem dunklen silbrigen Ton, den Camiun weit oben amüsiert von sich gab.

Es dauerte lange, bis der Löwenmann und die Tigerfrau aufhörten zu streiten und mit ihm sprachen, doch schließlich zeigten sie ihm den Weg zurück zu Vier, der durch eine Tür und über eine in den Klippen verborgene Steintreppe führte. Die Tigerfrau erwähnte einen ›goldenen Schlüssel‹, was Nick für einen Hinweis darauf hielt, wie man in die Festung gelangen konnte. Seine Laune hob sich deutlich, doch empfand er eine wütende Entschlossenheit, zurückzukommen und allen zu beweisen, dass das noch nicht sein Endlevel war, dass er keine weiteren Gefallen benötigte, dass er Banie genug war, um hier unten erfolgreich zu sein, egal wie sehr das Programm versuchte, ihm unter die Haut zu gehen, und wie lange er dafür benötigte. Sein Vater bekam wahrscheinlich Anfälle, wenn er die Internetrechnung sah, doch Nick war sich noch sicherer als zuvor, dass ihm das nichts ausmachte und dass es sich lohnte.

Am Eingang hieß es immer noch in leuchtend roten Lettern, man solle die Hoffnung aufgeben, aber als er sich näherte, bewegten und kringelten sich die Buchstaben in der Luft wie leuchtend rote Würmer und bildeten neue Wörter, bis dort stand:

DIE TIGERFRAU IST EINE LÜGNERIN

Nick blieb stehen. *Das stimmt doch nicht*, dachte er. Sie hat mir den Weg zurück auf Vier gezeigt.

Im Portal verharrte er erneut und überlegte. Sie und der Löwenmann hatten sich ständig unterbrochen, nachdem Nick sie schließlich dazu gebracht hatte, mit dem gegenseitigen Zerfleischen aufzuhören. Nun war er sich gar nicht mehr so sicher, wer ihm den Weg zurück auf Vier beschrieben hatte. Aber er konnte sich noch genau daran erinnern, dass sie ihm von dem Schlüssel erzählt hatte.

Also ist das eine falsche Spur? Oder sogar eine Lüge?

Nick atmetet langsam und vernehmbar aus. Er musste so bald wie möglich zurückkommen und herausfinden, wie er von Drei zu Vier gelangte, sodass er das Ganze ausprobieren konnte und erfuhr, was nun stimmte. *Eines muss man diesem Ort lassen*, dachte er. *Es zieht einen immer wieder her …*

Nun gab es jedoch keinen Grund, sich noch länger hier aufzuhalten. Er musste zu Hause einiges erledigen. Nick schritt durch das Portal, und wie immer erschien im Boden unter seinen Füßen ein großer roter Stern, der wie Lava glühte. Nur zum Spaß trat er darauf.

Sofort erschien ein großer Teppich leuchtender kleiner Buchstaben unter seinen Füßen, der wie der Abspann in einem altmodischen Sciencefiction-Film in der Ferne verschwamm. Der Text lautete:

© JOEY BANE ENTERPRISES 2018–2025. ALLE RECHTE VORBEHALTEN. DIESE VIRTUELLE DOMAIN IST EIN WERK DER FIKTION. JEGLICHE ÄHNLICHKEIT IRGENDWELCHER GESTALTEN MIT LEBENDEN ODER VERSTORBENEN PERSONEN IST REIN ZUFÄLLIG. DIESE SITE DARF NUR ZU UNTERHALTUNGSZWECKEN VERWENDET WERDEN. DAS MINDESTALTER FÜR BESUCHER BETRÄGT SECHZEHN JAHRE. DURCH BETRETEN DIESER VIRTUELLEN DOMAIN BESTÄTIGEN SIE, DIE ALLGEMEINEN BEDINGUNGEN ZUR NUTZUNG DIESER EINRICHTUNG VERSTANDEN ZU HABEN UND ANZUERKENNEN. SIE ERKLÄREN AUSDRÜCKLICH, JOEY BANE ENTERPRISES UND DESSEN VERTRETER UND LIZENZNEHMER NICHT FÜR NEGATIVE AUSWIRKUNGEN, DIE DURCH DEN BESUCH DIESER EINRICHTUNG ENTSTEHEN KÖNNTEN, VERANTWORTLICH ZU MACHEN: JOEY BANE ENTERPRISES UND DESSEN VERTRETER UND LIZENZNEHMER ÜBERNEHMEN KEINERLEI VERANTWORTUNG FÜR SOLCHE AUSWIRKUNGEN …

Nick ging auf dem Wörterteppich weiter. Er hatte die Hände in die Hosentaschen gesteckt und war hin und her gerissen zwischen dem Wunsch, seine Mutter könnte ihn nun sehen, und der Furcht vor ihrer Reaktion, die er in wenigen Minuten zu spüren bekommen würde, wenn sie erfuhr, wo er gewesen war. *Na ja, noch ist es nicht so weit …*

DES WEITEREN VERZICHTEN SIE LEBENSLÄNGLICH AUF IHR RECHT UND DAS IHRER ERBEN ODER RECHTSNACHFOLGER ODER JEGLICHER ANDERER VERANTWORTLICHER PERSONEN IN JEGLICHER RECHTLICHEN BEZIEHUNG ZU IHNEN, FORDERUNGEN JEDER ART GEGENÜBER JOEY BANE ENTERPRISES UND DESSEN VERTRETERN UND LIZENZNEHMERN IN JEDER JETZT BEKANNTEN GERICHTSBARKEIT ODER JEDER NACHFOLGEND ENTSTANDENEN ZU ERHEBEN. DIESE VEREINBARUNG IST IN ALLEN GERICHTSBARKEITEN DER USA BINDEND, MIT AUSNAHME VON MD, NY, ME, VT. DAS GESETZ VON MARYLAND ERFORDERT FOLGENDE VERZICHTSERKLÄRUNG: DIESE EINRICHTUNG UMFASST MÖGLICHERWEISE INHALTE, DEREN ZIEL ES IST, ZU SCHOCKIEREN UND ZU VERSTÖREN …

Nick kicherte bei diesem Satz, als er daran vorbeiging. *Er* war überhaupt nicht geschockt. Vielleicht waren die Menschen in Maryland einfach zu empfindlich für das wirkliche Leben. Doch er war aus anderem Holz geschnitzt. »›Ach wie schön‹« sang er leise, als er über den Text wie auf einem roten Teppich weiterging. »›Deine Zeit verschwenden, Leute ohne Grund oder Reim anlächeln: Das Leben ist zu kurz dafür, es ist eine wirkliche Schande … denn nur der Tod ist sicher.‹«

Als er ging, erklang um ihn herum Musik: Joey Banes Stimme, begleitet von Camiun, das die grollende Harmonie unterhalb der Melodie erzeugte. Der treibende, pulsierende Rhythmus war unverkennbar. Angeblich war inzwischen eine neue Version von ›Ach wie schön‹ veröffentlicht worden. Nick entschloss sich, etwas von seinem gesparten Konzertkarten-Geld bei der nächsten Gelegenheit dafür auszugeben.

Er schaltete sein Implantat aus und verschwand.

In der virtuellen Welt hatte Deathworld weitere 16,53 Dollar eingenommen.

Und in der realen Welt wurde mehrere hundert Kilometer entfernt jemand, der nur eine Stunde zuvor in Deathworld gewesen war, tot aufgefunden.

2. Kapitel

Charlie Davis saß in seiner virtuellen Werkstatt und fragte sich, wie er die Dampflok zum Funktionieren bringen konnte. Er hätte mogeln und die Hotline der Software-Firma anrufen können, die ihm den hilfreichen ›Geist‹ von James Watt geschickt hätte, aber das hätte bedeutet zuzugeben, dass er gescheitert war. Also saß er stattdessen auf dem Boden der Werkstatt, starrte auf die Druckmesser, die überall auf der schimmernden Messingaußenseite der Maschine angebracht waren, und fragte sich, was zum Teufel er als Nächstes versuchen sollte.

Charlie kannte Leute, deren Arbeitsplätze Wunder der ›Spezialeffekte‹ waren, die in der virtuellen Realität möglich waren. Eine seiner Freundinnen bei den Net Force Explorers hatte sich auf den Monden des Saturn niedergelassen, während sich ein Kumpel von ihm für einen perfekten Nachbau von Windsor Castle entschieden hatte, den er mit Modelleisenbahnen voll gestopft hatte, weil die sein Hobby waren. Charlie fand das etwas absurd. Besonders merkwürdig erschien ihm das Miniatur-Eisenbahndepot, das Mikey in der St. George's Chapel eingerichtet hatte. »Du hast gut reden«, hatte Mikey dagegen gehalten. »Schließlich wurde in deinem Arbeitsraum früher medizinische Forschung der brutalsten Sorte betrieben: Vivisektion ...«

Das war nicht ganz korrekt, aber er hatte keine Lust gehabt, sich auf eine Diskussion mit Mikey einzulassen, dem jeder Vorwand für einen Streit Recht war, und es daher durchgehen lassen. Tatsächlich hatte Charlie seinen Arbeitsplatz in ein Duplikat des Operationssaals des Londoner Royal College of Surgeons eingebaut. Es war ein prachtvoller, wenn auch nicht gerade steriler Raum mit ansteigenden Bankreihen, die konzentrisch um einen ovalen Bereich angeordnet waren. Auf dem polierten Holztisch in der Mitte waren einige der wichtigsten medizinischen Experimente jener Zeit durchgeführt worden. Hier waren Blutkreislauf und Aufbau des menschlichen Knochens erforscht worden, und Pasteur hatte in diesem Saal eine Vorlesung zur Theorie der Infektionskrankheiten gehalten. Wenn einige Professoren ein wenig den Bezug zur Realität verloren und zum Beispiel versucht hatten, den Kopf eines Hundes auf den Körper eines anderen zu verpflanzen – nun, jeder hatte mal einen schlechten Tag, und das galt auch für Professoren. Charlie liebte den Raum und den warmen Schimmer des Holzes, das wie poliertes Messing glänzte. Dies war die Geburtsstätte der modernen Medizin, und Charlie hatte die Absicht, Arzt zu werden. Allerdings wollte er auch als Agent für die

Net Force arbeiten. Die Frage war nur, welches dieser beiden Ziele er zuerst erreichen würde.

Nun seufzte er tief. »Die einzige Frage ist im Moment wohl, wie ich dieses blöde Ding da zum Funktionieren bekomme.«

Selbstverständlich handelte es sich nicht um eine echte Dampflok, sondern nur um eine mathematische Simulation. Wenn sie richtig konstruiert wurde, sah sie aus wie eine echte Dampflok und funktionierte auch so. Jede Arbeitsplatz-Software, die ihr Geld wert war, konnte ein solches Ding aus dem Nichts zaubern, ohne einen mit lästigen Einzelheiten zu behelligen. Aber Charlie wollte lernen, in der Programmiersprache Caldera II Simulationen schreiben. Mit Caldera II ließen sich in virtuellen Umgebungen aus dem Nichts Objekte erstellen, die sich völlig wirklichkeitsgetreu verhielten. Caldera war ungeheuer komplex, schwer zu beherrschen, wenig fehlertolerant und überhaupt reine Schikane.

Charlie interessierte sich nicht besonders für Dampfloks. Eigentlich wollte er mit Caldera die Aktivität der Neuronen im lebenden menschlichen Gehirn wiedergeben. Aber solche Modelle zu erstellen war in jeder Programmiersprache, auch in Caldera, ein ungeheuer subtiler und schwieriger Prozess – zumindest, wenn man Wert darauf legte, dass sich diese Modelle benahmen wie ihre Gegenstücke in der realen Welt und kein unmotiviertes Verhalten an den Tag legten. Die Dampflok war eine der Mustersimulationen, die mit dem Standard-Software-Paket geliefert wurden, und, wenn man dem Hersteller glauben wollte, besonders geeignet, um zu üben, bevor man sich komplizierteren Simulationen zuwandte. Unter Anleitung verfasste man ein Programm, das pedantisch genau beschrieb, wie sich die virtuelle Umgebung verhalten musste, damit man kaltes Messing und poliertes Holz fühlte, wenn man die Hand ausstreckte, und nicht Luft und Nebel, die nur aussahen wie Messing und Holz, und damit sich das in der virtuellen Realität erstellte Objekt wie sein echtes Gegenstück verhielt, den Regeln der Naturwissenschaft gehorchte und auf alles, was man damit anstellte, richtig reagierte.

Leider war das Ganze graue Theorie. Bis jetzt war Charlie nur eine Dampflok gelungen, die zwar aussah wie Messing, sich aber anfühlte wie Gummi. Der Dampf, den sie produzierte, glich eher einem kalten Nebel.

Er erhob sich vom Boden, ging um die Lok herum und sah sie sich noch einmal an. »Okay«, sagte er dann in die Luft hinein. »Hauptprogramm, Routine fünf ...«

In der Luft vor ihm öffnete sich ein ›Fenster‹, das die Ersten der unzähligen Zeilen mit Programmiercode zeigte, die er bis dahin unter Anleitung des Lernprogramms verfasst hatte. Irgendwo da drin musste ein fehlerhafter Befehl stecken, der beim Prüfdurchlauf durchgerutscht war und den das Programm jetzt getreulich befolgte. *Das wäre ja auch völlig in Ordnung*, dachte Charlie verärgert, *wenn Dampfloks grundsätzlich aus Gummi gebaut würden.*

»Drei nach unten rollen«, befahl er. »Eine Zeile nach unten. Noch eine.« Ein paar Augenblicke lang starrte er auf den Text, der den Bildschirm füllte. Er biss sich auf die Unterlippe. »Zeile sechzig«, sagte er dann. »Befehl ändern. Alter Befehl: Vis fünfzehn Härte achtzig Spong zwölf. Neuer Befehl: Vis fünfzehn Härte hundertzwanzig Spong zwölf.«

»Was zum Teufel ist Spong?«, fragte eine Stimme hinter ihm.

Charlie blickte über seine Schulter. Hinter ihm stand

Nick Melchior, einer seiner besten Schulfreunde, wenn nicht der Beste. Nick hatte den gleichen Sinn für Humor wie Charlie, und außerdem hatte er sich nie darüber lustig gemacht, dass jemand wie Charlie mit seinem hoffnungslosen Hintergrund fest davon überzeugt war, dass er einmal Arzt werden würde. Dagegen überraschte es Charlie immer wieder, dass Nick mit seinem ungeregelten, unsicheren Leben so gute Leistungen in der Schule brachte und überhaupt so gutmütig und ausgeglichen war, wo doch sein Vater als Kameramann jeden Augenblick mit der ganzen Familie entwurzelt und von einem der großen Nachrichtensender in ein fernes Land geschickt werden konnte.

Nick lehnte sich gegen das Mahagonigeländer, das den ›Operationsbereich‹ abgrenzte, und starrte auf die Lok.

»Ich könnte versuchen, dir zu erklären, was Spong ist«, meinte Charlie, »aber das würde mich nur durcheinander bringen. So ganz kenne ich mich selbst noch nicht aus. Es hat was damit zu tun, wie dieses Ding das Licht reflektiert … mehr weiß ich im Moment auch nicht.«

Nick löste sich vom Geländer und spazierte in der Simulation umher, wobei er sich die Sache genau ansah. Er war blond, hatte grüne Augen und breite Schultern. Allerdings gehörte er in Charlies Jahrgang nicht zu den Großen. Während die Hälfte seiner Klassenkameraden wie auf Knopfdruck gleichzeitig in die Höhe zu sprießen schien, war Nick offenbar bei einem Meter sechzig stehen geblieben. Charlie, der sich mit seinen ein Meter fünfundsechzig allmählich trübsinnig fragte, ob er an einer obskuren Drüsenkrankheit litt, fand es sehr angenehm, mit jemand zu reden, der nicht von oben auf ihn herabsah und sich sarkastisch erkundigte, warum er nicht Basketballer wurde.

»Sieht gut aus«, meinte Nick.

»Klar, mit etwas Eukalyptusöl hast du einen wunderbaren Kaltinhalator«, schimpfte Charlie vor sich hin. »Verpass dem Ding mal einen kräftigen Tritt.«

»Was?«

»Los, tritt schon zu. So fest du kannst.«

Die Dampflok war mit vier prachtvollen Rädern mit Eisenreifen und Messingbesatz ausgestattet. Nick ging zu einem davon, nahm genau Maß und trat kräftig zu. Dann hüpfte er wie von der Tarantel gestochen durch die Gegend. »*Au!* Verd… Was sollte denn *das*?«

Charlie starrte ihn verwirrt an. »Ich werd verrückt. Hab ich das Ding etwa repariert?« Ungläubig ging er zum nächsten Rad und trat ebenfalls zu. »Autsch!« Er schloss sich Nicks Indianertanz an.

»Vielen Dank, Charlie. Als ob ich heute nicht schon genug Probleme hätte; jetzt muss ich auch noch für den Rest meines Lebens humpeln«. Nick hielt den verletzten Fuß umklammert und starrte darauf, als könnte er durch den Stiefel erkennen, ob etwas gebrochen war.

»Tut mir echt Leid. Ich hab das Problem gelöst! Zumindest sieht es so aus.« Charlie lehnte sich neben Nick an das Geländer, rieb seinen Fuß und belastete ihn dann vorsichtig. »Entschuldige.« Er starrte die Lok an. »Wie habe ich das bloß geschafft? Eigentlich wollte ich die Härte doch gar nicht ändern …«

»Da fragst du den falschen Experten, Experte. Aber als großes medizinisches Talent kannst du mir vielleicht verraten, ob mein Fuß außerhalb der virtuellen Realität noch genauso wehtun wird.«

»Natürlich nicht, du Idiot«, sagte Charlie. »Nein. Und hier wird er auch nicht mehr lange wehtun; du weißt, dass das Schmerzempfinden in der virtuellen Realität niedriger eingestellt ist als im richtigen Leben. Das ist auch gut so. Was ist denn dein Problem?«

»Mein Fuß, du Ignorant, den habe ich mir deinetwegen ...«

»Dein *anderes* Problem. Du wolltest doch über irgendwas reden, als du reingekommen bist.«

»Oh. Es ging nur um meinen Vater.«

»Schicken die ihn wieder ans Ende der Welt?« Charlie stemmte sich mit den Armen hoch und setzte sich auf das Geländer. Von dort aus studierte er mit trübsinniger Miene die Dampflok.

»Nein, nein, es geht ums Netz.«

Charlie blinzelte. »Was?«

»Erinnerst du dich an Joey Banes Domain?«

»Klar. Deathorama oder so was.«

»Deathworld.«

»Stimmt.« Charlie hatte ein paar Monate zuvor gemeinsam mit Nick einer der oberen Ebenen einen kurzen Besuch abgestattet. Dabei war es geblieben. Der Aufenthalt dort war nicht ganz billig, und außerdem war er kein großer Fan von Shadowjazz. Seine musikalische Vorliebe galt eher Hopflight, wegen der Rhythmen, und Terziarizz, das nach vier Jahrhunderten der Vergessenheit ein Comeback erlebte. »Was ist das Problem? Werden die Rechnungen zu hoch?«

»Ja, aber das ist nicht das Schlimmste. Irgendwie denken meine Eltern, das Zeug würde mich verderben.« Nicks gutmütiges Gesicht verlor etwas von seiner ruhigen Heiterkeit und blieb auch besorgt, als er sich neben Charlie auf das Geländer setzte.

»Dich?«, prustete Charlie amüsiert. »Da gibt's doch nichts mehr zu verderben.«

»Herzlichen Dank, du Genie. Nein, irgendwie regen sie sich fürchterlich über diese Geschichte in den Nachrichten auf.«

»Die Nachrichten habe ich heute verpasst«, sagte Charlie. »Es ist Samstag, der Tag, an dem ich mir zumindest theoretisch von der Welt frei nehme.«

»Damit du dich wirklich wichtigen Angelegenheiten widmen kannst.«

»Für James Watt *waren* sie wichtig«, gab Charlie in ungewollt scharfem Ton zurück. »Ich mag Retrotech, da kannst du dich auf den Kopf stellen. Also, was ist passiert?«

»Jemand hat sich umgebracht.«

»Jemand, der viel Zeit in Deathworld verbracht hat?«

»So ähnlich.« Nick rollte viel sagend mit den Augen und stutzte dann kurz, weil ihn das Deckenfresko ablenkte, das den Gott Apoll zeigte, der Äskulap in den Himmel aufnahm. Eine Menge anderer in Togen gewandeter Götter beugten sich vor, um die Szene zu beobachten und vermutlich auch ein paar private Kommentare über den coolen Stock des Neuankömmlings auszutauschen, um den sich die Schlangen wanden. »Was sind das für Typen?«

»Das erklär ich dir ein anderes Mal, falls ich dich jemals dazu bringen sollte, dich nicht ständig selbst zu unterbrechen!«

Nick rollte erneut die Augen. »Irgendein Kerl in Iowa. Anscheinend einer aus dem siebenten Kreis. Hat sich aufgehängt, zumindest behauptet die Polizei das.«

»Haben sie was darüber gesagt, ob er Depressionen hatte oder so was?«, wollte Charlie wissen.

Nick schüttelte den Kopf. »Auf jeden Fall habe ich nichts davon gehört. Es klang so, als wollten sie ihn in aller Eile begraben.« Er schnitt eine Grimasse. »Als meine Eltern davon gehört haben, sind sie komplett ausgeflippt. Ich soll da nicht reingehen, bla, bla, bla …«

Charlie lehnte sich ein wenig zurück und blickte seinen Freund besorgt an. Er hatte von den anderen Selbstmorden gehört, ihnen aber keine große Bedeutung beigemessen. Natürlich waren sie für die Betroffenen und Hinterbliebenen tragisch, aber jedes Jahr brachte sich eine bestimmte Anzahl Menschen um, weil sie virtuelle Dienste missbraucht oder bei ihrer Nutzung kein Maß gekannt hatten. In den meisten Fällen kamen die Psychologen zu dem Schluss, dass es sich um Leute handelte, die ihrem Leben aus einem anderen Grund ein Ende gesetzt hätten, wenn es das Netz nicht gegeben hätte. Trotzdem war es ein wenig unheimlich. »Wie viele Selbstmorde werden mittlerweile mit Deathworld in Verbindung gebracht?«

»Ich glaube sechs.«

Nachdenklich blickte Charlie auf seine Dampflok. »Ganz schön viel.«

Nick ließ sich auf eine der vorderen Bänke fallen und zuckte die Achseln, um anzudeuten, wie kalt ihn das ließ. »Hör auf, Charlie, du wirst dich doch nicht auf ihre Seite stellen! Die Welt ist voller Idioten, die nur darauf warten, sich das Gehirn rauszublasen, das weißt du so gut wie ich. Es ist ja wohl nicht die Schuld von Deathworld, dass sie irgendwann auf der Site gelandet sind. Sonst hätte die Regierung das längst rausgefunden und den Laden dichtgemacht.«

»Na ja …« Charlie erhob sich mit einem Seufzer, ging hinten um die Dampflok herum und sah sich den Tender genauer an. Irgendwie war der durchscheinend geworden. Doch als er ihn berührte, fühlte er sich zumindest hart an, was bis jetzt nicht der Fall gewesen war. »Eigentlich *soll* die

Net Force ja alles inspizieren und zertifizieren, was für Anwender gefährlich werden könnte.«

»Nachdem sie die Site nicht geschlossen hat, ist wohl alles in Ordnung.« Nick seufzte. »Das dürfte meinem Vater allerdings ziemlich egal sein ...«

Charlie trat versuchsweise gegen den Tender, der unter seinem Fuß nachgab. Beim Anblick der halbrunden Delle stöhnte er leise auf. »Das kriege ich *nie* hin.« Er ging zu Nick, setzte sich neben ihn und starrte die Dampflok an »Hauptprogramm, Ablauf sechs ...«

Ein weiteres Fenster öffnete sich und zeigte den Anfang des Programmiercodes, mit dem der Tender erstellt wurde. »Zwanzig nach unten rollen«, befahl er. »Wiederholen. Wiederholen. Eine Zeile nach unten. Zeile dreiundneunzig. Befehl ändern. Alter Befehl: ›Vis fünfzehn Härte hundertzwanzig Spong zwölf.‹ Neuer Befehl: ›Vis fünfzehn Härte neunzig Spong zwölf.‹«

Der Code wurde angepasst. »Ich verstehe dich nicht«, meinte Nick. »Du hast doch gesagt, du willst Medizin studieren und Arzt werden wie dein Vater.«

»Schon.« *Und dann gehe ich zur Net Force*, setzte Charlie stillschweigend hinzu, aber darüber sprach er mit niemandem, noch nicht einmal mit Nick. Zu viele wollten zu der Elitetruppe, die Konkurrenz war knallhart. Er hatte keine Lust, später sagen zu müssen: »Ich wollte immer zu denen, aber ich habe es nicht geschafft.« Wenn er drin war, nachdem er das Medizinstudium abgeschlossen und seinen Facharzt gemacht hatte, sodass er als Kriminologe oder Gerichtsmediziner für die Net Force arbeiten konnte – dann erst würde er darüber reden. Dann konnte er nämlich seinen Ausweis aus der Brieftasche ziehen, sodass jeder sah, dass er zur absoluten Elite gehörte und den aufregendsten Job der

Welt hatte. Bis dahin hatte er beschlossen, seine Pläne für sich zu behalten. Wenn ihn das Leben etwas gelehrt hatte, so war es Vorsicht.

»Wofür brauchst du dann das Zeug hier?«

»Um Modelle von Nervensystemen erstellen zu können«, erwiderte Charlie. »Und für anderes. Feste, im Knochen verankerte Prothesen, temporäre Ersatzorgane und so Zeug.«

Nick blickte ihn gequält an. »Sieht aus, als würde dich dieses System nervös machen«, meinte er, »das ist aber auch schon alles. Vergiss den Schrott und geh nach draußen. Ein bisschen frische Luft würde dir gut tun.«

Charlie seufzte und lehnte sich auf der Bank zurück. Im Augenblick hatte er keine Lust aufzustehen und gegen den Tender zu treten, weil er eine unangenehme Überraschung fürchtete. »Du hast wohl deinen Eltern zu gut zugehört, Nick? Ich wette, genau das sagen die zu dir.«

»Na ja, schon …« Nick warf ihm einen amüsierten Blick zu. »Ich kann es nicht ändern. Baseball interessiert mich einfach nicht so. Mein Vater kann sich da total reinsteigern.«

»Da geht's dir wie mir.« Die beiden lachten ironisch. Den ganzen Frühling und Sommer hindurch fragte sich Charlie mindestens einmal pro Woche, wie es möglich war, dass sich sein Vater, ein unglaublich intelligenter Arzt, der sich normalerweise durch gesunden Menschenverstand und guten Geschmack auszeichnete, pünktlich wie ein Uhrwerk jeden Samstag, wenn das Wetter einigermaßen mitspielte und er keinen Bereitschaftsdienst hatte, mit dem Ärzteteam der George Washington University zu einer Partie Sandplatz-Softball traf. Den Rest der Woche über studierte er jeden Morgen mindestens eine halbe Stunde lang die Ergebnisse der letzten Braves-Spiele. Von Zeit zu Zeit versuchte er, Charlie dafür zu interessieren und ihn davon zu überzeugen, dass er es einmal mit der virtuellen Little League probieren sollte. Das redete er sich dann jedes Mal selbst wieder aus und murmelte etwas davon, dass virtueller Sport nichts als ein armseliger Ersatz sei. Charlie nickte nur dazu und ließ das Ganze über sich ergehen; das war einfacher, als sich jede Woche auf eine Diskussion einzulassen und seinem Vater immer wieder zu erklären, dass er sich im Augenblick wesentlich mehr für Modellbau interessierte als für jegliche existierende oder noch zu erfindende Sportart.

»Aber ganz im Ernst«, begann Charlie, »hast du schon mal daran gedacht, dir ein paar Wochen Pause ohne Deathworld zu gönnen, bis sich deine Eltern wieder beruhigt haben? Wenn sie sich wirklich Sorgen machen, wäre es das Netteste, das du für sie tun könntest. Außerdem sind sie vielleicht nicht mehr so streng, wenn sie merken, dass du nicht süchtig bist oder dich an der Stange des Duschvorhangs aufhängst, sobald sie dir den Rücken zuwenden.«

Nick schüttelte energisch den Kopf. »Das habe ich schon früher mit anderen Sache probiert. Meine Mutter merkt das nicht mal. Und mein Vater …« Er seufzte. »Wenn der eine wichtige Auseinandersetzung gewinnt, zieht er die Daumenschrauben überall an. In kürzester Zeit hätte ich kein eigenes Leben mehr, zumindest nichts, was nicht genau dem entspricht, was er für richtig hält. Außerdem komme ich dort unten endlich voran. Wenn ich jetzt den Schwung verliere, merkt das System das und schiebt mich auf irgendein Abstellgleis. Mit den Punkten, die ich inzwischen angesammelt habe, komme ich spätestens nächsten Monat wirklich weiter. Ich will endlich in die Festung des Schwarzen Magiers.« Er schüttelte den Kopf. »Mein Vater wird sich damit abfinden müssen.«

Charlie stand auf und ging erneut zum Tender. Vorsichtig

stupste er mit dem Zeh dagegen. Die Delle, die er vorhin hinterlassen hatte, sprang heraus, und der Tender wurde völlig durchsichtig, bis auf die Kohle, die in der Luft ›hing‹ wie in einem jener Plastikkörbe auf Rädern, die man früher in Supermärkten benutzt hatte. »Verdammt«, sagte er aus tiefstem Herzen, »verdammt, verdammt …«

»Du brauchst dringend eine Pause«, riet Nick. »Du bist einfach zu gestresst. Seit wann fluchst du so?«

Charlie sah ihn leicht verärgert an, musste aber zugeben, dass sein Freund nicht ganz Unrecht hatte. »Programm, schnellspeichern«, befahl er. »Dann Programm schließen.«

»Speichervorgang beendet. Programm wird geschlossen«, meldete der Computer, während er die verschiedenen Fenster zusammenklappte. Die Dampflok verschwand, und die beiden blieben allein in der großen, holzgetäfelten Halle zurück. Durch die hohen Fenster fiel das Sonnenlicht und malte Rechtecke auf den Boden.

»Muss schon Mittag sein. Wahrscheinlich sollte ich was essen«, sagte Charlie. »Warum kommst du nicht nachher in echt zu mir? Wir können ein paar Hamburger machen oder so. Bei uns hat heute keiner was vor.« Es war einer der relativ seltenen Samstage, an denen seine beiden Eltern frei hatten.

»Danke, aber heute bin ich beschäftigt«, erwiderte Nick. »An Samstagen ist der Zugang zwischen zwölf und achtzehn Uhr besonders günstig. Anscheinend geht das Geschäft jetzt, wo der Sommer kommt, um diese Zeit nicht so gut. Warum kommst du nicht mit? Ich kann dich mit auf mein Konto eintragen lassen. Dann kannst du dir ansehen, wie ich in der Festung verschwinde.« Nick grinste aufgeregt.

Charlie überlegte, schüttelte jedoch den Kopf. »Nein, geh nur allein. Das ist nicht mein Ding. Aber meld dich, wenn du rauskommst, und erzähl mir, wie es gelaufen ist. Darfst du ›Mitschnitte‹ machen?«

»Nein, der ganze Inhalt ist urheberrechtlich geschützt. Die Kontrollen sind ziemlich streng. Wenn du versuchst, ein Erlebnis aufzuzeichnen und jemandem außerhalb der geschützten Programme zu zeigen, stehen fünf Minuten später Anwälte vor deiner Tür. Aber ich kann es innerhalb des ›Reiches‹ speichern und dir später mal zeigen.«

»Klingt gut. Mach das, okay?«

»Wird erledigt.« Nick ging zu den Stufen, die zur Tür führten, blieb jedoch plötzlich stehen. »Bist du sicher? Das wird ein historisches Ereignis.«

»Ganz sicher. Geh du nur. Aber vielen Dank.«

»Selber schuld«, meinte Nick. »Wir sehen uns, Doc.«

»Bis später, Mr. Nick.«

Als sein Freund verschwunden war, blieb Charlie noch einen Augenblick lang sitzen und starrte auf die Stelle, an der die Dampflok gestanden hatte. »Arbeitsplatz bitte sichern«, befahl er dann dem Computer.

»Arbeitsplatz gesichert«, meldete das dafür zuständige Programm. »Speicherung aller Dateien bestätigt, Backup auf Remoterechner von SafeHouse durchgeführt.«

Charlie schloss die Augen und zuckte kurz mit den Muskeln, um seine Implantate zu deaktivieren.

Die Welt um ihn herum wurde dunkel. Er öffnete die Augen und blickte sich um.

Das Sonnenlicht sickerte durch die Jalousie des rückwärtigen Fensters des Studierzimmers. Charlie erhob sich und streckte sich. Die Leute, die diese Implantatstühle herstellten, konnten sagen, was sie wollten: Nach einer langen Sitzung im Netz war man immer irgendwie steif. *Dagegen sollte ich wirklich mal was unternehmen*, dachte er, während er von dem Stuhl kletterte und dabei seine Arme schüttelte, um die Durchblutung wieder in Gang zu bringen. *Eine kleine Programmmanipulation …*

Wenn ich allerdings damit so viel Glück habe wie im Augenblick mit Caldera, überlegte er, *lasse ich wohl besser die Finger davon. Sonst habe ich nach einer Sitzung noch Knoten in Armen und Beinen.*

Er ging zum rückwärtigen Fenster, das nach Süden ging, und sah nach unten. Gut sechs Meter unter ihm lag der kleine rechteckige Stadthausgarten. Steinplatten bildeten ein kleineres Viereck, und die verschiedenen Blumentöpfe enthielten vor allem Küchenkräuter für seine Mutter. Hinter dem Garten lag der Garten eines anderen Hauses, von dem er von hier aus die Fenster sah. Links und rechts war die Aussicht nicht viel anders.

Charlie ging vom Studierzimmer über die Treppe ins Erdgeschoss, wo sich die Küche befand. Sie wohnten in einem zweihundert Jahre alten Ziegelhaus an der 16 West, das sein Vater als ›Geldgrab‹ bezeichnete. Als die Familie eingezogen war, war das Haus nur teilweise renoviert gewesen. In ihrem ersten Jahr hier – Charlie war damals elf und später zwölf gewesen – hatte ständiges Chaos geherrscht. Überall hing Zementstaub in der Luft, und man stolperte ständig über dicke, mit Farbe bespritzte Plastikfolien, Haufen alter Ziegel, die auf ihre Wiederverwendung warteten, und immer neue Bautrupps, die zu völlig unvorhersehbaren Zeiten erschienen und wieder verschwanden. Schließlich hatte Charlies Vater die Nase voll gehabt von den kostspieligen Verzögerungen und die Handwerker hinausgeworfen, allerdings erst, nachdem Untergeschoss und erster Stock fertig waren. Den zweiten Stock und das Dachgeschoss wollte er selbst in seiner Freizeit fertig stellen, hatte er verkündet.

Charlie musste jedes Mal kichern, wenn er das hörte. Wie jeder andere Arzt neigte auch sein Vater dazu, die spärliche Freizeit, die ihm das Krankenhaus gönnte, im Bett zu verbringen. Wenn er tatsächlich dazu kam, ›oben‹ zu arbeiten, wurden Charlie und seine Mutter unweigerlich mit hineingezogen. Inzwischen konnte Charlie einen hervorragenden Putz anrühren, und sein Vater verkündete bereits, es sei an der Zeit, dass er lerne, einen Hartholzboden zu verlegen. Wann stand allerdings noch in den Sternen. Das neue Semester hatte begonnen, und das bedeutete noch weniger Freizeit für die Ärzte, die wie Charlies Vater mittlere Positionen am Lehrkrankenhaus der George Washington University innehatten. Aber Charlie verschwendete kaum Gedanken daran. Das Haus war auch so komfortabel genug: drei Schlafzimmer und das Büro, in dem einer der Implantatstühle stand, eine Küche, zwei Bäder und ein Studierzimmer, das den anderen Implantatstuhl, den Haupt-Netzserver und eine überfüllte, chaotische Bibliothek beherbergte. Das neue Elternschlafzimmer und der private Wohnbereich, die sein Vater für das obere Stockwerk plante, würden irgendwann kommen, aber für den Augenblick betrachtete Charlie sie als Mythos.

Nun ging er die Treppe hinunter zur Küche, die sich an der Rückseite des Hauses befand und deren Türen auf den kleinen Garten hinausführten. Er nahm sich eine Tasse aus der Kaffeemaschine, die Tag und Nacht gefüllt war, und blieb einen Augenblick stehen, um sich wieder in der Realität zurechtzufinden. Draußen fiel das Sonnenlicht auf Steinplatten und Gras.

Manchmal wachte er ganz früh am Morgen mit dem absurden Gefühl auf, am falschen Ort zu sein. Sein Gehirn schien die schicke, neue Umgebung, die gebohnerten Böden und die in Pastellfarben gestrichenen oder freigelegtes Ziegelmauerwerk zeigenden Wände mit einer älteren, schmutzigeren, schlichteren Realität zu vergleichen. Mit Böden, die nicht aus gebohnertem Holz waren, sondern aus rissigem, abgetretenem und schmutzigem Linoleum, auf dem überall Abfall herumlag, mit Wänden, die nicht frisch verputzt und gestrichen waren und an denen keine Kunstdrucke hingen, sondern die völlig verdreckt waren, von denen die Farbe abblätterte und deren einziger Schmuck Stockflecken waren und Löcher, die irgendjemand mit der Faust hineingeschlagen hatte. Die Erinnerung an jemand, der voller Wut unverständliche Worte brüllte, während jemand anderer weinte, an ein Gesicht, das eigentlich schön hätte sein müssen, doch völlig verschwollen und von blauen Flecken entstellt war. Der Gestank ungewaschener Körper und Brandgeruch. Allzu deutlich sah er ein Streichholz vor sich, das unter einen Löffel gehalten wurde, einen Druckinjektor, eine Spritze …

»Hallo, Junge! Was gibt's Neues heute?«

Charlie wandte sich um, schluckte und fand sich in der richtigen Welt wieder, in der sein Vater in die Küche polterte. Er war ein großer, breitschultriger Mann in Polohemd und Jeans, mit dunkler Haut, hohen Wangenknochen und einem Mund, der meistens grinste. Als er den Ausdruck auf Charlies Gesicht bemerkte, wurden seine dunklen Augen ungewohnt nachdenklich.

»Nicht viel«, meinte Charlie.

»Wie geht's der Dampflok?«

»Funktioniert immer noch nicht.« Charlie trat beiseite, um seinen Vater an den Kaffee zu lassen. Sein Vater warf die Morgenzeitung auf den großen Tisch mitten in der Küche und wühlte im Schrank nach der riesigen Tasse mit der Aufschrift ›WER HIER ARBEITET, MUSS NICHT VERRÜCKT SEIN, ABER ES ERLEICHTERT DIE SACHE‹.

»Auf Retrotech kann man sich einfach nicht verlassen«, murmelte er, während er die halbe Kaffeemaschine in seine Tasse leerte. Dann ging er zum Kühlschrank und öffnete die Tür. Er griff hinein und begann dann zu suchen. »Kenmore, wo zum Teufel ist die Milch?«

»Heute keine Milch«, sagte der Kühlschrank.

»Das sehe ich selbst, du blödes Gerät. Warum hast du keine bestellt?«

»Fehler 3033, Server überlastet.« Der Kühlschrank klang geradezu beleidigt.

»Gib dir mehr Mühe, Kenny, sonst kaufen wir uns ein besseres Modell, bevor du ›fettarme Milch‹ sagen kannst. Haben wir uns verstanden?«, fragte Charlies Vater. Mit betrübtem Blick schloss er den Kühlschrank und ging zurück zum Schrank, um sich Kaffeeweißer zu holen. »Sage ich doch, auf moderne Technologie kann man sich einfach nicht verlassen.«

»Du hast gesagt, auf Retrotech kann man sich nicht verlassen«, korrigierte Charlie, während sich sein Vater setzte und nach der *Washington Post* griff. Die Zeitung auf dem geblümten Tischtuch entfaltete sich und schlug von selbst die standardmäßig eingegebene Seite auf.

»Darauf auch nicht. Jetzt muss ich noch vor dem Spiel Milch kaufen, sonst geht mir deine Mutter an den Kragen.«

»Das kann ich doch erledigen, Dad.«

»Würdest du das tun?« Sein Vater blickte auf. Offenbar überraschte es ihn, dass sein Sohn ihm diesen Gefallen tun wollte. Nachdem er selbst kaum wusste, was Freizeit war, erstaunte es ihn offenbar, wenn andere nichts zu tun hatten.

»Kein Problem.« *Wenn ich jetzt gleich verschwinde, entwische ich ihm vielleicht, bevor er mich fragt, ob …*

»Weißt du, Sohn«, begann sein Vater, während sich die Hauptsportseite vor ihm in Farbe und Bewegung auflöste. Ein Schlagmann holte aus, verfehlte jedoch den entscheidenden Wurf. »An solch einem schönen Tag sollte ein Junge wie du mit anderen Kindern draußen an der frischen Luft sein. Falls du Lust hast, mit mir in den Park zu gehen – nach dem Spiel wollen ein paar andere Väter und ich …«

»Ach, Dad«, unterbrach Charlie ihn, »gerade fällt mir ein, was ich bei der Dampflok falsch mache.« *Zum Beispiel, dass ich nicht daran arbeite!* Eilig verließ er die Küche und ging zur ›Luftschleuse‹ im vorderen Korridor, wo sein Fahrrad stand. »Später, Dad. Zuerst hole ich die Milch …«

Hinter ihm kicherte sein Vater leise. Charlie stieß die Haustür auf und schob das Fahrrad auf die Straße. Dann schloss er die Tür und erteilte den Verriegelungsbefehl. Dabei begann er, sich zu fragen, ob sein Vater ihn vielleicht ausgetrickst hatte, damit er die Milch ein wenig schneller holte, als er es sonst getan hätte.

Trotzdem grinste er, als er auf sein Fahrrad stieg. Seine Eltern – eigentlich seine Pflegeeltern, obwohl sie sich um die Adoption bemühten – waren die Besten der Welt. Wer in großen Zusammenhängen dachte, sah über eine kleine Manipulation leicht hinweg. Als er auf die vom Putz befreite Ziegelfassade blickte, schien sich selbst im hellen Sonnenlicht des Samstagmorgens die ältere, dunklere Erinnerung wie ein schwaches Abbild darüber zu legen: düstere Korridore, in denen bitteres, hoffnungsloses Gelächter hallte, die Geräusche von Schmerz, Missbrauch und Verlust. Doch das war nun alles vorüber. Nick und Adelie Davis hatten ihn da herausgeholt in eine Welt, in der es nicht nur darum ging, sich zuzudröhnen, eine Welt, in der es Hoffnung gab. Seine alten Erinnerungen waren für Charlie schmerzhaft, aber er wusste, dass es dumm gewesen wäre, sie zu verleugnen oder ihnen auszuweichen. Wenn er jemals wirklich er selbst sein wollte, dann musste er sie in seine Rechnung miteinbeziehen.

Aber im Augenblick konnte das warten. Im hellen Sonnenlicht verschwanden die Schatten, und Charlie radelte davon, um im nahe gelegenen Lebensmittelgeschäft Milch zu holen. Dabei brütete er über seinem Problem mit der Gummi-Dampflok. *Schade, dass ich Nick nicht dafür interessieren kann.* Aber Nick hatte offenkundig anderes im Kopf … *Das heißt wohl, dass ich selbst endlich in die Gänge kommen muss.*

3. Kapitel

Nick stand am See vom Kochenden Blut und blickte müßig auf die blubbernden, wabernden Fluten. Irgendwie fühlte er sich stark an Spaghettisoße erinnert.

Er seufzte. In der heißen Brühe kreischten verschiedene Medienstars der Vergangenheit und Gegenwart – Filmschauspieler, Sänger, Reporter, Produzenten und Regisseure, die lautstark Ausschweifungen und Vergewaltigung von Geschmack, Stil und Wahrheit beklagten. Verschiedene Dämonen stießen die Verdammten, die zu entkommen versuchten, wieder in das Blut zurück oder zogen sie heraus, damit sie sich erholten und umso mehr litten, wenn sie erneut hineingeworfen wurden. Der See, in dem alle schmachteten, die sich an der Wahrheit versündigt hatten, bestand aus zahlreichen kleinen Fjorden, Tümpeln und Einlässen und war auf allen Seiten von hohen dunklen Klippen umgeben. Auf den Höhen war das Geschrei besonders durchdringend. Nick reagierte mittlerweile nicht mehr auf das Heulen, in dem Wut und Schmerz lagen. Auf seiner Suche nach Hinweisen darauf, wie er nach unten in den siebenten Kreis gelangte, hatte er alle ›Spezialbereiche‹ besucht. Stundenlang hatte er sich in dem schlimmsten davon aufgehalten, einem riesigen Whirlpool aus Magma, in dem frühere Talkshow-Moderatoren und Literaturkritiker einander unter die Oberfläche drückten und an jedem rissen und zerrten, dem es gelang, sich nach oben zu kämpfen. Selbst diese entsetzliche Szene hatte ihn mehr oder weniger unberührt gelassen. Die anderen, weniger grausamen Qualen auf dieser Ebene bargen für Nick mittlerweile keine Schrecken mehr. Selbst an den Gestank des Sees, der ständig brodelte, aber nie in Flammen aufging, hatte er sich allmählich gewöhnt. Im Moment überlegte er fieberhaft, wohin er sich als Nächstes wenden sollte. Der siebente Kreis rief.

Über allem hämmerten die wilden Rhythmen der neuen, ›unveröffentlichten‹ Stücke aus *Stimmen der Verlorenen.* Im Moment lief gerade *Überraschung für einen Messerstecher.* Joey Bane stimmte ungewohnt leise und sanft die zweite Strophe an, als wollte er den Zuhörer dazu verleiten, so nah heranzukommen, dass ihm das Trommelfell platzte, wenn der Refrain in voller Lautstärke losbrach.

»Hast wohl nie daran gedacht,
dass du blutest, wenn ich schneide …
Hast wohl nicht geglaubt,
dass einer deinem Beispiel folgt:
Heraus mit dem Schleifriemen,
die Schneide geschärft

und die Klinge fährt tief ins Fleisch:
Der kleine Schmerz heute Nacht soll dich lehren,
besser hinzusehen, bevor du springst!«

Camiun kreischte los wie Henker und Folterknecht zugleich, und Joey Banes Stimme erhob sich zu einem sarkastischen Zischen:

»Große Überraschung, da fließt doch tatsächlich Blut,
Mister Was-du-nicht-willst-dass-man-dir-tu-
das-füg-einfach-einem-andren-zu!
Nun geh doch nicht, bleib hier,
genieß den Spaß mit mir …«

»Große Überraschung«, sang Nick leise vor sich hin, während er am Ufer entlangwanderte und sich nach Stellen umsah, die ihm möglicherweise entgangen waren. In Kürze würde er diese Ebene ohnehin verlassen, denn soviel er wusste, hatte er alle Hinweise, die er brauchte. Außerdem langweilte ihn die Sechs allmählich. Zuerst hatte er sie ›echt cool‹ gefunden, um einen alten, abgedroschenen Ausdruck seines Vaters zu verwenden. Aber jetzt hatte sie an Reiz verloren. Zu seiner Überraschung war ihm sehr schnell alles ziemlich überholt vorgekommen. Außerdem hatten sich die Dinge nicht so entwickelt, wie er sich das vorgestellt hatte. Er hatte gedacht, auf der Sechs würde ihn die Festung des Schwarzen Magiers erwarten. Aber als er die Stelle auf der Aschenfahlen Ebene erreichte, an der diese den Gerüchten zufolge zu finden war, war dort ein schwelendes Sperrholzschild in den Boden gerammt. ›SUCH MICH AUF EBENE ACHT, DU ARSCH!‹, stand in klobigen Lettern darauf gesprüht.

Zuerst hatte Nick vor Wut gekocht. Empört über diese Zeit- und Geldverschwendung hatte er sich abgewandt, um das Programm zu verlassen. Doch dann hatte er den See zum ersten Mal erblickt und sich das Ganze noch einmal überlegt. Der Gestank der Brühe war für Nasen, die nicht daran gewöhnt waren, so widerlich, dass einem übel werden konnte. Er hatte den Brechreiz unterdrückt und seinen anfänglichen Abscheu überwunden. Dann verstand er. *Natürlich, das ist ein Test. Wenn alles stinkt, warum sollte es hier anders sein? Joey hat das nie behauptet.*

Also hatte er sich seufzend und hustend auf die Wanderung um den flachen See begeben, wo er Hinweise auf den besten Weg zur achten Ebene zu finden hoffte. Das dauerte lange, denn seine einzige Quelle waren die im Blut Gefangenen, die immer wieder unter die Oberfläche gedrückt wurden und sich ständig erneut nach oben kämpften. Mit denen musste man reden, herausfinden, wer sie waren und was sie dort trieben, und versuchen, sie über das bewusste Thema auszuhorchen. Nicht, dass sie sich unbedingt besonders kooperationsbereit gezeigt hätten. Zudem hielten sich nicht alle in der Nähe des Ufers auf, wo man sich mit ihnen unterhalten konnte. Große Horden und Gruppen standen oder trieben draußen im heißeren Teil des Sees. Wenn sie nicht gerade schrien, blickten sie verächtlich zum Ufer, wie Gäste einer Cocktailparty, die nur in den ersten Kreisen verkehrten und nicht die geringste Absicht hatten, sich mit weniger bedeutenden Leuten abzugeben.

Lange Zeit war Nick um den See gewandert und hatte darauf gehofft, dass er etwas hörte, das ihm von Nutzen sein konnte. Nach einer Weile hatte er angefangen, sich fürchterlich darüber zu ärgern. *Das ist ja wie im richtigen Leben*, dachte er. *Dabei bin ich hier, weil ich von der Realität die Nase voll habe, und nicht, weil ich noch mehr davon aufgetischt bekommen will!*

Aber ihm blieb keine Wahl, denn die einzige andere Quelle waren die übrigen Spieler – und die waren verschlossen wie Austern. Keiner von denen, die Nick ansprach, wollte mit ihm reden, sodass er den Versuch schließlich aufgab. *Wahrscheinlich denken die, wenn sie ihr gutes Geld dafür ausgeben mussten, um herauszufinden, was sie wissen, dann soll es den anderen nicht besser gehen*, überlegte Nick. Diese Erkenntnis trug jedoch nichts dazu bei, seine Stimmung zu heben. Nachdem er um die acht Stunden ›Spitzenzeit‹ ohne jedes Ergebnis verschwendet hatte, setzte er sich auf den Boden und lehnte sich mit dem Rücken an einen unangenehm heißen Felsblock. Er sah sich seine Umgebung noch einmal ausgiebig an, denn er hatte nicht vor zurückzukommen.

Und dann, in diesem Augenblick, wo er vor Wut kochte und völlig unkonzentriert war, entdeckte er die Antwort. Den entscheidenden Hinweis lieferte ihm nicht ein Dämon, sondern eine Spielerin. Sie warf einen Blick über die Schulter, als hätte sie Angst, beobachtet zu werden. Nachdem sie offenbar in der Nähe niemanden sah, watete sie in das kochende Blut hinein und hielt auf eine bestimmte Gruppe zu. Nick blieb der Mund offen stehen.

Was die kann, kann ich schon lange!

Er stand auf und ging zum Ufer. Dort zögerte er einen Augenblick, denn die Brühe wirkte tödlich. *Aber sie hat es auch geschafft!*

Vorsichtig stieg er mit einem Fuß hinein. Er spürte gar nichts. Verwirrt beugte er sich vor und hielt die Hand über die kochende Flüssigkeit. Obwohl sich die Hitze unangenehm anfühlte, steckte er nach kurzem Zögern einen Finger in die Flüssigkeit.

Zu seinem Erstaunen tat es nicht besonders weh. Das ›kochende Blut‹ war in Wirklichkeit nur etwa so warm wie ein heißes Bad. Während er durch den See watete und schwamm, lachte und fluchte er abwechselnd. Sein Ziel war eine der großen ›Versammlungen‹ mitten in der blubbernden Lava. Die Gruppe bestand aus entsetzlich verbrühten und verbrannten Gestalten, die aussahen, als hätten sie an einer besonders interaktiven Grillparty teilgenommen. Im Nachhinein kam er sich dumm vor. Schließlich wusste er genau, dass es bei Internet-basierten Erlebnissen keinen Schmerz gab, zumindest keinen, der wirklich Schaden anrichten konnte. Die eingepflanzten Implantate sorgten dafür, dass solche Empfindungen herausgefiltert wurden. Dass die Verdammten litten, bedeutete nicht, dass es anderen Spielern ebenso ergehen musste; schließlich war es *deren* Schicksal. Wahrscheinlich blieben auch die Qualen der echten Hölle denen vorbehalten, die sie verdient hatten.

Da steckt bestimmt eine Botschaft drin. Auf jeden Fall hatte Nick gelernt, sich nicht mehr vom physischen Aussehen der Dinge leiten zu lassen, wie er das in der realen Welt getan hätte. *Vielleicht gehört das auch zur Botschaft. Nichts ist, was es scheint. Man kann sich auf nichts verlassen.*

Es war eine Vorstellung, die ihn tief berührte, doch für den Augenblick schob er sie beiseite und begann, die Leute draußen auf dem See in Gespräche zu verwickeln. In den Folterpausen zeigten sich diese außerordentlich gesprächig. Sie waren kaum zu bremsen, vor allem, wenn sie über ihr Lieblingsthema, nämlich sich selbst, redeten. Besonders schwierig war es, sie dazu zu bringen, sich zu Deathworld, seiner Struktur und dem Weg durch die Site zu äußern. Nicht dass sie bei diesem Thema besonders gehemmt gewirkt hätten. Sie waren nur so vollkommen mit sich beschäftigt, dass sie selbst die Folter des kochenden Blutes nur kurzzeitig davon abhalten konnte, ihre bedeutenden Leistungen herunterzubeten. Sie sprachen von den Büchern, die sie geschrieben, von dem Geld, das sie angehäuft, von den Millionen Menschen, die sie beeinflusst, den Trends, die sie kreiert hatten. Angesichts der Tatsache, dass er von den hunderten, mit denen er gesprochen hatte, nur einige wenige kannte, fand Nick ihre endlosen Ergüsse immer befremdlicher. In dieser Woche erhielt er eine gründliche Einführung in die verblichene Popkultur der letzten fünfzig Jahre. Ihm wurde immer klarer, wie wenig von den Anstrengungen des Menschen die Zeit überdauerte, selbst wenn sie das manchmal verdient gehabt hätten.

Schließlich lernte er durch Beobachtung, dass man konkrete Antworten erhielt, wenn man Fragen stellte, während die Dämonen die Verdammten gerade folterten oder mit kochendem Blut bespritzten. Der Schmerz schien ihnen einen klaren Kopf zu verschaffen und sie, wenn auch nur für kurze Zeit, von sich selbst abzulenken. Schnell stellte Nick eine kurze Liste von Fragen zusammen, mit denen er sie bombardierte, wenn sie außerstande waren, zu weitschweifigen Erwiderungen anzusetzen. Nach vielen Stunden harter Plackerei erhielt er endlich die Information, die er brauchte. Der Ausgang zur siebenten Ebene befand sich am Grunde des Sees. Auf diese Weise hinderte die Macht, die hinter der Site stand, die Verdammten an der Flucht. Nur wenn sie völlig in die blutige Lava eintauchten, erkannten sie die Wahrheit, wurde ihnen bewusst, wie wenig sie zu ihren Lebzeiten die Welt verändert hatten, und dass sie jetzt, kurz nach ihrem Tod, bereits so gut wie vergessen waren, wenn sich überhaupt noch jemand an sie erinnerte. Ironischerweise besaßen diese Menschen nur noch in dem virtuellen Fegefeuer überhaupt einen gewissen Bekanntheitsgrad. Die Besucher von Deathworld waren auf ihrem Weg in die unteren Ebenen die Einzigen, die sich fragten, wer diese gequälten Seelen gewesen waren, und gelegentlich im Internet die Geschichte einer einstigen Berühmtheit recherchierten. Eine der wenigen Ausnahmen von dieser Regel war ein uralter Nachrichtensprecher, der erst vor kurzem verstorben war, aber noch zu Lebzeiten den Designern von Deathworld die Erlaubnis erteilt hatte, ihn unter seine weit unter ihm stehenden Zeitgenossen einzureihen. Für ihn war das ein ganz privater Scherz gewesen. Da er es nicht verdient hatte, an diesem Ort zu schmachten, nahm er eine Art Ehrenplatz ein. Wie ein verschrumpelter alter Buddha saß er mit seinem brennenden Schnurrbart in seiner eigenen kleinen Wanne, die mit der brodelnden Lava der Wahrheit angefüllt war. »So ist das eben …«, war das Einzige, was aus ihm herauszubringen war.

Als Nick den Witz verstand, erfüllte ihn tiefe Bewunderung. *Das ist eine tolle Site*, dachte er. *Die beste im Netz. Ich muss das Rätsel lösen, egal wie viel Zeit und Geld es mich kostet.* Das war eine Menge Zeit im Internet, wo er doch möglicherweise noch anderes zu tun gehabt hätte. Schulaufgaben oder eine Hausarbeit zum Beispiel … Aber der Gedanke schien ihn weniger zu beunruhigen als sonst, was Nick nur recht war. *Das ist alles nicht so wichtig, diese Sachen können warten. Für mich zählt dies hier. Und wenn das jemand nicht gefällt? Die Welt stinkt doch sowieso, sollen die anderen sich das ruhig auch mal klar machen …*

Von seinem Standpunkt aus überblickte Nick den See und die Steilhänge, die ihn umgaben. Das Schauspiel, das sich ihm bot, war ihm bei seinen früheren Besuchen entgangen, doch mittlerweile genoss er es, weil der Ablauf nie ganz derselbe war. Einer der Dämonen, ein kleiner Bursche mit Fledermausflügeln, der ihn merkwürdigerweise an seinen Physiklehrer aus der siebenten Klasse – einen kleinen, rundlichen, fröhlichen Mann – erinnerte, erschien oben auf der höchsten Klippe. Von dort aus reichte eine lange Felsnadel über den See hinaus. Manchmal war dieser fingerartige Vorsprung völlig von dem braunschwarzen Nebel verhüllt, der von dem Gewässer aufstieg. Im Augenblick jedoch war die Luft völlig klar, und die kleine, pummelige Gestalt marschierte bis ans Ende dieses schmalen Steinpiers, streckte die Hände nach vorn, brüllte »Geronimooo!« und sprang in die Tiefe. Bei ihrem scheinbar endlosen Sturz drehte und wendete sie sich immer wieder, geriet ins Taumeln, richtete sich wieder auf, wirbelte herum und rollte sich schließlich wie eine Kanonenkugel zusammen, nur um sich dann wieder zu strecken und elegant in die Fluten einzutauchen. Wie ein Pfeil verschwand sie unter der Oberfläche, wobei die brennende, qualmende Flüssigkeit in alle Richtungen spritzte. Um sie herum schrien die Verdammten, die getroffen worden waren, gequält auf. Am Ufer des Sees hatte eine Gruppe von sechs Dämonen gesessen und den Sprung beobachtet. Nun erhoben sie sich und hielten mit ihren Klauen Kartenpaare mit Nummern in die Höhe: 5,4, 5,2, 5,1, 5,2, 4,8 und 5,9. Dann ließen fünf von ihnen ihre Karten fallen und fingen an, dem Dämon, der dem Springer die Wertung 4,8 gegeben hatte, Kopfnüsse zu verpassen.

Ich muss unbedingt rausfinden, wer dieser Geronimo ist, dachte Nick. *Vielleicht ist das ein Hinweis.*

Einen Augenblick lang blieb er stehen und überlegte. *Okay*, dachte er dann. *Es hat keinen Sinn, die Sache vor sich herzuschieben. Ich werde die Probe aufs Exempel machen, dann wird sich schon rausstellen, ob ich Recht habe.*

Er warf einen Blick über die Schulter, um festzustellen, ob eine echte Person – einer der anderen Spieler – in der Nähe war und ihn beobachtete. Niemand zu sehen. Nick trat in die Flüssigkeit und fing an, durch den See zu waten.

Die Verdammten wichen ein wenig vor ihm zurück. Einige hörten auf zu lachen, als sie sahen, was sein Ziel war: der tiefste Teil, den niemand von ihnen freiwillig aufsuchte. »Große Überraschung«, sang er leise den Refrain mit, der wie ein gewaltiger Wutschrei die Luft über ihm erfüllte.

»Hast wohl nicht geglaubt, dass es passiert,
Hast wohl nicht geglaubt, dass es dich trifft!
Große Überraschung,
denn es ist so weit:
Mein Messer legt die Knochen bloß
und gibt nicht vorher auf.
Große Überraschung …«

Nick wusste, dass er am Rande des tiefsten Punktes stand. Er duckte sich unter die Lava …

Um ihn herum wurde es dunkel.

In der Finsternis brannten nur zwei glutrote Worte:

SERVICE UNTERBROCHEN

»Was?!«, brüllte Nick.

Er blinzelte angestrengt. Es wurde wieder hell, aber das war nur das Licht des späten Nachmittags, das durch die Rollläden im Gästezimmer der Wohnung sickerte, in der er mit seiner Familie lebte. Dort stand auch der Implantatstuhl.

Und sein Vater, der das Commlink-Telefon in der Hand

hielt. »Ja«, sagte er zu jemand am anderen Ende der Leitung. »Danke, hat sich gerade aktiviert. Ja. Vielen Dank.«

Dann klappte er das Handtelefon zusammen und blickte Nick an. Sein Gesicht wirkte beunruhigend ausdruckslos und kontrolliert.

»Also?«, fragte er.

»Was ist los?«, schrie Nick. »Was ist passiert? Ruf den Provider an, mit der Netzverbindung stimmt was nicht!«

»Ich habe gerade mit dem Provider gesprochen«, sagte sein Vater. Seine Stimme war ebenso betont ausdruckslos wie sein Gesicht. »Mit der Verbindung gibt es keinerlei Probleme … Zumindest keine, die nicht inzwischen behoben wären.«

»Aber ich wurde unterbrochen, als ich gerade …« *Oh, oh.* »Als ich gerade etwas Wichtiges …«

Sein Vater hielt ihm einen Umschlag unter die Nase, der das Logo ihres Internet-Providers trug. In der Tür erschien plötzlich mit grimmigem Gesicht seine Mutter.

»Ich dachte, ich hätte dir verboten, dich auf dieser Deathworld-Site herumzutreiben.«

Nick wurde klar, dass jetzt nicht die Zeit für Erklärungsversuche war. Er schwieg.

»Ich dachte, wir hätten uns vernünftig darüber unterhalten«, fuhr sein Vater fort. »Du hast versprochen, dich an mein Verbot zu halten, oder etwa nicht?«

»Dad, ich …«

»Zumindest habe ich das geglaubt, aber jetzt ist mir klar, dass ich mich getäuscht habe. Achthundert Dollar!« Die Hand mit dem Umschlag zitterte jetzt. »Achthundert Dollar für Premiumservice allein in den letzten beiden Wochen. Junge, bist du denn völlig *verrückt*? Hast du wirklich gedacht, ich würde das nicht herausfinden? Hast du geglaubt, die Rechnung würde sich einfach in Luft auflösen, oder das Ganze wäre nur eine Bagatelle? Weißt du, wie sich das auf unsere Finanzen für den nächsten Monat auswirkt? Das kostet uns Geld, das wir für andere Zwecke vorgesehen hatten, zum Beispiel für unseren Sommerurlaub!«

Nick schluckte und starrte auf den Boden.

Sein Vater verstummte. Er war so wütend, dass es ihm die Sprache verschlug. »Nicky, wir werden die Hälfte von deinem wöchentlichen Taschengeld einbehalten, bis du diese Rechnung bezahlt hast«, schaltete sich Nicks Mutter ein. »Am besten suchst du dir für den Sommer einen Teilzeitjob, damit du deine Schulden schneller loswirst. Was den Internetzugang angeht, den kannst du vergessen. Wenn du willst, kannst du dir im Internetcafé mit deinem eigenen Geld eine Kabine mieten. Darauf, dass du zu Hause verantwortungsbewusst mit dem Internet umgehst, können wir uns ja nicht verlassen, das wissen wir jetzt. Wenn du die Rechnung abgezahlt hast, überlegen wir uns, ob du so weit bist, dass wir dir wieder deinen eigenen Zugang einrichten.«

Nick sagte nichts, sondern stand nur mit glühenden Ohren da.

»Und falls du irgendwann wieder deinen eigenen Zugang bekommst, lasse ich den Anschluss herausreißen, wenn du dir noch einmal so eine Aktion erlaubst«, fuhr sein Vater fort. »Mir ist es egal, ob du ihn angeblich für die Schule brauchst, oder weil deine Freunde einen haben oder warum auch immer. Von mir aus kannst du deinen Hintern in die Bibliothek bewegen und dort recherchieren, so wie ich es im Zeitalter der Dinosaurier gemacht habe. Hat mich nicht umgebracht und wird dir auch nichts schaden. Und was deine Freunde denken, ist völlig unerheblich, wenn du es in deiner Familie an Verantwortungsbewusstsein mangeln lässt und das Geld mit beiden Händen zum Fenster hinauswirfst, statt zu respektieren, dass wir hart dafür arbeiten.«

Sein Vater reichte ihm den Umschlag, wandte sich um und verließ das Zimmer. Seine Mutter blieb noch einen Augenblick stehen und betrachtete ihn eingehend, ohne dass ihr Gesicht auch nur im Geringsten an Strenge verloren hätte.

»Dein Abendessen steht im ›Vektor‹«, sagte sie. »Dein Vater und ich müssen noch ein paar Besorgungen erledigen. Wenn du gegessen hast, machst du auf dem Laptop deine Hausaufgaben. Ich habe den Provider alle Schuldateien dorthin kopieren lassen, bevor der Arbeitsplatz blockiert wurde.«

»Mom …«

»Jetzt nicht, Nick«, sagte sie, und zum ersten Mal klang der Ärger in ihrer Stimme durch. »Du musst dich für eine Menge entschuldigen, aber nicht jetzt. Das wäre zu einfach. Vielleicht können dein Vater und ich dich mit ein paar Tagen Abstand wieder anhören.«

Damit ging sie. Einen Augenblick später hörte Nick, wie sich die Wohnungstür schloss.

Bebend blieb er mit dem Umschlag in den Händen zurück. Zuerst war er vor allem beschämt. *Großer Gott, was werden die anderen sagen? Was werden sie denken? Das ist das Ende!* Doch dann stieg ein vertrautes Gefühl in ihm auf, das merkwürdigerweise leichter zu ertragen und zu akzeptieren war: Wut.

Das stinkt zum Himmel.

Aber schließlich stinkt alles.

Er hat Recht. Joey hat absolut Recht.

Die einzige Frage ist, ob ich das widerspruchslos hinnehme … oder ob ich ihnen zeige, dass ich nicht einfach alles schlucke, was sie mir vorsetzen.

Auf diese Frage gab es für jemand, der bis in den siebenten Kreis von Deathworld vorgedrungen war, für einen Banie, nur eine mögliche Antwort.

»*Große Überraschung* …«, sang Nick leise, während er das Zimmer verließ. Beim Abendessen würde er Pläne schmieden.

Als Charlie früh am Morgen die Treppe herunterkam, rieb er sich immer noch die Augen, obwohl er schon seit einer halben Stunde geduscht und angezogen war. Er war spät ins Bett gekommen, weil er einer Physikhausarbeit noch den letzten Schliff verleihen musste. Obwohl er am liebsten auf dem Absatz kehrtgemacht hätte, um wieder ins Bett zu gehen, war er mit dem Ergebnis seiner Anstrengungen zufrieden.

Sein erstes Ziel war die Kaffeemaschine, die zu seiner Überraschung leer war. Er öffnete den Schrank darüber, holte eine Packung brühfertigen Kaffee heraus, steckte sie in die Halterung, füllte den Wasserbehälter und setzte das Gerät in Gang. Prompt begann die Maschine Laute von sich zu geben, die seine Eltern als ›Cheyne-Stokes-Atmung‹ bezeichneten. Auf ein entsetzlich gurgelndes Keuchen folgte ein langes Ausatmen, das stark an das Rasseln eines Todgeweihten erinnerte.

»Bäh«, sagte Charlie zur Kaffeemaschine, »du klingt so, wie ich mich fühle.«

Dann ging er zum Tisch zurück und warf einen Blick auf die Zeitung, die sein Vater dort unberührt hatte liegen lassen. Als er auf die ›Los‹-Ecke drückte, um sie wie gewohnt aufzuschlagen, kam sein Vater im weißen Doktorkittel mit dem Stethoskop um den Hals die Treppe herunter. »Hast du Kaffee aufgesetzt?«

»Ja. Irgendwer hat alles ausgetrunken.«

»Das muss deine Mutter gewesen sein.« Charlies Vater setzte sich und überflog die Zeitung, wobei er der Titelseite wie üblich nur sehr begrenztes Interesse entgegenbrachte. Dann blätterte er zu dem Teil, der für ihn wirklich zählte. Charlie, der ihn dabei beobachtete, amüsierte sich insgeheim darüber, dass es sein Vater schaffte, sich die Sportseiten überhaupt so lange aufzuheben. Beim Anblick einer Schlagzeile auf der ersten Seite des Lokalteils stutzte er plötzlich.

DOPPELSELBSTMORD ERSCHÜTTERT FAMILIEN IN VIRGINIA UND MARYLAND

Charlie beugte sich noch weiter über die Schulter seines Vaters.

> Arlington, 7. Mai 2025 – Zwei Familien in den Bezirken Arlington und Fairfax trauern um einen Sohn und eine Tochter, die in der Nacht von Montag auf Dienstag tot aufgefunden wurden. Es scheint sich um einen grotesken Selbstmordpakt zu handeln. Die Leichen von Jeannine Metz, 18, und Malcolm Dwyer, 17, wurden in einem Hotelzimmer in Arlington, Virginia, aufgefunden, nachdem Angehörige der beiden Teenager E-Mails erhalten hatten, die zu einem vorprogrammierten Zeitpunkt abgeschickt wurden. Die Botschaften enthielten leicht veränderte Versionen desselben Abschiedsbriefes.
>
> Um 1 Uhr 03 in der Nacht von Montag auf Dienstag wurde die Polizei von der Leitung des Radisson-Hilton in Arlington an den Tatort gerufen. Diese hatte das Zimmer öffnen lassen, nachdem sie durch Internet-

nachrichten von den besorgten Eltern des jungen Paars alarmiert worden war. Kurz darauf informierte die Polizei vor Ort das Büro des zuständigen Gerichtsmediziners und sperrte den Raum, um ihn auf ein mögliches Verbrechen hin zu untersuchen zu lassen. Am Morgen teilte der leitende Beamte jedoch mit, es gebe gegenwärtig keine Hinweise auf Mord oder ein anderes Verbrechen. Detailliertere Aussagen sind seinen Angaben zufolge erst nach Abschluss der ersten Gewebeanalysen und einer vollständigen Autopsie möglich. Zu Einzelheiten der Selbstmordart wollten sich die Ermittlungsbehörden nicht äußern.

Dwyer und Metz wurden ins Krankenhaus von Arlington gebracht, wo sie von ihren Eltern identifiziert wurden. »Ich verstehe es nicht«, sagte Quinne Ryan Metz, die Mutter von Jeannine, am Dienstagvormittag vor den örtlichen Medien. »Sie war ein ganz normales Mädchen. In der Schule war sie gut, und in der Familie gab es auch keine Probleme. Wir standen einander sehr nah.« Die Angehörigen von Malcolm Dwyer weigerten sich, mit den Reportern zu sprechen.

Die mit der Untersuchung der Selbstmorde befassten Polizeibeamten wollten sich vorläufig nicht äußern. Ob die beiden Teenager regelmäßig die umstrittene ›Deathworld‹ des Morbo-Jazz-Stars Joey Bane besuchten, wurde von ihnen weder bestätigt noch dementiert. Anrufe bei Joey Bane Enterprises wurden am Dienstag nicht sofort beantwortet. Am Abend stellte die Abteilung für Öffentlichkeitsarbeit des Unternehmens eine Standardmitteilung an die Presse ins Netz. Demnach gibt das Management von Deathworld aus Gründen des Schutzes der Privatsphäre entsprechend den Bestimmungen des Gesetzes zum Schutz persönlicher Daten keine Informationen über Benutzer weiter, sofern nicht eine gerichtliche Anordnung vorliegt …

Irritiert durch das plötzliche Interesse seines Sohnes, blickte Charlies Vater auf. »Was ist los?«

Charlie schluckte. »Nichts. Ich muss mich für die Schule vorbereiten …«

Er verschwand, ging aber nicht nach oben, wo seine Bücher und sein Schulcomputer lagen, sondern ins Studierzimmer. Dort schwang er sich auf den Implantatstuhl, schloss die Augen und aktivierte mit einem Zucken das Implantat. Sobald es sich auf den Netzserver eingestellt hatte, wurde es dunkel um ihn …

Einen Augenblick später fand sich Charlie an seinem Arbeitsplatz wieder. Das polierte Holz in dem Operationssaal mit dem großen, von Bankreihen umgebenen Tisch schimmerte in der hoch am Himmel stehenden Sonne. In London war es bereits Mittag.

»Nick?«

Keine Antwort. Charlie war ein wenig überrascht. Schließlich bestand zwischen seinem und Nicks Arbeitsplatz seit langem eine Verbindung, die ›auf Zuruf‹ funktionierte. Wenn einer von beiden bei der Arbeit nur den Namen des anderen sagte, öffnete der Computer ohne weitere Rückfragen ein Portal zwischen beiden Arbeitsplätzen. *Wenn er das geändert hätte, hätte er es mir doch gesagt …*

»Hauptroutine«, befahl er.

»Hier.«

»Verbindung zu Nick Melchiors Haupt-Netzadresse.«

»Verbindung wird hergestellt.«

Plötzlich erhellte sich die Luft um ihn herum. Vor seinen Augen erschien ein Schild mit der Aufschrift SERVICE UNTERBROCHEN. *Das ist ja merkwürdig*, dachte Charlie, als das Schild plötzlich zu flackern begann und durch ein anderes ersetzt wurde: WEITERLEITUNG.

Hat die Familie ihre Haupt-Netzadresse geändert?, fragte sich Charlie. So etwas kam vor. Manchmal wechselten Leute ihren Provider, wenn sie mit dem Service nicht zufrieden waren, aber Nick hatte nichts davon gesagt …

Ein erneutes Flackern, und dann sah Charlie Nick vor sich, der in einem kahlen, weißen Raum auf einem Eames-Stuhl saß und seine Mails las, die wie üblich die Gestalt verschiedener Symbole angenommen hatten. Kleine farbige oder blinkende Würfel, Kugeln, Pyramiden und andere isometrische dreidimensionale Körper schwebten im Raum. »Nick?«, fragte Charlie.

Nick sah auf. »Oh, hallo. Komm rein.«

»Was ist denn hier los?« Einigermaßen verwirrt sah Charlie sich um. »Wo ist dein Arbeitsplatz? Hast du von Draculas Schloss die Nase voll?«

Nick grinste. »Taktvoll wie immer. Nö, meine Eltern haben mir den Saft abgedreht. Tut mir Leid, wenn es hier drin ein bisschen kahl aussieht. Bin noch nicht dazu gekommen, mich neu einzurichten. Bis jetzt war ich hauptsächlich damit beschäftigt, meine Weiterleitung zum Funktionieren zu bringen. Meine Eltern haben nämlich vom Provider eine Sperre einrichten lassen.«

Charlie riss die Augen auf. »Na, zumindest bis du noch online.«

»Schon, aber das hier ist nur ein öffentliches Terminal in dem Internetcafé, das rund um die Uhr geöffnet hat. So viel Zeit wie sonst habe ich jetzt nicht mehr, weil ich mich wegschleichen muss, wenn ich ins Netz will. Hör mal«, meinte er, als Charlie den Mund öffnete, um etwas zu sagen, »ich hab jetzt nicht viel Zeit für dich, weil ich schnellstens zurück nach Deathworld muss. Ich bin schon fast im siebenten Kreis, aber beim letzten Mal hat das Speichern nicht geklappt. Deswegen muss ich die Zeiten nutzen, in denen das Internet billiger ist, umso viel wie möglich zu rekonstruieren.«

»Dann will ich dich nicht aufhalten«, gab Charlie zurück. »Aber sag mal, hast du von den beiden neuen Selbstmorden gehört?«

»Ja.« Nick zuckte tatsächlich die Achseln. »Immer dieselbe Geschichte. Die hatten es satt. Die Welt stank ihnen, und da haben sie eben Schluss gemacht. Kann ihnen doch keiner zum Vorwurf machen. Zumindest sind sie mit ihrem Abgang in die Zeitung gekommen. Wahrscheinlich sind sie jetzt besser dran als vorher. Schlimmer als das Leben in dieser Welt kann es ja wohl nicht kommen …«

Diese Einschätzung war so erstaunlich und klang so wenig nach dem Nick, den Charlie kannte, dass ihm für einen Augenblick der Mund offen stehen blieb. »Was ist mit deinen Eltern?«, brachte er schließlich heraus. »Wieso haben die dir den Strom abgeschaltet?«

»Mein Vater hat vor ein paar Tagen die letzte Internetrechnung bekommen und sich fürchterlich aufgeführt.« Nick zuckte erneut mit den Schultern. »Aber du kennst mich ja, von so was lasse ich mich nicht unterkriegen. Dafür habe ich in der echten Welt zu viel zu tun. Ich arbeite mich gerade durch die Dunkelheit zu den echt coolen Sachen durch.« Er grinste. »Du solltest dir die Hits anhören, die ich da unten gefunden haben! Die besten Sachen von Bane gibt's noch lange nicht auf dem Markt, die hebt er für seine eigenen

Leute, für uns Banies, auf. Du solltest echt mal mitkommen und dir das selbst anhören.«

»Äh, vielleicht am Wochenende. Hör mal, ich muss los, in einer Stunde fängt die Schule an. Wollen wir heute Mittag zusammen essen?«

»Heute geht's nicht. Ich muss raus aus der Schule und die Zugangszeit nützen. Meine Eltern haben nämlich keine Ahnung, was ich um diese Tageszeit treibe. Morgens und abends haben sie so ihre Vermutungen, aber in der Mittagspause bin ich frei. Du, ich muss weg, das System wartet auf mich.«

»Ja, okay, ich …«

Nicks Bild verschwand.

Charlie blieb noch einen Augenblick stehen. Er wusste kaum, was er denken sollte. *Als ob die Körperfresser Nick gekidnappt hätten. Wer zum Teufel sind die?*

Einen Augenblick lang blieb er unschlüssig stehen. »Sieben Uhr«, sagte die Uhr in der Ecke.

»Danke«, erwiderte Charlie geistesabwesend. *Das ist einfach zu merkwürdig. Deathworld … Und dann … diese beiden Jugendlichen.*

Er fing an, sich Sorgen zu machen.

Zuerst versuchte er, rational zu denken und sich selbst zu beruhigen. Nick war ein vernünftiger Mensch und im Vollbesitz seiner geistigen Kräfte. Nie im Leben würde er versuchen, sich umzubringen …

Der normale Nick nicht.

Ihm brach der Schweiß aus. Anders als die meisten seiner Klassenkameraden in Bradford wusste Charlie, wie der Tod aussah. Aus seiner frühen Kindheit verfolgten ihn sehr reale Erinnerungen. Sie standen ihm nur allzu eindringlich vor Augen, und obwohl er sonst jeden Gedanken an jene Zeit verdrängte, wurden sie jetzt wieder wach. Die Vorstellung, dass seinen besten Freund ein solches Schicksal ereilen könnte, gefiel ihm überhaupt nicht.

Aber er ist doch kein potenzieller Selbstmörder!

Trotzdem, sagte der Skeptiker in ihm, von dem seine Mutter behauptete, er sorge sich um alles und jeden.

Was zum Teufel kann ich tun?

Charlie überlegte einen Augenblick.

Ihm kam ein Gedanke, den er sofort von sich wies, dann aber doch wieder in Betracht zog.

»Wie spät?«, fragte er.

»Sieben Uhr und zwei Minuten.«

»Danke.« *Die Frage ist nur, ob er so früh schon im Büro ist.*

Zumindest könnte ich eine Nachricht hinterlassen. Einen Versuch ist es auf jeden Fall wert …

»Hauptroutine«, sagte Charlie. »Adressbuch.«

»Welche Adresse, bitte?«

»James Winters, Net Force.«

»Kommunikationscode wird angewählt.«

Charlie schluckte. Alle Net Force Explorers hatten einen Kommunikationscode für Winters, ihren ›Oberboss‹ und Verbindungsoffizier zur Hauptorganisation. Aber nur wenige benutzten ihn. Das lag vor allem daran, dass jeder, der ihn missbrauchte, innerhalb kürzester Zeit von den Explorers vor die Tür gesetzt wurde. Wenn es sich um einen Notfall handelte oder die Sicherheit der Netzbenutzer gefährdet war, war das natürlich anders. Bisher hatte Winters einmal mit Charlie Kontakt aufgenommen, und die Geschichte war zur allgemeinen Zufriedenheit ausgegangen. Er selbst hatte sich einmal von sich aus mit Winters in Verbindung gesetzt, ohne dass es Ärger gegeben hätte. Allerdings war es damals um wesentlich wichtigere Angelegenheiten gegangen. Noch während er wartete, kamen Charlie Zweifel daran, ob Winters die Lage für dringlich genug halten würde. *Wenn er denkt, ich nütze die Situation aus …*

Trotzdem rührte er sich nicht von der Stelle und wartete weiter.

»Winters«, meldete sich eine Stimme, noch bevor die virtuelle Realität um Charlie herum erschien. Winters' Büro, das sich einen Augenblick später materialisierte, war erbarmungslos nüchtern: ein Metallschreibtisch mit fein säuberlich gestapelten Dokumenten, Ausdrucken und Datascripts, ein Stiftehalter mit den Insignien der US-Marines und ein paar Aktenschränke, von denen vermutlich zumindest einer ein getarnter Speicher für Netzdaten war. Staubige Jalousien gaben den Blick auf einen nicht sonderlich attraktiven Parkplatz frei. Die einzige persönliche Note war der durchsichtige Futterspender für Vögel draußen vor dem Fenster, der mit Erdnüssen gefüllt war, obwohl Vögel eigentlich nach dem 1. April nicht mehr gefüttert werden sollten. Fenster, Wände und vielleicht auch die Aktenschränke waren real. Alles andere, was Charlie sah, war virtuell. Winters entschied, was der einzelne Besucher von seinem Arbeitsplatz zu Gesicht bekam. Hinter dem Schreibtisch saß er selbst: groß, schlank, kantig geschnittenes Gesicht. Sein militärischer Haarschnitt wirkte noch zackiger und kürzer als sonst. Offenbar war er beim Friseur gewesen. Er sah nicht so aus, als wäre es ratsam, seine Zeit zu verschwenden. Trotzdem blickten seine grauen Augen selbst zu dieser frühen Morgenstunde freundlich und interessiert.

»Charlie!« James Winters blickte ihn von oben bis unten prüfend an. »Ist schon eine Weile her, dass wir voneinander gehört haben. Du bist früh auf.«

»Äh, Sie auch.«

Winters zuckte die Achseln. »Berufspech. Um diese Zeit werde ich nicht alle fünf Minuten gestört, das ist sonst eine Seltenheit.«

»Ich muss gleich in die Schule, aber ich wollte Sie vorher erwischen. Haben Sie ein paar Minuten Zeit?«

»Klar. Komm rein und setz dich.«

Charlie spazierte ›herein‹ und nahm Platz.

»Wie geht es deinen Eltern?«, erkundigte sich Winters.

»Gut. Dad bereitet sich auf irgendeine interne Präsentation über Wirbelsäulenchirurgie vor, und Mom besucht eine Fortbildung über neue Anforderungen in der Krankenpflege.«

»Und du? Das Schuljahr ist schon fast zu Ende«, meinte Winters, während er sich auf seinem Stuhl zurücklehnte. »Wie kommst du mit dem Schnelldurchlauf des Lehrplans zurecht? Irgendwelche Probleme?«

»Nicht wirklich.« Jetzt war wohl nicht der Zeitpunkt, um eine persönliche Meinung zur Infinitesimalrechnung zu äußern, mit der Charlie sich herumschlagen musste, weil er den Lehrplan in kürzerer Zeit als die anderen absolvierte. Dabei hatte er noch nie gehört, dass ein Arzt so etwas brauchte.

»Da war dein Mathelehrer aber anderer Ansicht«, bemerkte Winters mit einem Blick auf ein ›Textfenster‹, das von einem leuchtenden Rahmen umgeben in der Luft neben seinem Schreibtisch hing. Für Charlie wirkte es vollkommen transparent, aber auf Winters Seite war das offenbar nicht der Fall.

Charlie brach der Schweiß aus. »Beim zweiten Mal habe ich den Test bestanden«, verteidigte er sich.

»Das sehe ich, und zwar mit hervorragenden Ergebnissen.« Winters lächelte ein wenig. »Besser als ich beim zweiten Mal. Beim dritten und vierten Mal war ich übrigens auch nicht so gut wie du. Nur keine Aufregung, deine Leistungen sind vollkommen in Ordnung.« Das Fenster verschwand. »Aber wenn ich dich richtig verstehe, hat dein Anliegen nichts mit der Schule zu tun.«

»Nicht wirklich«, sagte Charlie. »Da gibt es eine Sache, die mich neugierig gemacht hat.«

»Und das wäre?«

»Deathworld.«

Winters zog die Augenbrauen hoch und verschränkte die Arme. »Davon weißt du wohl aus den Nachrichten.«

»Was den letzten Doppelselbstmord betrifft, ja.«

»Zwischen den Selbstmorden und der virtuellen Operation konnte kein Zusammenhang hergestellt werden.«

»Ich nehme an, Net Force hat das überprüft.«

»Und zwar sehr eingehend, nachdem es die ersten beiden Fälle gab.« Für einen Moment ruhten Winters' Augen sehr nachdenklich auf Charlie. »Wahrscheinlich spricht nichts dagegen, dass ich dir ein paar Einzelheiten liefere. Computer, Ermittlungen zu Deathworld.« Ein weiteres Fenster öffnete sich. Winters blickte auf den durchlaufenden Text, den Charlie diesmal sehen konnte, wenn auch spiegelverkehrt.

»Der erste Selbstmord fand im April 2023 statt«, sagte er. »Ein achtzehnjähriger Junge. Etwa drei Wochen später, Anfang Mai, dann ein sechzehnjähriges Mädchen. Während der erste Fall kaum Aufsehen erregte, wurden beim zweiten Stimmen laut, die fürchteten, etwas ginge nicht mit rechten Dingen zu. Daher wurde eine Untersuchung eingeleitet. Etwa um die gleiche Zeit begannen die beiden Elternpaare darauf zu drängen, dass Deathworld geschlossen und Joey Bane wegen fahrlässiger Gefährdung, Manipulation Jugendlicher und so fort vor Gericht gestellt wurde. Sie waren davon überzeugt, dass die Site ihre Besucher mit unterschwelligen Inhalten fütterte, mit verborgenen Botschaften, die ihre Kinder zum Selbstmord getrieben hatten.«

Winters zog die Augenbrauen hoch. »Die Untersuchung nahm also ihren Lauf. Sechs Undercover-Agents der Net Force wurden entsandt, um Deathworld von innen her zu prüfen. Zusätzlich untersuchten vier offen agierende Agents Bücher, Programme und physische Einrichtungen des Unternehmens. Zudem nahmen sie unter Anleitung mit dem Programmfilter SysWatch eine Analyse der virtuellen Operation vor.« Er ließ den Text noch ein wenig weiter nach unten laufen, schüttelte dann den Kopf und lehnte sich wieder zurück.

»Gefunden haben sie nichts«, vermutete Charlie.

»Nicht das Geringste. Eine blütenweiße Weste«, bestätigte Winters. »Die Site mag einem chaotisch oder sogar unmoralisch vorkommen, aber sie ist sauber. So unwohl einem bei der Sache auch sein mag.«

»Was haben die Eltern der Jugendlichen getan?«, wollte Charlie wissen.

Winters seufzte. »Sie agitierten weiter, um zu erreichen, dass etwas unternommen wurde. Am liebsten wäre es ihnen gewesen, wenn die Site geschlossen worden wäre. Die Mutter des ersten Selbstmörders versuchte, über ihre örtlichen Abgeordneten in Senat und Kongress entsprechende Gesetzesvorlagen durchzubringen. Dabei kam nichts heraus – was nicht weiter überraschend ist. Auf der Agenda des Parlaments stehen ohnehin immer mehr Punkte, als abgearbeitet werden können. Die anderen Eltern gingen in Talkshows und gaben der Boulevardpresse jede Menge Interviews. Sie schicken immer noch regelmäßig Pressemitteilungen an verschiedene Nachrichtensprecher und -agenturen.« Er schüttelte erneut den Kopf. »Nicht, dass das Deathworld oder Joey Bane irgendwie geschadet hätte. Wenn überhaupt, sorgt die Publicity nur für mehr Zulauf. Und nachdem es nicht den geringsten Hinweis darauf gibt, dass die Site wirklich das psychische Gleichgewicht beeinträchtigt …«

Winters wandte sich für einen Augenblick um und sah zum Fenster, wo die Morgensonne begann, durch die Jalousien zu sickern. Dann richtete er den Blick erneut auf Charlie. »Wie kommst du gerade jetzt darauf?«

»Ein Freund von mir interessiert sich plötzlich brennend für die Site«, erklärte Charlie. »In letzter Zeit kann er über nichts anderes mehr reden.«

»Ich nehme an, das ist für ihn nicht normal.«

»Nein. Und angesichts dieser Selbstmorde …«

Winters beugte sich vor und stützte die Ellbogen auf den Schreibtisch. »Das Problem ist, dass heutzutage so viele Menschen routinemäßig Internet-basierte Einrichtungen nutzen, dass so gut wie jeder Todesfall, so verdächtig er auch wirken mag, reiner Zufall sein kann.« Er berührte einen Fleck auf seinem Schreibtisch, und ein zweites, kleineres Fenster öffnete sich in der Luft. Soweit Charlie sehen konnte, enthielt es nichts als eine einzige lange Zahlenreihe. »Hier kommt die Zusatzfrage für heute«, sagte Winters. »Wie viele Menschen befinden sich in diesem Augenblick im Netz?«

Charlie versuchte, einen Blick auf die lange Zahlenreihe zu erhaschen, aber fast alle Zahlen änderten sich so schnell, dass sie vor seinen Augen verschwammen. »Weltweit oder national?«

Winters grinste. »Du stellst immer die richtigen Fragen. Weltweit.«

Charlie versuchte, sich an die letzten Zahlen zu erinnern, die er gehört hatte. »Eine Viertelmilliarde.«

»Fünfmal so viel kommt eher hin.« Winters deutete mit dem Finger auf das Fenster, von dem er diese Information abgelesen hatte. Es drehte sich, sodass Charlie den Inhalt lesen konnte. Die meisten Zahlen flackerten immer noch hell, aber er erkannte ›1.263‹ und dahinter zwei weitere dreistellige Zahlensätze, die unmöglich zu entziffern waren.

»Eins Komma zwei Milliarden und ein paar Zerquetschte in diesem Augenblick. Die Zahl verändert sich abhängig von der Tageszeit. In Australien haben die Leute bereits zu Abend gegessen und amüsieren sich jetzt im Internet, während in den meisten Gegenden Asiens noch gearbeitet wird. In Europa, Afrika und Russland haben viele gerade Mittagspause, werden aber demnächst wieder an die Arbeit gehen. Und an der amerikanischen Ostküste liest man die Nachrichten, bevor man ins Büro geht.«

Er lehnte sich zurück und blickte auf die Zahlen. »Die Flut verebbt und verschiebt sich mit der Erddrehung, aber die Wellenkämme in den Zeiten der intensivsten Nutzung liegen inzwischen selten unter neunhundert Millionen. Nachdem die Zahl der Internetanschlüsse ständig zunimmt, haben wir es mit immer mehr Nutzern zu tun. In Anbetracht dieser Information würde ich dir gern eine Frage stellen. Wie viele von diesen Menschen sterben gerade jetzt, während sie im Netz surfen?«

Charlie öffnete den Mund auf, klappte ihn jedoch sofort wieder zu.

»Siehst du das Problem?«, fuhr Winters fort. »Da wir uns im Augenblick wohl strikt auf unseren Zuständigkeitsbereich konzentrieren sollten, will ich die Frage noch weiter einschränken.« Die Zahl im Fenster veränderte sich und wurde kleiner. »Allein auf diesem Kontinent benutzen gegenwärtig hundertachtzig Millionen Menschen das Netz. Wenden wir uns nun der Statistik zu. Weißt du, wie oft jemand in Nordamerika stirbt? Unabhängig davon, ob die Leute im Internet surfen, und unter Berücksichtigung sämtlicher Ursachen?«

»Da bin ich mir nicht sicher.«

»Es sind neunzehn Todesfälle pro Minute«, gab Winters zurück. »Das ist natürlich ein Durchschnittswert. Es gibt statistische Häufungen mit wesentlich mehr Fällen und statistische ›Trockenlöcher‹ mit deutlich weniger. Bei den Geburten verhält es sich genauso. Im Durchschnitt kommen pro Minute fünfzehn Kinder zur Welt, wobei die ›Echtzeit-Abweichungen‹ vergleichbar sind. Wenn wir in Betracht ziehen, dass zu Spitzenzeiten vielleicht die Hälfte der Bevölkerung im Netz unterwegs ist, wenn ihre Zeit kommt …« Er hob die Augenbrauen. »Du siehst, dass kleinere Häufungen auftreten können, die bedeutungsvoll scheinen mögen, aber nicht unbedingt aussagekräftig sind. Daher sind wir vorsichtig mit der Jagd auf bestimmte Muster, die sich fast immer als rein zufällig herausstellen. Wenn du deine statistischen Stichproben auf den gesamten Planeten ausdehnst, wird klar, wie sehr die Zahlen täuschen können.«

Charlie nickte.

Winters seufzte und lehnte sich erneut zurück. »Unser Budget ist begrenzt, und eine Menge Leute achten genau darauf, wie wir es verwenden. Daher muss die Net Force mit der Überprüfung einzelner Daten sehr vorsichtig sein. Natürlich ist unsere Arbeit wichtig, aber niemand hat etwas für Behörden übrig, die sich für so bedeutend halten, dass sie das Geld anderer verschwenden. Wenn wir keine Ergebnisse mehr produzieren, die unsere Ausgaben rechtfertigen …« Er zuckte die Achseln. »Dann sieht es nicht nur für uns schlecht aus, sondern auch für die gesamte Internet-Umgebung, für die wir zuständig sind.«

»Ich verstehe«, sagte Charlie.

Winters schwieg. Vom Fenster, genauer gesagt von dem Futterspender, auf dem soeben ein kleiner brauner Vogel gelandet war, kam ein klopfendes Geräusch. Das war an sich nicht weiter ungewöhnlich, aber der Vogel nahm sich sofort eine Erdnuss aus dem Spender, ließ sie vier Stockwerke weit nach unten fallen, pickte dann eine zweite auf, ließ sie fallen, dann noch eine ...

»He, Schluss damit.« Winters drehte sich um, zog die Jalousie hoch und klopfte energisch gegen das Fenster. »Da gibt man diesen Viechern zu essen, so viel sie wollen, und was passiert? Sie werden wählerisch. Du da! Ja, genau dich meine ich! Willst du wohl aufhören?«

Er klopfte noch ein paar Mal gegen das Fenster. Mit herausfordernder Miene nahm sich der Vogel noch zwei Nüsse, die er ebenfalls fallen ließ. Schließlich entschied er sich für eine dritte und flog mit ihr davon.

»Nicht zu glauben«, knurrte Winters, »die denken wohl, ich bin ein Wohltätigkeitsverein.« Mit einem Seufzer wandte er sich wieder zu Charlie um.

»Also gut«, sagte er. »Wenn du etwas findest, das sich zu untersuchen lohnt, informierst du mich natürlich. Aber du solltest die Möglichkeit in Betracht ziehen, dass dein Freund Probleme hat, die ihm Deathworld als attraktive Alternative zum wirklichen Leben erscheinen lassen. Im Internet gibt es genügend Dinge, mit denen sich Menschen in solchen Situationen ablenken.«

Charlie nickte. »Ich werde das genau prüfen, aber ich glaube nicht, dass es so ist.«

Winters' Gesichtsausdruck blieb Charlie ein Rätsel, bis er anfing zu sprechen. »Gewissheit«, sagte er, und seine Stimme klang geradezu anerkennend. »Es ist eine wunderbare Sache, von seinen Ergebnissen so überzeugt zu sein, dass man sie mit seinem Vorgesetzten diskutiert, bevor man irgendwelche Beweise hat.«

Charlie schluckte und hoffte nur, dass Winters es nicht bemerkte. »Ich bin mir ziemlich sicher.«

Winters blieb einen Augenblick ruhig sitzen. »Gut«, meinte er schließlich. »Dann fängst du jetzt an zu ermitteln und meldest dich bei mir, wenn du meinst, du hast alles herausgefunden, was möglich ist. Vorausgesetzt, deine Erkenntnisse passen irgendwie zu unseren Ergebnissen, können wir sie zumindest in unsere Datei integrieren, selbst wenn sonst nicht viel dabei herauskommt. Daten sind immer gut, auch wenn es sich nur um weiteres Hintergrundmaterial handelt.«

»In Ordnung.« Charlie erhob sich, blieb jedoch angesichts von Winters' finsterem Blick wie angewurzelt stehen.

»Noch eins, Charlie. Falls du auf irgendwelche Hinweise auf eine Verschwörung oder andere illegale Aktivitäten stößt, will ich postwendend davon hören. Die Sache darf dir nicht über den Kopf wachsen.«

»In Ordnung, Mr. Winters.« Charlie brach erneut der Schweiß aus.

»Gut. Dann raus mit dir und ab in die Schule.«

Charlie wandte sich zum Gehen.

»Ach ja, Charlie …«

Er blieb stehen und warf einen Blick über seine Schulter. Winters hatte sich halb abgewandt, um wieder ans Fenster zu klopfen, denn der braune Vogel war wieder da und ließ eifrig Erdnüsse vier Stockwerke weit nach unten fallen, etwa eine Nuss pro Sekunde. »Ich habe gehört, Infinitesimalrechnung ist sehr wichtig für den Entwurf von in den Knochen implantierten Prothesen. Prüf das mal.«

Charlie grinste. *Kann der Mann Gedanken lesen? Oder ist mein Gesicht für ihn ein offenes Buch?*

Eilig begab er sich auf den Rückweg zu seinem Arbeitsplatz, um sich für die Schule vorzubereiten. Allerdings interessierte ihn der Unterricht im Moment am allerwenigsten.

4. Kapitel

In der Mittagspause traf Charlie Nick an der Bradford Academy. Obwohl er etwa zwanzig Minuten neben ihm saß, war ein vernünftiges Gespräch unmöglich. Nick war umgeben von Jugendlichen, die ihn mit Fragen über Deathworld bombardierten. Genüsslich grinsend, erging er sich in Andeutungen und Rätseln, wobei er von Zeit zu Zeit auf seinem Taschen-Player einen Ausschnitt von einem legal von der Site kopierten Musikstück spielte.

Die Musik ließ Charlie ziemlich kalt. Für ihn klang sie zu sehr nach reinem Gebrüll. Der Gesang kreischte unablässig, sodass die Instrumentalmusik kaum zu hören war. Meistens plärrten Elektrobläser und verstärkte Laute durcheinander, wobei die Tonart aufgrund der Halleffekte kaum noch zu erkennen war. Ihn interessierte Nick. Sein Freund hielt geradezu Hof und genoss das offensichtlich in vollen Zügen. Viele der anderen Schüler hatten von den Selbstmorden gehört, und zahlreiche Eltern hatten ihren Kindern den Besuch von Deathworld verboten. Ein paar, deren Eltern sich in dieser Hinsicht keine Sorgen machten, hatten sich auf die Site gewagt, waren aber schon an der ersten Ebene gescheitert. Alle wollten von Nick Informationen über die erste Ebene oder fragten ihn, ob er die Jugendlichen, die Selbstmord begangen hatten, gekannt und keine Angst hatte, selbst in Schwierigkeiten zu geraten, aber Nick lachte nur, als wären das alles Bagatellen.

Schließlich ließ das Gedränge vorübergehend nach, und Charlie, der mit seinem Tablett tatsächlich Schlange stehen musste, bis am Tisch ein Platz frei wurde, fand endlich Gelegenheit, mit seinem Freund zu sprechen. »Nick, ist mit dir alles in Ordnung?«

»Wieso?« Nick warf ihm einen seltsamen Blick zu.

»Schließlich haben dir deine Eltern die Leitungen gekappt«, meinte Charlie. »Die meisten von uns wären da ziemlich sauer.«

Nick runzelte die Stirn. »Das ist doch nur vorübergehend. Außerdem habe ich für den Sommer einen Ferienjob in Aussicht. Dann zahle ich für meinen eigenen Zugang, und die sitzen mir nicht mehr im Genick und erzählen mir, was ich zu tun und zu lassen habe.«

Charlie schluckte. So rebellisch kannte er Nick überhaupt nicht. Plötzlich kamen alle möglichen Schrullen zum Vorschein, die ihm bis jetzt nicht aufgefallen waren. *Vielleicht ist das nur eine Entwicklungsphase*, überlegte er. *So was kommt vor …*

»Außerdem«, sagte Nick, während er an ihm vorbei in den Raum hinausstarrte, »kann ich nicht davon ausgehen, dass meine Eltern die Sache fallen lassen, selbst wenn ich die Rechnung bezahle.« Mit einem Schlag wirkte er deprimiert. Sein ganzes Gesicht verfiel. »Ihre Erziehungsmethoden sind zum Kotzen, genau wie der Rest der Welt. Wenn sie mich nicht wegen dieser Sache schikanieren können, finden sie ganz schnell was anderes. Wird Zeit, dass ich ihnen eine Lektion erteile, damit sie einsehen, dass sie mir nicht vorschreiben können, was mir zu gefallen hat oder nicht. Die gängeln mich sonst, bis es nichts mehr gibt, für das es sich zu leben lohnt. Na ja, bald haben sie mir sowieso nichts mehr zu sagen.«

Charlie öffnete den Mund, weil er Nicks Eltern gar nicht so unmöglich fand, auch wenn sie jetzt hart durchgriffen. Auf jeden Fall waren sie nicht schlimmer als seine. Außerdem schien ihm der letzte Satz etwas beunruhigend, weil sein Freund so deprimiert wirkte. Doch dann hellte sich Nicks Gesicht wieder auf, als hätte jemand einen Schalter gedrückt. »Hast du übrigens schon die Stücke gehört, die ich mir herunterkopiert habe?«

»Die waren ja nicht zu überhören. Die Stimme von diesem Typ …«

»Einfach irre, stimmt's? Warte, bis du das Zeug hörst, das ich diese Woche noch mitbringe. In ein paar Stunden bin ich im siebenten Kreis, und da gibt es jede Menge neue Stücke, richtig coole Sachen.« Nicks Grinsen missriet zu einem Zähnefletschen. »Ein paar Tipps habe ich schon.« Verschwörerisch stieß er Charlie mit dem Ellenbogen an. »Weißt du, was das Thema da unten ist?«

»Nein.«

»Abgewürgt.«

»Oh.«

Als Nick lachte, klang er fast wieder normal. »Charlie, manchmal stehst du echt auf der Leitung. Abgewürgt, kapierst du?« Er fuhr sich mit der Hand um den Kopf wie jemand, der eine Schlinge festzog, verdrehte die Augen, streckte die Zunge heraus und gab ein würgendes Geräusch von sich.

Charlie schluckte.

»Hey, Nicky«, sagte einer der Jugendlichen aus der Gruppe, die sich um den Player versammelt hatte. »Das Ding läuft nicht mehr.«

»Was? Ach, das ist der Kopierschutz, ich muss das Gerät von Zeit zu Zeit anfassen …«

Er rappelte sich eilig hoch und ging zu den anderen. Charlie blieb zurück und starrte einigermaßen verwirrt auf seinen kalten Cheeseburger. Dann ertönte der so genannte ›Pausengong‹, eine Sirene, die das Ende der Pause ankündigte. Noch fünf Minuten bis zum Beginn der nächsten Stunde. Nick verschwand gemeinsam mit den anderen. Auch Charlie erhob sich, warf sein Tablett in den Recyclingbehälter und machte sich auf den Weg zum Physikunterricht. Für die Arbeit, die er am Morgen abgegeben hatte, bekam er eine Eins plus. Normalerweise hätte er bei einem solchen Ergebnis vor Freude Rad geschlagen oder sich gleich an die Presse gewandt. Doch seine Stimmung hatte sich zu diesem Zeitpunkt gewaltig verdüstert und hellte sich auch nicht auf, als er einige Stunden später auf die Straßenbahn wartete, die ihn von der Schule nach Hause brachte.

Von Nick war an der Haltestelle weit und breit nichts zu sehen. Normalerweise trafen sie sich um diese Zeit hier, weil sie den ersten Teil des Nachhausewegs gemeinsam hatten. *Vielleicht ist er mit einer früheren Bahn gefahren*, überlegte Charlie. *Oder er hat einen anderen Weg genommen. Vielleicht ist er mit dem Bus zum Internetcafé gefahren.*

Das heißt ja noch nicht, dass wirklich was nicht stimmt.

Aber es fiel ihm schwer, das zu glauben.

Was, wenn das Problem bei mir liegt?, überlegte er, während die Tram auf den kleinen Platz in der Nähe seines Elternhauses einbog. Kein angenehmer Gedanke. *Kenne ich vielleicht meinen besten Freund nicht so gut, wie ich gedacht hatte?*

An seiner Haltestelle stieg er aus und trottete die Straße entlang, wobei ihn die Düfte aus der Pizzeria, an der er vorbeikam, diesmal völlig kalt ließen. Er bog in die Straße ein, in der er wohnte. *Vielleicht übertreibe ich ja. Kann sein, dass das alles gar nichts bedeutet. Er war im Stress und ich auch …*

Aber diesen deprimierten Gesichtsausdruck hatte er noch nie bei Nick gesehen. Der Anblick ging ihm nicht aus dem Kopf. Er war genauso plötzlich wieder verschwunden, wie er gekommen war, als hätte jemand ihn an- und ausgeknipst. Als Charlie die Stufen zum Haus hinaufging und die Tür aufschloss, wurde ihm bewusst, dass er sich jetzt mehr Sorgen machte als vor dem Gespräch mit Winters.

Seine Eltern waren nicht da, aber das hatte er nicht anders erwartet. Seine Mutter kam wegen ihrer Fortbildung später als sonst nach Hause, und sein Vater war immer noch bei dem Seminar über Bandscheibenvorfälle. Charlie durchwühlte den Gefrierschrank, fischte eine Tortilla heraus, stellte sie in den Ofen und wartete dreißig Sekunden, bis es klingelte. Dann legte er das Ding auf einen Teller und verleibte es sich mit Hochgeschwindigkeit ein. *Du musst diese Sache in den Griff bekommen*, rief er sich dabei selbst zur Ordnung. *Du musst Nick vergessen und dich auf deine Forschungsarbeit konzentrieren.*

Klar doch.

Trotzdem setzte er sich an den Tisch, auf dem immer noch die ›Zeitung‹ lag, und griff nach Bleistift und Notizblock. »Ob du jemand die Brust aufschneidest oder eine Wand streichst«, sagte sein Vater immer, wobei er beim letzten Mal mit kläglicher Miene den letzten Löffel Spachtelmasse aus einem Eimer gekratzt hatte, »du musst dir immer einen Plan machen. Das spart Zeit, sorgt für neue Ideen und verhindert, dass du später wie ein Idiot dastehst.«

Ein paar Minuten lang kritzelte Charlie auf seinem Block herum. Nachdem er eine Seite voll geschrieben hatte, fragte er sich erneut, ob er nicht überreagierte. *Vielleicht komme ich ja jetzt zu ihm durch …*

Er ließ den Stift fallen und ging nach oben ins Studierzimmer, wo er sich auf den Implantatstuhl setzte, sein Implantat auf den Server einstellte und die Augen schloss. Ein leichtes Kribbeln der Nerven wie bei einem Kälteschauer, das jedoch nichts mit der Temperatur zu tun hatte, dann stand er an seinem Arbeitsplatz. An den Wänden des ovalen Raums brannten Gaslampen, die wie immer einen leichten Geruch nach Rauch und Chemie verströmten. In England war es zehn Uhr abends, und draußen hörte er, wie sich die Londoner des 19. Jahrhunderts durch die überfüllten Straßen ihrer Stadt zur Oper begaben.

Charlie blickte sich um. In der Luft über dem Arbeitstisch schwebten E-Mails gemächlich auf und ab, aber keine von ihnen vibrierte oder zischte durch die Gegend, wie es dringende Nachrichten in dem von Charlie programmierten System taten. Er ging zu seinem Arbeitstisch und berührte eine der Mails. Daraufhin erschienen in der Luft in leuchtenden Buchstaben Angaben zu Übertragungszeit und Absender. MAJ GREEN – nett, von ihr zu hören, aber das konnte warten. Er berührte eine der anderen kleinen Kugeln, die dort schwebten. Sie leuchtete von innen blau auf. Daneben erschien ein Mann. »Keine Lust mehr auf Fastfood? Interessieren Sie sich für exquisite regionale Küche? Dann besuchen Sie Georgetowns neues …«

Charlie schnitt eine Grimasse, griff sich die kleine Spam-Mail-Kugel, warf sie auf den Boden und trat darauf. Befriedigt stellte er fest, dass sie mit einem Knirschen verschwand. Der Mann löste sich ebenfalls auf, wobei er einen digital erzeugten, erstickten Laut von sich gab.

Seufzend blickte er sich um. »Nick?«

»Verbindung wird hergestellt«, meldete sein System. »Zugang ist geöffnet.«

»Okay …« Er ging zu der Tür, die er für den Zugang benutzte, und steckte den Kopf hindurch. Aber auf der anderen Seite war nur der schimmernd weiße Raum zu sehen, den er bereits kannte. Mitten drin stand der Eames-Stuhl, und in der Luft trieben ein paar unbeantwortete Mail-Körper. Von Nick keine Spur.

Er ging in seinen Arbeitsraum zurück. »Bedingter Befehl.«

»Bereit«, meldete das Wartungsprogramm des Arbeitsplatzes. »Bedingungen festlegen.«

»Falls sich Nick Melchior telefonisch, per Mail oder per Stimmbefehl meldet, bis dreiundzwanzig Uhr Haus-Kommunikationssystem anwählen. Sofortige Implementierung.«

»Bedingter Befehl gespeichert. Wird implementiert.«

»Danke.«

Charlie schloss die Augen und erteilte über sein Implantat den Befehl zur Unterbrechung der Verbindung. Ein leichter Schauder, dann fand er sich erneut im Studierzimmer wieder, das von der Nachmittagssonne erhellt wurde.

Stirnrunzelnd ging er nach unten, setzte sich an den Tisch und begann erneut, sich Notizen zu machen. Bald hatte er eine Seite gefüllt, und auch die nächste war bald voll. Mittlerweile sorgte er sich noch mehr um Nick als auf dem Nachhauseweg. Es dämmerte schon, als er im Gang Geräusche hörte und aufblickte.

»Charlie?«

»Ich bin hier unten, Mom«, sagte er, wobei er überrascht feststellte, wie umfangreich seine Notizen geworden waren. Seine Mutter, eine kleine, zierliche dunkle Frau, trug ihre offizielle weiße Berufskleidung, auf die sie bei ihrer Arbeit in der Psychiatrie normalerweise verzichtete. Sie kam herein, ließ ein paar Lehrbücher und ihr Computer-Workpad auf den Tisch fallen und hängte ihren rosafarbenen Pullover über einen Stuhl am anderen Ende des Tisches. »Hast du was gegessen, Schatz?«, erkundigte sie sich dann.

»Ja.«

Sie öffnete den Kühlschrank, suchte einen Augenblick und nahm dann eine Kanne mit Eistee heraus, die sie gedankenverloren hin und her schwenkte. »Ich wüsste gern, warum sich im Kühlschrank immer so viel Satz bildet.«

Er überlegte. »Wegen der Mikropartikel? Mit Teebeuteln erhält man keinen Aufguss, sondern eine Suspension, und deren Eigenschaften verändern sich in gekühltem Zustand.«

Seine Mutter schloss die Kühlschranktür, holte sich ein Glas und kam dann zurück, um Eis aus dem Gefrierschrank zu nehmen. »Klingt gut.«

»Nur eine Theorie. Ich frage morgen meinen Physiklehrer.«

»Warum? Hört sich doch so an, als ob du auf der richtigen Fährte bist.« Sie setzte sich rechts von ihm an den Tisch, wobei ihr Blick die Zeitung streifte.

Dabei fiel ihr die Schlagzeile über die beiden Selbstmordfälle auf. Als Charlie ihren veränderten Gesichtsausdruck bemerkte, schob er seufzend seine Notizen beiseite. »Mom …« Er sah auf. Wie sollte er ihr das erklären?

»Charlie«, fragte sie«, was ist los? Du siehst aus, als hättest du deinen besten Freund verloren.«

»Nicht ganz.« Er fragte sich, ob sie nur ein Klischee verwendet hatte. Manchmal konnte es ganz schön entnervend sein, eine auf Psychiatrie spezialisierte Krankenschwester zur Mutter zu haben. Nicht dass sie Gedanken hätte lesen können. »Das brauche ich auch nicht«, sagte sie normalerweise. »Gesichter sprechen für sich.« *Vielleicht gilt das besonders in meinem Fall*, dachte Charlie, *schließlich sieht sie mich jeden Tag.* »Selbstmord …«, sagte er dann.

»Mhm. Ganz generell, oder beschäftigt dich das Thema aus einem besonderen Grund?«

Er schluckte. »Ich mache mir um jemanden Sorgen.«

»Um wen?«

Charlie schüttelte den Kopf. »Erst muss ich mir über die Fakten klar werden. Wie weiß man sicher, ob sich jemand umbringen will?«

»Sicher?« Seine Mutter zog die Augenbrauen hoch. »Letzte Sicherheit gibt es da nicht. Ich wünschte mir … Natürlich gibt es verschiedene Anzeichen. Persönlichkeitsveränderungen … verändertes Verhalten, zum Beispiel, wenn sich jemand nicht mehr auf seine Arbeit oder auf die Schule konzentrieren kann … Veränderungen beim Schlaf- und Essverhalten, ein Gefühl der Wert- oder Hoffnungslosigkeit. Wenn plötzlich von Selbstmord die Rede ist, kann das ebenfalls von Bedeutung sein. Manche verschenken auch plötzlich Besitztümer, die ihnen viel bedeuten …« Sie drehte das Glas in ihrer Hand. »Man muss berücksichtigen, wie viele dieser Symptome zusammenkommen und wie ernsthaft sie sind. Außerdem muss man sich vergewissern, dass es nicht andere Gründe für dieses Verhalten gibt.«

Charlie lehnte sich auf seinem Stuhl zurück. »Hast du von den Selbstmorden in Zusammenhang mit einer virtuellen Umgebung namens Deathworld gehört?«

Sie zog die Brauen hoch. »Das habe ich. In einem Artikel

in einem psychiatrischen Journal war letzten Monat davon die Rede.«

»Wurden irgendwelche möglichen Ursachen erwähnt?«

Seine Mutter überlegte einen Augenblick. »Nicht konkret. Die Autoren sprachen kurz die Umstände der Personen an, die sich umgebracht hatten, gingen aber nicht weiter ins Detail. Vor allem drehte es sich darum, ob die Häufung von Selbstmorden rein zufällig war. Manchmal kommt es in einem bestimmten Gebiet oder unter gewissen Umständen zu einer ungewöhnlich hohen Zahl von Selbstmorden, die aber untereinander keinerlei Verbindung aufweisen, also keine identifizierbare gemeinsame Ursache haben. Sozusagen eine statistische Verwerfung.«

»Du meinst, außer der Tatsache, dass alle in Deathworld gewesen waren, konnten in dem Artikel keine Gemeinsamkeiten festgestellt werden.«

»Stimmt.« Seine Mutter rutschte auf ihrem Stuhl hin und her. »Aber vergiss nicht, dass das nur ein kurzer Artikel war, der nicht besonders ins Detail ging.«

Charlie überlegte einen Augenblick. »Okay«, meinte er dann. »Gehen wir die Sache anders an. Hast du jemals davon gehört, dass sich jemand umgebracht hat, weil er durch ein Implantat dazu getrieben wurde?«

Sie blickte ihn ein paar Sekunden lang nachdenklich an, bevor sie antwortete. »Das ist natürlich möglich, aber aufwendig. Extrem aufwendig. Der menschliche Geist ist darauf programmiert, um jeden Preis durchzuhalten, selbst unter Umständen, die der Außenwelt unerträglich erscheinen mögen. Manchmal flüchten sich Menschen in den Wahnsinn. Das mag uns nicht besonders sinnvoll erscheinen, aber das Grundbedürfnis des Menschen wird damit erfüllt – sein Überleben ist gesichert. Um diesen Instinkt auszuschalten, bedarf es eines beträchtlichen Eingriffs, die menschliche Psyche muss weitgehend umprogrammiert werden.«

»So wie bei der Hypnose. Es heißt doch, man kann niemanden dazu zwingen, etwas zu tun, das er nicht normalerweise auch tun würde.«

»Zumindest nichts Wichtiges.« Seine Mutter lehnte sich auf ihrem Stuhl zurück. »Lass es mich so ausdrücken: Unser ganzes Leben ist eine Reihe von Erfahrungen, durch die eine Konditionierung erfolgt. In der Kindheit lernt man, wie man sich in der menschlichen Gesellschaft benimmt, angefangen von ›Du sollst deine Füße nicht auf Möbel legen‹ bis hin zu ›Du sollst nicht töten‹.« Hastig nahm Charlie seine Füße von dem neben ihm stehenden Stuhl. Seine Mutter lächelte. »Dieser Lernvorgang, die Konditionierung durch deine Eltern, Lehrer und Freunde, ordnet diese Regeln allmählich in deinem Unterbewusstsein, deinem ES, oder wie immer du den Teil deines Gehirns nennen willst, der reagiert, bevor du überhaupt zum Nachdenken kommst, nach ihrer Wichtigkeit. Im Idealfall lernst du, welche Anweisungen wirklich von Bedeutung sind und welche nicht. Wenn dich also jemand hypnotisiert, könnte dich diese Person vielleicht ohne große Mühe dazu bringen, die Füße auf einen Stuhl zu legen, weil das auf der Wichtigkeitsskala ziemlich weit unten rangiert. Aber dich umbringen?« Sie schüttelte den Kopf. »Das würdest du nicht tun. Es sei denn, man hätte dir permanent eingetrichtert, dass dein eigenes Überleben bedeutungslos ist … oder du würdest bereits unter einer psychischen Störung leiden.«

»Was ist mit unterschwelligen Botschaften?«

Sie reckte und streckte sich. »Die besitzen natürlich eine gewisse Wirkung … aber darüber streitet man sich nun seit einem Jahrhundert, und niemand weiß mit Sicherheit, wie stark die ist. Außerdem muss man jeden Fall für sich betrachten. Manche Menschen sind für unterschwellige Botschaften empfänglicher als andere … und das sind nicht unbedingt diejenigen, die unter Stress stehen oder psychische Probleme haben. Manche Umgebungen eignen sich besser für die Verabreichung unterschwelliger Botschaften. Eine Suggestion, die in einem Format oder Medium höchst wirksam ist, kann sich in einem anderen als kompletter Fehlschlag erweisen.« Sie zuckte die Achseln. »Der Einsatz von unterschwelligen Botschaften in öffentlichen Kommunikationsmitteln ist natürlich illegal, wobei immer wieder der Verdacht aufkommt, dass sie trotzdem gelegentlich verwendet werden. Aber ob sich deswegen jemand umbringt?« Sie schüttelte den Kopf. »Das möchte ich doch sehr bezweifeln.«

»Was, wenn jemand eine neue Methode entdeckt hätte … eine, die intensiver wirkt oder nicht zu identifizieren ist?«

»Es gibt ständig neue Entwicklungen. Aber das Prinzip, nach dem eine solche Operation funktionieren müsste, lässt sich nicht verändern. Unterschwellig heißt, dass der Befehl vom Gehirn nicht bemerkt werden darf. Ein gesundes Gehirn registriert aber sofort, wenn es seine eigene Funktion einstellen soll.«

Charlie seufzte. »Okay.«

»Verrätst du mir jetzt, worum es geht?«, fragte sie. »Ich kann mir nicht vorstellen, dass du das für ein Referat brauchst. Macht dir einer deiner Freunde Kummer?«

Er zögerte. »Ja. Aber, Mom, ich kann dir noch nicht mehr dazu sagen, weil ich mir nicht sicher bin, dass ich nicht komplett danebenliege.«

Sie sah ihn lange prüfend an. »Komisch«, sagte sie dann. »Einerseits würde ich am liebsten auf den Tisch hauen und verlangen, dass du mir alles sofort erzählst. Andrerseits hast du wahrscheinlich im Laufe der Zeit von deinem Vater und mir gelernt, keine übereilten Schlüsse zu ziehen.« Ihr Lächeln wirkte ein wenig bedrückt.

»Okay«, meinte sie, während sie ihr Glas mit dem Eistee abstellte. »Du erzählst mir alles, wenn du so weit bist. Aber, Charlie, wenn die Geschichte mit deinem Freund nach echtem Ärger aussieht, dann kommst du sofort zu mir, auch wenn noch nicht alle Fragen geklärt sind. Einverstanden?«

»Einverstanden«, bestätigte er.

Sie erhob sich, ging mit ihrem Glas zur Spüle, wusch es aus und stellte es in den Geschirrspüler. Charlie stand ebenfalls auf und streckte sich. »Irgendwie komme ich mir dumm vor«, sagte er.

»Wieso denn?«

»Ich habe das Gefühl, das hätte ich alles wissen müssen. Wenn es einem erklärt wird, klingt es so selbstverständlich.«

Seine Mutter kicherte. »Das hat dein Vater auch gesagt, als wir uns vor vielen Jahren zum ersten Mal über die menschliche Psyche unterhielten. Ständig heißt es, die medizinischen Fakultäten wollten sich stärker auf psychologische Aspekte konzentrieren, aber es passiert nie etwas. Deswegen habe ich deinen Vater geheiratet, damit ich in aller Ruhe an seiner Fortbildung arbeiten kann.«

Dann grinste sie. »Natürlich denkt er von mir das Gleiche. Wir sind also quitt.« Ihr Lächeln wurde noch spitzbübischer. »Allerdings denken Ärzte immer, Krankenschwestern könnten von ihnen nur lernen. Lassen wir sie in diesem Glauben! Dabei fällt mir ein, ich ziehe besser diese Uniform aus, bevor er nach Hause kommt …«

Damit verschwand sie aus der Küche.

Charlie warf noch einen Blick auf seine Notizen, bevor er

sie zusammenraffte und die Treppe hinaufging, um sich wieder ins Netz einzuklinken.

Die nächsten drei Stunden verbrachte er an seinem Arbeitplatz damit, alle Hinweise auf die Selbstmorde aus dem Netz zu holen, die er nur finden konnte. Nach kurzer Zeit flatterten überall um ihn herum virtuelle Papierfetzen, deren Inhalt zum Teil aus seinen Originalnotizen, zum Teil aus Quellen im Netz stammte. In kleinen Fenstern wurden Videoclips mit Polizeiberichten und Reportagen von Journalisten des Lokalnetzes und der Live-Medien gesiebt, während in der Luft Textfragmente glühten. Dünne Lichtlinien verbanden zusammengehörige Storys, und hie und da erschien ein virtueller Reporter vor einer echten Landschaft oder im Gespräch mit einer Person. Sein Arbeitsplatz war noch voller als damals, als er Sir Isaac Newton und die gesamte Royal Academy einberufen hatte, um herauszufinden, warum sie so lange gebraucht hatten, um das Problem mit den Längengraden zu lösen.

Im Großen und Ganzen brachten ihn die Bilder der Selbstmorde nicht viel weiter. In den Berichten fand er jede Menge Informationen, aber nie die Antwort auf die Frage, die ihn wirklich interessierte. *Was hatte sie dazu getrieben …?* Niemand schien auch nur die leiseste Ahnung zu haben.

Mehr Informationen gab es darüber, wie sich die Suizide abgespielt hatten. Ein Jugendlicher hatte sich in seinem Zimmer umgebracht, ein anderer im Wohnzimmer seiner Eltern, während diese unterwegs waren. Der dritte hatte, wie die beiden jüngsten Fälle, in einem Hotelzimmer in der Nähe seines Wohnorts Selbstmord begangen, ein vierter in einem Park, ein fünfter in einem öffentlichen Parkhaus. Maine, New York City, Washington, eine Vorstadt von Atlanta ... *Alles an der Ostküste, bis auf den Selbstmord in dem Parkhaus, der war in Colorado. Fort Collins – eine Universitätsstadt.*

Tatsächlich hatten sich alle Fälle in Universitätsstädten oder in deren näherer Umgebung ereignet. *Aber diese Altersstufe ist die Zielgruppe von Deathworld,* überlegte er. *Achtzehn bis fünfundzwanzig* ... Die Opfer waren unterschiedlich alt gewesen: ein Neunzehnjähriger, mehrere Achtzehnjährige, ein Einundzwanzigjähriger, ein Sechzehnjähriger.

Passt aber genau zu den statistischen Werten, überlegte er. Nach dem Gespräch mit seiner Mutter hatte er zuerst Informationen über Selbstmorde abgerufen. Die Altersspanne bei diesen Selbstmorden bewegte sich im Allgemeinen im statistischen Rahmen. Aus Gründen, die bisher noch keine Behörde herausgefunden hatte, schienen junge Menschen in den späten Teenagerjahren und den frühen Zwanzigern besonders suizidgefährdet zu sein.

Charlie ging zwischen den Informationen umher, die um ihn herum in der Luft hingen, und versuchte, ein Muster zu entdecken. Auf den ersten Blick war, abgesehen von ein oder zwei Hinweisen auf die Selbstmordart, nichts davon zu entdecken. *Vielleicht gibt es ja wirklich kein Muster, auch wenn ich das gern glauben möchte. Die Polizei hat sich das ganze Zeug bestimmt schon angesehen und ist zu dem Schluss gekommen, dass keine Verbindung existiert.*

Aber aus irgendeinem Grund konnte er sich selbst nicht davon überzeugen. Mit diesen ganzen Todesfällen stimmte etwas nicht.

Teilweise hatte das mit den beiden Nachrichtenmeldungen zu tun, bei denen die Selbstmordmethode angedeutet wurde. Diese passte beunruhigend gut zu dem, was Nick gesagt hatte. *Abgewürgt* ... In den Bane- und Banies-Chat-

Groups stieß Nick immer wieder auf Andeutungen darauf, dass in den ›unteren Kreisen‹ viel mit dem Symbol des Erhängens gearbeitet wurde. Es galt als gute Strafe für Verbrecher, vor allem für Mörder.

Charlie wandte sich einem der Displays zu, das einen virtuellen Schnappschuss zeigte, der mit einem digitalen Handsampler aufgenommen war. Das Foto stammte von einer Boulevardzeitung und war offenbar gegen den Willen der Polizei aus einiger Entfernung mit einem Thermo-Imager angefertigt worden. Durch ein Fenster, das jemand nachlässigerweise für einen Augenblick offen gelassen hatte, bot sich ein Anblick, bei dem sich Charlie die Nackenhaare sträubten. Auf den ersten Blick sah es so aus, als hätte jemand nicht genau gewusst, was er tat. Es war kaum zu glauben, dass man sich an einem Kleiderhaken aufhängen konnte. Aber in diesem Fall hatte es nur allzu gut funktioniert. Und das Gesicht …

Er hatte nicht die Absicht, sich allzu lange damit zu beschäftigen. Das Gesicht verriet ihm nicht viel. Anders der Körper mit den verdrehten Gliedmaßen, bei dessen Anblick ihm übel wurde. Er schämte sich dafür, obwohl ihn niemand sah. Es würde noch lange dauern, bis er jemand so daliegen sehen konnte, ohne dass ihn die Panik packte. Als er klein war, hatte er in seinem ersten Zuhause, an das er am liebsten nicht mehr denken wollte, des Öfteren Menschen in dieser Stellung gesehen. Später, als er älter war, hatte er begriffen, dass all diese Personen entweder im Drogenrausch oder tot gewesen waren.

Er schluckte erneut. Irgendwann würde er lernen müssen, mit seinen schlimmsten Erinnerungen zu leben, aber es war hart.

Für den Augenblick wandte sich Charlie erneut dem Zeitungsbericht zu, zu dem das Bild gehörte. Daraus erfuhr er kaum etwas über die Todesursache, das er nicht bereits wusste. Tod durch Erhängen, das war ja offenkundig, aber nichts über die Einzelheiten des Todes. Keinerlei Informationen über die Autopsie. Auch in den weiteren Berichten zu diesem Fall fand sich nichts davon, und die virtuelle Boulevardzeitung konzentrierte sich ausschließlich darauf, wie entsetzlich der Selbstmord an sich war. Das ließ sich gut verkaufen.

Trotzdem frage ich mich, ob die Polizei die Nachrichtenagenturen absichtlich Informationen zurückhalten lässt, dachte Charlie. Vielleicht hofften sie, dass sich der Täter verriet, weil er etwas wusste, das nur der Polizei und nicht der Öffentlichkeit bekannt war.

Cleverer Gedanke, hilft mir aber nicht weiter. Immer wieder sah er Nick vor sich, wie er geradezu freudig erregt ›Abgewürgt‹ sagte.

Kopfschüttelnd blickte er auf das ›Fenster‹ mit den wichtigsten Einzelheiten der Todesfälle. Er konzentrierte sich erneut auf etwas, das ihm bereits zuvor aufgefallen war: die Daten. Die ersten Selbstmorde hatten sich im Mai und Juli vorletzten Jahres ereignet, der dritte und vierte im Mai und Oktober 2024 und jetzt der fünfte und sechste ebenfalls im Mai. Winters' Warnung vor den Zufälligkeiten solcher Serien fiel ihm ein. *Aber trotzdem – besitzt der Monat Mai für die Deathworld-Leute vielleicht eine besondere Bedeutung?* »Wann ist Joey Banes Geburtstag?«, erkundigte er sich beim Computer.

»8. August 1996.«

Charlie seufzte. »So viel zu dieser Theorie«, grummelte er. »Haben wir die Kapsel mit dem Eintrag in der *Encyclopedia Retica* zu Bane?«

»Wird angezeigt.«

Vor Charlie erschienen zwei verschiedene Fenster. Einmal die Textversion mit einer Discografie seiner Musik und Analysen seines Stils, die von verschiedenen Musikkritikern stammten. Die meisten äußerten sich überraschend positiv. Offenbar galt Bane unter seinen Kollegen als Talent, auch wenn Charlie nicht viel von ihm hielt. Das andere Fenster enthielt Aufzeichnungen mit Ausschnitten von verschiedenen Konzerten und Interviews.

Eines dieser Fragmente, das nur aus Fotos bestand, zu denen Banes Stimme zu hören war, erweckte Charlies Aufmerksamkeit. »Mein Ziel ist es, von der Hölle Lizenzgebühren zu kassieren«, sagte der Sänger. Das Zitat hatte Charlie in den kurzen Nachrichtenmeldungen nach dem letzten Doppelselbstmord mehrmals gehört, aber nie im Zusammenhang. Er stand auf, ging zu dem Fenster und berührte mit dem Finger das angezeigte Foto. »Wird gehalten«, meldete der Computer. »Was soll ich tun?«

»Audioclip erweitern. Gibt es Bilder dazu?«

»Ja. Erweiterung läuft …«

Kurz darauf hatte Charlie eine volle virtuelle Version des berüchtigten Josh-Billings-Interviews auf CCNet vor sich. Dort saß Joey Bane völlig entspannt und ganz in Schwarz in dem bekannten Studio, dessen minimalistische Einrichtung unverwechselbar war. Amüsiert verfolgte er, wie der berühmte Interviewer vergeblich versuchte, ihn dazu zu bringen, sich selbst zu beschuldigen. Charlie blieb ein paar Schritt vor dem Fenster mit verschränkten Armen stehen und sah sich die Sache an.

»Wissen Sie«, sagte Bane in Billings' schockiertes Gesicht hinein, »Sie sollten mit diesem scheinheiligen Getue aufhören. Auf diesem Planeten gibt es nicht ein einziges Wesen, das noch nicht über die Grausamkeit und das Leid in diesem Leben, über seine Ungerechtigkeit, nachgedacht hat. Die größten Autoren aller Epochen haben sich mit diesem Thema befasst. Aber wenn wir uns heutzutage überhaupt damit beschäftigen, trauen wir uns nicht, dazu zu stehen, sondern verheimlichen es. Heutzutage gibt es keinerlei Konsens mehr darüber, dass man überhaupt noch so denken darf. Wer über Tod oder Schmerz spricht, wird sofort für abartig gehalten, und wer sich zu lange mit dem Thema beschäftigt, landet in der Psychiatrie. Ist das fair? Ist es vernünftig? Wir erzählen unseren Kindern zweihundert Jahre alte Märchen und suggerieren ihnen während der aufnahmefähigsten Phase ihres Lebens, die größte Gefahr, die ihnen droht, seien Wölfe, die ihren Picknickkorb stehlen wollten. Wenn sie sich mit ihren wirklichen Sorgen an uns wenden, nämlich damit, dass Tod und Leid ungerecht sind, dass die ganze Welt im Grunde grausam und unfair und voller Schmerz ist, dann wird uns unbehaglich, wir wenden uns ab und versuchen, das Thema möglichst zu vermeiden. Wir haben keine Antworten, und unsere Kinder auch nicht. Wenn sie Glück haben, finden sie als Erwachsene Lösungen, die uns entgangen sind, aber wenn wir ihnen die unangenehme Wahrheit über die Welt vorenthalten, dann werden sie meiner Meinung nach anfällig für die Art Verzweiflung, die Menschen vorzeitig aufgeben lässt. Meine Site ist zumindest ehrlich! Ja, die Welt *stinkt* zum Himmel! Was jeder Einzelne damit anfängt, ist seine Sache. Aber zumindest finden sie dort einen Ort, an dem sie ihrem Ärger Ausdruck verleihen können. Das ist ein Luxus, den sich in unserer Kultur, die zunehmend von Spießertum und banaler Nettigkeit bestimmt ist, kaum noch jemand leisten kann. Wer einer asozialen Idee ›unangemessen‹ oder vor den falschen

Leuten Ausdruck verleiht, riskiert, dass ihn ein übereifriger Sozialarbeiter auf unbestimmte Zeit von seinen Eltern trennt. Auf meiner Site lernen die Jugendlichen die Wahrheit kennen, sehen Schmerz, erfahren aber auch, was mit denen geschieht, die mit ihrer Wut nicht richtig umgehen können, die sie unterdrücken, bis sie explodieren. Sie glauben, dass ich Gewalt, Verbrechen und Hass gutheiße? Auf gar keinen Fall. Aber in unserer Welt gibt es jede Menge davon, und so zu tun, als wären sie nicht da, ist keine Lösung. Wir *bereiten* die Jugendlichen zumindest darauf vor, dass die Welt schlecht ist, damit sie nicht völlig überrascht werden, wenn sie aus der behüteten Treibhausatmosphäre entlassen werden, die in modernen Familien herrscht, wenn Mommy und Daddy ihnen nicht mehr das Händchen halten. Ein Großteil des Widerstands gegen unsere Site kommt übrigens genau von diesen empörten Müttern und Vätern, die sauer sind, weil wir ihren kleinen Lieblingen die Wahrheit sagen. Sie selbst haben nämlich entweder nicht die Nerven dazu oder nicht genug Verstand ...«

So ging das fast eine halbe Stunde lang, wobei der arme Billings kaum zu Wort kam. Als er Bane zu dem Interview eingeladen hatte, hatte er sich vermutlich nicht überlegt, was es bedeutete, einem Mann Virt-Zeit zu verschaffen, der seine Lungen und Stimmbänder Abend für Abend bei seinen Konzerten auf den realen und virtuellen Bühnen dieser Welt trainierte.

Nur einmal legte Bane eine Pause ein, in der es Billings gelang, eine Frage zu stellen. »Dieses Dante-Zitat über Ihrem Eingangstor, wo es heißt ›Lasst ... alle Hoffnung fahren‹, ist das nicht illegal? Ein Plagiat?«

»Nicht doch«, erwiderte Bane fröhlich. »Das Ding war frei zugänglich und wurde von niemand genutzt. Also habe ich es als geschütztes Warenzeichen eintragen lassen. Mein Ziel ist es, vom Teufel selbst Lizenzgebühren zu kassieren.«

Das Bild erstarrte. Eine ganze Weile blieb Charlie vor dem selbstbewussten, arroganten Gesicht sitzen und überlegte.

Wer behauptet, der Kerl ist bösartig, täuscht sich, dachte er. *Das ist er eigentlich nicht, zumindest kommt er mir nicht so vor.*

Trotzdem … auf seiner Site läuft etwas, das den ›Kristallisationspunkt‹ für diese Selbstmorde bildet.

Mich interessiert nur eins: Was ist das?

Für einen Augenblick brütete er vor sich hin. Vielleicht hatte der Mann selbst keine bösen Absichten, aber jemand anderer in seiner Organisation war nicht so harmlos. Dieser Jemand versuchte entweder, Deathworld durch diese Selbstmorde zu sabotieren … oder er hatte noch viel Übleres im Sinn.

Nach einer Weile seufzte er. Wenn das der Fall war, waren die Chancen, den Betreffenden zu finden, gleich null. *Außerdem gibt es keinen Grund, aus dem Nichts Unbekannte in die Gleichung einzufügen. Ich befasse mich besser mit den Aspekten, die ich beweisen kann, bevor ich irgendwas erfinde.*

Damit kehrte er dem auf seinem Stuhl erstarrten Joey Bane den Rücken zu. Stirnrunzelnd starrte er auf den gebohnerten Holzboden des alten Operationssaals. *Bei den Beweisen liegt das Problem, die reichen einfach nicht für irgendwelche Schlussfolgerungen. Für eine treffende Diagnose brauche ich Daten – und zwar klinische Daten – darüber, was mit diesen Leuten passiert ist.*

Ich könnte Captain Winters fragen … Aber die Informationen, die Charlie benötigte, waren medizinischer Art. Falls die Net Force sie überhaupt in ihren Akten hatte, waren sie mit an Sicherheit grenzender Wahrscheinlichkeit vertraulich und damit nicht zugänglich.

Gibt es vielleicht einen anderen Weg, an sie heranzukommen?

Er erwog diese Frage eingehend. *Vertrauliche Informationen weitergeben … Aber das habe ich ja gar nicht vor, ich will sie mir ja nur ansehen. Wenn ich jemand anderem davon erzählen würde, dann wäre das ein Vertrauensbruch. Hier geht es aber nicht um die Verbreitung von Informationen, ich will nur herausfinden, was wirklich geschehen ist. Bis jetzt hat das meiner Meinung nach noch keiner geschafft …*

Er ließ sich auf einer der Bänke direkt an der ›Arena‹ nieder und studierte erneut das erstarrte Bild von Joey Bane. *Und wenn niemand weiß, was eigentlich los ist, gibt es keinerlei Garantie dafür, dass sich die Ereignisse nicht wiederholen.*

Beim Gedanken an Nick schluckte er. Zwar hatte er keinerlei Anzeichen dafür entdeckt, dass sein Freund selbstmordgefährdet war …

Aber das waren die anderen Kids auch nicht. Er stand auf und ging zu den in der Luft hängenden Fenstern, die Kurzfassungen der Berichte über die Selbstmorde zeigten. Nacheinander stach er in einige davon, sodass der Text durchzulaufen begann. Beim zweiten Fall war der Betroffene schon früher depressiv gewesen, aber alle anderen Suizide waren völlig überraschend gekommen …

»Nachrichtenmeldung.«

Charlie blickte auf. »Was gibt's?«, fragte er das Verwaltungssystem des Arbeitsplatzes.

»Wie gewünscht, werden Sie bei allen Meldungen, die den Begriff Deathworld enthalten, benachrichtigt.«

»Gibt's was Neues? Bitte abspielen.«

Seitlich von ihm erschien auf einem der wenigen Fleckchen, die in der ›Arena‹ noch frei waren, das erstarrte Bild eines Nachrichtensprechers, der mit geöffnetem Mund hinter seinem Schreibtisch saß. »Inhalt wird abgespielt«, meldete das Programm. »Quelle: FTNet, Wirtschaftsnachrichten, heute 18 Uhr 10 GMT …«

Der Clip fing an zu laufen. » … unter anderem veröffentlichte der Internet-Host-Provider SourceStream heute seine Wochenstatistik, die für die Aktionäre sehr erfreulich, wenn auch ein wenig makaber ausfiel«, begann der Sprecher. »Die Zugangs- und Ertragszahlen für die umstrittene Internet-Umgebung ›Deathworld‹, die von SourceStream gehostet wird, verzeichneten in den letzten zwei Wochen einen Zuwachs von fast zwanzig Prozent. Will Nellis, der Sprecher von SourceStream, wollte sich nicht zu Spekulationen über die sprunghaft gestiegene Popularität der Site äußern. In der Branche wird vermutet, dass diese auf die kürzlichen Selbstmordfälle zurückzuführen ist, die in verschiedenen Bundesstaaten unabhängige Organisationen und Behörden auf den Plan gerufen haben. Die Besucherzahlen der Morbo-Jazz-Site explodieren, wobei sich SourceStream wiederum weigert, genau Zahlen zu nennen. Konkurrenten aus der Branche vermuten, die Publicity könnte bis zu fünf Millionen Benutzer angelockt haben. Das würde einem Einnahmepotenzial von zwanzig Millionen Dollar in den vergangenen beiden Wochen entsprechen. In der Zwischenzeit wurde die Fusion der BBC mit WOLTime …«

Der Clip erstarrte erneut. Charlie starrte angewidert auf das Bild. »Ekelhaft«, sagte er leise. *Betreiber, die damit Geld verdienen, dass sich ihre Kunden umbringen …*

Er schnitt eine Grimasse und seufzte. Wahrscheinlich war es nicht ihre Schuld, aber er fand es trotzdem ärgerlich.

»Speichern«, befahl er dem Computer.

»Erledigt«, meldete das System. Charlie wandte dem Clip den Rücken zu und sah sich die übrigen Informationsfenster an, die seinen Arbeitsplatz füllten. Während er zwischen ihnen umherging, überlegte er fieberhaft. Plötzlich kam ihm ein irrwitziger Gedanke, der so entsetzlich war, dass er wie angewurzelt stehen blieb. Was, wenn jemand von Deathworld Menschen in den Selbstmord trieb, um die Besucherzahlen und damit die Einkünfte zu steigern?

Er erschauerte. *Das ist ja abartig. Die ganze Geschichte ist krank.*

Außerdem habe ich nicht den geringsten Beweis dafür, dass die Betreiber dazu überhaupt in der Lage wären, und ohne Beweise komme ich nicht weiter.

Er seufzte. *Ich leide wohl unter Verfolgungswahn*, dachte er, während er zwischen seinen ›Ausstellungsstücken‹ umherschlenderte. *Zu viele Indizien … aber keine harten Fakten. Das reicht nicht für eine Hypothese, die diesen Namen verdient.*

Ich brauche mehr Tatsachen, und die finde ich nur in den Autopsieberichten.

Er ließ sich auf einer der Bänke nieder und starrte in seine Arena hinein.

Aber wie soll ich an die rankommen?

Lange saß er da und überlegte, während sich draußen das London des 18. Jahrhunderts endlich zur Ruhe begab und sich am Himmel vor den Fenstern der Royal Society allmählich die Morgendämmerung ankündigte.

Plötzlich richtete er sich kerzengerade auf. *Mark!*

»Zeitvergleich.«

»Zwanzig Uhr neunundzwanzig«, meldete das System.

»Ich möchte einen Virtcall tätigen. Bitte Mark Gridley.«

»Verbindung wird hergestellt …«

In einem ganz anderen Teil der virtuellen Realität regnete es Feuer vom Himmel. Nick stand unter einem mit Asbest beschichtetem Regenschirm und fragte sich, wie er weiterkommen sollte.

Das Prasseln von Asche und Glut auf dem Schirm über seinem Kopf war merkwürdig beruhigend. Leider wurde diese Wirkung durch den Schwefelgestank in der Luft und das Heulen und Wehklagen der gequälten Seelen beeinträchtigt. In diesem Kreis waren alle Schreie wortlos, denn den Verdammten hier war die einzige Gabe entzogen worden, an der sie während ihres Erdendaseins als Menschen zu erkennen gewesen waren: die Sprache. Ansonsten hatten sie sich in jeder Hinsicht als unmenschlich erwiesen, und so liefen sie nun für alle Ewigkeit von Dämonen gegeißelt im Feuerregen über die verbrannte, von Asche bedeckte Landschaft. In der Ferne brach am Horizont ein Vulkan aus, der Asche, giftige Dämpfe und Lavafontänen in die Luft schleuderte. Die Erde grollte unablässig. Immer wieder öffneten sich Spalten, um die flüchtenden Verdammten zu verschlingen.

Vorsichtig tat Nick ein paar Schritte. Der Weg war kaum zu erkennen, und er hatte keine Lust in einer der Spalten zu enden. Natürlich konnte man sich hier unten nicht ernsthaft verletzen, aber solange er nicht wusste, was die Spalten für seinen Spielstand bedeuteten, wollte er kein Risiko eingehen.

»Wohin soll's denn gehen?«, fragte eine Stimme hinter ihm.

Als sich Nick umwandte, entdeckte er eine schattenhafte Gestalt, die etwa so groß war wie er und ihn mit verschränkten Armen beobachtete. Genau konnte er das allerdings nicht erkennen, weil er kaum mehr als eine Silhouette sah, die sich schemenhaft von der dunklen Umgebung abhob. Offenbar trug sie einen langen, dunklen Mantel mit drei Pelerinen. Die Kapuze hatte sie abgesetzt, sodass ein Kopf mit schulterlangem Haar zum Vorschein kam, dessen Haltung Nick ein wenig arrogant vorkam. Sie betrachtete Nick mit amüsierten Blicken.

»Bist du echt?«, erkundigte er sich. Das war hier unten eine durchaus angebrachte Frage.

»Ich bin auch ein Banie, wenn du das meinst.« Sie strich sich das Haar aus der Stirn, wobei sie mit den Fingern ein wenig Asche wegschnippte. »Bist du ganz neu hier?«

»Ja, schon.«

»Dann komm mit, ich helf dir, dich zu orientieren. Weißt du, wo du hin musst?«

Nick deutete auf die einzige erkennbare Lichtquelle, den Vulkan.

»Richtig. Das ist Mount Glede. Komm schon … es ist ein langer Weg.«

Sie setzte sich in Bewegung, und Nick folgte ihr. »Solch ein hilfsbereiter Führer wie du ist mir bis jetzt noch nicht begegnet.«

»Täusch dich nicht.« Die dunkle Gestalt neben ihm klang verärgert. »Ich würde dich lieber deinem Schicksal überlassen, aber das funktioniert in diesem Kreis nicht. Wir müssen einander helfen.« Die Augen des Mädchens wirkten gelangweilt. Offenbar hielt sie die mit Nick verbrachte Zeit für reine Verschwendung.

Das beruhte auf Gegenseitigkeit, aber Nick hatte zu viel erlebt, um sich durch seine oder ihre schlechte Laune von der Eroberung seiner Umwelt abhalten zu lassen. Dafür hatte er zu viel Zeit und Geld in Deathworld investiert. »Du hast mir deinen Namen noch nicht gesagt«, meinte er.

Er hatte das Gefühl, dass sie am liebsten mit den Zähnen geknirscht hätte. *Das hatte ich auch nicht vor* – er konnte ihre

Gedanken geradezu hören. »Nenn mich Shade«, brachte sie schließlich heraus.

Er lächelte flüchtig, wandte sich aber ab, damit sie sein Gesicht nicht sah. Jeder Banie wusste, dass Joey selbst und seine Verkörperungen Teil des Programms waren. Manchmal spazierten diese als Banies getarnt in den Kreisen umher. Wer jemand anderen auf dem Weg nach unten schlecht behandelte oder gegen die Hausregeln verstieß, musste mit Sanktionen rechnen. Man bekam dann nicht die Chancen, die sich einem sonst geboten hätten, und hatte überhaupt weniger Glück.

»Und was jetzt?«

»Du hast mir deinen Namen auch noch nicht verraten«, beschwerte sich Shade.

»Nick.« So kannte ihn das System, und es hatte wenig Sinn, sich jetzt ein Pseudonym zuzulegen.

»Also, Nick, unser Ziel ist der Berg. Auf diesem Weg dürfen wir uns nicht ablenken lassen und möglichst nicht in irgendwelche Spalten fallen. Das allein ist ein Vollzeitjob. Halt dich dicht hinter mir und lauf bloß nicht irgendwelchen armen Seelen nach.«

Damit ging sie weiter, und er folgte ihr. Das war schwierig genug, solange sich die Augen noch nicht an die Dunkelheit gewöhnt hatten. Der ständig rieselnde Ascheregen wirkte wie schwarzer Schnee. Da es weder Lichtreflexe noch Konturen gab, wusste man in der leblosen, rußigen Masse nie, wann man festen Boden unter den Füßen hatte. Das einzige Licht stammte von dem in düsterem Rot glühenden Vulkan, von dem rasch verglimmenden Feuerregen und den brennenden Peitschen der Dämonen, die die Verdammten durch die kniehohe Ascheschicht hetzten.

»Hör mal, Shade«, keuchte Nick, der Mühe hatte, mit seiner Führerin Schritt zu halten, »müssen wir die Leute hier nicht ansprechen?«

Sie lachte ihn aus. »Das hat wohl nicht viel Sinn. Die können nur noch schreien. Früher einmal konnten sie sprechen, aber diese Fähigkeit wurde ihnen genommen. Die sind alle hier, weil sie jemanden ermordet haben. Für Joey sind sie nicht besser als Tiere.«

Nick öffnete den Mund, aber sie streckte die Hand aus, um ihn aufzuhalten. »Da«, sagte sie und deutete auf die Erde direkt vor ihren Füßen. Langsam, ganz allmählich und vollkommen lautlos, öffnete sich dort eine Spalte, die Nick mit Sicherheit übersehen hätte. Er wäre unfehlbar in die wütend funkelnde rote Glut gestürzt, die er ganz in der Ferne ausmachen konnte.

»Ups.« Nick schluckte.

»Ganz richtig«, meinte Shade verächtlich. »Wenn du in eine von denen fällst, bist du draußen. Riesen-Zeitverschwendung. Wer in einer Spalte landet, speichert nichts mehr. Pass also auf.«

Gemeinsam schlugen sie einen weiten Bogen nach links, wo die Spalte so schmal wurde, dass sie über sie hinwegsteigen konnten. »Was ich vorhin sagen wollte«, meldete sich Nick wieder zu Wort, »wieso sind die hier, wenn sie nicht reden können?«

Shade blickte ihn amüsiert an. »Dass Mörder für ihre Verbrechen bestraft werden, ist doch allein schon etwas wert, findest du nicht?«

Irgendwo in der Ferne meinte Nick eine Elektrolaute zu hören. Sein Herz tat einen Sprung. »Das ist doch ein neues Stück …«

Shade seufzte. »Es ist die Einleitung zu ›Merkwürdige Früchte‹. Keine schlechte Leistung.«

»›Merkwürdige Früchte‹?«

»Eine Coverversion«, gab Shade zurück. »So etwas ist für Joey ziemlich ungewöhnlich. Viele hier unten glauben, es wäre ein Tribut an die Engel der Tiefe.«

Verwirrt schüttelte Nick den Kopf.

»Du hast hier unten wirklich noch nicht mit vielen gesprochen, was?«, meinte Shade.

»Äh, nein.«

Als Antwort auf dieses Eingeständnis folgte ein weiterer langer Seufzer. »Das ist wahrscheinlich verständlich«, gab sie, etwas milder gestimmt, zu, während sie weitergingen. »In den oberen Kreisen redet man nicht viel mit echten Menschen. »Die ›Engel der Tiefe‹ sind die Kids, die nach ihrem Aufenthalt hier unten ums Leben gekommen sind.«

»Die sich umgebracht haben ...«

»So nennen wir das normalerweise nicht.« Shade blieb stehen. Vor ihnen öffnete sich erneut eine Spalte, der sie diesmal nach rechts auswichen. »Der Tod hat viele Gesichter ... Das ist die Botschaft des Liedes. Sie haben uns verlassen, bevor sie das Ziel erreichten. Was auch immer sie dazu getrieben haben mag, sie sind fort, aber wir werden sie nicht vergessen ...«

Nick war verblüfft, weil diese Aussage so wenig mit seiner Vorstellung von den Selbstmorden vereinbar war. »Hat es denn keiner von denen ... du weißt schon ... bis ganz nach unten geschafft?«

Shade schüttelte den Kopf. »Ausgeschlossen. Niemand, der bis ins Herz von Neun vorgedrungen ist, hat jemals so etwas getan. Dort unten auf Neun geschehen Dinge ...« Ihre Stimme verlor sich.

»Was für Dinge?«, wollte Nick begierig wissen. Bis jetzt

hatte er noch nicht einmal Gerüchte über die unterste Ebene gehört.

Shade lachte. »Das fragst du mich? Sehe ich so aus, als wäre ich je da unten gewesen? Dann würde ich bestimmt nicht hier oben rumhängen …« Ihre Stimme klang so verächtlich wie am Anfang. »Nein, manche von denen kommen zurück und helfen ein paar Anfängern, bevor sie weiterziehen. Ich bin noch lange nicht so weit.«

Eine Weile gingen sie schweigend weiter und folgten den schwachen Klängen von Camiun, das sich offenbar einstimmte, über die düstere Ebene. Die Entfernungen waren schwer zu schätzen, aber wenn Nick sich nicht täuschte, hatten sie etwa eine Meile in der ›realen‹ Welt zurückgelegt, als ein Verdammter im Kampfanzug an ihnen vorbeiraste. Er wurde von geflügelten Dämonen verfolgt, deren feurige Peitschen mit jedem Hieb Löcher in die Jacke des großen, massigen Mannes brannten. Nick verlangsamte sein Tempo und blickte ihm nach.

»Irgendein Gangster«, meinte Shade gelangweilt. »Von denen haben wir hier jede Menge. Kleine Hinterhof-Diktatoren und ihre paramilitärischen Anhänger. Solange sie an der Macht sind, halten sie sich für unverwundbar und glauben, sie könnten nach Belieben morden. Aber früher oder später rächt sich das. Ihre Handlanger lernen ihre Lektion zu gut. Nachdem sie wie ihr Chef weder Mitleid noch Erbarmen kennen, wenden sie sich eines Tages gegen ihn und knallen ihn ab. Dann setzen sie sich an seine Stelle. Nicht für lange allerdings.« Sie kicherte.

Mit zusammengekniffenen Augen starrte Nick auf den Vulkan, der allmählich näher heranrückte. Irgendwas stimmte mit den Schatten am Fuß des Berges nicht, aber er konnte sich nicht recht konzentrieren. Die Dunkelheit, die

Asche und die Schreie wirkten seltsam bedrückend, und Camiuns silberne Kadenzen schienen ungewohnt fern. »Ziemlich deprimierend hier unten«, meinte er.

Nachdenklich blickte Shade ihn an, während sie über einen schmalen Spalt sprang, der sich vor ihnen aufgetan hatte. »Meinst du?«

»Manchmal. Aber zu Hause ist es noch schlimmer ... Das ist eine endlose Geschichte.«

»Probleme?«

Er zog eine Grimasse. »Das Übliche. Meine Eltern denken, ich verschwende hier unten mein und ihr Geld. Sogar einige meiner Freunde meinen, die Site wäre Zeitverschwendung. Keiner von denen versteht mich. ›Dafür bist du zu jung‹, ›Du kommst schon darüber hinweg, das ist nur eine Mode ...‹« Seufzend blickte er zu ihr auf. »Was ist mit dir?«

Shade lachte. »Den ganzen Schrott habe ich auch schon gehört, aber ich ignoriere das einfach. Meine Familie und meine Freunde haben keine Ahnung. Ständig reden die davon, dass sich das hier bei mir auf die Psyche schlägt. Aber seien wir doch ehrlich, nichts ist deprimierender als das wirkliche Leben!« Selbst im Halbdunkel konnte Nick erkennen, dass ihr Blick voller Ironie war. »Nicht genug Geld, um die Dinge zu tun, die einem Spaß machen. Und selbst wenn man das Geld hätte, hat man nie genug Zeit, und auch wenn man Zeit hat, ist das Leben zu kurz. Schlimmer geht es doch wohl nicht. Hier ist es einfach nur dunkel, und wir fühlen noch nicht einmal Schmerz ... zumindest nicht wie in der realen Welt.« In ihren Worten lag tiefe Verachtung. »Tag für Tag rennt man in die Arbeit, bis man so alt ist, dass man nicht mehr weiß, was man mit seiner Zeit angefangen hätte, selbst wenn man das in seiner Jugend selbst hätte entscheiden können. Dagegen sind ein wenig Feuer und Schwefel doch gar nichts.«

Sie blickte ihn eindringlich an, als wartete sie auf seine Antwort.

»Ich weiß nicht«, meinte Nick. »Klar stinkt das Leben, aber ob es so schlimm ist …«

»Du bist einfach noch zu jung«, hielt Shade dagegen. »Wahrscheinlich träumst du davon, wie toll alles wird, wenn du endlich allein lebst und deine Freiheit genießen kannst. Warte nur, bis du feststellst, wie hart du arbeiten musst, nur um ein Dach über dem Kopf und etwas zu beißen zu haben … während die Menschen, an denen dir wirklich liegt, einer nach dem anderen aus deinem Leben verschwinden.« Sie lachte. »Wer das mitgemacht hat … da kann ich schon verstehen, warum manche … du weißt schon … das tun, was sie getan haben. Die Engel der Tiefe …«

Darauf fiel Nick zunächst einmal nichts ein. Plötzlich stand ihm mit überraschender Klarheit vor Augen, dass Shade vollkommen Recht hatte. Bis jetzt war ihm noch nie der Gedanke gekommen, dass das Leben vielleicht gar nicht besser werden würde, wenn er endlich zu Hause auszog. Aber jetzt, da ihm jemand das hier unten sagte, ging ihm auf, dass er vielleicht einem Irrtum aufgesessen war. *Aber wo ist die Alternative? Wenn ich es nicht tue, sitze ich erst recht in der Falle …* Dann steckte er bei seinen ständig wütenden Eltern fest, in einer zu kleinen Wohnung, in der sie ihn permanent überwachten. Und was kam, wenn er so weiterlebte, wie vor dem letzten großen Streit? Das College, aber wenn er kein Stipendium an einer Uni bekam, die weit genug von zu Hause entfernt war, dass er auf dem Campus leben musste, würde alles wieder von vorn anfangen … nur noch schlimmer, weil er älter war, sich aber immer noch an die idiotischen

Regeln seiner Eltern halten musste. Alle würden ihn auslachen. Der Witz am Studentenleben war doch, dass man rauskam und unabhängig wurde, aber damit sah es für ihn nicht gut aus.

Im Augenblick hatte er nämlich keine großen Aussichten auf ein Stipendium, dafür waren seine Noten nicht gut genug. Er schlug sich so durch, war nicht in Gefahr durchzufallen, aber im Moment reichten sein Leistungen höchstens für eine staatliche oder städtische Universität in der Nähe. Im Geiste hörte er schon seine Eltern: *Warum willst du Geld für ein Zimmer ausgeben, wenn du nur dreißig Kilometer fahren musst? Da wohnst du besser bei uns.*

Wo sie mich unter Kontrolle haben.

Plötzlich kam ihm alles vollkommen hoffnungslos vor. Wie angewurzelt blieb er stehen und starrte in die Dunkelheit, während Shade weiterging. Plötzlich verstand er, warum jemand aufgab, keinen Sinn mehr sah. Was kam nach der Uni? Er wusste ja noch nicht einmal genau, was er überhaupt im Leben wollte. Vielleicht gab es gar keine Aufgabe für ihn. In den letzten Jahren hatten alle seine Freunde hart für ihre Pläne und Ziele gearbeitet. Darüber hatte er nur gelacht – die legten sich krumm wie Erwachsene, als ob ihre Arbeit wirklich wichtig wäre. Jetzt stand er da, ohne Plan, ohne Ziel, und plötzlich kam ihm der Verdacht, dass die anderen die ganze Zeit über etwas gewusst hatten, das ihm entgangen war. Vor ihnen lag ein interessantes Leben, auch wenn sie hart dafür arbeiten mussten. *Und ich stehe mit leeren Händen da. Ich habe nichts.*

Und meine Eltern werden bis in alle Ewigkeit darauf herumreiten.

Plötzlich verstand Nick, wie angenehm es sein mochte, wenn alles plötzlich aufhörte. *Einschlafen und nie wieder aufwachen.* Plötzlich sehnte er sich danach, wollte nur noch Ruhe, nie wieder Ärger. Der Wunsch war so übermächtig, dass ihn schauderte.

Shade blieb stehen und drehte sich nach ihm um. »Komm schon, Nick. Was ist?«

»Nichts.«

Das Gefühl verflog, aber es war ein eigenartiges Erlebnis gewesen. Nick folgte ihr, wobei er den Schirm ein wenig schüttelte, um ihn von der Asche zu säubern. Der dunkle Umriss im Schatten des Berges war jetzt besser zu erkennen. Offenbar handelte es sich um ein Gebäude.

»Oh, oh, pass bloß auf!« Shade hielt abrupt an.

Nick sah zu Boden und sprang hastig ein paar Schritte zurück. Eine sich öffnende Spalte verästelte sich in alle Richtungen. Direkt vor seinen Füßen klaffte plötzlich ein Riss, in den die Asche rieselte. Wie dunkler Schnee hob sie sich vor der dunkelroten Glut des Lavastroms ab, der schnell am Grund der Schlucht sichtbar wurde. In der Luft über ihnen hatte sich Camiun eingestimmt und klimperte nun leise in Moll. »Merkwürdige Früchte«, sang Joey Bane dazu, »welch merkwürdige Früchte …«

Während sie den neuen Riss umgingen, tauchten plötzlich ganz in ihrer Nähe Schatten aus der Dunkelheit auf. Nick blieb stehen und starrte auf die beiden Gestalten, die an den Füßen aufgehängt an einem Eisengestell baumelten. Es waren ein Mann und eine Frau. »Mussolini«, erklärte Shade. »Du weißt schon … Italien … letztes Jahrhundert. Am Ende haben sie ihn doch erwischt.« Im Licht des nahe gelegenen Vulkans war gerade noch zu erkennen, wie sie die Augenbrauen hob. »Von denen gibt es hier jede Menge, falls du dich dafür interessierst …«

»Danke, nein.« Nick kämpfte darum, die beim Anblick

der sanft hin und her schwingenden Körper in ihm aufsteigende Übelkeit zu unterdrücken. Das merkwürdige Gefühl, das ihn vorhin gepackt hatte, war immer noch nicht vollständig verflogen. Doch hinter Shade entdeckte er am Fuße des Vulkans etwas, das ihn wesentlich mehr interessierte. In all dem stumpfen Schwarz spiegelte sich tatsächlich das Licht auf einer ausgedehnten dunklen Wasserfläche. Sie hatten den See der Tränen gefunden, und dahinter schimmerte die düstere Festung des Schwarzen Magiers. Vor ihnen erhoben sich Türme und Laubengänge aus der Finsternis, und hoch oben funkelte ein einzelnes Licht.

»Da ist sie«, flüsterte Nick. »Endlich!«

»Jo«, verkündete Shade. Sie gab sich erstaunlich lässig, wenn man bedachte, dass sie vor dem Herzen von Deathworld standen. »Ist größer, als sie aussieht«, meinte sie. »Lass dich nicht täuschen.«

Er nickte und wandte sich nach ihr um. Irgendwie hatte ihre Stimme traurig geklungen … »Ist mit dir alles in Ordnung?«, erkundigte er sich.

Überrascht blickte sie ihn an. »Wieso?« Ihre Antwort klang abwehrend und sarkastisch. Hatte er sie in die Defensive gedrängt?

Wieso?, hatte er zu Charlie gesagt und seinen Freund ausgelacht. Dabei war der wirklich besorgt gewesen. Nick biss sich auf die Lippen. »Ich frag ja nur.«

»Schon okay, danke.« Sie warf ihr Haar zurück, das wie ihre ganze Gestalt nur als schattenhafter Umriss zu erkennen war. »Worauf wartest du? Geh rein und schau dir die Sache an.«

»Dort hinein?« Nick war verblüfft. »Ich habe doch gar nichts getan.«

Shade warf ihm erneut einen verächtlichen Blick zu. »Du

hast die richtige Frage gestellt.« Damit schien sie im fiebrigen Licht des Vulkans zu verblassen.

»Welche denn?«

Sie grinste. »Das kann ich dir nicht erklären. Geh schon und sieh zu, ob du da drin weiterkommst. Nach Neun geht es nämlich über die Festung, aber nur, wenn du den Zugang findest. Da würde ich mir allerdings nicht allzu große Hoffnungen machen.«

Damit löste sie sich vollständig auf.

Nick drehte sich nach den gewaltigen Toren der Festung um. Ganze Horden von Dämonen, die sich mit Hauruckrufen selbst anfeuerten, zogen an riesigen Bronzeseilen, bis die massiven Flügel aufschwangen. Ein Gefühl des Triumphes durchströmte ihn, als Camiuns Stimme in von Halleffekten verzerrten, ekstatischen Arpeggios durch die Tonleiter raste.

Die Dämonen standen stramm und warteten.

Doch Nick rührte sich nicht von der Stelle. Er überlegte.

Der Weg zur neunten Ebene führt durch die Festung, aber nicht jeder findet ihn.

Eine ganze Weile stand er da und dachte nach. Dann wandte er der Festung den Rücken zu und stapfte durch den Ascheregen davon, zurück in die Richtung, aus der er gekommen war.

»Hey«, brüllte einer der Dämonen am Tor, »wo willst du denn hin?«

»Ich muss ein paar Leuten helfen«, gab Nick zurück. Damit verschwand er in der Dunkelheit. Sein Ziel war der Rand des achten Kreises.

Aus dem Schatten der Tore löste sich eine hohe Gestalt, die sich deutlich von den Dämonen abhob, und blickte ihm nach.

Auf ihrem Gesicht lag ein Lächeln.

5. Kapitel

In dieser Woche sah Mark Gridleys Arbeitsplatz aus wie die alte Montagehalle von Cape Canaveral. Obwohl Charlie diese Umgebung noch nicht kannte, war er nicht sonderlich überrascht. Bei früheren Besuchen hatte er sich abwechselnd in einer gewaltigen Tropfsteinhöhle voller Stalaktiten und Stalagmiten, einem riesigen Großraumbüro hoch über den Wolkenkratzern von Singapur, der Eingangshalle des New Yorker Museums für Naturkunde und auf den ausgetrockneten Salzseen von Bonneville in Utah wiedergefunden. Einmal war er auch auf dem Mond gelandet, in der Nähe des Mondapennins, wo offenbar Astronauten ihre Mondlandefähre zurückgelassen hatten. Marks ganz persönliche Version der lebensfeindlichen Wüste beinhaltete eine Garage für die Fähre, in der er aus unerfindlichen Gründen auch einen ramponierten Rasenmäher und eine zusammengeklappte Tischtennisplatte untergebracht hatte. Seine Besuche bei Mark Gridley hatten in Charlie den Verdacht geweckt, dass bei dem genialen Hacker möglicherweise eine Schraube locker war.

Sicher war allerdings, dass niemand das Internet so meisterhaft beherrschte wie Mark. Ob er das seinen Eltern verdankte, wusste Charlie nicht so recht. Mit Sicherheit befasste sich jemand, dessen Vater Chef der Net Force und dessen Mutter eine herausragende Computertechnikerin und Philosophin war, mehr mit dem Netz als andere. Aber das allein reichte nicht aus, um die Virtuosität zu erklären, die Mark im Umgang mit Computern im Allgemeinen und dem Internet im Besonderen an den Tag legte. Wenn es darum ging, in ein Computersystem einzubrechen und es für seine Zwecke zu nutzen, war Mark nicht zu schlagen. Maj Green hatte einmal behauptet, die gute Fee des Internets habe an Marks Wiege gestanden. Auf jeden Fall war kein System vor Mark sicher, wenn dessen Interesse geweckt war … und er interessierte sich für alles.

Zumindest war das bisher so gewesen, und Charlie setzte darauf, dass sich daran nichts geändert hatte.

Während er über den endlosen Betonboden der Montagehalle wanderte, suchte er vergeblich nach Lebenszeichen. Das riesige, dreißig Stockwerke hohe Gebäude war leer. An und für sich war das nicht weiter bemerkenswert, denn auch in der realen Welt war es lange her, dass hier Raumschiffe montiert worden waren. Dass die Halle noch stand, war vor allem auf ihre historische Bedeutung zurückzuführen: Hier waren die ersten Raketen gebaut worden, mit denen der Mensch den Mond erreicht hatte. Außerdem nisteten in dem Bauwerk ganze Kolonien von Zwergbussarden, die von dem Mikroklima in seinem Inneren profitierten.

In etwa vierhundert Meter Entfernung fiel ein Sonnenstrahl durch die bewegliche Dachabdeckung und erleuchtete eine Besprechungsecke mit mehreren, im Kreis angeordneten Stühlen. Seitlich davon stand ein großer, niedriger Schreibtisch aus Hartholz. Begleitet vom Schreien und Krächzen der Bussarde, die über ihm in den Aufwinden unter dem Dach kreisten, hielt Charlie darauf zu.

»WER STÖRT DEN GROSSEN UND MÄCHTIGEN ZAUBERER VON OZ?«, donnerte plötzlich eine Stimme durch die Halle. Die Bussarde kreischten protestierend und flatterten zu ihren Nistplätzen an den Wänden des Gebäudes, wo sie kopfschüttelnd sitzen blieben.

»Ich bin's, Zwerg.« Charlie rollte die Augen. »Hör bloß

auf mit diesem großmäuligen Zeug, sonst lache ich mich noch tot.«

»Ich fürchte, du nimmst mich nicht ernst genug«, sagte die Stimme eines Dreizehnjährigen, die zwar vom Echo zurückgeworfen wurde, aber nicht mehr so dröhnte wie zuvor. Hinter der Besprechungsecke tauchte Mark auf. Er schleppte eine Ladung E-Mail-Symbole, für die er beide Arme brauchte. Zu seiner Badehose trug er ein T-Shirt, das sich an den Körper des Besitzers anpasste. In großen weißen Lettern auf schwarzem Hintergrund erschienen darauf nacheinander verschiedene Sätze, deren Sinn Charlie jedoch verborgen blieb: DER WELTRAUM IST GROSS, DER WELTRAUM IST SCHWARZ, UND ZUM PARKEN GIBT'S DORT KEINEN PLATZ. BURMA-RASIERKREM.

Charlie blinzelte verwirrt. Mark war halb Thai, aber was Burma damit zu tun hatte, blieb ihm ein Rätsel. »Dich muss man doch einfach ernst nehmen«, gab er zurück. »Bist du beschäftigt?«

»Nicht so wichtig«, erklärte Mark, während er seine E-Mails auf den Schreibtisch fallen ließ. Dort flitzten sie durcheinander und ordneten sich nach den einprogrammierten Vorgaben, um dann langsam in die Höhe zu steigen, wo sie wie gut erzogene Seifenblasen auf der Stelle schwebten. »Ich wollte nur vor dem Wochenende meinen Posteingang ausmisten.«

»Warum? Was ist denn am Wochenende?«

Mark kicherte und strich sich das dunkle Haar aus den Augen. Falls er nicht einen neuen Stil ausprobierte, musste er dringend zum Friseur. »Mein Vater droht seit einem Jahr damit, dass er mit mir zum Brandungsfischen geht. Offenbar stehen die Sterne günstig, wir fahren nämlich am Wochenende irgendwo an die Küste von New Jersey. Zumindest behauptet er das.« Mark grinste seinen Freund wissend an. »Ich wette, Samstagmorgen passiert wieder was, und das Ganze fällt ins Wasser. Aber hundertprozentig darauf verlassen kann ich mich nicht, deshalb …«

»Wääh«, klagte ganz in der Nähe eine raue, sich überschlagende Stimme, die entfernt an eine Seele im Fegefeuer erinnerte.

Mark sah über seine Schulter. »Ja, ja, gleich ist Essenszeit«, sagte er zu jemand, den Charlie nicht sehen konnte.

»Was war denn das?«, wollte er wissen. Wie ein Bussard hatte es nicht geklungen.

»Der Kater. Theo, auch als ›wandelnder Magen‹ bekannt.« Ein durchdringender Schrei ließ vermuten, dass der Siamkater diese Beschreibung nicht schätzte. Vielleicht fand er das Gespräch auch nutzlos, solange kein Futter für ihn dabei heraussprang, oder er testete schlicht und einfach die Akustik. »Was führt dich her? Außer meiner angenehmen Gesellschaft natürlich.«

Charlie grinste. Mark hatte bei den Net Force Explorers wegen seiner Größe und seines Alters kräftig einstecken müssen. Selbst für seine dreizehn Jahre war er dünn und klein. Allerdings hatten die anderen bald herausgefunden, dass sein Gehirn nicht zu unterschätzen war. Intellektuell war ihm keiner der anderen gewachsen. Sein Spitzname ›Zwerg‹ war mittlerweile zu einem Ehrentitel umfunktioniert worden. Jugendliche, die fünf oder sechs Jahre älter als Mark waren, hatten schnell gelernt, dass er absolut ernst zu nehmen war. Für Charlie war das ohnehin keine Frage gewesen, dafür wusste er selbst zu genau, was es hieß, wenn man aufgrund von Äußerlichkeiten von vornherein abgeschrieben wurde.

»Ich habe ein Problem, Zwerg«, begann er.

Mark wirkte überrascht und sah ihn neugierig an. »Sieht ganz so aus.«

»Merkt man das denn?«

»Du wirkst irgendwie besorgt. Was ist los? Probleme mit deinen Eltern?«

»*Ich?* Nein.« Charlie lachte, fand aber selbst, dass er nicht besonders fröhlich klang. »Hör mal, ich muss dich was fragen.«

»Schieß los.«

»Ich weiß nicht so genau, ob es nicht illegal ist.«

Mark hob die Augenbrauen. »So? Das sieht dir gar nicht ähnlich, wo du doch so ein gesetzestreuer Bürger bist.«

»Hör bloß auf. Ich brauche bestimmte Informationen.«

»Klingt nicht uninteressant.«

Mark blickte so verzückt drein, dass Charlie lachen musste. »Nichts wirklich Wichtiges. Nur ein paar medizinische Berichte.«

»Da fragst du doch am besten deinen Vater«, meinte Mark verwirrt.

»Es geht nicht um allgemeine Auskünfte. Ich brauche Zugang zu Unterlagen, die beim Bezirksgericht liegen.«

»*Aha.*« Mark lehnte sich auf seinem Stuhl zurück. »Also keine öffentlich zugänglichen Dokumente.«

»Nein, Autopsieberichte.«

»Das ist ja ekelhaft«, meinte Mark höchst erfreut. »Die will ich auch sehen.«

»Ich weiß nicht, ob das gut für dich wäre.« Charlie fühlte sich unbehaglich. »Am liebsten würde ich mir das selbst auch ersparen.«

»Ohne mich kommst du da gar nicht dran.« Mark klang beunruhigend sachlich. »Komm schon, Charlie, wenn du dir Sorgen machst, sehe ich dir eben nicht über die Schulter.

Aber ich wäre schon froh, wenn du mir sagen würdest, was eigentlich los ist.«

Auch Charlie hielt das für unumgänglich. Er ließ sich auf einem der Stühle im Kreis nieder und schilderte Mark in groben Zügen sein Problem, ohne Namen zu nennen.

Als er geendet hatte, setzte sich Mark auf einen Stuhl auf der anderen Seite des Kreises, verschränkte die Arme und begann zu überlegen. »Dieses Deathworld war in letzter Zeit in aller Munde, was? Seit den letzten Selbstmorden …«

»Ja.«

»Aber du brauchst mich wohl nicht, um da reinzukommen.«

»Nein. Mich interessieren nur die Arztberichte.«

Mark seufzte. »Schade, Deathworld wäre eine echte Herausforderung gewesen. Das andere Zeug können wir heute Abend erledigen, wenn du willst.«

»Wirklich?«

»Wenn du willst, können wir gleich loslegen.«

Mark öffnete eine Schublade an seinem Schreibtisch und sah die in der Luft schwebenden E-Mail-›Körper‹ an. »Okay, rein mit euch …«

Ein Symbol nach dem anderen verschwand in der Schublade, bis auf eine widerspenstige Kugel, die über dem Schreibtisch auf und ab hüpfte und nicht nachgeben wollte. »Das gilt auch für dich!«

»Du hast versprochen, dass du das heute erledigst«, mahnte die E-Mail mit Jay Gridleys Stimme.

Charlies Augenbrauen schossen in die Höhe. Mark lief rosa an, schnappte sich die Kugel und stopfte sie in seine Tasche. »Das Leben ist ein einziger Kampf«, meinte er. »Kümmer dich nicht drum.«

Dann wischte er sich die Hände ab und schob die Schublade mit der Hüfte zu. »Okay, sehen wir uns an, was du hast.«

Charlie fischte einen Notizblock, das Symbol für eine kleine Datei mit den Namen verschiedener Gerichte, aus seiner Tasche und reichte ihn Mark. Der warf ihn auf seinen Schreibtisch. In der Luft öffnete sich ein Fenster mit der Liste.

»So, so«, murmelte Mark. »Bezirksgericht Bangor, Polizeipräsidium von Collins County, Bezirksgericht Arlington ...« Für die sechs Opfer waren sechs verschiedene Behörden zuständig. Der letzte Doppelselbstmord wurde von unterschiedlichen Gerichten bearbeitet, weil die jungen Leute in verschiedenen Bezirken gewohnt hatten.

Mark verschränkte die Arme und überlegte einen Augenblick. »Am besten nehmen wir uns zuerst die Gerichte vor. Polizeiarchive haben wahrscheinlich bessere Sicherheitssysteme, das könnte länger dauern.«

»Und du glaubst nicht, dass sie einander warnen, wenn jemand anfängt, nach Informationen über die Selbstmorde zu suchen?« Charlie wurde allmählich nervös. Er fühlte sich schon schuldig, bevor sie überhaupt angefangen hatten.

»Das bezweifle ich. Die Polizeibehörden arbeiten längst nicht so intensiv zusammen, wie das nötig wäre, wenn sie ihre Systeme wirklich absichern wollten. Besonders zwischen den verschiedenen benachbarten Bezirken herrscht oft erbitterte Konkurrenz ...« Er grinste dünn. »Alte Gewohnheit, du weißt schon. Außerdem haben sie ja offensichtlich auch die Ermittlungen nicht mit den anderen abgestimmt. Anscheinend ist niemand aufgefallen, dass sich alle auf die eine oder andere Art aufgehängt haben. Zumindest wurde in den Nachrichten nichts davon erwähnt.«

»Vielleicht halten sie Informationen zurück«, gab Charlie zu bedenken, aber er war sich da keineswegs sicher.

»Falls sie wirklich zusammenarbeiten, aber dafür haben wir keinerlei Anhaltspunkte. Am besten sehen wir uns einfach mal um. Wenn Informationen, die dich interessieren, Alarm auslösen oder mit ähnlichen Daten bei anderen Behörden verknüpft sind, könnte das bedeuten, dass sie sich insgeheim ausgetauscht haben.« Er warf einen Blick auf die Liste. »Fangen wir mit Bangor an.«

Mark sah sich um. »Okay«, sagte er zu seinem Arbeitsplatz, »Dekoration abbauen.«

Montagehalle, Sonnenlicht, die kleinen Schatten der in der Höhe flatternden Bussarde verschwanden im Handumdrehen. Zurück blieb eine eigenartige Dunkelheit, in der bis auf das Fenster mit den Namen der Büros, deren Datenbestände Charlie plündern wollte, nur die beiden Jungen erleuchtet waren. »Tool für Top-Level-Penetration aufrufen«, befahl Mark.

Plötzlich wurde der Boden von Marks Arbeitsplatz sichtbar, wobei das nicht der richtige Ausdruck dafür war. Er war durchsichtig geworden, sodass Charlie vielleicht tausend Meter weit in die Tiefe blicken konnte. Der Raum unter ihren Füßen war hell erleuchtet. In allen Farben funkelten Säulen, Linien und Pfeiler aus Licht, die teils horizontal, zumeist jedoch vertikal verliefen, und miteinander verflochten waren. Einige drangen sogar in andere Körper aus Licht ein. Es handelte sich um die Darstellung eines Programms, das Mark entworfen hatte, um andere Programme zu knacken. »In welcher Sprache hast du denn *das* geschrieben?«, fragte Charlie beeindruckt.

»Digamma. Ekelhaftes Zeug.«

»Das glaube ich dir.« Charlie wusste zwar, dass jede

Lichtlinie, die unter ihm in die endlose Tiefe reichte, für einen Befehl in einer Programmiersprache stand, aber das war auch schon alles. »Mann, ich schlage mich noch mit Caldera herum. *Das* kommt mir schon kompliziert genug vor!«

»Ja, um sich mit Digamma abzugeben, muss man schon ziemlich ausgeflippt sein«, bestätigte Mark. Er blickte in den lichtdurchfluteten Abgrund hinab. Daraufhin setzte sich das gesamte Panorama in Bewegung und rutschte seitwärts. Dann sank der Boden, auf dem sie standen, scheinbar in die Tiefe wie ein Aufzug, obwohl sie sich in Wirklichkeit nicht bewegten. Es war eher so, dass die grafische Darstellung des ›Penetrationsprogramms‹ um sie herum nach oben strömte. Die geisterhaften Lichtgestalten hielten an und rutschten dann wieder zur Seite, während das Programm nach dem von Mark angeforderten Punkt suchte. Nach einem Augenblick beruhigte sich das Szenario. Das war auch gut so, denn Charlies Magen hüpfte auf und ab wie auf einer Achterbahn.

»Ausgeflippt«, keuchte Charlie, während er versuchte, sich wieder in den Griff zu bekommen. »Welche Rückschlüsse lässt das wohl auf Sie zu, Mr. Gridley?«

»Ja, welche wohl«, meinte Mark zerstreut. »Aber das Programm ist ein notwendiges Übel. Auf den Leitrechnern der Net Force laufen viele Digamma-Routinen. Wer mit denen arbeiten will, braucht das Zeug also. Mein Vater hat angefangen, mir das beizubringen, als ich sieben war, aber erst jetzt steige ich allmählich durch.« Er verschränkte die Finger und ließ die Knöchel knacken. »Okay, sieh dir das hier an.«

Er rief das Fenster mit Charlies ›Adressen‹ zu sich und berührte die erste mit dem Finger. »Identifizieren und lokalisieren«, befahl er dem Programm.

Für einen Augenblick standen sie im hell erleuchteten,

schweigenden Raum und warteten. Plötzlich erschien in der Luft vor ihnen eine Kette purpurrot leuchtender Zahlen und Buchstaben, die für Charlie nicht das Geringste bedeuteten. Dabei verfärbte sich das umgebende Penetrationsprogramm überwiegend blau und grün.

»Gut«, erklärte Mark. »Das ist nur die nackte Internetadresse. Daraus kann ich schon etwas hinsichtlich der Sicherheitsvorkehrungen ersehen. Mit denen muss ich mich genauer beschäftigen. Die meinen anscheinend, sie wären gegen Eindringlinge gefeit.« Er lächelte leicht. »Wir werden ja sehen …«

»Kannst du da rein?«, wollte Charlie wissen.

»Rein? Wir sind schon drin.« Mark sah sich um. »Zumindest im System. Jetzt müssen wir ihre Sicherheitsbarrieren knacken, und zwar möglichst, ohne dass sie etwas davon merken. Dann gehen wir auf die Jagd. Die Informationen, die du brauchst, erkennst du wahrscheinlich am besten in Bildform, oder?«

»Das wäre für mich am einfachsten.«

»Okay. Ausgangssystem auf Grafikmodus umschalten.«

Um sie herum wurde es dunkel. Als es wieder hell wurde, starrten sie auf eine rote Ziegelmauer, die sich nach oben und zu beiden Seiten ins Endlose zu erstrecken schien. Irgendein Witzbold hatte ein Schild daran befestigt, auf dem in sauberen Lettern FIREWALL stand.

»Was für ein Komiker«, meinte Mark, während er an der Wand entlangging und sie eingehend untersuchte. »Was haben wir denn hier? C^3? Caldera? Levolor?« Er klopfte die Steine ab und betastete einen Ziegel. »Nix da, es ist Formalhaut. Eine der lausigsten Programmiersprachen des Jahrzehnts. Wie kann man nur!«

Charlie beobachtete, wie Mark versuchsweise ein-, zweimal gegen die Mauer trat. »Was stimmt denn mit der Sprache nicht?«

»Der Aufbau ist eine Katastrophe«, schimpfte Mark vor sich hin. »Alles muss bis zum Erbrechen wiederholt werden. Sieh dir das an …« Mit den Blicken maß er die Länge der Wand. »Bei jeder normalen virtuellen Programmiersprache wird eine solche Wand mit einem einzigen Befehl errichtet, der sich dann beliebig oft wiederholen lässt. Man muss nur angeben, wann das Programm aufhören oder einen Abschluss einbauen soll. In Formalhaut muss man jeden Befehl einzeln schreiben.« Mark schüttelte den Kopf. »Jedes von diesen Dingern hier«, damit versetzte er einem weiteren Ziegel einen Fußtritt, »stellt einen eigenen Befehl dar. Absolut bescheuert.«

»Und warum verwenden die dann so etwas?«

Mark zuckte die Achseln. »Vielleicht denkt jemand, das wäre sicherer. Die stellen sich wohl vor, dass es schwieriger ist, eine Mauer Stein für Stein abzutragen, als sie in einem Stück zu zerlegen. Anscheinend ist ihnen nicht der Gedanke gekommen, dass früher oder später jemand eine raffiniertere Methode entwickelt, mit diesem Protokoll umzugehen. Oder dass jemand, der die Sprache wirklich gut kennt …«

Mark griff hinter sich und holte ein Werkzeug aus dem leeren Raum. Eine Brechstange!

Charlie musste lachen. »Wirklich raffiniert!«

»Lach nicht, du wirst schon sehen. Inzwischen …« Mark blieb stehen und berührte einen Ziegel. In seinem Inneren leuchtete ein kleines Viereck auf, in dem eine Buchstaben- und Zahlensuppe zu brodeln schien. »Sehr schön. Und jetzt dieser hier …« Damit tippte er einen Stein weiter unten in der Mauer an. Ein zweites Rechteck voller Suppe wurde sichtbar. »Oh, oh …«

Der dritte Ziegel enthüllte den gleichen Inhalt. »Hier hat jemand kräftig geschlampt«, stellte Mark befriedigt fest. »Das sind gar keine getrennt geschriebenen Befehle, die sind alle voneinander geklont. Meine Güte, ein *fauler* Formalhaut-Programmierer, wo gibt's denn so was? Warum arbeitet jemand mit einer Sprache für besessene Pedanten, wenn er gar kein besessener Pedant ist?«

Mark schulterte die Brechstange und grinste Charlie an. »Keine Sorge, wir haben die Sache im Griff.«

Er steckte zwei Finger in den Mund und pfiff.

Aus einiger Entfernung antwortete ein kaum vernehmbares Geräusch, das wie ein ferner Ausruf der Überraschung klang. »Aha«, sagte Mark erfreut. »Komm mit, genau das suchen wir.«

Gefolgt von Charlie lief er nach links an der Wand entlang.

»Wie stehen denn die Chancen, dass wir erwischt werden?«, wollte Charlie wissen.

Mark grinste und trottete weiter. »Im Moment höchstens eins zu hundert.« Charlie brach der Schweiß aus. Das war ihm viel zu gefährlich. »Denk doch mal nach, Charlie! Programmierer sind heutzutage ein verwöhntes Volk. Die lassen bei Büroschluss den Griffel fallen. Niemand hängt in einem kleinen Bezirksgericht in Maine um halb neun abends vor seinem Terminal und wartet darauf, ob jemand einbricht! Das heißt, falls das System überhaupt im gleichen Gebäude untergebracht ist. Das ist nämlich gar nicht gesagt. Ihr automatisiertes Sicherheitssystem ist Schrott. Das weiß ich, weil ich da vor fünf Minuten durch bin. Ich habe einfach so getan, als wäre ich der Systemadministrator. Mein Penetrationsprogramm hat sich einen hübschen Satz von Befehlen ausgedacht, und jetzt durchläuft das System immer wieder seinen eigenen Prüfzyklus. Der Rechner sieht sich sozusagen selbst im Spiegel und findet daher alles vollkommen in Ordnung, während wir schon längst weiter sind.«

Mark blieb stehen und deutete auf einen Ziegel hoch oben in der Wand. »Siehst du das?«

Der Stein leuchtete dunkelrot. »Kaum zu übersehen«, meinte Charlie.

»Das ist der Befehl, von dem die anderen geklont sind. Also los.« Mark schritt in die Luft hinauf, als hätte er eine Treppe unter den Füßen. Mit der Brechstange löste er den Ziegel und fing ihn mit der Hand auf.

Die Mauer begann, in sich zusammenzufallen. Reflexartig sprang Charlie zurück, aber als die Wand auf ihn zustürzte, verblassten die Ziegel. Bis sie den Boden erreicht hatten, hatten sie sich aufgelöst wie Nebel im Sonnenlicht. Einen Augenblick später blickten Mark und er auf einen großen Saal mit tausenden beige getönten Aktenschränken.

»Da war aber einer fantasievoll«, meinte Mark sarkastisch. »Die Abteilung Datenverarbeitung scheint nicht gerade übermotiviert zu sein.«

Er stieg die unsichtbare Treppe hinunter, wobei er mit dem leuchtend roten Ziegel spielte. »Den behalten wir. Wenn wir hier verschwinden, wollen wir schließlich alles so hinterlassen, wie wir es vorgefunden haben.« Er stieß den Stein in die Luft zwischen ihnen, wo er verschwand.

Charlie wanderte zwischen den endlosen Reihen von Aktenschränken umher. »Das ist ihre Vorlage für die visuelle Darstellung?«, vermutete er.

»Ja, das ist die Standardeinstellung«, bestätigte Mark. »Möglicherweise erleichtert dir das die Suche. Das Verwaltungspersonal hat bestimmt Markierungen angebracht, damit die Vorgänge einfacher zu finden sind. Junge, Junge, bei solchen Gelegenheiten überkommt mich immer ein unwiderstehlicher Drang, die Einrichtung ein wenig aufzupeppen.« Mark kicherte.

»Reiß dich bitte zusammen!« Charlie ging zwischen den Aktenschränken umher und las die Schilder vorn an den Schubladen.

»Komm schon, Charlie. Nur eine Topfpflanze! Ich binde auch eine große rote Schleife drum.«

»Nein!« 2004–2005 hieß es auf dem einen Schrank, dann folgte 2005–2006. Charlie ging weiter. Irgendwo musste ja 2024 sein.

»Kleiner Scherz«, beruhigte ihn Mark, aber Charlie glaubte ihm nicht so recht. »Aha«, meinte er und grinste vor sich hin. Die Vorstellung war gar nicht so übel. »2020 …«

Der Schrank mit 2024 war der vierte in der Reihe dahinter. Als Charlie die oberste Schublade öffnete, standen plötzlich fünf weitere Schränke neben dem ersten. »Januar bis Mai«, stellte er fest.

Er ging zum Schrank mit der Aufschritt Mai, öffnete ihn und ging die Akten durch. *Delano, Richard, 3. Mai.*

Der Vorgang war da. Charlie nahm den einfachen Manilaordner heraus.

Schlagartig füllte sich der Raum um sie beide mit Fenstern, von denen eines den ›Baum‹ mit der Ordnerstruktur zeigte. Alle Dateinamen begannen mit DELANO. Weitere Fenster zeigten Bilder – Aufnahmen vom Tatort und von einem Haus, in dem vermutlich Delano gelebt hatte. Ein letztes Fenster trug den Titel BERICHT DES STAATLICHEN PATHOLOGEN.

»Volltreffer«, sagte Charlie leise. »Mark, kann ich die auf deinen Arbeitsplatz kopieren?«

»Wenn du willst, kannst du sie auch auf deinen eigenen kopieren. Die Verbindung ist noch aktiv.«

»Am liebsten beides. Ich will sicher sein, dass die Daten nicht verloren gehen.«

»So gut wie erledigt.« In der Luft erschien ein großer Reifen aus hellem Gold, der sich selbst entzündete. »Stopf einfach alles, was du kopieren willst, hier durch. Damit werden auf beiden Arbeitsplätzen Kopien angelegt. Danach archivieren sich die Dateien von selbst wieder.«

»Gut.« Amüsiert betrachtete Charlie den Ring. Dann streckte er die Hand aus und stach mit dem Finger in das Fenster mit dem Bericht des Pathologen. Eine Reihe weiterer Fenster erschien, die sich mit Unmengen von Text füllten. Ein Fenster zeigt die Leiche bei der Autopsie. Charlie warf einen düsteren Blick darauf, dann richtete er seine Aufmerksamkeit auf den Text.

»Der sieht ja wirklich jung aus«, sagte Mark hinter ihm leise.

»Ja. Das war der Sechzehnjährige.« Hastig überflog Charlie den Bericht, bis er auf den gesuchten Begriff stieß: *Selbststrangulation.*

»Okay.« Er faltete das Fenster klein zusammen und warf es durch den Ring, der kurz aufflammte. Das Fenster verschwand. Dann suchte er sich alle relevanten Informationen aus der Originalakte zusammen, warf sie ebenfalls durch den Ring und schloss die Schublade.

»War's das?«, fragte Mark. »Bist du sicher, dass du sonst nichts brauchst?«

»Nicht von hier, aber uns fehlen noch die fünf anderen Büros.«

»Wenn das so weitergeht, wird das ziemlich langweilig.« Mark klang enttäuscht. »Da sind wir ja im Handumdrehen fertig. Na, macht nichts.« Sie gingen zu der Stelle, an der sie das Archiv betreten hatten, wo Mark den roten Ziegel aus seinem Versteck in der Luft holte. »Seid fruchtbar und mehret euch«, befahl er. Damit warf er den Stein auf den Boden.

Einen Augenblick später waren es schon zwei, dann vier, acht, sechzehn, zweiunddreißig, vierundsechzig … Nach dreißig Sekunden stand die gesamte Wand einschließlich des Schilds mit der Aufschrift FIREWALL. »Mark …«, knurrte Charlie warnend, denn das Schild stand auf dem Kopf.

»Komm schon, Charlie, ich war so brav. Noch nicht einmal eine Topfpalme habe ich ihnen hinterlassen.«

»Mark!«

»Schon gut. Spielverderber!«

Das Schild drehte sich um. Einen Augenblick später standen sie wieder in Marks Arbeitsplatz, wo ein Stapel Manilaordner in der Luft schwebte. Mark wandte sich an das Fenster mit der Liste. »Nächstes Ziel …«

Erneut tauchten die Linien, Säulen und Pfeiler aus Licht unter ihnen weg und drehten sich. Nach ein paar Sekunden schloss Charlie die Augen, weil sein Magen dem Anblick nicht gewachsen war. »Da sind wir«, verkündete Mark. Wieder befanden sie sich vor einer Mauer, nur dass sie diesmal von getünchten Betonwänden eingeschlossen waren und nicht davor standen.

»Hm«, meinte Mark. Charlie schluckte. Am liebsten hätte er kräftig geflucht, denn die Wände bewegten sich wie in einem alten 2-D-Horrorfilm auf sie zu. Leider waren diese Mauern dreidimensional, und das galt auch für die langen, gefährlich wirkenden Eisenstacheln, die plötzlich nach innen wuchsen.

»Interessant«, sagte Mark. »Die wollen uns hier aufspießen und unsere Identität an den lokalen Systemadministrator übermitteln. Gleichzeitig wird unsere Spur bis zu meinem Rechner und jedem anderen an der Suche beteiligten Computer zurückverfolgt. Natürlich nur, wenn wir das zulassen.« Er schnippte mit den Fingern, worauf die hellen Linien seiner eigenen Digamma-Abläufe in dem schnell schrumpfenden Raum um die beiden sichtbar wurden.

»Aber das lassen wir doch nicht zu, oder?«, stieß Charlie hervor, dem der Schweiß ausbrach.

»Natürlich nicht. Sei jetzt still, ich muss nachdenken.«

Charlie schwitzte immer mehr. Vorsichtshalber schloss er die Augen, als sich die Digamma-Struktur um sie herum erneut wie eine Achterbahn aufzuführen begann.

»Die leiden wohl unter Verfolgungswahn«, stellte Mark gelassen fest. »Ich frage mich, ob hier in letzter Zeit jemand eingebrochen hat.«

Charlie öffnete erneut die Augen. Das verwirrende Farbenspiel hatte aufgehört, und Mark hielt nun ein dickes Rohr aus glänzendem Gelb in den Armen, das so dick wie ein Baumstamm war. Ein Ende stemmte er gegen die nach innen drückende Wand zu seiner Linken. Dann griff er nach dem anderen Ende des gelben ›Baumstamms‹ und zog daran. Dieser wurde immer länger, bis er direkt an die Wand auf der rechten Seite stieß. Die Mauern stemmten sich mit aller Macht dagegen. Der ›Stamm‹ leuchtete kurz auf und bog sich ein wenig, doch dann rührte er sich nicht mehr von der Stelle.

»So.« Mark beobachtete, wie die Wände vergeblich gegen den Stamm drückten. »Automatisiertes System«, kommentierte er. »Das überwacht niemand. Ich sage ja, Dienst nach Vorschrift. Oder der Administrator ist gerade in der Pause.«

»Können wir irgendwie rausfinden, was davon zutrifft?« Charlie sah sich nach einem Fluchtweg um.

»Damit riskieren wir aufzufallen«, gab Mark zurück. »Komm, wir suchen nach deinen Daten …« Er ging zur Wand und strich mit den Fingern prüfend darüber, wie er es auch beim letzten Mal getan hatte. »Hab ich's mir doch gedacht. Diesmal ist es schlicht Caldera. Komm mal her.«

Charlie ging zu ihm und blickte ihm über die Schulter. »Siehst du das?«, fragte Mark, während er seine Hand direkt in die ›Wand‹ stieß. »Du kannst die Programmierung direkt manipulieren, ohne eigene Befehle einzugeben. Man muss nur wissen, wo man jede Zeile anfassen muss. Dabei kann man die holografischen Aspekte des Programms nutzen.«

Charlie hatte nicht die geringste Ahnung, wovon Mark sprach, und irgendwie war er froh darüber. Eine Sekunde später zog Mark eine Türklinke aus der Wand. »Genau, wie ich vermutet hatte. Die Programmiererin hat sich nach Abschluss der Testphase einen netten kleinen Zugang in den Hauptprogrammierbereich eingerichtet.« In der Mauer zeichneten sich die Umrisse einer Tür ab, die Mark mit der Klinke öffnete. Er ging hindurch. »Vorsicht Stufe …«

»›Sie‹«?, fragte Charlie, während er seinem Freund folgte. Vor ihnen schien sich ein nur unzureichend erhelltes Büro meilenweit in alle Richtungen zu erstrecken. »Bist du dir da sicher?«

»Zu neunzig Prozent«, gab Mark zurück, während er sich im Büro umsah. »Nur so ein Gefühl … Oh, oh. Hier ist jemand. Nein, nur keine Panik!«

Charlie erstarrte und blickte um sich. In weiter Ferne schimmerte hinter Meilen von Teppichboden, Schreibtischen, Büromöbeln und Trennwänden an einem Schreibtisch ein Licht.

»Nur jemand, der sich anderswo im System eine Datei ansieht«, erklärte Mark. »Wahrscheinlich am anderen Ende der Stadt, im Rechenzentrum. Die Chancen, dass uns die Person sehen kann oder überhaupt dazu autorisiert ist, sind minimal. Reg dich nicht auf, lass uns lieber herausfinden, nach welchem Muster die ihr Archiv eingerichtet haben.«

Das dauerte nur wenige Minuten. Auf manchen Schreibtischen standen altmodische Computerterminals, eiförmige Dinger, deren Gehäuse halb aus durchsichtigem, halb aus türkisfarbenem Kunststoff gefertigt waren. Mark berührte einen davon. »Da hat aber jemand einen netten Sinn für Humor«, meinte er, »oder eine Vorliebe für Antiquitäten.« Er beugte sich über die Tastatur. »Wie hieß das Opfer in Colorado?«

»Velasquez.«

»Anfangsbuchstabe des Vornamens?«

»J für Jaime.«

»Welches Jahr?«

»2023.«

»Okay …« Einen Augenblick später erschien auf dem Schreibtisch vor ihnen ein dicker Stapel viereckiger virtueller Datascripts. Mark warf einen Blick darauf. »Kopieren?«

Charlie sah sich die Scripts an. Wenn er eines davon in die Hand nahm, wurde auf der Oberfläche der Inhalt angezeigt: AUTOPSIE-KURZBERICHT, UNBEARBEITETE DATEN, ORGANALYSE, TOXIKOLOGIE … »Ja.«

Mark klopfte erneut gegen die Konsole, und die Datascripts in Charlies Händen verschwanden. »Erledigt. Lass uns abhauen und uns das nächste Büro vornehmen …«

Auf dem Rückweg entfernte Mark vorsichtig den ›Baumstamm‹, worauf sich die Wände wieder in Bewegung setzten. Gleichzeitig beseitigte er alle Hinweise auf ihren Besuch.

Dann nahmen sie sich ihr drittes Ziel vor: das Bezirksgericht von Arlington. Die dortigen Sicherheitsvorkehrungen waren um einiges effizienter, und Mark brauchte bestimmt fünf Minuten, um das System zu knacken und ihre Spuren zu verwischen. Das Ergebnis war mit dem in Bangor und Fort Collins identisch.

Das vierte Internet-basierte System befand sich in De-Kalb-County östlich von Atlanta und war zur Überraschung der beiden mit keinerlei Sicherheitsvorkehrungen ausgestattet. Mark war geradezu empört über eine solche Nachlässigkeit. Nur mit Mühe konnte Charlie ihn davon abhalten, eine Sicherheitssperre zu installieren, die den Zugang für das Personal blockierte. Allerdings konnte Mark es sich nicht verkneifen, eine große virtuelle Plakatwand aufzustellen, auf der KILROY WAS HERE stand.

»Sollte ich den kennen?«, erkundigte sich Charlie, während er sich vergewisserte, dass die Dateien auf seinen Arbeitsplatz kopiert wurden.

»Das wäre wohl zu viel erwartet«, meinte Mark. »Wahrscheinlich kennen die ihn auch nicht.«

»Du hinterlässt doch hoffentlich keine Spuren, die zu dir führen könnten, oder?«, fragte Charlie nervös.

»Spinnst du? Natürlich nicht. Meinst du, ich will, dass mein Vater …« Mark warf seinem Freund einen Blick zu. »Ach, egal. Komm schon. Noch zwei …«

Das nächsten Datenarchiv war in Queens. Das New Yorker System bestand aus ineinander verschachtelten Sicherheitsbarrieren, die so kompliziert waren, dass Mark und Charlie eine geschlagene Stunde benötigten, um zu ihren Zieldaten zu gelangen. Mark schwitzte und fluchte, während er sich mit den Sperren herumschlug – zuerst auf Englisch, wobei er Ausdrücke verwendete, von denen Charlie nicht geahnt hatte, dass Mark sie überhaupt kannte, und dann – womöglich noch übler – auf Thai. In der Implementierung sahen die Barrieren aus wie hintereinander liegende Stacheldrahtzäune, die von langen Streifen nackten Erdbodens getrennt wurden. Doch schließlich fielen auch sie, und die beiden betraten eine virtuelle Domain, die bis hin zu den Topfpflanzen und den Babyfotos eine exakte Kopie des realen Büros darstellte. Die Unterlagen, die Charlie fand, waren wesentlich vollständiger als in den anderen Archiven. Wahrscheinlich hätten sie sich die übrigen Raubzüge sparen können, wenn sie sich gleich auf Queens konzentriert hätten. *Aber wie hätten wir das wissen können. Außerdem brauche ich die anderen Daten für eine wasserdichte Beweiskette …*

Charlie sah sich eine der Dateien genauer an, während Mark andere Berichte nacheinander durch seinen Kopier-Feuerring warf. Als er eine neue Seite aufschlug, ergoss sich ein Schwall von Bildern und Visualisierungen organischer Chemie in den Raum. Lange Molekülketten und Darstellungen durchsichtiger Plättchen und fadenartiger Blutfraktionen schwebten durch die Luft. »Sieh dir bloß diesen toxikologischen Bericht an«, meinte Charlie voller Bewunderung. »Das war ein echter Profi.«

»Das sind die IT-Leute hier auch.« Zum ersten Mal klang Mark wirklich nervös. »Beeil dich, okay?«

Charlie faltete die Datei zusammen, um sie durch den Ring zu werfen. Das Dokument würde ihm besonders nützlich sein. Die meisten anderen Blutuntersuchungen und toxikologischen Berichte hatten nur minimale Informationen über die chemische Zusammensetzung des Blutes der Toten enthalten. Hier aber waren Blutfraktionen aufgeführt, von denen Charlie erst vor kurzem zum ersten Mal gehört hatte.

Der zuständige Toxikologe musste sich für genetische Mikrofraktionen interessieren und nicht nur das …

Neugierig sah er ein Molekül an, das seitlich von ihm in der Luft hing. Es kam ihm bekannt vor. Er legte den Ordner beiseite, nahm es aus der Luft und betrachtete es von allen Seiten. »Mark, warte eine Minute.«

»Okay, aber nicht länger. Was hast du da?«

»Das kommt mir irgendwie bekannt vor.«

»Sieht aus wie aus einem Mechanik-Baukasten«, meinte Mark. »Ich dachte, dafür wären wir zu alt.«

Charlie kippte das Molekül, um es von einem anderen Winkel aus zu betrachten, aber das brachte ihn nicht weiter. »Nicht frech werden, Zwerg. Ausgangssystem …«

»Online.«

»Objekt in Golfball-Darstellung anzeigen.«

»Verarbeitung läuft.«

Das Gebilde in seinen Händen wurde massiger, und die ›Stangen‹ zwischen den bunten Kugeln verschwanden. Die chemischen Verbindungen erschienen nun als Punkte, an denen sich die Bälle aneinander pressten. Sein Physiklehrer hatte ihn diese Methode gelehrt, von der Charlie zuerst gar nicht begeistert gewesen war. Dann jedoch hatte er festgestellt, dass er damit besser zurechtkam als mit den Stangen und Tischtennisbällen. Wieder drehte und wendete er das Gebilde auf der Suche nach der optimalen Ansicht in seinen Händen. Plötzlich kamen ihm der Benzolring am einen Ende und die Bromatstruktur in der Mitte bekannt vor.

»Charlie«, mahnte Mark, »bitte heb dir das für später auf … wir müssen wirklich weg.«

Mark und nervös? So interessant sein Fundstück auch war, unter den gegebenen Umständen wollte Charlie keine

Zeit mehr verlieren. Trotzdem musste er grinsen. »In Ordnung. Nur noch eine Frage. Ausgangssystem …«

»Bereit.«

»Herkömmlicher Name der Verbindung.«

»Scorbutal-Cohydrobromat.«

Charlies Augen verengten sich. *O nein. Bloß nicht.* »Ich hasse das«, knurrte er.

Mark blickte ihn an, aber Charlie sagte nichts weiter. »Komm schon.« Damit faltete er die Datei zusammen und schob sie durch den Kopierring. Sie verschwand und der Ring auch. »Jetzt nichts wie raus.«

In aller Eile flüchteten sie auf einer Abkürzung, die Mark mit der ›Drahtschere‹ in den äußeren Sicherheitsring geschnitten hatte. Allerdings musste er immer wieder anhalten, um den Draht zu flicken, aber das dauerte nicht allzu lang. Das war auch gut so, denn drinnen in der ›Festung‹ innerhalb des Stacheldrahtrings meinte Charlie das Heulen von Sirenen zu hören. »Bekommen wir Gesellschaft?«, erkundigte er sich.

»Allerdings. Das Sicherheitsprogramm ist aufgewacht. Hat auch lang genug gedauert …« Die Implementierung wurde immer lauter und schien näher zu kommen. Charlie hatte nicht das geringste Interessen daran, sich anzusehen, in welcher Gestalt sie schließlich erscheinen würde, wenn sie sie einholte. Das letzte Loch im äußersten Zaun schloss sich von selbst hinter ihnen. »Raus!«, rief Mark seinem Penetrationsprogramm zu, und dann standen sie wieder in der Dunkelheit seines Arbeitsplatzes. Um sie herum erhob sich der Lichtdschungel des Digamma-Penetrationsprogramms.

Mark atmete deutlich vernehmbar aus und wirkte plötzlich keinen Tag älter als dreizehn. »Die hatten ein bisschen mehr drauf als die anderen«, keuchte er.

Charlie grinste. »Das ist ja an und für sich nichts Schlechtes. Du hast doch wohl keine Angst, dass sie dich erwischen?«

»Nicht so richtig. Ich meine, natürlich nicht. Es ist nur, weil … Du weißt schon.«

»Das war für deinen Geschmack zu knapp, stimmt's?« Charlie sah ihn an. »Sollen wir aufgeben?«

»Nein, lass uns den Job zu Ende bringen.«

»Okay.« Es fehlte nur noch ein Datensatz, und es wäre eine Schande gewesen, darauf zu verzichten. Er hätte immer das nagende Gefühl gehabt, dass ein einziger Hinweis fehlte, vielleicht genau die Information, mit deren Hilfe er den Fall hätte abschließen können.

Allerdings war er sich ziemlich sicher, dass die Sache bereits so gut wie gegessen war. Jetzt musste er sich nur noch hinsetzten und sämtliche Daten sehr sorgfältig vergleichen. Ihnen fehlten nur noch die Unterlagen aus Forestville in Maryland. Dort war wie in Atlanta praktisch kein Sicherheitsprogramm installiert. Charlie kopierte die Berichte über den Jungen, der sich bei dem letzten Doppelselbstmord umgebracht hatte. Sie waren nicht im Entferntesten so detailliert wie die aus New York, aber sie mussten reichen. Dieser letzte Raubzug dauerte nur fünfzehn Minuten. Zehn Sekunden später standen sie wieder in Marks Arbeitsplatz, wo der Lichtdschungel in den virtuellen Boden unter ihren Füßen versank. Mark stöhnte erleichtert auf.

»Mark, du bist der Größte«, erklärte Charlie.

»Und bescheiden bin ich auch«, gab Mark zurück, während er sich den Schweiß von der Stirn wischte. »Sprich mich bei Gelegenheit drauf an.« Er ließ sich auf einen der Stühle fallen. »Licht!« Auf diesen Befehl hin erschien die Montagehalle. Die Sonne stand etwas tiefer als zuvor, aber ansonsten hatte sich nichts verändert. Hoch oben kreischten die Bussarde, und auf dem Boden neben Charlie lag ein Stapel Manilaordner, der fast so hoch war wie er selbst. »Da ist alles drin«, erklärte Mark. »Wenn du willst, behalte ich Sicherungskopien für dich.«

»Das wäre wirklich nett.«

»Kein Problem. Was hast du eigentlich in New York gefunden?«

Charlie schüttelte den Kopf. »Ziemlich ekelhaftes Zeug«, sagte er leise. »Sprich mich bei Gelegenheit drauf an.«

»Mark?«, rief eine Männerstimme.

»Ach du meine Güte, das ist mein Vater.« Marks Stimme klang gehetzt. »Wahrscheinlich denkt er nur ans Fischen.« Hastig sprang er auf, griff sich den Aktenstapel und fing an, alles in eine seiner Schreibtischschubladen zu stopfen. »Das Zeug wird gerade verschlüsselt, aber ich muss meine Logdateien löschen, bevor er reinkommt. Und du musst sofort verschwinden!«

Charlie raste auf die Tür zu seinem Arbeitsplatz zu, die sich nur wenige Meter von ihm entfernt materialisiert hatte. »Danke, Mark!«

»Schon gut, du kannst dich später bedanken. Wenn ich wieder da bin, kannst du mir ja sagen, was du herausgefunden hast!«

»Wird gemacht!«

Dann war Mark verschwunden, und Charlie stand mit einem Stapel Akten an seinem Arbeitsplatz.

»Junge«, hörte er seinen Vater draußen in der Realität sagen, »du bist schon seit Ewigkeiten da drin. Hast du Lust auf ein Sandwich?«

»Nichts lieber als das«, murmelte Charlie. Er vergewisserte sich, dass die Dateien gespeichert waren. Dann schloss er seinen Arbeitsplatz und kehrte in die Realität zurück, wo sein Magen erbärmlich knurrte. Noch lauter allerdings waren die Gedanken, die ihm durch den Kopf schwirrten.

Scorbutal-Hydrobromat.

Handelte es sich wirklich um Selbstmorde?

Spät am folgenden Nachmittag stand Nick bewegungslos im leise rieselnden Ascheregen und lauschte auf ein ganz bestimmtes Geräusch. Bis jetzt hörte er nur die Schreie der Verdammten, aber er war bereit zu warten. Wenn ihn die letzten Tage etwas gelehrt hatten, dann war es Geduld.

Er hatte es nicht eilig, an den Punkt zurückzukehren, den er in der vorletzten Sitzung erreicht hatte: das erste Untergeschoss der Festung des Schwarzen Magiers. Dabei ging ihm allmählich das Geld aus, und seine Eltern drängten immer stärker auf ein ernsthaftes Gespräch mit ihm. Nick nahm die Geheimnisse des achten Kreises sehr ernst, denn er vermutete, dass um einen wesentlich höheren Einsatz gespielt wurde, als er gedacht hatte. Dass man sich ein paar neue Stücke kopieren durfte oder vielleicht einem der Bane-Klone begegnete, war eher zweitrangig.

Nick hatte sich entschlossen, einer Eingebung zu folgen. Er war zurückgegangen, um wie Shade mit anderen Wanderern durch die aschebedeckte Wildnis jenseits des Sees der Tränen zu reden und sie zu führen. Zuerst hatte er sich gefragt, ob das eine gute Idee war, denn die Umgebung reagierte extrem negativ darauf. Tückische Spalten schienen sich absichtlich direkt vor Nick zu öffnen, der sich durch die knietiefe Asche kämpfte. In den ersten Stunden war er ihnen ein paar Mal nur um Haaresbreite entkommen. Immer wieder brach der Boden unter seinen Füßen auf. Einmal hing er nur noch mit den Händen an einem Felsvorsprung über einem mit Lava gefüllten Abgrund. In der Realität hätte er sich dabei die Haut bis aufs Fleisch abgeschürft. Aber Nick ließ sich nicht von seinem Entschluss abbringen. Zuerst war es reine Sturheit. Von einer Umgebung, die es auf ihn abgesehen hatte, wollte er sich nicht unterkriegen lassen.

Nach fünf oder sechs Stunden wurde es etwas einfacher. Die Umgebung wurde weniger gefährlich. Vielleicht hatte er sie auch nur einfach besser im Griff. Gleichzeitig kümmerte er sich weniger um sein Umfeld, weil er sich mehr für die Gespräche mit den Menschen interessierte, die er durch das Aschefeld führte. Manche waren völlig verwirrt, weil sie plötzlich die Kontrolle über ihren Weg durch die Dunkelheit abgeben sollten, andere ärgerten sich darüber. Aber im Grunde waren alle dankbar für seine Hilfe, obwohl einige offenkundig lieber erstickt wären, als das zuzugeben. Einige trugen virtuelle Verkleidungen, die besonders eindrucksvoll wirken sollten. Große, in Dunkelheit gehüllte Gestalten versuchten, Joey Bane in seiner Virteo-Kollektion *Orpheus, blick nicht zurück!* zu imitieren. Andere gefielen sich als wilde Barbaren, als walkürenhafte Heldinnen in hautengen Catsuits, die Schusswaffen mit sich herumschleppten, die halb so groß waren wie sie selbst, oder als riesige, fauchende Bestien, die durch die Nacht schlichen und sich große Mühe gaben, dabei möglichst gefährlich auszusehen. Manche protestierten dagegen, dass sie von einem dünnen Schuljungen in Neo-Jeans vor den Erdspalten gerettet wurden, an dem das einzig Außergewöhnliche ein ramponierter Baseballhelm der New Yorker Mets war. Die meisten ›vergaßen‹, sich zu bedanken. Aber Nick fiel auf, dass ihn keiner wegschickte, dem er half.

Am Ende der letzten Sitzung war Nick vollkommen erschöpft nach Hause gekommen und sofort ins Bett gefallen. Er war sogar zu müde, um sich über seine Mutter zu ärgern, die auf ihn gewartet hatte. Da er seine Hausaufgaben erledigt hatte, bevor er aus dem Haus ging, hatte er keine Ahnung, was sie von ihm wollte. Als er das Wohnzimmer durchquerte, um in sein Zimmer zu kommen, warf sie ihm einen merkwürdigen Blick zu.

»Nick«, sagte sie, wobei ihre Stimme für ihre Verhältnisse ungewöhnlich neutral klang, »dein Freund Charlie hat angerufen.«

»Ja?«

»Er hat irgendwas von einer Abkürzung gesagt. Hast du eine Ahnung, was er gemeint haben könnte?«

»Was? Ja, klar. Ich kümmere mich morgen darum.« Nick war etwas überrascht. Charlie hatte eigentlich nicht viel für Spiele übrig, sondern bevorzugte ›solide Konstruktionssimulationen‹, eine konkretere Art der virtuellen Realität. *Aber wenn er sich dafür interessiert …*

Am nächsten Tag hielt er in der Schule nach Charlie Ausschau, sah ihn aber nicht. Entweder hatte er in seiner Mittagspause etwas für die Schule zu erledigen, oder ihre Stundenpläne hatten sich verschoben. Nick schaltete mehr oder weniger auf Autopilot, wie immer in den letzten Tagen, seit es in Deathworld wirklich interessant geworden war. Als er am Nachmittag ins Internetcafé ging, war seine Stimmung ungewöhnlich gut, obwohl ihm allmählich das Geld ausging. Ende der Woche bekam er Taschengeld, damit war das Wochenende in Deathworld gesichert. Seine Hausaufgaben hatte er im Voraus erledigt, weil sich seine Eltern in dieser Hinsicht im Moment ungewöhnlich pedantisch aufführten. Das hieß, dass sie zwei Tage lang keinen Vorwand hatten, ihm auf die Nerven zu gehen.

Und danach, wenn das Geld zu Ende ist … Zwei volle Tage im Netz, für mehr würde es nicht reichen.

Seufzend bezahlte Nick vorn an der Kasse, nahm seine aufgeladene Geldkarte und ging nach rechts hinten zu seiner üblichen Kabine. Nachdem er die Tür verriegelt hatte, ließ er sich auf dem Implantatstuhl nieder und legte die Karte ein. *Abwarten und Tee trinken*, dachte er. Mit einem Blinzeln beförderte er sich selbst in seinen Arbeitsplatz.

Der war immer noch völlig kahl, weil er keine Lust gehabt hatte, seine Zeit auf die Einrichtung zu verschwenden. Auf einer Seite stand ein Scheinbild von Charlie in Freizeitkleidung. Er hielt die Arme verschränkt und grinste verlegen.

»Los«, sagte Nick zu dem Bild.

»Schade, dass ich dich verpasst habe«, sagte es mit Charlies Stimme. »Ich habe letzte Nacht bis spät recherchiert. Nach der ganzen Schufterei finde ich, ich hab ein bisschen Spaß verdient. Ich würde mir Deathworld gern ansehen, aber ich habe keine Lust, sechs Wochen auf den oberen Ebenen herumzuhängen. Kennst du vielleicht ein paar Abkürzungen? Die erste Hälfte der Ebenen würde ich schon gern überspringen. Melde dich oder hinterlass mir eine Nachricht.«

Das Bild erstarrte wieder. Nick überlegte, ob er versuchen sollte, Charlie ›live‹ zu erwischen und ihn selbst mit nach Deathworld zu nehmen, oder ob er ihm eine Nachricht hinterlassen sollte. Er entschied sich für die zweite Alternative.

»System«, befahl er, »Antwort aufzeichnen.«

»Bereit«, erwiderte der Computer. Die Maschinenstimme klang so süßlich, dass Nick die Augenbrauen hochzog. Zumindest Bane-Audio musste er unbedingt installieren, wenn er schon sonst zu nichts kam.

»Charlie, tut mir Leid, dass ich nicht da war.« Er erhob sich von der virtuellen Ausführung seines Stuhls und ging zu einer Tür, hinter der er im Augenblick seine Dateien gespeichert hatte. Er öffnete sie und sah hinein. »Dateizugriff Deathworld. Pressematerial Abkürzung … Ja, die hier. An Rechner von Charlie Davis übermitteln.«

Dann wandte er sich wieder an Charlies Scheinbild. »Das hier stammt aus einer Besprechung, die etwa sechs Wochen alt ist. Die Daten für die ersten drei Ebenen sind meines Wissens noch aktuell. Von Vier abwärts wurde neues Material integriert, weil es zu viele Tipps für Abkürzungen gab, aber für die Ebenen darüber dürfte es schon noch was bringen. Melde dich, falls es Probleme gibt. Wir sprechen uns später.«

Das Scheinbild verschwand, seine Mission war erfüllt. Nick atmete aus, schloss die Tür und öffnete eine andere: seinen automatischen Zugang zu Deathworld.

Er hatte einen Shortcut eingebaut, damit er immer wieder dort landete, wo er aufgehört hatte. Wie üblich brannte die Copyright-Erklärung einige Sekunden in purpurroten Lettern in der Luft. Daran kam keiner vorbei, egal, wie oft man sich am Tag einloggte. Dann stand er in der Dunkelheit, die ihn auf der anderen Seite erwartete.

Ascheregen und in der Ferne der Vulkan … Nick griff in die Luft und erschuf seinen Asbestschirm neu, den er auf dieser Ebene benutzte. Dann marschierte er auf die Festung zu, wobei er nach anderen Besuchern Ausschau hielt. Er war überrascht, wie wenige Spieler unterwegs waren. Um diese Tageszeit war es sonst nicht so ruhig. Normalerweise belebte sich Deathworld deutlich, wenn in Nordamerika die Schule aus war, obwohl natürlich früher am Tag Europäer und Asiaten im Netz waren.

Nick zuckte die Achseln und machte sich auf den Weg durch den schwarzen ›Ascheschnee‹, wobei er stets auf Spalten achtete. Für den Augenblick schienen sie ihn zu vermeiden, obwohl sich in der Ferne ein gewaltiger Riss auftat, der quer über die Ebene verlief. Aus dieser Richtung drangen schwache Überraschungsrufe, aber er war zu weit entfernt, um zu helfen. Bis er am Ort des Geschehens war, waren die Betroffenen entweder in die Tiefe gestürzt oder hatten sich selbst und die anderen gerettet.

Er hielt erneut auf die Festung des Schwarzen Magiers zu. Shades Warnung hinsichtlich ihrer Größe hatte sich als nur allzu berechtigt herausgestellt. Im Inneren war die Burg wahrscheinlich größer als die ganze riesige Ebene um sie herum. Dass dies Probleme bezüglich der räumlichen Struktur aufwarf, interessierte ihn nicht weiter. Der Zauber der Festung bestand in der Musik, die dort zu hören war, aber auch in der Erforschung der zahllosen dunklen Räume, tiefen Höhlen und verborgenen Türme. Besonders faszinierend fand Nick das große Labyrinth im Herzen der Burg. Er wurde das Gefühl nicht los, dass der Zugang zum sagenumwobenen neunten Kreis mit dem Labyrinth zu tun hatte. Wahrscheinlich genügte es aber nicht, dessen Mitte zu erreichen. Zumindest brauchte man noch irgendwelche zusätzlichen Informationen, davon war er überzeugt.

Er ging um den See herum auf die Tore der Festung zu. Die Dämonen, die dort Wache standen, waren höchstens einen Meter fünfzig groß, hatten eine Haut wie schwarzes Leder und Fledermausflügel. Sie trugen kunstvolle Livreen, und ihre Gesichter erinnerten an leutselige Wasserspeier. Als sie ihn kommen sahen, fingen sie an, an den gewaltigen gedrehten Bronzeseilen zu ziehen, mit denen die Türen geöffnet wurden. Er winkte ihnen zu – das war allmählich schon fast zum Ritual geworden. »Hallo, Jungs«, begrüßte er die beiden, die ihm am nächsten stand. »Wie geht's so?«

»Uns stinkt's«, lautete die übliche Antwort. Einer der beiden legte eine kurze Pause ein, um sich mit einem großen, schmutzigen Taschentuch über die Stirn zu wischen. »Der Boss hat die von der Gewerkschaft geforderte Lohnerhöhung abgelehnt.«

Nick schnalzte missbilligend mit der Zunge, als er an ihnen vorüberging und auf das glänzende dunkle Pflaster trat, das irgendeine gute Seele von dem unablässig rieselnden Ascheregen draußen freihielt. »Lasst euch nicht unterkriegen, Jungs!«

Hinter ihm schlossen sich die Tore. Nick blieb in der riesigen Eingangshalle stehen und sah sich um, ob sonst noch jemand da war. Der Raum wurde von einem gewaltigen Kronleuchter aus Kristall und Onyx erhellt, der wie ein Stalaktit von der hohen Deckenkuppel hing. Normalerweise barg er eine oder zwei Überraschungen. Manchmal hörte man ein Fragment aus einem Lied, das einem völlig unbekannt war, oder traf jemand, der einem weiterhelfen konnte. Im Augenblick war es drinnen jedoch fast so ruhig wie draußen. Der Saal war so gut wie leer. *Einfach nichts los*, dachte Nick. *Komischer Zufall.*

Er ging weiter, wobei er die bizarre Gemäldeausstellung betrachtete, die die Wände der Eingangshalle schmückte. Angeblich handelte es sich um Bilder von Spielern, die es nach Neun geschafft hatten, also ganz normale Leute, die in der heutigen Welt lebten. Auf den Porträts wirkten sie allerdings wie verrückte Adlige, wie es sie vor zwei- oder dreihundert Jahren gegeben hatte. Sie steckten in Rokokokleidern und trugen Perücken, die so aussahen, als würden sie jeden Augenblick zum Leben erwachen und sich davonstehlen. Er fragte, wie sein Porträt wohl aussehen würde, falls … *Wenn. Wenn es endlich gemalt wurde.*

Mit einem leichten Lächeln ging er auf die Tür am anderen Ende der Eingangshalle zu. Dahinter wurde es erst richtig interessant. Sechs Treppenhäuser, die aussahen, als hätte Escher sie entworfen, führten zum Dach, sechs weitere in den Keller. Das Eigenartige war, dass man überhaupt nicht das Gefühl hatte, sich nach oben oder unten zu bewegen. Irgendwo in diesem Wust, in dem die normalen Richtungen nicht mehr galten, lag das Labyrinth versteckt – ein undurchdringliches Gewirr von offenen und überdachten Wegen und Stegen, die die Wände eines gewaltigen sechseckigen Raums irgendwo in der Festung bedeckten. Nick war bei seinem ersten Besuch zufällig dort gelandet, als er sich nur ein wenig umsehen wollte. Aber während er noch überlegte, wie er überhaupt dorthin gelangt war, hatte er das Labyrinth wieder verloren. *Eine Laune des Systems*, dachte er. *Macht nichts. Über das Wochenende habe ich genug Zeit für eine richtige Suche …*

»Hallo, Nick.«

Er fuhr herum, als er die vertraute Stimme hörte. Shade. Hier drinnen wirkte sie etwas weniger schattenhaft, aber immer noch düster genug. Sie mochte vielleicht fünfzehn sein. Unter einem langen, dunklen Mantel trug sie einen lila Minirock und einen schwarzen Pullover. Ihr Haar war dunkellila gefärbt, und ihre Augen wechselten je nach Beleuchtung zwischen Violett und Schwarz. Die großen dunklen Augen und die herabgezogenen Mundwinkel ließen vermuten, dass ein alter Kummer auf ihr lastete. Sie war blass, und im Licht des großen Kronleuchters, das fast direkt auf sie fiel, wurde Nick zum ersten Mal klar, wie zerbrechlich sie war. Nicht, dass man hier unten viel auf das Äußere geben konnte. Wie in den meisten virtuellen Umgebungen konnte jeder aussehen, wie er wollte. Durchaus möglich, dass sie in Wirklichkeit eins fünfundneunzig groß war, hundertzwanzig Kilo wog und eigentlich Footballspieler war. Allerdings glaubte Nick nicht so recht an diese Möglichkeit. Wenn sie sprach, wirkte sie so verletzlich, dass Nick sich fragte, ob sie von Joey Bane Enterprises eingesetzt wurde, um den Umgang der Spieler miteinander zu kontrollieren. Vielleicht war sie auch mit dieser Art virtueller Erfahrung überfordert, wollte es sich aber nicht eingestehen.

»Hey, Shade«, sagte er. »Bist du in Ordnung?«

Sie seufzte. Ihre Sätze schienen generell mit einem Seufzer zu beginnen oder enthielten zumindest mehrere davon. »Glaub schon. Heute ist es so ruhig … Man könnte denken, die Leute wären verschreckt.«

Nick zuckte die Achseln. »Ich nicht.« Die ganze Geschichte mit den Engeln der Tiefe hatte er ziemlich schnell vergessen, sobald er in der Festung war und mit der Lösung ihrer Rätsel begonnen hatte.

»Ich weiß nicht …«, sagte Shade. »Vielleicht ist doch was dran.«

»Woran?«

Sie zuckte die Achseln, hob den Blick und sah sich um. »An dem, was sie getan haben …« Ihre violetten Augen richteten sich auf ihn. »Ich frage mich immer wieder, ob es wirklich so schrecklich ist. Wenn alles schief geht …«

Nick hatte das Gefühl, dass sie ihm gleich erzählen würde, wie entsetzlich ihr Leben war, wenn er sie nicht daran hinderte. Er schüttelte den Kopf. »Manche Leute finden das vielleicht nicht«, sagte er langsam. »Manchmal hat man wahrscheinlich wirklich den Eindruck, dass alles stinkt. Aber mir persönlich geht es im Moment nicht so.«

»Dann läuft es bei dir zu Hause besser?«

»Ich weiß nicht so recht. Auf jeden Fall etwas ruhiger.« Zumindest hatte ihn sein Vater in Ruhe gelassen. Nick war sich nicht ganz sicher, ob er grundsätzlich keine Lust hatte, ihren Streit neu aufzurollen. Die Tatsache, dass Nick einen Ferienjob in Aussicht hatte, schien die Situation deutlich entspannt zu haben. Es kam ihm so vor, als hätten seine Eltern einen vorübergehenden Waffenstillstand erklärt, was die Atmosphäre im Haus deutlich verbessert hatte. »Darüber denke ich im Moment nicht nach, Shade. Ich suche das Labyrinth …«

»Tun wir das nicht alle?« Shade lachte ein wenig. »Aber ich habe die Festung noch nicht erforscht, es gibt noch viele Winkel, die ich nicht kenne.«

Nick lachte. »Hört sich an, als würdest du dich zum Spaß hier herumtreiben. Nichts für mich! Ich will die Musik.«

»Die interessiert mich natürlich auch.«

»Dann hilf mir, das Labyrinth zu suchen! Dort versteckt sich der Weg nach Neun, und auf Neun gibt's angeblich die ganze gute Musik, die ›unbekannten‹ Songs. Joey selbst soll auch da unten zu finden sein.«

Shade warf ihm einen Blick zu, der eigenartig nervös wirkte. »Mir macht es nichts aus, hier oben herumzuhängen. Außerdem kehrt von da unten niemand zurück.«

»Wer sagt das?«, fragte Nick überrascht.

»Andere Leute hier oben.« Shade blickte sich um, obwohl im Moment nicht viel von den ›anderen‹ zu sehen war. »In den oberen Kreisen trifft man ständig Leute, die es bis nach Acht geschafft haben und sich jetzt die Zeit damit vertreiben, den Neuen zu helfen oder sie zu ärgern, indem sie mit der tollen Musik prahlen, die sie auf den unteren Ebenen gehört haben.«

Er nickte. Davon hatte er auf dem Weg nach unten genug getroffen. Eins und Zwei waren in dieser Hinsicht besonders schlimm. Eine ganze Reihe Leute aus den Kreisen Drei bis

Sechs hielt es anscheinend für einen großen Spaß, die neuen Banies in den Wahnsinn zu treiben. »Ist dir aufgefallen, dass nie jemand von Neun dabei war?«

Er nickte wieder. Vielleicht gab es deshalb so wenig Gerüchte über Neun. Das warf natürlich eine andere Frage auf: *Wenn niemand je von dort zurückgekehrt ist, wieso sind dann überhaupt Gerüchte im Umlauf?* Möglicherweise entbehrten diese jeder Grundlage, das konnte er sich nach seinen Erfahrungen auf dieser Ebene durchaus vorstellen.

»Hast du sonst noch was darüber gehört, wie man nach Neun kommt?«, erkundigte er sich.

Sie schüttelte den Kopf. »Zumindest nichts Nützliches. Trotzdem viel Glück.«

»Danke. Wir sehen uns dann auf dem Rückweg, okay?«

»Möglich.«

Sie wandte sich ab.

»Übrigens, Shade …«

Sie sah sich nach ihm um.

»Vielen Dank für deine Hilfe von neulich.«

»Ich habe dir doch gar nicht wirklich geholfen.« Wieder schien sich die Traurigkeit wie ein Nebel über sie zu senken.

Shade ging zum Tor, dessen Flügel zurückschwangen, um sie in die Dunkelheit zu entlassen. Nick blickte ihr nach. *Armes Mädchen, wo wohl ihr Problem liegt?* Aber wenn er sie fragte, erfuhr er vielleicht mehr, als ihm lieb war. Im Moment hatte er selbst genug Ärger am Hals. Außerdem wollte er sich heute amüsieren, bevor ihm das Geld ausging.

Er drehte sich um und ging auf die Tür an der Rückwand zu, die zur Treppe der Verdammnis führte. Mal sehen, wo er landete.

Eine dunkle Gestalt am Eingang beobachtete ihn ein paar Sekunden lang und wandte sich dann achselzuckend ab.

6. Kapitel

Als Charlie an jenem Abend, von Aktenstapeln umgeben, wieder an seinem Arbeitsplatz saß, war seine Laune so schlecht wie seit Tagen nicht mehr. Teilweise lag das daran, dass er schon viel eher mit seinen Ermittlungen hatte anfangen wollen. Das Sandwich mit seinem Vater am Abend zuvor hatte mit einer der mörderischsten Schnellschach-Partien geendet, die sie je gegeneinander ausgetragen hatten. Sein Vater hatte gewonnen, was höchst ungewöhnlich war. Charlie hatte es der Tatsache zugeschrieben, dass er nach seiner Tour mit Mark nicht ganz auf der Höhe war. Jetzt war er dabei, die Informationen zu analysieren, die sie zusammengetragen hatten, und das verdarb ihm endgültig die Laune.

Er saß zurückgelehnt auf der untersten Bank und starrte in die Arena, die so voll mit virtuellen Informationen und Exponaten war, dass er den Arbeitstisch in der Mitte hatte entfernen müssen. Jetzt schwebten sechs verschiedene Datensätze über dem Boden, von denen vier eine beunruhigende Ähnlichkeit miteinander aufwiesen.

Natürlich hatten sich alle Selbstmörder erhängt. Das war an sich schon schlimm genug. Aber in vier Fällen – bei dem Doppelselbstmord sowie in New York und Fort Collins – zeigten die toxikologischen Berichte eine Eigenheit, die sofort Verdacht erregt hätte, wenn die Behörden ihre Ergebnisse verglichen hätten. Hatten sie aber nicht.

Er stand auf und ging zu dem New Yorker Fall. Das war Renee Milford gewesen. Charlie war ihren Autopsiebericht durchgegangen, aber er brachte es nicht über sich, diese Bilder noch einmal anzusehen. Stattdessen fand er in einer virtuellen Umgebung für New Yorker Lokalnachrichten ein Familienfoto von Renee, auf dem sie im Badeanzug am Strand saß. Hinter ihr erhob sich in der Ferne der Backstein-Wasserturm von Jones Beach State Park. Renee war blond, hübsch und achtzehn. Ihre Schultern waren leicht sonnenverbrannt, und sie lachte fröhlich in die Kamera, als hätte sie nicht eine einzige Sorge auf dieser Welt. Das Bild war 2023 aufgenommen, im Jahr vor ihrem Tod.

Charlie starrte auf Renee, deren Haar vom Wind zerzaust war. In der Luft glitzerten aufgewirbelte Sandkörner. Neben ihr hing wie ein bösartiges, farbiges, vielbeiniges Insekt das Molekül, das die städtische Toxikologin in ihrem Blut gefunden hatte: Scorbutal-Cohydrobromat.

Hydrobromate erschienen nicht in den offiziellen Arzneimittellisten, weil sie keinerlei legalen medizinischen Nutzen besaßen. Frühere Generationen hatten solche Chemikalien, die Rauschzustände erzeugen sollten, als ›Designerdrogen‹ bezeichnet. Hydrobromate an sich riefen Hochgefühle hervor, aber Scorbutal-Hydrobromat, das um 2010 auf den Markt kam, hatte sich sehr schnell einen besonders üblen Ruf erworben. Die Substanz wurde wegen ihrer benebelnden und enthemmenden Wirkung von Verbrechern eingesetzt, denen es ganz recht war, wenn ihre Opfer nicht mehr klar denken konnten. Als Aerosol wurde es verwendet, um die Passagiere in Schlafwagenabteilen zu betäuben, sodass man sie in aller Ruhe ausrauben konnte. Die dafür verantwortlichen Banden waren erwischt und eingesperrt worden, aber die Droge hatte bereits Weltruhm erlangt. Zuerst in Europa und später auch in Nordamerika wurde immer mehr davon produziert. Die Beliebtheit von ›Scobro‹ beruhte darauf, dass es billig und relativ einfach aus marktüblichen Haushaltschemikalien und einem bekannten Magenmittel herzustellen war. Besonders erfreulich für die Kriminellen war, dass es im Körper schnell abgebaut wurde und die Wirkung nur von kurzer Dauer war. Während das Gehirn noch benebelt war, zerfiel das Molekül in der Blutbahn in die Bromide, aus denen es bestand, bevor die Leber überhaupt ihre Entgiftungstätigkeit aufnehmen konnte.

Mit finsterer Miene starrte Charlie auf das Modell des Moleküls, das friedlich neben Renee Milfords Bild in der Luft schwebte. Das Mädchen schien sich in der Garage ihrer Eltern aufgehängt zu haben. Welcher Verdacht hatte wohl die Toxikologin in Queens dazu getrieben, die teuren Bluttests durchzuführen, bei denen sie auf das Scorbutal gestoßen war? Vorgeschrieben waren sie jedenfalls nicht. *Glück*, dachte Charlie, *oder einfach gutes Timing.* Das Blut einer sterbenden oder toten Person wurde sehr schnell sauer, sodass die Substanz Minuten später vielleicht nicht mehr nachweisbar gewesen wäre.

Seufzend wandte er sich dem nächsten Satz von ›Exponaten‹ zu. Malcolm Dwyer war eines der beiden Opfer des Doppelselbstmords gewesen, der sich wenige Tage zuvor in der Nähe von Washington ereignet hatte. Malcolm hatte eine hohe Dosis der Droge zu sich genommen. Trotz der Verzögerung, mit der die Leiche des Jungen und die von Jeannine Metz entdeckt worden waren, zeigten sich in seinem Blut noch deutliche Spuren der Substanz. In den Körperteilen, an denen bereits die Leichenstarre eingesetzt hatte, hatten sich Bromid- und Bromat-Bruchstücke angesammelt, anhand derer der Gerichtsmediziner in Arlington die Droge sofort identifiziert hatte.

Das Problem war, dass es nicht viel bedeutete, wenn man Scobro im Blut fand. Natürlich war die Droge wie fast alle Designerdrogen illegal, aber viele nahmen sie trotzdem. Und angesichts des Tathergangs schien Rauschgift ja keine

Rolle zu spielen. Keine Droge konnte einen Menschen in den Selbstmord treiben. Oder doch?

Charlie stand vor Malcolms Virtclip, der einen jungen Schwarzen zeigte, nicht viel älter als Charlie selbst. Er war groß, sah gut aus und schien bester Stimmung. Trotzdem war er jetzt tot. Charlies Mutter war sich ziemlich sicher gewesen, dass sich niemand umbrachte, der nicht von vornherein dazu veranlagt war. Doch selbst sie hatte zugegeben, dass jeden Tag neue Tricks erfunden wurden.

Aber woher weiß ich, dass das nicht alles überhaupt ein Zufall ist? Wenn auch ein ziemlich unwahrscheinlicher …

Charlie ging zum dritten Datensatz, bei dem die Droge nachgewiesen worden war. Jaime Velasquez aus Fort Collins war klein, dunkelhaarig und hatte dunkle Augen. Er war ähnlich gebaut gewesen wie Mark Gridley, aber älter, und sein Gesicht wirkte wesentlich harmloser. Auf dem Filmausschnitt steckte er bis zum Hals in Skikleidung und grinste hinter einer Skimütze hervor, die ihm ein Freund, der nicht mehr im Bild erschien, gerade über das Gesicht gezogen hatte. Er winkte mit seinen Skistöcken in die Kamera und fiel dann rückwärts in den Schnee, weil ihn der Freund in die Kniekehlen getreten hatte. In Jaimes Blutbahn war so gut wie kein vollständiges Scobro-Molekül erhalten gewesen. Entweder hatte er nur eine geringe Dosis zu sich genommen oder lange genug gelebt, um das Rauschgift abzubauen. Vielleicht war er auch zu spät gefunden worden. Entweder hatte der Toxikologe die Bromidbruchstücke in den nach dem Tod entnommenen Blutproben übersehen oder eine andere Quelle dahinter vermutet. Vielleicht hatte er sie auch als unwichtig abgetan. Auf jeden Fall wurden sie im diktierten Text nicht erwähnt.

Trotzdem war die Droge vorhanden gewesen. Charlie

seufzte frustriert auf. Wenn der Gerichtsmediziner in Colorado von den Ergebnissen seiner Amtskollegen in New York und Maryland gewusst hätte, hätte er den Tatort vermutlich gründlicher auf Spuren absuchen lassen, die auf die Anwesenheit einer dritten Person hindeuteten. Aber das war nicht geschehen, niemand hatte die Daten miteinander verglichen.

Stirnrunzelnd wanderte Charlie zum nächsten Datensatz. In einigen Punkten hatte Mark Recht. Es gab keinen gemeinsamen Informationspool, auf den verschiedene Bundesstaaten Zugriff hatten, und selbst innerhalb eines Staates mangelte es oft an Kooperationsbereitschaft. Vielleicht gab es auch noch andere Gründe. *Die Gerichtsmediziner haben nur gesehen, was sie sehen wollten*, dachte Charlie. *Oder sie hatten sich bereits im Voraus ein genaues Bild gemacht. Ein Selbstmord. Nicht weiter ungewöhnlich …*

Aber schließlich hat es jeder von ihnen mit einem Einzelfall zu tun gehabt und wusste nichts von den anderen. Nicht ihr Fehler, wenn ihnen nicht klar wurde, was sie da vor sich hatten.

Aber ich weiß, womit ich es zu tun habe.

Mord.

Wenn du was findest … James Winters' Warnung ging ihm nicht aus dem Kopf.

Er setzte sich wieder auf die Bank und starrte auf seine Exponate.

Es gab wenige Dinge, die Charlie mehr hasste als Drogen. Er hatte gesehen, wie sie Menschenleben zerstörten, auch das Leben seiner leiblichen Mutter, die er mehr geliebt hatte als alles auf der Welt. Ganz langsam, Stück für Stück, hatten sie sie umgebracht. Mit dieser Erinnerung befasste er sich so wenig wie möglich. Und jetzt fühlte er sich dazu auch nicht im Stande. Aber sobald er den durch und durch gründlichen James Winters anrief und ihm seine Daten vorlegte, würde ihn der mit der schmerzlichen alten Geschichte konfrontieren. *Bist du sicher, dass du nicht voreingenommen bist, Charlie? Du weißt selbst, was du von Drogen hältst. Ich kann das gut verstehen. Du willst andere davor bewahren, dass sie den gleichen Verlust erleiden wie du selbst.*

Aber du darfst solche Fälle nicht da sehen, wo keine sind.

Dann würde er Charlie wieder daran erinnern, wie viele Leute im Internet surften und wie hoch die statistische Wahrscheinlichkeit war, dass es sich um reinen Zufall handelte.

Aber im Grunde wäre mir das egal. Ich weiß, was ich da sehe. Diese Leute haben sich nicht umgebracht. Jemand war ihnen ›behilflich‹.

Charlie nahm sich erneut die New Yorker Daten vor. Leider war die Polizei bei ihren Ermittlungen nicht so gewissenhaft vorgegangen wie die Gerichtsmedizinerin. Der Tatort war kaum untersucht worden. Oben in Maine, in Bangor, war dagegen jemand misstrauisch geworden oder einfach nur verunsichert gewesen. Tatsächlich waren einige bemerkenswerte Spuren gefunden waren.

Charlie ging zu Richard Delanos ›Akte‹ und sah sie sich genauer an. Ein Virtclip zeigte Richard an einem Sommernachmittag, wie er einem Baseball einen gewaltigen Schlag versetzte und dann von einer Base zur nächsten flitzte, dass der Staub aufwirbelte. Direkt daneben liefen die virtuellen Bilder, die die Polizei von Bangor am Tatort aufgenommen hatte. Es handelte sich um das Wohnzimmer des Hauses, in dem Richard gefunden worden war. Buchstäblich jede Einzelheit war in Makro- und Mikro-Ansicht aufgezeichnet worden. Dabei waren die Beamten auf seltsame Fasern gestoßen: Baumwollfusseln, die nur in diesem einen Zimmer vorkamen. Sie lagen auf dem Läufer, waren nicht zertrampelt, wie man vielleicht erwartet hätte, sondern völlig neu. Von der Kleidung des Selbstmörders stammten sie nicht. Charlie sah sich die vergrößerten Fasern an, die wie ineinander verschlungene weiße Seile in der Luft hingen.

Ein Freund? Vielleicht. Aber ein Freund, der noch nie zuvor im Haus gewesen war? Oder der sich ausschließlich im Wohnzimmer aufgehalten hatte? Das klang höchst seltsam. *Ein Unbekannter?* Dagegen sprach, dass es keinerlei Hinweise auf einen Einbruch gab. Richard Delano musste die betreffende Person hereingelassen haben.

Das war extrem eigenartig, und Charlie wurde nicht recht schlau daraus. Der Polizei von Bangor war es nicht besser ergangen. Es gab keine Beweise dafür, dass sich zum Zeitpunkt des Todes eine weitere Person in der Wohnung aufgehalten hatte. Unglücklicherweise war das Haus der Delanos von der Straße aus nicht einzusehen, weil es von Büschen verdeckt wurde. Einmal hatte jemand bemerkt, dass sich die Außenbeleuchtung ein- und nach etwa einer Minute wieder ausgeschaltet hatte, aber das lieferte keinerlei Hinweise darauf, wie viele Personen das Haus betreten hatten. Weitere Anhaltspunkte gab es nicht. Nach tagelangen Ermittlungen hatten die Beamten ihre Zweifel hinsichtlich des Tatorts schließlich als ›nicht schlüssig‹ eingestuft und waren zur Tagesordnung übergegangen. Hätten sie im Körper des Toten Scorbutal-Cohydrobromat gefunden, dann hätten sie ihre Meinung vielleicht geändert, aber das war nicht der Fall gewesen.

Charlie warf einen Blick auf die anderen beiden Datensätze. Weder gab es hier Hinweise auf die Anwesenheit von Dritten, noch war in den Leichen Scobro gefunden worden.

Sein Fall war noch längst nicht abgeschlossen. James Winters konnte er so nicht überzeugen.

Alles umsonst.

Deprimiert stützte er den Kopf in die Hände. Nick steckte immer noch mitten in Deathworld, und Charlie fühlte intuitiv, dass sich dort nach wie vor ein gefährlicher Killer herumtrieb, der nach einem neuen Opfer Ausschau hielt. *Wenn ich Winters nicht davon überzeugen kann, dass ich Recht habe, gibt es noch mehr Tote. Vielleicht trifft es gar nicht Nick, sondern jemand anderen, aber das ist völlig egal. Mit Sicherheit steht uns ein weiterer Mord bevor.*

Schließlich ist immer noch Mai. Charlie wurde das Gefühl nicht los, dass dieser Monat eine besondere Bedeutung besaß.

Dass es sich um reinen Zufall handelt, kann man wohl inzwischen ausschließen. Wie stehen die Chancen, dass alle Selbstmörder zufällig diese Droge nehmen? Und zufällig in Deathworld sind und sich zufällig auch noch alle auf die gleiche Art umbringen? Einzeln betrachtet war das durchaus denkbar, aber im Gesamtzusammenhang …

Charlie atmete langsam ein und aus.

Trotzdem habe ich immer noch nichts in der Hand, womit ich Winters überzeugen könnte. Nichts als Indizienbeweise.

Was, wenn ich den Beweis dafür erbringen könnte, dass jemand wirklich ausgesondert und gezielt verfolgt wird?

Doch wer zum Beispiel? Er konnte schlecht in Deathworld auftauchen und anfangen, die Leute auszufragen. Gerüchte über neugierige ›Fremde‹ und ›Neulinge‹ verbreiteten sich in solchen Online-Domains in Windeseile. Die Banies verteidigten ihr Territorium wahrscheinlich ebenso erbittert wie alle anderen Fans. Wer zu viele Fragen stellte, wurde mit Sicherheit binnen weniger Stunden als Spitzel oder sogar als

Polizist identifiziert und isoliert. *Oder sie füttern einen mit falschen Informationen, die jede ernsthafte Untersuchung gefährden.*

Nein, es muss einen anderen Weg geben.

Lange saß Charlie so da, während sich draußen im London des 19. Jahrhunderts der Himmel vor den hohen Fenstern zartrosa färbte.

Dann richtete er sich kerzengerade auf.

Also gut, dachte er. *Wenn die Ermittlungen in der Sackgasse stecken und die Daten nicht ausreichen, um die Hypothesen hinreichend zu belegen, dann muss man sich die notwendigen Informationen eben auf andere Art besorgen.*

Indem man den Täter auf frischer Tat ertappt.

Ganz still stand Nick mit geschlossenen Augen in der feuchten Dunkelheit zwischen den düsteren Steinmauern und lauschte. Hier unten war das die einzige Art, Wahrheit und Täuschung zu unterscheiden. Der Schein trog, das hatte er auf den oberen Ebenen gelernt. Wer seinen Weg finden wollte, durfte sich nicht von Äußerlichkeiten leiten lassen.

Die Festung des Schwarzen Magiers war das Königreich der Lüge in all ihren Erscheinungsarten: Schmeichelei, Betrug, Heuchelei, absichtliche Irreführung, Gerüchte, die in die Welt gesetzt wurden, um Ärger zu verursachen oder den Ruf eines Menschen zu zerstören. Fälscher und Diebe aller Art büßten hier für ihre Sünden, die Erstellung von Raubkopien und der Diebstahl geistigen Eigentums fanden ihre gerechte Strafe. Nachdem Joey Bane zu Beginn seiner Karriere sehr darunter gelitten hatte, war Nick nicht überrascht, dass in den Bäumen des Schwarzen Arboretums Liederdiebe hingen, die verzerrte Fragmente von Musikstücken kreischten, während sich die Krähen an ihren edelsten Teilen gütlich taten. Dort hatte er zu seiner Freude unter einem Stein eine nichtöffentliche Version von ›Bestiehl mich doch‹ gefunden, einen Sampler, in dem alle illegalen Imitationen von Banes Liedern zusammengeschnitten waren. Joey Bane erlaubte sich damit seinen ganz privaten Scherz. Für ihn stellte dieses Stück eine Art akustische Trophäensammlung dar, die von Tag zu Tag größer wurde. Jedes neue Plagiat wurde so zum Sammlerstück.

Die Strafen in den finsteren Tunneln und Gängen stellten allesamt Varianten eines einzigen Themas dar. Wer sich an den Ideen und der Lebensenergie anderer bereichert hatte, war nun für alle Ewigkeit in den schwarzen Quadern selbst eingekerkert und musste schweigend dem Leben draußen lauschen. In der Festung besaßen die Lebenden den Schlüssel zu den Geheimnissen. In den Fragen, die sie der Dunkelheit stellten, lag die Lösung zu den Rätseln der Festung. Wie überall in Deathworld begegnete man in der Burg nicht nur echten Spielern, sondern auch Schauspielern und Figuren, die Teil des Spiels waren. Um herauszufinden, was sie über den Weg nach Neun wussten, musste man gut zuhören.

Zuerst hatte Nick gedacht, das wäre reine Schikane, um diejenigen abzuschrecken, die nicht wirklich daran interessiert waren, die neunte Ebene zu finden. Aber allmählich stieg in ihm der Verdacht auf, dass die Wahrheit woanders lag. Ob er sie finden würde, bevor ihm das Geld ausging und seine Eltern endgültig die Geduld verloren, das war im Moment die große Frage.

Unter einer der wenigen Fackeln, die in Eisenhalterungen an der Wand brannten, war eine Bank in die feuchte, schwarze Mauer eingelassen. Er ließ sich darauf nieder, um zu lauschen. Die Luft war klamm. Vermutlich befand er sich unterhalb der Oberfläche des Sees, dessen warmes Salzwasser überall einsickerte, die Wände herablief und in den schmalen, engen Gängen in die Höhe quoll und Pfützen bildete. Wer sich zurechtfinden wollte, musste sowohl auf das Geräusch des Wassers hören und herausbekommen, in welche Richtung es lief, als auch den Stimmen der anderen folgen, um zu entdecken, was diese zu sagen hatten. Anders als auf Sieben brachte es einen nicht weiter, wenn man die Qualen der Verdammten manipulierte. Es kam darauf an, den Mund geschlossen und die Ohren offen zu halten. Manchmal verrieten einem ein langer, mit leiser Stimme vorgetragener Monolog oder eine musikalische Phrase die Lösung, wenn man geduldig genug lauschte. Immer wieder fanden sich auf diese Art nützliche Hinweise.

Schade, dass das in der realen Welt nicht so ist, dachte Nick. Wie viel besser wäre das Leben, wenn es sich immer als sinnvoll erweisen würde, Schulkameraden, Eltern oder anderen Menschen zuzuhören. Leider wollten einem die meisten ihre eigene Meinung aufzwingen und waren nur daran interessiert, dass man ihnen zustimmte.

Aber wer weiß, dachte er dann. *Vielleicht müsste man ihnen nur lange genug zuhören. Das würde allerdings einiges an Geduld erfordern.*

Er erhob sich und streckte sich. Beim letzten Mal hatte er fast zwei Stunden lang so gesessen, bevor er weit entfernt in einem anderen Gang leise Musik vernahm. Nachdem er sich lange durch die fast vollständige Dunkelheit getastet hatte, hatte er schließlich eine kleine Truhe entdeckt, die in eine der Steinmauern eingelassen war. Darin befand sich eine kopierbare Version von ›Auf dem schmalen Weg‹. Aber dieser Tunnel hier besaß nicht die richtige ›Atmosphäre‹. Er versuchte nämlich, bei jeder Sitzung möglichst weite Strecken abzudecken und Stellen zu finden, die ihn intuitiv an den

Gang erinnerten, in dem er fündig geworden war. Möglicherweise verbargen sich dort auch Türen oder Geheimgänge, die in das Labyrinth selbst führten.

Er wandte sich nach rechts, dann wieder rechts, ging durch einen weiteren niedrigen Tunnel und lauschte. Nirgends spürte er die ganz besondere Atmosphäre, nach der er suchte. Sich mit der Hand an den nassen, kalten Steinquadern entlangtastend, ging er weiter.

»Au!« Er blieb stehen und betrachtete die Wand. Um ihn herum nichts als grob behauener Fels, aus dem hie und da ein Ellbogen oder ein Knie ragten. Seine Hand jedoch war in einem Mund mit Zähnen gelandet und aus der Tiefe des Steins blickte ihn ein Auge an.

»Pardon!« Nick nahm sich vor, in Zukunft besser aufzupassen, wenn er etwas anfasste. *Das kann dauern*, dachte er. In einigen Wegweisern für Abkürzungen wurde behauptet, die ›Vorzimmer‹ des Labyrinths würden sich von selbst alle paar Tage nach dem Zufallsprinzip neu gestalten und ordnen. Das hieß, dass sie bei jedem Besuch völlig anders aussahen. Andere hielten das für Unsinn. Nick wusste nicht, was er glauben sollte. Wenn er in einer seiner zynischen Stimmungen war, fand er, ein nach dem Zufallsprinzip generiertes Muster wäre ein genialer Einfall, wenn jemand den Benutzern noch mehr Geld aus der Tasche ziehen wollte. Aber irgendwie konnte er sich nicht vorstellen, dass Joey Bane die Einnahmen so dringend brauchte.

An einer dunklen Öffnung zu seiner Rechten blieb er stehen und sah hinein. Dahinter lag eine Höhle, die nicht viel größer war als ein begehbarer Schrank. Im schwachen Licht der im Hauptgang brennenden Fackel erkannte er eine umlaufende Steinbank, die in die schwarze Wand eingelassen war. In den vergangenen Stunden war Nick in der Nähe der

›Vorzimmer‹ mehrfach auf solche Nischen gestoßen. Häufig hörte man etwas, wenn man sich lange genug dort aufhielt. Daher ging er hinein, setzte sich und lauschte einfach nur.

Nach einer Weile hörte er aus der Richtung, aus der er gekommen war, Stimmen und leichte Schritte im Gang. Zuerst wollte er am liebsten weglaufen … *ich weiß nicht so recht, ob ich im Moment jemand treffen möchte.* Aber er war zu träge dazu und auch ein wenig neugierig, vor allem, als die Stimmen näher kamen. Es waren ein Junge und ein Mädchen mit einer ziemlich rauchigen Stimme. Bis jetzt war er in Deathworld bis auf wenige Zufallsbegegnungen wie die mit Shade für sich geblieben, aber vielleicht brachte ihn diese Strategie hier unten nicht weiter.

Er blieb, wo er war. »Vergiss es«, sagte die leise, rauchige Stimme. »Ich werde nicht eine Minute mehr damit verschwenden, mich mit dir rumzustreiten. Ich finde es, und mir ist egal, wie lange ich dafür brauche.«

Vor dem Eingang zur Nische hoben sich im Licht der Fackel zwei Silhouetten ab. Eine von ihnen ging sofort weiter, doch die zweite Person sah hinein, wobei sie einen Augenblick wartete, um ihren Augen Zeit zu geben, sich an die Dunkelheit zu gewöhnen. Sie war etwa so groß wie Nick und vielleicht etwas jünger – schwer zu sagen. Ihr langes blondes Haar, das ihr fast bis zur Taille reichte, spielte in der kühlen Brise, die durch den Tunnel hinter ihr wehte. Sie trug helle Shorts und ein ›infraschwarzes‹ T-Shirt, das selbst in dieser düsteren Umgebung intensiv schwarz glänzte.

Nick blinzelte. »Äh, Entschuldigung«, sagte er, als sie scharf die Luft einzog.

Das Mädchen blickte ihn prüfend an. Woanders hätte das vielleicht als unhöflich gegolten, aber in Deathworld gewöhnte man sich schnell daran, dass jemand fieberhaft überlegte, ob sein Gegenüber zum Spiel gehörte und ob es sich lohnte, mit dem Betreffenden zu reden. Nick musste kichern. »Ich bin nicht von hier.« Das war der allgemein bekannte Code dafür, dass er nicht für die Betreiber arbeitete oder gar eine von der Software generierte Figur war.

Ihr Blick wurde etwas weniger durchdringend, aber sie wirkte immer noch neugierig. Einen Augenblick später erschien ihr Begleiter in der Öffnung. Auf den ersten Blick sah er aus wie ein Footballspieler: groß, breite Schultern, muskulös. Verstärkt wurde dieser Eindruck noch durch den *Plaidh Mhor*, den so genannten ›großen Kilt‹, den er trug. Das war im Augenblick die letzte Mode für Jungen. Der Stoff war infraschwarz und blau kariert. ›Armstrong Hunting‹ nannte sich dieses Muster, und seine gesamte Kleidung einschließlich des Stirnbands war darauf abgestimmt. Er sah aus wie der Bruder des Mädchens, auf jeden Fall ähnelten sich die beiden sehr. »Kennst du den?«, fragte der Neuankömmling.

»Nein«, erwiderten Nick und seine Begleiterin gleichzeitig. Sie lachte.

»Wartest du auf jemand?«, fragte sie.

»Nur auf Joey«, gab Nick zurück. »Außer uns armen Würstchen ist hier keiner.«

Der Junge sah ihn an, als käme er vom Mars. Die Blonde warf ihm ebenfalls einen merkwürdigen Blick zu, lachte aber dann. »Ich dachte, meine Mutter wäre der einzige Mensch auf der Welt, der das noch sagt. Da komme ich mir doch plötzlich gar nicht mehr so merkwürdig vor.«

Die beiden sahen sich misstrauisch um. Nick wusste sofort, warum. »Hier drin gibt's keine Fallen. Es ist ein ruhiges Fleckchen.«

»Wir gehen jetzt besser«, drängte der Junge.

»Warum?« Das Mädchen klang verärgert. »Wir haben bis jetzt nichts gefunden und werden auch nichts finden – zumindest nicht, bevor uns heute das Geld ausgeht.«

»Was sucht ihr denn?«, erkundigte sich Nick.

»Das Labyrinth«, erwiderte der Junge. »Wie alle anderen hier unten.«

»Und noch was anderes«, murmelte das Mädchen seufzend. »Hast du was dagegen, wenn wir uns setzen?«

Nick rutschte ein wenig zur Seite. Sie kamen herein und nahmen Platz. Dabei blickten sie sich um, so wie es Leute eben tun, wenn sie sich plötzlich auf engstem Raum mit einem Unbekannten wiederfinden.

»Danke«, sagte die Blonde. »Manchmal geht mir die Stille hier unten auf die Nerven.« Sie seufzte. »Irgendwie finde ich sie anstrengend.« Plötzlich wirkte sie ein wenig verlegen. »Ich habe mich gar nicht vorgestellt. Ich heiße Khasm.«

»Nick.«

»Ich bin Spile«, warf der Junge ein.

»Sehr erfreut«, erwiderte Nick. Dann wandte er sich an Khasm. »Ich weiß, was du meinst. Hier unten ist es so viel stiller als auf den oberen Ebenen. Keine Verdammten, die schreien und klagen.«

Khasms Lachen war kurz und freudlos. »Das ist ja auch nicht nötig. *Wir* sind die Folterknechte, weil wir uns frei bewegen und tun und sagen können, was wir wollen. Und sie sind völlig wehrlos.« Sie starrte auf die Wand, aus der hie und da ein zu Stein erstarrtes Gesicht blickte. Das einzig Lebendige daran waren die Augen, denen nichts entging.

Nick dachte darüber nach. Irgendein Schriftsteller hatte einmal gesagt, ›die Hölle, das sind die anderen‹. Vielleicht beruhte diese Ebene auf demselben Prinzip. »Ich würde mich nicht darauf verlassen, dass die wehrlos sind. Einer von denen hat mich vorhin gebissen.«

»Ich hoffe, das war es wert.« Spiles Grinsen war ebenfalls nicht gerade fröhlich. »Hast du irgendwelche Musik gefunden?«

»Nicht in der Nähe. Das letzte Lied war etwa einen halben Kilometer in diese Richtung.« Er deutete nach links hinten. »Vielleicht ein Stück nach oben … oder unten. Ihr wisst ja, wie sich die Festung verändert.«

»Was war's denn?« Der Junge spielte nervös mit seinem Kilt. Offenbar wollte er weiter.

»›Auf dem schmalen Weg‹.«

Selbst in dem dämmrigen Licht war deutlich zu erkennen, dass das Mädchen die Augen aufriss. »Wirklich? Wo?«

Überrascht stellte er fest, wie aufgeregt sie war. Natürlich waren viele Leute geradezu süchtig nach Banes Musik, aber bis jetzt hatte Nick so jemand noch nicht kennen gelernt. »Wenn du es so dringend brauchst, kann ich dir den Weg zeigen. So weit ist es nicht, außer die Gänge haben sich wieder umgestaltet.«

»Es ist nicht für mich.« Plötzlich fiel Nick auf, wie fest Khasm ihre Hände zusammenpresste. »Ich habe … ich hatte eine Freundin, die danach gesucht hat.«

Das plötzliche ›hatte‹ mitten im Satz wirkte wie ein Faustschlag ins Gesicht. Nick standen die Nackenhaare zu Berge. »Du …« Er brach ab. Obwohl ihm klar war, was es bedeutete, wusste er nicht so recht, wie er damit umgehen sollte. »Du hast einen von den Engeln der Tiefe gekannt«, sagte er nach einem Augenblick wesentlich sanfter.

»Ich *hasse* diesen Namen«, knurrte Spile und starrte auf den Boden.

»Zwei von ihnen«, erklärte Khasm mit tonloser Stimme.

»Ich habe Jeannie Metz gekannt, sie hat in meiner Straße gewohnt, und wir sind in dieselbe Schule gegangen. Wir waren befreundet.« Sie warf Spile einen Blick zu. »Er hat mit Mal Dwyer virtuellen Fußball gespielt.«

Nick wusste nicht, was er sagen sollte. Doch gleichzeitig war er zu seiner eigenen Überraschung plötzlich hellwach. Das war keine Geschichte, die einem half, das Labyrinth zu finden, sondern Realität.

»Was hat sie dazu gebracht?«, fragte er unwillkürlich.

Spile wandte den Kopf ab und weigerte sich, etwas zu sagen.

»Das weiß ich nicht«, fauchte Khasm wütend. »Aber so viel steht fest, sie wollte sich nicht umbringen.«

Nick hatte nicht vor, sich dazu zu äußern.

»Ich weiß genau, was du denkst!«, brach es aus Khasm heraus. »Man kennt keinen Menschen so gut, wie man glaubt, und solchen Schrott. Das höre ich mir schon die ganze letzte Woche an, und es reicht mir! Jeder behauptet das. Sogar ihre Mutter, und die sollte es wirklich besser wissen. Aber offenbar hat sie keine Ahnung, wenn sie wirklich ernsthaft glaubt, dass Jeannie Drogen genommen hat.«

Nick öffnete den Mund und schloss ihn wieder.

»Ich weiß«, sagte Khasm, »das war nicht in den Nachrichten. Angeblich wollte die Polizei ihrer Familie einen Gefallen tun, indem sie das geheim hielt. Die Geschichte wäre schon tragisch genug, haben sie gesagt.« Ihr Gesicht war finster. »Aber den Angehörigen haben sie es trotzdem mitgeteilt. Schöner Gefallen.«

»Die behaupten, es wäre eine von diesen Drogen gewesen, die einen alles vergessen lassen«, mischte sich Spile ein und sah endlich auf. »Sehr praktisch.« Wütend schüttelte er den Kopf. »Und jetzt denkt jede Familie, das Kind der anderen wäre an dem Selbstmord schuld. Toll.« Er funkelte Nick wütend an. »Mal war der normalste Mensch der Welt. Der hätte nie im Leben was Illegales getan. Niemals hätte er Drogen genommen, schon weil er seiner Familie keinen Ärger machen wollte. Außerdem hätte er sowieso nicht gewusst, warum. Zu mir hat er immer gesagt: ›Wofür brauche ich ein erweitertes Bewusstsein? Ich bin doch mit dem, das ich habe, ganz zufrieden.‹« Niedergeschlagen senkte er den Kopf. Offenbar war diese Beschreibung nur allzu lebendig gewesen. »Und ganz bestimmt hätte er sich nie umgebracht. In letzter Zeit hatte er zwar zu kämpfen, aber so schlecht ging es ihm auch wieder nicht.«

»Und Jeannie konnte Drogen nicht ausstehen«, sagte Khasm. »Ihr Vater ist vor ein paar Jahren an einer Überdosis gestorben. Nie im Leben hätte sie Drogen angefasst, auch wenn sie noch so deprimiert war!«

Nick stellte zu seinem Entsetzen fest, dass er ein wenig von den beiden abrückte. »Hört mal, es tut mir Leid. Ich wollte nicht …«

Die beiden schienen ebenfalls unter Schock zu stehen. Dann sank Khasm in sich zusammen. »Entschuldige. Es ist nur, weil jeder, den wir hier von früher kennen, die Frage vermeidet, obwohl wir genau wissen, dass alle darüber nachdenken. Und wenn dann tatsächlich jemand fragt …«

»Schon gut«, sagte Nick. »Wisst ihr, ich kann euch zu dem Lied führen.«

»Das wäre nett von dir«, sagte Khasm niedergeschlagen.

»Ja«, warf Spile ein. »Wenn wir das haben, können wir hier verschwinden.«

Sie standen auf. »Hier entlang«, sagte Nick. Gefolgt von den anderen beiden ging er durch die niedrigen dunklen Gänge, den Weg zurück, auf dem er gekommen war.

Nach ein paar Minuten des Schweigens begann Khasm zu erzählen. »Ich habe sie zum letzten Mal vor ein paar Wochen zusammen mit Mal und Bitsy und ein paar anderen Freunden hier unten getroffen. Die waren von der Site total begeistert.« Sie schniefte einmal ganz leise. Offenbar wollte sie nicht, dass jemand etwas davon merkte. »Wenn die Sache schlecht lief und wir uns nirgends sonst sehen konnten, dann haben wir uns immer hier getroffen.«

Nick überlegte einen Augenblick, wie er seine Frage am besten formulieren sollte. »Gab es denn Probleme?«

»Allerdings. Jeannie und Mal waren ineinander verliebt, aber ihre Mutter und seine Eltern waren dagegen. Alle fanden, sie wären zu jung, um überhaupt ans Heiraten zu denken.« Sie schniefte erneut. »Die beiden waren deswegen natürlich wütend und deprimiert, aber nicht so deprimiert. Sie wollten ein paar Jahre warten, bis sich ihre Eltern an den Gedanken gewöhnt hatten. Das hat mir Jeannie selbst gesagt, und Mal war damit einverstanden.«

An einer Ecke blieb Nick stehen und versuchte, sich zu erinnern, welchen Weg er nehmen musste. An ihm nagte ein Zweifel, den er unbedingt klären musste. Er drehte sich zu Khasm um. »Hör mal …« Es gab keine diplomatische Art, eine solche Frage zu stellen, daher gab er den Versuch auf. »Du sagst, sie hätte nie von Selbstmord gesprochen.«

»In der ganzen Zeit, seit ich sie kenne, genau einmal.« Zu Nicks Überraschung klang Khasm diesmal nicht wütend, sondern nur müde. »Welcher normale Mensch denkt nicht von Zeit zu Zeit daran? Es wäre krank, das nicht zuzugeben. Und dumm. Wenn es im Leben nur Ärger gibt, wünscht sich doch jeder, dass die ganze Quälerei aufhört! Aber nicht so. Sie hat nie davon gesprochen, es wirklich zu tun. Du weißt doch, was ich meine, oder?«

Nick fiel ein, wie er vor einigen Tagen plötzlich den Drang gespürt hatte, mit allem Schluss zu machen. Trotzdem hatte er nie auch nur die geringste Absicht gehabt, die logische Konsequenz aus diesem Gefühl zu ziehen.

»Deswegen ist dieses Drogengerücht auch so gemein«, erklärte Spile, während sie nach links um eine scharfe Kehre bogen, um dann wieder nach rechts zu gehen. »Wenigstens war es nicht in den Nachrichten …«

Nick dachte darüber nach. Irgendwie konnte er nicht glauben, dass das ein Zufall war oder dass die Medien aus reiner Menschenfreundlichkeit gehandelt hatten. Reporter waren dafür berüchtigt, dass sie alles veröffentlichten, was ihnen in die Finger kam. Je größer der Skandal, desto besser. *Ich frage mich, ob die Polizei nicht alle Informationen weitergibt.*

Aber warum?

Das überstieg seinen Horizont. Im Internet war man ständig mit Tod und Leid konfrontiert, aber wenn es wirkliche Menschen und ihr Leben betraf, hatte das eine völlig andere Qualität. Davon abgesehen spielte für ihn noch ein anderer Faktor ein Rolle. Sein Vater war Internet-Kameramann, und zwar einer der besten. Deswegen wurde er in alle möglichen Länder geschickt, deswegen hatten sie ständig umziehen müssen, als Nick klein war. Die Reporter rissen sich darum, mit seinem Vater zu arbeiten, weil er ›eine Nase für heiße Themen‹ besaß. Das hatte einer der Journalisten einmal in Nicks Hörweite gesagt. Entnervt fragte er sich nun, ob er diese Gabe vielleicht geerbt hatte.

»Hier«, sagte er, während er um die letzte Ecke bog. Zum Glück hatten die Gänge keine ungewöhnlichen Manöver unternommen. Bis jetzt hatte er alles dort vorgefunden, wo es sein sollte, und auch die Wand am Ende der völlig unauffälligen Sackgasse vor ihnen, war genau an der Stelle, an der

Nick sie zurückgelassen hatte. »Steht die Verbindung zu deinem System?«

»Ja«, bestätigte Khasm. Nick ging zu der Wand und bückte sich. Die Beleuchtung war nicht besonders, und er hatte das Versteck des Liedes nur gefunden, weil er immer alles anfassen musste. »Siehst du diese kleine Vertiefung? Ich bin nur zufällig darauf gestoßen. Die gehört nicht hierher.«

Der Fels vor ihnen riss auf und enthüllte, was Nick schon kannte: ein kleines Kästchen, das scheinbar aus einem einzigen Smaragd gefertigt war. Darin verborgen lag eine golden schimmernde, einzelne Achtelnote.

Khasm sah sie lange an, bevor sie hineingriff und sie berührte. Die Luft füllte sich mit dem Klang von Camiuns Saiten, eine nach der anderen wurde langsam gezupft. Die Musik besaß ihre eigene Poesie, die unabhängig von jedem Gesang Bestand hatte. Dann erklang Joey Banes leise klagende Stimme:

»Ich ging nie den Weg, den du dir wünschtest,
Gegen jedes deiner Worte fand ich ein Argument,
Ich dachte nie, wie du es wolltest,
Und bin dir nie auf deinem Weg gefolgt.

Nun geht er mit dir, wo ich nicht wollte,
In der Dunkelheit hält er deine Hand.
Wie konnte ich dich gehen lassen?
Das ist es, was ich nicht verstehen kann.

So gehören sie nun endlich mir allein,
Meine leeren, trostlosen Tage,
Ich geh allein und brauche niemand mehr
Auf dem schmalen Weg …«

Nick rührte sich nicht von der Stelle, während Khasm und Spile schweigend dem zweiten Vers des Liedes lauschten. Schließlich verklangen die letzten Töne. Khasm nahm die Achtelnote aus der Schatulle und schloss ihre Hand darum. Als sie sie öffnete, war die Note verschwunden.

Seufzend erhob sie sich und schniefte erneut. »Wenn die Leiche freigegeben wird, damit ihre Mutter sie begraben kann«, sagte sie nach ein paar Augenblicken des Schweigens, »dann spiele ich es am Grab für sie. Nach der Beerdigung meine ich, wenn sich die Dinge beruhigt haben.«

Sie gingen in den Gang zurück. Es fiel Nick, der den beiden folgte, schwer, seine Gefühle zu analysieren. Spiles massige, schweigende Gestalt wirkte auf ihn trotz der Dunkelheit nicht im Geringsten bedrohlich, sondern nur sehr traurig. Khasm, die die Augen gesenkt hielt, schien ihre Selbstbeherrschung wiedergefunden zu haben, aber das fand Nick fast noch schlimmer, als wenn sie mit den Tränen kämpfte.

»Hört mal«, sagte er, »wenn ich etwas tun kann …«

Khasm schüttelte den Kopf. »Das« – sie hielt die geschlossene Hand in die Höhe, mit der sie vorhin die Achtelnote genommen hatte – »bedeutet mir viel. Danke.«

Sie verschwand im Gang. Als Spile ihr folgen wollte, legte Nick ihm die Hand auf den Arm, eine Geste, die ihn selbst überraschte. Spile blieb stehen und starrte ihn an.

»Ich meine es ernst«, sagte Nick.

Spiles Schweigen wirkte geradezu bedrohlich. »Ja gut, danke, ich …«, sagte er dann.

»Nick Melchior. Ich stehe in den Log-in-Listen.«.

»Okay«, gab Spile zurück. »Ich … Vielleicht melden wir uns.«

Damit folgte er Khasm. Nick blieb stehen und sah ihnen

nach. Schließlich verließ er den Gang in die entgegengesetzte Richtung und arbeitete sich langsam wieder bis an die Stelle zurück, wo er die beiden getroffen hatte.

Bisher war ihm nie der Gedanke gekommen, dass mit diesen Selbstmorden etwas nicht stimmen könnte. Aber Khasm und Spile waren sich da ganz sicher gewesen. Jetzt fiel ihm auch wieder ein, wie beunruhigt Charlie wegen der vielen Zeit gewesen war, die Nick in Deathworld verbrachte.

Hat er dabei ebenfalls an die Selbstmorde gedacht?

Schwer zu sagen. Auf jeden Fall hatte er sie einmal erwähnt, aber Nick hatte nichts davon hören wollen. Und dann hatte Charlie ihn nach den Abkürzungen gefragt.

Zuerst hatte Nick sich darüber gefreut, weil es ein Riesenspaß gewesen wäre, sich mit Charlie im Schlepptau in Deathworld herumzutreiben. Auf den meisten Gebieten war Charlie ihm nämlich überlegen. Nick nahm ihm das nicht übel. Schließlich hatte sein Freund wirklich die Hölle erlebt, und das war kein Spiel gewesen. Aber auf dieser Site kannte sich Nick endlich einmal besser aus als Charlie, und er konnte sich nicht vorstellen, dass Charlie ihm das nicht gönnen würde.

Plötzlich erschien ihm diese Aussicht in einem völlig anderen Licht. Etwas stimmte mit den Selbstmorden und Deathworld selbst nicht. Und jetzt wollte Charlie, der sich nicht im Geringsten auskannte, da unten herumwandern. Jeder konnte ihm erzählen, was er wollte. Hoffentlich geriet er nicht in Schwierigkeiten.

Hör doch auf, sagte der ›vernünftige‹ Teil seines Gehirns. *Die Site ist bestimmt nicht gefährlich, sonst hätte die Net Force sie schon längst verboten. Und Charlie ist nicht dumm! Ganz im Gegenteil.*

Trotzdem … diese Selbstmorde.

Auf einmal wurde ihm beim Gedanken daran sehr unheimlich zumute.

Ich muss mit Charlie sprechen, dachte er. *Sobald ich hier fertig bin …*

Damit verschwand er in der Dunkelheit.

Für Charlie war es wieder eine kurze Nacht gewesen. Bis spät hatte er seitlich, sodass er die Beine hochlegen konnte, auf der untersten Bank in seinem Arbeitsplatz gesessen und die Abkürzung durch Deathworld studiert. Die Site war komplex, aber nicht so schlimm wie manche Umgebungen, in denen er von Zeit zu Zeit gespielt hatte. In den oberen Kreisen schien es darauf anzukommen, dass man mit den Verdammten sprach. Das an sich war für Charlie schon interessant. Später, auf Ebene Acht, ging es dann um die Kommunikation mit den anderen Spielern. *Als ob die Designer den Benutzern beibringen wollten, miteinander zu reden*, dachte Charlie. *Dabei fangen sie ganz klein an. Zuerst ist es wie ein Spiel. ›Seht euch an, wie die Bösen ihre gerechte Strafe bekommen …‹ Dann führen sie auf einmal einen neuen Ansatz ein.*

Er wusste nicht so recht, was er davon halten sollte. *Steckt irgendein gütiger Webdesigner dahinter, der im Verborgenen arbeitet? Oder wollte Joey Bane das so?*

Auf der Suche nach Hinweisen ging er verschiedene Virtclips und Textinterviews mit Bane durch, die er zusammengetragen hatte. In keinem äußerte sich Joey Bane wirklich über seinen Beitrag zum Design der Site. Er schien das Thema geradezu zu vermeiden und deutete in ein oder zwei Interviews sogar an, dass er nichts von Technik verstand. Computer und Internet waren demnach nicht sein Ding.

Das konnte Charlie kaum glauben. Schließlich war das

professionelle Musikgeschäft ohne Internet nicht denkbar. Seit zwanzig Jahren liefen Vertrieb und Marketing in zunehmendem Maße über das Netz. Charlie war davon überzeugt, dass Joey Bane ein Marketing-Experte, ja geradezu ein Genie war. Mit Sicherheit war er an der Site ebenso beteiligt wie an allem anderem, mit dem sein Name in Verbindung gebracht wurde. Aber das zu beweisen …

Andrerseits war das im Augenblick gar nicht das Problem. Die Site selbst war schon Herausforderung genug. *Nicht ein einziges Detail darüber, was nach der Acht kommt, wenn man das Labyrinth gefunden und sich bis auf Ebene Neun vorgearbeitet hat.* Selbst die Anleitungen für die Abkürzungen, die theoretisch nicht ganz legal waren und sich normalerweise mit solchen Informationen überschlugen, sagten nichts darüber aus. *Als ob an diesem Punkt alles aufhören würde … oder als ob irgendeine Macht die Leute daran hindern würde, über ihre Erlebnisse zu sprechen. Eigenartig.*

Vielleicht haben sie Angst, verklagt zu werden?

Aber das müsste eigentlich auch für die ersten acht Ebenen gelten, und da gibt es keine Mauer des Schweigens.

Er brütete eine Weile über diesem Problem. *Was für ein Einfluss ist stark genug, um solch ein Geheimnis zu bewahren?*

Das kann ich wohl nur herausfinden, wenn ich es selbst bis dahin schaffe.

Mittlerweile … Er schwang die Beine von der Bank und wanderte erneut in seiner kleinen Ausstellung umher. Nachdem er die Autopsieberichte zusammengefaltet hatte, waren nur noch die Aufnahmen von den Jugendlichen selbst übrig. Sie saßen auf Vordertreppen, lagen am Strand, schlugen wieder und wieder einen Softball … Jaime und Richard. Jeannine und Malcolm. Renee und Mitch. *Die sehen aus wie die Leute von der Bradford Academy*, dachte Charlie, *oder aus sonst einer Schule in der Gegend. Völlig normal.* Nur dass sie alle Selbstmord begangen hatten. Das war natürlich das Problem. Ein Selbstmörder sah aus wie jeder andere, bis zu dem entscheidenden Augenblick, in dem jeder weitere Atemzug zur unerträglichen Qual wurde.

Und dann gibt es Fälle wie diese, dachte Charlie, *wo mehr dahinter steckt …*

Seufzend blickte er zu den Fenstern auf. In London war es bereits Nacht, während es an der amerikanischen Ostküste noch Nachmittag war. Er ging zu der Tür, die zu Mark Gridleys Arbeitsplatz führte, öffnete sie und steckte den Kopf hindurch.

Die feuchte Hitze traf ihn wie ein Schlag ins Gesicht. *Wir sind schließlich in Florida,* erinnerte er sich, als er in das grelle Sonnenlicht und die stickige Luft der Montagehalle trat. *Obwohl man es mit der Wirklichkeitsnähe auch übertreiben kann. Mark ist manchmal schon ein Perfektionist …* »Mark«, rief er, während er über den Betonboden wanderte, »bist du da?«

»Ja«, meldete Mark sich von irgendwo außer Sicht. »Bin gleich bei dir.«

Als Charlie dic Stelle erreichte, wo beim letzten Mal der Schreibtisch gestanden hatte, war dieser verschwunden. Stattdessen fand er dort einen schnittigen neuen Rolls-Skoda vor, ein gepanzertes Modell, das im Augenblick in aller Munde war. Unter der offenen Motorhaube beugte sich Mark über den Motor.

Nachdem er ein paar Minuten gewartet hatte, stellte Charlie sich neben ihn und blickte ebenfalls in den Motorraum. Der Motor war sauber genug, um davon essen zu können. Er bestand aus einem komplexen Labyrinth blitzblanker Schläuche und Leitungen und einem mächtigen

Motorblock, der vermutlich in einem Stück aus einem massiven Stahlwürfel herausgearbeitet worden war. »Willst du dir einen kaufen?«, erkundigte sich Charlie. »Oder macht sich dein Vater Sorgen um die Sicherheit von irgendjemand?«

»Was?« Mark richtete sich auf und wischte sich den Staub von den Händen. »Nein, das ist nur eine Simulation. Ein Bekannter hat sie mir geborgt, weil sie nicht richtig läuft. Das Ding entmaterialisiert sich gern im falschen Augenblick.«

Charlie dachte an seine Dampflok. »Ich habe selbst auch Probleme mit dem Spong«, meinte er ziemlich kläglich. »Aber deswegen bin ich nicht hier.«

»Schieß los.« Mark schlug die Motorhaube des Rolls zu und setzte sich darauf. »Was ist aus den ganzen Dateien geworden?«

»Einiges«, gab Charlie zurück. »Mark, könntest du bitte die Klimaanlage einschalten? Ich komme mir vor wie in der Sauna.«

»Geht nicht. Ich warte auf was.« Mark blickte nach oben. Als Charlie seinem Blick folgte, sah er nur die Zwergbussarde, die hoch oben unter der riesigen Öffnung in der Decke kreiste. »Erzähl mir, was los ist.«

Charlie schüttelte den Kopf, schilderte jedoch kurz, worauf er in den Autopsieberichten gestoßen war. »Mit diesen ganzen Todesfällen stimmt was nicht. Was, das kann nur ein Insider rausfinden.«

Nachdenklich blickte Mark ihn an. »Ein Insider bei einem Todesfall, das klingt ziemlich endgültig.«

»So habe ich das nicht gemeint«, meinte Charlie ein wenig genervt. »Mark, du musst mich verdrahten.«

Er hatte damit gerechnet, dass Mark wissen wollte, was er damit meinte. Zu seiner Überraschung stellte der jedoch keinerlei Fragen, sondern blies die Backen auf, als hätte er ein gewaltiges Problem.

»Darunter tust du es wohl nicht, was?«, fragte Mark.

»Aber du kannst das doch, oder?«

»Bloß *werde* ich es tun? Ja, du weißt, dass ich alles tun werde, um dir zu helfen. Aber einfach wird es nicht. Dagegen war der Einbruch in die Archive ein Kinderspiel.«

Mark zog die Füße hoch, bis er im Schneidersitz auf der Motorhaube des Rolls saß. »Deathworld besitzt vermutlich den besten Kopierschutz im gesamten Netz. Bane hat was dagegen, wenn jemand sein Zeug klaut. Die Hälfte seiner Techniker ist nur damit beschäftigt, neue Methoden zu entwickeln, die verhindern, dass Informationen direkt heruntergeladen werden. Das sind unglaublich viele Sicherheitsmaßnahmen, mit denen man sich Sekunde für Sekunde herumschlagen muss. Natürlich soll keiner merken, was du treibst.«

»Äh, nein.«

Mark brütete eine Weile vor sich hin. »Was ist übrigens aus deinem Angelausflug geworden?«, wollte Charlie wissen. »Ich hätte nicht gedacht, dass ich dich antreffe.«

Mark kicherte. »Ich hätte meine Wette gewonnen. Dad muss zu Hause bleiben und an irgendeinem geheimen Projekt arbeiten.« Er zuckte die Achseln. »Vielleicht besser so. Das heißt nämlich, dass er für den Rest des Wochenendes aus dem Weg ist, vielleicht sogar noch länger. Und wenn ich diese Aufgabe lösen soll, kann ich keine Ablenkung gebrauchen.«

Die beiden saßen noch eine kurze Weile schweigend da. »Melde dich später bei mir«, sagte Mark dann. »Ich lass dich wissen, ob es möglich ist.«

»Okay.« Charlie erhob sich. »Mark … vielen Dank.«

»Schon gut.« Plötzlich sah Mark nach oben und blinzelte. »Hast du was gehört?«

Charlie blickte sich um. »Nein, eigentlich nicht.«

»Aber ich ...« Mark glitt von der Motorhaube des Rolls und sah in die Höhe. »Hey ...«

Charlie folgte seinem Blick. Plötzlich drängten sich die Bussarde auf der einen Seite der Montagehalle zusammen und suchten in möglichst großer Höhe nach Landeplätzen. Und dann sah Charlie es auch ...

Er öffnete den Mund, klappte ihn aber schnell wieder zu, weil er nicht wusste, wie er den Anblick, der sich ihm bot, beschreiben sollte. *Die Luft wird dick*, war sein erster Gedanke. Das kam ihm dumm vor, aber genau das geschah. Eine Art Dampf entstand, der sich zu Nebel verdichtete, obwohl darüber unverändert die Sonne schien. Verblüfft schüttelte Charlie den Kopf. Über ihnen bildeten sich Wolken, aus denen vor seinen Augen ein dünner silbriger Schleier zu rieseln begann. Er ging in die Mitte der Halle. Dabei ließ er sich Zeit, denn das silbrige Nieseln brauchte ein wenig, bis es den Boden erreichte. Als er schließlich stehen blieb, spürte er die ersten feinen Regentropfen auf seinem nach oben gewandten Gesicht.

»Sieh dir das an«, verkündete Mark, der direkt hinter ihm stand, triumphierend. »Das passiert in der Realität auch manchmal. Ich wusste, dass es früher oder später geschehen muss, wenn meine Simulation richtig programmiert ist.« Lachend klopfte er seinem Freund auf den Rücken. »Herzlichen Glückwunsch, Charlie, du hast ein historisches Ereignis miterlebt!«

»Ja«, sagte Charlie, »und ein ziemlich feuchtes noch dazu!« Er wischte sich den Regen von den Schultern und ging vor sich hin grinsend zur Tür. Doch die Galerie lächelnder Gesichter, die an seinem Arbeitsplatz auf ihn wartete, ließ ihn nicht los. Er musste herausfinden, was ihnen zugestoßen war …

Ohne selbst ihr Schicksal zu teilen.

7. Kapitel

Als Nick Deathworld verließ, spürte er beim Anblick der nackten weißen Wände, in denen er für den Augenblick seinen Arbeitsplatz eingerichtet hatte, ein leichtes Schuldgefühl. Selbst wenn er den Zugang ein wenig wohnlicher gestaltete, würde es nie das Gleiche sein wie in seinem Bereich auf dem Server der Familie. Er ärgerte sich über sich selbst, weil er nicht sorgsamer mit seiner Zeit umgegangen war und seine Eltern so wütend gemacht hatte. Leider verstand er immer mehr, warum sie so ungehalten gewesen waren.

Wenn das so weitergeht, werde ich mich bald noch richtig entschuldigen müssen, dachte er verstockt.

Aber war das denn so schlimm? Vielleicht kam ihm sein Leben dann nicht mehr so vermurkst vor wie im Augenblick.

Du bist doch nur nervös wegen des Zeugs, das dir Khasm und Spile erzählt haben.

Er schluckte. Das stimmte.

Und Charlie …

»Charlie Davis' Arbeitsplatz«, sagte er zu den weißen Wänden um ihn herum.

Nick schämte sich ein wenig. Seit Tagen hätte er sich bei seinem Freund melden sollen. Aber er war so beschäftigt gewesen …

»Verbindung wird hergestellt.«

Seine Unterhaltung mit Khasm und Spile hatte ihn aus seiner Geschäftigkeit gerissen. Bis jetzt war Nick davon ausgegangen, dass es sich um echte Selbstmorde handelte, um Menschen, die im Leben einfach nicht zurechtkamen. Nie war ihm der Gedanke gekommen, dass etwas anderes dahinter stecken konnte. Auch wenn er sich immer noch nicht sicher war, was eigentlich lief, überkam ihn beim Gedanken daran eine Gänsehaut.

»Der angeforderte Arbeitsplatz ist verfügbar«, meldete das Verwaltungsprogramm seines temporären Arbeitsplatzes.

Nick erhob sich aus der virtuellen Version seines Implantatstuhls und zog an einer Türklinke, die aus der Luft ragte. Die dazugehörige Tür öffnete sich, und er blickte in den großen kreisförmigen Raum mit der Holzvertäfelung. Die Porträts der Ärzte mit Perücke und Gehrock und die runden Bänke waren unverändert, aber die Dampflok in der Mitte war verschwunden.

Stattdessen hingen dort zwei- und dreidimensionale Bilder von Jugendlichen, die Nick nicht kannte. Er ging die Treppe zwischen zwei Bankgruppen hinunter, um sie genauer zu betrachten. Von Charlie war nichts zu sehen. Entweder trieb er sich draußen in der realen Welt herum, oder er arbeitete an einem anderen Projekt …

Oder er ist in Deathworld unterwegs.

Nach kurzer Überlegung stieg Nick die Treppe zu seinem Arbeitsplatz wieder hinauf, wobei er den Zugang zu Charlies System hinter sich schloss. Dann öffnete er die Tür, über die er normalerweise Deathworld betrat. Die Copyright-Erklärung brannte in roten Lettern vor ihm in der Luft. »Ja, ja, schon gut«, sagte Nick. »Hauptzugang bitte.«

Der Copyright-Text hing noch ein paar Augenblicke länger dort, bis er verschwand und den Blick auf das riesige Tor freigab. Nick ging hindurch. »Deathworld-Hilfsprogramme, bitte …«, sagte er auf der anderen Seite.

Vor ihm erschien ein riesiger, dunkelgrüner Onyxschreibtisch, auf dem sich Geschäftsbücher türmten. Dahinter saß ein Dämon mit grünem Augenschirm, Ärmelschonern und Fliege, allerdings ohne Hemd. Sein eingedrücktes Gesicht erinnert Nick an eine Zeichentrickbulldogge, die überlegt, wie sie der Katze am besten eins auswischen kann. »Ja? Ach, du bist es, Nick.«

»Hallo, Feuermaul.« Nick schlenderte zu dem Schreibtisch. »Wie läuft's bei der Gewerkschaft?«

»Wie üblich. Die Unternehmensleitung behauptet, ihr letztes Angebot wäre endgültig, wir drohen mit Streik, dann sagen die, kein Problem, billigere Arbeitskräfte gibt es wie Sand am Meer …« Der Dämon beugte sich zur Seite und spie Schwefel in einen kunstvoll geschnitzten Spucknapf neben dem Schreibtisch. Gelber Rauch stieg auf. »Streikbrecher, meinen sie. Das stinkt zum Himmel, Nick. Unser Problem ist, dass wir keine Rechte haben.«

»Haltet durch«, riet Nick. »Ihr habt die richtige Persönlichkeit für diesen Job. Die müssten verrückt sein, euch zu feuern.«

»Dein Wort im Ohr des Chefs«, sagte Feuermaul. »So ein Geizkragen. Für diese Verhandlungsrunde hatte er uns eine anständige Gewinnbeteiligung versprochen, aber davon will er jetzt nichts mehr wissen. Da soll man nicht den Glauben an die Kräfte des Marktes verlieren!« Der Dämon schnitt eine Grimasse. »Aber genug von meinen Problemen. Was kann ich für dich tun?«

»Ich suche einen Freund von mir, Charlie Davis.«

Der Dämon zog eine dicke Rolle hinter seinem Schreibtisch hervor, die sich auf dem Boden von selbst öffnete. Sie war so lang, dass sie in der Ferne wie Eisenbahngleise zu einem Punkt zusammenlief. Mit angewidertem Gesicht zog Feuermaul sie auf seinen Schreibtisch. »Retrotech!« Damit griff er in die Luft, zog an einer kleinen Kordel, die eine Sekunde zuvor noch nicht dort gewesen war, und holte ein Textfenster herunter. »War der Typ vor kurzem hier?«

»Ich glaube gestern oder so.«

Feuermaul studierte den Text, der so schnell durch das Fenster lief, dass Nick ihn nicht lesen konnte. »Sein Name ist nicht drin«, sagte er schließlich.

»Vielleicht benutzt er ein Pseudonym.«

»Ja, aber das dürfte ich dir nicht sagen.« Feuermaul zog erneut an der Kordel. Das Fenster rollte sich mit einem klatschenden Geräusch hoch wie ein altmodisches Rollo und verschwand. »Datenschutz, Nick, du weißt doch, wie das ist. Wir müssen der Schnüffelei einen Riegel vorschieben, selbst wenn es für eine gute Sache ist.«

»Ja, schon klar.« Nick atmete tief aus. »Hör mal, tu mir einen Gefallen. Lass mich die Log-in-Listen der letzten Tage sehen.«

Feuermaul zog die Augenbrauen hoch. »Soll das ein Witz sein? Du brauchst wohl Lektüre. Weißt du, wie viele Besucher wir jeden Tag haben?«

»Nur die Neuen, Feuermaul. So viele können das doch nicht sein.«

»Wollen wir wetten?« Kopfschüttelnd griff der Dämon nach der Kordel, und das Fenster öffnete sich erneut. »Letzte Woche war der Bär los, Nick. In den oberen Etagen hat es ziemlichen Aufruhr gegeben, du weißt schon, warum.«

»Ich weiß«, sagte Nick düster. Er stützte die Ellbogen auf den Schreibtisch und studierte das Fenster.

Feuermaul hatte nicht übertrieben. Im Zeitraum, der

Nick interessierte, hatten sich jede Stunde fünf- bis zehntausend neue Benutzer in Deathworld eingeloggt. Nick tat sein Bestes, aber es war unmöglich zu sagen, welches Pseudonym Charlie gewählt haben mochte. Schließlich war er nicht einer der Trottel, die ein Anagramm ihres Namens oder den Mädchennamen ihrer Mutter nahmen.

Schließlich gab er seufzend auf. Feuermaul schnalzte mitfühlend mit der Zunge und rollte das Logfenster wieder hoch. »Tut mir Leid, Kumpel. Kann ich sonst noch was für dich tun? Auf Sechs könnte ich dir ein paar neue Stücke bieten …«

»Nein danke«, sagte Nick, »nicht heute. Ich habe auf Acht was zu erledigen.« Er wandte sich ab und winkte dem Dämon zu. »Halt die Ohren steif!«

»Du auch, Nick. He, warte mal!«

Nick sah sich nach dem Schreiber um. »Ja?«

»Hast du dir die Mitteilungsbretter angesehen?«

»Nein. Keine schlechte Idee. Danke, Feuermaul.«

»Keine Ursache, Kleiner.« Der Dämon öffnete ein großes Geschäftsbuch und begann, darin zu blättern. »Hol dir unten im Labyrinth keine nassen Füße! Du willst dir ja wohl keine Erkältung einfangen.«

Nick grinste. Schreibtisch und Dämon verschwanden. Nick war davon überzeugte, dass die Dämonen das Lieblingsspielzeug der Deathworld-Programmierer waren. Wahrscheinlich gaben sie manchmal sogar ›Live‹-Antworten. Er fand das selbst auch witzig und spielte gern mit, wenn sich die Gelegenheit bot. *Vielleicht verbessert das meinen Punktestand, und warum sollen Programmierer keinen Spaß im Leben haben?*, dachte er.

Er ging ein kleines Stück durch die Dunkelheit, bis er zu einem riesigen Torbogen kam, der an den Haupteingang erinnerte. Allerdings waren in den Stein die Worte ›MARX HAT SICH GEIRRT: NACHRICHTEN SIND OPIUM FÜRS VOLK‹ gemeißelt.

Nachdem er den Bogen passiert hatte, fand er sich in einem prachtvollen Raum wieder. Vorbild war der Leseraum für die Schönen Künste in der Zweigniederlassung der öffentlichen Bibliothek von New York in der 42. Straße gewesen. Allerdings war das Original in Elfenbein, Holztönen und Gold gehalten, während hier alles schwarz und grau war, bis hin zu den hohen, dunklen Fenstern. Hinter dem auf Säulen ruhenden Empfangstisch stand ein riesiger weißer Löwe auf den Hinterbeinen und ging Schubladen mit Karteikarten durch. Dahinter erstreckten sich zwei Reihen langer Tische mit dunklen Oberflächen, auf denen jeweils vier Lampen standen.

Nick ging zum nächsten und setzte sich. Das gedämpfte Licht fiel auf hunderte und aberhunderte Textnachrichten, Bilder und ›Flachfilme‹, die unablässig unter der Tischoberfläche vorbeiliefen. Alles waren Nachrichten von Banies an Banies, die von Deathworld selbst, der Musik, anderen Banies, Joey oder einem anderen der Myriaden Themen handelten, die Deathworld-Fans diskutierten, wenn sie nicht gerade auf der Site unterwegs waren. Nick legte die Hand flach auf den Tisch. »Suchlauf bitte …«

»Was suchst du denn, Chef?«, fragte der Tisch mit seiner rauen, aber freundlichen Dämonenstimme.

»Eine Botschaft von Charlie an jemand anderen.«

Der Tisch seufzte. »Weißt du, wie viele Charlies wir hier haben, Nick? Willst du mir etwas genauere Angaben liefern, oder hast du sonst nichts zu tun?«

Nick lachte. »Jede Botschaft von Charlie an mich oder von irgendeinem Charlie an irgendeinen Nick.«

»Erster Durchlauf erfolglos«, sagte der Tisch. »Zweiter Durchlauf ebenfalls. Willst du was anderes versuchen?«

Nick überlegte einen Augenblick. Wenn Charlie hier drin war, hat er zumindest nicht versucht, mich zu erreichen. Das könnte positiv sein … oder auch nicht. »Irgendwelche öffentlichen Mitteilungen über Selbstmord?«

»Du hast wirklich sonst nichts vor, was?«, meinte der Tisch. »Achtzehntausend Nachrichten zu diesem Thema in den letzten beiden Wochen. Und noch einmal sechstausend sind in der Zeit im Papierkorb gelandet. Ich hab ja gesagt, ich brauche mehr Speicher, aber nein, auf mich hört natürlich keiner!«

»Schon gut«, sagte Nick. Er stützte den Kopf in eine Hand und dachte nach. »Hör mal, zeig mir irgendeine Nachricht, in der die Worte ›Ich will mich umbringen‹, ›Am liebsten würde ich mich umbringen‹ oder ›Ich will Schluss machen‹ vorkommen.«

»Soll ich mich dumm stellen und nur nach diesen Sätzen suchen«, erkundigte sich der Tisch etwas verschnupft, »oder kann ich lösungsorientiert vorgehen und auch Sätze akzeptieren, die das Gleiche bedeuten?«

»Wie du willst.«

»Schon besser als vorhin, aber immer noch eine ziemlich lange Trefferliste. Vierhundertsechsundachtzig Nachrichten.«

»Okay«, sagte Nick. »Anzeigen.«

»Möchtest du was trinken?«, fragte der Tisch.

»Eine Cola.«

Ein Glas erschien vor Nick auf dem Tisch. »Wir sind gesetzlich verpflichtet, dich darüber zu informieren, dass virtuelle Getränke deinen physischen Körper weder mit Flüssigkeit noch mit Nährstoffen versorgen und auch sonst keinerlei ernährungstechnischen Nutzen besitzen«, leierte der Tisch gelangweilt herunter. »Andererseits haben sie auch keine Kalorien. Also, trink aus und verschütte nichts.«

Nick zog eine Braue hoch, nahm das Glas und trank, während er anfing, die Mitteilungen zu lesen. Immer wenn er von einer genug gesehen hatte, klopfte er auf den Tisch, und sie wurde durch eine neue ersetzt.

Schon bald wurde der Finger, mit dem er klopfte, steif. Viele der Nachrichten sollten witzig sein. Andere klangen todernst, aber wenn kein Video dabei war, ließ sich nicht feststellen, ob der Verfasser es vielleicht ironisch gemeint hatte. Eine typische Mitteilung sah ungefähr so aus wie die mit der Betreffzeile ›HAT DOCH ALLES KEINEN SINN!‹, die jemand wenige Stunden zuvor hinterlassen hatte.

KEINE AHNUNG, WARUM SICH ALLE SO AUFREGEN. ES IST DOCH NUR DER TOD. DER TOD IST NICHT SO SCHLECHT, WENN MANN AN ANDERE DINGE DENKT, DIE EINEM ZUSTOSSEN KÖNNEN. WENN DER SCHMERZ ZU GROSS WIRD, WILL MANN EINFACH NUR, DASS ALLES VORBEI IST. VIELLEICHT HAT JOEY RECHT, UND ES IST ZEIT, DIE SEITEN ZU ZERSCHNEIDEN UND ENDLICH RUHE UND FRIEDEN ZU FINDEN. NIEMAND INTERESSIERT ES WIRKLICH, OB ES MICH GIBT ODER NICHT. WAHRSCHEINLICH WÄREN DIE ALLE FROH, WENN SIE MICH LOS WÄREN, EINE SORGE WENIGER, WIE MEINE MUTTER SAGT. ICH WEISS SOWIESO NICHT, WOZU DASS LEBEN GUT SEIN SOLL. JEDER SCHEINT ZU WISSEN, WARUM ER AUF DER WELT IST, NUR ICH NICHT. JE EHER DIESE GANZE SINNLOSIGKEIT VORBEI IST, DESTO BESSER.

Mehrere Personen hatten darauf geantwortet. Manche äußerten sich mitfühlend, andere klangen spöttisch, aber niemand schien zu glauben, dass der Verfasser wirklich mit allem Schluss machen wollte. Niemand sagte auch nur so etwas wie ›Tu's nicht!‹ *Haben sie Angst, dass es sich um einen Scherz handelt, und wollen nicht riskieren, dumm dazustehen?* Nick atmete deutlich vernehmbar aus und warf einen Blick auf den Absender. ›MANTA‹. Wieder ein Pseudonym für jemanden, der zu deprimiert war, um auch nur die Fehler zu korrigieren, die dem Stimmerkennungssystem von Deathworld unterlaufen waren. *Ein Hilferuf?*, dachte Nick, während er Zeitangabe und andere Systeminformationen wie den Standort des Internetknotens studierte, die am Fuß der Nachricht gespeichert waren. *Wenn ja, wie soll man die betreffende Person finden? Das ganze Zeug ist verschlüsselt. Es soll einem bewusst schwer gemacht werden, jemanden aufzuspüren.* Zwar hatte er gehört, dass es möglich war, das Virtmail-Konto und sogar die reale Adresse eines Benutzers herauszufinden, wenn man die Daten in der Fußzeile zu lesen verstand. *Aber bis man das geschafft hat, ist die Person, die die Nachricht hinterlassen hat, wahrscheinlich schon längst tot.* Und wer sagte, dass man nicht ausgelacht wurde, weil man auf einen Scherz hereingefallen war?

Kopfschüttelnd wandte sich Nick wieder seiner Lektüre zu, aber nach etwa zwanzig Minuten gab er endgültig auf. Ihm war völlig schleierhaft, welche Mitteilungen echt waren. »Lässt sich irgendwie herausfinden, welche dieser Leute es ernst meinen? Durch semantische Analyse oder so?«

»Ich bin ein Computer, kein Arzt«, sagte der Tisch. »Diagnosen darf ich nicht stellen. Denkst du, ich will die Ärztekammer am Hals haben? Das Leben ist hart genug.«

Nick musste lachen. »Okay, vergiss es. Aber hör mal ...«

Er überlegte einen Augenblick. »Gibt es irgendwelche Nachrichten von den … du weißt schon … von den Engeln der Tiefe.«

»Drei sind noch in der Datenbank«, sagte der Tisch. »Aber die sind als vertraulich eingestuft und gesperrt, Nick.«

Nick lehnte sich auf seinem Stuhl zurück und überlegte weiter. »Okay. Tust du mir einen Gefallen?«

»Alles, was erlaubt ist.«

»Wenn irgendwelche Nachrichten von einem Charlie … nein, vergiss dass, von egal wem für mich eingehen, während ich auf der Site bin, leite sie sofort an mich weiter.«

»Die Anweisung, dass du nicht gestört werden willst, gilt also nicht mehr?«

»Nein.«

»Verstanden. Lass es uns wissen, wenn du die Einstellungen wieder zurücksetzen willst.«

»Mach ich. Danke!« Nick tätschelte den Tisch, stand auf und verließ den Lesesaal.

Als er wieder an seinem schmucklosen weißen Arbeitsplatz stand, überlegte er kurz. *Soll ich ihn zu Hause anrufen? Vielleicht nicht … seine Eltern könnten sich aufregen. Oder meine flippen aus, falls er zurückruft und sagt, worum es geht.*

Stattdessen suchte er wieder Charlies Arbeitsplatz auf. »Hallo …«, sagte er in der Hoffnung, das System aufzuwecken.

»Hallo, Nick«, antwortete die sanfte Frauenstimme, die Charlies ›Systemmanager‹ verkörperte. »Charlie lässt dir ausrichten, du sollst es dir gemütlich machen und alles benutzen, was du brauchst.«

»Oh, gut. Ich muss eine Nachricht hinterlassen.«

»Virtuelle Stimmaufzeichnung, virtuelle Bild- und Stimmaufzeichnung oder Text? Was ist dir am liebsten?«

»Virtuelle Bild- und Stimmaufzeichnung.«

»Fang an. Wenn du fertig bist, legst du eine Pause von fünf Sekunden ein und sagst dann ›Abschließen‹.«

»Charlie«, begann Nick. »Ich muss dir unbedingt was erzählen. Ich bin in Deathworld auf Leute gestoßen, die welche von den Selbstmördern kannten. Sie sind davon überzeugt, dass da was nicht stimmt.«

Er schilderte alles, was Khasm und Spile ihm gesagt hatten, vor allem den Teil mit den Drogen. Dann fasste er zusammen, was er in der Nachrichten-Datenbank gefunden hatte. Es war nicht viel, aber vielleicht verstand Charlie so besser, warum er ein ungutes Gefühl hatte.

Schließlich wusste er nicht mehr, was er noch sagen sollte. »Ruf mich zu Hause an, wenn du kannst. Nicht zu spät, Dad hat letzte Woche eine ziemlich merkwürdige Arbeitszeit gehabt. Das Studio hat ihn nach Kalifornien geschickt. Frag mich nicht, warum seine virtuelle Anwesenheit nicht reichte.« Er wurde das Gefühl nicht los, dass er etwas vergessen hatte, aber ihm fiel nichts mehr ein. »Also, ruf mich an. Und … sei vorsichtig.«

Nick legte eine Pause ein. »Abschließen«, sagte er dann.

»Danke, Nick«, meldete sich Charlies System. »Sobald Charlie sich meldet, gebe ich die Nachricht weiter.«

»Irgendeine Vorstellung, wo er steckt?«

»Im Augenblick leider nicht.«

Er nickte. »Danke …«

Als er die Treppe hinaufstieg, sah er sich noch einmal nach den Bildern der Jugendlichen um, die ungefähr in seinem Alter waren. Dann kehrte er an seinen Arbeitsplatz zurück, wobei er fieberhaft überlegte, was er als Nächstes tun sollte.

In der Montagehalle dämmerte es. Die großen Natriumlampen, die von den Querträgern an der Decke hingen, waren eingeschaltet und überfluteten den Betonboden mit ihrem harten, grellen Licht. »Okay«, sagte Mark zu Charlie, als er näher kam, »das ist es.«

Er hielt einen Gegenstand in die Höhe, der in dem unbarmherzigen Licht weiß schimmerte. Charlie war verwirrt. »Das ist ein Jackett«, stellte er fest.

Mark rollte die Augen. »›Das ist ein Jackett‹ sagt er! Hast du eine Ahnung, wie viel Programmierarbeit darin steckt? Das ist nicht einfach ein Jackett!«

»Okay, dann ist es eben ein *magisches* Jackett. Muss ich dazu eine Fliege tragen? Und muss es eine magische Fliege sein?«

»Wenn ich dich irgendwo in Wirklichkeit erwische«, schimpfte Mark vor sich hin, »dann gibt's eins auf die Mütze, das schwöre ich dir, du Ignorant. Los, anziehen.«

Er half Charlie in das Jackett, mit dem er anstandslos auf jeder Dinnerparty durchgegangen wäre. Charlie konnte nichts Ungewöhnliches entdecken. »Schöner Stoff«, meinte er und klopfte zufrieden darauf herum.

Mark trat einen Schritt zurück. »Das will ich hoffen«, meinte er säuerlich. »Wenn das ein Profi für dich programmiert hätte, hätte es dich ein Vermögen gekostet.«

»Ich komme mir vor wie ein Kellner«, beschwerte sich Charlie. »Wahrscheinlich sehe ich auch so aus. Also, wo ist der Schalter?«

Kopfschüttelnd ließ sich Mark auf den Rolls sinken. »Schalter? Erbarmen! Übrigens siehst du höchstens wie ein Arzt aus. Wahrscheinlich wirst du eines Tages auch ein ganz hervorragender, solange du nicht versuchst, technische Geräte zu verstehen, die komplizierter sind als ein Stethoskop.

Es gibt keine Schalter! Du ziehst das Ding an, bevor du auf die Site gehst, und legst es erst wieder ab, wenn du draußen bist. Auf keinen Fall darfst du es ausziehen, nicht nur, weil dann nichts mehr aufgezeichnet wird, sondern auch, weil es nur in Verbindung mit deinem virtuellen Konto und deinem Implantat funktioniert. Ausfallsicherungen konnte ich praktisch nicht einbauen. Das liegt zum Teil daran, dass ich immer noch nicht weiß, wie ich alle ihre Abwehrmaßnahmen umgehen kann. Höchstwahrscheinlich gehen bei denen sämtliche Alarmanlagen los, wenn das Jackett aus der Verbindung herausgenommen wird. Das wäre extrem ungünstig, weil du nämlich sofort nicht nur jede einzelne Sicherheitsfirma am Hals hättest, die für Joey Bane Enterprises arbeitet, sondern auch alle seine Anwälte, und das sind vermutlich tausende. Hast du das verstanden?«

»Klar.« Charlie amüsierte sich insgeheim darüber, dass er Mark auf die Palme gebracht hatte. »War wohl nicht so einfach, die Programmierung?«

Mark funkelte ihn wütend an. »Ich habe fast fünf Stunden lang die Sicherheitssystem von Deathworld analysiert.«

»Was sind schon fünf Stunden«, meinte Charlie.

»Wenn du glaubst, das hätte mir Spaß gemacht …«

Das war zu viel für Charlie. »*Natürlich* hat es das! Im Grunde deines Herzens bist du ein Pirat, Gridley«, platzte er heraus. »Daher treibt es dich auch zum Wahnsinn, dass du der Sohn deines Vaters bist.« Er konnte gar nicht mehr aufhören zu lachen.

Mark grinste schief. »Schon gut, Mr. Psychoanalytiker. Wahrscheinlich kannst du nicht anders, bei *der* Mutter! Themenwechsel, okay? Wichtig ist, dass du auf keinen Fall das Ding ausziehst. Du kannst eine Tarnung darüber tragen, das wäre wahrscheinlich ohnehin am besten.«

»Okay.«

»Ich musste improvisieren«, erläuterte Mark. »Die Sicherheitssysteme in Deathworld sind sehr komplex. Um den Informationsfluss von der Site zu deinem Arbeitsplatz zu gewährleisten, musste ich eine Spektrumspaltung vornehmen, den Datenstrom auf verschiedene interne Netzkommunikationen verteilen und ihn draußen dann wieder zu einem Singleband-Durchsatz zusammenführen.«

»Du erwartest hoffentlich nicht, dass ich auch nur ein Wort davon verstehe«, meinte Charlie, während er nachsah, ob das Jackett eine Innentasche besaß. Es hatte eine.

»Da drinnen werden Daten gespeichert«, erklärte Mark. »Stell dir das ausgehende Signal als weißes Licht vor, das in das Spektrum aufgespalten und dann wieder zu Weiß zusammengefügt wird. Wichtig ist, dass es im Test funktioniert hat.« Er zog die Augenbrauen hoch. »Die ersten Testläufe waren allerdings ziemlich spannend. Auf jeden Fall wird alles, was du hörst und siehst, an deine Adresse geschickt und dort gespeichert. Noch etwas: Wenn du fertig bist, lässt du das Jackett an meinem Arbeitsplatz.«

»Warum das?«

Mark setzte sein gewinnendstes Das-ist-doch-sonnenklar-du-Trottel-Gesicht auf. »Wenn was schief geht, oder besser gesagt, wenn es gut läuft und jemand wird im Nachhinein sauer – willst du dann, dass Deathworld dich wegen Diebstahls geistigen Eigentums und Copyright-Verletzung vor Gericht zerrt und damit deine glänzende Karriere als Mediziner zerstört, bevor sie überhaupt begonnen hat? Oder ist es dir lieber, wenn sie sich auf mich stürzen, den genialen, aber psychisch labilen Sohn des Net-Force-Chefs?«

So gesehen, lag die Antwort auf der Hand. »Äh«, sagte Charlie.

»Genau, äh. Deshalb hast du Tag und Nacht Zugang zu meinem Arbeitsplatz. Nach jedem Besuch legst du das Jackett da über den Schreibtisch. Wenn du gehst, löschen sich die Logdateien auf meiner Seite von selbst, sodass es keine elektronische Spur zu deinem Arbeitsplatz gibt. Das zu programmieren war kein großes Problem, aber der Rest ist technisch gesehen ziemlich anfällig. Deswegen darfst du das Jackett auf keinen Fall verlieren oder ausziehen.«

»Verstanden.«

»Außerdem habe ich um deinen eigenen Arbeitsplatz herum ›Stolperdrähte‹ angebracht. Die findet keiner, da bin ich mir sicher. Sobald jemand versucht, sich in dein Konto oder in das deiner Familie einzuhacken, geht an meinem Arbeitsplatz der Alarm los, und mein System verfolgt den Eindringling zurück. Wenn du dich in Deathworld aufhältst, wirst du gleichzeitig von deinem Arbeitsplatz über Verbindungen im Jackett gewarnt. Für die Zeit, wenn du nicht in der virtuellen Realität unterwegs bist, musst du dir eine andere Methode ausdenken. Ich habe die ›offenen Kabel‹ der Alarmprogramme sichtbar an deinem Arbeitsplatz liegen lassen. Du kannst sie zum Beispiel an eure Telefonanlage anschließen. Danach musst du sie tarnen. Wenn wir dann die nötigen Informationen für die Net Force in der Hand haben, werden wir beide als Helden in die Geschichte eingehen.«

Mark grinste. »Natürlich nur, falls die nicht der Schlag trifft, wenn sie herausfinden, was wir treiben.« Seine Geste deutete an, wie hoffnungslos die gesamte Erwachsenenwelt, aber insbesondere seine und Charlies Eltern und James Winters in dieser Hinsicht waren. »Erzählt hast du es ja niemand …«

Charlie blickte unglücklich drein. »Woher weißt du das?«

»Weil ich meinen Vater auch nicht eingeweiht habe. Du

weißt, dass du vorsichtig bist, und ich weiß es. Aber die verstehen das einfach nicht.«

»Wahrscheinlich nicht. Nein.« Der Gedanke daran, was sein Vater zu seinem Plan sagen würde, hatte ihn in den letzten Tagen verfolgt. *Und seine Mutter …* Aber er konnte die Gesichter von Renee, Malcolm, Jeannine und den anderen nicht vergessen. Wenn er nicht herausfand, was ihnen zugestoßen war, dann würde es vermutlich auch keinem anderem gelingen. Außerdem wurde die Zeit knapp. Der Monat, in dem die Person, die bei den ›Selbstmorden‹ ihre Hand im Spiel hatte, umging, war fast vorüber. Möglicherweise würde ein ganzes Jahr verstreichen, bevor wieder etwas geschah. Polizei und Medien würden das Interesse verlieren. Aber Charlie war davon überzeugt, dass es irgendwann wieder geschehen würde.

Nie wieder, hatte er sich geschworen, als er am Vorabend seine Pläne noch einmal durchging und mit der Umsetzung begann. *Nicht ein einziger Toter mehr*, hatte er gedacht, als er die trostlosen Nachrichten an den ›Mitteilungsbrettern‹ von Deathworld las. Ein düsterer Gang, Farbe, die von den Wänden blätterte, eine zusammengesunkene Gestalt, die ihm gegenüber lag – das Bild verfolgte ihn. *Nie wieder.*

»Hey«, sagte Mark.

Charlie sah auf.

Mark lehnte sich ein wenig zurück, atmete aus und ließ seinen Blick noch einmal prüfend über das Jackett wandern. »Natürlich ist es ein guter Plan. Aber bist du dir ganz sicher, dass du die Sache durchziehen willst?«

Charlie ging langsam umher und wedelte ein wenig mit den Armen, um ein Gefühl für das Jackett zu bekommen. Es kribbelte ein wenig, wie Limonade, bevor man sie herunterschluckte. »Ja«, sagte er. »Teils deswegen, weil ich weiß, dass ich das Problem ohne Hilfe der Erwachsenen lösen kann. Aber auch wegen des Zeitfaktors. Wenn ich abwarte, wie es meinen Eltern und Winters am liebsten wäre, könnte es zu spät sein.« Er schüttelte den Kopf. »Mir bleibt keine Wahl. Es gibt Dinge, die wichtiger sind als Vorsicht.«

»Ja.« Mark atmete deutlich vernehmbar aus.

Charlie lehnte sich neben ihn gegen den Rolls. »Außerdem brauche ich zumindest für Winters stichhaltigere Beweise«, meinte er seufzend. »Was ich im Moment habe, reicht nicht.«

»Wenn du Recht hast, wirst du bald solides Material in der Hand haben«, sagte Mark. Er legte sich rücklings auf die Motorhaube. »Aber eigentlich sollte es ausreichen, wenn jemand versucht, sich in deinen Arbeitsplatz einzuhacken.«

»Ich brauche schon etwas mehr.« *Ich muss mich selbst als Köder anbieten, nicht nur virtuell, sondern real.* Bei dieser Aussicht wurde er immer noch nervös, doch das wollte er nicht einmal vor Mark laut aussprechen.

»Ich verstehe, aber das wird nicht einfach«, erklärte Mark. »Wie laufen deine Recherchen?«

»Gut. Zu dem Thema gibt es im Internet jede Menge Material.« Charlie lächelte grimmig. Sogar in diesen Zeiten des Wohlstands war die Selbstmordrate unverändert hoch geblieben. »Manchmal bekomme ich schon Depressionen davon.«

»Das ist doch in diesem Fall gar nicht so schlecht. Du willst ja schließlich überzeugend wirken, falls du einem der Drahtzieher begegnest.«

»Ich finde das nicht witzig.« Charlie hatte an den letzten Abenden seine gesamte Freizeit damit verbracht, eingehend die Symptome für einen bevorstehenden Selbstmord zu studieren. Dabei war ihm klar geworden, dass er nicht im Geringsten dazu neigte, aber die Beschreibung der Gefühle, die diese Unglückseligen in ihrem Griff hielten, erfüllte ihn mit Mitleid. Bei dem Gedanken, dass andere das rücksichtslos für ihre tödlichen Ziele ausnutzten, wurde er rasend.

Marks Gesicht verdüsterte sich. »Das war kein Witz. Aber hör mal … sobald du glaubst, du hast die Daten, die du brauchst …«

»… rufe ich dich an.«

»Und zwar möglichst früh, nur zur Sicherheit. Wenn ich nicht gerade in der Schule bin, bleibe ich in der Nähe meines Arbeitsplatzes.«

Als Charlie aufstand, klopfte er erneut die Jacke ab. »Hör schon auf«, sagte Mark. »Die kann nicht schmutzig werden oder verknittern.«

»Ein Problem weniger«, seufzte Charlie. Er sah zur fernen Decke der Montagehalle auf. Aus der Höhe ihrer metallenen Steilwände beäugten ihn einige Bussarde. »Hat es wieder geregnet?«

Mark schüttelte den Kopf. »Die Natur lässt sich nicht drängen«, meinte er ironisch. »Außerdem habe ich die Analyse des Phänomens noch nicht abgeschlossen. Bei der Feuchtigkeit gibt es noch ein paar eigenartige Elemente, die ich kapieren muss. Wann probierst du es aus?«

»Heute Abend. Meine Eltern gehen aus, da bin ich ungestört. Und dann wieder morgen ganz früh und spät am Abend und übermorgen früh …« Er glitt von der Motorhaube des Rolls. »Bis wir ein Ergebnis haben.«

»Falls das jemals der Fall sein sollte«, meinte Mark. »Sei vorsichtig. Ich werde heute Abend und immer, wenn ich an meinem Arbeitsplatz bin, die Verbindung zum Jackett im Auge behalten. Melde dich, wenn du was brauchst.«

»Darauf kannst du dich verlassen.« Charlie ging zu der

Tür, die zu seinem Arbeitsplatz führte. »Ich rufe dich an, wenn ich losgehe, damit du die Verbindung überprüfen kannst. Sag mir Bescheid, falls du heute Abend außer Haus sein solltest.«

»Ausgeschlossen«, sagte Mark. »Nicht heute und nicht in den nächsten Tagen. Erst muss ich rausfinden, warum die Panzerung bei diesem Ding ohne Vorwarnung verschwindet.« Er klopfte auf die Motorhaube des Skoda. Diese öffnete sich geräuschlos, und im Handumdrehen war Mark halb darunter verschwunden. Charlie lächelte beim Anblick seiner in Neo-Jeans steckenden Beine und machte sich auf den Rückweg.

Niemand gönnte dem kleinen, ziemlich jung aussehenden Teenager in den abgetragenen Slicktites und dem altmodischen, weiten Streifenhemd, der durch Asche und Dunkelheit des achten Kreises wanderte, einen zweiten Blick. Es gab keine Regel dafür, wie groß oder wie klein, wie alt oder wie jung Banies zu sein hatten. Sie konnten auftreten, wie sie wollten. Manche legten eine Tarnung an, andere blieben lieber sie selbst. Wenn dieser Junge allerdings in Wirklichkeit so aussah, hätten ihn die meisten wohl etwas eigenartig gefunden. Sein Geschmack war nicht der beste, und sein müdes Gesicht ließ vermuten, dass er so deprimierend war wie ein Text von Joey Bane.

Er war schon eine Weile unterwegs und wirkte etwas desorientiert. Ein aufmerksamer Beobachter hätte bemerkt, dass er den übrigen Banies in der Gegend auswich, obwohl er höflich antwortete, wenn sie ihn ansprachen. Fast immer gingen sie bald wieder, und er blieb allein zurück.

Bald – wenn auch vielleicht nicht schnell genug für ihn – fiel das tatsächlich jemand auf.

Der Junge stapfte mit dem Rücken zum Mount Glede durch die Asche. In diesem Bereich war nur ein einziges Lied zu hören, das sich auf seinen Wunsch ständig wiederholte. Es war der Schlusschor aus der Konzertversion von ›Zerschneide die Saiten‹. Während einer sechs Minuten dauernden Sequenz wurden die Instrumente zerschlagen, dann folgte die Sprengung des ehrwürdigen King-Dome-Stadions in Seattle, die aufgrund der beim Erbeben von 2022 erlittenen Schäden ohnehin nötig geworden war. Vielleicht zum fünfzehnten Mal in zwei Stunden erfüllten Krachen und Kreischen dieser gewaltigen Zerstörung die Luft, aber die Bilder dazu wurden unterdrückt, sodass den Jungen, der wie eine dunkle Statue in der Asche stand und lauschte, völlige Finsternis umgab.

Als die junge Frau aus dem schwarzen Aschesturm, der in diesem Moment tobte, hervortrat, warf er ihr einen vollkommen gleichgültigen Blick zu.

»Hi«, sagte sie.

»Hi.« Trübsinnig sah er sie an. Sie trug einen langen dunklen Mantel, einen lila Minirock und einen schwarzen Pullover mit V-Ausschnitt, war größer als er und vielleicht ein Jahr älter. Ihr blasses Gesicht unter dem lila Haar wirkte verärgert. »Was?«, sagte er, denn sie starrte ihn an.

»Hast du dich verlaufen?«, fragte sie.

»Nein.« Er wandte sich ab.

»Du siehst aber so aus«, meinte sie nach einem Augenblick. »Ich glaube, in den letzten Monaten habe ich niemand getroffen, der so desorientiert ausgesehen hätte wie du.«

»Vielen Dank«, gab er wütend zurück. »Ich kann mich nicht erinnern, dich um deine Meinung gebeten zu haben.«

Er ging davon, blieb jedoch abrupt stehen, weil sich direkt vor seinen Füße eine Spalte geöffnet hatte.

»Von denen gibt es hier eine ganze Menge«, meinte das Mädchen amüsiert. »Bist du schon weit gekommen, so auf eigene Faust?«

»Nicht wirklich«, grummelte er. »Diese Ebene ist die Frustration schlechthin.«

»Das Leben stinkt …«, stimmte sie ihm zu.

»Erzähl mir lieber was Neues.«

»Ohne Führer kommst du nicht an die Festung ran, das steht sogar in den Anleitungen für die Abkürzungen. Außer du hast eine ganz neue Ausführung …«

Er wich vor der Spalte zurück, wobei er sich bemühte, dem Mädchen nicht zu nahe zu kommen. »Vielleicht will ich ja gar keinen Führer.«

»Vielleicht hättest du dir dann einen Stuhl mitbringen sollen. Ohne jemand, der für dich Pfadfinder spielt, wirst du hier nämlich eine ganze Weile festsitzen.«

Wie um diese Worte zu bestätigen, brach direkt vor ihm eine Spalte auf, als er weitergehen wollte. Schwarze Asche segelte von den Rändern in die feurige Tiefe.

Er starrte in den glühend rot schimmernden Abgrund und ließ die Schultern sinken. »Hört das denn nie auf?«

»Nein, aber manche von uns kennen sich damit inzwischen aus.«

Sie legte den Kopf schräg und beobachtete ihn. Nach einem Augenblick wandte er sich langsam und widerwillig um. »Also gut. Was schlägst du vor?«

»Dass du mir zunächst mal deinen Namen sagst.«

»Ch… Manta.«

»Manta. Ich bin Shade. Du bist wohl neu?«

»Ja. Ich meine, nein. Ich bin schon eine Weile hier … aber ich kenne mich immer noch nicht so gut aus …« Er schnaufte und drehte sich nach dem Mount Glede um, der sich jenseits der Spalten erhob. »Vielleicht wird das nie was.«

»Hast du Probleme?« Shade setzte sich neben ihn.

»Was?« Manta wirkte schockiert. »Oh, nein … alles in Ordnung.«

»Da wäre ich mir nicht so sicher. Du siehst traurig aus.«

»Wie kann ich traurig aussehen? Schau, ich lächle.« Manta brachte ein Lächeln zustande, das selbst in der Dunkelheit nicht recht überzeugend wirkte.

Shade lachte leise, aber irgendwie klang es traurig. »Ja, das sehe ich. Ich kenne dieses Lächeln … von mir selbst.«

»Bist du schon lange hier?«, wollte Manta wissen.

»Seit ein paar Jahren, mit Unterbrechungen. Ich kenne mich ziemlich gut aus.«

»Warum so lange?«, fragte Manta, ohne den Blick vom Boden zu heben. »Da müsstest du das Spiel doch schon längst gelöst haben.«

»Bei Deathworld geht es um mehr als das.« Shade ging in den Schneidersitz. »Menschen sind hier sehr wichtig …«

»Du meinst, man kann zusehen, wie sie ihre Strafe erhalten«, meinte Manta bitter. »Das ist schon ein Genuss, stimmt.«

»Ohne die Verdammten wäre es ganz schön langweilig«, erklärte Shade mit einem Blick auf einige Unglückselige, die ein paar hundert Meter von ihnen entfernt vor den Dämonen flüchteten. Mehrere von ihnen fielen in einen Abgrund, der sich vor ihnen öffnete. Die Dämonen traten in die Luft hinaus und sahen zu, wie sie in die Tiefe stürzten. »Dir scheint das richtig zu gefallen.«

»Leider ist es nicht real«, flüsterte Manta.

»Viel realer geht es doch nicht«, hielt Shade dagegen. Sie warf ihm einen nachdenklichen Blick zu. »Oder gibt es eine

Person, die dieses Schicksal deiner Meinung besonders verdient hätte?« Die Frage klang fast spielerisch.

»Würde auch nicht viel bringen.« Manta trat mit den Füßen in der Asche herum. »Im Grunde ist doch sowieso alles egal.«

Er wandte sich ab. »Vergiss es. Ich muss weg.«

»Manta, warte.« Shade baute sich vor ihm auf. »Du kannst dich nicht einfach abwenden, wenn dir jemand helfen will.«

»Sieh mich doch an«, sagte Manta verbittert. »Ich verdiene es nicht, dass man mir hilft. Lass mich lang genug allein, dann löst sich das Problem von selbst.«

Shade warf ihm einen Blick zu. »Weißt du, wenn du nicht so ein guter Banie wärst, wäre es wirklich Zeitverschwendung, mit dir zu reden. Wie bist du denn mit *der* Einstellung so weit nach unten gekommen?«

»Das lernt man mit der Zeit, wenn alle um einen herum darüber reden. Aber jetzt habe ich die Nase voll.« Manta wandte sich erneut nach dem Mount Glede um. »Ich will nur noch eins … und dann ist alles vorbei. Ich werde die Saiten zerschneiden.«

Einen Augenblick lang sah Shade ihn schweigend an. »Damit treibt man keine Scherze«, sagte sie dann.

»Du denkst also auch, das ist ein Witz, was?« Manta bedachte sie mit einem eisigen Blick. »Dann lach doch. In einer Woche oder so wirst du keine Gelegenheit mehr dazu haben, zumindest werde ich nicht mehr dabei sein.«

Shade warf ihm einen merkwürdigen Blick zu. »Manta, du würdest doch nicht wirklich …«

»Ich verstehe die anderen«, sagte Manta, während er sich auf einen Stein setzte und zum Mount Glede sah. »Ihre Familien wussten sie vielleicht nicht zu schätzen, aber hier unten besitzen sie so was wie Ehre. Sie sind die Engel der Tiefe. Vielleicht sind die Leute hier etwas durchgeknallt, aber zumindest fällt es auf, wenn einer nicht mehr da ist. Nicht wie bei den anderen …« Er brach ab.

»Du hast wohl nicht viele Freunde …«, sagte Shade.

»Ich habe nicht einen einzigen Freund, und ich will auch keinen. Die tun doch nur so, als würden sie sich für dich interessieren, und wenn sie herausfinden, wie du wirklich bist, lassen sie dich fallen. Darauf kann ich verzichten!« Seine Stimme klang erstickt, als müsste er die Tränen unterdrücken.

»So ist das nicht«, protestierte Shade. »Wir sind Banies Wir müssen uns um einander kümmern, weil es sonst keiner tut. Ich möchte dir jemand vorstellen, der auch einmal in deiner Lage war.«

»Wenn du mir das ausreden willst, verschwendest du deine Zeit«, hielt Manta dagegen.

Shade funkelte ihn empört an. »Es ist meine Zeit, und die kann ich verschwenden, wie ich will. Gib mir deine Virtmail-Adresse, damit wir uns hier unten wiedertreffen können. Ich möchte, dass du mit meinem Freund Kalki spricht. Das ist auch ein Banie, wahrscheinlich der leidenschaftlichste Banie überhaupt. Er hat sich mehr Lieder von der Site heruntergeladen als jeder andere, den ich kenne. Einmal stand er selbst kurz davor, die Saiten zu zerschneiden. Aber das darf man nicht tun, solange noch Musik in ihnen ist, Manta. Er hat das selbst erlebt und weiß, wie es ist. Du musst mit ihm reden.«

Manta sah der rieselnden Asche nach, die in der nächsten Spalte versank. »Warum nicht?«, sagte er nach einer Weile. »Macht schließlich keinen Unterschied.« Er hob den Kopf und warf Shade einen langen, kühlen Blick zu. »Aber wenn ich die Saiten zerschneiden will, hält mich keiner auf. Nicht du und auch sonst niemand.«

»Natürlich nicht. Aber du musst dir ganz sicher sein, sonst wird Joey sehr ungehalten.«

»Das ist dem doch egal.«

»Du würdest dich wundern. Manta, gib dir selbst eine Chance.«

»Tut ja sonst auch keiner«, wehrte er sich, doch er blickte sie an.

Shade schüttelte den Kopf und streckte die Hand aus. »Ich bin nicht jeder«, sagte sie. »Gib mir deine Adresse, und in ein oder zwei Tagen kannst du dann mit Kalki reden.«

Zweifelnd sah Manta sie an, doch zumindest streckte er seine Hand aus, in der ein kleiner weißer Umschlag lag: das Symbol für seine Virtmail-Adresse. Shade griff danach und verstaute sie in einer ihrer Manteltaschen.

»In der Zwischenzeit sehen wir mal, ob wir dich nicht mindestens bis zum Eingang der Festung bekommen. Gehen wir!« Shade sah nach rechts und links. »Da drüben ist die Spalte schmaler«, sagte sie und streckte die Hand aus.

Manta zögerte, aber er nahm sie. Gemeinsam gingen sie an der Spalte entlang, sprangen hinüber und verschwanden in der Dunkelheit.

Einige Stunden später, so gegen sechs Uhr am nächsten Morgen, blinzelte Charlie, um sein Implantat zu deaktivieren, und erhob sich steif. Als er im Studierzimmer umherging, schmerzten seine Muskeln mehr als sonst. Wieder schwor er sich, das Muskelentspannungsprogramm des Implantatstuhls zu überprüfen. Das wirkte nicht wie sonst. *Oder ich verbringe viel mehr Zeit als üblich im ›großen Nirwana‹.*

Das war wahrscheinlich der Grund. Charlie streckte sich und begab sich dann nach unten, in die Küche. Keine Spur von seiner Mutter. Sie musste bereits auf dem Weg zur Arbeit sein. Wahrscheinlich hatte sie wieder eine Fortbildung und musste daher den Dienst auf ihrer Station früher als sonst antreten. Seufzend suchte Charlie im Kühlschrank nach Milch, goss sich ein Glas ein und kippte es hinunter. Dann schenkte er sich ein zweites Glas ein, das ebenfalls sofort verschwand.

Sein Vater kam herein und hielt schnurstracks auf die Kaffeemaschine zu. »Morgen«, begrüßte ihn Charlie.

»Danke, dass du dir das ›guten‹ geschenkt hast«, grummelte sein Vater, der bereits seine weiße Berufskleidung trug. Er schüttete den Kaffee in eine große braune Tasse von der Größe eines kleinen Vogelbads, die Charlies Mutter von einer Konferenz für Pflegeberufe in Deutschland mitgebracht hatte.

»Hast du heute Morgen ein Seminar?«, fragte Charlie.

»Ja, wieder Wirbelsäule«, erklärt sein Vater, während er seinen Kaffee schlürfte. »Autsch, ist der heiß …« Er nahm den Milchkarton, den Charlie ihm reichte, und kippte Milch in seinen Kaffee, bis dieser eine blass-beige Farbe annahm. »Schon besser … Nur noch heute und morgen, dann läuft alles wieder normal.« Er seufzte. »Aber ich wünschte, die ganzen Programme für die Stipendiaten würden nicht mit den Besuchen der Inspektoren zusammenfallen.«

»Vielleicht ist das Absicht, um zu zeigen, wie ein gutes Krankenhaus unter Druck funktioniert.«

Sein Vater warf ihm über die Tasse hinweg einen resignierten Blick zu. »Der Gedanke ist mir auch schon gekommen. Was für eine hässliche Vorstellung. Na, ändern kann ich es sowieso nicht … Du bist wieder spät ins Bett gegangen, ich habe dich gesehen, als ich nach Hause kam. Das ist die dritte Nacht hintereinander.«

»Ich recherchiere für ein Projekt«, sagte Charlie. *Lassen wir ihn in dem Glauben, dass es für die Schule ist …*

»Worum geht's?«

»Selbstmord.«

Sein Vater seufzte. »Denkst du immer noch an diese Jugendlichen? Deine Mutter hat mir davon erzählt. Ganz schön traurig.«

»Ja«, gab Charlie zurück, »es ist ziemlich deprimierend.«

Sein Vater kippte seinen milchigen Kaffee in einem Zug hinunter. »Wem sagst du das? Wenn du Hilfe brauchst, wendest du dich am besten an deine Mutter. Ich muss los.« Er wusch die Tasse aus, stellte sie umgedreht auf die Spüle und ging zur Tür. Mit einer kurzen Umarmung verabschiedete er sich von Charlie. »Ich habe ein schlechtes Gewissen, weil ich nie Zeit für dich habe.«

»Das ist doch kein Problem, Dad.«

»Ich verlange eine Neuauflage dieses Schachspiels. Du hast behauptet, du würdest zwei von drei Partien gewinnen.«

»Wann immer du willst«, erwiderte Charlie. »Ich erledige dich so oder so.«

»Sei dir da nicht so sicher. Bis später …«

Die Haustür schloss sich hinter ihm. Charlie sah in den Garten hinaus, in den die ersten Sonnenstrahlen fielen. *Ich war zu lange da unten*, dachte er. *Jetzt kommt mir schon das normale Sonnenlicht merkwürdig vor.*

Aber es war für einen guten Zweck, und Charlie hatte das Gefühl, dass er Fortschritte machte. *Shade* … Mit ihr stimmte definitiv etwas nicht, sie schien jede seiner Reaktionen genau zu beobachten. *Hoffentlich habe ich die Richtige erwischt …*

Langsam ging er mit seinem dritten Glas Milch in der Hand nach oben. Die Informationen, die Nick ihm geliefert hatte, hatten sich als sehr nützlich erwiesen. Das galt sowohl für die ›Abkürzung‹ als auch für das, was er durch Khasm und Spile erfahren hatte, die beiden Jugendlichen, die er in Deathworld kennen gelernt hatte. Die Bestätigung dafür, dass bei den letzten beiden Selbstmorden Drogen im Spiel gewesen waren, und die Tatsache, dass diese Informationen möglicherweise bewusst zurückgehalten wurden, passten ausgezeichnet in Charlies Theorie. Vor allem der Gedanke, dass es sich nicht um echte Selbstmorde handelte. *Jemand, dem sie wahrscheinlich in Deathworld begegnet sind, hat in der Realität Kontakt mit ihnen aufgenommen und sie mit Scobro voll gepumpt, um diese Selbstmorde zu inszenieren …*

Jetzt musste er nur noch die Anfangsphase der Inszenierung rekonstruieren, ohne dass er selbst zu einem Fall für die Statistik wurde.

Dabei hatte sich die Anleitung, die Nick ihm gegeben hatte, als extrem nützlich erwiesen, keineswegs so fehlerverseucht, wie Nick gefürchtet hatte. Nick selbst hatte einige Notizen angehängt, die Charlie sehr geholfen hatten. Er ließ sich auf dem Sofa im Studierzimmer nieder, trank seine Milch aus und plante dabei seine nächsten Schritte, die er nach der Schule angehen wollte. Die Acht hatte er in relativ kurzer Zeit erreicht. *Ob das System das wohl merkt?*, fragte er sich. Aber bestimmt verrieten viele Benutzer ihren Freunden den schnellsten Weg, damit sie sich irgendwo treffen konnten. *Wahrscheinlich gleicht sich das am Ende alles aus.*

Wie dem auch sei, ich muss Shade wiedertreffen und sehen, was sich ergibt. Auf jeden Fall werde ich nicht Däumchen drehen und warten, bis es den Nächsten erwischt. Wir haben immer noch Mai …

Seufzend stellte er das Glas beiseite und setzte sich auf den Implantatstuhl. Ihm blieb noch eine halbe Stunde, bevor er in die Schule musste, und um diese Zeit waren seine Bekannten am ehesten zu erreichen. Er schloss die Augen, um das Implantat zu aktivieren. Als er sie wieder öffnete, stand er auf der untersten Ebene seines Arbeitsplatzes vor den zwei- und dreidimensionalen Bildern. »Arbeitsplatz-Management«, befahl er.

»Ist bereit, Charlie.«

»Ist Nick Melchior erreichbar?«

»Wird überprüft. Diese Uhrzeit entspricht jedoch nicht seinen üblichen Online-Zeiten in den letzten zwei Wochen. – Nicht erreichbar.«

»Okay, was ist mit Mark?«

»Marks Arbeitsplatz ist wie immer verfügbar, und er befindet sich vor Ort.«

»Gut.« Charlie ging zu der Tür, die er normalerweise benutzte, und öffnete sie. In der Montagehalle brannten die Lampen. Am Cape Canaveral war es so früh, dass von draußen nicht viel Licht hereinfiel. Charlie wanderte auf den Rolls-Skoda zu, unter dessen geöffneter Motorhaube immer noch ein Paar Beine hervorsah.

»Hast du Probleme mit dem Ding?«

»Falls du den Erfinder der Technik siehst«, meinte Mark müde, »kannst du ihn dann bitte vorbeischicken? Ich habe etwas mit ihm zu besprechen.« Er kroch unter der Haube hervor und schüttelte die Faust vielsagend. »Die Panzerung löst sich immer wieder auf.« Seufzend richtete er sich auf. »Es besteht natürlich die Möglichkeit, dass ich einen Fehler in der Programmiersprache selbst gefunden habe, aber daran will ich gar nicht denken. Das wäre eine Katastrophe …«

Der Schreibtisch stand ganz in der Nähe. Das magische

Jackett lag noch so, wie Charlie es hinterlassen hatte. »Alles in Ordnung damit?«, wollte er wissen.

»Alles okay. Ich habe fünf- oder sechsmal nach dir gesehen. Keinerlei Probleme.« Er blickte Charlie herausfordernd an. »Abgesehen von dir. Du scheinst dich da unten nicht recht wohl zu fühlen.«

»Ich hasse diese ganze Heuchelei«, platzte Charlie heraus. »Heimlichtuerei und Schauspielerei … Ich will wieder ich selbst sein, dass ist schon schwer genug.« Er schnaufte vernehmlich. »Aber es ist wohl im Dienst der guten Sache.«

»Das kann man wohl sagen«, erklärte Mark. »Einer deiner Stolperdrähte hat Alarm geschlagen.«

Charlie schluckte. »Was? *Schon?* Wann denn?«

»Gestern. Genauer gesagt, gestern Nachmittag. Ein Unbefugter hat versucht, in dein System einzudringen. Ich habe versucht, dich zu erreichen, aber du warst offline.«

»Wow! Hätte nicht gedacht, dass das so schnell geht.« Charlie überlegte einen Augenblick. »Mark, das heißt, dass der Einbrecher meine Nachricht am Mitteilungsbrett in Deathworld gelesen hat. Zum ersten Mal mit jemand gesprochen habe ich nämlich erst ganz früh heute Morgen.«

»Mit wie vielen Personen hast du denn geredet?«

»Sechs oder sieben. Ein paar schienen an mir interessiert zu sein, aber das war vielleicht reiner Zufall. Ich muss mir später ein genaueres Bild verschaffen.«

»Okay, du zeichnest ja alles auf.«

»Ich ziehe das magische Jackett nicht eine Sekunde aus, obwohl es juckt wie der Teufel.«

»Es juckt nicht!«

»Tut es. Es kribbelt. Ich fühle mich wie in einer Limodose.«

»Das muss das Feedback durch das Implantat sein«, meinte Mark nachdenklich.

»Kannst du nichts dagegen tun?«

»Nicht, solange du es trägst. Ich werde heute damit ein wenig herumspielen, falls ich Zeit habe. Wenn ich fertig bin, lege ich es dir an deinen Arbeitsplatz.«

»Ja, danke. Aber, Mark, wer hat den Stolperdraht ausgelöst?!«

»Das weiß ich nicht.«

»Du *weißt* es nicht? Ich dachte, du hättest ein Rückverfolgungsprogramm installiert?«

»Hab ich«, erwiderte Mark, der offensichtlich vor Wut kochte, »aber leider hat dein Täubchen einen Anonymizer verwendet, der die Identifikation des Ursprungsservers verhindert. Völlig legal. Ich dachte, mein Programm würde damit fertig werden, aber das ist ein brandneues System. Es wurde eigens eingerichtet, um bestimmte Identifizierungsprogramme auszuschalten. Leider gehörte meins dazu, verdammt!«

»Aber kannst du nicht etwas von … du weißt schon … von der Net Force benutzen?«

Wenn das möglich war, klang Marks Stimme jetzt noch wütender. »An die professionellen Identifizierungsprogramme der Net Force komme ich nicht ran, Charlie. Um die Drano-Programme zu benutzen, braucht man eine richterliche Verfügung und muss sich als leitender Beamter der Net Force ausweisen. Und das bin ich nicht … noch nicht. Fragen kann ich auch nicht. Also muss ich improvisieren und mich mit Programmen herumschlagen, die wesentlich weniger bieten. Wenn ich professionelle Leistung will, muss ich sie mir selbst beschaffen. Genau das habe ich übrigens heute nach der Schule vor: Ich werde mich mit diesem neuen Anonymizer befassen und herausfinden, welche Protokolle er verwendet, damit ich sie überlisten kann. Das dürfte ein oder zwei Tage dauern. Am besten hältst du dich vorerst zurück, bis ich den nächsten Treffer korrekt zurückverfolgen kann.«

»Du hast also nicht die geringste Ahnung, woher der Eindringling kommt?«, fragte Charlie aufgebracht.

»Keinen blassen Schimmer«, erwiderte Mark ebenso verärgert. »Der kann genauso gut von nebenan wie aus Ulan Bator stammen.«

Charlie seufzte. »Okay. Lass es mich wissen, wenn das neue Programm läuft.«

»Wird gemacht. Aber, Charlie, lass die Sache für den Augenblick ruhen. Auf ein oder zwei Tage kommt es nicht an.«

»Ja …« Als Charlie die Montagehalle verließ und seinen Arbeitsplatz betrat, fühlte er sich zum ersten Mal wirklich nervös. *Ein oder zwei Tage …* Ganz gleich, was Mark sagte, er wurde das Gefühl nicht los, dass es vielleicht doch darauf ankommen könnte. *Und zwar mit ziemlicher Sicherheit …*

8. Kapitel

An jenem Tag hielt Nick an der Schule nach Charlie Ausschau, verpasste ihn aber wieder in der Mittagspause und konnte ihn auch zwischen den Stunden nicht aufspüren. Er hatte Fragen im Kopf, die er unbedingt mit Charlie besprechen wollte.

Seine letzte Stunde fiel aus, daher ging er an dem Flügel vorbei, in dem Charlie manchmal einen Leistungskurs in Biologie hatte. Aber entweder fand der jetzt in einem anderen Saal oder um eine andere Uhrzeit statt – der Raum war abgesperrt und leer. Nick schnaubte entnervt und machte sich auf den Heimweg.

Sein Weg führte wie üblich am Internetcafé vorbei. An der Tür blieb er stehen und zog seine letzte Kommunikationskarte heraus, die er erst vor wenigen Tagen zufällig in der untersten Schublade in seinem Schlafzimmer wiedergefunden hatte. Er seufzte. Seine Barbestände waren erbärmlich zusammengeschmolzen. Bis Freitag gab es kein Taschengeld, und es war erst Dienstag. Gleichzeitig wollte er Charlie auf seinem Weg durch Deathworld begleiten, nicht mehr nur zum Spaß, sondern auch, weil er das nach seinem Gespräch mit Khasm und Spile für sicherer hielt.

Noch etwas anderes beschäftigte ihn. Eine vage Idee, die mit den Liedern zu tun hatte, welche er sich aus Deathworld heruntergeladen hatte, ging ihm seit einigen Tagen nicht mehr aus dem Kopf. Der achte Kreis erwies sich als schwer zu knacken – *und ohne Geld für mehr Zugangszeit ist es ganz unmöglich*, dachte Nick. Aber ihm war aufgefallen, dass die Hinweise und Einflüsterungen, die er auf dieser Ebene von zur Site gehörenden Figuren erwartet hatte, höchst spärlich ausgefallen waren. Bei seiner tagelangen Wanderung durch die Felsentunnel und über die Escher-Treppen hatte er immer wieder vor einer Mauer gestanden – im wahrsten Sinne des Wortes.

Dafür waren mehr Lieder verfügbar gewesen als sonst, so viele, dass sein kleiner Taschenträger sie nicht alle aufnehmen konnte und er sie auf seinem öffentlichen Server speichern und von dort herunterladen musste. Bei den meisten handelte es sich nur um andere Versionen von Stücken, die er bereits kopiert hatte. Nur ein Sammler, ein leidenschaftlicher Fan oder ein Perfektionist, der größten Wert auf Vollständigkeit legte, konnte alle haben wollen. Aber Nick zählte zumindest zur letzten Kategorie. Als er vor ein paar Nächten im Bett lag und sich einige der ›Alternativversionen‹ anhörte, fiel ihm auf, dass sich auch die Texte von den Originalen unterschieden …

Kopfschüttelnd betrat er das Internetcafé. »Hallo, Nick«, begrüßte ihn der Junge an der Rezeption. »Heute bist du aber früh dran.«

»Ja, aber dafür wirst du mich die nächsten Tage wahrscheinlich nicht sehen«, gab Nick zurück. »Ich sitze ziemlich auf dem Trockenen …« Damit steckte er die Kommunikationskarte in das Lesegerät.

»Sieht doch gar nicht so schlecht aus«, sagte Dilish, der Junge hinter der Theke. »Da sind noch ein paar Stunden drauf.«

»So viel? Toll! Ist meine Kabine frei?«

»Nein, da ist jemand drin. Nimm die Acht, ich leite deine Serverinformationen dahin um.«

Nick ging nach hinten zu der Kabine, verriegelte die Schiebetür hinter sich und setzte sich auf den Implantatstuhl. Einen Augenblick später stand er wie üblich in seinem weißen Raum. Er griff in seine Tasche und holte den Schlüssel heraus, auf dem gespeichert war, wo er seinen letzten Besuch in Deathworld beendet hatte.

»Zugang zu Deathworld«, sagte er. In der Luft öffnete sich eine Tür, die sich wie ein schwarzes Rechteck vor der weißen Wand abhob. Die Copyright-Vereinbarung lief vorbei. *Bilde ich mir das ein, oder wird die wirklich immer länger?* Schließlich verschwand der Text, und Nick ging in das Dämmerlicht der Festung des Schwarzen Magiers. Er fand sich in dem dunklen Steinkorridor wieder, von dem aus er das Spiel beim letzten Mal verlassen hatte.

Für sein Vorhaben brauchte Nick mehr Platz, daher wanderte er durch die Tunnel zu einer Stelle zurück, wo sich diese zu einer runden Höhle erweiterten. Nur wenige Besucher hielten sich in der unter den Banies des achten Kreises als Seifenblase bekannten Steinhalle auf, und die zogen bald weiter. »Soundmanager«, sagte Nick, sobald sie verschwunden waren.

»Bereit.«

»Zugriff auf Musikbibliothek.«

»Erfolgt.«

»›Saiten 5‹ abspielen.«

Musik und Bild wurden eingeblendet. Plötzlich saß Joey Bane nur wenige Meter von ihm entfernt allein im Scheinwerferlicht auf einem Barhocker, wie er sie für diese Vorstellungen verwendete. Wie jeder andere unbelebte Gegenstand auf der Bühne mit Ausnahme von Camiun würde auch dieser am Ende von ›Zerschneide die Saiten‹ zerschmettert werden. Es war das Konzert, das Joey im letzten Sommer in der Hollywood Bowl von Los Angeles gegeben hatte, und der Sänger schwitzte heftig. Angesichts der Hitzewelle, die das Becken von L. A. in jener Woche heimgesucht hatte, war es auch in dem höher gelegenen Stadion kaum kühler. Mit einem halben Lächeln blickte Joey auf die Menge und wartete, bis sich das Publikum beruhigt hatte. Schließlich berührte er Camiuns Saiten und begann zu singen:

»Kürzlich traf ich auf Astraea,
Die verschleiert aus der Hintertür sich stahl:
Ich ließ sie nicht fort und holte ihr einen Stuhl,
und fragte, warum sie ging.
›Die Party fängt doch erst an, edle Frau,
warum verlasst ihr uns schon?‹

Und die Göttin blickte mich an und sprach:
›Weil es keinen Platz für mich gibt …‹«

Leise hob der Rest der Band zu einer täuschend sanften und anmutigen Einführung an, während die Göttin der Tugend erklärte, dass der Tag, den sie gefürchtet hatte, gekommen war. Die menschliche Rasse war durch und durch verdorben, sodass sie nur noch ihr Gesicht verbergen und die Welt für alle Zeit ihrem Schicksal überlassen konnte.

»… Nichts mehr, für das es sich zu leben lohnt,
nichts, das noch wichtig wäre:
Nichts, das ich lieben könnte,
nichts, das Hoffnung schenkt,
Und so bleibt nur die Flucht!
Niemand zu beschenken,
  niemand lauscht mehr meinem Lied,
Soll ich noch bleiben,
wo Verbrechen herrscht statt Musik,
und die letzte Freude verloren ist?«

Und dann setzte Akkord für Akkord der große Chor der Wut und Verzweiflung ein. Vereint brüllten Camiun und Joey Bane die in voller Lautstärke spielende Band hinter ihnen nieder.

»Dann zerschneide die Saiten,
mach Schluss damit!
Wenn die letzte Nacht gekommen ist,
dann sind wir dabei …
Wenn die Lieder sterben, und die Musik vergeht,
Wenn die Nacht die Morgendämmerung verschlingt,

dann gehen auch wir!
Zerschneide die Saiten!«

Nick liebte die Musik, aber er konzentrierte sich auf den Text, besonders auf den ersten Vers. Inzwischen war er sicher, dass es nicht der übliche war. Manchmal experimentierte Joey mit den mittleren Strophen und fügte grausam aktuelle Anspielungen ein, die zum Veranstaltungsort oder zur internationalen Lage passten, aber Nick hatte noch nie gehört, dass er den ersten Vers variierte. Jetzt warf er einen schnellen Blick über seine Schulter, weil er sich an die ›Eingangshalle‹ hoch über Labyrinth, Tunneln und den Treppen ins Nichts erinnerte. Dort hatte er hinter einer der Türen ein schwaches Geräusch gehört …

Das Toben des Publikums ließ ihn wieder herumfahren. Bane war schon beim ersten Refrain aufgesprungen – niemand, der dem Lied gerecht werden wollte, konnte so etwas im Sitzen singen. Doch jetzt, zwei Strophen später, wandte er sich um, und Camiun war wie immer verschwunden. Aus keinem der Konzertvideos ging wirklich hervor, wie das möglich war, da konnte man sie sich noch so genau ansehen. Vielleicht war es das Werk eines Illusionisten, vielleicht steckten dunkle Kräfte dahinter. Aber diese Spekulationen waren vergessen, als Joey Bane nach einer der unglückseligen Gitarren von Wil Kersten griff und sie auf dem Boden oder einem anderen Ausstattungsobjekt, das gerade zur Hand war, zerschmetterte. Die Menge tobte vor Begeisterung, als er sich auf seinen kalkulierten Vernichtungsfeldzug begab, und das Konzert endete mit dem Kreischen der gequälten Verstärker und anderer beschädigter Geräte.

Nick ließ die Aufnahme bis zum Ende laufen. Als es dunkel wurde, blieb er einen Augenblick lang im flackernden

Schein der mit Eisenhalterungen an den Wänden angebrachten Fackeln stehen und überlegte, was er als Nächstes tun sollte.

Ich muss nach oben und mir diese Tür ansehen. Allzu lange kann ich nicht bleiben ... ich will nicht die ganze Kommunikationskarte auf einmal verbrauchen, sonst habe ich diese Woche nichts mehr.

Aber zuerst einmal suche ich Charlie!

Als Charlie nach Hause kam, war das Haus wieder einmal leer – seine Mutter war noch im Krankenhaus. An seinem Arbeitsplatz erwartete ihn die Virtmail, auf die er gehofft hatte. Er ging die Treppe der Aula hinunter, an deren Fuß die kleine leuchtende Kugel in der Luft auf und ab hüpfte. Ihre äußere Hülle lieferte ihm keinerlei Hinweise darauf, ob es sich um eine ›Konserve‹ oder eine ›Live-Nachricht‹ handelte. Bei einigen Mails wurde sofort eine Verbindung zum Absender hergestellt, wenn man sie berührte, natürlich nur, wenn dieser online war.

Nur kein Risiko eingehen, dachte Charlie, obwohl keine Anzeichen für eine Live-Verbindung zu entdecken waren. »Arbeitsplatz-Manager!«

»Einsatzbereit, Charlie.«

»Tarnroutine eins implementieren.«

Die Aula der Royal Society verschwand und wich einer schlichten weißen Ebene mit blauem ›Himmel‹, einer Imitation eines öffentlichen Terminals. Als Charlie seine Hände und Arme betrachtete, stellte er fest, dass ihn sein Arbeitsplatz mit einer Kopie seiner ›Manta‹-Verkleidung ausgerüstet hatte, die dünn und durchscheinend über seiner Haut lag.

Zufrieden streckte er die Hand aus und berührte die

Nachricht. Einen Augenblick später stand Shade von einem dunklen Hof umgeben vor ihm. Die Nachricht war irgendwo in Deathworld abgeschickt worden.

»Manta«, sagte sie, »ich habe Kalki kontaktiert. Er wird gegen zehn Uhr heute Abend in Deathworld sein und würde sich gern mit dir unterhalten. Lass mich wissen, ob du da sein kannst.«

Das Bild erstarrte und wartete darauf, dass Charlie die Antwortfunktion aktivierte. Einen Augenblick lang blickte er in ihr ernstes Gesicht und biss sich auf die Lippe.

Mark hat mir geraten, die Sache ein bis zwei Tage ruhen zu lassen ...

Gleichzeitig verfolgte ihn hartnäckig ein Gedanke: *Es ist Mai, Anfang Mai ...* Mit jedem Tag wuchs das Risiko, dass jemand ums Leben kam. *Wenn einer von denen mit den ›Selbstmorden‹ zu tun hat und ich verpasse die Chance, an sie heranzukommen, weil Mark mit seiner Programmierung herumspielt ...*

Trotzdem, seine Entscheidung stand fest.

Er seufzte. »Antwort beginnen.«

»Bereit.«

»Shade, danke, aber ich ...« Eigentlich hatte er fest vorgehabt, ›ich schaffe es nicht‹ zu sagen. *Willst du wirklich dieses Risiko eingehen?* Die Gefahr war einfach zu groß. Vor seinem geistigen Auge sah Charlie den glasigen Ausdruck auf dem Gesicht eines unschuldigen Jugendlichen, der durch die Droge wehrlos gemacht worden war ... »Vielleicht komme ich etwas später, aber ich werde da sein. Danke für die Nachricht. Ende.«

Der Arbeitsplatz komprimierte die Nachricht zu einer kleinen Kugel. »Senden?«, erkundigte sich das System.

»Senden.«

Die Mail verschwand. Charlie starrte in die Luft, wo sie eben noch gewesen war. »Normale Umgebung wiederherstellen«, sagte er dann.

Die Aula erschien. Charlie warf einen Blick auf die sechs Bildersätze, die sich wieder an ihrem ursprünglichen Standort befanden. Dann zog er los, um sich von Marks Arbeitsplatz das magische Jackett zu holen.

Ein paar Stunden später wartete er vor dem Tor zur Festung des Schwarzen Magiers. Nahezu ständig strömten Banies in die Burg und wieder zurück. Zu beiden Seiten des Eingangs standen Dämonen, deren stramme Haltung an die Portiers teurer Apartmenthäuser erinnerten. Manta hielt sich in seinem ausgebeulten Hemd und den abgetragenen alten Slicktites ein wenig abseits. Er wirkte unruhig und blickte sich nervös um. Keiner der Banies schenkte ihm auch nur die geringste Beachtung.

»Wartest du schon lange?«

Sein Erschrecken war nicht gespielt. Hastig fuhr Manta herum. Eine hohe, in der Dunkelheit nur schwer zu erkennende Gestalt ragte über ihm auf.

»Bist du Manta?«, wollte der Unbekannte wissen.

»Ja, schon. Ich weiß nicht …«

»Ich bin Kalki. Komm, hier sieht man ja nichts. Lass uns näher an die Tore gehen.« Mit freundlichem Griff packte er Manta an den Schultern und schob ihn in die gewünschte Richtung.

Manta erschauerte ein wenig. Ihm war es immer schwer gefallen, sich von Leuten anfassen zu lassen, die er nicht gut kannte. Das war ein Überbleibsel aus seiner fernen Kindheit, und er sprach nicht gern darüber. Als sie sich den Toren näherten, wo das Licht des großen Kronleuchters auf sie fiel, bekam er eine bessere Vorstellung davon, wie Kalki aussah. Er war schlank, um die achtzehn und trug keine Tarnung – zumindest keine ungewöhnliche. Stattdessen hatte er Straßenkleidung angelegt: einfache Neos, ein Slipshirt und eine Bomberjacke. Seine Züge waren ungewöhnlich attraktiv, mit hohen Wangenknochen und Augen, die ein wenig schräg nach unten standen. Wenn er nicht so traurig ausgesehen hätte, wäre es ein lustiges Gesicht gewesen. *Vielleicht doch eine Tarnung?*, dachte Manta. *Oder leide ich nur unter Verfolgungswahn?*

»Shade hat es nicht geschafft«, sagte Kalki. »Familienprobleme, hat sie gesagt. Sie hat mir von dir erzählt …«

»Hoffentlich nicht zu viel.«

Kalki blickte ihn nachdenklich an. »Komm mit, wir gehen rein, da können wir uns unterhalten.«

Als sie die Eingangshalle passierten, blickte Manta zu dem großen schwarz-grauen Kronleuchter auf, der sein kaltes Licht auf sie warf. »Der ist so unheimlich«, sagte er leise.

Kalki kicherte. »Wenn du es unheimlich magst, solltest du mal Neun versuchen. Da stehen dir wirklich die Haare zu Berge.«

»Warst du im neunten Kreis?«

Sie gingen zu einigen Bänken, die an der Seite der riesigen Halle in die massiven Steinmauern eingelassen waren. »Ich bin durch die Tore gegangen«, berichtete Kalki gelangweilt, »aber es sah dermaßen aus wie Acht, dass ich keinen Bock darauf hatte. Da unten haben sie sich solche Mühe gegeben, die Lieder zu verstecken, dass ich mich frage, ob sie das wert sind. Das Zeug, das ich bis jetzt auf Acht gefunden habe, war nicht gerade überragend. Manchmal habe ich das Gefühl, dass das nur ein Trick der Firma ist, um die Leute auf ihre zweitrangige Musik scharf zu machen.«

»Je länger ich hier unten bin«, murmelte Manta, »desto weniger interessiert mich das alles.«

»Ja?« Sie ließen sich auf einer der gemeißelten Bänke nieder und sahen den ein- und ausgehenden Besuchern zu. »Shade hat mir erzählt, dass du ziemlich niedergeschlagen bist«, begann Kalki. »Wie ich sehe, hat sie nicht übertrieben.«

»Ja.« Manta starrte in die Dunkelheit hinaus. »Sie hat gesagt, dir wäre es auch so gegangen ...«, setzte er nach einem Augenblick hinzu.

Kalki nickte. »Das ist schon eine Weile her. Es kann ziemlich hart sein, wenn man mitten drinsteckt.«

»Ich habe ein paar Nachrichten am Mitteilungsbrett hinterlassen«, sagte Manta leise. »Nur damit jemand mit mir redet, aber keiner hat geantwortet.«

»Hey«, erwiderte Kalki, »das Leben stinkt wirklich, findest du nicht? Das Problem ist, dass die Leute die Realität draußen auf die Site übertragen. Dabei kann man hier was verändern ... In der Wirklichkeit aber unternimmt keiner etwas, um die Welt, den Umgang der Menschen miteinander zu verbessern. Niemand hört auf Joey. Warum sollten sie auch? Dazu müssten sie erst einmal zugeben, dass die Welt beschissen ist.«

»Damit habe ich kein Problem«, gab Manta zurück. »Seit ich denken kann, war alles reine Zeitverschwendung. Und jetzt ...« Er schüttelte den Kopf. »Jeder Atemzug schmerzt. Ich habe es satt zu atmen.«

Kalki stieß den Atem durch die Zähne. »Hast du Familie?«, erkundigte er sich.

Die Lüge fiel ihm schwer. »Meine Mutter nimmt Drogen. Der Typ, mit dem sie zusammenlebt ...« Manta schüttelte den Kopf. »Wir verstehen uns nicht. Das ist was Ernstes mit den beiden, da ist für mich kein Platz. Sie wird mich zu einer von ihren Cousinen abschieben, das weiß ich jetzt schon.« Er senkte den Kopf, weil er nicht sehen wollte, wie Kalki auf diese Enthüllung reagierte.

»Klingt hart. Hör mal, Manta, du musst mir das glauben: Oft wird es wieder besser. Manchmal ohne jede Vorwarnung.«

Mantas Lachen klang bitter. »Mehr fällt dir nicht ein? Bei mir wird es nur besser, wenn all das aufhört, die Verletzungen, das Geschrei, das Herumgeschubse, wenn es einfach nur *aufhört*. Ich habe es satt. Mir ist es egal, dass ich nichts wert bin, dass ich überall im Weg bin, dass ich zu nichts tauge, damit kann ich umgehen, solange man mich in Ruhe lässt. Aber die sorgen erst dafür, dass man so wird, und dann schreien sie einen deswegen an, sie nehmen einem alles weg und regen sich dann auf, dass man sich nicht normal benimmt, dass man sie im Stich lässt …« Seine Stimme erstickte. »Ich durfte nicht mal was verschenken. Die paar Sachen, die mir gehören, habe ich Leuten aus der Schule geschenkt, und sogar deswegen haben sie mich angebrüllt.« Sein Lachen klang grimmig. »Auch egal, auf jeden Fall ist das Zeug jetzt in Sicherheit.«

»Du hast Sachen verschenkt?«

Manta schwieg einen Augenblick. »Als ich gemerkt habe, dass meine Mom mich nach Philadelphia oder sonstwohin schicken wird, wo ihre Cousine lebt, und dass ich meine Freunde nie wiedersehen würde …«, sagte er dann. Seine Stimme brach. »Ich wusste, dass sie alle meine Sachen wegwerfen würde …«

Angespannt lauschte er auf Kalkis Reaktion. Seine Mutter hatte ihm erklärt, dass potenzielle Selbstmörder häufig vor der Tat persönliche Besitztümer an Freunde verschenkten.

Kalki bewegte sich, und als Manta sich nach ihm umdrehte, blickte er ziemlich unbehaglich drein. »Hör mal, Manta«, sagte er schließlich, »das ist nicht der richtige Ort für ein solches Gespräch. Du sprichst über die Wirklichkeit, über deine Existenz, aber solche Sites sind nur ein *Ersatz* für die Realität. Sie können interessant sein, aber sie bieten keinen *realen* Kontakt zu wirklichen Menschen.« Kopfschüttelnd sah er sich um. »Die Unsicherheit in der Welt, der Schmerz … Ich glaube, ein Großteil davon rührt daher, dass es nicht genügend echte Kontakte gibt.«

Er sah auf Manta herab. »Wir sollten uns treffen und darüber reden, aber nicht hier. Begegnungen zwischen Menschen sollten nicht von Elektronen vermittelt werden.« Seine Stimme klang plötzlich schmerzerfüllt. »Oder in ein paar Minuten zwischen Online-Aufenthalten und virtuellen Verabredungen gepresst werden …«

»Wozu?«, protestierte Manta. »Das hier ist real genug. Du hast nichts zu sagen, das mich überzeugen könnte, sonst hättest du das bereits getan.« Er stand auf. »Danke, aber die Zeit zum Reden ist vorbei. Ich weiß, was ich zu tun habe.«

Damit verschwand er in der riesigen ›Eingangshalle‹.

»Manta, warte!«, rief Kalki und lief ihm nach, aber Manta unterbrach seine Verbindung zu Deathworld und verschwand in der Dunkelheit.

Einen Augenblick später stand Charlie etwas außer Atem wieder an seinem Arbeitsplatz. Nicht, dass die Anstrengung zu viel für ihn gewesen wäre, aber er war nervös. Er warf einen Blick auf die Anzeige von Marks ›Stolperdraht-Programm‹. Zahlen und Buchstaben leuchteten in der Luft, aber alles stand auf null. Niemand hatte versucht, in sein System einzudringen.

Also gut, dachte Charlie, *der Köder ist ausgelegt. Mal sehen, ob jemand in die Falle geht …*

Als er am nächsten Morgen gähnend aus dem Studierzimmer kam, fühlte er sich etwas enttäuscht. Obwohl ›Mantas‹ Mitteilungen am Mitteilungsbrett von Deathworld offenbar gelesen worden waren, hatte niemand darauf geantwortet. Von Shade und Kalki hatte er auch nichts gehört. *Vielleicht habe ich überreagiert und ihn verschreckt*, dachte er.

Diesmal stand seine Mutter in der Küche und goss sich frisch aufgebrühten Kaffee ein. Draußen fiel die Haustür ins Schloss: Offenbar hatte er seinen Vater knapp verpasst. »Du bist früh auf«, sagte sie, als Charlie hinter ihr gähnte.

»Stimmt.«

»Auch Kaffee?«

»Ist Kaffee nicht schlecht für das Wachstum?«

Sie warf ihm einen Blick zu. »Nein, das ist eine Frage des Timings. In deinem Alter wirkt sich das kaum noch aus.«

Sie holte die Tasse mit der doppelten Ente aus dem Schrank, füllte sie und reichte sie ihm.

»Danke …« Damit ließ er sich auf einen der Küchenstühle fallen.

Einen Augenblick lang tranken sie beide schweigend. »Letzte Woche bist du ziemlich spät ins Bett gekommen«, meinte seine Mutter dann.

»Ja.«

»Dad sagt, du recherchierst immer noch zum Thema Selbstmord.«

Charlie nickte.

Seine Mutter wirkte leicht resigniert. »Das Thema besitzt eine gewisse schauerliche Faszination, das muss ich zugeben. Vor allem, wenn man ein gutes Leben hat und sich nicht vorstellen kann, warum jemand seines freiwillig beenden würde.«

»Ja.« Charlie dachte an die sechs Bildersätze an seinem

Arbeitsplatz. Er war keineswegs überzeugt davon, dass diese Jugendlichen ihrem Leben freiwillig ein Ende gesetzt hatten. »Wie sieht dein Dienstplan heute aus?«

Seine Mutter zog die Augenbrauen hoch. Der Themenwechsel war ihr nicht entgangen, aber sie enthielt sich für den Augenblick jeden Kommentars. »Normale Tagschicht, außer es kommen Notfälle herein.« Sie wirkte ein wenig erleichtert. »Aber du weißt ja, dass die sich nicht vorhersagen lassen. Wie sieht's bei dir aus?«

»Schule wie üblich. Nichts Aufregendes.«

»Klingt fantastisch«, sagte seine Mutter und trank ihren Kaffee aus. »Hör mal, Dad hat gestern ein paar Spareribs gekauft. Ich dachte, die gibt's heute Abend mit scharfer Sauce.«

»Ja, bitte!«

Sie lächelte ihn an, spülte ihre Kaffeetasse aus und stellte sie zum Abtropfen hin. Dann nahm sie ihre Arbeitstasche von einem der Küchenstühle. »Okay. Wir essen gegen sechs. Bis später, Schatz.«

In der Schule gab es keine besonderen Vorkommnisse. Charlie hatte Nicks Mutter ausgerichtet, dass er ihn zum Essen treffen wollte, aber in der Mittagspause war Nick nicht aufzufinden. *Da verfügen wir über das höchst entwickelte Kommunikationssystem in der Geschichte der Menschheit*, dachte Charlie trübsinnig, während der Nachmittag verstrich, *und trotzdem verpassen wir uns ständig. Na ja, ich kann immer noch bei ihm zu Hause vorbeischauen. So ein großer Umweg ist das schließlich nicht …*

Nach der Biostunde hing er noch ein wenig in der Schule herum, aber Nick tauchte nicht auf, und so wanderte Charlie durch den milden Frühlingsnachmittag nach Hause, wobei ihn so unterschiedliche Themen wie Neurotransmitter und die Aussicht auf Spareribs mit scharfer Sauce beschäftigten. Vor einer Woche hatten sie im Unterricht darüber diskutiert, wie es dem Capsiacin-Molekül gelang, dem Mundgewebe vorzugaukeln, es wäre verletzt, und so die Ausschüttung von Endorphinen anzuregen. Charlies Biolehrer hatte auf einen imitierten Neurotransmitter-Schlüssel getippt. *Klingt für mich nicht überzeugend*, dachte Charlie. *In dem Fall müsste nämlich …*

Das Geräusch eines Wagens, der neben ihm sein Tempo verlangsamte, während alle anderen mindestens sechzig fuhren, ließ ihn herumfahren. Ein großes Auto tauchte neben ihm auf, und gerade als er sich umdrehte, sprang die Tür auf. Jemand stürzte sich auf ihn …

Nur die Reflexe des Straßenjungen, der er einmal gewesen war, retteten ihn. Nach wie vor hatte er Probleme damit, wenn ihm jemand berührte, manchmal sogar, wenn ihn seine Mutter umarmte. *Niemand darf dich anfassen! Körperkontakt bedeutet Kontrolle …*

Er riss sich los und floh in die Morrison Street. Hinter sich hörte er das Heulen einer Sonarwaffe. Da versuchte tatsächlich jemand, ihn zu betäuben. Aber er befand sich knapp außer Reichweite, und seine Beine funktionierten dieses eine Mal schneller als sein Gehirn. Sein Körper wusste noch viel besser als sein Verstand, was Angst war, und während sein Gehirn noch seine Adrenalindrüsen aktivierte, rannte Charlie bereits, als wäre ihm der Leibhaftige selbst auf den Fersen. Er bog in eine Seitenstraße der Morrison Street ein, rannte bis zur nächsten Ecke, lief in die entgegengesetzte Richtung, lief und lief und lief … Er rannte so schnell, dass er den Asphalt unter seinen Füßen kaum spürte. Obwohl er vor Entsetzen und Anstrengung keuchte, war sein Verstand bereits damit beschäftigt, einen Fluchtplan zu entwerfen.

Das ist eine Einbahnstraße, das erschwert ihnen die Verfolgung. Und ich kenne die Gegend …

Seine Lungen brannten wie Feuer, aber er ignorierte sie. *Ich hatte Recht, die haben es wirklich eilig. Leider hatte ich Recht.* Charlie rang nach Atem, rannte jedoch weiter. *Wer eine Entführung am helllichten Tag riskiert, meint es wirklich ernst. Ich muss sofort ins Netz und Hilfe holen. Die Polizei, nein, lieber die Net Force …* Die Polizei kannte ihn nicht, aber die Net Force schon. Er brauchte so schnell wie möglich Mark Gridley oder James Winters.

Ob es der Mörder selbst ist oder ein Komplize?, überlegte er. Ist das wichtig? Die sind mir direkt auf den Fersen … Hinter sich hörte er einen Motor, der immer lauter wurde, aber er drehte sich nicht um. Stattdessen bog er nach rechts in den Vorgarten eines Backsteinhauses ein. Seitlich davon führte eine Einfahrt zum asphaltierten Hinterhof, in dem an einer Ziegelmauer ein Müllcontainer stand. Von tiefer Dankbarkeit für die städtische Müllabfuhr erfüllt, sprang Charlie auf den Container. Mit beiden Händen zog er sich auf die Mauer, die den Hof vom Nachbarhaus trennte. Zum Glück hatte er bereits aus der Ferne gesehen, dass sie nicht durch Glasscherben gesichert war. Er ließ sich auf die andere Seite fallen, wo er einen Augenblick stehen blieb, um sich zu orientieren. Blinde, schmutzige Fenster, die allesamt vergittert oder durch Rollladen geschützt waren, ein weiterer Müllcontainer, geparkte Autos … *Ich weiß, wo ich bin*, dachte er, als er aus dem Hof in die Einfahrt und auf das offene Tor in der Mauer vor dem Gebäude zustürzte. Er sah sich nach beiden Seiten um. *Ich darf mich nicht auf offenem Gelände erwischen lassen, wo alle Vorteile auf ihrer Seite sind – Größe, Waffen, Mobilität. Wenn es eine Verfolgungsjagd gibt, dann auf einem Terrain, auf dem ich eine Chance habe. Nicht hier draußen!*

Er rannte wie ein Sprinter, wobei er ständig fürchtete, hinter der Ecke würde der Wagen auf ihn warten. *Dunkelblau, ein funkelnagelneuer Dodge, eine von diesen großen Limousinen, bei denen die Modelle immer umbenannt werden, in Virginia zugelassen …* Aber das Auto war nirgends zu sehen. Ein gütiges Schicksal verschaffte ihm die paar Sekunden, die er brauchte, um in das Internetcafé an der Ecke zu hechten. Völlig außer Atem stand er an der Rezeption. Der Junge an der Kasse hatte gerade etwas aus einem Regal genommen. Jetzt richtete er sich auf und musterte Charlie gelangweilt. »Ja?«

»Ich brauche eine Kabine!«, stieß dieser hervor.

Der Junge schien alle Zeit der Welt zu haben. »Zahlst du bar oder mit Karte?«

Charlie fischte in seiner Tasche und fand zu seiner Überraschung nicht eine der Familien-Kommunikationskarten, sondern eine, die er am Morgen auf dem Weg zur Schule vom Tisch im Flur genommen hatte. Es war eine öffentliche Kommunikationskarte, und er hatte gedacht, er könnte genauso gut die restliche Zeit darauf verbrauchen. Hastig steckte er sie in das Lesegerät. Der Junge hinter der Theke sah sich an, was die Karte dem Gerät zu erzählen hatte, und schob sie Charlie hin. »Da sind nur noch fünfundfünfzig Minuten drauf.«

Charlie schluckte. »Welche Kabine?«

»Sechs.«

Charlie rannte in den Gang, schoss in die Sechs, schob die Tür hinter sich zu und verriegelte sie. Einen Augenblick lang stand er da und rang nach Atem, dann warf er sich auf den Implantatstuhl, das einzige Möbelstück im Raum. Schwitzend lehnte er sich zurück, um das Implantat auf eine Linie mit den Rezeptoren des Stuhls zu bringen und schloss die Augen …

Als er sie wieder öffnete und aus seinem virtuellen Stuhl sprang, stand er auf einer endlosen weißen Ebene, über der sich ein wolkenloser blauer ›Himmel‹ wölbte. Bis auf die Stimme, die ihn empfing, war der Raum völlig leer. »Willkommen bei Ihrem öffentlichen Internetzugang. Ihre Befehle bitte.«

Der einzige Ort, an dem er sich einigermaßen sicher oder zumindest nicht ganz so hilflos gefühlt hätte, war sein Arbeitsplatz, und den durfte er auf keinen Fall aufsuchen. Zu groß war das Risiko, dass jemand seinen Zugang so manipuliert hatte, dass er zu seinem jetzigen Standort zurückverfolgt werden konnte. Und nach fünfundfünfzig Minuten würde sich die Tür öffnen. Er hatte so gut wie kein Geld bei sich, um mehr Zeit zu kaufen. Danach musste er auf die Straße hinaus, und wenn sie ihn aufgespürt hatten, dann würden seine Verfolger mit einer plausiblen Geschichte auf ihn warten.

Was dann geschehen würde, war nur allzu klar: Er würde das Schicksal der anderen teilen. Wenn nicht heute, dann sehr bald. In einem unbewachten Augenblick würde man ihn entführen und mit Scorbutal-Cohydrobromat vollpumpen, entweder mit einem Druckinjektor oder mit einem Spray. Sobald die Wirkung der Droge einsetzte und er den Verbrechern wehrlos ausgeliefert war, würde man ihn an einen abgeschiedenen Ort bringen und seinen ›Selbstmord‹ inszenieren. Vielleicht sogar mit seiner Unterstützung, zumindest aber würde er keinerlei Widerstand leisten können. *Bei allem Respekt vor Moms Fachwissen, in diesem Fall steht es mehr als fifty-fifty, dass die einen doch dazu bringen, etwas zu tun, das man normalerweise nicht machen würde. Nach dem, was Nick über Jeannine und Malcolm gesagt hat …*

Charlie schluckte. »Zugriff auf Adresse 77356936678822-847722.«

Er ratterte die Nummer herunter, so schnell er konnte. Ein- oder zweimal musste er überlegen, weil er sie normalerweise nicht auswendig hersagen musste. Die weiße Ebene um ihn herum begann zu flackern …

Dann stand er mitten im Grand Central Terminal von New York. Das war der Galgenhumor seines Vaters, den sein eigener Zeitplan an den geschäftigen historischen Bahnhof erinnerte, nur dass er leider nicht in die Austernbar im Untergeschoss gehen konnte, wenn ihm danach war. Durch die hohen Fenster zur Vanderbilt Avenue fiel schräg das Sonnenlicht in die lichtdurchflutete große Haupthalle. Aber sie war menschenleer, und zu Charlies Verzweiflung war auch sein Vater nicht da. Normalerweise stand sein großer Schreibtisch, der aus dem gleichen cremefarbenen, polierten Terrazzo gefertigt war wie der Boden, direkt westlich von dem runden Informationskiosk mit der Messinguhr, doch diesmal fehlte er.

»Verdammt«, flüsterte Charlie vor sich hin. Eine Nachricht zu hinterlassen war sinnlos, dazu war die Zeit zu knapp. »Ausgangssystem, neuer Zugriff, Adresse 77356936678822-8472086633.«

Ein neuerliches Flackern. Eine Sekunde später stand Charlie am Arbeitsplatz seiner Mutter, der aus unerfindlichen Gründen im Augenblick aus einem gewaltigen Streifen Sand direkt östlich der Pyramiden bestand. Die Aussicht war spektakulär, bis man sich umdrehte und feststellte, dass hinter einem die Vorstädte von Kairo begannen. Tatsächlich stand man nämlich in einem Garten mit Klapptisch und Hollywood-Schaukel. Der Rasen war struppig, aber nicht wegen des Wassermangels, sondern weil ihm Kinder und ein oder zwei übereifrige Hunde zugesetzt hatten. Der Tisch war ganz und gar mit Papieren und Krankenhausutensilien bedeckt. Dazwischen lag ihr Computerpad, und in einer plumpen Vase, die Charlie ihr vor Ewigkeiten getöpfert hatte, steckte ein Blumenstrauß. »Mom?«, fragte er leise.

Sofort erschien ihre Gestalt. »Hallo, Schatz«, sagte sie, aber Charlie stöhnte verzweifelt auf: eine Aufzeichnung. »Stell dir vor, ich muss meinen hervorragenden Plan über den Haufen werfen. Tut mir Leid, aber ich komme später. Unten in der Notaufnahme fehlt es wieder mal an Personal. Sei so nett und gieß mehr Weißwein in die Marinade, wenn du nach Hause kommst. Falls du mich brauchst, ruf im Krankenhaus an, die können mich jederzeit über Pager erreichen.«

Verdammt. »Ausgangssystem.« Charlie zermarterte sich das Gehirn. Schließlich schüttelte er frustriert den Kopf, weil er sich beim besten Willen nicht an James Winters' Kommunikationscode oder an den Code für sein Büro erinnern konnte. »Notruf. Net Force-Hauptquartier ...«

Plötzlich stand er einer kühlen Blondine in Uniform gegenüber, die hinter einem Schreibtisch saß. »Net Force. Was kann ich für Sie tun?«

»Das ist ein Notfall. Mein Name ist Charlie Davis. Ich gehöre zu den Net Force Explorers und muss sofort mit James Winters sprechen!«

Sie lächelte verständnisvoll. Charlie hätte ihr am liebsten ins Gesicht gespuckt, weil sie ihn ansah, als wäre er ein ungezogenes Kind. Plötzlich tat es ihm Leid, dass er so wütend geworden war. Schließlich gab es in Nordamerika tausende Net Force Explorers. Die Frau hatte nicht den geringsten Grund anzunehmen, dass in seinem Leben überhaupt etwas von Bedeutung passierte. »Tut mir Leid, aber im Augenblick ist er nicht erreichbar ...«

»Dann möchte ich eine Nachricht hinterlassen. Bitte sagen Sie ihm, dass ich die Daten besorgt habe, um die er mich gebeten hat, aber wenn ich nicht bald von ihm höre, könnte es einen weiteren Todesfall geben. Er kann mich in den nächsten fünfzig Minuten hier erreichen …« Er rasselte die Adresse des Internetcafés und seines aktuellen Arbeitsplatzes herunter. »Danke! Arbeitsplatz, neuer Zugriff, Adresse 8846396677336 …«

Diese Nummer kannte er gut, weil er sie vor zwei Wochen etwa dreißigmal eingegeben hatte. Damals war sein Adressbuch ausgefallen, und er hatte fast den ganzen Nachmittag gebraucht, um den Fehler zu beheben. Erleichtert atmete er auf, als um ihn herum das Sonnenlicht durch das Dach der Montagehalle strömte, allerdings wie durch einen grauen Schleier gefiltert. »Sie betreten Sperrgebiet«, drohte eine harte Maschinenstimme. »Der Zugang ist verboten. Rückverfolgungsprogramme sind aktiviert.«

»Mark, ich bin's, Charlie!«

Augenblicklich verschwand der graue Schleier. Er lief in die sonnendurchflutete Halle und sah sich um. Der Rolls-Skoda stand immer noch mitten im Raum. Hoch über ihm schrien die Bussarde, die in der Thermik des Gebäudes kreisten. *»Mark?«*, brüllte er, wobei sich peinlicherweise seine Stimme überschlug.

»Du lieber Himmel«, sagte ein unsichtbarer Mark. »Was ist denn mit dir los? Du klingst ja wie ein Huhn.«

Normalerweise wäre Charlie nicht um eine Antwort verlegen gewesen. »Mark, wo bist du? *Mir steht das Wasser bis zum Hals!*«

Sofort erschien Mark neben dem Rolls. »Tut mir Leid, ich war mit Wartungsarbeiten beschäftigt. Was ist los?«

»Ich stecke in einem Internetcafé«, sagte Charlie, »und irgendwer hat gerade versucht, mich auf offener Straße zu entführen!«

»Ich rufe die Polizei.«

»*Nein!*«

Mark sah ihn an, als ob er den Verstand verloren hätte, wofür Charlie volles Verständnis hatte. »Wenn du das tust, setzen sich die Entführer unauffällig ab, und wir können wieder bei null anfangen. Entweder schnappen sie mich, wenn die Gelegenheit günstiger ist, oder sie suchen sich ein anderes Opfer, das wahrscheinlich nicht mit dem Leben davonkommt. Wir müssen *jetzt* handeln. Auf jeden Fall müssen wir meine Verfolger hinhalten, bis die Net Force eingreift.«

»Ich drücke den Panikknopf«, verkündete Mark. Sofort heulten überall in der Halle die Sirenen los, was Mark mit größter Zufriedenheit zu erfüllen schien.

»Das ist sinnlos«, sagte Charlie. »Winters ist nicht erreichbar!«

»Aber mein Vater bestimmt«, meinte Mark. »Der holt Hilfe.« Doch nichts geschah, und sein Blick wurde immer besorgter. »Scheint nicht im Büro zu sein«, murmelte er.

»Mark, wir müssen endlich was tun!«

»Der Alarm wird an seinen Pager weitergeleitet«, sagte Mark, »aber es bringt nichts, wenn wir hier herumsitzen.«

»Der Typ, der mich jagt«, meinte Charlie, »vermutet bestimmt, dass ich im Netz bin. Wenn er auch nur einen Funken Verstand hat, sitzt er jetzt in einem anderen Internetcafé und sucht mich online. Dann wird er versuchen, mich zurückzuverfolgen, und meine Zeit ist begrenzt. Ich habe nur eine Wertkarte. Mir bleiben ungefähr fünfundvierzig Minuten, bevor sich die Tür zu meiner Kabine öffnet ...«

»Dann gehst du besser dahin, wo er dich erwartet, und spielst auf Zeit.«

Charlie starrte seinen Freund an. »Redest du von Deathworld?«

»Wovon sonst? Wenn du dich über einen öffentlichen Zugang eingeloggt hast, kann er dich doch nur über deine Deathworld-Identität aufspüren. Du bist ganz dicht an ihm dran, und verlieren willst du ihn auf keinen Fall, das hast du ja gerade gesagt! Wenn er dich verliert, wird er untertauchen.« Mark warf ihm einen herausfordernden Blick zu. »Du musst ihn beschäftigen, bis Hilfe kommt, Charlie!«

Der schluckte.

»Aber du bist nicht allein«, beruhigte ihn Mark. »Komm schon, Charlie, das Spiel läuft. Wir sind dabei, aber sie werden nicht uns erwischen, sondern die anderen. Jetzt begibst du dich dahin, wohin du normalerweise fliehen würdest, wenn du in Panik gerätst.«

»An meinen Arbeitsplatz.«

»Aber von hier aus, nicht direkt von deinem Zugang aus.« Mark nahm das magische Jackett, das über dem Stuhl hinter seinem Schreibtisch hing, und warf es Charlie zu. »Damit rechnet er oder sie nicht. Die Anti-Rückverfolgungsprogramme, die ich um diesen Raum installiert habe, werden sie aufhalten. Und dann gehen wir nach Deathworld. Aber unterwegs sammeln wir jemand auf, der sich dort hervorragend auskennt.«

Charlie schluckte. Allmählich konnte er sich vorstellen, dass es klappte. Ein Lächeln erschien auf seinem Gesicht. Gefährlich war es immer noch, und er hatte nach wie vor Angst. Aber das Ziel, auf das er hingearbeitet hatte, war zum Greifen nah. Und er würde nicht allein sein.

»Nick«, sagte er. »Ja, einen Versuch ist es wert. Komm schon, Mark, lass uns gehen!«

9. Kapitel

Charlie und Mark landeten auf der düsteren Ascheebene zwischen dem See der Tränen und der Festung des Schwarzen Magiers. Um sie herum, aber auch jenseits des Sees flohen die Verdammten vor ihren Dämonen, und Banies strömten in beide Richtungen durch das Tor der Festung. Von irgendwelchen Verfolgern war nichts zu entdecken, aber Charlie hätte auch nicht gewusst, wonach er Ausschau halten sollte. Schließlich konnte jeder eine Tarnung anlegen. *Ist es Kalki? Oder Shade? Oder jemand anderer, den sie mir auf den Hals gehetzt haben?*

»Zumindest werden sie nach einem Jungen suchen, nicht nach zwei«, meinte Mark. »Das ist unser Vorteil.«

»Toll. Das heißt, dass sie entweder an mir vorbeilaufen oder meinen Begleiter gleich mit schnappen«, hielt Charlie dagegen. »Schließlich möchte man ja keine Zeugen!«

Bei dieser Vorstellung riss Mark die Augen auf, fasste sich jedoch schnell wieder. »Glaub ich nicht«, meinte er grinsend. »Egal, wer sie sind, meinen Arbeitsplatz finden sie über meine Identität hier nicht heraus. Dafür ist er zu gut gesichert.« Trotzdem sah er sich ein wenig beunruhigt um. »Aber ich glaube nicht, dass wir einfach herumstehen sollten. Wo gehen wir hin?«

»Im Augenblick sind wir unter Menschen am sichersten«, gab Charlie zurück. »In der Festung ist es belebter als hier draußen. Lass uns reingehen.«

Sie passierten das Eingangstor, das von vielen Banies, die an der Lösung des achten Kreises arbeiteten, als Zugang zur Site genutzt wurde. Die meisten strömten an Charlie und Mark vorüber auf den Eingang zu den Treppen ins Nichts zu. »Sieht so aus, als könnte man sich da drin leicht verlaufen«, sagte Mark.

»Das kann man wohl sagen«, erwiderte Charlie nervös. »Ich kenne mich in der Festung nicht so gut aus …«

»Macht nichts. Wir müssen nur dafür sorgen, dass deine Verfolger beschäftigt sind, bis sich die Net Force einschaltet und sie identifizieren kann.«

Charlie schluckte. »Werden sie das in vierzig Minuten schaffen?«

»Mittlerweile sind es eher fünfunddreißig«, verkündete Mark, der noch nicht einmal den Anstand besaß, sich verängstigt zu geben. »Müssen sie wohl.«

»Aber wie sollen sie uns finden?«

Mark zupfte an dem virtuellen Ärmel des magischen Jacketts. »Die Nachricht an meinen Vater enthält sämtliche Details über das hier. Das Rückverfolgungsprogramm im Jackett schaufelt die Daten direkt in sein System. Alles, was du siehst oder hörst, wird direkt an ihn und die Net Force übertragen. Und es wird sekündlich gespeichert. Alle virtuellen Standorte und Adressen werden registriert. Die Verfolgung müssen wir ihm und seinen Leuten überlassen. Unsere Aufgabe ist es, in einen Bereich vorzudringen, der so einsam ist, dass niemand behaupten kann, er hätte sich zufällig in unserer Nähe aufgehalten.«

Charlie warf einen Blick in die Runde. Dann fasste er den Eingang zu den Treppenhäusern ins Auge. »Okay, wir gehen wohl besser los …«

»*Manta!*«

Er fuhr zusammen, aber die Stimme gehörte weder Kalki noch Shade. *Nicht, dass das etwas bedeutete!* Halb wütend, halb verängstigt fuhr er herum – nur um Nick zu sehen, der durch die großen Tore auf ihn zuraste. »Ich werd wahnsinnig!«, schrie er und packte Nick an den Schultern. »Ich bring dich um! *Weißt du, für wen ich dich gehalten habe!*«

»Ich kann es mir vorstellen, aber ich wollte in dieser Situation nicht deinen echten Namen verwenden. Man weiß ja nie, was passiert. Hübsches Jackett.«

»Das ist jetzt nicht so wichtig. Woher kennst du mein Pseudonym?«

»Ich habe die Nachrichten am schwarzen Brett gelesen und zwei und zwei zusammengezählt. Die Zeiten, zu denen du deine Mitteilungen abgeschickt hast, waren ein guter Hinweis. Sag mal, können wir das nicht später diskutieren? Ich habe die Nachricht bekommen, dass du verfolgt wirst. Du musstest wohl unbedingt den Helden spielen, was?«

Charlie hatte schon den Mund geöffnet, um sich wütend zu verteidigen, als ihm klar wurde, dass das ein Kompliment gewesen war. »Äh …«

»Schon gut. Hör mal, ich möchte was ausprobieren und zwar möglichst, bevor uns jemand entführt.« Er sah Mark an. »Wer ist das?«

»Nick, das ist Mark. Mark Gridley, Nick Melchior. Mark ist ein Meister der virtuellen Realität, Nick. Er hat sich eine Methode ausgedacht, um unseren Weg hier unten aufzuzeichnen.« Charlie zeigte auf die Jacke. »Wir müssen den Verbrechern ein Ziel bieten, ohne dass sie uns erwischen. Das heißt, wir müssen tief ins Innere der Festung, wo sie mich nicht finden können. Hilfe ist unterwegs, aber wir müssen sie hinhalten.«

»Gut. Folgt mir«, meinte Nick, während er nach rechts losmarschierte. »Ist Neun tief genug für euch?«

»Neun?« Charlie schluckte. »Nick, einer von denen hat behauptet, er wäre durch die Tore von Neun gegangen. Kalki hieß er angeblich.«

»So ein Großmaul. Wer die Tore durchschritten hat, kann nicht zurück. Danach ist der Zugang zu den anderen Ebenen blockiert. Die Designer wollen damit verhindern, dass jemand gleich die Lösung der ganzen Site verrät.«

»Wann hast du das herausgefunden?«

»Gestern. Der Torwächter hat es mir erklärt.«

»Du hast den Weg nach Neun entdeckt?«

»Aber ich wollte nicht ohne dich durch das Tor gehen. Probieren wir es aus!«

»Du weißt nicht, ob es funktioniert?«, fragte Mark alarmiert.

»Das werden wir gleich rausfinden«, gab Nick zurück. »Kommt!«

An der linken Seite der riesigen Eingangshalle befanden sich neun hohe graue Türen – echte altmodische Türen mit Klinken, die mit den geschweiften Ornamenten an den steinernen Pfosten an das 17. Jahrhundert erinnerten. »Ganz lässig schlendern«, riet Nick. »Wir dürfen nicht so aussehen, als hätten wir es eilig.« Unter den gegebenen Umständen fiel Charlie das extrem schwer, aber er zwang sich, sein Tempo zu verlangsamen und sich Nicks Schritten anzupassen.

»Viele sehen sich das irgendwann mal an«, sagte Nick leise, »aber normalerweise ist hier nichts. Es gibt da einen Trick …«

Er ging zur ersten Tür, stellte sich davor und lauschte. Dann schüttelte er den Kopf.

»Nichts«, meinte er, »aber nachdem wir zu dritt sind, ist es relativ einfach. Schnell, jeder von euch sucht sich eine Tür aus und horcht. Wenn ihr was hört, öffnet ihr sie sofort. Lasst euch aber nicht anmerken, was ihr vorhabt, ihr wollt ja nicht, dass euch jemand beobachtet.«

Da Mark auf die nächste Tür zuhielt, nahm Charlie die

übernächste. Er atmete tief ein, um sich zu beruhigen, stellte sich davor … und riss die Augen auf. Leises Stimmengemurmel wie von einer Menschenmenge …

Er zog die Tür einen Spalt weit auf und blickte hinein.

Das Geräusch veränderte sich nicht, aber der dämmrige Raum war voller Menschen, die sich rhythmisch bewegten. Vor ihm lag eine riesige Tanzfläche voller Menschen, die Kleider aus sämtlichen Epochen trugen. Und alle tanzten wild zu Joey Banes Musik. Hoch oben an der nahezu unsichtbaren Decke hing ein Stroboskop, das sein glitzerndes Licht durch den Saal zucken ließ. Hier blitzte eine mit Nieten besetzte weiße Elvis-Jacke auf, dort ein durchscheinender Overall. Charlie drehte sich um und gab Nick und Mark unauffällig ein Zeichen. Als die beiden heran waren, schlüpfte er durch die Tür. Die anderen folgten ihm, und Nick schloss die Tür hinter sich.

Im selben Augenblick begann die Musik mit voller Lautstärke zu dröhnen: Es war der Techno-Mix von ›Sieh nicht zurück‹, der mit seinem harten Elf-Viertel-Rhythmus den Raum erfüllte. Bewundernd sah Mark die Tänzer an. »Dafür dass die verdammt sind, sind sie aber gut drauf«, meinte er.

»Das sind keine Verdammten«, erwiderte Nick grinsend. »Das sind wir.«

Charlie sah ihn verwirrt an. »Das ist eine Party«, erklärte Nick. »*Die* Party. Ein Scherz der Programmierer. Jeder, der Deathworld jemals besucht hat, landet irgendwann mal hier. Natürlich nicht die echte Person, sondern eine Aufzeichnung, eine Simulation …«

»Soll das heißen, wir sind auch da?«, fragte Mark belustigt. »Das könnte aber verwirrend werden.«

»Tut mir Leid«, erwiderte Nick, »aber so läuft das nicht. Du kannst dich darauf verlassen, dass dein Scheinbild nicht gleichzeitig mit dir anwesend ist. Das hat mir der Torwächter verraten. Aber Außenstehenden dürfte nicht sofort klar sein, ob sie es wirklich mit der echten Person zu tun haben …« Er grinste. »Wahrscheinlich gibt es immer wieder komische Szenen, weil manche Leute tatsächlich zum Tanzen herkommen.«

»Auf jeden Fall dürfte es kein Problem sein, im Gedränge unterzutauchen«, meinte Charlie.

»Nicht nur das«, erläuterte Nick. »Es ist *die* Party. Das bedeutet, dass es eine Seitentür gibt … und eine Dame, die sich davonstehlen will. Die müssen wir erwischen. Kommt schon …«

Gefolgt von den beiden anderen begann er, sich seinen Weg durch die Menge zu bahnen. Das war nicht einfach. Es war heiß, die Tänzer standen dicht gedrängt, und die Musik war ohrenbetäubend. Selbst Nick schien mit der Lautstärke Probleme zu haben.

Mark hielt sich dicht hinter Charlie. »Bist du sicher, dass dein Vater und seine Leute es schaffen, bevor meine Zeit abläuft?«, brüllte Charlie ihm zu. Eine Verständigung in normalem Gesprächston war unmöglich.

Mark blickte allmählich etwas unbehaglich drein. »Ich hab mein Bestes getan«, schrie er zurück. »Mein Vater ist immer im Stress. Ich hab dir ja gesagt, ich habe eine Nachricht mit höchster Dringlichkeitsstufe an seinen virtuellen Pager geschickt. So etwas würde er nie ignorieren, außer er muss einen eiligen Auftrag für die Regierung erledigen …«

»Das muss er doch ständig!«, rief Charlie. Aber es hatte keinen Sinn, darüber zu diskutieren. Er holte tief Atem und pflügte in Nicks Kielwasser durch das Gedränge.

Je mehr sie sich der Mitte des Raumes näherten, desto schwieriger wurde es. *Zumindest dürften unsere Verfolger ein*

Problem haben … Für einen Augenblick ignorierte er den Rat, den das Lied ihm gab, und sah über die Schulter.

Eine der hohen Türen hinter ihnen öffnete sich. Eine Sekunde später erhaschte er einen Blick auf einen langen schwarzen Mantel, einen lila Rock und lila Haar. Shade schlüpfte herein …

Oh, oh. Angst und Hass stiegen in ihm auf. Es fiel ihm schwer, rational damit umzugehen. Schließlich konnte sie ihn kaum auf der Stelle mit Scobro besprühen. *Wenn sie überhaupt direkt beteiligt ist.* Hatte Mark konkrete Hinweise darauf gefunden? Hatte er überhaupt jemals in Erfahrung gebracht, wer den ›Stolperdraht‹ um seinen Arbeitsplatz ausgelöst hatte? *Und sind Shade und Kalki ein und dieselbe Person? Zusammen habe ich sie jedenfalls nie gesehen …* Charlie schluckte. *Keine Zeit, sich darüber aufzuregen. Am besten halte ich mich an Nick und bete, dass die Net Force ihre Arbeit tut …*

Vor ihm hatte Nick bereits zwei Drittel des Weges zurückgelegt. Da die Menge am hinteren Ende des Raumes weniger dicht war, kamen sie jetzt schneller voran. Nick hielt auf die linke Ecke zu, wo Charlie einen schwarzen Punkt erkennen konnte, eine Gestalt, die neben einer Tür an der Wand lehnte. Im Gegensatz zu der, durch die sie hereingekommen waren, besaß diese Tür Normalgröße. Und sie schloss sich gerade …

Charlie dicht auf den Fersen, trat Nick aus der Menge, Mark bildete die Nachhut. Der schwarze Punkt, der im dämmrigen Discolicht schwer zu erkennen gewesen war, entpuppte sich als großer, spitzbäuchiger Dämon, der direkt vor der Tür stand, die sich soeben geschlossen hatte. Seine kleinen Stummelflügel waren mit schwarzer Lederhaut bedeckt, und er trug eine Uniform, wie sie Kino-Platzanweiser und Hotelpagen im letzten Jahrhundert benutzt hatten, bis hin zu einem lächerlichen kleinen Käppi, das neckisch auf einem seiner großen Ohren ruhte. Nick blieb verblüfft stehen und warf ihm einen merkwürdigen Blick zu.

»He«, schrie er, um die Musik zu übertönen, »du bist gar nicht Melchqual! Du bist Skalpellhand! Das schiefe Käppi ist unverkennbar!«

Der Dämon mit dem Flammenschwert blinzelte. »Nick?«, brüllte er mit zusammengekniffenen Augen. »Wie geht's, alter Junge? Wieder da? Ich dachte, du wolltest nicht bleiben.«

»Planänderung«, gab Nick zurück. »Aber *du* stehst normalerweise auch nicht hier.«

»Nein, wir Pförtner rotieren ständig«, erklärte Skalpellhand resigniert. »Manchmal ohne jede Einarbeitung. Wenn ich einen Cent für jeden …«

»Keiner von uns wird auch nur einen müden Cent wert sein, wenn wir uns nicht beeilen! Wir stecken im Moment ziemlich in der Tinte. Wir werden verfolgt und dürfen uns auf keinen Fall erwischen lassen.«

»Aber du weißt doch, dass ich euch ohne Prüfung nicht durchlassen kann …«

»Dafür ist keine Zeit!«, schrie Nick. »Skalpellhand, in Joeys Namen, wirst du uns wohl passieren lassen, bevor sich noch mehr so genannte Selbstmorde ereignen?«

»Prüfung?«, fragte Mark. »Was für eine Prüfung?«

Skalpellhand riss die Augen auf. »Aber das geht nicht. Ich würde dir gern helfen, Nick, aber die Programmierung lässt das nicht zu.«

»Was für eine Prüfung?«, wollte Charlie wissen.

»Er wird euch nicht nach eurer Lieblingsfarbe fragen, wenn du das meinst«, erklärte Nick. »Beeil dich und stell schon deine verdammten Fragen, Skalpellhand! Ich antworte für uns drei.«

»Seid ihr beiden damit einverstanden?«, vergewisserte sich der Dämon.

»Ja«, sagte Mark.

»Ja, fang schon an!«, drängte Charlie, denn Shade kam immer näher.

»Also gut. Du kennst die Regeln? Wenn du eine Frage nicht beantworten kannst, landest du wieder auf Eins.«

»In Ordnung!«

»Und es sind nicht dieselben Fragen wie gestern, Nick, die wechseln jede Stunde …«

»Fang an!«, brüllten alle drei im Chor.

»Also gut. Was ist der Sinn des Lebens?«

»Einfacher geht es wohl nicht«, stöhnte Charlie.

»Halt die Klappe, Charlie«, schimpfte Nick. »*Leid*, Skalpellhand, und der Umgang damit.«

»Was ist die Morgenröte der Seele?«

»Welche Version?«

Skalpellhand wirkte überrascht. »London 2024«, präzisierte er lächelnd.

»Die andere Seite / wo die Schatten lauern / und die Dunkelheit sich nicht mehr über alles senkt: die Nacht des Schmerzes / wenn der letzte Schlussakkord / durch die Mauern bricht!«

»Du kennst dich wirklich aus«, kommentierte Skalpellhand. »Darf ich dich nicht doch nach deiner Lieblingsfarbe fragen?«

»*Nein!* Weiter!«

»Wie lautet Joeys zweiter Vorname?«

»Der auf seiner Geburtsurkunde«, fragte Nick zurück, »oder der für die Presse?«

Skalpellhand grinste. »Der auf der Geburtsurkunde.«

Nick schluckte. »Illusion.«

»Ihr seid durch«, sagte Skalpellhand und fing an zu wachsen.

Der Boden begann zu beben. Das Stroboskop an der Decke wackelte, und Glas- und Onyxstalaktiten stürzten von hoch oben in die kreischende Menge, die in alle Richtungen auseinander stob, dann aber auf die Tanzfläche zurückkehrte, als würde sie mit Peitschenhieben zusammengetrieben.

Skalpellhand ließ sich davon nicht beeindrucken. Seine Uniform fiel ihm in Fetzen vom Körper, denn er wuchs immer weiter. Verschwunden war das Bäuchlein, und die Stummelflügel verwandelten sich in gewaltige Schwingen. Er stieß einen mächtigen Schrei aus, der weitere Stalaktiten herabstürzen ließ.

»Ist er wütend?«, rief Charlie Nick zu, wobei er sich bemühte, die dröhnende Musik, das Kreischen der Tänzer und das Klirren des aufschlagenden Glases zu übertönen.

Skalpellhand lachte. »Wütend? Das ist wohl ein Witz. Ich bekomme dafür einen Bonus.« Er streckte seine gewaltigen Pratzen aus, in denen plötzlich ein Flammenschwert lag, das den ganzen Raum mit einem grellen blauweißen Licht erhellte. »Und jetzt werde ich abgelöst, weil ich oben auf Sieben jemand eine Lektion …«

»Sehr schön, bis dann!«, rief Nick und rannte unter seinem Arm hindurch auf die Tür zu, die sich plötzlich öffnete.

Charlie und Mark folgten ihm eilig. Hinter Skalpellhand, auf der anderen Seite der Tür, war es stockdunkel. Unwillkürlich drehte sich Charlie nach dem Licht hinter ihnen um.

»Unsere Verfolger müssen auf jeden Fall die Prüfung bestehen, sonst kommen sie nicht durch«, sagte Nick.

»Ja, aber was, wenn sie die Antworten ebenfalls kennen?«,

gab Mark zu bedenken. Besorgt blickte er sich in der Dunkelheit um.

»Dann gibt es immer noch eine Hürde«, erklärte Nick. »Kommt mit!«

Er lief in die Dunkelheit. Die anderen folgten ihm langsamer, aber auch ihre Augen gewöhnten sich allmählich an das Dämmerlicht. Sie befanden sich in einer riesigen Höhle von der Größe eines Stadions, deren steinerne Decke nicht mehr zu erkennen war.

»Was sollen wir denn tun?«, erkundigte sich Mark.

»Die Göttin suchen«, erklärte Nick.

Charlie warf ihm im Laufen einen Blick zu. »›Die das Fest vorzeitig verlässt‹, oder wie das heißt?«

»So ähnlich. Wir müssen sie finden, sie ist der Schlüssel.«

»Kann ja nicht so schwer sein, außer uns ist ja keiner … Oh, oh.«

In der Finsternis funkelten gierige Raubtieraugen, die sie nachdenklich ansahen.

»Ignorieren«, befahl Nick. »Sucht nach einem einzelnen Licht.«

Das war gar nicht so einfach. Die Dunkelheit war heiß und stickig, und die Augen kamen immer näher. Alle drei hörten deutliche Atemzüge. Charlie schüttelte den Kopf. Natürlich war es nur eine Illusion, aber sie wirkte beängstigend real. Plötzlich blieb er stehen. Hinter ihnen waren Schritte zu hören.

»Da!« Nick deutete auf ein einzelnes Licht in der Ferne, das sich nicht horizontal bewegte wie die grünen Augen um sie herum, sondern vertikal in reinem Weiß herabströmte.

»Wohin so eilig?«, fragte eine leise Stimme hinter ihnen.

Als Charlie herumfuhr, blickte Shade ihn an. Sie wirkte fast traurig … aber nicht ganz.

Ich weiß nicht genau, wie viel Zeit ich noch habe, aber mehr als fünfzehn Minuten können es nicht sein, dachte er. *Jetzt kann ich sie nur noch hinhalten, sie in ein Gespräch verwickeln …*

»Kalki hat mir erzählt, dass du einfach weggelaufen bist«, sagte sie. »Ohne ihn auch nur anzusehen! Dabei wollte er dich wirklich nicht erschrecken. Er wollte dich nur zu einem Ausflug einladen.«

Aber die will nicht nur reden, dachte Charlie. »Tatsächlich? Und was hätten wir dann getan, er und ich? Oder wir drei, falls ihr tatsächlich zwei Personen seid.«

»Euch unterhalten«, sagte Shade. »Was sonst?«

»Wie wär's mit Scorbutal-Cohydrobromat?«

Ihre Augen weiteten sich.

Das reicht nicht. »Übrigens, erinnerst du dich an den weißen Baumwollpullover?«, fragte er. »Der muss noch ganz neu gewesen sein. Diese flauschigen Garne fusseln fürchterlich. Überall auf Richard Delanos Teppich waren Flusen.«

Für einen Augenblick lag blankes Entsetzen auf ihrem Gesicht, doch sie fasste sich schnell und lächelte ihn wissend an. »Scorbutal? In deinem Alter solltest du dich wirklich nicht mit Drogen abgeben, Manta. Deine Eltern wären entsetzt, wenn sie das wüssten. Vielleicht sollte eine verantwortungsbewusste Erwachsene ihnen erzählen, dass du versucht hast, Drogen von ihr zu kaufen?«

Ihm wurde heiß vor Wut.

»Ist im Grunde auch egal«, sagte Shade. Charlie starrte sie wortlos an. »Es gibt ja noch andere, mit denen man arbeiten kann. Es wird immer verwirrte Jugendliche geben, die auf widerlichen Sites wie dieser hier landen.« Voller Verachtung blickte sie auf die Augen, die sie in der Finsternis umringten. »Die sich größte Mühe geben, sich möglichst weit vorzuarbeiten, nur umso viel ekelhafte Bilder, zerstörerische Musik und kranke Ideen wie möglich in sich aufzunehmen. Es überrascht doch keinen, wenn Leute, die ihre ganze Zeit an solch einem Ort verbringen, ein schlimmes Ende nehmen.«

Sie sah Nick und Mark an. »Schön, dass du endlich ein paar Freunde gefunden hast. Aber es wird immer Menschen geben, die Freunde suchen und nicht so widerborstig und misstrauisch sind wie du. Für die werde ich immer da sein. Bis Deathworld eines Tages schließt. Und dieser Tag kommt vielleicht schon sehr bald, denn wenn es Gerechtigkeit gibt, dauert nichts ewig.«

Erneut erschien das selbstzufriedene Lächeln auf ihrem Gesicht. Sie fühlte sich als Herrin der Lage. Charlie hätte ihr gern eins auf die Nase gegeben. Doch das war nicht mehr nötig … Er stand ganz still, konnte aber ein Lächeln nicht unterdrücken.

Die Befriedigung, die ihn nun erfüllte, war ebenso intensiv wie die Wut, die ihn vorher gepackt hatte, denn Shade starrte mit weit aufgerissenen Augen auf einen Mann und eine Frau, die von beiden Seiten nach ihrem Computerbild griffen. »Net Force«, sagte die Frau. »Wir müssen ihnen ein paar Fragen stellen. Wenn Sie bitte mitkommen würden …«

Plötzlich tauchten rund um die Gruppe sechs weitere Net-Force-Agents in den üblichen dunklen Anzügen und Mänteln auf. »Alles in Ordnung mit euch, Jungs?«, fragte einer von ihnen.

»Was?«, brüllte Shade im Hintergrund. »Wer sind Sie? Das ist empörend! Ich verlange einen Anwalt …«

»Ja, uns geht es gut.« Nick betrachtete etwas überrascht das ganze Tohuwabohu. Dann sah er Mark und Charlie an. »Aber wie sind die reingekommen, ohne Fragen zu beantworten?«

»Entweder mit einem Durchsuchungsbefehl oder über eine Hintertür. Ist doch nicht so wichtig, oder?« Mark sah erleichtert Shade nach, die von den Agents abgeführt wurde. »Das wird bestimmt ein interessantes Verhör. Warten Sie einen Augenblick«, sagte er zu dem Agent, der mit Charlie gesprochen hatte.

Dann half er Charlie aus dem magischen Jackett.

»Danke, Zwerg«, sagte dieser, während Mark dem Agent das Sakko reichte.

»Es ist noch aktiv«, erklärte er. »Das Beweismaterial ist brandheiß. Am besten verriegeln Sie es, wenn Sie im Untersuchungsraum im Hauptquartier sind.«

»Danke«, sagte der Agent.

»Und ich«, meldete sich eine andere Stimme aus der Dunkelheit, »wüsste gern, was hier läuft.«

Aus der Finsternis tauchte Jay Gridley auf, ein schlanker Thai-Amerikaner, mit dem sichtlich nicht zu spaßen war. Im Augenblick interessierte er sich jedoch vor allem für seinen Sohn, der ein wenig verlegen wirkte. »Oh, hallo, Dad. Weißt du, Charlie hat sich mit einem Problem an mich gewandt …«

»Entschuldigung«, sagte eine ruhige Stimme in der Dunkelheit hinter ihnen, »suchen Sie mich?«

Sie fuhren herum. Die Göttin der Tugend stand vor ihnen und lüftete den langen, hellen Schleier, der Gesicht und Kopf bedeckt hatte. Astraea war von überwältigender Schönheit, eine große, schlanke Frau im Weiß des klassischen Griechenlands. Ihr Gesicht wirkte streng, intelligent und ein wenig traurig.

Jay Gridley lächelte. »Ja, Ma'am. Reine Routine.«

Nick schaltete sich ein. »Vor allem wollten wir Sie bitten, uns nicht zu verlassen.«

»Aber hier ist kein Platz für mich«, erwiderte sie traurig. »Mein einziges Heim ist das Herz der Menschen, und die Menschheit ist durch und durch verdorben …«

Sie sahen einander an. »Wenn Sie zwei Sekunden warten, wird irgendwo ein neues Kind geboren – mit reinem Herzen«, warf Charlie ein.

Ihr Lächeln strahlte wie ein Sonnenaufgang. »Danke«, sagte Astraea. »Ich werde bleiben.«

Für einen Augenblick senkte sich Schweigen über die kleine Gruppe. »Wo ist denn der Weg zum neunten Kreis?«, erkundigte sich Nick schließlich.

»Den gibt es nicht«, erwiderte Astraea. »Besser gesagt, das hier ist der Weg, die Verzweiflung. Aber wenn ihr die überwunden habt, geht es weiter.« Sie wies in die Dunkelheit, wo plötzlich Licht schimmerte, als ob jemand eine Tür geöffnet hätte.

»Äh, danke«, erwiderte Mark, einigermaßen verwirrt, weil Astraea sich ihren Schleier wie einen Schal um den Hals geschlungen hatte. Jetzt griff sie hinter sich in die Finsternis und holte ein Schwert und eine Waage hervor.

»Und jetzt zurück an die tägliche Arbeit«, verkündete sie fröhlich. »Bis später dann …«

Damit war sie verschwunden.

Mark sah seinen Vater. »Du kennst sie, Dad?«

»Soll das ein Witz sein?«, sagte Jay Gridley leise, während er belustigt in Richtung des fernen Lichtes sah. »Das ist eine Vorgesetzte von mir.« Als er sich seinem Sohn zuwandte, wurde sein Gesicht schlagartig so streng, dass die anderen sich an Justitia erinnert fühlten. »Mit dir habe ich noch ein Hühnchen zu rupfen. Im Moment habe ich nicht viel Zeit, weil ich wieder zur Arbeit muss, aber wir werden uns später ausführlich unterhalten …«

Trotz der Ermahnung wirkte Mark nicht besonders zerknirscht. Charlie hielt es für das Beste, freundlich zu lächeln und zu nicken. Als Vater und Sohn verschwunden waren, drehte er sich zu Nick um …

… und alles löste sich in einem lichten Nebel auf, bis er wieder auf einer weißen Ebene stand, über der sich der blaue Himmel wölbte. Aus der Höhe sprach eine gewaltige Stimme zu ihm.

»Vielen Dank für Ihren Besuch. Ihre Zeit für diese Sitzung ist abgelaufen. Bitte wenden Sie sich an unseren Kundenbetreuer, wenn Sie verlängern möchten, oder fragen Sie nach unseren Monatsabos.«

Plötzlich saß er wieder auf seinem Implantatstuhl. Hinter ihm entriegelte sich die Schiebetür der Kabine mit einem leisen Zischen.

In einer Sekunde war er auf den Beinen und draußen im Gang. Dort blieb er wie angewurzelt stehen und riss vor Überraschung den Mund auf.

Überall wimmelte es nur so von uniformierten Polizeibeamten. Genau in diesem Augenblick eskortierten zwei von ihnen jemand in Handschellen hinaus. Sie wurden von einer Frau in dunkler Zivilkleidung begleitet, die die unverkennbare Net-Force-ID trug. Die Verhaftete war mittelgroß, etwas mollig, und ihr dunkles Haar war von grauen Strähnen durchzogen. Charlie schätzte sie auf etwa vierzig. Sie wirkte unauffällig, fast mütterlich … und sie trug einen weichen, flauschigen Baumwollpullover mit kurzen Ärmeln.

An dieser Stelle wurde er aus seinen Gedanken gerissen, weil ein Mann und eine Frau, beides Net-Force-Agents, auf ihn zukamen.

»Charlie Davis?«, fragte einer der beiden.

»Ja.«

»Ihr Vater möchte Sie sehen«, sagte die Agentin. »Und zwar sofort.«

Ups.

Er ging an dem schockierten Jungen am Empfang vorbei nach draußen, wo ihn sein Vater bereits erwartete. Er stand neben einem Streifenwagen, und seine Mutter stieg soeben aus einem anderen. Die Straße war völlig verstopft, weil Schaulustige den Verkehr blockierten. Es sah aus wie ein Katastrophengebiet.

Hoffentlich stand ihm nicht noch eine Katastrophe bevor.

Aber für den Augenblick brachte er kein Wort heraus. Erleichterung, Angst und ein Wirrwarr anderer Gefühle hatten ihn überwältigt, als er sah, wie die Frau, die Shade oder Kalki oder beide war, aus der Kabine neben seiner geführt wurde. *Direkt nebenan!* Er ging zu seinen Eltern und umarmte sie, so fest er konnte.

»Wir reden später darüber«, sagte sein Vater kaum vernehmbar. »Und zwar ausführlich, aber zuerst will ich deine Seite hören.«

»Danke, Dad.«

»Immerhin haben sie nicht *dir* die Handschellen angelegt«, sagte seine Mutter. »Wir dürfen also davon ausgehen, dass wir stolz auf dich sein können.«

Das hoffe ich sehr, dachte Charlie, als sie davongingen.

Es wurde ein langes und ausführliches Gespräch. Aber das Thema war noch längst nicht abgehakt, das wurde Charlie klar, als er im Bett lag. Er fühlte sich unglaublich verlegen und aufgewühlt und war gleichzeitig sehr stolz, denn in den Spätnachrichten hatte er gehört, dass im Fall der Deathworld-Selbstmorde neu ermittelt werden sollte. Außerdem hatte das Videofon geklingelt, als sie mit beträchtlicher Verspätung bei ihren Spareribs mit scharfer Sauce saßen. Einen Großteil der Strafpredigt hatte er in der Küche über sich ergehen lassen, während seine Mutter kochte. Sein Vater nahm das Gespräch entgegen und kam erst zwanzig Minuten später zurück.

»Wer war das, Schatz?«, wollte seine Mutter wissen.

»Jay Gridley.« Charlies Vater setzte sich und fing an, mit dem letzten Rippchen zu spielen, das unberührt auf seinem Teller lag.

Charlie sagte nichts, obwohl er große Lust dazu verspürte, aber bis jetzt hatten seine Eltern jedes seiner Argumente mit einer neuen Variante ihrer Gegenargumente gekontert. »Er meint«, sagte Charlies Vater, »dass du möglicherweise zehn bis zwanzig Menschen das Leben gerettet hast.«

Charlie schluckte.

»Außerdem sollst du dich morgen um acht bei James Winters melden«, fuhr sein Vater fort. »Ich nehme an, du schaffst es trotzdem pünktlich in die Schule?«

»Äh … ja.«

»Gut, du berichtest uns dann …«

»Klar doch.«

Das war alles gewesen. Charlie war recht deprimiert zu Bett gegangen, aber er hatte die Blicke gesehen, die seine Eltern wechselten, als er die Küche verließ. Sie wirkten besorgt, verängstigt, erleichtert, aber nicht wütend.

Am nächsten Morgen saß er in Winters virtuellem Büro und fragte sich, ob ihm, nachdem er den Abend einigermaßen überstanden hatte, nun eine besonders eindringliche Strafpredigt bevorstand. Mark Gridley war bereits da, als Charlie eintraf, und auch er wirkte ziemlich blass.

Eine oder zwei Minuten lang saß Winters nur da und las

die Informationen, die durch ein virtuelles Fenster in seiner Nähe liefen. Schließlich schüttelte er den Kopf, lehnte sich zurück und sah die beiden an.

»So. Ich habe fast die ganze Nacht dafür gebraucht, aber es ist mir gelungen, die forensischen und anderen Daten, die unsere Taskforce gestern zum Eingreifen bewogen haben, eingehend zu prüfen.« Er seufzte. »Mark hat bereits Bericht erstattet, aber da er dir die technischen Mittel für deine Aktion zur Verfügung gestellt hat, halte ich es für sinnvoll, wenn er hier bleibt, um gegebenenfalls Detailinformationen zu liefern. Bist du damit einverstanden?«

»Ja, Sir.«

»Ich möchte nur noch einmal darauf hinweisen, dass Marks Hilfestellung absolut illegal war. Nach der letzten Erfahrung hätte ich nicht gedacht, dass ich das noch einmal mit dir diskutieren muss«, sagte er zu Mark gewandt. »Aber ich sehe, dass du nach wie vor völlig unberechenbar bist. Dein Vater wird sich um dich kümmern. Wieder einmal, muss ich sagen.«

Mark wand sich ein wenig.

»Keine Show«, warnte Winters. »Du hast hier außer mir kein Publikum, und von mir kannst du keinen Beifall erwarten.«

Dann warf er Charlie einen bedächtigen Blick zu. »Ich muss sagen, deine Mutter ist eine sehr verständnisvolle Frau.«

»Wieso? Ich meine, natürlich ist sie das ...«

»Weil sie dich nicht unter Druck gesetzt hat, um herauszufinden, was du in den letzten Wochen getrieben hast. Wenn ich mich recht erinnere, wolltest du mich sofort kontaktieren, sobald deine Informationen konkret genug waren, um ein Eingreifen zu rechtfertigen.«

Das Schweigen lastete schwer über dem Raum. »Ich dachte, sie wären noch nicht konkret genug.« Charlies Stimme klang noch piepsiger, als er gefürchtet hatte. »Ich musste sie überprüfen.«

»Mit dir selbst als Lockvogel.«

»Wer Polarbären jagt, muss ihnen Menschen als Köder bieten.«

Winters blickte ihn einen Augenblick lang prüfend an. Dann lehnte er sich zurück und schaukelte ein wenig mit seinem Stuhl. »Allerdings hattest du Recht mit deiner Vermutung, dass ein weiterer Mord unmittelbar bevorstand. Im Wagen der Frau haben wir außer dem Betäubungsgewehr auch eine große Sprühdose mit Scobro gefunden. Im Kofferraum lag eine ganze Kollektion von Seilen und Fesseln für den sofortigen Einsatz.«

Charlie erschauerte. »Es ist immer noch Mai.«

»Ja«, sagte Winters, »da hast du Recht. Aber warum?«

Charlie war verwirrt. »Warum es Mai ist?«

»Ich meine, warum hat sie die Jugendlichen im Mai angegriffen?«

Charlie schüttelte den Kopf. »Das habe ich nicht rausgefunden.«

»Weil ihr eigener Sohn um diese Jahreszeit herum Selbstmord begangen hat.«

Charlie riss die Augen auf. »Richard …«

»Daneben«, sagte Winters verärgert. »Du sollst nicht raten, Charlie. Bei diesem Fall wurde ohnehin zu wenig mit exakten Daten gearbeitet. Für einen Arzt ist das fatal.«

Charlie schluckte.

»Mitch Welles«, half ihm Winters.

»Das war der Erste«, sagte Charlie. »April 2023 …« Er schüttelte den Kopf.

»April«, ergänzte Winters, »nicht Mai. Maureen Welles hatte nach dem Tod ihres Sohnes ... nun, nicht direkt einen Zusammenbruch, aber es ging ihr nicht gut. Nach ihrer Genesung begann sie eine Kampagne, um zu beweisen, dass ihr Sohn in Deathworld zum Selbstmord verleitet worden war. Sie setzte ihre ganze Energie dafür ein, das Gesetz, von dem ich dir erzählt habe, durch den Kongress zu peitschen, aber ohne Erfolg. Sie war davon überzeugt, dass sich alles gegen sie verschworen hatte, aber ihr einziger wirklicher Gegenspieler war die übervolle Tagesordnung im Kongress, das habe ich dir ja bereits erklärt. Und ihre Verbohrtheit.« Er stieß einen langen Atemzug aus. »Ihre Ehe zerbrach wegen dieser Sache. Sie und ihr Mann trennten sich – wie er sagt, weil sie sich nur noch für die Jagd nach dem Mörder ihres Sohnes interessierte.«

Mit finsterer Miene schaukelte Winters auf seinem Stuhl hin und her.

»Klingt nach Besessenheit«, sagte Mark leise.

»Das tut es«, stimmte Winters zu. »Nun, alle ihre Beschwerden und Versuche, Deathworld schließen zu lassen, blieben erfolglos, das könnt ihr euch ja vorstellen. Schließlich gab es keinerlei Beweise dafür, dass die Site oder Bane irgendwie für den Tod ihres Sohnes verantwortlich waren.« Er seufzte. »Und dann kam der zweite Selbstmord. Zu diesem Zeitpunkt haben wir uns eingeschaltet. Einmal kann ein Unfall sein, zweimal ein Zufall ...«

»... aber dreimal heißt, feindliche Kräfte sind am Werk«, ergänzte Mark.

»Auch Sprichwörter können sich irren«, meinte Winters und verschränkte die Finger. »Aber in diesem Fall war es so. Die Mutter von Mitch Welles hatte nämlich beschlossen, selbst einzugreifen, wenn Regierung und Net Force nicht verantwortungsbewusst genug waren, um Deathworld zu schließen.«

Er atmete aus. »Das ist eine vereinfachte Darstellung.« Er warf Charlie einen Blick zu. »Deine Mutter würde wissen, dass das menschliche Gehirn viel subtiler arbeitet als für Außenstehende zu erkennen. Schließlich hatte sie sich selbst allmählich davon überzeugt, dass ihr Sohn unmöglich Selbstmord begangen haben konnte. Es *musste* Mord gewesen sein. Zuzugeben, dass er sich umgebracht haben könnte, hätte bedeutet, dass *ihr* möglicherweise Fehler unterlaufen waren. Diese Erkenntnis verdrängte ihr Gehirn daher so schnell wie möglich. Von da an war es nur noch ein Schritt dazu, Joey Bane persönlich für seinen Tod verantwortlich zu machen. Und vielleicht lag es dann gar nicht so fern, jeden, der sich freiwillig in Deathworld aufhielt, für einen Komplizen bei der Ermordung ihres Sohnes zu halten.«

»Vielleicht«, flüsterte Charlie. »Das würde viel erklären.«

Winters schüttelte den Kopf. »Wir können nur vermuten, was sich in ihrem Kopf abgespielt hat. Die eigentlichen Geschehnisse sind ungeklärt, und so wird es wahrscheinlich auch noch eine Weile bleiben. Im Augenblick ist sie nämlich nicht sehr gesprächig. Auf jeden Fall kam ihr bald der Gedanke, sich an den Leuten zu rächen, die behauptet hatten, ihr Sohn habe sich umgebracht, und sie und ihn damit in Misskredit gebracht hatten. Sie fing an, die Listen mit den neuen Log-ins und die Nachrichten an den Mitteilungsbrettern zu lesen. Die sind für jeden zugänglich, aber sie suchte gezielt nach Personen, die selbstmordgefährdet zu sein schienen. Jugendliche, die ›es sowieso getan hätten‹, ›bearbeitete‹ sie dann als Shade oder Kalki. Sie hoffte, deren Tod würde den ihres Sohnes im richtigen Licht erscheinen lassen, nämlich als durch die Website verursacht. Mit Sicherheit kam ihr auch der Gedanke, dass Joey Bane darunter zu leiden haben würde. Vielleicht hoffte sie sogar, ihn selbst in einen ›Selbstmordfall‹ zu verwandeln. Mit Sicherheit aber war ihr klar, dass eine Reihe von Todesfällen ihm wirtschaftlich schaden würde.«

»Das war aber nicht so«, konterte Charlie. »Ihr Plan war in jeder Hinsicht ein Fehlschlag. Niemand kam darauf, dass zwischen den Selbstmorden ein Zusammenhang bestand. Und Deathworld wurde noch beliebter.«

Winters blickte grimmig drein. »Da hast du Recht, der Schuss ging nach hinten los. Ihre Methoden waren zu subtil. Nicht raffiniert genug, um nicht doch hie und da Verdacht zu erwecken, aber der Zeitraum und das geografische Gebiet waren zu groß, um die Aufmerksamkeit zu erregen, die sie suchte. Und sie war auch nicht völlig verrückt. Ihr erster Mord hat sie sehr mitgenommen, so sehr, dass sie vermutlich eine Weile wieder bei klarem Verstand war und sich ruhig verhielt. Der nächste Selbstmord, der im Oktober, war echt, damit hatte sie nichts zu tun. Doch im folgenden Jahr im April wurde ihr Leid so groß, dass es ihren Verstand unterminierte. Im Mai war sie dann so weit, dass sie bereit war, erneut zu morden – als Rache an Bane oder als Opfer für ihren toten Sohn.« Er runzelte die Stirn. »Als sie ihre Absicht umgesetzt hatte, scheint sie durch den Schock erneut zur Vernunft gekommen zu sein.«

»Aber das hat nicht lange angehalten«, sagte Charlie. »Wahrscheinlich zehrte das Wissen um ihre Taten an ihrem Verstand. Und ihr Sohn war nach wie vor tot …«

»… und Deathworld lief weiter.« Winters klang ein wenig traurig. »Für sie muss das unerträglich gewesen sein. Einerseits wollte sie glauben, dass sie die Ehre ihres Sohnes wiederhergestellt und ihn gerächt hatte, andrerseits verlangte sie ständig nach weiterer Vergeltung dafür, dass man ihn ihr weggenommen hatte.«

»Und so hat sie weiter gemordet«, erklärte Mark. »Auch diesen Monat wieder.«

»Zweimal«, präzisierte Winters düster. »Aber allmählich wurde sie zur Serienmörderin. Ein Mord reicht für diese Leute nicht mehr, dieselbe Methode ist ihnen nicht gut genug. Man muss näher an das Opfer heran, mehr Entsetzen verbreiten, um den gleichen Grad der seelischen Linderung zu erreichen. Und doch ist es nie so wie beim letzten Mal.«

»Es ist eine Droge«, sagte Charlie leise.

»So ähnlich«, bestätigte Winters. »Eine Sucht verschlimmert sich immer, weil die Dosis ständig gesteigert werden muss, ohne dass man sein Ziel je erreicht. Deshalb musste es beim letzten Mal ein Doppelmord sein. Aber dann musste sie feststellen, dass Deathworld, ihr alter Feind, plötzlich florierte wie nie zuvor. Das trieb sie zur Weißglut. Sie ging sofort wieder auf die Jagd – und fand dich. Ihre Methoden waren ziemlich ausgefeilt. Wie du ganz richtig vermutet hast, hat sie den ›Stolperdraht‹ um deinen Arbeitsplatz ausgelöst. Sie hat dich ausspioniert, um sich zu vergewissern, dass du wirklich selbstmordgefährdet warst. Dann schlug sie zu.«

Charlie fand Winters' durchdringenden Blick fast ebenso unangenehm wie seinen Ärger vorhin. Es gab nur eine Antwort darauf. Er schluckte. »Erinnern sie sich an *Heliobacter?*«, fragte er.

Mark sah seinen Freund an, als käme er vom Mars. Aber Winters Ausdruck wurde etwas milder, auch wenn sich die Veränderung eher im mikroskopischen Bereich bewegte.

»*Heliobacter pylorii*«, sagte Charlie. »Vor vierzig Jahren wurde allgemein angenommen, Magengeschwüre würden durch die Magensäure verursacht.« Er musste lachen, weil das im Nachhinein so albern klang. Aber damals hatte man keine andere Erklärung gehabt. »Dann fiel einem Wissenschaftler, einem Arzt auf, dass in allen Kulturen, die er aus Proben züchtete, die den Magengeschwüren seiner Patienten entnommen waren, ein Bakterium vorkam. *Heliobacter*, wie Helix, wegen der spiralförmigen Gestalt. Fünf Jahre lang forschte er, bis er davon überzeugt war, dass dieser Keim Magengeschwüre verursachte und mit Antibiotika zu behandeln war. Er veröffentlichte Artikel und versuchte, seine Kollegen zu überzeugen. Die Fachwelt lachte ihn aus. Angeblich waren seine Beweise nicht schlüssig und basierten auf reinen Indizien. Nicht einmal Tierversuche wollte man ihm erlauben, geschweige denn Experimente mit Menschen.« Charlies Lächeln war nicht weniger grimmig als Winters' Miene. »Daher schluckte der Wissenschaftler schließlich Heliobacter in Reinkultur und entwickelte prompt blutende Magengeschwüre der übelsten Sorte. Dann verordnete er sich selbst Antibiotika und heilte sich damit.«

Winters sah ihn nur an.

»Viele Ärzte haben solche Experimente vorgenommen«, fuhr Charlie fort. »Pasteur. Jenner. Es hat eine lange Tradition.« Er schluckte, denn Winters' Gesicht war keineswegs freundlicher geworden. »Man muss davon überzeugt sein, dass man Recht hat. Und wenn es um Leben oder Tod geht, darf man nur sein eigenes Leben riskieren.«

Winters' Gesicht schien zu einer steinernen Maske erstarrt zu sein. »Mark«, sagte er schließlich, »würdest du uns bitte entschuldigen?«

Mark warf Charlie einen um Verzeihung heischenden Blick zu und verschwand geradezu mit Lichtgeschwindigkeit.

Für einen Moment herrschte Schweigen. »Was zum Teufel soll ich mit dir tun, wenn du mir moralisch kommst?«, meinte Winters schließlich.

Charlie hielt es für das Klügste, für den Augenblick den Mund zu halten.

»Deine Eltern ziehen mir das Fell über die Ohren, wenn ich dir wegen dieser idiotischen Aktion nicht die Leviten lese. Und idiotisch war sie, Moral hin oder her.« Charlie senkte den Blick. »Moral fängt zu Hause an, Charlie. Du warst nicht besonders fair zu deinen Eltern. Du und der unverbesserliche Mister Gridley; wenn ihr beide nicht unglaubliches Glück gehabt hättet und ein für euer Alter geradezu unerhörtes Gespür für den richtigen Zeitpunkt, hättest du leicht als ›Selbstmord‹ Nummer sieben enden können. Und Mark und Nick als acht und neun. Das Beweismaterial, das ihr uns hinterlassen hättet, wäre zwar ausreichend gewesen, um deine Mörderin sehr schnell hinter Gitter zu bringen, aber das Leben deiner Eltern wäre zerstört gewesen.«

Charlie brach der Schweiß aus. Er wusste, dass Winter Recht hatte und dass das Thema noch lange nicht abgehakt war.

Das Schweigen dehnte sich erneut ins Endlose.

»Also gut«, meinte Winters schließlich. »Wir werden sehen, wie du dich mit ihnen einigst. Nachdem sie mit Jay Gridley gesprochen hatten, haben sie mich wissen lassen, dass du für den Augenblick weiter bei den Net Force Explorers bleiben darfst. Allerdings musst du mit, äh, sagen wir strikterer Überwachung rechnen. Du hast ihnen einen gewaltigen Schrecken eingejagt.«

Charlie schluckte. »Ja, Sir.«

»Eins möchte ich dir noch sagen.« Er warf Charlie einen nachdenklichen Blick zu. »Wenn du nicht gehandelt hättest

– nur der Himmel weiß, wer ihr nächstes Opfer geworden wäre. Wie vieler Morde hätte es bedurft, um ihren gequälten Geist zu beruhigen? Und die Wirkung hätte nicht lange angehalten.« Er lehnte sich zurück und blickte auf seine gefalteten Hände. »Unglücklicherweise gibt es Massenmörder, die sich zwischen ihren Verbrechen für längere Zeit sehr effektiv zurückziehen. Sie sind komplett wahnsinnig, aber entweder zeigen sie ihre Symptome nicht, oder es gibt niemand, der sie sehen könnte. Nachdem sie allein lebte, ihr Sohn tot und ihr Ehemann praktisch von der Bildfläche verschwunden war, hätte es vermutlich lange gedauert, bis jemand aufgefallen wäre, dass sie jeden April durchdrehte. Vielleicht wäre Deathworld geschlossen worden, und Bane hätte endlose Prozesse wegen einer Sache führen müssen, für die er nicht verantwortlich war. Dieses Unrecht hast du verhindert, wobei ich mich nach dem, was ich von der Site gesehen habe, frage, ob …«

Er rief sich selbst zur Ordnung. »Nein«, sagte er ärgerlich, »Unrecht bleibt Unrecht, und künstlerische Überzeugungen sollten außen vor bleiben, sonst enden wir in einer Diktatur. Würdest mir bitte erklären, warum du mich so ansiehst?«

Charlie hatte unwillkürlich gelächelt. »Die Site bietet mehr, als man auf den ersten Blick vermutet, Mr. Winters. Ich glaube wirklich, die Medien haben die Sache hochgespielt. Deathworld ist nicht so pervers und grausam, wie die Leute denken. Es ist eher didaktisch aufgebaut.«

»Ach, tatsächlich? Schön, das zu hören.« Winters blickte auf seinen Schreibtisch, wo unter der Oberfläche eine Nachricht sichtbar geworden war.

Er seufzte. »Du hast dich immer schon für Gerichtsmedizin interessiert, nicht wahr? ›Der edelste Nutzen der Wissenschaft‹ hat einer meiner Leute sie einmal genannt. Auf jeden Fall hatte es auch sein Gutes, dass du die Berichte durchstöbert hast. Die Zusammenarbeit zwischen den verschiedenen Polizeibehörden, die die Selbstmorde bearbeiteten, hätte wirklich besser sein müssen. Dafür sind Mechanismen vorgesehen, aber sie werden nicht ausreichend genutzt. Nach diesem Vorfall werden ein paar Leute endlich in die Gänge kommen und sich mit der Koordination der Ermittlungen bei Todesfällen beschäftigen müssen, die Ähnlichkeiten aufweisen. Ein intelligentes System kann von Gerichtsmedizinern und Profilern lernen, solche Daten zu bearbeiten und abzugleichen, aber nur wenn die Polizei die Informationen eingibt. Hoffentlich geschieht das nun endlich. Dass ein Junge deines Alters eine Serienmörderin vor der Polizei gefunden hat, ist schließlich eine ziemliche Blamage.« Er zog die Augenbrauen hoch. »So weit, so gut. Wahrscheinlich hätte ich im Grunde wissen können, dass du so handeln würdest, sobald du Beweise in der Hand hattest. Auch wenn du mir versprochen hattest, nichts auf eigene Faust zu unternehmen.«

Charlie lief feuerrot an. *Das fehlt mir gerade noch. Jetzt stehe ich vor einem der beiden Männer, die darüber zu entscheiden haben, ob ich je bei der Net Force arbeiten werde, als notorischer Einzelgänger da …*

»Versteh mich nicht falsch«, sagte Winters, »ich reite nicht auf dem Konzept des Teamspielers herum, weil mir das ein Vorgesetzter im Interesse des Unternehmens eingehämmert hätte, sondern weil unsere Organisation sonst nicht funktionieren kann. Immer vorausgesetzt, dass du dein Medizinstudium abschließt und ein gütiges Schicksal dich davor bewahrt, entführt oder ermordet zu werden, weil du dich selbst in Schwierigkeiten gebracht hast, wirst du vielleicht eines Tages bei der Net Force mit anderen Menschen zusammenarbeiten.« Charlies Kopf war vor Verlegenheit so heiß, dass er sich allmählich fragte, ob er Fieber bekam. »Wenn du dann nicht tust, was du sagst, bringst du das Leben anderer in Gefahr. Die werden nämlich aufgrund deiner Informationen handeln und sind darauf angewiesen, dass du dein Wort hältst. Wenn du dazu nicht in der Lage bist, nützt du niemand etwas. Also vergiss *Heliobacter* und Polarbären so schnell wie möglich. In deinem späteren Leben haben sie nämlich keinen Platz.«

Er sah Charlie an.

»Ja, Sir.«

Wieder herrschte Schweigen. »Gut«, sagte Winters dann. »Wir haben uns also verstanden, so weit jemand in meinem Alter jemand in deinem Alter verstehen kann.« Er schüttelte den Kopf. »Was nicht viel heißt, nachdem ich gerade gehört habe, wie du Deathworld verteidigt hast.« Er zog die Augenbrauen hoch. »Ich hätte nicht gedacht, dass dich die Musik interessiert. Ich dachte, du wärst ein Technotrad-Fan.«

»Im richtigen Kontext sind verschiedene Interpretationen möglich«, erklärte Charlie.

Winters warf ihm einen schrägen Blick zu. »Du gibst offenbar wieder mal nur das absolute unumgängliche Minimum an Informationen preis.« Er seufzte. »Am besten verschwindest du jetzt. Ich bekomme von diesem Gespräch Kopfschmerzen.« Er warf einen Blick auf den Futterspender vor dem Fenster, wo ein kleiner brauner Vogel eine Nuss nach der anderen auf den Boden fallen ließ. »Über dich könnte ich mich noch mehr aufregen als über den da draußen. Allerdings habe ich inzwischen festgestellt, dass er zwei Kumpel auf dem Boden füttert. Vielleicht sind es seine Jungen, sie sind so groß, dass ich mir nicht sicher bin.«

Er wedelte mit der Hand nach Charlie, der sich schleunigst erhob. »Raus mit dir.«

Charlie verschwand, so schnell er konnte.

An jenem Tag nahm Charlie die Schule nur nebelhaft wahr. Das lag vor allem daran, dass er sich immer wieder weigern musste, sich zu den Ereignissen im Internetcafé zu äußern. Nachdem es sich nun um ein laufendes Verfahren handelte, durfte er den Fall nicht erörtern. Am Ende des Tages hatte er die Geheimnistuerei jedoch gründlich satt und war daher sehr erleichtert, Nick zu sehen.

»Alles okay?«, fragte Charlie, als sie sich auf den Heimweg machten.

»Sicher doch.« Nick kicherte. »Mir war überhaupt nicht klar, wessen Sohn Mark ist! James Winters hat meinen Vater angerufen.«

»Hat er das? Oh, nein.«

»War nicht schlimm.« Nick wirkte nicht im Geringsten beunruhigt, aber natürlich war er auch nicht James Winters unterstellt. »Mein Vater war schwer beeindruckt.«

»Winters hat nicht … irgendwas Entsetzliches gesagt, oder?«

»Überhaupt nicht, er war eigentlich sehr nett. Nach dem, was meine Mutter mir erzählt hat, stehe ich geradezu als Held da.« Er warf Charlie einen merkwürdigen Blick zu. »Du bekommst das bestimmt auch noch zu hören.«

»Ich glaube nicht.«

Sie gingen zu Nick, wenn auch nur, weil Charlie keine Lust hatte, zu Hause einen neuen, interessanten Aspekt der Diskussion von letzter Nacht zu erörtern. Als sie dort eintrafen, fragte er sich jedoch, ob das keine Fehlentscheidung gewesen war, denn Nicks Mutter legte gerade mit einem eigenartigen Gesichtsausdruck den Hörer des Videofons aus der Hand.

Nick erstarrte. Charlie, der nicht wusste, was dieser Gesichtsausdruck bei der Mutter von jemand anderem bedeuten mochte, blieb ganz ruhig. Bei seiner eigenen wäre vorsichtiger Optimismus angebracht gewesen. »Guten Tag, Mrs. Melchior.«

»Hallo, Charlie, wie geht's dir?«, begrüßte sie ihn zerstreut.

»Hallo, Mom«, sagte Nick.

»Nick, was hast du getan?«

Als Charlie das entsetzte Gesicht seines Freundes sah, versuchte er, ihm zu Hilfe zu eilen. »Wir kommen direkt aus der Schule, Mrs. Melchior«, sagte er. Hoffentlich machte er die Sache nicht noch schlimmer. »Haben wir …«

»Nein, Charlie, ist schon gut.« Nicks Mutter klang nicht recht überzeugt. »Glaube ich jedenfalls. Nick, das war jemand vom Internet-Provider.«

Selbst aus über einem Meter Entfernung konnte Charlie geradezu fühlen, wie Nick der Schweiß ausbrach. »Mom, in drei Wochen habe ich genug verdient, um zweihundert …«

»Da brauchst du dir keine Sorgen zu machen«, sagte seine Mutter, »die wollten mir nur mitteilen, dass die letzte Rechnung voll bezahlt ist.«

Nicks riss die Augen auf. »Oh, nein. Falls Dad …«

»Dein Dad hat gar nichts getan, Junge.« Nicks Mutter setzte sich an den kleinen Küchentisch und warf ihrem Sohn eigenartige Blicke zu. »Anscheinend hat sich jemand von Joey Bane Enterprises an sie gewandt und erklärt, das Unternehmen werde die Kosten ›für deine Bemühungen im Dienste der Firma‹ übernehmen. Sie begleichen die Verbindungskosten für letzten Monat und stellen dir eine Barreserve für ein Jahr Nutzung zur Verfügung. Offenbar werden auch deine Zugangskosten für das Internetcafé in den letzten Wochen erstattet.«

»Wow!« Erleichtert ließ Nick sich seiner Mutter gegenüber auf einen Stuhl am Tisch fallen.

Charlie beobachtete die Szene mit Wohlwollen.

»Charlie«, sagte Nicks Mutter, »hast du etwas damit zu tun?« Ihr Gesicht hätte grimmig gewirkt, wäre sie nicht so verwirrt gewesen.

»Ich glaube nicht.« *Zumindest nicht direkt. Nicht so, wie Sie denken …*

Nicks Mutter ersparte ihm weitere geistige Vorbehalte, indem sie die Hände hob und wieder fallen ließ. »Nick, es ist ja wirklich nett, dass die dir so aus der Patsche helfen …«

»Mom«, erklärte ihr Sohn, »ich würde den Ferienjob trotzdem gern behalten … wenn du nichts dagegen hast.«

Sie blickte ihn nachdenklich an. »Das ist die beste Nachricht des Tages.« Damit stand sie auf und ging in den Flur hinaus. »Ich kümmere mich wohl besser darum, dass dein Server wieder angeschlossen wird.«

Nick und Charlie blickten sich an, als sie zum Arbeitszimmer ging. »Ein Wunder«, flüsterte Nick.

»Das wage ich zu bezweifeln.«

»Ich frage mich, wie viel von unseren Erlebnissen bekannt wird.«

»Ich glaube, das sollten wir besser nicht hier besprechen«, sagte Charlie leise. »Nicht unter diesen Umständen. Bist du heute Nacht online?«

»Klar, selbst wenn es nicht von zu Hause aus ist. Das mit dem Job habe ich ernst gemeint. Wenn ich nicht in der Wohnung bin, ist die Atmosphäre viel entspannter. Kann es sein, dass sie wollten, dass ich mehr ausgehe, selbst wenn es nur das Internetcafé ist?«

Charlie zuckte die Achseln. »Wer weiß schon, was Eltern denken?«

»Ich weiß, was du meinst.« Nick grinste. »Der Umgang mit ihnen ist eine gute Vorbereitung auf die Begegnung mit außerirdischen Lebensformen.«

»Da hast du Recht, Bruder. Falls du je herausfinden solltest, warum sich eure Beziehung verbessert hat, lass es mich wissen. In der Zwischenzeit erledigen wir am besten unser Zeug und verschwinden, bevor sich das Umfeld wieder verschlechtert …«

Später am Abend trafen sich Nick und Charlie in Deathworld wieder, in der Nähe der Festung des Schwarzen Magiers. Diesmal hatten sie keine Aufgabe zu lösen. Sie konnten unbeschwert umhergehen, sich unterhalten und sich dabei erholen. »Weißt du«, sagte Nick, der ein- oder zweimal einen verräterischen Ausdruck auf Charlies Gesicht bemerkt hatte, »wenn ich es nicht besser wüsste, würde ich denken, du fängst an, die Musik zu mögen.«

»Ich weiß nicht …«, erwiderte Charlie, während sie durch die Tore der Festung gingen und die Dämonen militärisch salutierten. »Manche Rhythmen sind interessanter, als ich ursprünglich dachte.« Er grinste. »Aber die Texte.«

»Hör doch auf. Die findest du wohl depressiv.«

»Morbid, hätte ich gesagt.«

Sie schlenderten durch die große ›Eingangshalle‹, deren Architektur Charlie zu faszinieren schien. Nick hob etwas irritiert die Augenbrauen. »Nur weil irgendein verblödeter Kritiker von Morbo-Jazz redet, musst du das nicht gleich ernst nehmen. Das ist doch nicht einmal echter Jazz. Wenn du es dir genau überlegst, wirst du feststellen, dass die Grundstruktur völlig …«

Seine Stimme brach ab, als ihm plötzlich bewusst wurde, dass Charlie ihn anstarrte. »Völlig, was?«

Eine dunkle, in schwarzes Leder gekleidete Gestalt stand vor ihnen, ein Schatten, der sich in Schatten gehüllt hatte. »Hey, Nick«, sagte Joey Banes trockene, ironische Stimme. »Wie geht's?«

Nick brachte es nicht über sich, ›Schlecht, wie immer‹ zu sagen, denn vor ihm stand kein Scheinbild, kein von der Maschine generierter Klon, sondern der Sänger selbst. Der ungezähmte, belustigte Blick in seinen Augen war zu real, um von einem Programm nachgeahmt zu werden.

Über seiner Schulter lag Camiun, dessen Saiten für den Augenblick schwiegen. »Ich hab das System angewiesen, mich zu informieren, wenn ihr beiden Herren mir den nächsten Besuch abstattet«, erklärte Joey. »Wenn ich mich nicht irre, wurde eure letzte Visite, sagen wir, vorzeitig unterbrochen …«

»Ja«, sagte Nick, »ich meine, nein …«

»Ganz ruhig, keiner will euch an den Kragen. Ihr habt mir und meiner Firma einen Dienst erwiesen, und ich möchte mich ein wenig dafür revanchieren. Kommt mit.«

Er deutete auf das hintere Ende der Halle. Gemeinsam gingen sie weiter. »Außerdem wollte ich mir dich sowieso mal ansehen«, meinte Joey. »Der Vorfall hat das nur etwas beschleunigt.«

Nick traten die Augen aus dem Kopf, ein Anblick, bei dem Charlie, der auf der anderen Seite von Joey ging, fast vor Lachen geplatzt wäre. Nick ignorierte ihn. »Du wolltest mich sehen? Wieso denn das?«

Bane lachte. »Weil du mein Personal ständig mit subversiven Parolen gegen mich aufhetzt.«

Nick wurde rot. »Ich habe nie ...«

»Ständig! Die Programmierer, die für die Dialoge zuständig sind, reden dauernd von dem Jungen, der sich mit ihnen unterhält wie mit richtigen Menschen.«

»Feuermaul!«

»Und die anderen. Blaurülps, Skalpellhand, Zwitscherstampf und die anderen. Was sind das überhaupt für Namen? Auf jeden Fall wollen die Dämonen, dass du bei den nächsten Tarifverhandlungen dabei bist. Dabei halten alle Aktienoptionen und sind am Gewinn beteiligt. Was wollen sie noch? Die denken wohl, ich schwimme in Geld.« Joey warf den beiden einen ironischen Blick zu. »Sogar die *Tische* hier behaupten, du wärst ein netter Kerl. Wer so freundlich zu unbelebten Gegenständen und Hilfspersonal ist, wird es weit bringen.«

Nick grinste nur, weil ihm darauf keine Antwort einfiel.

»Fühlt euch wie zu Hause, ihr habt in Zukunft kostenlosen Zugang. Allerdings werden wir deinen Freund wohl nicht so häufig hier sehen wie dich.« Er nickte Charlie höflich zu.

»Ich weiß nicht«, sagte dieser verschmitzt. »In dem letzten Stück, das Nick mir vorgespielt hat, habe ich Material von Hovannes entdeckt, wenn ich mich nicht täusche. Vielleicht haben wir doch was gemeinsam.«

Bane grinste. »Vielleicht. Komm mal vorbei und finde es heraus. Was kann ich denn im Augenblick für euch tun?«

»Wir wollen auf die neunte Ebene«, sagte Nick, wobei er sich nach den Türen links von ihnen umsah.

»Den Weg würde ich nicht nehmen.«

Nick blickte ihn überrascht an. »Warum nicht?«

»Weil es eine Abkürzung gibt. Wer will sich das da zweimal antun? Den Lärm, das Gedränge …« Er wedelte geringschätzig mit der Hand. »Nick, das hast du doch gar nicht nötig. Einmal ist genug. Zu leiden, um ein Ziel zu erreichen, ist eines.« Sein Blick schien sie an die Schreie und das Entsetzen, die Wut und das Böse auf den oberen Ebenen erinnern zu wollen. »Läuterung und Strafen, die abschrecken, sind eine Sache. Aber endlose Bestrafung um ihrer selbst willen, aus reiner Liebe zur Grausamkeit …« Er schüttelte den Kopf. »So läuft das da, wo ich herkomme, nicht. Folgt mir.«

Er führte sie zur hinteren Wand der Halle, in der die drei für den Augenblick völlig allein waren. »Noch ein Wort«, sagte Joey. »Beim letzten Mal seid ihr bis an die Schwelle gekommen. Wir haben eine Vereinbarung, die euch einer meiner Klone vorgelegt hätte, wenn ihr die Tür in der Ferne erreicht hättet. Über das, was dahinter liegt, darf man nur mit anderen reden, die es ebenfalls bis dorthin geschafft haben, mit niemand sonst. Wer sich nicht daran hält und erwischt wird, erhält lebenslanges Site-Verbot.« Er zuckte die Achseln. »Von Zeit zu Zeit bricht jemand sein Versprechen und redet … aber wisst ihr was? Niemand glaubt ihm. Soll mir recht sein. Und für uns andere gilt, dass es gar nicht so schlecht ist, ein Geheimnis zu haben. Ein Versprechen für immer zu halten, kann richtig Spaß machen. Könnt ihr damit umgehen?«

Die beiden nickten.

»Also gut«, sagte Joey.

Er steckte zwei Finger in den Mund und pfiff durchdringend.

Plötzlich war die Luft erfüllt von einer Musik, wie Nick sie noch nie gehört hatte. Camiun sang zum ersten Mal nicht in düsteren Molltönen, sondern in triumphierenden Durakkorden, die völlig untypisch waren. Um sie herum begannen Dunkelheit, Stein und Nacht wie Nebel vor der Sonne dahinzuschmelzen. Licht ergoss sich über eine grüne Landschaft mit rollenden Hügeln. In der Ferne erhob sich ein mächtiges Gebirgsmassiv, dessen mit blendend weißem Schnee bedeckte Gipfel auf einen ewigen Frühling herabblickten.

Während die Akkorde wie Fanfarenstöße hallten, starrte Nick verblüfft Joey Bane an, den einzigen dunklen Punkt in der Landschaft.

»Na gut, das Leben stinkt«, sagte dieser, »aber irgendwann muss man aufhören zu jammern und herausfinden, was man selbst tun kann.«

Die triumphierenden Klänge von Laute, Bass und Saxophon hüllten die drei ein, als sie ins Licht gingen und zu den Banies hinaufstiegen, die auf den Hügeln unter der zweiten Sonne tanzten.

Quellennachweis

MONSTERJAGD/*Gameprey*
Idee von Tom Clancy und Steve Pieczenik
geschrieben von Mel Odom

Aus dem Amerikanischen von Bea Reiter

DOPPELIDENTITÄT/*Duel Identity*
Idee von Tom Clancy und Steve Pieczenik
geschrieben von Bill McCay

Aus dem Amerikanischen von Alexandra Betz

SCHATTENWELT/*Deathworld*
Idee von Tom Clancy und Steve Pieczenik
geschrieben von Diane Duane

Aus dem Amerikanischen von Imke Walsh-Araya